新名詞研究八種(1903—1944年)

柯斯安 編著
Christian Schmidt

目次

自序	iv
導論	v
前言	vii
新名詞	xi
新名詞的分類	xx
早期中國新名詞研究：貢獻與限制	xxviii
未定新名詞：語料與詞源初探	xxxii
統計方法與詞義分析	xlv
未定新名詞的分析結果	lxii
結語	lxxiv
附錄	lxxvii

第一篇　《新爾雅》（汪榮寶、葉瀾，1903年）　1
　第一章　《新爾雅》導讀　3
　第二章　《新爾雅》原文　21

第二篇　《新釋名》（梁啟超，1904年）　201
　第一章　《新釋名》導讀　203
　第二章　《新釋名》原文　209

第三篇　《論新學語之輸入》（王國維，1905年）　221
　第一章　《論新學語之輸入》導讀　223
　第二章　《論新學語之輸入》原文　229

CONTENTS

第四篇　《盲人瞎馬之新名詞》（彭文祖・1915年）		233
第一章　《盲人瞎馬之新名詞》導讀		235
第二章　《盲人瞎馬之新名詞》原文		245
第五篇　《新名詞訓纂》（周商夫・1917年）		327
第一章　《新名詞訓纂》導讀		329
第二章　《新名詞訓纂》原文		337
第六篇　《日本文名辭考證》（劉鼎和・1919年）		385
第一章　《日本文名辭考證》導讀		387
第二章　《日本文名辭考證》原文		393
第七篇　《日譯學術名詞沿革》（余又蓀・1935年）		415
第一章　《日譯學術名詞沿革》導讀		417
第二章　《日譯學術名詞沿革》原文		425
第八篇　《新名詞溯源》（王雲五・1944年）		453
第一章　《新名詞溯源》導讀		455
第二章　《新名詞溯源》原文		461
新名詞索引		475
人名索引		521

自序

　　本書的編輯實際上早在博士論文撰寫前就已展開。當時以為只需幾個月便能完成，且打算範圍僅包含《新爾雅》與《新釋名》兩篇。後來與中研院近史所陳建守副研究員討論出版構想時，他認為應涵蓋所有具代表性的早期新名詞研究，這使我認知到原先想在寫論文前抽空完成此書，確實過於天真。後來在老師建議下，我決定先完成博士論文，收集語料並加以分析，再進行書籍編輯。因此本書延後兩年多才得以出版。到最後能順利出版，我必須向建守老師表達感激之意。

　　本書收錄的八篇文章，皆從尋找原始語料開始，逐字逐句輸入電腦。前兩篇《新爾雅》與《新釋名》由我親自處理，其餘六篇的資料輸入則由三人小組完成。輸入後的反覆核對是不可或缺的工作。在此我要感謝幾位重要的協助者，首先是我的學生謝宛蓁小姐，她細心輸入部分資料，後來也協助全文校對。許永昇先生，目前任教於高中自然科，協助檢查《新爾雅》中的自然科學內容，並提出許多建設性建議。法律篇與各章導論的校對工作，臺灣高等檢察署蔡秋明主任檢察官提出許多修辭建議。導論部分，最高法院管靜怡博士法官通讀全文，討論時提出多項寶貴建議。另感謝羅珮瑄博士協助部分潤飾初稿。若本書內容與原始資料之間仍有錯漏，責任完全在我，敬請讀者見諒。

　　本書導論曾於中研院文哲所雛鳳青年學者論壇發表，期間歷經多次討論與修訂。特別感謝陳瑋芬研究員，老師提出多項具有啟發性的建議，使內容更為清晰。資料庫介紹部分，亦承蒙瑋芬老師安排與劉苑如研究員的數位團隊進行交流，收穫甚多。

　　由於我希望能親自統整整體編輯流程，特別感謝秀威出版社在排版與編務上給予我充分空間，使出版工作順利完成。若非有老師、同事、好友與學生樂於協助，面對這條艱難的道路，我恐怕尚無勇氣完成這部小著作。

2024 年 8 月於恆春

本書編輯說明

導論

— **INTRODUCTION**

前言

新名詞

新名詞的分類

早期中國新名詞研究：貢獻與限制

未定新名詞：語料與詞源初探

統計方法與詞義分析

未定新名詞的分析結果

結語

附錄

前言

多年前,石之瑜教授在臺大開設了《東亞政治思想》課程,提到中文的政治學詞彙深受日語影響,吸收了大量日語借詞。當時我頗感意外,也第一次意識到,詞彙交流不只存在於歐洲,在東亞同樣發生過。這種介於疑問與發現之間的感受,一旦出現便難以釋懷,也成為我語言研究的起點。

確實如此,現代漢語中許多常見術語來自日語。不只是政治學方面,其他知識領域也有類似現象。雖然學界已討論這一現象多年,但從早期新名詞研究來看,至今仍有許多關鍵詞彙,在詞源上可能尚未獲得明確分類。即使過去數十年來,學界研究日語借詞已經取得了很多進展,仍有相當多詞彙缺乏與早期新名詞研究的整合、比對。這正是本研究關注的焦點之一。

語言是一種交流工具,也是一種知識載體。東亞漢字文化圈歷來本就有詞彙流通的現象。傳統上,中國是知識與語詞的主要輸出地,詞彙由此向日本、朝鮮、越南等地擴散。然而到了清末民初,這一格局出現一次變化。明治維新之後,日本大量翻譯西方知識,依據漢語構詞法創造新詞,這些新造詞被稱為「和製漢語」。和製漢語隨著留日學生與出版物傳入中國,與白話文運動匯合,共同推動語言現代化。

和製漢語進入漢語時,與當時中國自造新詞、回歸詞及傳教士詞彙等混雜並存,學者難以區分來源,統稱為新名詞。從語言學的角度看,新名詞並不是一種詞彙類型,而是特殊歷史背景下的總稱。

從本書的語料可見,早期中國學者整理過約四千個新名詞。這些詞中有不少,雖然仍是現代術語,但當代學者沒有視為日語借詞,也幾乎沒有進一步討論。這讓我開始思考:有些詞早在清末民初文獻中就已出現,也當現代術語在使用,為什麼當代詞源學一直沒有把它們納入分類架構?

我將這些詞稱謂「未定新名詞」。這些詞雖然頻繁出現在現代語詞資源中,例如國語教育研究院的術語資料庫,但至今仍未獲得明確的分類與來源說明。本書的核心問題正是釐清這批詞彙的詞源、造詞者、流通路徑與語義變化。

本導論的研究目標,是回答以下兩個問題:「未定新名詞」究竟從哪裡來?它們是否為借詞,又該如何辨識?為了釐清這些問題,我採用兩種方

法交互驗證：一方面透過資料庫檢索早期書證，提出分類假設；另一方面結合歷史語義分析，深入探討詞義演變、詞形特徵，並修正資料庫分類的不足。

　　資料庫方法雖然有效，但只能回溯到大約 1600 年。對於早於此時期出現的詞彙，尤其是古漢語詞或回歸詞，單靠資料庫難以釐清來源。因此我從「未定新名詞」中挑選若干詞，進行語義層面的質性分析，作為資料庫假設的對照組。這就是本書的方法論基礎。

　　至於「新名詞」、「未定新名詞」、「日語借詞」、「和製漢語」等相關術語的定義與歷史背景，將在後文各章分別討論。這裡僅簡要說明研究起點與問題意識，作為閱讀全書的基礎。

本書章節介紹

　　本書是一部對八種新名詞研究的校勘本，進行全面整理、註釋與評析。每篇另附小導論，比較各自所包含的新名詞、未定新名詞、和製漢語、現代術語等詞彙詞集的使用特點。這樣的安排有三個目的：一是凸顯各篇的歷史背景，二是指出它們在學術上的價值，三是說明各篇在研究角度與詞彙處理上的獨特性。

關於本導論的內容安排

　　本書的導論討論的是研究方法的問題，可分成幾個部分：首先，簡略介紹新名詞的歷史背景（見頁 xi）。然後談本研究的問題意識，尤其探討新名詞、和製漢語與現代術語三者之間的關係，並說明我是如何發現一組尚未獲得充分瞭解的新詞，也就是「未定新名詞」（見頁 xii）。

　　我對每本書都建立了新名詞詞表。由於文類不同，收詞方法與詞表標準也不同：第一類是詞典性質的，例如《新爾雅》；第二類是列出例詞的，如《新名詞訓纂》、《日本文名詞考證》、《新名詞溯源》。這兩類的共同點是，作者都自己提供詞表。第三類屬於論述型，包括《新釋名》、《論新學語之輸入》、《盲人瞎馬之新名詞》、《日譯學術名詞沿革》。這類著作的作者

不完全都整理詞表，因此需要我自行處理（見頁 xiv）。

接下來介紹當代新名詞研究上的進展（見頁 xvii），然後說明目前新名詞的分類方式（見頁 xx）。在頁 xxviii 解釋為何要分析這八種早期新名詞研究著作，並指出這些資料的貢獻與限制。

我認為早期中國的新名詞研究，在某些方面可以補充，甚至修正現代詞源學界的不足。這與詞彙數量的落差有關。有些詞彙雖曾出現在早期文獻中，但現代研究卻未曾討論。從頁 xxxii 起，我開始深入說明「未定新名詞」的語料情況，從技術面分析這些詞是否具有不同於新名詞、和製漢語與現代術語的語料結構特徵（見頁 xxxii）。

分析顯示，未定新名詞並不具有特殊的構詞特徵。原因在於，中國、日本或西方的造詞者都遵循漢語構詞法，因此無法單從語言學角度來區別這些詞。我因而提出另一種方式：根據造詞者的身份來分類。但由於造詞者難以直接證明，我使用資料庫方法，透過尋找最早書證來間接接近造詞者。這種方法具有一定效果，也有其限制（見頁 xlv）。

為了檢驗資料庫方法的有效性，我另外採用歷史語義分析的方法作為對比（見頁 lviii）。但由於語義分析非常耗時，無法針對一千多個詞全面分析，因此只選出在早期著作中至少出現過兩次的 48 個重要未定新名詞。

分析結果見於頁 lxii，並整理為一張總表（見頁 lxxiii）。在結語之後，附上三個附錄：附錄一列出所參考的詞典資料（見頁 lxxvii）；附錄二列出八種早期新名詞研究著作中出現的所有未定新名詞（見頁 lxxix）；附錄三則根據最早書證，提出對未定新名詞的初步詞源假設（見頁 lxxxiv）。

不過需要特別說明，資料庫的方法目前尚不精確，誤差約在二成左右。這表示詞表中大約有 20% 的詞源判斷可能不正確。這種誤差主要來自於資料覆蓋資料內容仍有限，以及詞彙語義演變的模糊性。隨著資料庫的持續擴充與更新，預期未來能進一步縮小這個誤差範圍。

書末另附兩份索引，一是涵蓋範圍較廣的詞彙索引（見頁 475），便於讀者查找新名詞、未定新名詞及各篇文章所涉及的重點詞語。二是一個歷史人物、歷代學人的索引（見頁 519）。

關於八種原書

本書分析的八種語料,皆為清末至抗戰時期中國學者作品,依時間順序編排,已全部輸入、校訂並加註。從立場與性質看,可分以下三組。

第一組是最早的三篇,語氣平和,意圖向讀者傳達新詞概念。第一章為汪榮寶與葉瀾於 1903 年合著的《新爾雅》,此書篇幅最長、體例最完備,也是現今和製漢語研究中引用最頻繁的早期資料。第二章介紹梁啟超於 1904 年發表在《新民叢報》副刊的《新釋名》,該刊本身今日已難尋,新版《新民叢報》多未收錄此篇。第三章為王國維 1905 年撰寫的《論新學語之輸入》,語氣克制,立場中立,顯示當時對新名詞尚未產生強烈評價與論戰。

第二組是辛亥革命後至五四運動前夕的三篇。在這段時期,社會情勢不穩、民族意識上升,語言問題開始被視為文化危機的徵兆,批判新名詞的聲音也隨之上升。第四章的《盲人瞎馬之新名詞》由彭文祖於 1915 年撰寫,全篇十四萬字,語氣激烈,針對六十多個新詞提出批判,認為新詞非但無益,甚至危及國運。第五章的《新名詞訓纂》由周商夫於 1917 年在日本發表,第六章的《日本文名辭考證》則是劉鼒和於 1919 年在北京大學日刊連載。後兩篇作者背景不同,但方法類似,皆以古書中出現的同形詞為詞源依據,忽略詞義變化。這種方法後來被稱為「中源說」。

第三組包含兩篇戰前與戰時的作品。第七章的《日譯學術名詞沿革》由余又蓀於 1935 年發表,作者熟悉日本詞彙創造與傳播,並列出許多造詞者,具有高度參考價值。第八章的《新名詞溯源》由王雲五於 1944 年撰寫,原為詞典前言,後單獨成篇。該文未深入分析語義,只列出詞目與古籍出處,分類較粗,但對掌握當時詞彙的流通情形仍有幫助。

總結來看,這八篇歷史語料提供研究和製漢語的重要依據,也清楚呈現新名詞是如何逐步進入現代中文詞彙的。

新名詞

　　新名詞，通常是指清末至民初出現的新術語。但二戰後出現的詞彙已不再被稱為「新名詞」，也不再特別標示為「新」。這個「新」字，原本是針對文言詞語與舊詞系統而言的。隨著白話文成為普遍的書寫語體，新名詞融入日常語言與語文教育，人們不再把新名詞視為特別的新詞。同一時期，日本也不再以漢字創造新詞，使得中日間在此類詞彙上的互動逐步終止。

　　在現代語言學中，來自日語的詞彙通常被稱為日語借詞，「和製漢語」是其中的一個類型，專指日本人以漢語構詞方式翻譯西方概念所造的新詞。除了和製漢語之外，還有其他類型的日語借詞，例如回歸詞、激活詞與概念重構詞，本文後續將分別說明。

　　從造詞的角度來看，新名詞可以分成兩類。一類是漢語內部自己創造的詞，另一類是由日本人或西方人以漢字造的詞。依照造詞者的身分來分類，可以幫助判斷一個詞是不是借詞，也可以避免用構詞法來判斷詞源，因為構詞法與詞源實際上沒有關係。

　　在討論新名詞的來源時，必須區分造詞者與廣播者兩個角色。這一區分正好也是現代詞源學與舊有研究方法之間的分歧所在。雖然目前難以確定每個詞彙的具體造詞者，但可以透過大量文獻比對，嘗試將詞彙與它出現的時間與文本建立關聯。這就是建置資料庫的基本方法。只要收錄的文獻資料足夠，每個詞彙自然會形成一條跨地域、跨文本的書證鏈，進而推測其最早出現的時間。可是，總是要保持科學觀念，每一條這種書證鏈所提供的詞源，只是暫時性的假設，詞源的判斷有可能因為新數據而被推翻，不過如果長期沒有更早的書證出現，便可以初步判定，目前掌握的資料已相當接近詞彙實際誕生的時間點。那麼，在造詞者無法確定的情況下，廣播者的角色也具參考價值，作為一種接近造詞者的近似推測，是一個可以運用的方向。

　　掌握新名詞的生辰八字不容易，原因很多。一是新名詞本來就符合漢語造詞原則，對母語者來說，這些詞語不帶明顯的外來語語感，不容易察覺有異。二是新詞出現的時代正值中國陷入民族危機，當時的人普遍擔憂國破家亡，語言只是眾多焦慮中的一環。因此，少數人有餘裕逐一追查詞源，中國學者也尚未具備現代語言學的研究方法，只能做詞形比較。

三是和製漢語傳入中國之前，已經在日本流通二十到三十年，構成了完整的體系，適用於翻譯各種西方知識領域，正好對應中國知識界迫切的術語需求。即使初期有保守派出現反彈，但在當時的時機與壓力下，多數人傾向快速吸收，最終形成全面採納的局面。四是新名詞的範圍並不限於和製漢語，也包含當時在中國社會中流通的其他新詞，其中不少今日已被淘汰了。當年新詞層出不窮，數量龐大，學者直到二戰後才有機會慢慢釐清，新名詞的系統性研究也是在戰後才正式起步。

漢語的變化不是從日語借詞才開始，早期的佛經翻譯已經帶來借詞。外族統治者也曾影響漢語。這些歷史事件留下了語音與詞彙的痕跡，例如今天南北方言的聲調與發音差異。明末傳教士帶來了西方知識與詞語，使文化交換變得更密集。不過，漢語的詞彙系統真正出現大規模轉變，是從二十世紀初才開始的。

一、 新名詞與日語借詞及現代術語的關係

本書的寫作動機之一，來自一個語料觀察：1900 年至五四運動之間，是新名詞大量湧現的關鍵時期。早期中國學者作為見證者，記錄了超過四千個新名詞。然而，在這些詞中，有 1,039 個詞雖然已經被現代術語系統收錄，但當代關於日語借詞的研究卻幾乎未曾觸及這些詞（參見圖 1 的 B 區，後文稱「未定新名詞」）。這個矛盾現象引發了本書的基本問題：為什麼這些詞會在當代日語借詞研究中可以說是被忽略呢？要了解新名詞的詞源地位，可以先從宏觀的角度出發，比較新名詞與日語借詞、現代術語三者之間的交涉關係，請參考圖1。這三類詞彙構成三個部分重疊的詞集，分別是日語借詞（'I'）、現代術語（'II'）、與新名詞（'III'）。

關於日語借詞，是指當代日語借詞研究中，至少有三位學者曾討論過的詞彙。這個詞集共包含 3,224 個詞。這些詞的借詞地位常有爭議，因此

新名詞　xiii

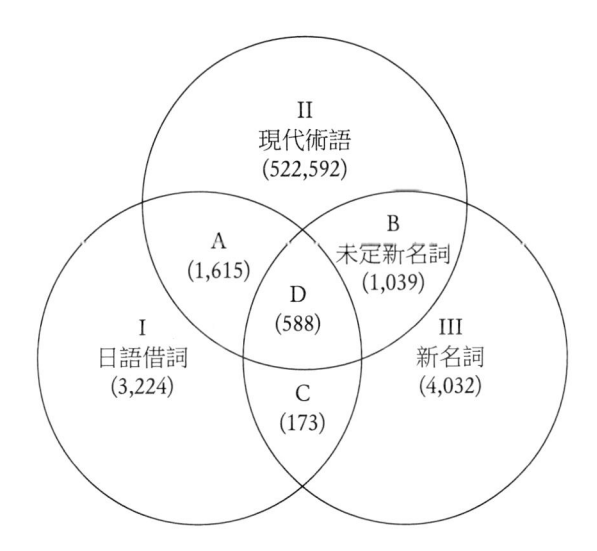

```
            II
          現代術語
         (522,592)

        A         B
      (1,615)  未定新名詞
               (1,039)
   I      D         III
 日語借詞 (588)      新名詞
 (3,224)            (4,032)
          C
        (173)
```

圖 1: 日語借詞、現代術語、新名詞的維恩圖

稱它們為「日語借詞」時，是採取一個較廣義的定義[1]。這類借詞包括和製漢語、迴歸詞、概念重構詞、以及日本對外語音譯詞等。凡是學界八十年以來認為可能來自日語的詞語，無論是否具爭議性，都被納入（T）詞集中（詳細介紹，請見頁 xxxiii）。不過，這並不表示學界已完全釐清這三千多個詞的詞源，只能說，大多數詞彙的來源是相對明確的。

至於現代術語，其範圍依據國語教育研究院建立的術語資料庫。這個詞庫涵蓋超過 150 個知識領域，除了各類專業用語，也包含國小至高中的教材詞彙，總計收錄約五十二萬條現代中文術語，是目前最具代表性的現代術語資源。相較於一般詞典，這種做法的好處在於，更能有效排除非現

---

[1] 學術界在討論日語借詞，所涉及的詞彙種類十分繁多。這些詞彙中，大多可歸入日語借詞的各類型，當然也包含部分爭議性詞彙。若採較寬鬆的定義，約有 87% 的詞彙在分類上至少具備薄弱共識。也就是說，即使不同學者在具體分類上略有歧見，但在主要判準下，多數看法趨於一致，顯示詞源判斷已有初步共識。在這些詞中，有 1,448 個屬於薄弱共識，約佔 45%；另有 321 個詞學界看法分歧，無法形成明確傾向，約佔 10%。這類詞彙可視為真正的「有爭議詞」，無法歸入任何單一分類。儘管仍有約 13% 的詞彙存在歧見，整體而言，這組資料仍可作為日語借詞研究的基本語料。一是，它反映了目前學界的分類共識；二是，新名詞研究本身不侷限於日語借詞，因此這批詞更能呈現兩者之間模糊區段的實際情況。如果進一步提高標準，僅納入至少有五位學者討論過的詞彙，總數將降為 1,324 個，爭議詞的比例也會隨之下降。

代詞彙[2]。

　　關於新名詞，是指本書所整理的八部早期新名詞研究著作中出現的全部詞彙，但不包含對《新爾雅》與《盲人瞎馬之新名詞》兩書所進行的全文詞彙分析[3]。

　　日語借詞、現代術語和早期新名詞這三個詞集，總共出現了四個交集區塊，分別標示為 A、B、C、D。那麼，A 區共有 1,615 個詞，是指同時屬於日語借詞與現代術語的詞，但不屬於早期新名詞。例如：事件、乳劑、主體、傳導、作用、冷卻、分化、加速。B 區共有 1,039 個詞，是早期新名詞與現代術語的交集，但不屬於日語借詞。這些詞正是我所稱的「未定新名詞」，其來源與詞源地位至今尚未經當代學者充分探討。C 區共有 173 個詞，是日語借詞與早期新名詞的交集，但並不是現代術語。例如：美術、發達、浪人、律師、政府、國粹、開幕、座談。D 區則是三個詞集的重疊部分，共享三重身份，共有 588 個詞。這些詞同時被視為日語借詞、現代術語以及早期新名詞。例如：保險、博士、比例、名詞、法人、代表、定義、對象。這些詞的詞源長期受到注意，也大部分是公認的重要日語借詞。

　　有重疊的區塊，當然也存在不重疊的區塊。一是只屬於日語借詞詞集、但不屬於任何其他重疊區域的詞彙，共計 848 個，可以理解為廣泛被接受的日語借詞。這些詞既不是早期新名詞，也未作現代術語。二是中文自創的現代術語，數量最多，是整體中最大的區塊。三是僅屬於早期新名詞的詞，共有 2,232 個。這些詞既未當現代術語，也不是當代學者視為日語借詞，但確實是早期學者所討論的新名詞。這三組不重疊的詞彙，加上前述 A、B、C、D 四個交集區塊，構成整體的詞彙範圍。

二、 關於新名詞收詞的幾個問題

　　在正式進入新名詞的討論之前，還需要補充一點關於收詞的說明。上述所謂 B 區的未定新名詞之所以會出現，是否可能是因為收詞階段出了問

---

[2] https://terms.naer.edu.tw
[3] 由於這兩篇著作文字量較大，因此另外進行了全面的詞彙分析。《新爾雅》的分析結果見頁 14，《盲人瞎馬之新名詞》的分析結果見頁 240。

題？為了釐清這個問題，我提出幾個假設性的設問，有助於我們進一步理解詞彙分類上可能的漏洞。

第一個問題是：新名詞作為一種中文詞彙類型，會不會落在日語借詞研究範圍以外，因此不討論新名詞是合情合理的？這樣想，就被日語借詞的名稱誤導了。日語借詞本就是針對漢語詞彙而言的一個詞彙類型，理所當然屬於漢語詞彙發展史的討論範圍。王力在《漢語詞彙史》第九章〈討論鴉片戰爭以後漢語的借詞和譯詞〉中，先介紹了音譯詞，接下來就是討論意譯詞，包含日語借詞，所謂直譯詞，也包含概念重構詞等等。那麼，新名詞是針對同樣歷史階段而言，在中日文化交流的脈絡下在中國所出現的新造詞。在日本稱謂和製漢語的詞，來到中國最早被稱為新名詞。但和製漢語與新名詞不是一對一的關係，是因為新名詞本來就包含各種各樣的當時的新詞。所以，新名詞屬於日語借詞的範圍，而日語借詞理當牽涉到新名詞。

第二個問題是：既然新名詞本來也是日語借詞研究的一部分，那麼，會不會只是日語借詞研究還沒完全收集所有新名詞？這個疑問看起來合理，可是實際情況並不如此。日語借詞的學術研究已經有八十年，相關資料累積得很充分。雖然目前還沒有專門針對「日語借詞」或「和製漢語」的詞典[4]上市，但我在博士論文中已查閱 23 部相關專書和論文，總計超過兩萬個詞類（不論出現多少次，只要是同一個詞，只算一類）。在這些詞裡，被至少三位學者共同討論的日語借詞共有 3,224 個，包含不少屬於和製漢語，這正是本書所採用的詞集範圍。

換言之，這些詞不是隨機選出，而是根據明確的討論密度標準加以篩選。更重要的是，已有許多學者在整理日語借詞時，嘗試盡量涵蓋所有可能的詞彙來源，不但涵蓋現代語料，也包括歷史文獻和實用資料，其範圍與方法都相當完整。舉例來說，黃德清的《近現代漢語辭源》共收錄 43,000 個詞，其中包含 10,200 個日語借詞，沈國威的三部代表著作共計約 7,000 個詞，朱京偉約收錄 3,400 個詞，史有為主編的《新華外來詞詞典》則有近 3,200 個詞，陳力衛也整理出約 1,800 個詞。在這樣的情況下，仍有近千個

4　陳力衛先生和研究團隊正在編輯第一部和製漢語詞典，期待大作儘快完成。

詞從未被納入任何日語借詞研究，這種大規模遺漏的可能性較低。因此，單純以「尚未收集完整」作為解釋，並不令人信服。

第三個問題是：這些未定新名詞會不會其實不是日語借詞或外來詞，而是本來就存在於漢語中的固有詞？如果是這樣，理論上應該能在歷代詞典中找到書證。從詞形來看，確實有些詞在古漢語中出現過相同詞形。若語義未變，可能屬於「激活詞」[5]，這類情況本屬語言現代化過程的一部分，雖不令人意外，仍應視為中日文化交流的一環，值得納入討論。

然而，詞形重合並不足以判斷詞源，還要分析語義是否與古義相同。只要詞義來自日語語境，即使詞形古已有之，也應歸入回歸詞。這類詞應早已被現代詞源學關注。

如果這些詞果真完全不屬於日語借詞，那更應追問：為什麼它們曾引起早期中國學者的注意？既然被視為新名詞，表示其語義或用法在當時具有新鮮性或突兀感。這樣的歷線索顯示，這些詞的詞源身份確有可疑之處，更應納入系統分析與討論。

第四個問題是，未定新名詞之所以被忽略是不是都是因為早已被淘汰了？如果只是曇花一現的詞彙，也許無法引起後來學者的注意。不過，和現代術語資料對照之後可以發現，這一批未定新名詞中，其實都是常見術語，顯然並沒被淘汰，相反是生命力很強的詞彙。

我想，與其說未定新名詞是被遺漏的，倒不如說，這些詞可能是因為戰前的新名詞研究資料難以取得，也少有人整理過，導致這部分始終游離於語源研究之外。這也是重新整理這八部文獻的目的之一，就是把早期資料重新納入詞源學的討論範圍。

三、 研究目標

本導論要處理兩個問題：第一，這些未定新名詞的詞源與借詞地位究竟如何判斷？第二，使用資料庫的統計方法，是否能更客觀地辨識這些詞？這兩個問題攸關詞源分類的邊界。能釐清這批詞的來源，可填補分類

---

[5] 「但這些詞在漢語中突然活躍起來則是在 19 世紀和 20 世紀之交」，見於沈國威編著：《漢語近代二字詞研究：語言接觸與漢語的近代演化》（上海：華東師範大學出版社，2019），頁 229。

上的不足，也可能確認出一批過去從未明確歸類的新名詞或日語借詞。那麼，未定新名詞共有 1,039 個，因為詞數的關係，不可能一個個處理，尤其是因為篇幅有限，所以這裡先採取一個折衷方法，針對全部 1,039 個未定新名詞，先利用《漢語新詞資料庫》建立初步統計假設，再從中挑選 48 個最具代表性的詞，進一步進行歷史語義學的分析，用來驗證或修正統計結果。這樣的做法有兩個目的：一是確認統計方法是否可行，二是深入觀察這些詞的詞源與分類狀況。如果結果能與語義分析互相支持，就代表這套方法可推廣應用，若有矛盾，則可進一步修正分類依據與分析框架。

四、 當代新名詞研究的進展

早期的新名詞研究大致可分為三個階段。第一階段的研究有兩項主要特徵：一、目的是為新術語提供定義，二、尚未運用語言學方法。這一階段大致涵蓋 1900 年至 1911 年間，正是日語借詞大量進入漢語詞庫的時期，也是留日學生大量返國的階段結束。《新爾雅》、《新釋名》和《論新學語之輸入》屬於此階段。在這之前，中國基本上尚未展開對新名詞的系統研究。

第二階段的研究（1912–1919）呈現出另一種走向，特徵為對新術語持批判或排拒態度，並開始嘗試運用語言學方法。研究重心是尋找中日同形詞的書證，試圖證明新術語已有古文來源。可是，這類研究不關注詞義變化，也未認可固有詞形可能承載新的外來概念。這類研究傾向否定日語影響，被稱為「中源說」，將新詞視為對語言系統的威脅。《盲人瞎馬之新名詞》、《新名詞訓纂》、《日本文名辭考證》以及後來的《新名詞溯源》仍屬於此階段。

第三階段的研究（1920–1945）可視為早期語言學取向的起點，開始以造詞背景為對象，瞭解其來龍去脈。儘管對日語借詞仍抱持保留態度，方法明顯更細緻，對相關日本學術脈絡有更多掌握。《日譯學術名詞沿革》為代表作品。

以上三篇文章都屬於漢語詞源學的初期階段，可以視為「輸入階段」。這一階段的研究多聚焦在詞形，只要用漢字書寫，就被當作中文。有些受西方語言學影響的學者曾提出以詞義來判斷日語借詞，但當時尚未被普遍

接受。

　　二戰後，對漢語新詞的研究逐漸展開。學界開始辨識來自日語的詞彙，並嘗試建立分類體系。早期受訓於西方的學者深受語音主導的分類觀念影響，即根據語音相似度進行借詞判別。這套方法使得日語借詞、和製漢語、回歸詞等類型長期未獲重視，例如王力等學者對日語借詞採取較保守態度。此外，由於日本自唐朝以來繼承了漢字，有些研究者混淆字與詞的概念，認為日語借詞本質上就是中文詞彙，忽略了語義轉換與詞彙創新的歷程。

　　隨著歷史詞彙學的發展，學界逐漸接受漢字是東亞的「共同書寫語言」(scriptum francum)，詞彙多透過書寫而非語音傳播。因此，僅靠語音相似來判斷借詞的方式已受到質疑。研究者開始重視（詞形）、詞素組合（morpheme-based comparisons）與語義演變，並視為辨識外來詞的關鍵。同時也認識到現代漢語與古漢語在語義上的差異，許多同形詞實為（同形異義詞帶有新意義），可算作新詞。

　　從戰後至 2000 年前，日語借詞研究逐步建立起自身的術語與方法。其中一個關鍵發展是 1958 年王立達的借詞研究、1984 年出版的《漢語外來詞典》。這些研究明確承認日語借詞的重要地位，並針對漢字的特性發展出不同於西方的借詞分析框架。當時主流的分類大致分為三種：一是回歸詞（如「經濟」）、二是音譯詞（如「雷達」，音譯自英文 'radar'）、三是直譯詞（如「蜜月」，意譯自英文 'honeymoon'）。詳細分類定義，請見頁 xxi。

　　在當代語言學界，日語借詞的地位已不具爭議。但因分類方式尚未統一，歷史資料掌握程度也有差異，對某些詞彙的具體歸類仍存在爭議。例如部分詞為混合型：一部分來自外語詞彙，另一部分則沿用漢語語素，或在造詞時直接模仿日語結構。近年，沈國威提出「激活詞」的概念，指的是那些本屬漢語、但原本使用頻率極低的詞，在日語影響下於十九世紀末至二十世紀初突然變得常用。

　　當代研究雖有進展，但也仍有侷限。一是早期傳教士對漢語新詞的貢獻缺乏系統整理。多數外來詞詞典未引用傳教士文獻為書證，包括史有為的《新華外來詞詞典》、1984 年的《漢語外來詞詞典》、岑麒祥編的《漢語外來語詞典》。唯一近幾年引用傳教士文件較多的是黃河清的《近現代漢語辭

源》，如引用丁韙良、傅蘭雅、馬禮遜等人。為何要搜索傳教士文獻呢？舉例，「文藝復興」一詞的現代詞形、詞義，最早出自郭實獵（Karl F. Gützlaff, 1803-1851年）主編的《東西洋考每月統記傳》。即使，《近現代漢語辭源》有此一例，但同樣《東西洋考每月統記傳》也列出「文明」一詞幾個書證[6]，但《近現代漢語辭源》沒有列出。漢語詞源學，特別是日語借詞研究，期待未來將會重視傳教士文獻。

二是詞源學如同考古學，本質上離不開不確定性，未來仍可能出現改變既有認識的新證據。雖然我們努力讓書證與數據準確、完備，但在理論架構與假設建構上仍有創新空間，這些創新應來自不同詞集與來源的比較。外來詞本就來源多樣、時間跨度大，透過比較不同時期、來源、路徑、知識領域與作者，有助於釐清其語源，並發現更多有趣的現象。

三是多數研究仍以漢語為中心，這本身沒錯，本書也以漢語新名詞為主，但日語借詞的研究不應只看漢語文獻。前文已提，許多所謂日語借詞實際可追溯至傳教士文獻，說明日語借詞本質上是跨語系、跨時代的議題，而相關的系統研究仍付之闕如。

四是借詞研究對「深層詞源」（deep etymology）的處理仍偏弱，這與西方詞源學形成對比。西方研究強調跨語系的（廣度）與向上追溯至印歐語根的（深度）。若將古漢語比作古羅馬語，印歐語構擬期甚至可回溯至夏朝以前數千年。意思是，目前日語借詞研究著重於文字詞形而不是詞音。這當然有其道理，但也在某一種上限制了新借詞的發現。

五是中國詞源學與文字學是分開的。前者以詞本位為主，後者則以字本位為核心，兩者長期互不接軌，導致詞源研究的理論工具與方法侷限明顯，也在一定程度上限制了中文詞源學的發展[7]。

---

6 譬如1837年11月頁292：「文明之以留其教澤治。」、1838年1月頁315、318、334、同年4月頁353同樣：「文明而流教澤。」

7 關於漢語詞源學的歷史發展，可參考楊光榮《詞源觀念史》（成都：巴蜀書社，2007年）。

新名詞的分類

這一節要討論的是新名詞的分類。所謂「新名詞」，原本就是一個以歷史背景為主的分類名稱，專指清末民初在漢語詞彙中出現的新造詞。從今天來看，這些新名詞多數是來自日語的借詞，但其中也包括一些由中國人自行創造的詞彙，甚至還有部分實際上是由傳教士所造，卻在後來被誤認為日語借詞的詞語。因此，接下來我會先介紹日語借詞的基本分類，再進一步擴大範圍，討論所有外來詞的分類方式。最後，我會用一張新名詞的大分類圖來統整所有這類術語，使這些分類之間的差異能夠一目了然。

當代學界對日語借詞的分類，並非一開始就完整，過去先依據漢語構詞法來判斷，後來才慢慢引入語言學的其他因素，包括詞義、使用頻率等等。在這個過程中，也出現過一些不一樣的嘗試。例如，1958 年王立就提出，應該考慮地理因素，重點不僅是詞形怎麼變，也要問這個詞是在哪裡產生或從哪裡傳入的。也有研究者強調西方傳教士的角色，整理他們中文寫作中所使用的新詞。

研究日語借詞時，總會遇到一個根本性的問題：到底怎樣的詞才叫做「外來詞」？是看詞形、看詞義，還是要從文化背景、社會歷史或地理來源去判斷？這個問題在遇到漢語中的外來詞特別難解，原因在於漢字的特性和西方拼音文字不同。

在西方語言中，大多數外來詞可以透過詞形直接辨認。這是因為拼音系統本身反映發音，只要詞中出現某個外語語素，就能看出它具有外來詞的身份。在西方語言裡，音譯詞是外來詞的主要形式。由於書寫系統是表音的，音譯詞也就成為最容易辨認的一類。

但漢字詞不是這樣。雖然漢字中有形聲系列，也就是不少漢字部件具有某一種規律的表音功能，但漢字整體仍是以表義為主的文字系統。它可以用來書寫許多語言，不限於漢語，也能書寫日語、韓語、越南語。由這些語言創造出來的新詞，其他使用漢字的讀者也能從字面上理解意思。

舉例來說，日本人若使用漢語的構詞法創造新詞，如「進化」、「哲學」、「會社」、「親屬」、「物語」等，中國人也可以直接理解。這些詞在詞形與詞義上都符合漢語習慣，因此不太像外來詞。問題就在於，這些詞究竟是不是外來詞？

這個問題的關鍵，是怎樣理解「外來」兩個字。如同問某一個人是不是外國人一樣，要以外表（詞形）判斷？還是以文化習俗、想法（詞義）來看？又或者應該以出生地、護照（造詞者[8]）為準，來界定詞的歸屬？

中國學界對於口語借詞的分類，正是在這樣的思辨過程中逐漸擴展的。早期只關注那些形式明顯不同的詞，後來開始將語義上的轉變也視為一種借詞形式，如今更將造詞者的身份納入考量。也就是說，只要該詞不是中國人所創，即使詞形與詞義皆近似於漢語，也可視為外來詞。

這樣的擴大定義的趨勢，值得肯定。既然如此，目前學界對日語借詞的分類方式仍並不一致。有的學者只分三、四類，有的則多達二十幾類。我在博士論文中曾做過詳盡整理，這裡不再贅述。分類太少，會模糊一些重要的差異，分類太多，則容易失去重點。

日語借詞分類

針對日語借詞而言，在我們掌握一個詞的形、義、源三個面向的情況下，可以細分以下五類：

第一類是「回歸詞」。這些詞在詞形上是固有漢語詞，在詞義上原本並不具有現在的意思，現代詞義是日本人賦予它的。是明治維新時期日本人為了翻譯西方新知識而借用既有漢語詞而來的。在日本人借漢語詞表達西方意思之前，這些詞大多數算古代漢語詞，使用頻率上遠不如今日。由於詞義並非沿襲自古漢語，而是直接來自日語，且間接來自西方知識與文化的翻譯脈絡，因此不能僅憑詞形判斷其來源。從語義路徑來看，這些詞應視為日語借詞。正因如此，在頁 xxvii 圖 2 中，我將回歸詞一方面擺在故形位置上代表有古漢語詞形，另一方面在詞義上歸入介於日本和西方的重疊範圍，以反映其詞義來源與借詞脈絡。

第二類是「和製漢語」。這類詞的詞形有直接或間接證據可以證明是由日本人創造的。有些詞的造詞者在筆記或著作中明白指出自己是發明者，例如余又蓀（見頁424）整理的詞表就列出過這類例子。另一些詞雖然沒有明確標註造詞者，但最早的書證出現在日語資料中，也可以因此在沒有其

---

[8] 余來明稱之為「詞語發明權」（余來明、王杰泓：《新名詞與文化史》，武漢：武漢大學出版社，2022 年，頁 14）。

他來源出現之前先假設是日本人所創。假設的說服力依照資料豐富與否而定,我在建置《漢語新詞資料庫》[9]時已經考慮到這點[10]。如同回歸詞,「和製漢語」的出現,是為了表達新的概念,尤其是學術領域的新概念。因此,這些詞多數是名詞。和製漢語的特點是在強調「日本人為了翻譯西方概念而造詞」。可是,廣定義下的和製漢語當中,有大約四分之一的部分,日本人只負責傳播或第一次大規模使用,但並不是造詞者。這一類就是所謂西源日語借詞。

和製漢語雖然源自日語,可是詞義與十九世紀以降的西方知識、文化密切相關,是東亞知識交流背景下產生的詞彙。因此在頁 xxvii 圖 2 中,用灰色底色標記這兩類詞,以表示它們與西方淵源較深。

第三類是「西源日語借詞」。詞形上完全符合漢語構詞法,詞義上表達一個與西方文化、早期科學知識相關的概念,造詞方面也明確,其最早的書證見於西方文獻。可是這些詞最初並不是直接傳入中文,而是先在日語中廣泛使用,之後才回流到中國。這種傳播方式在某些方面類似佛教用語的歷史路徑:某一些佛教專有用語先經過日本的重新整理與系統化,再逐步滲透回漢語。西源日語借詞的名稱顧名思義反映了兩件歷史事實:一是詞源來自西方,二是傳入中文的路徑是透過日語。所以在圖 2 中,我把「西源日語借詞」同時歸入西方區塊與日本區塊,以反映這些詞的詞源特性。

第四類是「日語詞」。這類詞的詞形在漢語中較為少見,甚至不符合漢語構詞法。詞義上也帶有明顯的日本文化背景,例如「天皇」、「物語」、「歐巴桑」等。這些詞雖使用漢字書寫,但其詞義與文化語境明顯屬於日本語言,因此毫無疑問的是外來詞。

第五類是「激活詞」[11]。這些詞早已出現在古漢語中,各歷史時期的文獻也可見。然而,日本人用這些詞來表達新概念,使得這些原本不常使用的詞,也在漢語中突然活躍起來。從詞義上來看,往往難以分辨是新詞還

9　Christian Schmidt(柯斯安), *Western Origins of Japanese Loanwords in Chinese: Academic Evaluation and Lexical Resource Construction*(漢語中的西源和製漢語:學術評析與辭典資料建置), National Taiwan University, PhD Thesis, 2023.

10　見頁 xlvi 以後關於核密度估計相關的考量和計算方法的討論。

11　參見頁 xvi,註 5。

是舊詞。嚴格說來，這些詞不算是借詞，而是東往東來知識交流自然產生的現象。在圖2中，同屬於故形、故義中南部的位置。

外來詞分類

上面所說的日語借詞分類，是在掌握一個詞的詞形、詞義與來源的情況下才能討論的。可是，如果無法確認造詞者，即來源不明，就無法再確認是日語借詞，只能當作一般外來詞來分析。這時候，只能根據詞形和詞義來判斷。依據這兩個面向，又可以區分為以下幾類：一類是「音譯詞」、二類是「直譯詞」、三類是「概念重構詞」、四類是「新名詞」。

第一類是「音譯詞」，指的是把外語詞按照中文的發音系統，用幾個接近的音節來模擬原詞。在翻譯時，中文還需要額外處理：每個音節都得挑選一個相應的漢字[12]。有些音譯詞是日本先造詞，例如「俱樂部」，後來才傳到中國。但也有不少是中國自己造出來的音譯詞，例如「埃及」和「咖喱」。音譯詞的造詞過程中，中文常出現幾種特殊情況：一是漢字單純作為拼音工具。例如「巴士」中的「巴」與「士」，或者「咖啡」中的「咖」與「啡」。這種音譯詞的另一個特徵是，整體往往缺乏語素間的意義連結，字字之間無明顯語義關係，凸顯出字的語音功能。再例如「伯理璽天德」（president）、「愛康諾米」（economy），難以由字義推知原意。二是選字時同時考慮語音與語義。例如「猛獁」對應'mammoth'，其中「猛」表示巨大和兇猛，同時音近，而「獁」模擬發音之外，也表示是某一種大型動物。三是兩個字分別負責表音與表意兩個功能，像「卡車」這個詞，「卡」對應英文'car'的音，「車」則表示車的意思，又如「古蘭經」，「古蘭」主要是音譯（只不過「古」又同時兼具音義），而「經」補上語義範疇層面。

音譯詞都必須先經過語音上的適應（phonetic adaptation），也就是把外語詞音節結構轉換為目的語言可接受的音節結構。舉例來說，英文的'Gypsy'原是兩個音節，音譯時拆解為「吉」、「卜」、「賽」三個音節，再加上一個語義標記詞「人」，變為「吉卜賽人」。整體上，語音勉強貼近原詞，在語感上也難免不自然。所以，有些音譯詞不太容易對照原語，譬如「冰

---

12 由於漢字本身帶有語義，即使單純為了拼音而選字，也很難完全避免意義的干擾。因此，嚴格來說，中文裡並沒有純粹的音譯詞。

淇淋」怎麼對應 'ice cream' 呢？漢語裡沒有複輔音 kr- 的音，所以先拆解為 'k' 音與 'r' 音，再分別對應到兩個漢語音節。又因為漢語沒有 'ki' 音節，只好借用清齒齦後擦音（/ɕ/）或送氣塞擦音（/tɕʰ/）來模擬。這就說明了「淇」的來源。至於「淋」，其「l」與「ng」兩個音則用來同時對應 'cream' 的 'ri' 以及結尾的 'm' 音。最後，因為音譯「淇淋」不夠明確，加一個「冰」字頭，屬於直譯，是為了加強語義聯想。

近代中國最有名的翻譯家嚴復，也曾嘗試使用音譯，但成效不佳。他試將 'total' 譯為「拓都」、'unit' 譯為「么匿」、'bank' 譯為「板克」、'nerve' 譯為「涅伏」。這些詞都沒有受人親睞而消失無蹤。

只有「邏輯」（'logic'[13]）與「烏托邦」（'utopia'[14]）這兩個詞流傳至今，成為少數成功的音譯例子。「烏托邦」這個詞值得特別說明。它與原文在詞形上只是音譯關係，卻能激起漢語使用者的語感聯想。「烏」可聯想到「黑」或「無」，「托」可理解為「依靠、寄託」，整體可理解為「無所依託之邦」。這雖與 'utopia' 的字源（ou- 非 + topos 地點 + -ia 抽象詞尾）不符，卻在語義上與虛構的理想世界相合。嚴復雖然常被批評其音譯不雅，但這個詞反而成了音譯帶意譯的少數成功例子。

從 19 世紀中期到二戰之前，音譯被視為一種不得已的翻譯方式，在當時語境中，似乎也帶有一種文化上的自卑感。正因如此，音譯並不是當時的主流翻譯方法。在圖 2 中，音譯詞被劃入兩個不同的位置，反映出音譯詞有兩種不同的來源。第一類音譯詞出現在中國造詞者的區塊中，但同時也屬於與西方文化、知識相關的範圍，這類詞表示華人直接根據西方語詞音譯而造的新詞，是中國自創的外語音譯詞。另一類音譯詞則是日本學者先針對西方詞語進行音譯，這些詞後來才被引入漢語。例如英文 'lymph' 在日語中音譯為「淋巴」，再傳入中文。這類詞因此標示在日本與西方重疊的區塊，說明它們與兩者皆有關聯。

---

[13] 'logic' 一詞，原本是希臘語 logos，意為「言語、言辭、陳述、論述、計算、賬目」等。嚴復採用「邏」這個字，代表「巡查」、「邊界」，可以聯想到「嚴格辨別類型」的意思，而「輯」則有「蒐集整理」的意思，也能聯想到「分類、辨別」。這樣的翻譯符合一般人對「邏輯」的理解，即嚴格辨別是非、對錯。

[14] 'utopia' 一詞，原是湯瑪斯・摩爾（Thomas Moore, 1478 - 1535 年）的著作書名。

第二類是「直譯」(calquing)，又稱「意譯」，是根據原詞的語素結構，逐一翻譯成中文。對大多數母語者來說，這類詞看起來就像是語感正常、語法正確的中文詞，甚至帶有一點趣味，但仍屬於正統中文用法，譬如：「摩天（大）樓」(sky scraper)、「熱狗」(hot dog)、「體溫」(Körpertemperatur)、「斑馬線」(zebra stripes)，也有一些詞的來源比較複雜，例如「鎖骨」，源自醫學拉丁語 'clāvis iuguli'，意思是「脖子之鑰匙」[15]。嚴格來說，直譯是一種翻譯方法，與誰造詞無關。但在實際分類時，學界慣常將中國翻譯家所創造的直譯詞歸為「直譯詞」，而把日本人直譯的詞視為「和製漢語」的一部分。在圖 2 中，我隨著學者的慣例把「直譯詞」視為華人直譯的詞，劃在中國與西方重疊的區塊，用以標示其詞源關係。

　　可是，當原詞本身語源不清，或帶有特殊隱喻時，直譯就變得困難。例如 'kangaroo' 一詞，來自澳洲原住民語言，無法分解為可對應語素，又如 'giraffe'，源自阿拉伯語 'zarafa'，再傳入義大利語 'giraffa'，其語音與語義之間缺乏明確結構，也難以仿造翻譯。再如 'metamorphose' 這類由多個希臘語素組成的詞，其語素結構既複雜又不透明，不容易拆解為可譯單位。遇到這類情況，中文通常採取下一種翻譯策略：概念重構詞。

　　第三類「概念重構詞」，是指在翻譯西方知識的過程中，中國人、日本人或西方傳教士根據外來概念，運用漢語構詞法創造出來的新詞。這類詞語在詞義上對應外語詞，但詞形的造法通常較自由。造詞的目標，是讓詞形與詞義之間達到貼切與平衡。只要翻譯對象是外來概念，即使造詞者不明，這類詞仍應納入外來詞的範圍。典型的例子包括：嚴復翻譯的「天演」、日本西周創造的「哲學」，以及傳教士所用的「保險」等。

　　「概念重構詞」這一分類，是我在博士論文中首次提出。當時我注意到，早期的中日翻譯者在處理西方專名時，常發現原詞已不再只是命名，而是經歷過語義轉變。例如英文 'cell'，原意是「小房間」，來自拉丁語

---

[15] 此講法或許來自更早的希臘醫學，將 S 形的骨頭比喻為鑰匙骨。鑰匙與鎖二詞，分別在拉丁語、德語中均同源，前者 *-claud「鎖起來」，拉丁文 'u/v' 不分，而 'd/s' 發生音轉，構成 'clavis'。德語 'Schlüsselbein'「鑰匙腿」要說明兩點，一、德語 'Bein'「腿」與英文 'bone'「骨」同源原指骨，二、德語 'Schlüssel'「鑰匙」與 'Schloss'「鎖」亦同源，均是「可以鎖的、被鎖的」兩種意思，然而該德語又是醫學拉丁語的直譯，包含鑰匙之於鎖之間兩者皆可的模糊界限。中文的直譯則選擇了以鎖來翻譯。

'cella'。在生物學中，這個字的意義發生了隱喻變化，指的是基本生命單位。若直接翻譯，只能得到「小室」或「小間」，無法表達科學概念。因此當時中文譯者根據語意創造了「細胞」這個新詞，貼近概念，也符合漢語語感。這就是一種以概念為主的造詞方式。

再補充兩個例子。第一是 'hydrogen'，字源為 'hydro'（水）加 'gen'（產生），意思是「產生水的」。中文沒有仿照語素直譯成「生水素」或「製水質」，而是創造了「氫氣」，簡稱「氫」。第二是 'satellite'，原義為「隨從」，後來語義轉變為繞行天體的物體。在現代語境中指「人造衛星」。若直譯，只會得到「陪伴者」或「隨行物」等模糊詞。中文因此根據概念重新造詞，創造了「衛星」一詞。

當源語詞義已變，直譯往往會產生誤導，此時以語義為基礎的「概念重構」就是較直接的做法。有些學者質疑這種分類，認為語義借用難以證實，詞義對應也難以界定。但從科技與學術詞彙的產生過程來看，多數專有名詞的翻譯都是有意識、有目標的，是多人協作與修訂的結果，可視為一種有計畫的詞形與詞義重構。

因此，儘管「概念重構詞」在形式上看似中文自創，但若從語義對應角度來看，仍屬於外來詞的一種。圖 2 中，我把這類詞劃在西方與日本專屬區之外，單獨標示為與西方概念相關的範圍。這樣安排，是為了指出這類詞與源語的形式聯繫最弱，也最難考察詞源。如果造詞者不明，就只能暫時根據語義對應作為假設性的分類依據。

第四類是「新名詞」。新名詞是一個模糊的分類，它的判準不在於構詞方式，而是在於出現的時代背景。一般所說的新名詞，特指清末民初，漢語詞彙經歷劇烈變動時期所創或出現的新詞。當時詞彙來源多元，其中以日語借詞最多。但由於當時語言學尚未成熟，還無法準確辨識借詞。

時代背景使得不少新名詞在詞形和詞義上變化，有些甚至迅速遭到淘汰。「新名詞」的學術價值在於標示語詞的歷史背景與當時的關注程度，但不涉及來源判定，也與造詞者無關，未必反映外來概念。

在這一類中，還可以進一步區分出一種「誤植詞」[16]。這類詞與外語無關，也無法從古義推導出新義，只能理解為語言變動中的偶發創造，是屬於多半自然產生了故形新義的詞彙。

最後要補充一點說明：從這裡開始，我多用「和製漢語」而較少使用「日語借詞」，是因為「和製漢語」和「新名詞」都是具有明確的歷史時期意涵，而「日語借詞」範圍過度廣泛。

總結以上的討論，如圖下：

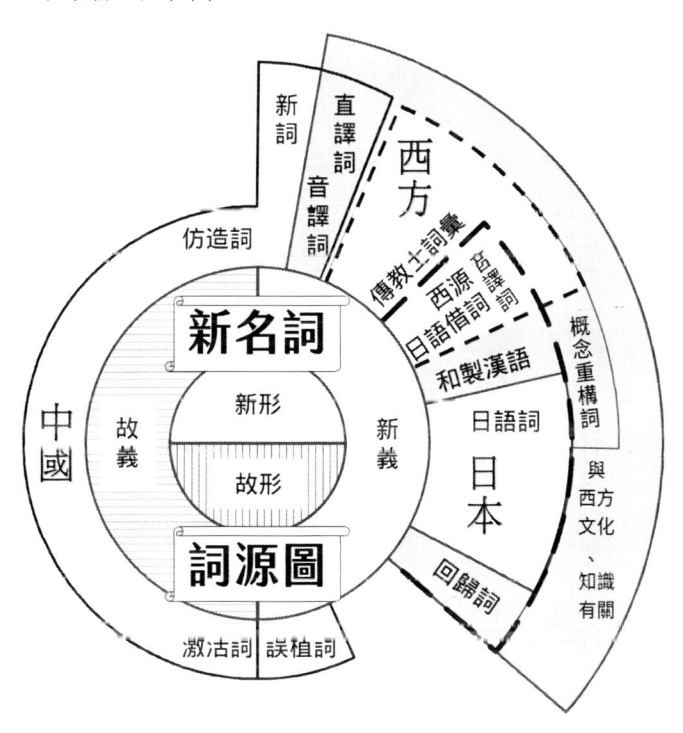

圖 2：日語借詞的分類架構

---

[16] 一般新名詞當中還可細分，當新詞與外來詞無明確關係時，可稱為「誤植詞」。用余來明的話說：「有的古典漢字詞在演變為新語之後，既完全脫離漢語詞的原義，也不切合對譯詞的本義，又無法從漢字詞的詞形推導出新的意義來，新詞義全然是生造的、人為強加的，這便是『誤植詞』。」見《新名詞與文化史》，頁 16，同前註，頁 xxi。

早期中國新名詞研究：貢獻與限制

第一節　　早期研究的貢獻

　　早期中國學者是在新名詞大量出現的時期，直接觀察並記錄語言變化的關鍵人物。他們的工作有幾個重要層面。

　　首先，是對新名詞的即時記錄。當時學者具有語言上的敏感性與觀察力，使我們得以掌握哪些詞在特定歷史時期受到注意。如果沒有他們當時所建立的詞表，我們今日幾乎無從得知清末民初哪些詞曾被視為重要或新奇。因此，他們建立的詞表具有資料保存的意義，也提供了詞彙史的研究依據。

　　其次，是對當時語言世界觀的反映。無論當時學者是出於困惑、焦慮或興奮，他們所關注的新名詞都反映出語言與思想變化交織的歷史現場。這些詞彙常常帶有劃時代的概念轉變，是理解語言如何參與思想變遷的重要切入點。

　　第三，是對現代研究的補正與彌補。儘管早期學者缺乏現代語言學的研究方法與工具，他們的著作仍具有不可取代的價值。許多當代學者忽略的詞彙，正好在這些早期資料中留下痕跡。如今能夠透過這些資料補足現代研究的不足，特別是在大量歷史文獻失傳、語感無法還原的情況下，顯得格外珍貴。

　　最後，有助於釐清詞彙的歷史演變。這些資料讓我們觀察到詞形與語義是如何變動的。例如，一個新概念可能最初曾以多種不同詞形出現，最後才逐漸穩定為今日的形式。即使某些詞僅出現一次，也具有追溯詞彙發展歷程的研究意義。茲列出一些例子，這些詞彙僅出現在八篇早期著作之一中，但今日已普遍認定為和製漢語，可見每一篇的價值就在於首次記錄那些重要的新名詞。

第二節　　早期研究的限制

　　早期學者的研究確實存在一些不足，但不應過於苛責。當時中國語言學剛剛起步，若以今日的語言學標準來衡量，並不恰當。漢語第一本文法

表 1：僅出現在單一著作中的和製漢語

早期新名詞著作	僅在該著作所記錄的和製漢語
《新爾雅》	美感、個性、質量、物權、歸納法、電話、利己主義
《新釋名》	美術品、方法、主筆、無意識、絕對的、機能
《論新學語之輸入》	法則、特質、具體、抽象、實際、語源
《盲人瞎馬之新名詞》	盲從、場合、讓渡、引渡
《新名詞訓纂》	平權、風潮、特色、個人、精神、人道、運動、文明
《日本文名辭考證》	表情、天皇、公民、假名、新聞
《日譯學術名詞沿革》	表象、否定、理性、絕對、想像力、真理、世界觀、散文
《新名詞溯源》	麵包、樂觀、流行、簡單、作家、幽默、藝術、唯心

著作《馬氏文通》出版於 1898 年，當時學術界尚未具備處理日語借詞的理論工具。

根據黃河清的《近現代漢語辭源》，章炳麟在 1902 年《文學說列》中才首次使用「外來語」一詞[17]。當時晚清白話文運動仍在進行，學界仍在討論是否廢除文言文，尚未形成足以處理外來詞的語言學方法與詞彙分類系統。有趣的是，胡適在《文學改良芻議》中提出八項文學改良原則，卻未明確建議使用新名詞[18]，這說明早期學者對詞彙問題的關注出現得相當早，當時已經有意識地進行觀察與整理。這些工作雖然受到條件限制，仍為後來的研究奠定了初步基礎。肯定這些努力的同時，也必須指出其研究確實面臨不少限制，下面就列出幾個主要問題。

首先，是外在文化因素的制約。清末以前中國對日本文化與社會發展缺乏興趣，明治維新對中國的實際影響有限。雖然 1870 年代已有許多日語新名詞出現，但直到 1900 年之後，大量留學生赴日，這些新詞才開始傳入中國。這一波詞彙輸入伴隨著兩種矛盾心態：一是強烈的改革衝動，凡是對救國有幫助的事物都急於引進；二是羞辱感作祟，對比中日國力，常感

---

[17] 同年《新民叢報》亦有使用該詞，直到 1958 年高名凱《漢語外來詞研究》中，才出現「外來詞」的提法。參見黃河清主編：《近現代漢語辭源》（上海：上海辭書出版社，2019 年），頁 1536。

[18] 胡適提出的八項改良原則為：一、須言之有物；二、不摹仿古人；三、須講究文法；四、不作無病之呻吟；五、須去濫調套語；六、不用典；七、不講對仗；八、不避俗字俗語。值得注意的是，雖主張白話，但本文以文言撰寫。參見何九盈著：《中國現代語言學史》（廣州：廣州教育出版社，2000 年），頁 20。

自慚形穢。在這樣的情緒背景下，新名詞的引入一方面受到歡迎，另一方面又引發了「忘本滅祖」的焦慮。

其次，國際地位的低落影響了當時的學術態度。由於國勢衰弱，部分知識分子不願正視外來語對中國語言的衝擊，傾向否認從日本引進新詞的必要性。這種態度反映了當時中國知識界在文化自信與現代化之間的張力。

再者，早期學界尚存兩個不足：一是未能發展出日語借詞的分類方法；二是僅僅找出相同兩字的同形詞，而不考慮其詞義的更新。以《新名詞訓纂》中對「制度」、「總統」、「服務」的解釋為例：

制度《唐書·百官志》：「朝廷制度。」

總統《漢書·百官表》：「參天子而議政，無不總統。」

服務《論語·稽求記》：「有事，弟子服其勞。」謂服事勞役之務。

《日本文名辭考證》在早期著作中已算是較為進步的例子，對詞義的說明也相對清楚。然而，在推論詞源時，仍常見將近代語義強加於古文語境的情形，這在當時是相當普遍的作法。例如，劉鼒和對「公法」一詞的詮釋便是如此[19]。

公法 吾國法律向無公法私法之分。自譯外國法律名詞，乃有萬國公法之名，此係譯自西文者。萬國公法，在日本文譯作國際公法。又日本法學家，分國內法為公法與私法兩類。如憲法、刑法、等屬於公法，如民法、及商法、等屬於私法。而吾國古代法家韓非子五[20]蠹篇中有曰：「州部之吏，操官兵、推公法，而求索姦人。」按韓子此語，即以刑法為公法，正與現今日本名詞義合[21]。

---

[19] 關於「公法」及相關知識的傳入與接受，可參見張壽安主編：《晚清民初的知識轉型與知識傳播》（北京：北京師範大學出版社，2018年），頁259—265。

[20] 原文見「玉」，繕誤，是「五蠹」。

[21] 劉鼒和著：《日本文名辭考證》（北京大學日刊，1919年5月7日至6月18日），「公法」考釋載於5月23日版。）

最後，是對西方文獻的視而不見。清末時代當下的人對於鴉片戰爭以來，西方傳教士在中國的出版活動和知識傳遞知之甚少。無論從歷史事實還是政治心理，都無法知曉也難以接受傳教士對漢語詞彙的貢獻。因此，當有西方新詞經過日本回流到中國時，中國學者一般對這些新名詞的來源毫不瞭解，還誤以為都是日語借詞。

未定新名詞：語料與詞源初探

這章要討論的是未定新名詞在《漢語新詞資料庫》中的語料情況，目的是透過語料的描述分析未定新名詞的基本特徵。在進入語料分析之前，我會先說明資料庫的建置理念與基本架構。

《漢語新詞資料庫》，顧名思義，是針對漢語中新出現的詞彙加以整理。從時間範圍來看，資料庫以 1800 年到 1920 年間的語料為主。不過，許多傳教士所使用的詞彙可以追溯到明末清初，因此資料庫也包含不少約 1600 年前後的語料，但不收錄 1500 年前或 1960 年後的資料。從詞彙結構來看，日語借詞佔了很大的比例。這是因為資料庫設計的核心目標就是為了研究日語借詞[22]，並建立一份當代學界常見的總詞表。這份總詞表收錄的是學術界廣泛討論過的日語借詞，特別是與詞源相關的研究成果。因此，資料庫中針對日語借詞的資料特別詳盡。不過，漢語新詞的範圍遠比日語借詞廣泛，因此除了日語來源之外，還包含各類現代自造詞與其他語源的新詞。因此，資料庫也系統性地收錄了許多並非日語來源的漢語新詞。

---

[22] 在博士論文中，我分析了 23 篇現代日語借詞研究著作：（1）《漢語外來語詞典》，岑麒祥，1984；（2）〈和製漢語一目覽〉載於《漢字百科大事典》，佐藤武義，1996；（3）《美意識的種子—和製漢詞對中國現代文學的影響》，周聖來，2016；（4）《清末民初和改革開放從來的日源借詞及其漢化研究》，曲紫瑞，2016；（5）《交錯的文化史－早期傳教士漢學研究史稿》，張西平，2017；（6）《近現代漢語辭源》，黃河清，2020；（7）《現代漢語外來詞研究》，高名凱、劉正埮，1958；（8）《現代漢語中從日語借來的詞彙》，王立達，1958；（9）《中國人留學日本史》，実藤惠秀，1981；（10）《漢語外來詞詞典》高名凱、劉正埮、麥永乾、史有為，1984；（11）《跨語際實踐》（原書名：Translingual Practice），劉禾，1995；（12）《近現代漢語新詞詞源詞典》，2001；（13）《觀念史研究－中國現代重要政治術語的形成》，金觀濤、劉青峰，2010；（14）《日本明治時期北京官話課本詞彙研究》，陳明娥，2014；（15）《現代漢語詞典中的日語借詞研究》，森田聰，2016；（16）《明清漢語外來詞史研究》，趙明，2016；（17）《新華外來詞詞典》，史有為，2019；（18）《漢語近代二字詞研究：語言接觸與漢語的近代演化》，沈國威，2019a；（19）《一名之立旬月踟躕：嚴復譯詞研究》，沈國威，2019b；（20）《近代中日詞彙交流研究：漢字新詞的創制、容受與共享》，沈國威，2020；（21）《清末民初詞彙研究》，張燁，2019；（22）《東往東來－近代中日之間的語詞概念》，陳力衛，2019；（23）《近代中日詞彙交流的軌跡》，朱京偉，2020。

資料庫簡略說明

　　資料庫目前收錄約兩萬多個曾至少由一位學者討論過的日語借詞，另有約四千個詞來自我對早期中國新名詞研究所整理的詞表。為了補足與驗證現有研究成果，我從臺灣、中國、日本等多個來源蒐集詞彙，當中也包括一些雖尚未明確界定是否為新詞，但有明確出處的詞語。整體加總後，資料庫總計超過七萬筆詞條。

　　在研究方法上，我設計了一套上層分類系統，共八個分類向度，分別是詞形、詞義、詞音、書寫系統、造詞者、借詞路徑、借詞方法與詞彙整合。每個向度都對應若干選項，有助於將不同學者的分類標準轉換為統一格式，進一步以數學方式判斷學者之間對每一詞條的分類是否一致。我把這個數值稱作「相同認知程度」，是一個用以量化分析共識程度的指標。

　　根據統計結果，在目前學界最常討論的三千多個日語借詞當中，只有約一千四百五十個詞（約佔45%），在詞源與分類上達成明確共識；其餘一千八百多個詞（約佔55%），僅有弱共識，甚至出現明顯爭議。這些爭議的原因很多，但我在此最關心的，是缺乏「造詞者」這一歷史性因素的客觀標準。目前研究大多依賴語言學上的判準，例如詞形是否符合漢語構詞方式，來判定某詞是否為日語借詞。然而，這類判準忽略了造詞者當時的語言選擇與造詞動機。事實上，不論是日本學者還是西方傳教士，在造詞與翻譯過程中往往有意遵循漢語的語法與構詞習慣。因此，詞形特徵與造詞者無關。

　　為了解決這個問題，我提出了「最早書證」的概念，作為輔助判準。除了語言學因素如構詞法、語素功能與出現頻率等之外，也要考慮詞彙出現的時空背景與文獻流傳的地理位置。透過比對大量語料，可以判斷某個詞是最早出現在中國、日本、傳教士撰寫的文獻，還是近代翻譯詞典。如此一來，才能更準確推定詞源路徑。

　　現代術語方面，對於某個詞是否可歸入現代術語，也不能僅以一般詞典為準。多數詞典同時收錄古今詞彙，其中不少已經不再使用。我改採國語教育研究院所建置的線上詞彙資源作為標準資料庫，該詞庫涵蓋超過150個知識領域，總計收錄約五十二萬條現代中文術語，是目前最具代表

性的現代術語資源。

　　未定新名詞方面，之所以是提出這個概念，是因為透過對比三組詞彙後所發現的：一是當代漢語詞源學所聚焦的日語借詞，二是國語教育研究院所收錄的現代術語，三是早期中國學者所記錄的新名詞。對比發現，有一批現代術語在早期被視為新名詞，但在當代的日語借詞研究中幾乎未被提及。這三種詞集的關係，請參考頁 xiii 圖 1，未定新名詞處在所謂 B 區。

（1）未定新名詞與八種著作的佔比關係

　　下表 2 簡要列出八本早期著作中所包含的新名詞與未定新名詞數量。從這些資料來看，八篇著作共收錄 4,414 個新名詞，扣除重複詞形後，剩下 4,032 個。其中，未定新名詞共有 1,098 個，刪除重複後仍有 1,039 個。各篇著作中，未定新名詞佔所有新名詞的比例略有差異，最低約一成，最高接近三成。若就整體而言，未定新名詞約佔全部新名詞的 26%，即 $\frac{1039}{4032}$。

表 2：早期新名詞八種著作的簡要概覽

早期新名詞著作	作者	出版年	新名詞[1]	未定新名詞	未定新名詞佔新名詞比例
《新爾雅》	汪榮寶	1903	2,682	728	27%
《新釋名》	梁啓超	1904	254	54	21%
《論新學語之輸入》	王國維	1905	100	13	13%
《盲人瞎馬之新名詞》	彭文祖	1915	66	13	20%
《新名詞訓纂》	周商夫	1917	615	151	25%
《日本文名辭考證》	劉蕃和	1919	127	27	21%
《日譯學術名詞沿革》	余又蓀	1935	323	39	12%
《新名詞溯源》	王雲五	1944	247	74	30%
個別詞數（詞彙出現次數）			4,414	1,098	
詞類總數（不重複詞彙數）			4,032	1,039	

[1] 是指主條詞目，即各篇作者挑選討論的新名詞，並非各篇全文新名詞。

　　總而言之，此一資料庫方法有助於觀察語料分佈的細節與變異。例如，各篇著作所包含的未定新名詞比例，可以作為評估其收詞特性與詞彙

獨特性的依據。《新爾雅》、《新名詞訓纂》、《新名詞溯源》三本著作收錄的未定新名詞比例明顯偏高，這反映出它們在收詞上較著重於邊緣或少見詞彙，具備較高的原創性與記錄價值。

當然，這樣的研究方法也有潛在盲點。由於歷史語料與取得條件不一，目前的資料仍有缺漏。例如，1900 到 1903 年之間的語料若能補齊，或許能提供更明確的判準與趨勢驗證。換言之，目前的結論受到資料來源與分析技術的雙重限制，仍需更多後續研究補充與修正。

（2）八種著作與和製漢語的佔比關係

新名詞和和製漢語是中國與日本出現的特殊歷史語彙現象，其演變方式與輸入過程密切相關，也直接影響漢語的現代化。整體趨勢大致可分為三期：初期（1900–1911 年）、中期（1912–1919 年）與尾期（1920–1945 年），分別對應新名詞的輸入、批評與整合。本書僅涵蓋其中部分內容。

由於八本著作的撰寫年份與篇幅差異大，我把時間接近的文本平均處理，分為三組資料點。1903 至 1905 年三篇為初期，1915 至 1919 年三篇為中期，1935 至 1944 年兩篇為末期。這屬於時間序列中的簡化方法，適用樣本數較少的情況。統計上稱這種方法為 Lowess 模型，能平滑呈現語料中的非線性趨勢。

頁 xxxvi 圖 3 呈現三組數據的變化。第一組是新名詞總數，以四方形與細虛線標示。第二組是其中可明確歸類為和製漢語的部分，以粗虛線表示。第三組是和製漢語所佔比例，以點線顯示。

圖中可見，第一階段新名詞輸入明顯增多，但和製漢語比例偏低，說明當時大量為自造新詞。第二階段新詞輸入趨緩，比例上升，主要因總量下降而非和製漢語增加。整體而言，和製漢語的數量在四十年間變化不大。這顯示早期詞彙曾大量湧入，許多新詞使用時間短、後來被淘汰。到中期與戰前，詞彙體系逐漸穩定，輸入速度明顯放緩。同樣的發展在未定新名詞也看得到。

新名詞與和製漢語：分時期平均比例與數量的趨勢圖

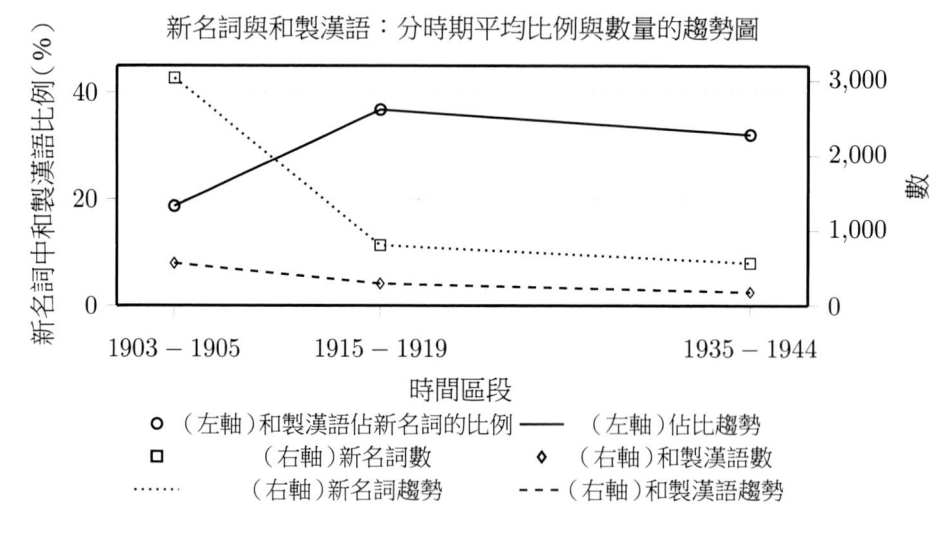

1903 – 1905　　1915 – 1919　　1935 – 1944
時間區段

○ （左軸）和製漢語佔新名詞的比例　——（左軸）佔比趨勢
□ （右軸）新名詞數　　　　　　　　◇ （右軸）和製漢語數
……（右軸）新名詞趨勢　　　　　- - -（右軸）和製漢語趨勢

圖 3: 各時期新名詞與和製漢語的平均比例與數量

（3）未定新名詞與新名詞的佔比關係

如上所述，新名詞在初期輸入量最多，中期與末期明顯下降。未定新名詞也呈現相似趨勢，顯示這類詞彙的創造與記錄集中於早期。

在初期，以《新爾雅》為代表，未定新名詞的總量快速上升，反映當時的語言環境處於高度變動與詞彙創造的活躍階段。進入中期與尾期後，未定新名詞的數量明顯下降，原因有二：一是赴日留學生人數減少，輸入新詞的管道縮減；二是基本概念與術語體系大致建立完成，語言體系的空缺變少，創造新詞的需求隨之降低。

不過，若將未定新名詞的數量放進新名詞總數中加以對比，所觀察到的趨勢就不一樣了。如頁 xxxvii 圖 4 所示，從 1903 年到 1944 年間，未定新名詞在全部新名詞中的佔比大致穩定，始終維持在兩成左右，波動極小。這表示，儘管詞彙總量在減少，未定新名詞作為整體新名詞的一部分，其相對比例未曾出現劇烈變化。

從上圖可看出一個現象：未定新名詞具有與其他新名詞類似的詞彙特性，其數量變化與總體新名詞變化一致，也就是說，它是新名詞內部的一

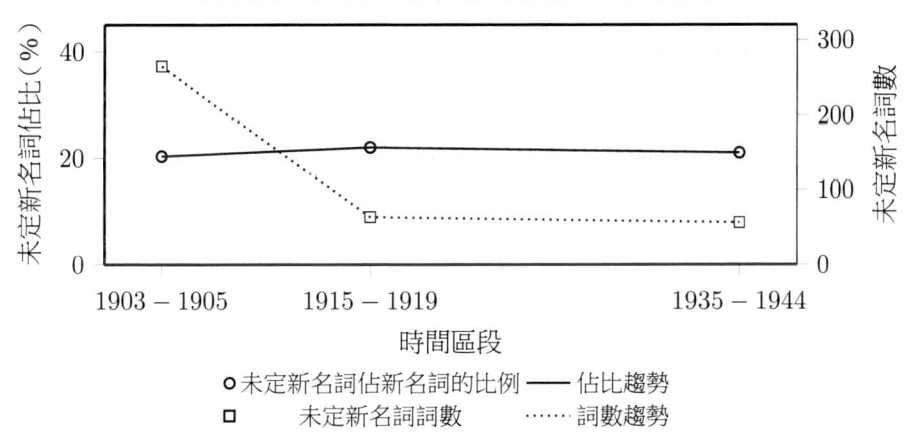

未定新名詞：分時期平均比例與數量的趨勢圖

圖 4: 未定新名詞的平均比例與數量變化

個具有同質性特徵的次群組。另一方面，若與和製漢語比較，情形就完全不同。和製漢語的變化趨勢與新名詞與未定新名詞都不相同，這代表，未定新名詞與和製漢語之間具有不同的詞彙結構與輸入背景。

由此可推出的結論是，在相同歷史條件下，若兩組詞彙的變化趨勢不同，即可推測它們的詞彙結構有所差異。新名詞與未定新名詞的變化趨勢一致，卻與和製漢語不同，顯示未定新名詞更可能包含兩類成分：一是漢語自造的新詞，二是傳教士所創的詞彙。而和製漢語多已在日語借詞研究中處理了差不多，因此潛在日語借詞含量較少。

接下來我們繼續從其他面向觀察未定新名詞的特徵。

（4）未定新名詞在日語借詞研究中的地位

頁 xiii 圖 1 中的 B 區包含 1,039 個未定新名詞，這些詞彙幾乎沒有受到現代學者的關注。其中，只有 157 個詞（約佔 15%）曾被最多兩位學者提及；另有 414 個詞（約佔 40%）僅見於一位學者的著作中；其餘 468 個詞（約佔 45%）則完全未被任何學者討論。這些詞之所以缺乏關注，或許與它們在歷史語料中本身就極為低頻、且多數僅出現在單一本著作中有關。

（5）未定新名詞的原書來源

原書可能是指兩個意思：一是在八種早期研究中的出處，二是以資料庫為基礎，找該詞的最早書證。

從第一個意思來講，未定新名詞大多僅見於某一篇早期著作。具體而言，不分和製漢語、現代術語，1,039 個未定新名詞當中，有 988 個詞（約佔 95%）只出現在八本書中的一本。基於這個觀察，我把這些詞彙分為單一來源與多重來源兩類，接下來的分析也根據這一分類進行。出現在多種來源的詞共有 44 個出現在兩本書中，6 個出現在三本書中，僅有「專利」一詞同時見於四本著作。意思是，未定新名詞本身具有高度的獨特性，大部分只見於某一本出處中。

未定新名詞佔各書的佔比，在上述頁 xxxiv 圖 2 已談過，不再贅述。

不過，我們也可以進一步比較八種著作中，只出現在單一本裡的和製漢語、現代術語和未定新名詞，佔該書全部各類詞彙的比例。這種比較可以從比較書本和詞彙類的角度出發，看出各書所收詞彙的獨特程度，也就是有多少詞彙是其他書都沒有的。比例越高，表示該書的詞彙越獨特。這裡所說的比例，是以全部八本書所有詞彙的總數作為比較基準，如頁 xxxix 圖 5 所示。

從結果看來，八本書雖然在獨特性上有些差異，但這些差異沒有達到統計上的顯著程度。換句話說，針對那些只在某一本書中出現的詞彙而言，每一本的情況其實大致相同。平均來說，單獨出現在某一本書裡的和製漢語佔該書全部和製漢語的比例是 43%；現代術語則為 55%；未定新名詞則高達 78%。也就是說，和製漢語比較容易出現在不同書中，大約只有四成的和製漢語是獨有詞；現代術語較為專門，有五成五只見於單一本；未定新名詞最為特殊，平均約有八成是單一本才出現的詞，只有二成會在多本書中出現。

從第二意思來看，最早書證可以再區分為兩種：一是時代，二是資料類型。根據未定新名詞的書證年代，1600–1799 年的資料共有 125 筆（約佔 12%），1800–1849 年有 143 筆（約佔 14%），1850–1899 年有 290 筆（約佔 28%），而 1900–1920 年則有 481 筆（約佔 46%），見頁 xl 圖 6（左）。從這

八種著作三類獨特性佔比的比較

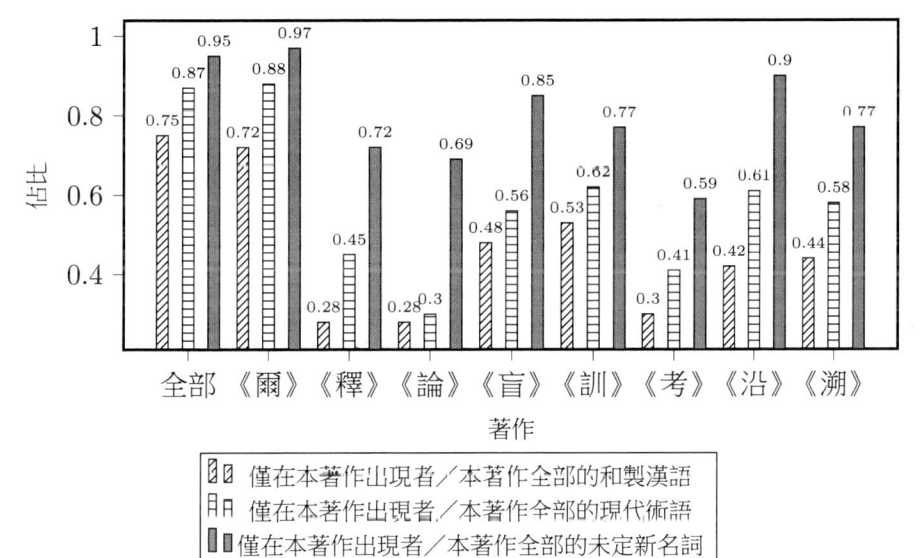

圖 5: 早期八種著作中新名詞三類詞彙的比例比較，另含總體比例

些數據來看，前三個時期合計約佔一半。既然這些詞在早期就已出現，又屬於現代術語，但仍被歸為「新名詞」，可以合理推論：這些詞不是在早期東西文化交流下形成的，就是迴歸詞，但也不能派出包含原不少固有漢語詞。相對而言，1900 年以後出現的另一半詞彙，要不是中國本土新造詞，就是未被廣泛接受的日語借詞。

從來源來看，我把西方翻譯資料與翻譯詞典合併為同一類，稱為西方書證。統計顯示，中國最早書證共有 510 筆（約佔 49%），西方最早書證有 314 筆（約佔 30%），而日本最早書證只有 215 筆（約佔 21%），見頁 xl 圖 6（右）。這個比例支持一個合埋推論：未定新名詞中，不太可能大量包含已被公認的日語借詞，否則早應被現代學者討論。因此，中國最早書證佔一半，表示未定新名詞中很可能包含不少中國本土新造詞。另一方面，早期學者對這些詞產生興趣，或許也因其中不少詞源自早期東西文化交流，這可以解釋為什麼西方書證能達到三成，並不讓人意外。

從上述兩個視角來看，可以歸納出幾個有趣的趨勢，見頁 xli 圖 7。一

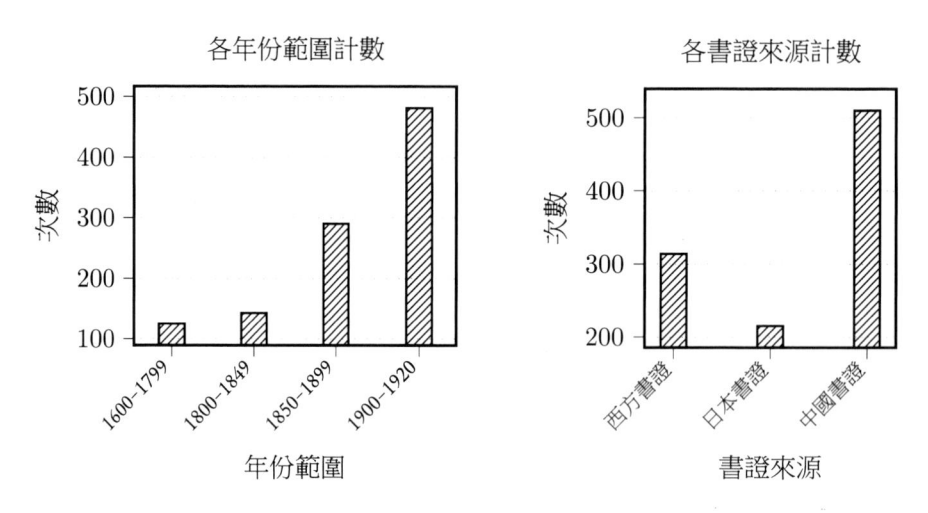

圖 6: 各年份與書證來源的統計情形

是未定新名詞的書證，在 1900 年前後呈現出明顯差異。二是如果我們去找未定新名詞在 1900 年前的最早書證，大多數都不是出現在中國，而是來自西方。特別是在 1600 年至 1899 年間，西方的書證最多（共 310 筆），佔了該兩個時期全部書證的 55%。這表示早期西方傳教士對未定新名詞的影響很大。三是日本對於這些新詞的貢獻也逐漸增加。在同樣的 1600 年至 1899 年間，日本的最早書證共有 203 筆（共 36%），特別是在 1850 年至 1899 年之間，數量明顯增加。四是中國的書證總共 510 筆，其中有 91% 集中出現在 1900 至 1920 年間。這個分布情況間接顯示，未定新名詞中包含大量自創詞或尚未固定用法的詞彙。

（6）未定新名詞的詞類

就詞類來看，1,039 個未定新名詞中，有 819 個是一般名詞或專有名詞（約佔 79%）。有些詞彙也可以兼作動詞，例如「生活」、「辯論」等。動詞有 123 個（約佔 12%），形容詞 33 個（約佔 3%），其餘詞類共 64 個（約佔 6%）。

這些未定新名詞與全部新名詞相比，全部新名詞共 4,032 個，其中名詞有 3,356 個（約佔 83%），動詞 363 個（約佔 9%），形容詞 142 個（約佔

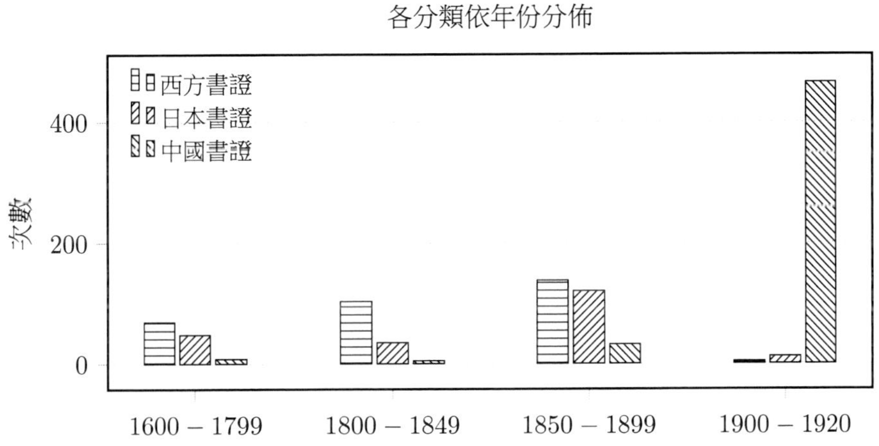

各分類依年份分佈

圖 7: 各類別詞彙依年份的分佈情形

4%），其他詞類共 171 個（約佔 4%）。如果自由度是 3，p-值為 0.05，臨界值為 7.815。依照這個標準，上述比較中的 χ-值只有 0.02，遠低於臨界值。這表示，未定新名詞的詞類結構與全部新名詞的詞類結構很接近。

如果再與和製漢語進行比較，和製漢語共有 3,224 個，其中名詞有 2,149 個（約佔 67%），動詞 684 個（約佔 21%），形容詞 127 個（約佔 4%），其餘詞類共 264 個（約佔 8%）。同樣比較基礎的話，此時的 χ-值僅為 0.07，也遠低於臨界值。這顯示，未定新名詞的詞類結構也與和製漢語相似。

（7）未定新名詞的詞長

從詞長分佈來看，未定新名詞中，一字詞有 102 個（約佔 10%），二字詞有 583 個（約佔 56%），三字詞有 227 個（約佔 22%），四字詞有 106 個（約佔 10%），五字以上的詞共 21 個（約佔 2%）。

如果與全部新名詞的詞長結構相比，全部新名詞中，一字詞有 139 個（約佔 3%），二字詞有 1,915 個（約佔 47%），三字詞為 853 個（約佔 21%），四字詞為 678 個（約佔 17%），五字以上的詞共 447 個（約佔 11%）。自由度是 4，p-值為 0.05，對應的臨界值是 9.488。依此標準，上述比較中的 χ-值只有 0.23，遠低於臨界值，表示未定新名詞的詞長分佈和全部新名詞一致。

再與和製漢語詞彙比較，和製漢語中，一字詞有 20 個（約佔 1%），二字詞 2,411 個（約佔 75%），三字詞 603 個（約佔 19%），四字詞 180 個（約佔 6%），五字以上的詞共 10 個（低於 1%）。同樣比較條件下，χ-值為 1.55，仍遠低於臨界值，表示未定新名詞的詞長分佈與和製漢語的詞長結構相近。

（8）未定新名詞與知識領域

根據現代術語的知識分類來看，未定新名詞分佈於 63 個知識類別。其中出現最多的是：電力工程（167 詞）、地球科學（130 詞）、動物學 124 詞、國防 117 詞。其餘 43 個類別總共包含 334 個未定新名詞，見圖 8。

分類數量（前 20 項知識領域與其他）

各知識領域

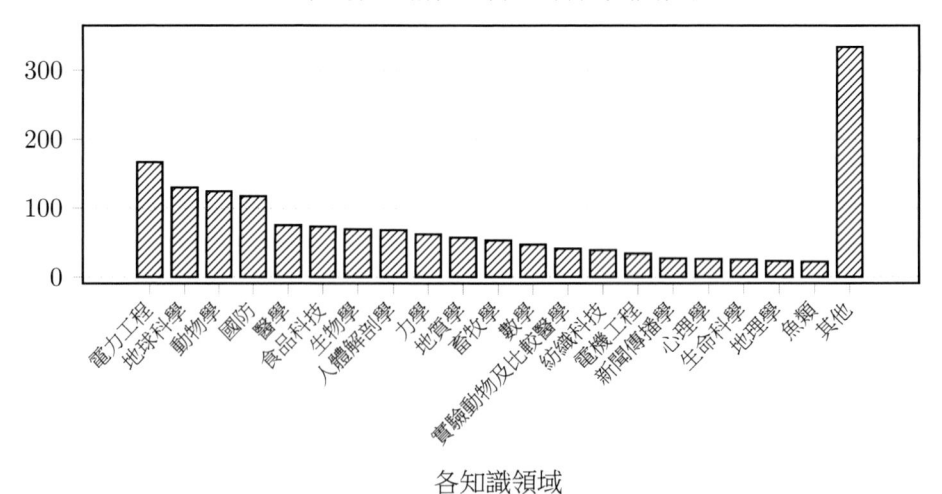

圖 8: 各知識領域的分類出現次數：前 20 項與其他

要比較未定新名詞與全部現代術語中最常出現的知識類別，首先會遇到一個技術問題：兩邊各自的前二十名類別並不完全一致，有些類別只出現在其中一方。因此，我使用了「排序偏重重疊度」（Rank-Biased Overlap, RBO），這種描述性統計方法，來測量兩個排名名單之間的相似程度。RBO 無法提供 p-值，只能用來衡量相似度高低，可是 RBO 方法要求我們

去選定一個 p-參數，預設值為 0.9，意思是，我們對名單前面的項目（例如這裡前 20 名）給予比較高的權重，越往後的項目，權重則遞減較快[23]。

具體做法是，把未定新名詞與現代術語各自出現頻率最高的二十個知識類別作為比較對象。計算結果顯示，兩者的相似程度為 0.6。RBO 的值介於 0 到 1 之間，0 表示完全不同，1 表示完全一致，因此 0.6 可視為兩個排名名單約有 60% 的相似程度。進一步觀察可發現，兩邊最常出現的知識類別高度重合，例如：電力工程、地球科學、國防、生物學、醫學、動物學等。儘管各自的具體排序不完全相同，但這些領域確實都是出現頻率最高的，顯示二者在整體傾向上具有相當高的相似程度。

小結

從以上八個角度來看，B 區的未定新名詞有幾個特徵：一是這些詞不是同一類型，而是由多種詞彙混合而成的集合。它們之所以集中在一起，是因為具有現代術語的特性，也都曾被早期學者記錄過，並非詞源一致或性質相近。

二是從最早書證的年代來看，有一半以上出現在 1900 年以前，顯示這些詞與十九世紀以來的東西文化交流有關。可是，另一半則是在 1900 年之後才首次出現，很可能是中國本土新造詞，或是短暫使用後未被定型的詞彙，也可能包含一些迴歸詞甚至固有漢語。

三是在書證來源上，中國與西方的比例大致相當，但時間分布有差異。1900 年前，西方書證佔全部書證的 55%；1900 年後，中國書證佔到 97%。日本的書證則略少於西方，約為其三分之二。這說明，這些詞彙的地域來源並不集中，而是各有脈絡。

四是從詞類與詞長來看，未定新名詞與全部新名詞詞庫、和製漢語的結構接近，經過統計檢定，並無顯著差異。

五是，這些詞大多只出現在單一本書中，出現在多本著作的情況較少，這一點與和製漢語和現代術語不同。這種高度的罕見性質，可能正是導致未定新名詞長期未受到現代詞源學重視的原因之一。

---

[23] 在使用 $p = 0.9$ 的情況下：大約有 86% 的權重集中在前 20 項上。大約有一半的總權重集中在前 6 到 7 項，這表示整體分佈偏重於前幾項，但不等於只限於前 10% 的項目。

六是這些詞彙主要集中在電力工程、地球科學、動物學、醫學等專業領域，與現代術語的知識分類重疊度高（RBO-值為 0.6）。

綜合來看，未定新名詞不是單一來源的詞彙，而是一組詞源多元、結構相近但尚未被學界分類的術語集合。這些詞的出現時間、來源地與使用領域各有差異，但整體上代表了一種介於本土新詞與外來譯詞之間的過渡類型，在理解現代漢語形成與概念轉譯過程中具有意義。接下來，需要結合資料庫的統計方法與歷史語義的分析，進一步釐清這批詞彙的實際來源。

統計方法與詞義分析

第一節　最早書證與核密度估計

　　本文認為，過去以「漢語特色」作為判定外來詞的標準，仍有明顯侷限。更合理的作法應該是根據歷史事實，以造詞者的身份來判斷詞彙是否屬於借詞。若要將這套方法建立為詞源學上的基本原則，就必須一致地應用於所有詞彙，並盡可能對每一詞的來源提出具體證據。

　　然而，直接證明某個詞由誰創造往往極為困難，除非是像「哲學」這類特殊例子（由日本哲學家兼翻譯家西周創造，相關例子可參見第 424 頁），否則極少能確定造詞者的具體身份。因此，有必要引入一種替代指標，即「最早書證法」(method of earliest record)。

　　最早書證的基本構想是：隨著歷史語料逐漸累積，我們可以掌握某個詞出現的年代、書籍類型與使用者，進而推近其最初的使用情境，並從中推論造詞者的身份。這種方法的前提，是廣泛蒐集不同類型的歷史資料，而非僅依賴詞典。在這方面，我已建立了一套以多種文獻為基礎的《漢語新詞資料庫》[24]，可用來追查詞彙首次出現的書面記錄。根據書證出處與使用範圍，即可初步判斷其借詞性質。

　　既然最早書證在詞源判斷中扮演關鍵角色，書證本身的可靠性也就成為至關重要。這項評估需回答兩個問題：一是資料庫中所記錄的某個詞的最早書證是否可信？二是未來發現更早書證的可能性有多大？為此，我引入核密度估計 (Kernel Density Estimation) 這一統計工具。透過對 1600 年至 1920 年間所有詞彙書證的出現時間分佈進行分析，可以針對單一詞條提供一組信賴數據，作為推定書證真實性與完整性的量化依據。

　　核密度估計常用於時間序列資料分析，適用於預測某個資料點是否還有更早的相關資料點尚未發現。當分析結果顯示目前的最早書證已具高度可信性時，其對應的語源推論也相對可靠。若分析結果指出還有高度機率存在更早書證，則相關語源判斷的結論需持保留態度。這也說明，即使與現有文獻不同，只要書證本身可信，我們仍可合理地重新界定某詞的借詞地位。

---

[24]　資料庫由中研院近史所維護：https://mhdb.mh.sinica.edu.tw/vocabulary

當然，詞彙的語源與接受過程有其歷史性，會隨著新書證的出現而有所變化。但也正因如此，若某些詞彙的書證與語源分類在長時間內始終如一，反而更能強化我們對該詞分類準確性的信心。總的來說，這種作法的意思是：除了持續依據語言學標準來進行判斷之外，我認為可以讓統計方法作為輔助準則，這樣有助於提升整體語源判斷的可信程度。

一、 核密度估計：計算方法與考量

核密度估計（KDE）是一種統計方法，用來估計資料的分佈情形。在本文的研究中，每一個資料點代表一筆書證。核密度估計的特點是無需對資料分佈形式預設任何假設，因此所得結果能夠如實反映資料本身的分佈狀況。核密度估計所生成的是一條平滑曲線，資料密集處曲線上升，資料稀疏處曲線下降，曲線在兩端則逐漸趨近於零。這種方法的重點在於，以一年度為最小時間單位，呈現出資料的密度，也就是書證的密度。

為了說明書證密度如何反映在曲線上，先看一個虛擬例子。假設有一個例詞，總共有 16 筆書證，分佈在 1850 年到 1908 年之間[25]。核密度估計的做法是畫出一條曲線，涵蓋所有資料。圖 9 顯示了這個例詞的分佈情形。可以看到，出現次數較多或集中度較高的年份，曲線較高。相反，若相鄰兩筆書證的間隔太遠，中間的密度也可能降到零。

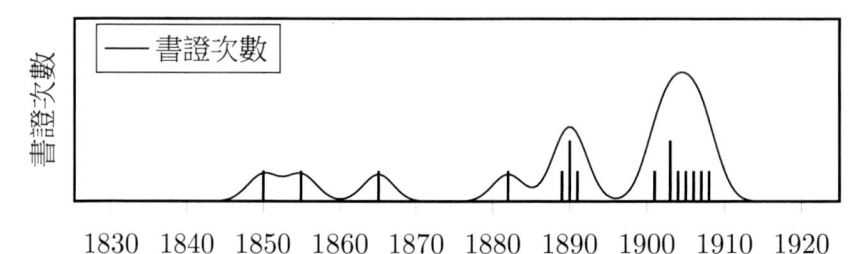

單一例詞的核密度估計圖與不同頻寬值的示例

圖 9: 同一例詞在不同頻寬值下的比較

---

[25] 假設書證分佈包含以下這些年：1850, 1855, 1865, 1882, 1889, 1890, 1890, 1891, 1901, 1903, 1903, 1904, 1905, 1906, 1907, 1908，共 16 筆資料，包含 1890 年和 1903 年出現過兩次。

核密度估計可以調整曲線對資料變化的敏感度。這裡的敏感度，是指在沒有後續書證的情況下，曲線要多快降到零。為了說明這個意思，還是看先前的虛擬例子，不過這次增加了三條反應速度不同的曲線。技術上，反應速度稱為「頻寬值」。頻寬值越大，曲線下降得越慢，涵蓋的資料範圍也越大。

在同樣只有一個例詞、上述 16 筆書證的前提下，圖 10 顯示四種不同的頻寬值（2、5、10、20）的四種曲線，分別對應從反應很快到反應很慢的四種情況。從圖 10 可以看出，曲線的高度會隨頻寬值不同而變化，對於書證之間的間隔也有不同的反應程度。

單一例詞的核密度估計圖與不同頻寬值的示例

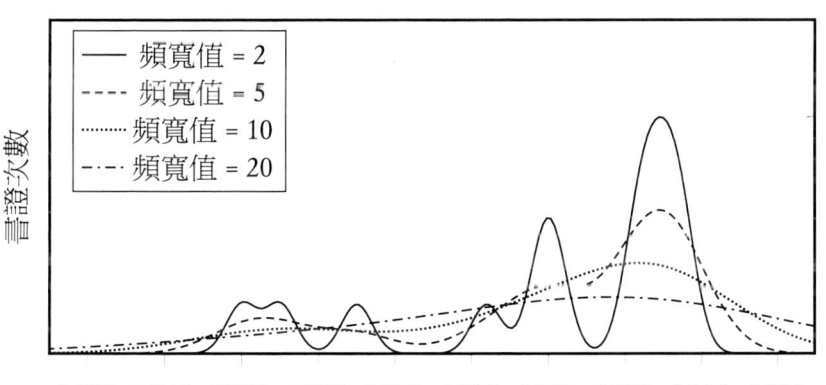

圖 10 同一例詞在不同頻寬值下的比較

舉例來說，1891 年到 1901 年之間有十年的空檔，這段期間完全沒有書證。如果頻寬值設定太小，曲線會在這十年內直接降到零。可是根據一般常識，這個詞在這段時間內應該仍然存在，只是沒有留下書證。曲線歸零的結果，與常識明顯不符。反過來看，當頻寬值設定為 20，雖然整體曲線比較平滑，但變化不明顯，幾乎無法看出資料的密度分佈，提供的訊息量不足，難以解釋詞彙是否發生變化。

選擇適當的頻寬值

那麼,應該選擇哪一種頻寬值比較合適呢?這涉及兩點基本考量。一是,頻寬值越大,曲線越平滑,資料的細節也越模糊;頻寬值過小,曲線起伏過大,雖然能呈現出更多特徵,但對於有間隔的詞彙來說,無法解釋歸零的現象。二是,從詞源學的角度來看,曲線的兩端特別重要,尤其是開頭,也就是左邊起點的發矇期。這個最早起波通常對應詞彙的出現期。而這段時間正是由目前所能找到的最早書證所決定的。我們真正關心的問題是,有沒有可能在目前所知道最早書證之前,還存在尚未被發現的更早書證呢?因此,我們對於詞彙的發矇期或出現期,應該建立一個清楚的假設。而這個假設的根本因素,就是頻寬值的設定。頻寬值決定了,從目前最早書證開始,向左側也就是往更早的時間點回推時,曲線需要花多少時間(涵蓋多少年)才會降到零。這個所謂「助跑時期」直接影響整體機率分佈的計算結果。換句話說,頻寬值本身就反映了我們對詞源時間框架的基本判斷。

在本研究中,我假設每個詞在最早書證出現之前,約有十年的「助跑時間」[26],亦即在這段期間內還有可能找到更早書證;但再往前的可能性就顯著降低。

以頁 xlix 圖 11 為例,假設某個詞目前最早的書證是在 1850 年。我認為,在 1840 年到 1850 年之間,這十年屬於合理的「助跑期」,也就是仍有可能出現尚未發現的新書證的區間。相反地,若往前推到 1830 年或更早,出現更早書證的可能性就顯得極低。

依據這樣的判斷,如果頻寬值設定為 5,正好涵蓋這十年的助跑區間,對於詞彙出現期的假設也較為合理。綜合上述各種考量,我在資料庫的統計運算中,一律採用頻寬值為 5,來計算每個詞彙的更早書證機率。

---

[26] 「助跑時間」是指目前已知最早書證出現之前、文獻資料仍為空白的這段時間。這個概念的意義在於提醒我們,可以合理推定仍有更早的書證尚未被發現。從詞源探索的角度來說,「助跑」這個比喻強調,這段時間是有限的。年代越早,發現新書證的可能性就越低。從詞彙形成的角度看,一個詞的出現通常不是偶然的,而有一段可預期的醞釀期。這段歷程本身也有其合理的時間長度。至於這段時間的具體長度,我認為大約十年左右較為合理。這個估計,是我與陳力衛教授討論後共同認可的。

統計方法與詞義分析   xlix

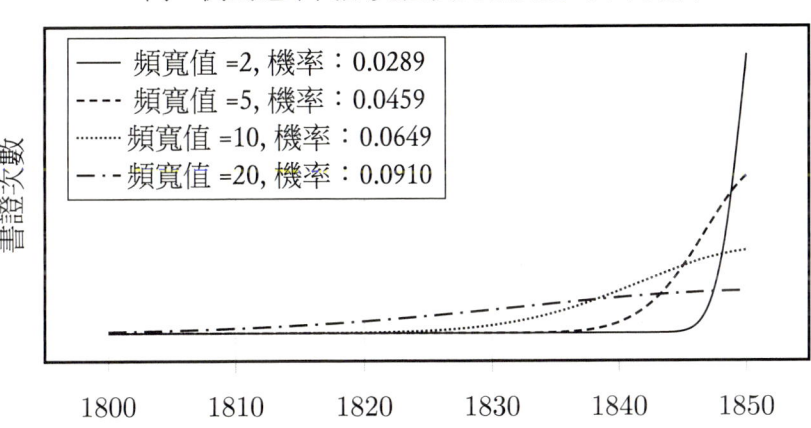

同一例詞選不同頻寬值及其相對應的不同機率

```
—— 頻寬值 =2, 機率：0.0289
---- 頻寬值 =5, 機率：0.0459
····· 頻寬值 =10, 機率：0.0649
-·- 頻寬值 =20, 機率：0.0910
```

圖 11: 不同頻寬值下的助跑期間比較

書證密度對機率的影響

　　另外要注意的是，即使兩個詞的最早書證年份相同，它們擁有更早書證的可能性也不一定一樣。這不只受到書證次數的影響，更與書證分佈的密度有關。頁 l 的圖 12 顯示一個例詞，即使同樣都有五筆書證，且最早書證都是 1811 年，但兩者的分佈情形不一樣。淺色詞彙的五筆書證集中在 1811 到 1815 年，每年各出現一次；而深色詞彙，除了 1811 年的最早書證以外，其餘的每三年才出現一次。直覺上，我們會認為淺色詞彙既然在 1811 年之後連續數年都有書證出現，那麼在 1810 或 1809 年也有機會發現更早、但目前尚未出現的書證。相對而言，深色詞彙的書證分佈較為稀疏，1811 年雖然也是目前最早的書證，但由於後續出現的年份間隔較大，我們較難判斷 1811 年到底是不是詞彙真正的出現時間。

　　核密度估計可以把這種直覺轉化為數值，而且兩者之間的差異也方便計算，在這個例子中約為 9%。也就是說，影響機率的主要是靠近最早書證的那些數據點。如果某詞最早書證是 1911 年，那麼 1913 或 1914 年的書證對整體機率的貢獻，會遠高於譬如 1928 或 1938 年的書證。

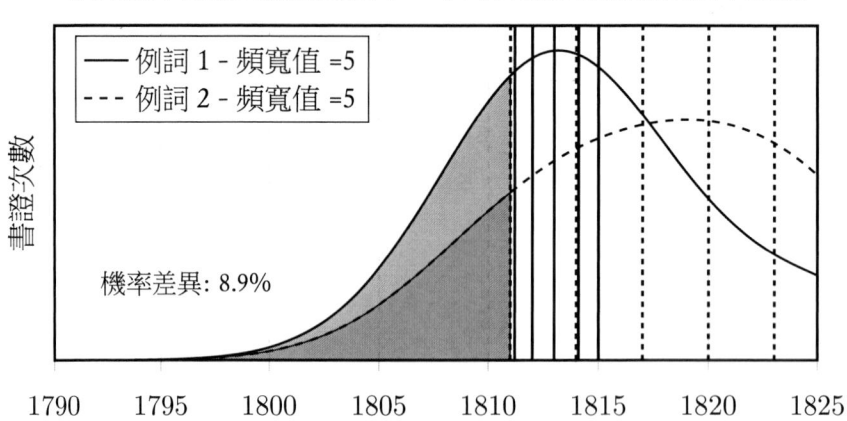

相同最早書證與頻寬設定下，不同書證分佈對應之機率變化

圖 12: 最早書證相同但書證分佈不同的情形

整體詞彙分佈

　　截至目前為止，以上討論聚焦在單一詞彙的書證分佈。頁 li 圖 13 呈現的是《漢語新詞資料庫》中，所有曾被至少一位學者討論的二萬條日語借詞的整體分佈情形。上圖顯示的是從 1600 年到 1950 年之間的資料，下圖則是將範圍限縮至 1800 年到 1920 年的核心時段。

　　我們之所以將分析範圍推至 1600 年，是因為目前學界已知，大約四分之一的所謂日語借詞實際是早期傳教士所造的詞，只是在後來被誤認為日語借詞。為了追溯那些被誤認的詞彙，要涵蓋明末清初的傳教士來華稍微活躍的那幾十年的範圍。即使如此，1600 到 1650 年之間的書證仍然稀少，1700 到 1800 年紀錄更少。新詞的出現大多集中於 1800 年之後，特別是 1850 年以後出現劇烈上升，並在 1900 年前後達到高峰。

　　本研究的詞彙蒐集大致止於 1920 年五四運動前後。1920 年以後的新名詞書證，基本上未被持續納入。因此，圖中所示即為目前資料庫中可見的新名詞書證之整體分佈範圍。

　　從以上兩圖可以看出日語借詞在不同時段的分佈變化。第一步是根據每個詞的書證數來計算詞頻，也就是直接統計出現次數。第二步則改用核

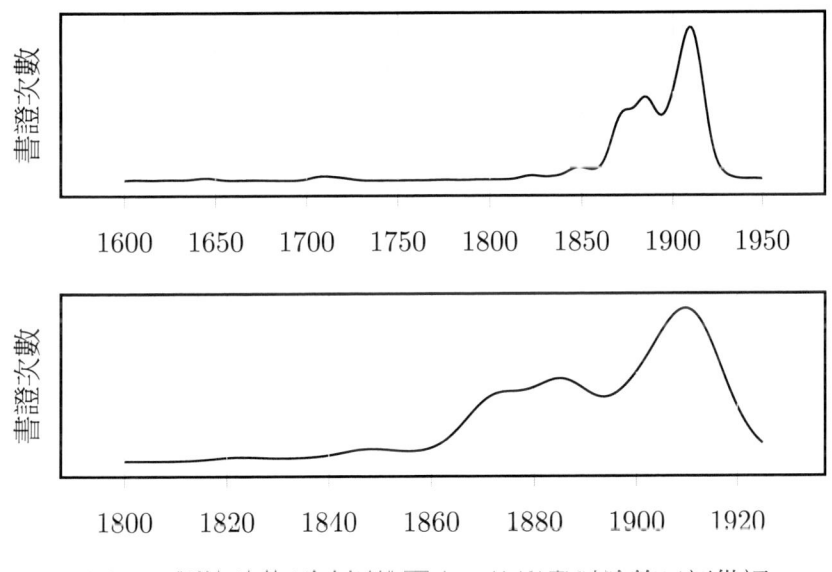

圖 13:《漢語新詞資料庫》至少一位學者討論的日語借詞

密度估計（KDE）的方法，把全部詞彙的書證資料轉換為連續的機率分佈。因此，圖中的 Y-軸不再表示整數的書證數，而是每一個詞經 KDE 處理後的機率密度值。KDE 的數值雖然不容易直觀解釋，但其圖形的分佈形狀已提供足夠資訊，可以清楚看出哪個時段的書證密度較高，哪個時段較低。

舉例一：日語借詞的書證分佈

雖然資料庫原收錄超過一萬條日語借詞，但採用至少三位學者討論過的詞作為篩選標準，更具合理性。依此標準，詞數降至 3,224 條。針對這些詞，可以根據其所有書證（指所有出現過的書證，而非最早書證）的分佈，繪出不同的資料曲線，以觀察各類書證來源在不同時期的影響，詳見頁 lii 圖 14。書證來源包括：一、英華字典，如羅布存德（Wilhelm Lobscheid）編的《英華字典》；二、翻譯資料，涵蓋傳教士中文著作與明清西學譯本；三、日本資料，主要來自《中納言》資料庫；四、中國資料，則來自《漢語大詞典》等多項來源。

從圖中可以清楚看到，四個書證來源在不同時期各有不同的重要性。

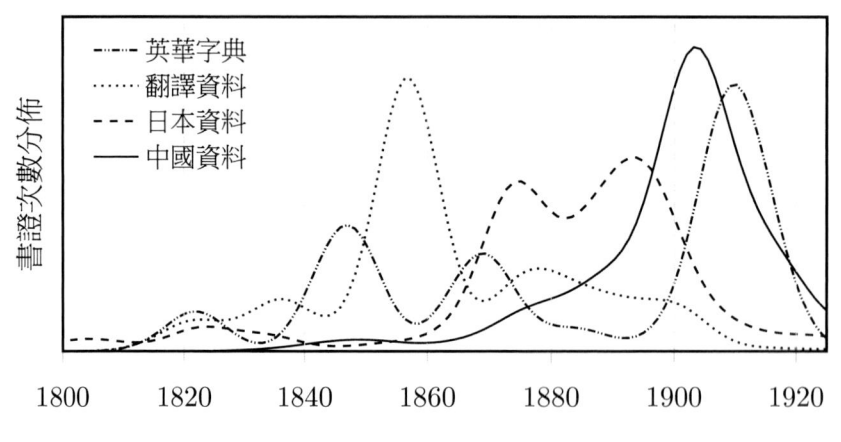

圖 14: 廣義日語借詞在不同書證來源中的分佈

最早出現的是翻譯資料，這些資料多與鴉片戰爭後傳教士來華活動有關，主要集中在 1850 年到 1870 年之間，是一個短期高峰。接著是日本書證來源，出現時間比翻譯文獻晚一些，但持續的時間比較長，從 1870 年左右開始，也就是明治維新初期，一直到 1910 年之間都有穩定貢獻，沒有出現特別集中的高峰。

第三個來源是中國本土資料，大約從 1880 年後開始變得明顯，1895 年前後更是超過了日本來源，這代表中國人到了那個時候已經很自然地使用這些新詞了。這也讓我們重新思考一個老問題：是不是所有的新名詞都要等到 1900 年以後才出現在中國？從書證來源來看，答案是否定的。不少後來被認為是日語借詞的詞，實際上早在中國資料中就出現過了。

最後，1910 年以後，雙語翻譯字典的角色變得越來越明顯，超過其他所有來源，但也算是跟中國資料時期有重疊。這是可以理解的，因為詞典往往是新詞流通的最後一站。當一個詞被收進字典，就表示這個詞的用法已經被社會普遍接受，是穩定下來的講法。特別是 1900 年以前，雖然已有一些影響很大的詞典，但整體數量仍不多，非常珍貴，到了 1900 年之後，詞典編輯技術開始現代化，詞典的出版數量也迅速增加，這個時期可以說是日語借詞進入收尾階段的重要標誌。

舉例二：新名詞的書證分佈

第二個例子是關於新名詞的整體分佈情形。本書根據分類邏輯，把早期出現的新名詞分成三類：一類是和製漢語，一類是現代術語，還有一類是未定新名詞。這裡所說的新名詞，是指 1903 年到 1944 年之間，在八種早期著作中出現、當時被視為新名詞的四十多個詞。從今天的角度來看，其中有些已經可以確定是和製漢語，有些是現代術語。但是，也有一批詞彙的來源仍然不明。這批來源不明的詞，我們稱為未定新名詞。這些詞的特徵是，今天已經被列入現代術語當中，可是卻從未在學界被討論為日語借詞。這表示它們在詞源上仍然缺乏明確判斷，尚未有清楚分類。

除了上述三類以外，還有 2,232 個詞，只出現在那八種早期著作中，既不是現代術語，也不是日語借詞。本研究並未針對這部分的詞彙進行分析與討論。

從頁 liv 圖 15 可以看到，八本早期著作的資料已被整合為三個主要的時間區段：初期（1903–1905 年）、中期（1915–1919 年）以及尾期（1935–1944 年）。在初期，因為《新爾雅》一書的資料特別豐富，導致這段時期的新詞數量出現明顯高峰。不過，也正是在這一高峰中，未定新名詞的比例最高。

之所以在初期出現大量未定新名詞，可能是因為當時中國本土創造了許多新詞，也可能包含一些不久後就被淘汰的詞彙，還應該包括部分本土漢語術語或舊有術語。當時的術語體系尚未標準化，許多詞的詞形也還沒穩定下來，而且那個時期正值五四運動前，詞彙表現形式往往還帶有一定的文言色彩。無論如何，這個現象顯示出，1900 年後，中國社會對新詞的接受程度與創造能力都已經非常活躍。

在初期，現代術語的數量排名第二，而現代學界廣泛討論的和製漢語數量則位居第三。可是到了中期，情況完全改變。這個時期所討論的新名詞，大多屬於今日所稱的和製漢語。這說明，中國社會在經過十幾年使用之後，已逐漸篩選出比較穩定、常用的詞彙，許多早期出現但不夠實用的詞已經淡出。

到了尾期，新名詞的整體數量明顯減少，不過詞類結構與中期大致相

圖例：
— 和製漢語
--- 現代術語
⋯ 未定新名詞

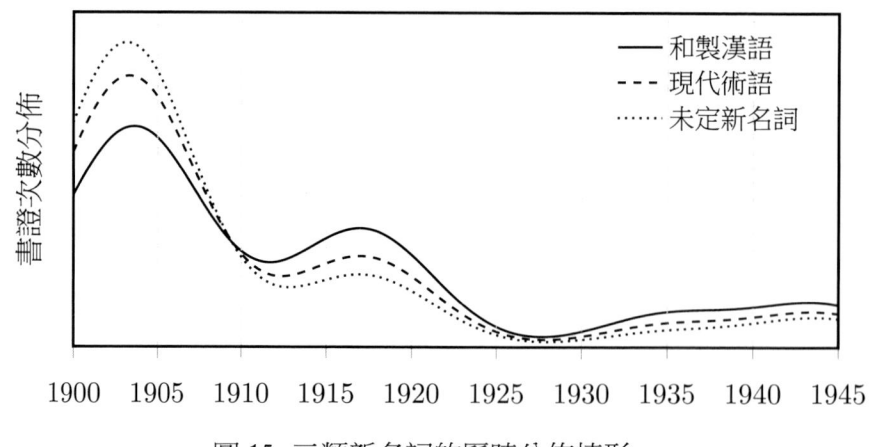

圖 15: 三類新名詞的歷時分佈情形

同。這代表最後兩本書所收錄的詞彙，與中期的詞彙內容接近，只是數量變少了。這樣的變化可以有兩個解釋：一是當時社會對新名詞的好奇與不適感明顯降低了，覺得有討論價值的詞越來越少；二是那段時期本來就沒有出現太多真正意義上的新名詞。

全域、詞語 KDE 之結合

進行核密度估計的最後一步是加權整合，也就是結合全域 KDE（背景分佈）與詞語 KDE（個別詞彙的書證分佈），如頁 lv 圖 16 所示。圖中實線代表全域機率分佈（深色面積），虛線代表詞語機率分佈（淺色面積），兩者有部分重疊，但該部分不具分析意義。

全域 KDE 反映的是詞語首次出現所處時代的資料密度。若最早書證出現在資料豐富的時期，則附近可能還有尚未發現的書證；反之，若出現在資料稀疏的年代，則再找到其他書證的機會較低。詞語 KDE 則反映詞彙本身的擴散情況。若最早書證後接連出現其他書證，代表此詞迅速流通，該書證可能已落在詞彙發展的中期。為兼顧兩者，我建議採加權整合：全域 KDE 佔 40%，詞語 KDE 佔 60%。這樣可以凸顯詞彙個別的發展差異，並避免所有同時期詞彙出現相同機率的偏誤。

以「動物園」為例，該詞最早出現於 1866 年，圖中所示機率曲線的面

積皆從 1600 年加總至 1865 年，最早書證前一年。曲線下的面積代表機率大小，數值愈大，表示該詞落在最早書證時間的可能性愈高。凡有至少一筆書證者，皆可依此方法估算其最早書證的可信度。

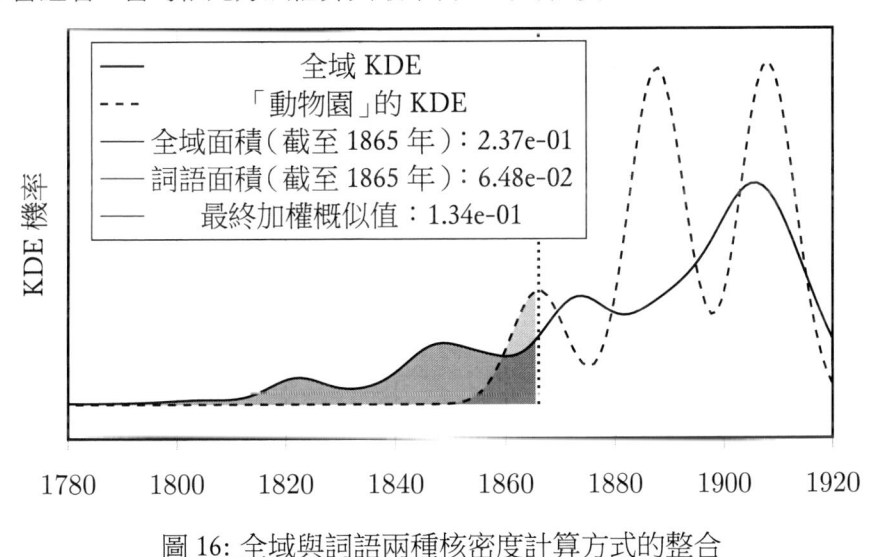

圖例：
— 全域 KDE
--- 「動物園」的 KDE
— 全域面積（截至 1865 年）：2.37e-01
— 詞語面積（截至 1865 年）：6.48e-02
— 最終加權概似值：1.34e-01

圖 16: 全域與詞語兩種核密度計算方式的整合

依照上述方法計算出來的機率，不能理解為日常語言中的「發生機率」。例如，天氣預報說降雨機率 40%，這是針對單一天氣狀況的預測。但 KDE 模型中的機率並不屬於這種類型，它反映的是一段時間內相對出現的可能性。

假設我開始研究「動物園」一詞，若第一筆資料顯示它出現在 1920 年，那麼當下的全域 KDE 已高達 40%（100% × 0.4），而詞語 KDE 則偏低（以 1866 年為例，假如一樣是 13%，即 13% × 0.6 = 7.5%），但即便如此，兩者加總已接近 60%，也就是說，即使只有一筆 1920 年的書證，這個高達 60% 的合成機率已顯示，該詞彙可能更早的其他書證。接著，只要再收集 1920 年前後的文獻，不難快速找到大量其他例子，使詞語 KDE 很快升至接近最高值 60%（100% × 0.6），加權總值將逼近 100%。這樣的高機率反而指出一件事：這個詞在 1920 年已經太常見了，因此最早書證不太可能真的出現在當年。換句話說，核密度估計也可視為引導研究方向的指標。既然如此，只有當我將搜尋範圍往前推至 1910、1900 或 1890 年代，詞語 KDE 才

會逐漸下降，到了 1870 年左右才明顯轉弱，而在 1866 年，即目前已知最早書證，詞語 KDE 才到了最低點，即 13%，雖然數值偏低，但實際上不排除更早存在的可能。這說明了 KDE 結合方法如何根據資料自動修正預測，也提供研究者實際搜尋的方向與信心指標。

對機率的詮釋和描述

這裡還有一點需要補充。單看某個詞的機率，無法判斷高低，必須和其他詞一起比較才有意義。為了讓比較可行，需先把核密度估計結果正規化，才能跨詞彙比對。正規化後，本文以文字說明每詞在借詞分類上的掌握程度（見表 3）。

表 3: 機率範圍及其解釋

核密度分析值	文字說明	機率高低
0.00 - 0.10	非常不可能有更早的書證	最小機率
0.11 - 0.20	很不可能有更早的書證	第二小機率
0.21 - 0.30	有可能沒有更早的書證，但尚未找到	中等機率偏低
0.31 - 0.50	有可能存在更早的書證，但尚未找到	中等機率偏高
0.51 - 0.75	很有可能存在較早的書證	第二大機率
0.76 - 1.00	非常有可能存在較早的書證	最大機率

需要說明的是，這些機率值都來自目前資料庫的書證推算，未來若資料更新，數值可能改變，也就是說這些判斷是暫時性的。但只要資料庫結構未大變，分類結果大致穩定，就能進一步強化對詞源歸屬的信心。

本文簡化原有分類，將六組機率併為三類：低、中、高，分別對應對書證的掌握程度為高、中、低（參見頁 lxix，圖 18）。

年度早晚對於核密度計算值的解釋力

最後，要解釋年度早晚對於核密度計算值的解釋力。從頁 lvii 圖 17 中可以看出，回歸線呈斜上升趨勢，從左下方延伸至右上方。其斜率為 0.00218，這表示年份每增加一單位，KDE-值平均約增加 0.00218 單位。斜率的標準誤為 8.63e-05，數值極小，顯示斜率估計是具有高度準確性的。

然後，其 p-值為 6.15e-106，即極為顯著，這表示在 1600–1920 年之間，年份與 KDE-值之間的關係在統計上是成立的，不太可能是隨機產生的。

本模型的所謂決定係數（R^2）為 0.42，這表示有 42% 的 KDE 變異，是可以用年份變化來解釋的。雖然這個比例不算高，但仍具代表性。這個當然與核密度計算值的設計有關。前幾頁都說明了，KDE 是由兩部分所組成的：一是全部詞彙出現年份的分佈，佔比重約為 40%；二是每一個詞彙本身的書證率特徵，約佔 60%。從圖中就看的出來兩者之間的互動關係。

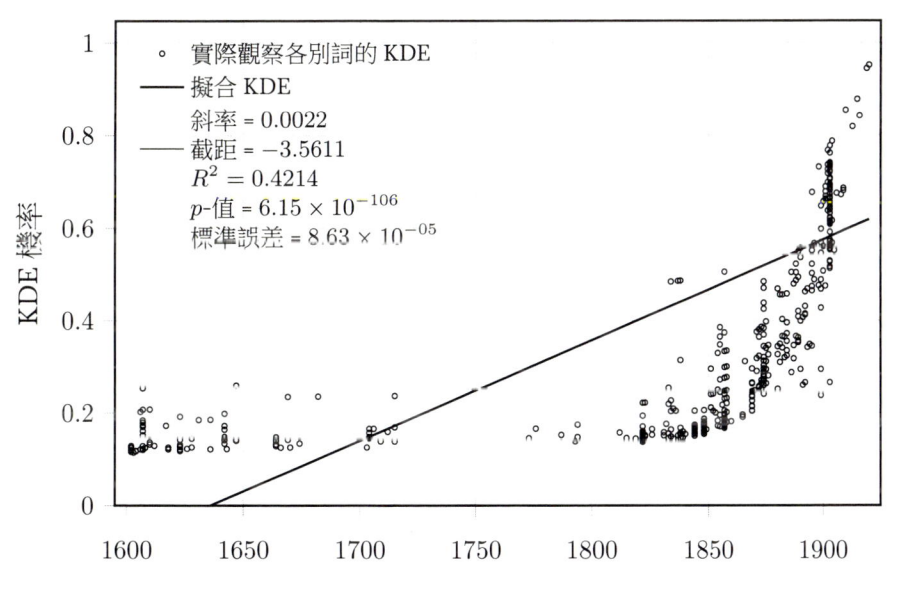

圖 17: KDE 對年份的回歸（觀察值與回歸線及統計量）

第二節　歷史詞義變化分析

　　上一節的方法適用於大量詞彙的資料庫分析。然而，B 區的 1,039 個未定新名詞過去較少受關注，對應書證有限。為避免資料不足導致誤判，必須結合紙本詞典補充記錄，並採用量化與質化並行的分析方式，以提升研究說服力。

　　我從中挑選了 48 個具代表性的詞，說明接下來使用的歷史語義變化分析方法。這種方法不同於前述資料庫分析，必須處理語義演變，因此分析時間需回溯至古漢語，不限於明清至民初。需比對歷史義項與現代義是否一致，判斷是否為新名詞，並根據詞典的出版年代賦予不同權重，區分記錄先後。

　　需要指出的是，若分析語義演變，《漢語大辭典》與《辭海》並不適合，因為義項未依時間排序。較佳方式是使用分期詞典，例如古漢語、中古漢語詞典。我本研究使用了 29 本詞典，涵蓋古代、中古、近代漢語、鴉片戰爭前詞彙、小說俗語詞、現代雙語詞典與中日哲學詞典[27]。這樣安排是為了量化每詞首次出現現代語義的時間，作為判斷是否為新名詞的客觀依據。

　　最後簡要說明量化步驟。先檢查每詞在 29 本詞典中是否出現，並記錄詞形與詞義是否符合現代用法。因詞典時代與用途不同，評分時需給予不同權重。基本上，詞彙的情形可區分為四類：

　　（a）詞形與語義均與現代詞彙相同，稱為「同形同義詞」，對應情形 m（'modern'，以 ● 表示）；

　　（b）詞形相同但語義不同，稱為「同形異義詞」，對應情形 h（'historic'，以 ○ 表示）；

　　（c）詞形僅部分相同，稱為「部分相同詞」，以 △ 表示；

　　（d）詞典中未收錄該詞，記為「無記錄」。

　　一個詞在不同詞典中的分類可能不盡相同，因此在評估時需綜合考量詞彙的實際屬性與詞典所處理的時代背景。語義判定方面，若某詞在詞典

27　見頁 lxxviii。

中至少出現一個現代語義，即視為「同形同義詞」（情形 m），若僅見古義，則歸為「同形異義詞」（情形 h）。至於「部分相同」則包含兩類情況：(1) 詞形相近或同音異形詞，如「還原」與「還元」，需特別註記；(2) 詞典所列詞條比目標詞多一至兩字，如詞典中有「軍人神話」、「軍人勅諭」，但無「軍人」。

如上所述，詞典按時代（由古至今）與類型（一般詞語、哲學專名）加以分類。權重（W，即 'Weight'）反映詞形與語義，也反映詞典的語料年代。

對於同形同義詞，權重 W_m 隨詞典年代遞減：古代詞典記為（10 分），中古詞典（8 分），近代詞典（6 分），鴉片戰爭前詞典（3 分），近現代小說詞典（2 分），現代雙語詞典（1 分）。哲學詞典不依年代分類，但由於多涉及先秦以來的哲學詞彙，其權重設為（2 分），略高於現代詞典。

對於同形異義詞，由於僅詞形與現代詞相同，詞義不相同，因此權重 W_h 設定較低：古代與中古詞典（3 分），近代與鴉片戰爭前詞典（2 分），小說詞典、現代雙語詞典與哲學詞典則各為（1 分）。完整分類與權重可參見頁 lix 表 4。

表 4: 權重（W）分類：同形同義權重（W_m）與同形異義權重（W_h）

詞典分組	詞典代碼	同形同義權重（W_{m_i}）	同形異義權重（W_h）
古代漢語	1 – 4	$W_{m_1} = 10$	$W_{h_1} = 3$
中古漢語	5 – 17	$W_{m_2} = 8$	$W_{h_2} = 3$
近代漢語	8 – 13	$W_{m_3} = 6$	$W_{h_3} = 2$
鴉片戰爭前	14	$W_{m_4} = 3$	$W_{h_4} = 2$
近現代小說詞彙	15 – 16	$W_{m_5} = 2$	$W_{h_5} = 1$
現代雙語詞典	17 – 23	$W_{m_6} = 1$	$W_{h_6} = 1$
日語哲學詞典	24 – 26	$W_{m_7} = 2$	$W_{h_7} = 1$
漢語哲學詞典	27 – 29	$W_{m_8} = 2$	$W_{h_8} = 1$

透過上述權重設定，可將詞彙首次出現現代語義的時間轉化為具體數值，進而提供客觀依據來判斷其屬性。這套方法特別適合用來分析在《漢語新詞資料庫》中書證數量不足、但又具有一定重要性的詞彙。雖然查閱紙本詞典的過程較為費時，無法像資料庫查詢那樣迅速，但這種方式一方面可補足資料庫的不足，另一方面也能為詞彙分類提供新的佐證線索。

在實際計算中，需先定義以下重要概念與符號：

S： 綜合語義值。表示每個詞首次出現現代語義的早晚程度，是本方法的核心指標。計算單位為「詞」，每個詞都有其對應的 S-值，可用來排序與比較。

M： 現代語義值。表示某詞在各詞典中被判定為「同形同義詞」（情形 m）的權重總和，是 S-值計算的主要部分之一。

H： 歷史語義值。表示某詞在各詞典中被判定為「同形異義詞」（情形 h）的權重總和，也是 S-值的一部分。

E： 部分匹配值。表示某詞在各詞典中屬於「部分相同詞」（情形 e）的總次數，每次計 0.5 分。

C： 加強對比係數。此值同樣以「詞」為單位，衡量某詞的語義發展情況與研究範圍內所有詞的平均值之偏差。數值越高，代表該詞越早具備現代語義，亦即語義穩定時間越長。

i： 詞典編號。依照詞典所屬時代與類型進行編碼排列。

m_i： 若某詞在第 i 本詞典中為情形 m，則 $m_i = 1$；否則 $m_i = 0$。

h_i： 若某詞在第 i 本詞典中為情形 h，則 $h_i = 1$；否則 $h_i = 0$。

e_i： 若某詞在第 i 本詞典中為情形 e，則 $e_i = 1$；否則 $e_i = 0$。

W_{m_i}： 第 i 本詞典對情形 m 所設定的權重（現代語義）。

W_{h_i}： 第 i 本詞典對情形 h 所設定的權重（歷史語義）。

計算公式需對每個詞分別累加其同形同義值、同形異義值及部分匹配值，具體情況如下：

（1） M-值（現代語義值）：

$$M = \sum_{i=1}^{29} m_i \cdot W_{m_i} \tag{1}$$

其中，m_i 表示某詞在第 i 本詞典中是否屬於「同形同義詞」，是為 1，否為 0，W_{m_i} 為該詞典的現代詞義權重（見頁 lix 表 4）。

（2）　　　H-值（歷史語義值）：

$$H = \sum_{i=1}^{29} h_i \cdot W_{h_i} \qquad (2)$$

其中，h_i 表示某詞在第 i 本詞典中是否屬於「同形異義詞」，是為 1，否為 0，W_{h_i} 為該詞典的歷史詞義權重（見頁 lix 表 4）。

（3）　　　E-值（部分匹配值）：

$$E = 0.5 \cdot \sum_{i=1}^{29} e_i \qquad (3)$$

其中，e_i 表示某詞在第 i 本詞典中是否屬於「部分相同詞」，是為 1，否為 0，每次出現計 0.5 分。

此外，需計算加強對比係數 C（'contrast weight'），用來衡量某詞語義值相對於資料庫中其他詞的偏離程度。每個詞都分別有 M、H、E 三項數值，對應的 $\bar{M}$、$\bar{H}$、$\bar{E}$ 則分別是這三項在 48 個詞中所得到的平均值。接下來，需在每個詞的層次上比較其 M、H、E-值與整體平均的差距，藉此強化詞與詞之間的區別性。

$$C = \sqrt{\frac{\sum M_i}{\bar{M}} + \frac{\sum H_i}{\bar{H}} + \frac{\sum E_i}{\bar{E}}} \qquad (4)$$

最後，綜合語義值 S 考量古代語義值 H、現代語義值 M 以及部分匹配值 E，以一個數值代表每一個詞的現代語義所出現的時間比起其他詞的現代語義的出現時間早或晚：

$$S - (H + M + E) \cdot C \qquad (5)$$

S-值高代表該詞很早便已具備現代語義，且語義沿用至今，值低則表示該詞的現代語義出現較晚或尚未穩定。完整的計算結果見頁 lxxiii，表 5。

未定新名詞的分析結果

第一節　以資料庫方法整理未定新名詞的分析結果

本節根據資料庫對 B 區全部 1,039 個未定新名詞進行分析，也包含其中前述特選 48 個重要未定新名詞。這些詞將於下一節再行深入討論。本分析所依據的是我於中研院近史所建立的《漢語新詞資料庫》，該資料庫收錄時間起自 1600 年，小部分詞彙可回溯至 1500 年，但不涵蓋更早時期的資料。因此，本文所謂的「最早書證」，是指自明末清初至 1920 年左右的書面記錄。對於 48 個重要新名詞，則另有涵蓋古漢語至現代漢語全時間範圍的語義變化分析。對於未定新名詞在頁 xxxiv 提供資料描述，在此僅討論分析結果，先提出幾點一般觀察：

一、來源與類型的關係。未定新名詞的來源較為複雜，可以分為幾種類型。第一類是激活詞，也就是原屬於漢語固有詞，但因為日語影響而在近代重新活躍。從 1600 年到 1899 年之間，中國文獻中能找到的早期書證數量非常有限。舉例來說，《物理小識》中出現了暗記、石炭、積分、骨髓，《海國圖志》中有小潮、海王星。這些詞語在詞形上都可追溯至漢語，若無日語書證，往往會被當作固有詞對新概念的延伸使用。這類分類方法，目前看來最能貼近實際情形。

第二類是同形新義詞，與回歸詞有某些相似之處。這些詞的詞形與古漢語一致，但語義已經發生轉變。常見的例子有地峽、期票、徽章、隕鐵、前途等。這類詞語的新義不一定來自日本，因為詞彙的轉用經常在不同語言之間來回流通，也受到翻譯、理解與再詮釋的影響。換言之，詞的意義並非一次轉換完成，而是逐漸演化的結果。因此無法確認其語義變化的確切來源，是詞義發展中的常態現象。

第三類是中國自造的新詞或仿造詞。這些詞受近代語彙輸入的啟發，在形式與結構上模仿外語造詞，但實際上是在中文語境中創造出來的，例如代理人、影戲、合資公司、信仰自由、無線電信、無限公司、特許權、專利權等。又如《清議報》中記錄的對待、平等主義、進步主義，其中平等主義與進步主義採用「主義」的結構，顯然具有模仿色彩，對待則可能是完全自造的新詞。

第四類是日語借詞。目前能找到的日語書證不多。在 1850 年到 1899 年之間，有些詞語在詞形與詞義上都可能與日語有關，例如主位、乾潮、交叉、介紹、代價、偏倚、傑作、內臟、分工、化學作用、厭世、合格、地表、專名、山系、收入、放棄、效力、效用、方程、時機、架空、根據、武裝、歲入、比熱、河源、混合物、準備、白道、穩健、緯圈、總合、繼承、聯接、職務、落潮、言論自由、許可、謄本、資產、輿論、運搬、集會自由、顧問、馬鹿等。雖然尚未逐一確立這些詞的首見日語書證，但根據它們的出現時代與詞彙特徵，可判斷為日語借詞的可能性極高。

　　二、最早書證不等於造詞證明。在目前的未定新名詞中，有一半是在 1900 年之後的文獻裡出現的。其中高達 97% 的詞，其最早書證出現在中國。又在其中有 96% 的詞，其最早書證出自本書所討論的八種早期新名詞研究著作，且主要集中於《新爾雅》。換句話說，就 1900 至 1920 年間中國出現的未定新名詞而言，有 390 個詞（約佔 84%）最早出現在《新爾雅》一書中。可是，在其中有 66 個詞（約佔 17%）是單字詞，如腱、色、花、苞、莖、萼、蛹、針、雨、雪、雲、雹、霰、霜、霧、霰、靜、面，即使使用範圍擴大到科學領域，這些大多不能算新義詞。

　　這說明了兩個問題。一是，1903 年以前的某些未定新名詞，目前尚缺乏書證。雖然不能排除這些詞曾在更早文獻中出現，但因尚未發現確切資料，仍須保持保留態度。尤其是單字詞的新義變化，對資料庫而言較難處理，因此在詞源分析上應採取審慎立場。

　　二是，《新爾雅》是在日本編輯、參照日本資料完成的，所以不能排除其中一部分詞是汪榮寶根據日語文本所自行翻譯或創造的。這些詞是否為真正的日語借詞，或屬於漢語新造詞，需透過語義與語源層層比對，逐一詳加分析。目前僅能先提供一份詞表，見頁 lxxix，或參考《新爾雅》原文的部分。

　　三、有西方來源的未定新名詞。這類情況指的是，早期西方傳教士曾用中文撰寫各類文獻，並在其中創造了一些新詞。這些詞在當時沒有受到中國學者的注意，後來卻被日本學者翻譯或借用，再經由日語傳回中國。由於中國學者對早期傳教士文獻了解有限，這些詞便被誤認為是日語的新名詞，而忽略了它們實際上源自清末傳教士的可能性。

目前資料顯示，1600 到 1799 年之間的未定新名詞中，有 69 個詞可與傳教士創用有關。其中又以與《幾何原本》相關的詞最多，佔全數的 42%。而在 1800 到 1899 年之間，可能與傳教士有關的詞彙多達 241 個，約佔同期全部未定新名詞的（56%），例如：利用、威權、市價、牛乳、禮堂、文憑、保護、分類、彗星、發現、立法、設想、辭職、釋放、金星、限制、隕石、鞏固、章程、颶風、分歧、家族、月蝕、消滅、脊髓、還原、鼓吹、透明體、皮膜、肋骨、脊柱、薄膜、修業、北寒帶、北溫帶、南寒帶、土壤、地平面、外行星、大行星、天王星、失業、宣布、宴會、山脈、求婚、潮汐、煤氣、近日點、離心力、葡萄莖、卷鬚、寄生植物、滲透、細胞液、輪生、雌花、公正、更正、法典、法制、請假、起草、動脈管、海灣、簽字等。

這類詞可以暫時稱作「未定的西源新名詞」，不過這個命名只是為了說明上的方便，並不打算提出一個新的詞類分類。這類語源錯置的現象，將於頁 lxviii 進一步探討，聚焦於詞彙來源的辨識與分析。

一、 按最早書證年份來看

1600-1799 年

可追溯至 1600 至 1799 年之間的未定新名詞，共計有 125 個，若按來源劃分，其中有 69 個詞（約佔 55%）來自西方文獻或翻譯詞典。這類詞多與早期科學有關，屬於較早傳入的翻譯詞。其中五個重要例子是：生活、淘汰、翻譯、有限、地軸。後兩個詞在古漢語與中古漢語中皆無同形詞，極可能來自西方語言或翻譯途徑。

「生活」一詞在古代已有出現，意為「家計」。中古與近代語料中，語義延伸為「百工作事」、「工作、活計；物件、物品」[28]。這些意義與現代所說的「生活」（指日常飲食起居）相近[29]，但仍有語義上的差異。「淘汰」在古漢語中已有與現代相近的詞義，因此不應視為外來詞。「翻譯」（或寫作「繙

---

[28] 方一新著：《中古近代漢語詞彙學》（北京：商務印書館，2010 年）；許少峰編：《近代漢語大詞典》（北京：中華書局，2008 年）。

[29] 侯迺慧編：《精編活用辭典》（臺北：三民書局，2017 年）。

譯」)在古漢語中的記錄雖少,但仍可確認為固有詞彙。可見,若僅以資料庫的時間範圍查詢最早書證,判斷未必準確,仍須結合從古至今的語義分析,才能釐清是否為外來詞。至於像「豆腐」這樣的詞,雖有西方記錄,但本身就是中國固有詞,並非外來語。

此外,有 48 個詞的最早書證出現在日本(約佔 38%)。其中五個重要未定新名詞以底線標示,分別是:土地、訴訟、契約、磁石、中立。前三者經歷語義分析後確認為固有漢語詞,而「磁石」與「中立」在古漢語、中古漢語與近代漢語中皆未見同形同義詞,極可能為日語借詞。另有若干詞呈現日語特有的構詞方式,例如:魚類、格式、一日、第一、參議、最後、按摩等,也需進一步判斷是否為日語影響所致。

在中國方面,共發現八個未定新名詞,其最早書證出現在中國文獻中,但是否可算作新名詞仍有爭議。這些詞不屬於重要未定新名詞。另有字母、禮堂、積分等,皆與西方知識領域有關,顯示可能受翻譯與傳播影響而產生語義上的變化。

在核密度計算方面,這個時期的平均值是 0.21,這表示,對於當時所找到的最早書證,可以有相當高的可信程度。

1800–1849 年

可追溯至 1800 至 1849 年之間的未定新名詞,共計 143 個,其中來自西方文獻與翻譯詞典的詞佔絕對多數,共有 103 個(約佔 72%)。這些詞中,有 14 個屬於重要未定新名詞。若按出現時間與詞義來看,其中部分為固有漢語詞,例如態度、技能、標準,這些詞在古代已有同形同義的用法。

另有一些詞,如可能、區別、習慣、注意等,雖在古漢語中已有詞形,但現代語義是在近代才出現。從語義演變角度來看,這類詞屬於固有漢語的自然發展,並非外來詞。

還有一些詞,如平原、立法、火星、總統、地位、還原、軍人,語義與現代西方知識部分關聯,有可能是在接觸西方語境後翻譯或創造出來的,屬於未定的翻譯詞或西源新名詞。

在這段期間內,來自日本的詞共有 35 個(約佔 24%),例如婚姻、筆

記、星座等。其中,「智慧」一詞原是佛經漢譯詞,但後來很可能在日本語境中被固定作為 'mental and moral wisdom' 的對應詞,再度輸入中國。

另有五個重要的未定新名詞,分別是:溫泉、比較、主張、旅行、日本。「日本」一詞早在 759 年的《万葉集》中即有記錄,在歷代漢語文獻中也持續出現,如 1642 年的《虎明本狂言集》中亦可見。然而,早期中國新名詞研究者仍將「日本」列為新名詞,可能是因為對晚清以後的中國人而言,「日本」一詞才開始穩定取代東瀛、東洋、倭寇等舊稱。

中國來源的詞僅有五個,其中有三個是重要未定新名詞:專利、完全、範圍。「專利」在近代才開始具有 'patent' 的意義。在此之前,常指「專權擅利」、「獨佔利益」等。早期新名詞研究者記錄該詞的用例,實際上也反映出語義由貶義向中性或專業化意義的轉變。

在核密度計算方面,這個時期的平均值是 0.18,這表示,對於當時所找到的最早書證,可以有相當高的可信程度,還略超過前期的書證信賴程度。

1850–1899 年

這段期間內,新名詞的總數量迅速增長,未定新名詞也不例外,共計有 290 個。其中有 138 個詞的最早書證來自西方或翻譯詞典(約佔 48%),包含如法制、徵兵等 5 個重要未定新名詞(參見頁 lxxxvii,表「西方書證」)。

「法制」一詞直到近代才開始用來表達 'legal system' 的概念。在早期文獻中,「法制」多指「以傳統方法製作」、「依傳統方法炮製」,例如「法制紫薑」指依老法製成的嫩薑醃菜[30]。「制」與「製」同源,在近代仍可通用,直到現代才逐漸區分[31]。

與日本來源相關的未定新名詞共有 120 個(約佔 41%)。雖已有許多研

---

[30] 白維國主編:《近代漢語詞典》(上海:上海教育出版社,2015 年);白維國編:《白話小說語言詞典》(北京:商務印書館,2011 年);張李晧編:《明清小說辭典》(石家莊:花山文藝出版社,1992 年)。

[31] 王力:《同源字典》(北京:中華書局,2011 年),頁 493;李學勤:《字源》,頁 379;季旭昇:《常用漢字》,頁 396。簡體中文中常以「制」兼指「製」。

究發現日語借詞,但早期中國學者的敏銳語感與細心觀察,使我在本研究中額外找出這 120 個過去未受注意的詞,數量令人驚訝。當中特別值得提出的 9 個重要未定新名詞為:統一、欲望、年齡、代價、旅館、專名、顧問、介紹、高原。

其中,「統一」與「欲望」的來源具爭議。「統一」在古漢語中已有同形同義詞,但使用頻率極低,直到近代才變成政治與社會術語。有研究認為,最早可能是西周於《百一新論》(1874 年)中提出。「欲望」在近代文獻中常用作「希望、盼望」、「想要、希望」之意,當時尚未出現「慾」字。為了加強貶義,將「欲」加上心旁成為「慾」[32]。此詞也可能是 1881 年日本翻譯休謨(David Hume, 1711-1776)文章時所創造,刊於《東洋學芸雜誌》。

其餘如「年齡」、「代價」、「旅館」、「專名」,在古漢語、中古漢語與近代漢語中皆未見同形同義詞,應視為現代新詞。「顧問」一詞在近代已有詞形出現,但語義為「顧訪諮詢」、「眷戀慰問」、「過問、干預」或「顧慮、疑慮」[33],直到 1926 年的中英詞典[34]才首度以 'advisor' 為對譯。語義也從「問別人」轉變為「被別人問」。

同期由中國文獻最早記錄的未定新名詞僅有 32 個(約佔 11%),其中未包含重要新名詞(參見頁 lxxxix,表「中國書證」)。

在核密度計算方面,這個時期的平均值是 0.37,明顯比前兩期高一些,代表我們對於這些判斷要保持一定程度的懷疑,有可能會有更早的卻未發現的書證。

1900–1920 年

1900 至 1920 年間,是和製漢語大量進入漢語的重要時期。從學界討論最頻繁的 3,200 個和製漢語來看,這段關鍵時期可進一步縮小至 1903 年至 1910 年,也就是清朝最後八年,留日學生活動最為密集的階段。這段時間

---

[32] 張萬起編:《世說新語詞典》(修訂本)(北京:商務印書館,2021 年);同前註《白話小說語言詞典》,頁 lxvi;《同源字典》,頁 298。

[33] 同前註《近代漢語詞典》、《白話小說語言詞典》、《辭源》(全新修訂本)(香港:商務印書館,2015 年)。

[34] C.H. Fenn, *The Five Thousand Dictionary Chinese-English*, 4th ed., Harvard University Press, 1942(初版 1926 年)。

湧入漢語的日語借詞極多，已為眾多研究所證實。透過比較早期新名詞著作與當代學術成果，我另行發現 481 個未定新名詞，這些詞尚未被當代學界系統討論。

從來源來看，這些新詞最早出現在西方人以中文撰寫的文獻中的僅有四個：污點、磁極、積極的、軍官。其中的「積極的」，應該是日語借詞，但目前最早書證卻是在《英華大辭典》（不過該詞的最早書證核密度計算值僅為 0.67，代表我對於這個最早書證應該要懷疑。）這與 1800 至 1899 年的情形形成明顯對比，但並不令人意外。進入 20 世紀後，傳教士在中國的影響力逐漸式微，已少有使用中文出版的情況。中國社會轉向依靠自身的翻譯力量吸收外來知識，或直接使用日中翻譯出版品。詞彙爆炸時，西方角色退居二線。

在這段時期中，來自日本卻尚未被現代學界注意的日語借詞，其實數量不多。1900–1920 年間，所有未定新名詞裡，只有 12 個詞可以回溯到當時的日本文獻。這一方面顯示，過去的日語借詞研究大致已經把大部分日語來源詞彙都找出來了，並沒有遺漏太多；另一方面也說明，許多未定新名詞可能早在 1900 年以前就已經出現，甚至根本就不是外來詞。

更進一步看，根據資料分析，有 558 個詞（約佔 54%）在 1900 年前就已創造出來，只是到了 1900 年之後才由中國學者記錄下來。換言之，這些詞的實際出現時間比研究者的注意時間還要早。如前所述，在 1900 年之後所新增的 481 個未定新名詞，主要集中在《新爾雅》一書中。

在核密度計算方面，這個時期的平均值高達 0.75，遠高於前三個時期。這表示，雖然目前已有所謂的最早書證，但實際可信程度相對較低。對於這段時間內的詞彙出現情形，仍須保持審慎態度。未來若能補充更多文獻的話，極有可能發現更早的書證。

二、按最早書證來源、可信度來看

未定新名詞的來源，前文在頁 xl 已說明。這些詞彙的來源明顯是多元的、複雜的。統計上來看，大約有一半的詞集中於《新爾雅》一書，另一半則出現在日本或西方的書面資料裡，出現時間可追溯至明末清初。這表

示，未定新名詞不是同質性高的固定類型，而是來自多種背景的詞彙。

因為無法從詞形直接判斷詞源，所以研究重點就在於如何根據語料特徵提出合理的詞源假設。這裡採用的方法是使用「最早書證」來作為分類的輔助工具。透過最早書證的出處與時間，可以初步判斷同形詞的潛在來源，究竟是漢語固有詞、日語借詞，還是西方傳教士創造的譯詞。既然分類方式仰賴最早書證，那麼書證本身的可信度就成為最重要判斷標準。

本研究使用「核密度計算」來評估書證的可信度。這個方法的根據有兩項。一是全部詞彙全部書證的年份分佈。二是特定一個詞語的全部出處情形。一般來說，若某詞出現得早，那麼再往前找到更早書證的可能性就小；反過來說，如果某詞首次出現時間較晚，再往前尋找的空間較大。不過，單靠出現時間來推斷可信度過於簡化。因此，第二項因素就是個別詞彙的書證分佈狀況。有些詞書證稀疏且間隔長；有些詞則一出現就伴隨密集書證。這種分布差異具有實質的統計上意義，也應當納入可信度的考量。所以，需要結合「整體語料的時間分布」和「單一詞彙的書證密度」來計算可信度。此外，雖然書證的數量也會影響結果，但就算只有一筆書證，也仍然可以進行計算。

接下來可以進一步把核密度計算的結果與語料來源相互對照。這樣的對比有助於揭示詞彙來源與其可信度之間的關係，具體分佈情形見圖18。

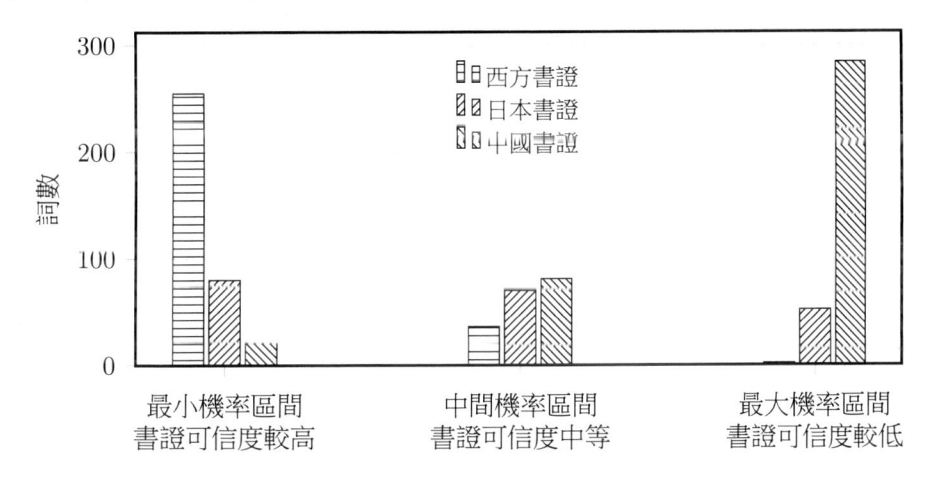

圖 18: 未定新名詞最早書證來源按可信度分類

從圖中可以看出，不同語料來源的書證在可信度分佈上呈現明顯差異。西方來源的詞彙多出現在 1600 到 1899 年之間，因而整體時間較早，可信度也相對較高。中國來源的詞彙集中於 1900 到 1920 年，因此平均可信度偏低。日本來源的詞彙大致落在中等區間，主要分佈於 1600 到 1799 年與 1849 到 1899 年兩段時間。

　　總結來說，資料庫方法作為判斷詞源的方法，關鍵問題在於語料數量，但當資料庫的查詢時間範圍有限時，使用最早書證來判斷詞源必須特別小心。某些詞的書證可回溯至更早的歷史文獻，因此應進一步分析這些詞彙從古至今的語義變化，才能判斷其是否屬於固有漢語或現代新名詞。不過，下一節將說明，即使最早書證的方法無法完全取代人工逐詞查詢的工作，它仍然是相當穩定且具參考價值的近似方法。

第二節　（重要）未定新名詞的詞義演變分析結果

　　B 區的 1,039 個詞彙中，有 48 個詞至少在兩本早期新名詞著作中出現，因此這些詞可稱為「重要未定新名詞」。上一節中，我使用資料庫統計方法對所有未定新名詞進行整理，並依最早書證的時間與來源，初步判斷其詞源。結果顯示，凡最早書證來自中國且出現於 1900 年後者，其可信度明顯偏低。因此，本節將進一步探討，若改採歷史語義變化分析，是否能更準確判斷未定新名詞的詞源。由於篇幅有限的關係，此處僅針對重要未定新名詞進行語義分析。研究的重點是，語義變化分析方法是否能修正資料庫統計結果，並評估兩種方法對比下有多少分類結果需要重新判斷。

　　接下來的討論主要依據頁 lxxiii 表 5。該表整理每個詞在 29 本詞典中是否出現現代詞義（即「同形同義詞」，以 ● 表示）、是否僅有古代義（即「同形異義詞」，以 ○ 表示），或是否僅部分同形（以 △ 表示）。詞典按時間順序排列，由左至右分別對應古代至現代資料。若某詞在某本詞典中屬於 ○ 類，則其上方會顯示相應的加權數值（3 至 1 分），若屬於 ● 類，則顯示在下一行（10 至 2 分）。每本詞典以其代碼表示[35]。表格最右兩欄分別為 DB

---

[35] 見頁 lxxviii。

與 S。DB 欄代表上一節資料庫方法得出的分類結果，若與語義分析結果不同，則以箭頭標記修正方向，例如：「契約」在資料庫中被判為日語借詞，但經語義分析後發現其實為漢語固有詞，故記為「日 → 中」。S 欄顯示歷史語義分析的量化指標，數值越高，表示該詞越可能屬於固有漢語。

根據這項語義分析，可以將 48 個重要未定新名詞分為三類：

（一）　S-值高於 0.5 的詞。這些詞在各時期詞典中均有記錄，且明確具備現代詞義。語義發展與古義連貫，可視為固有漢語詞。不過，也有例外，以下將討論。

（二）　S-值介於 0.25 至 0.5 的詞。這些詞在語義轉變的歷程中出現較多變數。它們可能是中國接觸外來概念後自然延伸出來的詞，也可能受到日本或翻譯詞影響，因此詞源判斷不易單一確定。

（三）　S-值低於 0.25 的詞。這類詞在語義與詞形上大幅脫離古代漢語系統，除了極少數個案外，大多可視為現代新詞，甚至可能為外來詞。無論語義內容或語言形式，都顯示其現代性特徵。

參考 29 本歷代詞典，對 48 個重要未定新名詞的詞義變化進行分析後，可歸納出以下五點結論：

一、歷史語義分析與資料庫方法整體吻合良好。在 48 個詞中，有八個詞（約佔 17%）需修正原先資料庫依據最早書證所得的分類，包括：可能、注意、契約、中立、旅行、徵兵、山脈、旅館。這些詞的最早書證多僅見於《辭源》，未見於更具語言分期依據的古漢語或近代漢語詞典。詞義分析顯示，這些詞的現代語義出現較晚。若僅憑《辭源》記錄判定其為固有漢語，可信度不足。

二、越早出現現代語義，越能確認為固有漢語。若一詞在古代或中古詞典中已有現代語義，且其語義歷久不變，則可判為固有詞。例如：態度、淘汰、範圍、翻譯等詞，其現代語義與古義密切相關。某些詞雖語義擴展，但變化連貫，如「土地」原指土地神，後泛指土地，或如「完全」由「完整、齊全」發展為「全部」。標準化 S-值在 0.5 以上的詞多為固有漢語，僅有兩個例外：「生活」與「總統」。「生活」已於第 lxiv 頁討論，「總統」則屬於現代新詞，雖形式不新，但語義明顯現代。

三、古義與今義交替並存的情況須特別注意。理論上，語義一旦現代

化後應持續不變,但實際上,有些詞在不同詞典中出現語義混用。例如:贊成、範圍、主張、比較、完全、土地等詞,在某些詞典中呈現古義,在其他詞典中則賦予現代語義。「主張」一詞,在唐五代表示「主管之事」,至近代轉為「表達立場、倡導」等義,但部分詞典仍僅記錄其舊義。這類混用可能反映語義演化尚未穩定,亦可能是詞典編輯依據不足、或遺漏所致。

四、僅見於《辭源》的詞,應保留懷疑態度。《辭源》的編輯有其歷史背景,內容不宜過度依賴。楊文全指出,其義項處理常未詳考語源,義序安排與引用出處也常不明確[36]。分析結果顯示,S-值低於 0.25 的詞多屬此類,如立法、磁石、溫泉、地軸、還原、年齡等,這些詞在日本或西方文獻中往往有更早書證。相反,中立、徵兵、山脈、旅館等詞雖在資料庫中顯示最早書證來自中國,但從語義發展來看,更可能是來自日語或西方語境,不宜僅依資料庫歸類。

五、新名詞反映新時代的語義需求。即使某些詞在古代已有同形近義詞,其現代用法與過去語境已不同,無法表達新時代所需的「時代精神」(Zeitgeist)。如「土地」在古代多指宗教儀式中的空間,並不涉及國土主權,「生活」在古義中指為生存而勞作,尚未發展出今日「生活方式」的意涵。許多詞在清末民初經歷詞義上的重新詮釋,獲得哲學、政治層面的新概念內涵,成為區分新舊時代的語彙工具。

清末民初處於劇烈社會與政治變遷之中,許多詞彙在這樣的背景下突然取得新的意義與功能。早期中國的新名詞研究者正是敏銳地觀察到這些變化,體會到即使是舊詞,在新語境中也能顯得耳目一新。這類語義的轉變,是語言形式上的更新,也涉及一種時代心態的重構。這種內在心理感受構成新名詞最難以量化的層面,只能透過當代人的敘述與文字中,隱約看見其深層變化。

---

36 參見楊文全著:《近百年的中國漢語語文辭書》(成都:巴蜀書社,2000 年),頁 48-61。

表5: 重要未定新名詞的歷史詞義變化分析總覽

權重分類	古代 $W_{m_1}=10$	中古 $W_{m_2}=8$	近代 $W_{m_3}=6$	辭源 $W_{m_4}=3$	小說 $W_{m_5}=2$	現代 $W_{m_6}=1$	哲學 $W_{m_{7,8}}=2$	DB	S
	$H_{1-2}=3$		$H_{3-4}=2$		$H_{5-8}=1$				
詞典代碼	1 2 3 4	5 6 7	8 9 10 11 12 13	14	15 16	17 18 19 20 21 22 23	24 25 26	27 28 29		
土地	○○○	●				△ ∧	∧ ∧		中	1.00
態度	●		●●	●		●● ● ●			中	0.89
淘汰	●		●●●	●		● ● ●		△	中	0.72
完全	●		●	●		● ● ●	△	△	中	0.71
比較	●		○○ ○○	○		● ● ●		●	中	0.71
標準	●		●	●		○○ ● ●		△	中	0.70
主張			●	●	○	● ● ●			中	0.68
*可能		○ ○				○ ● ●	○○		西→中	0.64
生活			●	●		△△ ● ●	△△		西	0.61
範圍	●		●	●		△ ● ●			中	0.61
有限	○		●	●		● ●	●	△	中	0.59
介紹				●		● ● ●			中	0.57
*注意		○		●		● ● ●			西→中	0.57
翻譯	●	△	△	●		△△ ● ●			中	0.56
*契約		∧	●●	●		● ● ●	● △	△	日→中	0.55
習慣			●●	●		● ●	● ●		中	0.53
統一		●		●		● ● ●			中	0.52
總統	○○		○○	○	○	● △			凸	0.50
訴訟	●			●		● ●			中	0.48
軍人				●		● △ ●	△	△	中	0.46
贊成			●	●		● ● ●			中	0.44
平原		○	● △	●		●●● ● ●			日	0.37
法制			○ △	●		● ●		●	西	0.37
地位			○ ○○	○		●● ● ●			西	0.35
技能			○			● ● ●			中	0.34
顧問			○	○		○○ ● ●			日	0.33
火星			●	●		●●● ● ●		△	西	0.33
區別			●	●		● ● ●			中	0.31
欲望						● ●		△ ●	日	0.29
專利						●			日	0.28
日本	○					● ●	△△	△	日	0.28
*中立				●		○● △			中→日	0.24
立法				●		●●● ●	△		西	0.23
磁石				●		△● ●			日	0.22
*旅行				●		● ●			中→日	0.22
溫泉				●		● ●			日	0.20
地軸				●		●			西	0.19
*徵兵				●		●● ●		△	中→西	0.19
還原		△				● ●			西	0.19
年齡				●		●			日	0.18
*山脈				●		●			中→西	0.18
*旅館				●		●			中→日	0.18
專名						●	△	●	中	0.17
高原						● ●			日	0.16
代價						○○			日	0.15
脫帽		△				○ ●			西	0.14
雌雄淘汰	△△					△ △			?→中	0.12
單體										0.00

註解：符號 ● 表示「同形同義詞」，○ 表示「同形異義詞」，△ 表示詞形部分相同。加星號的詞表示歷史語義分析結果與資料庫不同，因此 DB 欄會顯示：某（資料庫分析結果）→ 某（歷史詞義分析結果）。符號「?」表示資料庫無資料，無法判斷詞源。S 指詞義值（'Semantic Value'），新詞義越早出現，值越高。本表中 S-值已標準化為 0 至 1，不影響排序，詳見 lxi。

結語

本導論概述八種早期新名詞研究的內容與學術意義，也討論新名詞在漢語外來詞研究中的幾點問題，特別是與日語借詞有關的部分。

　　新名詞是一種以歷史時期為背景的分類概念，主要指清末民初在漢語中出現的新術語。這些詞在詞形、詞義上居多具有漢語構詞特徵，可視為漢語詞，但在來源、造詞等方面往往十分複雜。在八種早期新名詞研究中，我共整理了約四千個新名詞，我所關注的是其中一千多個特殊次類，這些詞彙至今仍作為現代術語使用，可是在當代日語借詞研究中往往未獲充分討論，甚至長期遭到忽略，故我稱之為「未定新名詞」。這種稱法只是暫時分類，一旦詞源釐清，就不需要再這樣區分了。

　　本導論的前半部分介紹新名詞與日語借詞的各種分類方式，後半則提出一種新的研究方法，也就是如何利用資料庫工具，對這些未定新名詞進行詞源分析，提出初步的詞源假設。

　　研究所依據的是我在中研院近史所建置的《漢語新詞資料庫》。我首先對新名詞的整體狀況做了基本描寫，得到的主要發現是：

　　一、未定新名詞不是一組同質性高的詞彙。從書證的來源看，有一半出現在 1600–1899 年的日語文獻或傳教士中文文獻，另一半則是 1900 年後才在漢語書籍中找到書證。這表示未定新名詞的來源本身是分歧的。

　　二、從來源的另一個面向來看，有 95% 的未定新名詞只出現在八種早期著作中的其中一本，表示出現頻率相當低。這也說明了為什麼這些詞彙在當代學界少有關注。與已獲承認的和製漢語或常見新名詞相比，未定新名詞的出現密度明顯較低。

　　三、若從現代術語的知識分類來比對，未定新名詞的分佈與現代術語的分佈相當接近，這表示它們不是屬於冷門或特殊領域的詞彙，而是一般術語的一部分。

　　四、詞長和詞類方面，未定新名詞也與一般日語借詞、和製漢語、新名詞一致，符合各自的統計分布情形。可見這組詞在語言形式上並不特殊。

　　五、若以書證出現的年代分析，且限於八種早期著作的出處時間（1903–1944 年），可發現初期 1903–1905 年間，未定新名詞的出現頻率遠高

於和製漢語或現代術語。這說明在初期階段，新詞產生或引進的速度非常快。但到中期乃至末期，未定新名詞的比例降低，和製漢語反而佔首位。以這八本著作為樣本可看出，語詞在初期快速擴張，十年後社會對詞彙的使用逐漸達成共識了。1915年以後出版的五本書所記錄的新名詞，多數在此前已經出現，少有新增，可見語詞穩定性明顯上升（參見頁 liv 圖 15）。

六、綜合以上分析，目前可對未定新名詞提出兩種初步假設：一是其中約一半的詞彙來自早期日語文獻或傳教士文獻，分別屬於日語借詞與西源日語借詞[37]；二是另一半出現在1900年後，多為留學生赴日後帶回的新詞。不過這五百多個詞仍須細分。大多數詞僅在八種著作中出現一次，多是當時剛出現、尚未廣為人知的術語，可能是現存最早的書證。不過，這些詞仍需進一步比對1900至1903年間的其他資料，特別是《新爾雅》出現之前的文獻，例如《譯書彙編》等，進行搜尋與分析。有些詞後來逐漸在中文書籍中普及，成為典型的和製漢語；也有一部分是漢語自行創造的新詞，最後被接受為術語；還有一些本就是漢語固有詞，只是當時被早期學者重新提出，當作新名詞來使用。

七、從書證的可信度來看，可以用核密度計算值作為判斷依據。這種方法是把所有詞的總體書證分布和單一詞的個別分布合併計算，用來衡量每個詞的最早書證是否可靠。根據計算結果，不同年代的書證在可信度上有明顯差異。1600–1849年間的書證大多可信；1850–1899年的詞，可信度則取決於書證的分布情形；1900年以後的詞因為出現較晚，書證的不確定性明顯上升，核密度計算值也相對提高，反映可信度下降。

整體來看，年份與書證可信度之間的關聯具有統計上的顯著性，R^2 = 0.42，表示年份可以解釋 42% 的變異，另外 58% 則來自各詞書證分布的差異，這也正符合 KDE 方法的基本假設。最後要提醒，所謂最早書證僅限於資料庫所涵蓋的時期（1600–1920年），更早的資料來源目前無法掌握。

---

[37] 嚴格來說，1900年前已有書證的傳教士詞彙，究竟是先進入日本，經過一段時間作為和製漢語流通後，再由留學生帶回中國，還是始終潛伏於中國內部並未經過日本，這一點目前仍不清楚。借詞的實際路徑需要進一步釐清。前者可說是西源日語借詞，後者則是普通概念下的傳教士詞彙。由於這些詞彙並不屬於傳統日語借詞研究所涵蓋的範圍，因此有必要擴大文本來源，未來需增加更多日語與漢語歷史文獻，以進行更完整的路徑分析。

也就是因為如此，我在導論後半部比較資料庫詞源方法與傳統查字典的詞源方法，相較於資料庫主要靠最早書證，傳統方法能更細緻用詞義來加入考量因素，而且時間範圍能擴大到古漢語。因為篇幅和能力有限，我主要針對 48 種所謂重要未定新名詞進行詞義演變分析。篩選標準在於，這些 48 個詞都多次出現在八種早期新名詞著作當中被提出來的。結果如下第八點：

八、在 48 個重要的未定新名詞中，有 38 個詞透過資料庫方法與歷史語義分析兩種方法所得到的分類是一致的（約佔 80%）。另有 8 個詞，由於掌握了更早的詞形、詞義，因此需要修正原來的分類（約佔 17%）。還有兩個詞無法在資料庫中找到書證，只能透過查閱字典確認其分類。如果依這個比例推估，在一千多個未定新名詞中，可能有二百多個詞存在分類錯誤。

舉例來說，「可能」、「注意」原本被判定為西方詞，其實是固有漢語詞；「契約」原先視為日語借詞，其實是早期漢語詞。相反的例子也有，例如「中立」、「旅行」、「旅館」是日語借詞；「徵兵」、「山脈」則較可能是傳教士翻譯而來。

總結來說，八種早期新名詞的歷史語料，確實為對照當代日語借詞研究提供了重要參考。當代的日語借詞研究，自戰後以來累積了豐富成果，目前已有 3,224 個詞是由至少三位學者共同討論的。如果把八種早期語料中新增的可能日語來源詞估計為 200 個，只佔全部的 5-6%。換句話說，這點也顯示日語借詞的研究已相當成熟。

但傳教士詞彙的情況稍有不同。目前已有合理依據可認定的傳教士來源詞大約有 300 個，這表示，有些過去被忽略或歸為日語借詞的詞，其實可能來自更早的西方翻譯活動。我在博士論文中曾提出約 25% 的日語借詞可能具有傳教士背景。現在透過這些早期語料，能進一步發現新的潛在西源日語借詞，這一結果令人心有愉，不足奇怪。

附錄

附錄一：

古代漢語：
（1）許威漢編：《古漢語詞詮》（上海，上海交通大學出版社，2011年）。
（2）漢語大字典編纂處編著：《古代漢語詞典》（成都：四川辭書出版社，2019年）。

中古漢語：
（3）蔣紹愚編：《古白話詞語彙釋》（北京：商務印書館，2023年）。
（4）林序達、段啟明主編：《中國古代文化知識辭典：（南昌市：江西教育出版社，1991年）。
（5）吳楓主編，董蓮池、梁衛弦副主編：《十三經大辭典》（北京市：中國社會出版社；長春市：吉林人民出版社，2000年）。
（6）江藍生、曹廣順編：《唐五代語言詞典》（上海：上海教育出版社，1997年）。
（7）方一新著：《中古近代漢語詞彙學》（北京：商務印書館，2010年）。

近代漢語：
（8）許少峰編：《近代漢語大詞典》（北京：中華書局，2008年）。
（9）白維國主編：《近代漢語詞典》（上海：上海教育出版社，2015年）。
（10）張萬起編撰：《世說新語詞典》（修訂本）（北京：商務印書館，2021年）。
（11）白維國編：《白話小說語言詞典》（北京：商務印書館，2011年）。
（12）徐復嶺編：《〈金瓶梅詞話〉、〈醒世姻緣傳〉、〈聊齋俚曲集〉語言詞典》（上海：上海辭書出版社，2018年）。
（13）張李皋編：《明清小說辭典》（石家莊：花山文藝出版社，1992年）。

鴉片戰爭前：
（14）何九盈、王寧、董琨主編：《辭源》（全新修訂本）（香港：商務印書館，2015年）。

小說詞彙：
（15）田宗堯編：《中國話本小說俗語辭典》（臺北：新文豐出版社，1984年）。
（16）陸澹安編：《小說詞語匯釋》（臺北：臺灣中華書局，1981年）。

雙語詞典：
（17）宋子然編：《漢語新詞新語大辭典》（上海：上海辭書出版社，2015年）。
（18）H.A. Giles, *A Chinese English Dictionary* (1912 [orig. 1892], sec. Ed., reprint by Ch'eng Wen Publishing Company, Taipei, 1967).
（19）舒新城、沈頤、徐元誥、張相編：《老辭海 1936》（北京：新星出版社，2015年）。
（20）C.H. Fenn, *The Five Thousand Dictionary Chinese English* (1942, 4th ed. [orig. 1926]), Harvard Uni Press.
（21）胡濟濤主編：《新名詞辭典》（第二次增訂本），（上海：上海春明書店出版，1951年）。
（22）東亞畫報社編輯委員會：《現代名詞新詞典》（臺北：東亞畫報社，1956年）。
（23）林語堂主編：《林語堂當代漢英詞典》（香港：香港中文大學詞典部，1972年）。

日語哲學詞典：
（24）[日] 山崎正一、市川浩編：《現代哲學事典》（東京都：講談社，1970年）。
（25）[日] 石毛忠主編：《日本思想史辭典》（千代田區：山川出版社，2009年）。
（26）[日] 伊藤友信等編集，中村元、武田清子監修：《近代日本哲學思想家辭典》（東京都：東京書籍株式會社，1982年）。

漢語哲學詞典：
（27）趙永紀、王薇、楊毅、陳子來副主編：《清代學術辭典》（北京：學苑出版社，2004年）。
（28）張岱年主編：《中國哲學大辭典》（修訂本）（上海：上海辭書出版社，2014年）。
（29）金炳華主編：《哲學大辭典》（分類修訂本）（上海：上海辭書出版社，2007年）。

附錄二：

所謂「未定新名詞」，是指那些尚未確認詞源的新名詞。這些未定新名詞可能屬於既有的中文詞，或是由中國人自造，抑或是日語借詞，甚至可在傳教士的中文文獻中找到書證。早期中國學者已經將這些詞視為新名詞，可是當代學界尚未將它們歸入和製漢語的範疇討論，顯示學界尚未確立這些詞的詞彙地位。基於這種歷史與學術上的落差，我提出「未定新名詞」一詞作為理論工具。

未來若能明確判定詞源，這些詞就可以重新歸入適當類別，如回歸詞、和製漢語、激活詞，或傳教士所創詞彙等。現階段只能依據《漢語新詞資料庫》所提供的最早書證來作初步考究，把這些詞視為詞彙考古的起點。但這種方式尚不足以確認詞彙的真正來源與分類，仍需仰賴後續研究來進一步釐清。

第一節列出未定新名詞分別出現在八種早期新名詞著作中的情況，按注音符號排序。

一、 出現於《新爾雅》

【ㄅ】不整合, 不透明體, 保護, 冰, 冰河, 北半球, 北寒帶, 北極光, 北極圈, 北溫帶, 半圓, 半意識, 半透明體, 壁蝨, 扁平細胞, 抱莖葉, 斑狀, 斑紋, 本初子午線, 本體論, 板狀, 標準化石, 步帶, 比熱, 比較, 比較心理學, 波峰, 波幅, 波浪, 波谷, 波高, 白道, 白髮, 背斜, 苞, 薄膜, 補習教育, 補色, 部落, 雹, 鞭毛蟲類, 髆臼

【ㄆ】偏倚, 判定, 匍匐莖, 噴口, 噴發, 平原, 平均直徑, 平均距離, 平方數, 平等主義, 平行線, 平角, 拋物線軌道, 攀緣莖, 爬蟲類, 皮層, 皮膚, 皮膜, 皮質, 破片岩, 胚, 胚乳, 胚珠, 貧齒類, 配偶

【ㄇ】摩擦, 木星, 毛, 毛囊, 民族心理學, 滿潮, 美, 脈, 膜翅類, 貿易風, 面, 面數

【ㄈ】分, 分子引力, 分子說, 分子量, 分工, 分析法, 分歧, 分解力, 分解熱, 副神經, 副音, 反芻類, 否定命題, 封建制度, 房, 放任主義, 放射熱, 方位角, 法, 法制, 浮肋, 犯罪, 發現, 肺動脈, 肺靜脈, 腹足類, 腹部, 腹鰭, 複葉, 複雌蕊, 複音, 複鹽, 醱酵, 附著植物, 非晶質, 風, 風化, 風向

【ㄉ】代理人, 低地, 冬至線, 動, 動物地理學, 動物岩, 動眼神經, 動脈管, 單性花, 單體, 地峽, 地平面, 地役權, 地殼, 地質年代, 地軸, 地震, 多孔狀, 多片萼, 多足類, 多邊形, 大動脈幹, 大循環, 大潮, 大行星, 大角, 定性法, 定流, 定量法, 對生, 島, 底線, 斷層, 斷層地震, 斷層面, 斷線, 端, 第三紀, 第四紀, 等偏線, 等壓線, 等溫線, 道德主義, 道德哲學, 電, 電光管, 電離, 點

【ㄊ】同名極, 同質異形, 土地, 土星, 土著, 天王星, 太古代, 太陰, 太陽, 托葉, 條紋, 橢圓軌道, 淘汰, 特稱命題, 禿, 統一, 統治, 統治者, 統計法, 條蟲類, 脫水劑,

臀鰭, 苔蘚蟲, 透明體, 頭, 頭足類, 頭部, 體

【ㄋ】內, 內婚, 內果皮, 內涵, 內生, 內皮, 內臟, 內行星, 內面, 凝聚力, 南半球, 南寒帶, 南極光, 南極圈, 南溫帶, 年齡, 泥盆紀, 濃縮, 納稅義務, 黏液囊, 黏液鞘, 黏膜, 黏著力, 齧齒類

【ㄌ】兩性花, 兩棲類, 力, 流動資本, 流星, 流星群, 流質, 留置權, 硫化物, 硫黃泉, 稜錐體, 立方體, 立法, 粒狀, 聯想心理學, 聯接, 肋, 肋骨, 臨時, 臨時收入, 臨時費, 臨界壓力, 臨界溫度, 落潮, 落葉, 螺旋, 裂片, 輪, 輪生, 輪蟲類, 連比例, 連珠, 陸風, 離婚率, 離心力, 露, 領土擴張, 鱗狀, 鱗莖, 龍捲

【ㄍ】光, 光度表, 光強度, 光環, 公布, 共棲, 冠狀溝, 古動物學, 國, 國內交易, 國家主義, 國家援助, 幹, 感應發電機, 感覺論, 果實, 果皮, 根, 構造式, 秤, 管樂器, 管足, 綱, 股份公司, 谷風, 關節, 鞏固, 骨, 骨質, 骨骼, 骨髓, 高原, 高地

【ㄎ】昆蟲類, 科, 肯定命題, 開發主義

【ㄏ】化學作用, 化學方程式, 合成法, 合片萼, 合資公司, 呼吸器, 婚姻, 寒極, 彗星, 恒星, 核, 核果, 橫溝, 河口, 河段, 河源, 河系, 洪積世, 海, 海上保險, 海冰, 海嘯, 海流, 海灣, 海牛類, 海王星, 海百合類, 海綿動物, 海綿質, 海風, 混合物, 湖, 滑車神經, 火山, 火山地震, 火山岩, 火山脈, 火星, 火災保險, 火球, 花, 花托, 花瓣, 花莖, 貨幣, 黃道, 黃道光

【ㄐ】交感神經叢, 交感神經系統, 交線, 假肋, 劍尾類, 加水分解, 卷鬚, 基, 家族, 寄生植物, 寄生火山, 岬, 徑線, 掘足類, 棘皮動物, 極, 機械作用, 甲殼類, 界, 監護, 禁慾主義, 積雲, 筋膜, 節理, 節線, 精神科學, 精製, 結晶岩, 結晶水, 結組織, 經常費, 經度, 經驗法, 聚合果, 肩胛骨, 脊柱, 脊髓, 腱, 腱弓, 莖, 角, 近地點, 近日點, 進步主義, 金星, 鑑定, 集會自由, 靜, 靜脈管, 頸椎神經, 颶風

【ㄑ】乾潮, 乾餾, 傾斜, 全數, 奇數, 奇蹄類, 奇鰭, 契約, 屈折率, 強制力, 曲面, 期票, 氣孔, 求, 泉, 球狀, 群, 群棲, 腔腸動物, 蚯蚓, 親子關係, 親權, 起草, 輕金屬, 鞘, 鰭腳類

【ㄒ】下弦, 下肢骨, 下降氣流, 下頸神經節, 休火山, 信仰自由, 信風, 協同, 向斜, 吸力, 吸根, 吸蟲類, 嗅器, 夏至線, 小循環, 小潮, 小葉, 小行星, 小角, 弦樂器, 形, 循環作用, 循環系, 心囊液, 心尖, 心皮, 心臟, 斜方形, 斜面, 新生代, 星, 星座, 星蟲, 楔, 細胞液, 線, 纖毛蟲類, 胸部, 胸骨, 胸鰭, 血管系統, 行, 行政權, 行政監督, 行星, 西南風, 陷落地震, 雄花, 雪, 霰, 顯晶質, 鮮新世

【ㄓ】中心運動, 中性花, 中新世, 中果皮, 中線, 中肋, 中詞, 中頸神經節, 周圍, 專制主義, 專名, 專用, 專門教育, 折光, 振子, 柱, 柱狀, 柱頭, 植物岩, 植物性神經系統, 正二十面體, 正八面體, 正六面體, 正十二面體, 正名, 正四面體, 正鹽, 漲潮, 爪, 直動, 直接推理, 直線角, 直覺法, 真皮, 真肋, 種子, 種殼, 種皮, 終器, 脂肪腺, 褶曲, 週期律, 重力, 重心, 針

【ㄔ】乘數, 充實, 出版自由, 初生根, 創業, 垂面, 常溫層, 成層火山, 沖積世, 潮汐, 潮解, 觸器, 觸手, 赤道無風帶, 長斜方形, 長鼻類

【ㄕ】上弦, 上肢骨, 世界主義, 商人, 始新世, 室, 實業教育, 實驗式, 實驗心理學, 屬, 山系, 山脈, 山風, 數, 昇華, 朔, 水星, 水母, 水管, 水管系, 水蛭, 深裂片, 深裂葉, 滲透壓力, 濕氣, 珊瑚礁, 生成熱, 生長點, 瘦果, 社交性, 社會主義教育, 社會心理學, 社會行為, 神經系, 聲, 舌咽神經, 舌骨體, 蛇類, 設想, 閃電, 霜

【ㄖ】仁, 日, 日暈, 日本, 日蝕, 熔劑, 熔融, 熱, 熱性, 肉食類, 蕘荑花, 蠕形動物, 銳角

【ㄗ】子房, 左室, 左房, 左旋, 左肺動脈, 早落性, 租稅, 總合, 總苞, 自然哲學, 蚤類, 走向

【ㄘ】側線, 刺, 叢生葉, 層雲, 層面, 採

取, 測斜器, 磁極, 磁石, 磁軸, 粗製, 雌花, 雌雄淘汰

【ㄙ】三角洲, 司法行政, 四邊形, 歲入, 歲出, 穗狀花, 繖房花, 色, 色帶, 酸, 酸化劑, 酸性反應, 酸性鹽, 髓質

【ㄜ】萼, 萼片

【ㄡ】偶數, 偶鰭

【ㄢ】暗記

【ㄦ】二分, 二疊紀, 兒童心理學, 鰣狀

【ㄧ】一定, 一日, 右室, 右房, 壓覺, 岩石, 有孔蟲類, 有尾類, 有爪類, 有肺類, 有袋類, 有蹄類, 有限, 有限花序, 營利保險, 異足類, 硬水, 硬骨魚類, 移動率, 腰椎神經, 腰線, 葉, 葉序, 葉片, 葉舌, 蠅類

言論自由, 銀河, 陰影, 陰極光, 陰電, 驗, 驗電器, 鹽, 鹽基, 鹽基性鹽, 鹽泉

【ㄨ】吻合, 唯名論, 唯靈論, 外, 外婚, 外旋神經, 外果皮, 外皮, 外行星, 外面, 妄覺, 尾, 尾鰭, 微晶質, 晚霞, 望, 溫泉, 無名骨, 無線電信, 無翅類, 無限公司, 無限花序, 無限責任, 萬有, 緯圈, 緯度, 蜈蚣, 霧

【ㄩ】原子價, 原子熱, 原生動物, 圓, 圓口類, 圓心, 圓柱體, 圓錐根, 圓錐花, 圓錐體, 月, 月暈, 月蝕, 欲望, 永久硬水, 永續性, 用, 緣邊, 羽狀脈, 蛹, 運動器, 運搬, 遠地點, 遠日點, 隕石, 隕鐵, 雨, 雨雲, 雲, 願望, 魚類

二、 出現於《新釋名》

【ㄅ】標準
【ㄈ】分類法, 廢物, 法令, 範圍, 複體
【ㄉ】動物社會, 地位
【ㄊ】特許權, 鐵礦
【ㄋ】內界
【ㄌ】利用
【ㄎ】可能, 康德
【ㄏ】貨物, 還原
【ㄐ】技能, 架空, 解說, 軍人, 集合體
【ㄑ】潛水器

【ㄒ】形質, 效用, 相對的, 習慣
【ㄓ】專利, 專利權, 智慧
【ㄔ】成長
【ㄕ】實在, 收縮性, 生活, 生活體, 生計, 社會意識, 食用品
【ㄖ】人力, 任意
【ㄗ】資產
【ㄘ】採掘, 財貨
【ㄧ】亞里士多德, 有機的, 英語, 醫生
【ㄨ】外界, 完全, 物體

三、 出現於《論新學語之輸入》

【ㄅ】辯論, 部分
【ㄈ】分類, 翻譯
【ㄐ】精確
【ㄑ】侵入, 區別

【ㄓ】宙
【ㄔ】創造
【ㄧ】言語
【ㄩ】宇

四、 出現於《盲人瞎馬之新名詞》

【ㄉ】代價, 動員令
【ㄌ】律
【ㄐ】積極的, 繼承
【ㄑ】強制執行, 親屬
【ㄓ】債權人
【ㄔ】抽象的
【ㄖ】若
【ㄙ】損害賠償
【ㄨ】文憑

五、 出現於《新名詞訓纂》

【ㄅ】敗壞, 筆記, 編輯, 變動
【ㄇ】免職, 媒介, 煤氣
【ㄈ】放棄, 法治
【ㄉ】單獨, 地表, 大會, 定名, 對待, 斷絕, 調停, 道德, 電感
【ㄊ】同意, 圖書, 天職, 態度, 脫帽, 談話, 謄本, 透光, 通譯
【ㄋ】年輪
【ㄌ】旅行, 旅館, 流動, 禮堂, 老大, 聯合, 聯絡, 錄事
【ㄍ】公會, 公正, 根據, 根本, 格式, 管辦, 規格, 顧問, 鼓吹
【ㄎ】狂熱, 考試, 開車
【ㄏ】合同, 合格, 徽章, 會期, 混成, 荒天
【ㄐ】交叉, 介紹, 假髮, 唧筒, 監督, 結婚, 結果, 蒟蒻, 軍官
【ㄑ】前途, 區域, 強迫, 簽字, 親等, 請假
【ㄒ】學生, 宣告, 宣布, 小隊, 心算, 效力, 消滅, 瑕疵, 相當, 行燈, 許可, 巡官, 限制
【ㄓ】中立, 中間, 主張, 召集, 周旋, 徵兵, 支柱, 注意, 準備, 狀態, 職務, 製造, 證據, 章程
【ㄕ】事務, 伸縮, 手工, 收入, 時機, 書名, 書記, 滲透, 生存, 生熱, 釋放
【ㄖ】日記
【ㄗ】總監, 總統, 贊成
【ㄘ】參議, 測深, 財產, 辭職
【ㄙ】訴訟
【ㄞ】矮林
【ㄧ】厭世, 英雄, 要求, 陰曆, 陽曆, 隱語
【ㄨ】味淋, 委任, 文官, 穩健, 維持
【ㄩ】輿論, 預備

六、 出現於《日本文名辭考證》

【ㄇ】馬鹿
【ㄈ】法典, 發起
【ㄌ】靈魂
【ㄍ】更正
【ㄓ】中斷, 正則
【ㄕ】上
【ㄗ】最後
【ㄠ】奧
【ㄢ】按摩
【ㄧ】一行, 義, 養子
【ㄨ】威權, 污點

七、 出現於《日譯學術名詞沿革》

- 【ㄈ】分類表, 汎神論
- 【ㄊ】同一, 同一性, 特稱判斷, 通名
- 【ㄌ】類
- 【ㄍ】功利, 觀念學, 觀念聯合, 詭論
- 【ㄏ】恆等式, 換質位法
- 【ㄑ】器, 權, 氣
- 【ㄒ】下行, 學, 形上學, 心, 心靈, 想法, 相同, 選擇
- 【ㄓ】主, 主位, 主意, 知識論, 種
- 【ㄔ】疇
- 【ㄕ】上行
- 【ㄖ】人
- 【ㄗ】自然選擇
- 【ㄧ】音樂
- 【ㄨ】妄想

八、 出現於《新名詞溯源》

- 【ㄅ】布景, 變遷
- 【ㄈ】反攻, 方程, 紡織, 飛行
- 【ㄉ】豆腐, 點心
- 【ㄊ】土壤
- 【ㄋ】內景, 努力, 牛乳, 農具
- 【ㄌ】來源, 煉鋼
- 【ㄍ】工程
- 【ㄎ】開墾
- 【ㄏ】合奏, 會戰, 海味, 漢字, 火爐, 緩刑
- 【ㄐ】傑作, 寄生, 甲蟲, 監察, 積分, 紀律
- 【ㄑ】氣球, 求婚
- 【ㄒ】修業, 星期, 象牙
- 【ㄓ】掌握, 紙幣, 著作, 著色
- 【ㄔ】創制, 處方
- 【ㄕ】失業, 市價, 時髦, 水力, 疏散, 石炭, 砂糖, 首飾
- 【ㄗ】字母
- 【ㄘ】採礦, 測驗
- 【ㄙ】損益
- 【ㄧ】宴會, 影戲, 游泳, 要塞
- 【ㄨ】武裝

附錄三：

　　本節根據《漢語新詞資料庫》，整理詞源尚未確定的新名詞，並提出詞源假設。這些詞過去長期較少受到日語借詞研究的關注，資料庫裡的書證數量也相對不多。

　　如前導論所說，即使某個詞在資料庫裡只有一筆書證，也能提出假設性的詞源說法。原因是，儘管書證稀少，只要能確定該書證的年代，並結合其他資料的分布情形，仍可進行合理的機率推論。

　　不過，這些推論不能視為定論。正如導論中指出，至少有一成的詞源判斷可能有誤。因此，這些假設的用途不在於定案，而在於幫助學界更好地理解和認識這些未定新名詞，並期待未來有更多研究逐步釐清它們的來源。

　　目前 1,039 個未定新名詞當中，約有 158 個詞，除在八篇早期著作之外，找不到其他文獻的書證。這些詞以單字詞為主（共 102 個），因此暫時不提供核密度分析值較為合理。

　　至於「核密度分析值」，是幫助我們判斷最早書證的可信性的高低，可作為詞源判斷的輔助依據，指標的詮釋如下：

表 6: 機率範圍及其解釋

核密度分析值	文字說明	機率高低
0.00 - 0.10	非常不可能有更早的書證	最小機率
0.11 - 0.20	很不可能有更早的書證	第二小機率
0.21 - 0.30	有可能沒有更早的書證，但尚未找到	中等機率偏低
0.31 - 0.50	有可能存在更早的書證，但尚未找到	中等機率偏高
0.51 - 0.75	很有可能存在較早的書證	第二大機率
0.76 - 1.00	非常有可能存在較早的書證	最大機率

1600–1799 年

西方書證

《主制群徵》有限 (0.12)
《乾坤體義》陰曆 (0.14)
《二十五言》妄想 (0.12), 翻譯 (0.12)
《坤輿萬國全圖》緯度 (0.12), 北極圈 (0.12), 北半球 (0.12), 南極圈 (0.13), 黃道 (0.13), 中線 (0.13), 分, 極
《奇器圖說》主
《幾何原本》全數 (0.12), 物體 (0.12), 平行線 (0.15), 銳角 (0.15), 圓心 (0.16), 立方體 (0.17), 底線 (0.17), 多邊形 (0.17), 四邊形 (0.18), 乘數 (0.18), 垂面 (0.18), 圓錐體 (0.18), 平方數 (0.18), 正八面體 (0.18), 曲面 (0.20), 長斜方形 (0.21), 大角 (0.21), 小角 (0.21), 斜方形 (0.21), 正六面體 (0.21), 連比例 (0.21), 腰線 (0.21), 交線 (0.25), 平角 (0.25), 界, 角, 求, 點, 線
《教要序論》公會 (0.13)
《新制靈台儀象志》螺旋 (0.13)
《泰西水法》水力 (0.13)
《渾蓋通憲圖說》經度 (0.12), 半圓 (0.13), 左旋 (0.17)
《火攻挈要》濕氣 (0.12)
《理法器撮要》漢字 (0.13), 陽曆 (0.21)
《畸人十篇》淘汰 (0.12)
《聖母行實》結婚 (0.19)
《聖經直解》太陰 (0.19)
《職方外紀》辯論 (0.12), 重心 (0.13), 火山 (0.13), 鐵礦 (0.14), 冬至線 (0.19), 夏至線 (0.19)
《英華字典》日
《華語官話詞典》測驗 (0.24)
《華語官話語法》犯罪 (0.13)
《西國記法》豆腐 (0.00)
《西學凡》生活 (0.12), 通譯 (0.13)
《西方紀要》合奏 (0.14)
《遠西奇器圖說》重力 (0.13), 地軸 (0.14)

日本書證

《おくのほそ道》靈魂 (0.11), 土地 (0.15), 發起 (0.17)
《今宮の心中》雨雲 (0.78)
《元和航海記》流星 (0.12), 磁石 (0.13)
《北槎聞略》租稅 (0.17)
《古典選集本文 DB　正保版本「二十一代集」》上, 數, 權, 臨時, 行
《古典選集本文「二十一代集」》銀河 (0.14), 日蝕 (0.14), 外面 (0.14), 參議 (0.26)
《心中二枚繪草紙》養子 (0.94)
《折りたく柴の記》契約 (0.15), 書記 (0.15), 中間 (0.15), 砂糖 (0.16), 按摩 (0.16), 魚類 (0.17)
《新編全集 <75>》地震 (0.14), 天職 (0.17), 中立 (0.24), 端, 體
《曾根崎心中》閃電 (0.78)
《洒落本大成》著作 (0.15), 格式 (0.17)
《翻刻註解》商人 (0.13), 大會 (0.14), 日記 (0.15), 言語 (0.16), 一日 (0.17), 最後 (0.20)
《翻刻註解 <上>》柱, 義
《翻刻註解 <下>》種
《薩摩歌》尾鰭 (0.67)
《虎明本狂言集》訴訟 (0.13), 陰影 (0.78), 山風 (0.78), 一行 (0.94)
《野ざらし紀行》白髮 (0.78)
《鑓の權三重帷子》落葉 (0.78)
《鹿島詣》根本 (0.14)

中國書證

《張問達》字母 (0.12)
《泰西水法卷四》露
《熙朝定案》水星 (0.23)
《物理小識》石炭 (0.13), 骨髓 (0.13), 暗記 (0.14), 積分 (0.15)
《紅毛英吉利國王謹進天朝大皇帝貢件清單》手工 (0.14)

1800-1849 年

西方書證

《東西洋考每月統記傳》 實在 (0.14), 利用 (0.15), 預備 (0.15), 市價 (0.15), 部落 (0.16), 禮堂 (0.17), 任意 (0.21), 太陽 (0.25), 威權 (0.31), 火爐 (0.48), 牛乳 (0.49), 創制 (0.49)
《美理哥合省國志略》文憑 (0.15), 正名 (0.17)
《英華字典》【ㄅ】 保護 (0.14), 敗壞 (0.14), 變動 (0.16), 波浪 (0.17), 標準 (0.18)【ㄆ】平原 (0.19)【ㄇ】免職 (0.17)【ㄈ】廢物 (0.14), 風化 (0.14), 分類 (0.15), 發現 (0.18)【ㄉ】點心 (0.14), 調停 (0.17), 單獨 (0.17), 動【ㄊ】透光 (0.15), 圖書 (0.15), 通名 (0.15)【ㄌ】立法 (0.14), 聯絡 (0.14)【ㄍ】工程 (0.16), 鞏固 (0.17)【ㄎ】可能 (0.14), 考試 (0.14)【ㄏ】合同 (0.14), 貨物 (0.14), 花托 (0.15), 花瓣 (0.16), 彗星 (0.16), 火星 (0.16), 河口 (0.17)【ㄐ】監督 (0.14), 結果 (0.15), 金星 (0.15), 颶風 (0.16), 監察 (0.16), 解說 (0.21), 基【ㄑ】區別 (0.14), 奇數 (0.15), 強迫 (0.16)【ㄒ】習慣 (0.14), 胸骨 (0.15), 限制 (0.15), 行星 (0.16), 形質 (0.17), 相當 (0.18)【ㄓ】製造 (0.14), 章程 (0.14), 周圍 (0.14), 掌握 (0.16), 注意 (0.16), 支柱 (0.17), 周旋 (0.19), 主意【ㄔ】創造 (0.14)【ㄕ】釋放 (0.14), 事務 (0.14), 伸縮 (0.16), 設想 (0.17), 屬【ㄗ】總統 (0.18)【ㄘ】辭職 (0.14)【ㄨ】文官 (0.14), 萬有 (0.17)【ㄩ】隕石 (0.17)
《英華韵府歷階》相同, 選擇, 葉
《英華韻府歷階》 態度 (0.15), 努力 (0.16), 消滅 (0.16), 地位 (0.16), 軍人 (0.16), 老大 (0.16), 寄生 (0.16), 委任 (0.16), 脊髓 (0.16), 技能 (0.17), 專用 (0.17), 還原 (0.17), 首飾 (0.17), 偶數 (0.17), 隱語 (0.17), 月蝕 (0.17), 充實 (0.17), 家族 (0.17), 分歧 (0.20)
《通用漢言之法和英國文語凡例傳》英語 (0.15)

日本書證

《おくのほそ道》親屬 (0.14), 溫泉 (0.22)
《仮名文章娘節用》婚姻 (0.15), 部分 (0.16)
《折りたく柴の記》旅行 (0.16)
《明烏後の正夢》 同意 (0.15), 聯合 (0.15), 斷絕 (0.16), 滿潮 (0.37)
《春色梅児与美》筆記 (0.18), 精製 (0.78)
《春色辰巳園》願望 (0.16)
《東京大学文学部国語研究室蔵 浦里時次郎明烏後の正夢》群
《植学啓原》昇華 (0.22)
《泰西本草名疏》雄花
《窮理通》南半球 (0.20)
《色深狹睡夢》子房 (0.16)

《花街寿々女》音樂 (0.15)
《薩摩歌》智慧 (0.17)
《蘭学事始》學生 (0.14), 生計 (0.15), 比較 (0.16), 創業 (0.17), 主張 (0.18), 成長 (0.19), 編輯 (0.32)
《虎明本狂言集》醫生 (0.15), 證據 (0.16), 日本 (0.23)
《誰が面影》配偶 (0.16)
《遠西医方名物考補遺》結晶水 (0.23)
《遠西観象図説》星座 (0.22)
《養生訓》人力 (0.16)
《駿台雑話》英雄 (0.14), 道德 (0.16)

中國書證

《嚴禁本地人與外人非法往來交易告示》完全 (0.15)
《夷氛聞記》代理人 (0.16)
《折獄問條》財產 (0.16)
《英吉利國夷情記略》專利 (0.20)
《英船在澳滋擾及駛出外洋情形片》範圍 (0.15)

1850-1899 年

西方書證

《中西聞見錄》折光 (0.25), 骨質 (0.27)
《五車韻府》贊成 (0.19), 鼓吹 (0.20)
《光學須知》透明體 (0.52)
《全體新論》真皮 (0.21), 脊柱 (0.21), 右房 (0.24), 左房 (0.24), 皮膜 (0.24), 頭部 (0.24), 筋膜 (0.24), 薄膜 (0.24), 肋骨 (0.30)
《全體闡微》毛囊 (0.33), 無名骨 (0.34), 腹部 (0.47)
《六合叢談》【ㄅ】變遷 (0.17), 北寒帶 (0.25), 北溫帶 (0.33)【ㄆ】皮質 (0.18)【ㄇ】煤氣 (0.20), 木星 (0.33)【ㄈ】法令 (0.18), 飛行 (0.18), 紡織 (0.19)【ㄉ】大行星 (0.23), 地平面 (0.37)【ㄊ】同一 (0.17), 統治 (0.18), 天王星 (0.24), 土星 (0.33), 土壤 (0.50)【ㄋ】農具 (0.18), 南寒帶 (0.30)【ㄌ】流質 (0.18), 流動 (0.18), 連珠 (0.20), 離心力 (0.28)【ㄍ】果實 (0.20)【ㄎ】開墾 (0.18)【ㄏ】火球 (0.28)【ㄐ】精確 (0.18), 徑線 (0.20), 近日點 (0.25)【ㄑ】求婚 (0.18)【ㄒ】瑕疵 (0.17), 宣布 (0.17), 斜面 (0.17), 吸力 (0.19), 修業 (0.19), 下行 (0.33), 象牙 (0.50)【ㄓ】徵兵 (0.17), 中斷 (0.18)【ㄔ】潮汐 (0.18)【ㄕ】失業 (0.18), 上行 (0.33), 山脈 (0.33), 書名 (0.50), 生熱 (0.50)【一】宴會 (0.33)【ㄨ】吻合 (0.19), 外行星 (0.33)
《化學鑑原》水母 (0.38)
《博物新編》摩擦 (0.17), 氣球 (0.20), 陸風 (0.24), 海風 (0.27), 光環 (0.36), 小行星 (0.39)
《地學淺釋》斷層 (0.26)
《地理全志》地殼 (0.20), 貿易風 (0.25)
《格致匯編》花萼 (0.26), 色帶 (0.35)
《格致啟蒙》陰電 (0.29), 北極光 (0.31), 南極光 (0.34)
《格致毀家》肩胛骨 (0.33), 綱
《植物學》滲透 (0.18), 氣孔 (0.18), 雌花 (0.20), 瘦果 (0.22), 鱗莖 (0.22), 中果皮 (0.23), 柱頭 (0.23), 寄生植物 (0.23), 外果皮 (0.23), 托葉 (0.23), 種皮 (0.25), 內果皮 (0.25), 卷鬚 (0.25), 單性花 (0.25), 心皮 (0.25), 細胞液 (0.25), 有限花序 (0.25), 核果 (0.25), 生長點 (0.25), 總苞 (0.25), 萼片 (0.25), 輪生 (0.25), 中肋 (0.28), 匍匐莖 (0.28), 攀緣莖 (0.28), 皮層 (0.28), 穗狀花 (0.28), 年輪 (0.28), 對生 (0.30), 胚珠

(0.33), 胚, 胚乳, 科
《英華字典》更正 (0.20), 要求 (0.20), 法典 (0.21), 總監 (0.21), 宣告 (0.22), 硬水 (0.23), 起草 (0.23), 請假 (0.24), 骨骼 (0.24), 脫帽 (0.25), 侵入 (0.25), 公正 (0.26), 法制 (0.27)
《英華萃林韻府》採取 (0.26)

《華英字典集成》相對的 (0.47)
《西學考略》冰河 (0.36)
《西醫略論》胸部 (0.18), 內皮 (0.30), 動脈管 (0.33)
《遐邇貫珍》會期 (0.17), 水管 (0.18), 簽字 (0.22), 海灣 (0.35), 酸

日本書證

《よりあひばなし》許可 (0.30), 職務 (0.34), 蜈蚣 (0.78)
《万国政表》紙幣 (0.18)
《三兵養生論》混合物 (0.25)
《五重塔》心算 (0.25)
《井上哲次郎訂增英華字典》方位角 (0.32), 專名 (0.34)
《初学人身窮理》效用 (0.29), 心臟 (0.46), 內臟 (0.69), 斑紋 (0.78)
《博物新編補遺》化學作用 (0.30)
《国民之友》效力 (0.36), 旅館 (0.37), 狂熱 (0.41), 主位 (0.42), 低地 (0.46), 內界 (0.50), 傑作 (0.52), 繼承 (0.54), 海嘯 (0.55), 謄本 (0.68), 積雲 (0.68), 噴口 (0.78), 緯圈 (0.78)
《(国立国会図書館蔵) 百一新論·卷之下》區域 (0.30)
《夕霧阿波鳴渡》馬鹿 (0.40)
《太陽》葉片 (0.38), 會戰 (0.46), 處方 (0.47), 方程 (0.50), 法治 (0.68), 右室 (0.71), 左室 (0.71), 小葉 (0.78), 河源 (0.78), 谷風 (0.78)
《女学雑誌》穩健 (0.34), 武裝 (0.35), 監護 (0.35), 採掘 (0.35), 厭世 (0.56), 黏膜 (0.56), 山系 (0.70), 落潮 (0.78), 複音 (0.78), 風向 (0.78)
《安愚楽鍋》貨幣 (0.29), 談話 (0.36), 二分 (0.78), 蚯蚓 (0.78)
《小学化学書》準備 (0.41)
《律令第十號》強制執行 (0.48)
《折りたく柴の記》年齡 (0.57)
《日本帝國憲法》言論自由 (0.35), 集會自由 (0.41)
《明六雑誌》放棄 (0.24), 判定 (0.26), 時機 (0.27), 要塞 (0.28), 協同 (0.29), 根據 (0.34), 輿論 (0.37), 歲入 (0.38), 分工 (0.43), 正則 (0.47), 歲出 (0.48), 紀律 (0.55), 架空 (0.62), 聯接 (0.78)
《春色連理の梅》鑑定 (0.23)
《東洋学芸雑誌》合格 (0.31), 狀態 (0.34), 外界 (0.35), 游泳 (0.37), 球狀 (0.40), 欲望 (0.46), 顧問 (0.48), 地表 (0.49), 海流 (0.66), 比熱 (0.66), 熔融 (0.71), 外皮 (0.72), 振子 (0.78), 柱狀 (0.78), 運搬 (0.78), 粗製 (0.78), 高地 (0.78)
《東洋学芸雑誌初版》鹽基 (0.32)
《深川新話》唧筒 (0.50)
《物理階梯》生存 (0.26), 傾斜 (0.29), 維持 (0.31), 大潮 (0.40), 內面 (0.41), 層雲 (0.67), 上弦 (0.78), 下弦 (0.78), 交叉 (0.78), 偏倚 (0.78), 皮膚 (0.78), 岩石 (0.78), 恒星 (0.78), 總合 (0.78)
《異本郭中奇譚》高原 (0.33)
《百一新論》統一 (0.38)
《聖遊廓》白道 (0.33)
《英政如何》封建制度
《西洋紀聞》財貨 (0.18), 召集 (0.23)
《読売新聞》星期 (0.24), 資產 (0.32), 乾潮 (0.78)
《開化問答》媒介 (0.26), 小隊 (0.27), 代價 (0.42), 收入 (0.73)
《養生訓》損益 (0.57)
《駿台雑話》介紹 (0.18)

中國書證

《〈法意〉按語》前途 (0.28)
《乘槎筆記》開車 (0.31)
《亡羊錄》合資公司 (0.65)
《各國憲法異同論》行政權 (0.55)
《日本國志》呼吸器 (0.40)
《日本地理兵要》地峽 (0.36), 食用品 (0.46)
《日本地理兵要卷一》岬
《日本新政考》硫黃泉 (0.49)
《日本日記》電
《日本武學兵隊紀略》室
《東遊紀程》輪
《汗漫錄》國家主義 (0.49)

《海國圖志》海王星 (0.20), 小潮 (0.24)
《清議報》對待 (0.43), 平等主義 (0.60), 進步主義 (0.60)
《滬遊雜記》期票 (0.28)
《漫遊隨錄》影戲 (0.32)
《甕牖餘談·星隕說》隕鐵 (0.39)
《申報》特許權 (0.26), 時髦 (0.27), 信仰自由 (0.27), 無限公司 (0.29), 無線電信 (0.29), 債權人 (0.32)
《盛世危言·技藝》專利權 (0.47)
《英字入門·三字拼法門》假髮 (0.44)
《遊歷日本圖經》 徽章 (0.36), 信風 (0.41), 味淋 (0.49)

1900–1920 年

西方書證

"Hand Book of New Terms and Newspaper Chinese" 污點 (0.82)
《官話》軍官 (0.84)

《格物質學》磁極 (0.47)
《英華大辭典》積極的 (0.67)

日本書證

《太陽》 親權 (0.69), 粒狀 (0.72), 走向 (0.72), 側線 (0.78), 內婚 (0.78), 向斜 (0.78), 橫溝 (0.78), 河段 (0.78), 海冰 (0.78), 熱性 (0.78), 鱗狀 (0.78), 褶曲 (0.78)

中國書證

《世界地理志》河系 (0.73), 本初子午線 (0.74)
《世界通史·近世史》康德 (0.62), 自然哲學 (0.78)
《俄羅斯革命之影響》動員令 (0.55)
《化學實用分析術》分子量 (0.66)
《和文漢讀法》抽象的 (0.51), 放任主義 (0.56)
《圖畫日報》布景 (0.69)

《大同書》反攻 (0.77)
《心理學教科書》直接推理 (0.73), 兒童心理學 (0.78)
《憲法法理要義》集合體 (0.64)
《新名詞溯源》來源, 煉鋼, 內景, 採礦, 海味, 緩刑, 甲蟲, 疏散, 著色
《新名詞訓纂》混成, 荒天, 測深, 管瓣, 規格, 蒟蒻, 行燈, 巡官, 親等, 錄事, 電感
《新爾雅》【ㄅ】 步帶 (0.69), 不整合

(0.78), 不透明體 (0.78), 半意識 (0.78), 半透明體 (0.78), 壁蝨 (0.78), 扁平細胞 (0.78), 抱莖葉 (0.78), 斑狀 (0.78), 本體論 (0.78), 板狀 (0.78), 標準化石 (0.78), 比較心理學 (0.78), 波峰 (0.78), 波幅 (0.78), 波谷 (0.78), 波高 (0.78), 背斜 (0.78), 補習教育 (0.78), 補色 (0.78), 鞭毛蟲類 (0.78), 髀臼 (0.78), 冰, 苞, 雹 【ㄆ】爬蟲類 (0.71), 噴發 (0.78), 平均直徑 (0.78), 平均距離 (0.78), 拋物線軌道 (0.78), 破片岩 (0.78), 貧齒類 (0.78)【ㄇ】民族心理學 (0.78), 膜翅類 (0.78), 面數 (0.78), 毛, 美, 脈, 面【ㄈ】複葉 (0.51), 否定命題 (0.62), 肺靜脈 (0.64), 腹鰭 (0.67), 副神經 (0.69), 肺動脈 (0.71), 分子引力 (0.78), 分析法 (0.78), 分解力 (0.78), 分解熱 (0.78), 副音 (0.78), 反芻類 (0.78), 放射熱 (0.78), 浮肋 (0.78), 腹足類 (0.78), 複雌蕊 (0.78), 複鹽 (0.78), 醱酵 (0.78), 附著植物 (0.78), 非晶質 (0.78), 分子說, 房, 法, 風【ㄉ】電離 (0.53), 地役權 (0.59), 大循環 (0.64), 單體 (0.68), 動眼神經 (0.69), 第三紀 (0.73), 第四紀 (0.73), 動物地理學 (0.78), 動物岩 (0.78), 地質年代 (0.78), 多孔狀 (0.78), 多片萼 (0.78), 大動脈幹 (0.78), 定性法 (0.78), 定流 (0.78), 定量法 (0.78), 斷層地震 (0.78), 斷層面 (0.78), 斷線 (0.78), 等偏線 (0.78), 等壓線 (0.78), 等溫線 (0.78), 道德主義 (0.78), 道德哲學 (0.78), 電光管 (0.78), 多足類, 島【ㄊ】統治者 (0.63), 太古代 (0.69), 特稱命題 (0.73), 同名極 (0.78), 同質異形 (0.78), 條紋 (0.78), 橢圓軌道 (0.78), 統計法 (0.78), 條蟲類 (0.78), 脫水劑 (0.78), 臀鰭 (0.78), 苔蘚蟲 (0.78), 頭足類 (0.78), 土著, 禿, 頭【ㄋ】凝聚力 (0.61), 內涵 (0.78), 內生 (0.78), 內行星 (0.78), 南溫帶 (0.78), 泥盆紀 (0.78), 濃縮 (0.78), 黏液囊 (0.78), 黏液鞘 (0.78), 黏著力 (0.78), 齧齒類 (0.78), 內, 納稅義務【ㄌ】臨時費 (0.56), 流動資本 (0.61), 留置權 (0.64), 臨界溫度 (0.66), 兩性花 (0.71), 兩棲類 (0.72), 流星群 (0.78), 稜錐體 (0.78), 聯想心理學 (0.78), 臨時收入 (0.78), 臨界壓力 (0.78), 裂片 (0.78), 輪蟲類 (0.78), 離婚率 (0.78), 龍捲 (0.78), 力, 硫化物, 肋, 領土擴張【ㄍ】管樂器 (0.61), 管足 (0.67), 共棲 (0.69), 光度表 (0.78), 光強度 (0.78), 冠狀溝 (0.78), 古動物學 (0.78), 感應發電機 (0.78), 感覺論 (0.78), 構造式 (0.78), 股份公司 (0.78), 關節 (0.78), 光, 公布, 國, 國內交易, 國家援助, 幹, 果皮, 根, 稈, 骨【ㄎ】肯定命題 (0.67), 昆蟲類 (0.71), 開發主義 (0.78)【ㄏ】滑車神經 (0.69), 海綿動物 (0.72), 化學方程式 (0.78), 合成法 (0.78), 合片萼 (0.78), 寒極 (0.78), 洪積世 (0.78), 海上保險 (0.78), 海牛類 (0.78), 海百合類 (0.78), 海綿質 (0.78), 火山地震 (0.78), 火山岩 (0.78), 火山脈 (0.78), 火災保險 (0.78), 黃道光 (0.78), 核, 海, 湖, 花【ㄐ】經常費 (0.53), 結組織 (0.66), 靜脈管 (0.66), 精神科學 (0.67), 棘皮動物 (0.76), 交感神經叢 (0.78), 交感神經系統 (0.78), 假肋 (0.78), 劍尾類 (0.78), 加水分解 (0.78), 寄生火山 (0.78), 掘足類 (0.78), 機械作用 (0.78), 甲殼類 (0.78), 禁慾主義 (0.78), 節理 (0.78), 節線 (0.78), 結晶岩 (0.78), 經驗法 (0.78), 聚合果 (0.78), 腱弓 (0.78), 近地點 (0.78), 頸椎神經 (0.78), 腱, 莖, 靜【ㄑ】乾餾 (0.61), 親子關係 (0.66), 輕金屬 (0.69), 奇蹄類 (0.71), 奇鰭 (0.72), 腔腸動物 (0.73), 屈折率 (0.78), 群棲 (0.78), 鰭腳類 (0.78), 強制力, 泉, 鞘【ㄒ】小循環 (0.64), 弦樂器 (0.64), 胸鰭 (0.69), 新生代 (0.69), 下肢骨 (0.71), 嗅器 (0.71), 下降氣流 (0.78), 下頸神經節 (0.78), 休火山 (0.78), 吸根 (0.78), 吸蟲類 (0.78), 循環作用 (0.78), 循環系 (0.78), 心囊液 (0.78), 心尖 (0.78), 星蟲 (0.78), 纖毛蟲類 (0.78), 血管系統 (0.78), 陷落地震 (0.78), 顯晶質 (0.78), 鮮新世 (0.78), 形, 星, 楔, 行政監督, 西南風, 雪, 霰【ㄓ】專制主義 (0.61), 中心運動 (0.78), 中性花 (0.78), 中新世 (0.78), 中詞 (0.78), 中頸神經節 (0.78), 專

門教育 (0.78), 植物岩 (0.78), 植物性神經系統 (0.78), 正二十面體 (0.78), 正十二面體 (0.78), 正四面體 (0.78), 正鹽 (0.78), 漲潮 (0.78), 直動 (0.78), 直線角 (0.78), 直覺法 (0.78), 真肋 (0.78), 種殼 (0.78), 終器 (0.78), 脂肪腺 (0.78), 週期律 (0.78), 爪, 種子, 針 【彳】出版自由 (0.53), 觸手 (0.57), 常溫層 (0.78), 成層火山 (0.78), 沖積世 (0.78), 潮解 (0.78), 觸器 (0.78), 赤道無風帶 (0.78), 長鼻類 (0.78), 初生根 【ㄕ】社交性 (0.55), 舌咽神經 (0.65), 珊瑚礁 (0.71), 上肢骨 (0.78), 始新世 (0.78), 實業教育 (0.78), 實驗式 (0.78), 水管系 (0.78), 水蛭 (0.78), 深裂片 (0.78), 深裂葉 (0.78), 滲透壓力 (0.78), 生成熱 (0.78), 社會主義教育 (0.78), 社會心理學 (0.78), 社會行為 (0.78), 神經系 (0.78), 舌骨體 (0.78), 蛇類 (0.78), 朔, 聲, 霜 【ㄖ】熔劑 (0.67), 蠕形動物 (0.74), 日暈 (0.78), 肉食類 (0.78), 葇荑花 (0.78), 仁, 熱 【ㄗ】左肺動脈 (0.78), 早落性 (0.78), 蚤類 【ㄘ】層面 (0.69), 叢生葉 (0.78), 測斜器 (0.78), 磁軸 (0.78), 雌雄淘汰 (0.78), 刺 【ㄙ】繖房花 (0.78), 酸化劑 (0.78), 酸性反應 (0.78), 酸性鹽 (0.78), 髓質 (0.78), 司法行政, 色 【ㄛ】萼 【ㄡ】偶鰭 (0.72) 【ㄦ】二疊紀 (0.73), 鰤狀 (0.78) 【一】壓覺 (0.57), 葉序 (0.67), 有袋類 (0.72), 有蹄類 (0.74), 有孔蟲類 (0.78), 有尾類 (0.78), 有爪類 (0.78), 有肺類 (0.78), 營利保險 (0.78), 異足類 (0.78), 硬骨魚類 (0.78), 移動率 (0.78), 腰椎神經 (0.78), 葉舌 (0.78), 蠅類 (0.78), 陰極光 (0.78), 驗電器 (0.78), 鹽基性鹽 (0.78), 鹽泉 (0.78), 一定, 霰, 鹽 【ㄨ】無限花序 (0.62), 外旋神經 (0.65), 唯名論 (0.66), 無限責任 (0.68), 唯靈論 (0.78), 外婚 (0.78), 妄覺 (0.78), 微晶質 (0.78), 無翅類 (0.78), 外, 尾, 晚霞, 望, 霧 【ㄩ】圓柱體 (0.52), 原子價 (0.57), 羽狀脈 (0.66), 遠日點 (0.69), 原生動物 (0.73), 永續性 (0.74), 原子熱 (0.78), 圓口類 (0.78), 圓錐根 (0.78), 圓錐花 (0.78), 月暈 (0.78), 永久硬水 (0.78), 緣邊 (0.78), 運動器 (0.78), 遠地點 (0.78), 圓, 月, 用, 蛹, 雨, 雲

《新釋名》有機的 (0.57), 亞里士多德 (0.79), 分類法 (0.79), 複體 (0.79), 動物社會 (0.79), 收縮性 (0.79), 生活體 (0.79), 社會意識 (0.79), 潛水器 (0.79)

《新青年第八卷第二號》 自然選擇 (0.95)

《日本學校圖論》世界主義 (0.66)

《日本文名辭考證》奧

《日譯學術名詞沿革》分類表 (1.00), 觀念學 (1.00), 詭論 (1.00), 心靈 (1.00), 人, 汎神論, 功利, 觀念聯合, 同　性, 特稱判斷, 器, 氣, 學, 形上學, 心, 想法, 恆等式, 換質位法, 疇, 知識論, 類

《東遊叢錄·學校圖表》 實驗心理學 (0.72)

《清議報》三角洲 (0.66)

《盲人瞎馬之新名詞》損害賠償 (0.88), 律, 若

《論新學語之輸入》宇, 宙

《讀幣制則例及度支部籌辦諸折書後》定名 (0.85)

《陳耀西》矮林 (0.68)

PART 1

新爾雅

1903

汪榮寶 1878-1933
葉　瀾 生卒不詳

第一本全面整理新名詞的辭典，
重在記錄當時的語彙現象，尚未涉及詞源分析。

第一章

《新爾雅》導讀

《新爾雅》是現代新名詞研究的第一部專書。1903年6月,國學社於日本出版此書,正值新名詞大量湧入中文的初期。由於出版時間早於其他相關著作,《新爾雅》既是新名詞進入漢語的起點,也是早期研究新詞的開端,因此成為後來學界關注的重要對象。

針對《新爾雅》的分析,可以分為三個面向。一是需要區分一般詞語與汪榮寶特意定義的正條詞。書中有些詞彙經過明確定義,與其他只出現於文中的語詞不同,稱之為「正條詞目」。因此,研究的第一步,是觀察作者如何選取、界定與描寫這些正條詞。二是除了正條詞之外,全文還出現許多未經定義的新詞。第二步的研究就是找出這些詞彙,以目前學界的瞭解出發,辨明哪些屬於和製漢語、現代術語。三是從和製漢語與術語兩種角度,觀察本書的詞彙分類與分組情況,這是貫穿全書八篇分析的共同主軸。這三個面向,是本書重新討論《新爾雅》時的基本架構。

此外,《新爾雅》所進行的詞彙整理,有助於理解新詞進入漢語的方式,以及這些詞彙如何促成語言與文化層面的變化。不過,該書主要從語言學角度處理資料,對於新詞在社會與文化層面所產生的影響較少討論。本書希望能在這方面補足一些觀察,並對後續研究提供啟發。

清末時期,隨著留學生增多與譯書風行,和製漢語與準和製漢語大量進入中國,引發文化衝擊與知識界反彈。張之洞、嚴復、林紓、章太炎與彭文祖等人都曾批評語言現代化的速度。其中,張之洞評汪榮寶的新詞為「輕薄子,不可用」,反映當時保守觀點的代表立場。

但《新爾雅》在態度上卻相當開放,不帶批評或否定立場,與當時的主流意見構成對照。這本書既是新詞研究的第一本專著,也體現語言現代化過程中一種兼容並蓄的立場。

至於《新爾雅》的出版背景,該書於1903年6月由國學社在日本首次出版,在上海地區則由明權社發行,印刷則由東京並木活版所承擔。此書在同年7月及1906年曾再版,但三個版本的內容均無任何更動。

《新爾雅》究竟是什麼樣的書呢?它既像詞典,又近似百科全書,是一

部關於詞彙研究的學術作品。這部書兼具詞典的條列特性與百科全書的敘述風格，內容聚焦於新名詞的收集、整理與解釋，因此在動機上具有相當程度的學術目的。

兩位作者汪榮寶（1878-1933年）和葉瀾（年代不詳）都是值得注意的歷史人物。汪榮寶自1901年起在日本早稻田大學與慶應義塾學習歷史與法律，推測約居留至1907年前後。他日後參與《欽定憲法大綱》的起草，是該憲法的主要撰擬者之一，但該憲法最終未獲實施。1922年，汪榮寶以大使身分再次前往日本，其期間經歷詳見日記記錄（C. Han & Cui, 2014年）。

第二作者葉瀾，畢業於上海格致書院，學業成績優異（Shen, 2011年, 頁7）。他大約於1901年前往東京，並與陳獨秀（1879-1942年）共同組織革命團體「東京青年會」。沈國威指出，在《新爾雅》的編纂過程中，葉瀾在科學與邏輯領域的參與相對有限，其原因尚未明朗（頁43）。重讀《新爾雅》，其重要性在於這是最早且規模最大的一部系統整理新名詞的書籍。《新爾雅》呈現了1903年前後漢語中已出現的術語與新詞彙，為理解當時和製漢語的數量、定義與使用範圍，提供了關鍵的比較基準。透過研究《新爾雅》，可以逐步與後續著作進行對比，計算新詞彙的增量，從而更全面掌握各著作在詞彙貢獻上的位置與層次。因此，《新爾雅》在新名詞與和製漢語的研究上，都是極為重要的計量起點，其學術價值不容忽視。

在《新爾雅》的研究方面，沈國威先生於2011年已做出重要的整理工作[1]。沈國威指出，《新爾雅》中的新名詞主要是編者汪榮寶和葉瀾從日本翻譯資料中整理出來的。不過，這些資料的具體來源仍未明確。在沈國威的研究中，他所統計的新名詞，是指《新爾雅》中以黑點標示的詞語。根據其計算，這類詞彙共有2,443個。

然而，《新爾雅》中的黑點實際上有兩種用法。第一種是用於定義詞語，通常搭配像是「謂之」這類引介語，透過黑點來標示該詞為新名詞。第二種則與定義無關，純屬語氣上的強調，黑點可能加在單個詞語上，也可能標示整句話。

---

[1] 沈氏的底本為光緒二十九年（1903年）七月由國學社發行的版本，即第二版（初版同年六月），本研究將第二版和光緒三十二年（1906年）的第三版一起作為底本，實際上兩者內容上沒有差異，僅僅差在印刷品質。

因此，如果單純以黑點為統計依據，全文共有 3,033 處在一個或多個字下加上黑點的例子。但這種計算方式並不可靠，理由有二：一是黑點未必用於標示新名詞，有時僅作為語氣強調；二是有些明確定義的新詞反而沒有加黑點，甚至出現加錯的情形。考慮以上情況，我認為最合理的做法，是依據是否出現定義語句來判斷詞語是否屬於新名詞。只要汪氏在文字中有明確的定義意圖，不論是否加黑點，都應納入計算範圍。

至於定義語句的判斷標準，汪氏最常使用的是「謂之」、「亦謂之」等格式（共出現 1,857 次），其次是「為」、「是為」（共 224 次），以及「曰」、「名曰」（共 186 次），另外也有使用「是也」（共 57 次）的例子。

被視為正條詞目的語詞，可區分為三類：一是語言上有明確定義，且加上黑點的詞語（全文共 2,501 個，刪除重複後為 2,423 個）。二是原書雖加了黑點，但未提供定義（全文共 306 個，刪除重複後為 290 個）。三是語言上有定義語句，但原文遺漏了黑點標記（全文共 54 個）。

除了這三種情況外，還有一點應加說明：原書在許多定義的前後，經常列出若干例子。這些詞語大多未加黑點，也無明確標示，但仍具參考價值。因為《新爾雅》與漢語詞彙現代化密切相關，從這類例子中也可以觀察語言變化的脈絡。本書共挑選此類詞語 300 個，並編入書末索引，便於讀者查詢與比對。

依據上述方法，我從《新爾雅》中共整理出 2,627 個不重複的新名詞。這個數量比沈國威所列多出 184 個，雖然增加幅度僅約佔 7%，但意義在於：這是首次能夠清楚掌握《新爾雅》詞彙分類的整理成果。

更重要的是，《新爾雅》的文本中，其實還潛藏更多尚待分析的新名詞。研究不應只侷限於那些已有明確定義的詞彙。這個問題，將在下文進一步探討。

在具體編輯上，我將這些關鍵新名詞特別標示於左欄句首，並以粗體呈現，即所謂正條詞目。若版面受限，則以註釋形式補列相關詞語。至於原文加黑點的標記，無論是否存在錯漏，皆依汪氏原意完整保留。

以下表格簡單統計了《新爾雅》各篇的內部編排方式（如總釋、分章、小節），並列出每一章的正條詞目數量、詞彙總數與頁數，按照章節順序整理如下：

表 1.1:《新爾雅》各篇頁數與正條詞目統計

篇名	篇號	總釋	分章	小節	頁數	正條詞目
《釋政》	1	–	3	5	25	294
《釋法》	2	–	–	7	13	161
《釋計》	3	1	5	12	13	189
《釋教育》	4	–	–	–	11	192
《釋群》	5	1	2	5	11	260
《釋名》	6	1	–	4	5	90
《釋幾何》	7	1	–	4	9	167
《釋天》	8	1	–	7	11	129
《釋地》	9	–	5	18	17	320
《釋格致》	10	1	–	7	11	214
《釋化》	11	–	–	–	5	106
《釋生理》	12	1	–	7	14	206
《釋動物》	13	1	–	8	12	185
《釋植物》	14	1	–	2	12	244
總數						2,754

在上述 2,757 個正條詞目中，有些詞語重複出現在不同篇章。經排除重複詞彙，以及刪除部分語義不明或僅具語氣強調性質的黑點詞後，最終可確認的正條詞目總數為 2,682。這部分處理方式在此不再詳述。

其中，有 79 個新名詞出現重複定義的情形。重複定義次數最多的是「國家」，在全書中被定義達 6 次；其次是「人格」，共 4 次。至於曾在跨篇幅或不同出處中被定義達 3 次的詞語，包括：「樞密院」、「行政權」、「土地」、「勞力」、「資本」、「有機體」、「權利」、「義務」、「霧」、「毛」。至於僅被定義兩次的詞語，本文將另以註釋形式加以補充，不在此詳列。

《新爾雅》的語言特徵

先討論收詞方法。《新爾雅》一書採取雙重方式進行收詞：一方面整理書中明確列出的正條詞目，另一方面則使用 Python 的 jieba 套件對全文進行斷詞，從中建立完整的詞彙清單。如果沒有特別說明，我所討論的新名詞均是針對正條詞目而言。至於針對全文進行分析而得的詞彙，其處理方式較為特殊，在頁 14 另作說明。

因此，《新爾雅》的語言特徵可以從兩個層面加以觀察。一是比較書中明確定義的正條詞目與全文所有詞彙之間的異同，特別是這兩類詞集在和製漢語與現代術語中的比例與分布情況。二是將《新爾雅》與其他七篇早期新名詞著作進行比較，重點關注各自所收新詞的數量、詞長、術語類別，以及是否為單一書證等面向。

《新爾雅》所收錄的新名詞反映了汪榮寶當時在日本從事大量翻譯與編輯工作的背景，因此多數詞彙普遍被認為來自中日翻譯成果。這些詞彙雖不全屬於專業術語，但其中確實包含不少具有專業性質的新詞。接下來，我們可以具體分析《新爾雅》所記錄的新詞中，哪些至今仍被視為現代專業術語。這些新詞的首次記錄可追溯至《新爾雅》，顯示該書在詞彙史上的重要地位，也可能反映出其中部分詞彙為汪榮寶個人創造的結果。

在進一步討論《新爾雅》的語言特徵時，從和製漢語與現代術語兩個面向進行對比，確實揭示出幾個值得注意的現象。首先，並非書中所有新詞皆為當時初創。有些詞彙早已在中國學術界出現，只是作者為了完整呈現當時通行語彙，仍將它們收錄於書中。這顯示《新爾雅》一方面創造新詞，一方面扮演了彙整現有學術詞彙的重要角色。

其次，有些出現在《新爾雅》的詞彙，根據《漢語新詞資料庫》的分析可歸類為和製漢語，但因當代學界對其來源掌握不足，目前多數學者尚未將其列入和製漢語詞表。這類詞語仍需進一步詞源考證與整理。

至於汪榮寶個人所創的新詞方面，沈國威曾整理出一批不屬於和製漢語、也非現成術語的詞彙，可能是汪氏自行造詞，如「內涵」今作內包（見頁98）、「外延」，今作外郭（見頁98）、「倒植」今作換位（見頁99）、「充實」今作擴充（見頁99）、「旋反」今作換質換位（見頁99）、「疊變法」今

作戾換法（見頁99）、「反疏」今作換質（見頁99）、「介詞」今作媒詞（見頁100）、「後立」今作後件（見頁101）等[2]。沈先生所舉的例子恰好全部出自邏輯篇，但由於邏輯篇極有可能是由葉瀾負責撰寫，這些詞語是否為汪榮寶本人所創，目前尚無定論。無論如何，這些詞彙本身已足以顯示作者具備相當的語言創造力，也反映了當時學術與語言環境的活躍特徵。

以下表格呈現《新爾雅》所收詞彙的基本分類：

表 1.2:《新爾雅》中的正條詞目、和製漢語與現代術語分佈

全部詞彙	和製漢語	現代術語	皆是	皆非
2,682	423	1,074	346	1,531

從上表可以看出，在 2,682 個新名詞中，有 423 個詞彙是目前學界普遍承認的和製漢語，另有 1,074 個屬於至今仍在使用的現代術語。其中，同時具備和製漢語與現代術語兩種身份的詞語共有 346 個。至於那些既不屬於和製漢語，也不屬於現代術語的，則有 1,531 個。

需要說明的是，以上統計僅針對汪榮寶所明確定義的新名詞，並未涵蓋《新爾雅》正文中其他未定義語詞的情形。至於這些附加詞彙中還包含哪些和製漢語或術語，將在下文另行討論。

接下來可進一步觀察詞長的分布情形。詞長大致可分為五類：單字詞、二字詞、三字詞、四字詞，以及多字詞。所謂多字詞，指的是由五字以上組成的語詞。

表 1.3:《新爾雅》詞彙與和製漢語之詞長分佈比較

資料	總詞數	單字詞	二字詞	三字詞	四字詞	多字詞
《新爾雅》詞彙	2,682	101	864	713	595	409
和製漢語	3,224	20	2,411	603	180	10

上述表格顯示，《新爾雅》的詞長分布與當代學界認定的和製漢語分布相比，存在一定差異。尤其在多字詞的比例上較為明顯。不過，此差異未

---

[2] 沈國威編，《新爾雅（附解題索引）》（上海：上海辭書出版社，2011年），頁36。

達統計顯著性。在自由度為 4、信賴水準 $p = 0.05$ 的情況下,臨界值為 9.49,而其 χ^2 值為 8.12,低於臨界標準,故結果不顯著。即便如此,在本研究涵蓋的八篇早期作品中,《新爾雅》的詞長分布差異性最高,顯示其收詞具有獨特傾向。其特色主要有二:一是單字詞比例偏高,二是多字詞的數量也不少。

單字詞的例子包括:國、基、贏、屬、政、核、求、熱、租、端、綱、群、苞、葯、蛹等。這些詞雖常見於日常語言,但在現代術語體系中,多字詞才為主流,顯示《新爾雅》在術語處理上與後來標準有別。

此外,《新爾雅》中也保留了不少多字詞的新名詞,這些詞彙在當時尚未被廣泛使用或尚未形成標準,例如:裁可法案之權、推理式之原則、誘導之自然力、教育之可能性等。整體而言,在 409 個多字詞中,僅有 21 個至今仍作為現代術語使用,這些詞語包括:下頸神經節、中頸神經節、交感神經叢、交感神經系統、兒童心理學、動物地理學、化學方程式、實驗心理學、感應發電機、拋物線軌道、本初子午線、植物性神經系統、植物生理學、正二十面體、正十二面體、比較心理學、民族心理學、社會主義教育、社會心理學、聯想心理學、赤道無風帶。在上述多字詞中,僅有「植物生理學」一詞被學界明確認定為和製漢語。至於多字詞的具體情形,詳述如下:

五字詞	262 個詞	八字詞	7 個詞	十字以上的詞	5 個詞
六字詞	89 個詞	九字詞	5 個詞		
七字詞	34 個詞	十字詞	6 個詞		

有時候,特別長的詞彙與短句之間的界線並不明確,例如「內治外交俱不受他國之干涉者」或「通例以外務大臣為大宰相」這類語句。對於這類語義結構偏向句子的例子,我採取不納入的處理方式,也就是不將這些視為單一詞語來編入詞庫。即使原文中這些語句已加上黑點標記,仍未列入新詞統計範圍。

不過,像「合理的宇宙論」、「合理的心理論」、「合理的神學論」這類具有完整書名形式,且在原文中已加黑點的詞語,則被列入詞彙表之中。

在接下來的幾節中，我將進一步分析這些詞語與和製漢語及現代術語之間的關聯，並嘗試釐清其在語詞系統中的位置與性質。

一、《新爾雅》中的和製漢語詞彙

《新爾雅》可視為一部早期的類詞典或百科全書，其目的是對新名詞進行簡要介紹、說明，乃至提供定義。在界定這些新詞時，書中經常使用較為形式化的句型與表達方式，語氣不屬於自然敘述，而是帶有一定結構公式的語言風格。

《新爾雅》的核心重點在於整理新名詞。對當代學界而言，最重要的問題之一，就是在 1903 年該書出版時，究竟已有多少新名詞真正進入漢語語彙體系。就方法論而言，一個直接且有效的做法，是將《新爾雅》所收詞彙與當代學界普遍討論的和製漢語詞表進行對比分析。如前文第一章所述，學界對和製漢語已有明確定義與分類原則，此處不再重述。

在進行這類對比時，發現《新爾雅》中共有 423 個詞彙，被至少三位學者明確認定為和製漢語，約佔全書詞彙總數的 16%。是八篇著作中和製漢語佔全收詞比例最低的一篇。如果進一步採用更嚴格的標準，只納入被五位學者討論過的詞彙，則僅剩 232 個詞（約佔 9%）。這一統計結果在某種程度上頗為意外。如果《新爾雅》的新名詞中只有約 16% 屬於和製漢語，那麼剩餘的大量詞彙是否都是什麼樣的詞彙呢？

可是，若僅以當代學界標準而斷定《新爾雅》中和製漢語所佔比重不足兩成，未免過於簡略。和製漢語在《新爾雅》詞彙中比例偏低，原因可能有二點：第一，《新爾雅》中包含了大量複合詞。例如，在〈釋名〉篇中，書中列舉的邏輯學術語包括：「普通名詞」、「單獨名詞」、「合體名詞」、「各別名詞」、「具體名詞」、「抽象名詞」、「積極名詞」、「消極名詞」、「絕對名詞」、「相對名詞」等。然而，多數研究和製漢語的學者集中於二字詞，對於這些詞尾附加「名詞」的複合詞關注較少。因此，即使「具體」、「抽象」、「積極」、「消極」、「絕對」、「相對」等詞本身皆為常見的和製漢語，卻因在《新爾雅》中未以獨立詞形出現，而容易被忽略。

第二，在構詞方式上，《新爾雅》中有許多詞彙尚未完成現代化轉型，

仍保留大量以「之」字連接詞組的形式。例如：「民之權力」（對應現代詞彙「民權」）、「法之解釋」（即現今的「法律解釋」）、「光點之像」、「蒸氣之密度」、「熱之對流」等。這些詞彙仍處於轉換過程中，尚未發展為穩定的四字詞或定型的現代術語。

這些情況顯示，《新爾雅》所反映的是一個語彙尚在形成階段的過渡狀態，許多新詞既非傳統漢語，也未完全符合現代術語標準，因此在分類時容易產生誤差或低估其語源價值。

二、 同為和製漢語與現代術語的詞彙

以下所列詞彙具有雙重特徵：一方面，它們已在《新爾雅》中出現；另一方面，至少有三位當代學者將其認定為和製漢語。這類詞彙總計共有 423 個。其中，加以底線的詞彙代表是被歸為和製漢語，同時也被視為現代術語，共計 346 個，以底線表示。這些現代術語在和製漢語詞彙中的佔比約為 82%，在八項早期相關研究中屬於第二高比例。這表示，《新爾雅》首要處理的是科學新名詞，超過八成的和製漢語同時具備現代術語的功能與認定地位。

【ㄅ】不動產, 不成文法, 保守主義, 保護國, 保釋, 保險, 冰山, 北極, 半島, 悲觀主義, 比例, 比重, 白人, 白堊紀, 表皮, 表面

【ㄆ】判斷, 平面, 普通名詞, 普通教育

【ㄇ】名詞, 命題, 密度, 民法, 民選, 泌尿器, 目, 目的, 美感, 美術, 迷走神經, 面積

【ㄈ】分子, 分子式, 分析, 副署, 反應, 沸點, 法人, 法律行為, 發明, 發達, 發電機, 範疇, 複本位, 非金屬

【ㄉ】低氣壓, 動機, 動物, 動產, 動脈, 單葉, 地層, 地平線, 地方稅, 地熱, 地球, 多數, 大前提, 大氣, 大統領, 大腦, 大藏省, 大陸, 定律, 對角線, 對象, 帝國主義, 彈性, 德育, 抵抗, 獨立國, 鈍角, 電光, 電池, 電流, 電話

【ㄊ】同化, 同盟, 天文學, 天體, 太陽系, 推理, 推論, 條件, 條約, 特殊教育, 聽神經, 體溫, 體育

【ㄋ】內務省, 內容, 內耳, 內閣, 凝固, 凝固點, 南極, 能力, 腦神經

【ㄌ】利己主義, 力點, 勞力, 樂天主義, 流域, 淋巴管, 理想, 理論, 理財學, 立憲政體, 論理學

【ㄍ】供給, 個人主義, 個性, 光源, 光線, 公價, 公權, 公法, 公轉, 共產主義, 功利主義, 古生代, 固定資本, 國事犯, 國債, 國家, 國民, 國民性, 國稅, 國籍, 國粹, 國際, 國際公法, 國際法, 國際社會, 國際私法, 官能, 感官, 感情, 感覺, 攻守同盟, 根莖, 格致學, 概念, 歸納, 歸納法, 觀察, 觀念, 軌道, 關係, 骨膜, 高氣壓

【ㄎ】塊根, 塊莖, 客觀, 礦泉, 科學, 空想, 空氣
【ㄏ】化合, 化合物, 化學, 化石, 匯票, 合眾國, 合金, 回歸線, 寒帶, 寒暑表, 後腦, 後見人, 恆星, 懷疑論, 汗腺, 海岸線, 海峽, 海軍省, 滑車, 火成岩, 花冠, 花序, 花粉, 花軸, 還元, 黑人
【ㄐ】交易, 交通, 假說, 價值, 具體名詞, 加速度, 局外中立, 教化, 教授, 教材, 教育, 教育學, 極光, 機關, 甲狀腺, 精神, 結晶, 經濟學, 脊椎動物, 計學, 警察進化論, 進化論, 金屬, 間接推理, 間接稅, 階級, 靜脈
【ㄑ】全稱命題, 切線, 前腦, 器官, 曲線, 權利, 權限, 氣壓, 氣根, 氣質, 球果, 球莖, 球體, 群學, 親和力
【ㄒ】休戰, 信用, 刑法, 向心力, 嗅神經, 宣戰, 小前提, 形式, 形式主義, 形體, 心理學, 想像, 憲法, 現行犯, 現象, 相續, 系統, 細胞, 細胞膜, 纖維, 血液, 血液循環, 血清, 血漿, 行政, 訓令, 訓育, 雄蕊, 雪線, 需要
【ㄓ】中和, 中央機關, 中生代, 中耳, 中腦, 主義, 主觀, 主詞, 主體, 債權, 哲學, 支點, 政府, 政治, 政策, 政體, 整合, 智育, 株式會社, 植物學, 植物生理學, 治外法權, 直徑, 直接稅, 直線, 知覺, 知識, 秩序, 蒸發, 蒸餾, 證明, 質量, 重金屬, 重點, 震源
【ㄔ】出版, 成文法, 成蟲, 抽象名詞, 沉澱, 產業, 赤道
【ㄕ】商業, 商法, 實質, 實踐, 實驗, 市, 手續, 樞密院, 水成岩, 水蒸氣, 燒點, 生命保險, 生殖器, 生物學, 生理學, 生產, 石炭紀, 社會, 社會主義, 社會學, 神經系統, 神話, 舌下神經, 視神經
【ㄖ】人格, 人民, 人生觀, 人道主義, 人類, 人類學, 容積, 溶液, 溶解度, 熔岩, 熱帶, 熱度, 燃燒, 認識論, 軟骨, 軟體動物, 韌帶
【ㄗ】子午線, 子法, 宗教, 組合, 組織, 自然, 自然主義, 自然人, 自然淘汰, 自然科學, 自由主義, 自覺, 自轉, 資本, 資格
【ㄘ】刺激, 參政權, 磁氣, 裁判所, 財務, 財政, 財政學, 財產權, 雌蕊
【ㄙ】三叉神經, 三段論法, 三疊紀, 司法, 司法權, 所有權, 私權, 私法, 色素, 速力, 速度, 酸化, 鎖骨
【ㄞ】愛情
【ㄢ】暗示
【ㄦ】二元論
【ㄧ】一元論, 印象, 壓制, 引力, 意志, 意見, 意識, 有機物, 有機體, 液化, 演繹, 演繹法, 義務, 葉柄, 議會, 議決, 遺傳, 銀行, 音程, 音色, 顏面神經
【ㄨ】唯心論, 唯物論, 唯理論, 問題, 外交, 外務, 外務省, 文部省, 溫帶, 溫度, 無機物, 物權, 物質, 衛星, 衛生
【ㄩ】元首, 原人, 原因, 原子, 原子量, 原素, 宇宙論

三、 僅見於《新爾雅》的和製漢語

　　以下所列的詞彙為僅見於《新爾雅》一書、而未出現在本研究所涵蓋的其他作品中的和製漢語。這類詞彙的存在，一方面凸顯《新爾雅》在記錄新名詞方面的原創性與前瞻性貢獻，另一方面也可能暗示，這些詞彙在不久之後即未獲廣泛使用，最終被淘汰或轉為不常見用語。

具體來說，僅出現在《新爾雅》中，且被至少三位當代學者認定為和製漢語的詞彙共有 270 個。這些只出現一次的和製漢語，占該書全部和製漢語約 12%，比例偏低，在八篇早期新名詞研究中是倒數第二。由於《新爾雅》是最早一篇進行大規模詞彙記錄的著作，對 1903 年當時來說，許多和製漢語可能仍屬罕見詞彙。

可是，如果從時間橫跨 1903 年至 1944 年來看，所有八篇新名詞著作中，首次且僅出現在《新爾雅》的詞彙雖然佔比不高，但數量實際上最多。這個數字說明《新爾雅》在整體新名詞研究中的獨特地位。

以下列舉該組詞彙，以供參考。這一發現對於重新評估《新爾雅》在漢語現代化過程中的歷史地位具有重要意義，也為研究和製漢語的流行趨勢與語言變遷提供了寶貴資料。

【ㄅ】不動產, 不成文法, 保守主義, 保護國, 保釋, 冰山, 北極, 半島, 悲觀主義, 比重, 白人, 白堊紀, 表皮, 表面

【ㄆ】判斷, 平面, 普通名詞, 普通教育

【ㄇ】密度, 民選, 泌尿器, 目, 美感, 迷走神經, 面積

【ㄈ】分子, 分子式, 副署, 反應, 沸點, 法律行為, 發電機, 複本位, 非金屬

【ㄉ】低氣壓, 動產, 動脈, 單葉, 地層, 地平線, 地方稅, 地熱, 多數, 大前提, 大氣, 大統領, 大腦, 大藏省, 定律, 對角線, 帝國主義, 彈性, 德育, 抵抗, 獨立國, 鈍角, 電光, 電池, 電流, 電話

【ㄊ】同盟, 天體, 太陽系, 推理, 推論, 特殊教育, 聽神經, 體溫, 體育

【ㄋ】內務省, 內耳, 凝固, 凝固點, 南極, 腦神經

【ㄌ】利己主義, 力點, 樂天主義, 流域, 淋巴管, 理想, 立憲政體

【ㄍ】個人主義, 個性, 光源, 公債, 公權, 公轉, 共產主義, 古生代, 固定資本, 國事犯, 國民性, 國稅, 國際公法, 國際法, 國際社會, 國際私法, 官能, 攻守同盟, 根莖, 歸納法, 觀察, 關係, 骨膜, 高氣壓

【ㄎ】塊根, 塊莖, 礦泉, 空想

【ㄏ】化合, 匯票, 合眾國, 合金, 回歸線, 寒帶, 寒暑表, 後腦, 後見人, 懷疑論, 汗腺, 海岸線, 海峽, 海軍省, 滑車, 火成岩, 花冠, 花序, 花粉, 花軸, 黑人

【ㄐ】交易, 假說, 具體名詞, 加速度, 局外中立, 教化, 教材, 極光, 甲狀腺, 結晶, 脊椎動物, 計學, 金屬, 間接推理, 間接稅, 靜脈

【ㄑ】全稱命題, 切線, 前腦, 器官, 曲線, 權限, 氣壓, 氣根, 氣質, 球果, 球莖, 球體, 群學, 親和力

【ㄒ】休戰, 向心力, 嗅神經, 宣戰, 小前提, 形式, 形式主義, 形體, 想像, 現行犯, 系統, 細胞, 細胞膜, 纖維, 血液, 血液循環, 血清, 血漿, 行政, 訓令, 訓育, 雄蕊, 雪線

【ㄓ】中央機關, 中生代, 中耳, 中腦, 主詞, 債權, 支點, 政策, 整合, 智育, 株式會社, 植物學, 植物生理學, 治外法權, 直徑, 直接稅, 直線, 蒸發, 證明, 質量, 重金屬, 重點, 震源

【ㄔ】出版, 成文法, 成蟲, 抽象名詞, 沉澱, 產業

- 【ㄕ】商業, 商法, 實質, 市, 樞密院, 水成岩, 水蒸氣, 燒點, 生命保險, 生殖器, 生物學, 生產, 石炭紀, 社會主義, 神經系統, 神話, 舌下神經, 視神經
- 【ㄖ】人民, 人道主義, 人類學, 容積, 溶液, 溶解度, 熔岩, 熱帶, 熱度, 燃燒, 軟骨, 軟體動物, 韌帶
- 【ㄗ】子午線, 子法, 宗教, 組合, 自然主義, 自然人, 自然淘汰, 自然科學, 自由主義
- 【ㄘ】參政權, 磁氣, 裁判所, 財務, 財政, 財政學, 財產權, 雌蕊
- 【ㄙ】三叉神經, 三段論法, 三疊紀, 司法權, 所有權, 私權, 私法, 色素, 速力, 速度, 酸化, 鎖骨
- 【ㄢ】暗示
- 【ㄦ】二元論
- 【一】一元論, 印象, 壓制, 引力, 意志, 有機物, 液化, 演繹法, 葉柄, 議會, 音程, 音色, 顏面神經
- 【ㄨ】唯心論, 唯物論, 唯理論, 外務, 外務省, 文部省, 溫帶, 溫度, 無機物, 物權, 物質, 衛星
- 【ㄩ】元首, 原人, 原子, 原子量, 宇宙論

四、 非定義性用語在《新爾雅》中的情形

最值得注意的是，除了前文所列那些汪氏明確定義的新名詞以外，整部《新爾雅》中還出現了大量未加定義的新詞。這些詞語似乎在撰寫過程中自然滲入，未經特意挑選，這點尤其引起我的關注。

有可能是汪氏在翻譯日文資料時，有意或無意地將這些詞彙引入漢語。另一種可能則是，這些詞語當時已在漢語中流通。根據當代學界對和製漢語的研究，《新爾雅》全文中可發現仍有 303 個詞被至少三位學者認為屬於和製漢語。主流觀點認為，日語詞彙大規模進入漢語主要發生在 1900 年以後，經由留日學生傳入中國。因此，若這些詞語早在 1903 年《新爾雅》出版前已廣泛使用，雖不能排除，但仍要進一步考證。

我傾向認為，這些詞彙在當時已經屬於漢語一段時間了，只是目前尚未掌握最早的書證。有些詞語雖可歸為和製漢語，但我估計進入漢語的時間點比一般人所認為的還要早。

在這 303 個詞裡，有 85 個詞除了出現在後來的《盲人瞎馬之新名詞》全文外，不曾出現在其他著作的正條詞目中。這些詞在表中以星號（*）標記，表示它們也見於《盲人瞎馬之新名詞》全文（而並非主條詞目）。關於現代術語的部分，在這 303 個和製漢語中，亦有 233 個詞（約佔 77%）同時具有現代術語的身份。為避免表格過於複雜，這部分未另外標記。

【ㄅ】保證, 冰點, 半球, *報告, 本位, 本部, 本體, 波動, 版權, 病院, 白金, *表示, *被告, 變化, 閉會
【ㄆ】*品位, 平方, 平行, 排泄, 排除, 破壞, 評判
【ㄇ】*募集, 模型, 毛細管, *民族, *貿易
【ㄈ】分泌, *分配, 反射, 放射, *方式, *法定, *發展, 發電, *附屬
【ㄉ】代理, 代表者, *兌換券, 動力, 單位, 單眼, 單純, *定期, 彈力, 待遇, 淡水, 獨裁, 登記, 短期, 電氣
【ㄊ】停止, 推定, 推測, *條文, 炭化, *特別, *特定, 特性, 特有, 特殊, 特約, 特許, *町, 統合, 統治權, *統計, 通過, 鐵道, 體操
【ㄋ】*内部, 尿道, 年度, 腦室
【ㄌ】*例外, 卵巢, 林業, *歷史, *流通, 淋巴, 淋巴液, 硫酸, 立憲, 聯邦, 裸體, 論斷, 連絡, *領土
【ㄍ】光度, 公司, 公理, *共同, 共通, 古典, 固體, 國土, 國語, 官立, *工商, 工業, 感應, *改革, 概括, 構造, 管理, 股份, 股東, 股票, *規定, 規模, 隔膜, 高度
【ㄎ】口腔, 可能性, *客體, 擴張, 擴散, *開戰, 開發
【ㄏ】*合成, *會議, *活動
【ㄐ】假設, *健康, 價格, 劇烈, 加入, 尖端, 技術, 接觸, 教育家, 極限, 極點, 檢定, 檢查, *決定, 決算, *積極, *經營, *經理, 經驗, 緊張, 記憶力, *記號, 距離, *近代, 進化, 金額, 間接
【ㄑ】*侵犯, 全員, *全國, 全權, *全部, 奇蹟, *強制, 強度, 情操, 氣流, 氣管, 氣體, *親子, 起點, *青年
【ㄒ】下院, 修正案, 修辭學, *刑事, 協贊, *學者, 學齡, 小腦, 巡查, *形狀, 性能, 憲章, 效果, 消化, *消極, 消費, 消費者, 現金, 胸腔, 胸腺, 腺, *限定
【ㄓ】中央政府, 中心, 中性, *主權, *主要, 主題, 債務, *制裁, *執行, 專賣, 指示, 支出, *政局, 智能, 正確, 殖民地, 注入, 直角, *種類, 粘膜, 職員, *職權, 蒸氣, 證券, 貯蓄, *重要, 重量
【ㄔ】傳導, *傳統, 充分, 初步, 垂直, 垂線, 成分, 成年, 產物, 處刑, 觸角
【ㄕ】事件, 事項, 實現, 審查, *市場, 市長, 攝護腺, *數量, 時期, 水分, 生理, 社員, 神經, 稅金, *聲明, *設定, *說明, *身分, 輸尿管, 輸精管, 食道
【ㄖ】乳腺, 人性, *人權, 任免, 溶解, 認定
【ㄗ】*作者, 組成, 總理, 自然界, 自發, 自立, *責任
【ㄘ】參照, 參議院, 次官, 測定, *裁判, *裁判官, 財源
【ㄙ】三角
【ㄡ】*偶然, 歐羅巴
【一】*亞細亞, 以太, 延長, 延髓, 應用, 業務, 液體, 營養, *異性, 異物, *要件, *要素, 要點, *議員, 議長, 議院, 郵政, 野蠻, 陰極, 養分
【ㄨ】*唯一, 唯物, 委員會, 微生物, *文化, 物性, 瓦斯, 網膜, 衛生學
【ㄩ】*元素, *原則, *原告, 原料, 漁業, 預算案

特別有意思的是，那些自然嵌入句中的和製漢語，其出現數量幾乎與出現在明確定義語句中的詞彙相當。這不是偶然，而是涉及一個重要的學術問題：既然《新爾雅》被視為最早系統整理新名詞的作品之一，那麼，為什麼書中這些新詞的使用已如此自然流暢？這些詞語究竟是在何時、透過什麼樣的路徑，從日語傳入現代漢語？這些問題，值得進一步討論。

五、《新爾雅》詞彙與現代術語之關聯

在下列表格中，整理了《新爾雅》中出現的現代術語，共計 1,073 個。現代術語占全部新名詞的比例為 40%，比例偏低，以比例而言，是八部早期新名詞研究著作中倒數第二低的一部。不過，以絕對數而言，則是收錄現代術語最多的一本。其中，有 306 個詞被學界認定為和製漢語，和製漢語占現代術語的比例為 29%，是八部著作中比例最低的一部。這個比例偏低的現象，需要進一步說明。

一個重要原因是，《新爾雅》中有不少新名詞，其實不是當時才出現的。例如：「白髮」、「螳螂」、「協同」等。這些詞本就是固有漢語，即使具備術語功能，仍然屬於日常語彙。它們之所以被收錄，可能是因為在科學語境中獲得了較為明確的定義。例如：「地殼」、「半島」、「颶風」、「隕石」等，這類詞既可作為普通詞彙使用，也可作為科學術語。用途視文本語境而定。由此可見，新名詞、現代術語與和製漢語之間不能完全對應。另一個原因是，部分詞彙在構詞上尚未現代化。這一點在前文已有討論，此處不再重述。

此外，現代術語的詞源也需要簡要說明。整體來看，現代術語可分為三類來源：一是日本創造的和製漢語；二是西方概念由日語吸收後再輸入中文，這類詞可稱為「西源日語借詞」；三是中國自行創造的新詞、新名詞。不過，「西源日語借詞」目前尚未成為主流分類。主要是陳力衛對此提出過相關研究（參見《東往東來：近代中日之間的語詞概念》，北京：社會科學文獻出版社，2019）。

目前學界對和製漢語的定義，仍僅限於日本人依據漢語構詞法所創的詞語。至於這些詞中是否有部分源自西文書籍經日語再輸入中文，我在博論進行首次處理。在下列術語表中，凡被標記為「和製」的詞語，皆依據目前通行定義處理。未進一步區分其來源。此點特別說明。

【ㄅ】不動產, 不成文法, 不整合, 不透明體, 保守主義, 保護, 保險, 冰, 冰山, 冰河, 北半球, 北寒帶, 北極, 北極光, 北極圈, 北溫帶, 半圓, 半島, 半意識, 半透明體, 壁蝨, 扁平細胞, 抱莖葉, 斑狀, 斑紋, 本初子午線, 本體論, 板狀, 標準化石, 步帶, 比例, 比熱, 比較, 比較心理學, 比重, 波峰, 波幅, 波浪, 波谷, 波高, 白堊紀, 白道, 白髮, 背斜, 苞,

第一章 《新爾雅》導讀　17

薄膜, 表皮, 表面, 補習教育, 補色, 部落, 雹, 鞭毛蟲類, 髀臼

【ㄆ】偏倚, 判定, 判斷, 匍匐莖, 噴口, 噴發, 平原, 平均直徑, 平均距離, 平方數, 平等主義, 平行線, 平角, 平面, 拋物線軌道, 攀緣莖, 普通教育, 爬蟲類, 皮層, 皮膚, 皮膜, 皮質, 破片岩, 胚, 胚乳, 胚珠, 貧齒類, 配偶

【ㄇ】名詞, 命題, 密度, 摩擦, 木星, 毛, 毛囊, 民族心理學, 民法, 泌尿器, 滿潮, 目, 目的, 美感, 脈, 膜翅類, 貿易風, 迷走神經, 面, 面數, 面積

【ㄈ】分, 分子, 分子式, 分子引力, 分子說, 分子量, 分工, 分析, 分析法, 分歧, 分解力, 分解熱, 副神經, 副署, 副音, 反應, 反芻類, 否定命題, 封建制度, 房, 放任主義, 放射熱, 方位角, 沸點, 法, 法人, 法制, 浮肋, 犯罪, 發明, 發現, 發電機, 範疇, 肺動脈, 肺靜脈, 腹足類, 腹部, 腹鰭, 複本位, 複葉, 複雌蕊, 複音, 複鹽, 醱酵, 附著植物, 非晶質, 非金屬, 風, 風化, 風向

【ㄉ】代理人, 低地, 低氣壓, 冬至線, 動, 動機, 動物, 動物地理學, 動物岩, 動產, 動眼神經, 動脈, 動脈管, 單性花, 單葉, 單體, 地層, 地峽, 地平線, 地平面, 地役權, 地方稅, 地殼, 地熱, 地球, 地質年代, 地軸, 地震, 多孔狀, 多數, 多片萼, 多足類, 多邊形, 大前提, 大動脈幹, 大循環, 大氣, 大潮, 大腦, 大行星, 大角, 大陸, 定律, 定性法, 定流, 定量法, 對生, 對角線, 對象, 島, 帝國主義, 底線, 彈性, 抵抗, 斷層, 斷層地震, 斷層面, 斷線, 端, 第三紀, 第四紀, 等偏線, 等壓線, 等溫線, 道德主義, 道德哲學, 鈍角, 電, 電光, 電光管, 電池, 電流, 電話, 電離, 點

【ㄊ】同化, 同名極, 同盟, 同質異形, 土地, 土星, 土著, 天文學, 天王星, 天體, 太古代, 太陰, 太陽, 太陽系, 托葉, 推理, 推論, 條件, 條約, 條紋, 橢圓軌道, 淘汰, 特殊教育, 特稱命題, 禿, 條蟲類, 統一, 統治, 統治者, 統計法, 聽神經, 脫水劑, 臀鰭, 苔蘚蟲, 透明體, 頭, 頭足類, 頭部, 體, 體溫, 體育

【ㄋ】內, 內婚, 內容, 內果皮, 內涵, 內生, 內皮, 內臟, 內行星, 內閣, 內面, 凝固, 凝固點, 凝聚力, 南半球, 南寒帶, 南極, 南極光, 南極圈, 南溫帶, 年齡, 泥盆紀, 濃縮, 納稅義務, 能力, 腦神經, 黏液囊, 黏液鞘, 黏膜, 黏著力, 齧齒類

【ㄌ】兩性花, 兩棲類, 利己主義, 力, 力點, 勞力, 流動資本, 流域, 流星, 流星群, 流質, 淋巴管, 理想, 理論, 留置權, 硫化物, 硫黃泉, 稜錐體, 立方體, 立法, 粒狀, 聯想心理學, 聯接, 肋, 肋骨, 臨時, 臨時收入, 臨時費, 臨界壓力, 臨界溫度, 落潮, 落葉, 螺旋, 裂片, 論理學, 輪, 輪生, 輪蟲類, 連比例, 連珠, 陸風, 離婚率, 離心力, 露, 領土擴張, 鱗狀, 鱗莖, 龍捲

【ㄍ】乾潮, 乾餾, 供給, 個人主義, 個性, 光, 光度表, 光強度, 光源, 光環, 光線, 公債, 公布, 公轉, 共棲, 共產主義, 冠狀溝, 功利主義, 古動物學, 古生代, 固定資本, 國債, 國內交易, 國家, 國家主義, 國家援助, 國民, 國民性, 國稅, 國籍, 國際公法, 國際法, 官能, 幹, 感官, 感情, 感應發電機, 感覺, 感覺論, 果實, 果皮, 根, 根莖, 概念, 構造式, 歸納, 歸納法, 桿, 營養器, 營足, 綱, 股份公司, 觀察, 觀念, 谷風, 軌道, 關係, 關節, 鞏固, 骨, 骨膜, 骨質, 骨骼, 骨髓, 高原, 高地, 高氣壓

【ㄎ】塊莖, 客觀, 昆蟲類, 礦泉, 科, 科學, 空氣, 肯定命題, 開發主義

【ㄏ】化合, 化合物, 化學, 化學作用, 化學方程式, 化石, 匯票, 合成法, 合片萼, 合資公司, 合金, 呼吸器, 回歸線, 婚姻, 寒帶, 寒極, 彗星, 後腦, 恆星, 恒星, 懷疑論, 核, 核果, 橫溝, 汗腺, 河口, 河段, 河源, 河系, 洪積世, 海, 海上保險, 海冰,

海嘯, 海岸線, 海峽, 海流, 海灣, 海牛類, 海王星, 海百合類, 海綿動物, 海綿質, 海風, 混合物, 湖, 滑車, 滑車神經, 火山, 火山地震, 火山岩, 火山脈, 火成岩, 火星, 火災保險, 火球, 花, 花冠, 花序, 花托, 花瓣, 花粉, 花莖, 花軸, 貨幣, 黃道, 黃道光

【ㄐ】 交感神經叢, 交感神經系統, 交易, 交線, 交通, 假肋, 假說, 價值, 劍尾類, 加水分解, 加速度, 卷鬚, 基, 家族, 寄生植物, 寄生火山, 岬, 徑線, 掘足類, 教化, 教授, 教材, 教育, 教育學, 棘皮動物, 極, 極光, 機械作用, 機關, 甲殼類, 甲狀腺, 界, 監護, 禁慾主義, 積雲, 筋膜, 節理, 節線, 精神, 精神科學, 精製, 結晶, 結晶岩, 結晶水, 結組織, 經常費, 經度, 經濟學, 經驗法, 聚合果, 肩胛骨, 脊柱, 脊椎動物, 脊髓, 腱, 腱弓, 莖, 角, 警察, 近地點, 近日點, 進化論, 進步主義, 金屬, 金星, 鑑定, 間接推理, 間接稅, 階級, 集會自由, 靜, 靜脈, 靜脈管, 頸椎神經, 颶風

【ㄑ】 傾斜, 全數, 全稱命題, 切線, 前腦, 器官, 奇數, 奇蹄類, 奇鰭, 契約, 屈折率, 強制力, 曲線, 曲面, 期票, 權利, 權限, 氣壓, 氣孔, 氣根, 氣質, 求, 泉, 球果, 球狀, 球莖, 球體, 群, 群棲, 腔腸動物, 蚯蚓, 親和力, 親子關係, 親權, 起草, 輕金屬, 鞘翅腳類

【ㄒ】 下弦, 下肢骨, 下降氣流, 下頸神經節, 休火山, 信仰自由, 信用, 信風, 刑法, 協同, 向心力, 向斜, 吸力, 吸根, 吸蟲類, 嗅器, 嗅神經, 夏至線, 宣戰, 小前提, 小循環, 小潮, 小葉, 小行星, 小角, 弦樂器, 形, 形式, 形式主義, 循環作用, 循環系, 心囊液, 心尖, 心理學, 心皮, 心臟, 想像, 憲法, 斜方形, 斜面, 新生代, 星, 星座, 星蟲, 楔, 現象, 系統, 細胞, 細胞液, 細胞膜, 線, 纖毛蟲類, 纖維, 胸部, 胸骨, 胸鰭, 血液, 血液循環, 血清, 血漿, 血管

系統, 行, 行政, 行政權, 行政監督, 行星, 西南風, 訓令, 陷落地震, 雄花, 雄蕊, 雪, 雪線, 需要, 霰, 顯晶質, 鮮新世

【ㄓ】 中和, 中心運動, 中性花, 中新世, 中果皮, 中生代, 中線, 中肋, 中腦, 中詞, 中頸神經節, 主詞, 主體, 債權, 周圍, 專制主義, 專名, 專用, 專門教育, 折光, 振子, 支點, 政治, 政策, 政體, 整合, 智育, 柱, 柱狀, 柱頭, 植物學, 植物岩, 植物性神經系統, 植物生理學, 正二十面體, 正八面體, 正六面體, 正十二面體, 正名, 正四面體, 正鹽, 漲潮, 爪, 直動, 直徑, 直接推理, 直接稅, 直線, 直線角, 直覺法, 真皮, 真肋, 知覺, 知識, 秩序, 種子, 種殼, 種皮, 終器, 脂肪腺, 蒸發, 蒸餾, 褶曲, 證明, 質量, 週期律, 重力, 重心, 重金屬, 重點, 針, 震源

【ㄔ】 乘數, 充實, 出版, 出版自由, 初生根, 創業, 垂面, 常溫層, 成層火山, 成文法, 成蟲, 沉澱, 沖積世, 潮汐, 潮解, 產業, 觸器, 觸手, 赤道, 赤道無風帶, 長斜方形, 長鼻類

【ㄕ】 上弦, 上肢骨, 世界主義, 商人, 商業, 商法, 始新世, 室, 實業教育, 實質, 實踐, 實驗, 實驗式, 實驗心理學, 屬, 山系, 山脈, 山風, 市, 手續, 數, 昇華, 朔, 水成岩, 水星, 水母, 水管, 水管系, 水蒸氣, 水蛭, 深裂片, 深裂葉, 滲透壓力, 濕氣, 珊瑚礁, 生成熱, 生殖器, 生物學, 生理學, 生產, 生長點, 瘦果, 石炭紀, 社交性, 社會, 社會主義, 社會主義教育, 社會學, 社會心理學, 社會行為, 神經系, 神經系統, 神話, 聲, 舌下神經, 舌咽神經, 舌骨體, 蛇類, 視神經, 設想, 閃電, 霜

【ㄖ】 人格, 人道主義, 人類, 人類學, 仁, 容積, 日, 日暈, 日本, 日蝕, 溶液, 溶解度, 熔劑, 熔岩, 熔融, 熱, 熱帶, 熱度, 熱性, 燃燒, 肉食類, 蕊黃花, 蠕形動物, 認識論, 軟骨, 軟體動物, 銳角, 韌帶

【ㄗ】 子午線, 子房, 宗教, 左室, 左房,

【ㄔ】側線, 刺, 刺激, 叢生葉, 層雲, 層面, 採取, 測斜器, 磁極, 磁石, 磁軸, 粗製, 詞, 財務, 財產權, 雌花, 雌蕊, 雌雄淘汰

【ㄙ】三叉神經, 三疊紀, 三角洲, 司法, 司法權, 司法行政, 四邊形, 所有權, 歲入, 歲出, 穗狀花, 繳房花, 色, 色帶, 色素, 酸, 酸化, 酸化劑, 酸性反應, 酸性鹽, 鎖骨, 髓質

【ㄜ】萼, 萼片

【ㄞ】愛情

【ㄡ】偶數, 偶鰭

【ㄣ】暗示, 暗記

【ㄦ】二元論, 二分, 二疊紀, 兒童心理學, 鰤狀

【ㄧ】一元論, 一定, 一日, 印象, 右室, 右房, 壓制, 壓覺, 岩石, 引力, 意志, 意見, 意識, 有孔蟲類, 有尾類, 有機物, 有機體, 有爪類, 有肺類, 有袋類, 有蹄類, 有限, 有限花序, 液化, 演繹, 演繹法, 營利保險, 異足類, 硬水, 硬骨魚類, 移動率, 義務, 腰椎神經, 腰線, 葉, 葉序, 葉柄, 葉片, 葉舌, 蠅類, 言論自由, 議會, 遺傳, 銀河, 銀行, 陰影, 陰極光, 陰電, 霙, 音程, 音色, 顏面神經, 驗電器, 鹽, 鹽基, 鹽基性鹽, 鹽泉

【ㄨ】吻合, 唯名論, 唯心論, 唯物論, 唯靈論, 問題, 外, 外交, 外婚, 外旋神經, 外果皮, 外皮, 外行星, 外面, 妄覺, 尾, 尾鰭, 微晶質, 晚霞, 望, 溫帶, 溫度, 溫泉, 無名骨, 無機物, 無線電信, 無翅類, 無限公司, 無限花序, 無限責任, 物質, 緯圈, 緯度, 萬有, 蜈蚣, 衛星, 衛生, 霧

【ㄩ】原人, 原因, 原子, 原子價, 原子熱, 原子量, 原生動物, 圓, 圓口類, 圓心, 圓柱體, 圓錐根, 圓錐花, 圓錐體, 宇宙論, 月, 月暈, 月蝕, 欲望, 永久硬水, 永續性, 用, 緣邊, 羽狀脈, 蛹, 運動器, 運搬, 遠地點, 遠日點, 隕石, 隕鐵, 雨, 雨雲, 雲, 願望, 魚類

六、現代術語在《新爾雅》中的比例與分佈

一般而言，現代術語方面有一個趨勢，往往只有少數重要術語會同時出現在多個知識領域中，這類詞彙具有高度抽象性與普遍性。相對地，大多數術語和特定知識領域有關，通常在單一領域中出現。因此，術語可分為三類：只出現在一個領域的標為（單一分類），出現在 2 至 4 個領域的標為（2-4 分類），出現在 5 個以上領域的標為（5-17 分類）。現在可以問，《新爾雅》中所收錄的現代術語，其跨領域分布與整體現代術語的分布比例是否一致？透過 χ^2 檢定進行統計分析，在自由度為 2、顯著水準 $p = 0.05$ 的情況下，臨界值是 5.99。如果檢定值低於這個數值，表示分類分布沒有顯著差異，反之，則表示有顯著差異。

《新爾雅》的 χ^2 檢定結果是 6.06，略高於臨界值。在八部早期新名詞著作中排第五高，《新爾雅》所涵蓋的現代術語類別差異勉強達到顯著性。這

顯示《新爾雅》所收錄的現代術語偏向抽象領域，涵蓋的術語類別較多，分布情形與整體趨勢略有不同。不同之處主要在於跨領域的重要抽象詞彙比較多，佔全部詞彙 11%，見以下表格。

表 1.4:《新爾雅》現代術語分組比例與全體現代術語分組比例之比較

分組數	全部術語	全部術語比例	《新爾雅》	《新爾雅》比例	χ^2
5-12 類別	1,681	0.0032	119	0.1108	3.60
2-4 類別	40,320	0.0772	522	0.4860	2.17
單一類別	480,591	0.9196	433	0.4032	0.29
總數	522,592	1.0000	1,074	1.0000	6.06

《新爾雅》常用舊字正字替換表

《新爾雅》於 1903 年在日本印刷，所用字體與現今讀者習見者略有差異。編輯方針在於保留原書風貌，儘量不修改傳統書寫形式，如「々」等符號。下方表格列出原文常見舊字及其對應的現代繁體字，供讀者參考。

表 1.5:《新爾雅》舊字用法一覽

舊—正	舊—正	舊—正	舊—正	舊—正
【ㄇ】脉—脈	鈎—鉤	【ㄐ】俱—具	粘—黏	文—紋
【ㄈ】分—份	功—工	劍—劍	【ㄔ】膓—腸	【ㄩ】于—於
【ㄅ】點—點	搆—構	戟—戟	沈—沉	原—源
【ㄊ】体—體	箇—個	据—據	【ㄕ】昇—升	圜—圓
楕—橢	【ㄎ】鑛—礦	擧—舉	【ㄖ】靱—韌	岳—嶽
【ㄋ】嚙—齧	欵—款	脚—腳	熱—熱	遊—游
【ㄌ】両—兩	【ㄏ】廻—迴	【ㄑ】羣—群	【ㄙ】顋—腮	【ㄜ】疴—痾
聯—連	凾—函	【ㄒ】見—現	瑣—鎖	
【ㄍ】盖—蓋	恒—恆	【ㄓ】着—著	【ㄨ】温—溫	
葢—蓋	滙—匯	占—佔	万—萬	

第二章

《新爾雅》原文

第一節　釋政

國	有人民、有土地，而立於世界者，謂之國[1]。	1
政	設制度以治其人民、土地者，謂之政[2]。	
國家、政體[3]、機關	政之大綱三：一曰國家、二曰政體、三曰機關。如政府、議會、元首、臣民、司法、立法、行政之類是也。	

一、釋國家

釋國家之定義

國家[4]	有一定之土地，與宰制人民之權力，而為權利義務之主體備有人格者，謂之國家。
	按政治學上所用名詞之意義，最為繁博深奧，非略加注釋，恐閱者不能盡解，今略釋之所謂人格者，謂人之所以為人之資格也。
倫理上、法律上	有倫理上之人格，有法律上之人格，倫理上之人格者，人生此世，須發達其天稟之德性，嚴行其應盡之義務，小而一身一家，大而一國一種，皆須維持之發達之。竭其本分，以盡人之所以為人者是也。
權利、義務[5]	法律上之人格者，人生此世，必有種種行為，若權利若義務凡此等行為，不能背於國家所定之法律者也。凡在法律範圍之內者，則有自由行動之權利，而對於國家，則仍負有義務者也。蓋義務者權利之因，權利者義務之果，二

---

[1] 「國」，又作「國家」(state, country, nation)。

[2] 今作「政治」(politics)。

[3] 「國家」見註4；「政體」見註58所附正文詞。

[4] 見註3、註6、註25、註663、註677所附正文詞。

[5] （續）主體；「權利」見註202、註544；「義務」見註209所附正文詞。

	者有密切之關係者也。權利義務之主體者,即不借他力而能自行其權利,自全其義務之謂也。權利義務之主體,即於法律上得完全之人格。若不能全其法律上之權利義務者,即於法律上不能有完全之人格也。
國家、人格[6]	以國家有人格者,蓋擬國家以人也。國家為權利義務之主體,故有人格。國家對臣民有權利、有義務,對外國有權利、有義務。此國家之所以為權利義務之主體備有人格也。國家所行之權力,自國家成立時即有。非若箇人之權利,必依法律而始得。

釋國家

多數、人類、組織	國家者,由多數人類所組織者也。多數人類,無有制限,以盧騷[7]所定。少則亦須萬人以上。此蓋依普通之事實而舉其大概之數也。
獨立國家	要之非有能維持其獨立國家之人數不可。
一定、土地[8]	國家者,須有一定之土地者也。若遊牧人種,逐水艸[9]漂泊無定所者,則不能成國家,以其無定土地也。然所謂土地者,其幅員其面積,無一定制限。
獨立國家之經濟	要之其土地所出之產物,非有能維持獨立國家之經濟不可。
國民全體之集合體	國家者,國民全體之集合體也。唯有一定之土地,若所集者為烏合之眾,為偶然結合之眾,則不得稱為國家。
治者、被治者	國家者,有治者、被治者之區別者也。治者或為君主或為大統領,其餘則為被治者。
有機體[10]	國家者,有機體也。
分子說	古之言國家,多主分子說以為人之集合而為國家,不異砂

---

6 「國家」見註 3、註 4、註 25、註 663、註 677;「人格」見註 18 所附正文詞。
7 「盧騷」,亦譯「盧梭」。
8 「土地」見註 299、註 333 所附正文詞。
9 「艸」,通「草」。
10 更多定義見註 15、註 528 所附正文詞。

	石之堆積而為山也[11]是不過為人類所組織一無機物而已。
德國歷史法學派之首祖	無成長發達之能力也，及德國歷史法學派之首祖沙披[12]出，
有機物[13]	始以國家為能自成長發達之有機物[14]，其說風靡一世。德國學者伯倫知理亦主張此說。
精神、形體、統治機關	其說有三：（一）國家者，有精神、有形體統治機關，即發現國家形體者也。
法律規則	法律規則即發表國家精神者也。（二）國家者，上自大臣，下迄巡查，不各為國家之機關，而各動其動，亦猶人之之有耳目鼻口四肢五體也。
有機體[15]、發達	（三）國家者，其精神其形體，若有機體，而時為發達者也。
文物制度	文物制度之發達者，精神上之發達也[16]。
領土擴張、臣民增加	領土擴張、臣民增加，形體上之發達也[17]。又按以國有此等性質而似有機體則可。若以為全然之有機體，則在一般國家思想發達時代，所必不然也。何則，蓋國家之生存發達，全賴人類之作用，非若有機物能以自己固有之力，生存而發達。故謂其國家之或點似有機體之或點則可。非能全以此為有機體也。要之國家者，非分子之集合體，惟似有機體，具有有體的性質是，實最適當最合理之說也。
人格[18]	國家者，有人格者也[19]。

---

[11] 「分了說」，今作政治學般的「分子理論」(atomic theory)，似乎接近個人主義的概念。

[12] 伯倫知理，德文 Johann Kaspar Bluntschli（1808–1881 年），瑞士人，曾任教於蘇黎世大學、慕尼黑大學、海德堡大學當教授，對於中國形成近代國家觀念產生重要影響。重要著作有《伯倫知理國家詞典，三冊》("Bluntschli's Staatswörterbuch in drei Bänden") 1872 年，《一般國家法》("Allgemeine Staatslehre")，1875 年。

[13] 更多定義見註 1374 所附正文詞。

[14] 今作「國家作為有機體」。

[15] 更多定義見註 10、註 528 所附正文詞。

[16] 「文物制度」，今又作「文化資產制度」或「文化遺產制度」。

[17] 今作「人口增長」(population growth)。

[18] 更多定義見註 6、註 542、註 724 所附正文詞。

[19] 原註：定義中言之，茲不複述。

釋國家之起源

4	國家起源說	研究人類社會之歷史，而推論國家之所以成立者，謂之國家起源說。國家起源說有二：
	國家當然之起源	一以為人類因營共同生活而當然成為國家者，謂之國家當然之起源。
	國家必然之起源	二以為人類因營共同生活而必然成為國家者，謂之國家必然之起源。按所謂當然成為國家者何謂人類之團體自小而大由漸而成國家是也。人類者，有社交性者也，社交性之作用，是以便人類互相吸引，不致成離群獨居之現象。故自有人類，即有團體。
	家族團體	人類最初之結合，是為家族團體，家族團體時代界限極狹，自同一血統之外，其相視猶敵國然。而此等小團體，洪荒之世，幾於鱗比櫛次。
	部落團體	久之鄰近之小團體，遂互相併吞，於是部落團體之時代以啟。部落團體時代，得分為二期[20]。
	和戰團體時代、土地團體時代	一為和戰團體時代，一為土地團體時代[21]。和戰團體時代[22]，即承家族團體之事業，仍以戰爭為生活。
	族長	內部組織亦相類，惟族長則易以酋長，
	酋長	酋長由團體中之最強力者當其任。與族長如出一轍，而其範圍則非若族長之拘，拘於同一血統。此其不同之點。
	國家團體	土地團體時代，即為國家團體[23]發生之起點。其特質在依一定之土地，作永久生活之計。非若前之視勝敗而易其居處也。
5	土著	至此時代，其人民均為土著，外部之敵亦漸少。於是人民以經營土地之事業，為唯一之要務[24]。
	愛國心	而人民愛其土地之心，即今日之所謂愛國心者。至是亦大

---

[20] 今作「部落」(tribe)。
[21] 今作「定居部落時代」(settled tribal era)。
[22] 今作「戰爭部落時代」(war-based tribal era)。
[23] 今作「國家組織」(national organization)。
[24] 「土著」今亦作「原住民」(indigenous people)。

	發達，由此時代進步，即為國家發生之日。所謂必然成為國家者。謂人類非有國家之組織，則不能保其生存。故國家之發生，乃出於必至之勢是也。
秩序	人類之營共同生活，其必不可缺之條件秩序是已。秩序之立由於法，法者與國家並生。未有國家無法者也。是故人類之有需於國家，需其法也。
強制力	法之作用何在，在有強制力而已。凡人類種種團體之成立，無不借重於強制力，即譬之最小會社，亦必有一定之規律。使社中人，咸無出其範圍，然後得以維持其現象，而圖將來之發達。國家為最大會社，故其強制力亦最劇。今使人類之團體，無強制力存乎其中，則當競爭之際，散漫無比，其不陷於滅亡者幾希。
強制組織、國家[25]	是故團體之分子，必使受治於強制組織[26]之下，此不易之理也，所謂強制組織者，何國家是已。

釋國家之種類

組織、能力[27]	國家各以其組織及能力之不同而生區別者，謂之國家之種類。
單純國[28]	國家之種類四，曰單純國、曰複合國、曰獨立國、曰保護國。單純國[29]、複合國[30]者，以組織[31]別其類者也。
獨立國[32]	獨立國[33]、保護國者，以能力別其類者也。
單純國	戴單一之君主，或單一之大統領，宰制單純之國土人民，而不受他國家之干涉者，謂之單純國。如英吉利、俄羅斯、法蘭西、日本是。

---

25 見註3、註4、註6、註663、註677等所附正文詞。
26 今作「強制性組織」(coercive organization)。
27 （續）國家之種類
28 複合國、獨立國、保護國
28 （續）組織、複合國

29 今作「單一國」(unitary state)。
30 今作「複合國家」(composite state)。
31 原書此處所見黑點，應係印刷錯誤。
32 （續）能力、保護國。「獨立國」其他定義見註46所附正文詞。
33 今作「獨立國家」(independent state)。

複合國[34]	其國家之組織，複雜不純一者，謂之複合國。其類有四，一曰君位合一國，二曰雙立君主國，三曰聯邦國，四曰連合國。
君位合一國[35]	二個以上之國家，互獨立而戴同一之君主，而自此以外不復有他關係者，謂之君位合一國[36]。如1885年至1890年比利時國王兼阿非利加公額自由國之君主是。
雙立君主國、實際合一國	二個以上之國家，戴同一之君主，除外交事務，國君得代表其國，而為共同運動外，其國內政治，仍互為獨立，此謂之雙立君主國[37]，亦謂之實際合一國[38]。如墺[39]匈，如瑞典、挪[40]威是。
聯邦國[41]	數多之國家互為約束，設立[42]中央機關[43]，使任通共事務而諸國仍有完全之獨立權者，謂之聯邦國。
權限[44]	中央機關之權限如下。甲，在各國聯邦之合意約束範圍內，則有活動之權力。乙，除合意約束外，中央政府對各國，無命令強制之權。丙，即其權力範圍內之事，非經聯邦各國政府之手，不能執行，其中央機關之權力，蓋甚弱也。如1815年維也納會議決議後至1866年之德國聯邦是。
連合國、合眾國	數多之國家公共約束組織一中央政府，此中央政府者，有總括內政外交與命令強制諸國之權力，而諸國除中央政府允許之權力外，別無他等權力者，謂之連合國亦謂之合眾國[45]。如美國及今日之德國是。
獨立國[46]	一國對於內外，俱為權利義務之立體，而有其能力，即內

---

[34] （續）**君位合一國、雙立君主國、聯邦國、連合國**
[35] （續）**比利時國王、阿非利加公額自由國之君主**
[36] 今作「聯合君主國」(personal union)。
[37] 今作「雙君主制國」(dualmonarchy)。
[38] 今作「實質聯合國」(de facto union)。
[39] 「墺」，通「奧」。
[40] 原書稱「那」，今作「挪」。
[41] （續）**中央機關**
[42] 原書「立」字加黑點，應係誤印。
[43] 原註：即中央政府。
[44] （續）**德國聯邦**
[45] 今作「聯邦國」(federal state)。
[46] 「獨立國」其他定義見註32所附正文詞。

治外交俱不受他國之干涉者，謂之獨立國[47]。如英吉利、俄羅斯、法蘭西、美利堅、日本是。

保護國[48]　一國無自理內政外交之能力，而受他國之保護監督者，謂之保護國。保護國又以所受保護監督之程度而異其種類，第一種，僅於外交上受他國之保護監督者，若中古塞諾亞共和國時，受法蘭西之保護時，受西班牙之保護時，受伊大利之保護是也。

第二種，外交內政盡受他國之保護干涉者，若埃及，若辛而利亞共受土耳其之保護是也。

殖民保護國　第三種，內政外交全然受他國之指揮監督，表面上為強國之殖民保護國，

屬國　實則已為強國之屬國，若欺尼斯，若馬達加斯加。名為法蘭西之保護國，定則已為其屬國是也。

釋國家之變遷

族制國家　以一家族組織國家或以一大族為主，以眾小族為輔而組織之者，謂之族制國家[49]。按美儒威耳遜[50]有言曰，一家者即古之一國。一國之原始，即一家之膨脹也。其言殆無疑義。惟族制有純雜之區別，純者本一大民族而成；雜者以一大民族為主要部，附屬無數小民族而成，故此種國家之外形與內容多家族之餘影。

神政國家　以神為統御之形式，以強力者為神之代表，目統治者為神聖，或號之為天子者，謂之神政國家[51]。按神政國家之由來，寔基於宗教之信仰，蓋當時之司教者，乘蠻民宗教心之蒙昧，假代天臨民之說，以得勢力，故神政之酋長，多

47　今作「獨立國家」(independent state)。
48　（續）外交上、外交內政、埃及、表面上、殖民保護國、屬國、欺尼斯、馬達加斯加
49　今作「部族國家」(tribal state)。
50　「威耳遜」，今作「威爾遜」(Thomas Woodrow Wilson, 1856–1924 年)，美國第 28 任總統。
51　今作「神權政權」(theocracy)。

	巫覡高僧。
服從國家	統治者與被統治者之關係以強力而成立者，謂之服從國家[52]。自族制神政之發達，部族膨脹，不得不併吞他部族，以圖擴張，於是戰鬥攻伐無已時，而競爭之結果，弱者不保生存，勢必至求為強者之隸屬，以庇其餘蔭，酋長政治、封建制度即其例也。是謂之服從國家[53]。
約束國家	統治者與被統治者之關係，由兩者間之約束而成者，謂之約束國家[54]。
約從、契約[55]	自近世天賦人權之說張。久握大柄之君主，不得私其權為已有。約束國家之所以成立也，其中有約從、契約之區別。
約從國家	約從國家者，君主舉人民固有之權，分而還之於眾，以邀國人之悅服[56]。
契約國家	契約國家者，憑人民之腕力，以除舊建新，故國家為臣民所自造，統治者不過受人民之委託而已[57]。

二、釋政體

9 政體[58]	凡國家必有統治之機關，其機關之組織及舉行之跡象，謂之政體。政體有二，一曰專制政體，二曰立憲政體[59]。
專制政體	一人握主權於上，萬機獨斷者，謂之專制政體。
立憲政體	立憲法議會，以組織國家統治之機關，使人民協贊參與者，是之謂立憲政體。立憲政體又別之為民主立憲、君主立憲。
民主立憲政體	由人民之願望，建立公和[60]國家，舉大統領以為代表而主

---

52 今作「專制國家」(autocracy)。
53 此句重復，應屬誤繕。
54 「約束國家」並非政治學術語，似乎是指「契約型國家」(contractual state)。
55 更多定義見註 244 所附正文詞。
56 「約從國家」應是類似於「君主立憲制國家」(constitutional monarchy) 的概念。
57 今作「契約型國家」(contractual state)。
58 更多定義見註 3 所附正文詞。
59 今作「政治體制」(political system)。
60 「公和」，今作「共和」(republic)。

	權全屬人民者，謂之民主立憲政體[61]。
君主立憲政體	開設國會，與國民以參政之權，令國民之代表者[62]出而議法律、監督行政而主權仍屬君主者，謂之君主立憲政體。

德意志之立憲君主政體

德意志之立憲君主政體	德國自1870年以來，由四王國、七大公國及七州、三自由都府等分立而成。
德意志聯邦	當時，王國中普魯士國，其王威廉及其相俾斯馬克，素有大志，乘拿破崙三世有征略中部德意諸州之心，遂與之開戰，卒陷巴黎，使法國為城下盟，德意志諸州乃互相同盟，為德意志聯邦，推普王威廉為大統領。
皇帝	尋晉尊號曰皇帝，
德意志帝國[63]	改德憶志[64]聯邦，曰德意志帝國。德意志政體，由立憲而成，然其建國有一種特別之歷史。故其政府之組織與統治機關之行動，亦與他立憲君主國不同。皇帝之特權固極重大。如憲法上皇帝有世世君臨德意志臣民之權，召集德意志帝國議會及聯邦參議院之權，並停會開會之權，任免文武百官之權，統率陸海軍及宣戰媾和之權，凡立憲國君主通有之大權，無一不備。然德意志帝國之主權，就事實上言之在聯邦諸州之王侯及三自由都府之聯合體，皇帝不過以普魯士國土分有德意志帝國之主權而已，實際上代表德意志帝國之主權者，聯邦參議院是也。

英吉利之立憲君主政體

英吉利之立憲君主政體[65]	英吉利者，為世襲君主統治之國。然實則民政發達最早。

---

61 今作「立憲民主國」(constitutional democracy)。
62 原註：民選之議員是。
63 （續）聯合體、聯邦參議院
64 「德憶志」，今作「德意志」。
65 （續）立憲制度、

立憲制度　　所謂立憲制度者，各國無不取法於英國。故英國政治之特色，在眾議院有最高至強之權力。英國君主雖有召集國會與開會、停會、閉會之權，然均非出自獨裁，必由內閣大臣之奏請。故君主於內閣大臣之奏請，無拒絕之事，此為常例。內閣大臣之進退，以眾議院之向背為準，君主不得擅其黜陟也。是故英國君主不得謂統治之主體，不過君臨其臣民而已，其主權之所在為眾議院。

日本之立憲君主政體

日本之立憲君主政體[66]　日本乃純然之君主國體也。其主權由天皇總攬，惟既立憲法開國會，與君主專制不同，此不待言。日本憲法第四條云，天皇為國之元首，總攬統治權，而依憲法之條規，以行歐洲君主國之憲法，但言君臨，不言統治，此為通則。由是觀之，日本之君主，實兼君臨與統治，惟行之必依憲法而已。譬之憲法第五條云，天皇由帝國議會之協贊以行立法權。夫立法權者，統治權作用之一。行之者為天皇，而非帝國議會，議會不過協贊而已。若不協贊而行，即謂之不依憲法之條規。

北美合眾國之立憲民主政體

北美合眾國之立憲民主政體　北美合眾國者，為民主最完全之國也。其國家組織，自 1787 年制定聯邦憲法始，當獨立戰爭時，北美各州，已有由殖民地改為合眾國之機。迨戰爭既已，各州之同盟大弛，互有分離之勢。因無鞏固之中央政府，則無以維持內部之秩序。於是 1787 年，新憲法以定，新憲法者，折衷於英國之憲章，及殖民地之舊例，編製而成者也。一國無論大統領，無論議會，無論中央政府，無論各州政府，無不受制於此新憲法，是故主權之在人民，固不待言矣。

66　（續）**不依憲法之條規**

法蘭西之立憲民主政體

法蘭西之立憲民主政體	法蘭西者現今為共和政體。溯 18 世紀初，時為君主國，時為民主國。革命屢起，政體亦隨之屢變，現今法國之憲法，乃 1875 年國會所承認者也。然其共和制度，與美國不同。盖美國之主權，在一般人民，法國則集於代表多數人民之議會。議會有修正憲法、選舉大統領之權。

三、 釋機關

政府	掌行政之機關者，謂之政府。
總理大臣	居政府之中樞，而當總代表之任者，謂之總理大臣[67]。
各省大臣	居政府之中樞，當一部代表之任者，謂之各省大臣[68]。
內閣	總理大臣組織內閣以維持行政各部之秩序，各省大臣襄理之。
一省	各省大臣管理一省為一部行政之監督，總理大臣統一之。
樞密顧問官	其應皇帝之諮詢，審議重要之國務者，謂之樞密顧問官。
會計檢查院長	審查預算案之適合否者，謂之會計檢查院長[69]。按各國政府，定名異同，而組織各其異，今附注以備參考。

英吉利政府

大藏省[70]	英國最有勢力而在最重要之地位者，大藏省[71]是也。此省常例為總理大臣兼攝，然總理大臣，別有主任之職務，故不過為名譽職。
出納大臣	實際上掌事務者，出納大臣是也。出納大臣者監督國家之歲出歲入。每年編製預算案，而提出之於議會。按往時英國大藏省，乃由一種合議體組織而成。大藏長官出納大臣

67　「總理大臣」，今作「總理」(prime minister)。

68　今作「部長」(minister) 或「省部長」(provincial minister)。

69　今作「審計長」(auditor general)。

70　更多定義見註 115 所附正文詞。

71　今作「國庫」，亦作「財政部」(the treasury)。

	及三名之大藏次官成一委員會，司理[72]一切。其後委員會有名無實。大藏省之職權，全歸出納大臣之掌中[73]。
內務省、外務省、殖民省[74]	次於大藏省而在重要之地位者，曰內務省[75]、曰外務省、曰殖民省、曰陸軍省、曰印度事務省是也[76]。
五大省	此五大省往時總理大臣一人統一之。其後設大臣五人以分任[77]。
海軍省[78]	五大省外，又有一省二局即海軍省、商務局、地方政務局是也[79]。
海軍省[80]	海軍省，由海軍大臣及五名之海軍次官，作為海軍會議員而監督之。
商務局	商務局[81]由議長一名及其他之官吏委員而成。除大藏大臣及出納大臣外，其他大臣及議員長，均包括在內，贊議商務上事務外，其他如監督鐵道、檢查船舶、執行港灣燈臺等之法律。裁定度量衡之制度，管理鑄造貨幣，監視全國郵政，掌理全國統計，皆其職權中所有者也。
地方務局	地方務局[82]者，由總裁一人統轄之。凡公眾之衛生救貧及關於地方政治之法律施行均歸其監督。如日本內務省。
樞密院[83]、樞密院長	樞密院在近代無甚勢力，其所屬委員會，僅於行政事務有關係而已。如教務局、工藝局、農務局均為屬於樞密院之官廨，樞密院長仍以閣員列入內閣，則與日本一例也。

13

72　今作「管理」。
73　今作「財政部部長」(secretary of the treasury)。
74　(續) 陸軍省、印度事務省
75　今作「商務部」(ministry of commerce)。
76　「內務省」，今作「內政部」(department of the interior)、「外務省」，今作「外交部」(ministry of foreign affairs)、「殖民省」今無直接對應機關名稱，可譯為「殖民地部」(colonial office)、「陸軍省」今無直接對應機關名稱，可譯為「陸軍部」(war office)、「印度事務省」今無直接對應機關，可譯為「印度事務部」(India office)。
77　「五大省」，今作「五大政府部門」(the five major government departments)。
78　**商務局、地方政務局**
79　今作「海軍部」(admiralty)、「商務局」，今作「商務部」(board of trade)、「地方務局」，今作「地方政務部」(local government board)。
80　更多定義見註 116 所附正文詞。
81　原註：驛遞局、工務局屬焉。
82　今作「地方政府事務部」(department of local government affairs)。
83　更多定義見註 107 所附正文詞。

德意志政府

九省[84]　　德意志政府，設有九省，曰外務省、曰內務省、曰司法省[85]、曰財務省、軍務省[86]、曰文部省[87]、曰商務省[88]、曰工務省、曰農務省[89]。

國政評議會[90]　通例以外務大臣為大宰相有國政評議會[91]使之監督行政，與英國樞密院略似。然此計畫終未見實行，今僅存其形。

大臣會[92]　　有大臣會[93]為政務統一之機關，即為內閣，組織之者，各省大臣是也。其應有職權。一、評議行政府之一切事件。二、討論一般法律案及憲法修正案。三、調停各省之紛議。四、調查各大臣之報告。五、監督地方官廳。六、定議緊急事件之處分。

會計檢查院[94]　又有一獨立官衙，謂之會計檢查院[95]，其職權在檢查政府歲出入之決算，及國家財產之處分事項。其職權獨立，直接受皇帝之統轄。日本之會計檢查院，即取法乎此。

法蘭西政府

十一省[96]　　法蘭西設有十一省，曰司法省、曰外務省、曰大藏省、曰海軍及殖民省、曰工部省[97]、曰農務省[98]、曰商務省、曰文部省、曰遞信省[99]是也。

外務卿、司法卿　而總理大臣，以外務卿或司法卿兼之[100]。然法國中央行政

84　（續）外務省、內務省、司法省、財務省、軍務省、文部省、商務省、工務省、農務省
85　今作「司法部」(department of justice)。
86　今作「陸軍部」(war department)。
87　今作「教育部」(ministry of education)。
88　今作「商務部」(ministry of commerce)。
89　「九省」可譯成「九個政府部門」(nine government departments)。
91　創於 1696 年。
92　更多定義見註 101 所附正文詞。
93　今作「內閣會議」(cabinet meeting)。
94　更多定義見註 110 所附正文詞。
95　今作「審計署」(audit office)。
96　（續）司法省、外務省、大藏省、海軍及殖民省、工部省、農務省、商務省、文部省、遞信省
97　今作「公共工程部」(ministry of public works)。
98　今作「農業部」(ministry of agriculture)。
99　今作「通訊部」(ministry of communications)。
100　今作「外交部長」(foreign minister)、「司法卿」，今作「司法部長」(minister of justice)。

部之異於他國者何在？在機關之行動，由二種會議主導之也。

大臣會[101]、
各省委員會
凡一般之行政，有大臣會主導之，各省之政務，有各省委員會主導之是也。然大臣會與內閣全異其職權。內閣者，運用國家全體政略之機關，大臣會者，不過有行政上之職權而已。故二者雖由同一之人、組織而成，而不可同一視之。蓋大臣會之設，純然為行政上統一計。或大統領死去辭職時，得代大統領行其職權，是為法國憲法上之機關也。各省委員會者，其本省大臣，為助理己職計。於省中各局長各部長中，擇其信任者組織之。立於本省各課局之間，以分配各種事務。而進言於本省大臣。且本省應提出於國會之議案。亦有準備之職權焉。

日本政府

15 **九省**[102]
日本共設九省，曰外務省、曰內務省、曰大藏省、曰陸軍省、曰海軍省、曰司法省、曰文部省、曰農商務省、曰遞信省。諸省由總理大臣統一之[103]。

省令、訓令
各省大臣，凡關本省事務，得發省令[104]及訓令[105]行之。凡有違背成規危害公益侵犯權限等事，各省依主管之權限，得停止或更正之。其他如法律案及預算案、外國條約及重要之國際事件，官制規則及法律施行之敕令，各省主官權限之爭議，帝國議會轉遞之人民請願書、預算外之支出、敕任官及地方官[106]之任免，必經內閣會議。各省大臣不能專決。

內閣會議
即使為各省之主任事務，然屬高等行政而關係重大者，均

---

101 更多定義見註 92 所附正文詞。
102 （續）外務省、內務省、大藏省、陸軍省、海軍省、司法省、文部省、農商務省、遞信省
103 語法上，「總理大臣」與「統一之」分開，「總理大臣」，今作「總理」(prime minister)，而「統一之」是指掌握、統合 (unified under)。
104 今作「部門法規」(ministerial regulations)。
105 今作「行政指令」(administrative orders)。
106 原註：如知事縣知事。

不得不由內閣會議決定之。

樞密院[107]　又有樞密院、會計檢查院、法制局[108]、警視總監[109]。但法制局隸屬內閣，警視總監隸屬內務省，均不得謂獨立官府。惟樞密院及會計檢查院，直隸天皇。其對于總理大臣，有獨立之地位。

樞密院為憲法上之一機關，審議重要之國務，備天皇之諮詢，以議長一人、副議長一人、顧問官二十五人組織而成。然樞密院非行政官府，故於一切施政，不能干涉。唯關乎立法行政之事，充天皇之最高顧問府而已。

會計檢查院[110]　會計檢查院於政府之總決算，各官廳官立諸營造之收支及官有物等之決算。受政府補助金或有特約保證之團體。由法律勅令特屬會計檢查院檢查之決算等類，均有檢查確定之權。其他尚有三項，一、總決算及各省報告書之金額與出納官吏所提出計算書之金額。果符合與否。二、歲入之徵收，歲出之使用，官有物之所得、估賣、讓與及利用等。與預算之規定及法律勅令。果無誤與否。三、預算超過，或預算外之支出。果為議會所承諾與否。以上三項，均有編製報告書之職權焉。

町村

八省[111]　合眾國設有八省，曰國務省、曰大藏省[112]、曰軍務省、曰海軍省、曰司法省、曰郵務省、曰內務省、曰農商務省[113]。

大統領　各省奉大統領組織內閣，

107　（續）會計檢查院、法制局、警視總監。「樞密院」見註83所附正文詞。
108　今作「法務局」(legal affairs bureau)。
109　今作「警察總監」(director-general of police) 相當於臺灣內政部警政署長。
110　更多定義見註94所附正文詞。
111　國務省、大藏省、軍務省、海軍省、司法省、郵務省、內務省、農商務省
112　日本過去的最高財政機關，成立於明治維新時期，至2001年隨著中央省廳再編而解散，為現今財政省和金融廳之前身。
113　今作「農業商務部」(department of agriculture and commerce), 但如美國農業部 (department of agriculture) 與商業部 (department of commerce) 係不同部會。
114　見註160、註172所附正文詞。

	行政權[114]	聯邦憲法曰行政權屬大統領，故不置總理，以大統領為行政之監督。
	國務省	其國務省如他國之外務省，專司外國交涉之事。
	大藏省[115]	大藏省是為財政局、徵收諸稅、預算收支、監督銀行、整理貨幣、編製統計、印刷局屬焉。
	軍務省	軍務省，管理軍隊國防及陸軍教育。
	海軍省[116]	海軍省，策劃海軍諸務及海軍教育。
	司法省[117]	司法省，公布法律，監視各州法律之施行，監督合眾國全體之檢事，故本省大臣，名曰檢事總長[118]。
	郵務省[119]	郵務省，管理郵電事務及匯劃事務，本省大臣，名曰郵務總督[120]。
	內務省	內務省，調查人口，審查鐵道，編定教育法監督病院、救助院認定專賣特許，分配官俸恩賞。
	農商務省[121]	農商務省，集種種報告，採各種方法。圖農業上利益之進步，農務局屬焉。
17	議會[123]	國主權之機關謂之議會[124]。按立憲君主國，雖不以主權全屬議會，亦為立法權、監財權之機關，現今立憲國通例。
	上下兩院	議會由上下兩院而成，上院[125]權輕，下院權重。
	民選、敕任	上院或由民選或由敕任[126]。下院因有代表全國人民之任。莫不由國民鄭重選出。
	單選法、複選法	其選舉法有二種。一單選法，一複選法。單選者，由國中有選舉人之資格者選之。複選者，由國中有若何資格者，

---

[115] （續）印刷局。更多定義見註 70 所附正文詞。
[116] 見註 80 所附正文詞。
[117] （續）檢事總長
[118] 今作「司法部長」(attorney general)。
[119] （續）郵務總督
[120] 今作「郵政總局局長」(postmaster general)。
[121] （續）農務局[122]
[122] 原書所見「屬焉」加黑點，應係誤印。
[123] （續）立法權、監財權
[124] 原書所見整句每字皆加黑點，應係誤印。
[125] 原註：組織上院者有三法，一英國法，以國之貴族成之；一美國法，以列邦之代表者成之；一法國法，以元老成之。
[126] 「敕任」，今作「總統任命」(presidential appointment) 或「特別任命」(special appointment)。

資格、
　議員者、
　一定資格

年齡、身品[128]

元首

先選選舉人，由選舉人再選議員。其選舉議員者，稱選舉人，其選舉選舉人者，稱原選舉人[127]。英國用單選法，其選舉人之資格，一在丁年以上者，二不受國家之救濟費者，三不受刑罰者，四不任官職者。德國用複選法，凡國民年滿二十五者，納直接稅者，皆可為原選舉人，其原選舉人選選舉人之法，分為三級：第一級，合最富人民，納稅額三分之一者，選選舉人三分之一。第二級，合中等人民，納稅額三分之一，選選舉人三分之一。第三級，合下等人民，納稅額三分之一者，選選舉人三分之一。法國用單選法，其選舉人之資格甚輕。凡成年男子皆可為選舉人。

日本用單選法，其選舉人資格：一、滿二十五歲以上者。二、自選舉人名簿調製之日起。滿一年住在本府縣內者。三、自選舉人名簿調製之日起，滿一年納賦稅十元以上者，為議員者，亦有一定資格。英國年達二十一歲。非官吏軍人非犯罪者均得應選。法國年達二十五歲。納直接稅，非官吏軍人非犯罪者，均得應選。美國無資格，惟官吏軍人及犯罪者不得應選。德國年滿三十歲有公民權乃服軍役三年者皆得應選。

日本年達三十非官吏軍人及犯罪者均得應選，觀例國成例，大凡選舉人及議員，必具四格：一、年齡之資格，二、身品之資格，三、國籍之資格，四、產業之資格[129]。

居百官之上，表卒一國而總理萬幾者謂之元首。元首云者，其義不獨指君主[130]，亦不獨指大統領[131]，兼二者而論之。上古之世以君權出於天授。今法理日明人知其非。乃以元首之權。非出天授，亦非自有，皆憲法之所與也。憲

---

[127] 「一單選法」，今作「單一選區制」(single-member districts)、「複選法」，今作「比例代表制」(proportional representation)。

[128] （續）**國籍、產業**

[129] 原註：此資格或認或不認。

[130] 原註：即立憲君主國之君。

[131] 原註：即立憲民主國之君。

	法之所與者，元首權之所及也。憲法之所不與者，元首之權所不及也蓋專制之國。以元首即國家一人之意，即全國之法律，
無限權、 **有限權**	故其權為無限權在立憲諸國元首亦職官之一所有持權無敢稍越，故其權為有限權[132]。
元首之特權	元首所特有之權利，謂之元首之特權。
召集議會之權、 **命其開會之權**[133]	有召集議會且命其開會、停會、閉會及解散之權，議會之集散開閉皆經元首之命令，是立憲諸國之通例。但亦有輕量如美國、比國，皆有定期，由議會自集，不待命令。如法國、丹國，皆待命令，雖有定期不能自集。如日本、德意志，既宜待命，亦無定期。又或有召集權而無解散權，或有解散權而無召集權，或開會由元首，閉會由議院，或閉會由元首，開會由議員者甚多。
任官之權、 **免官之權**	有任官、免官之權[134]。此權民主國多不歸元首，若法國、美國。即不屬元首，若德、日本，定官制權與任免權，皆屬元首，然亦有法律之限制。
提議法案之權、 **裁可法案之權、** **公布法案之權**[135]	有提議法案、裁可法案、公布法案之權[136]。立法權原議會所專有。然提議、裁可、公布等事，則屬元首。蓋一般立憲各國，或以為立法權雖屬議會而形式上元首可參與者，或以為立法權原歸君主。唯割幾分與議會者。前者如法、美，後者如德、日[137]。
宣戰之權、 **講和之權、** **締條約之權**	有宣戰、講和、締條約之權[138]，凡國之外交，以敏捷祕密為貴，使得獨斷獨行，亦立憲國之通例也。然所結條約，有影響於國民之私權者。則不能不請命於憲院，或有違背憲法之行。雖不害國安民福者，亦宜通知議院，此亦列國

---

[132] 「無限權」，今作「無限制權力」(unlimited power)。
[133] （續）**停會之權、閉會之權、解散之權、美國、比國、法國、丹國、德意志、日本**
[134] 原書「有」字加黑點，應係誤印。
[135] （續）**法、美、德、日**
[136] 原書「有」字加黑點，應係誤印。
[137] 「裁可法案」，今作「批准法案」(approve laws)。
[138] 原書所見「有」加黑點，應係誤印。

	之通例。惟美國不然，均歸之於議會。
統帥海陸軍之權	有統帥海陸軍之權，無論君主、民主，此權皆屬元首。
爵賞之權	有爵賞之權，各國通例，名譽出自輿論，因名譽而爵賞之權，仍屬元首[139]。
恩赦之權	有恩赦之權[140]，各國通例，此權屬元首。惟不依法律，不得破已行之審判[141]。
元首之傳授法、元首之選舉法[142]	君主繼承與選舉大統領之法謂之元首之傳授法及選舉法。按立元首之法，君主國與民主國，截然不同，君主國世世相承，男女同有繼承權，惟男系為先，女系為後。民主國定有任期，若美國定四年滿任，由民選舉，有副總領。若法國七年滿任，由元老院、代議院合選，無副統領。
臣民	位於元首之下而為國家之分子者，在君主國謂之臣民。
人民[143]、國民	在民主國謂之人民，通謂之國民。
民之權利	凡立憲國完全之國民，有據憲法所得之權利，謂之民之權利[144]。按各國憲法所公許之民權有數大端。
言論自由	不聽命於人，不聽命於國。自言其所欲言者，謂之言論自由。
出版自由	凡有思想，皆可出於筆、出於口，為言論之一種者，謂之出版自由。
集會自由	多人相結團體以達其公目的，國家不能干涉者，謂之集會自由。
移住自由	去舊國，適他邦，任人民之意志而不干涉者，謂之移住自由[145]。
信仰自由	人民之好惡，不能以政府之威力強制者，謂之信仰自由[146]。
產業自由	人民產業，自守之，自殖之，自存之，自使用之。非政府

---

[139] 「爵賞之權」，今作「授勳權」(power of bestowing honors)。
[140] 原書「有」字加黑點，應係誤印。
[141] 「恩赦之權」，今作「赦免權」(power of pardon)。
[142] （續）**美國、法國**
[143] 更多定義見註 678 所附正文詞。
[144] 今作「民權」(civil rights)。
[145] 今作「遷徙自由」(freedom of movement)。
[146] 今作「宗教自由」(freedom of religion)。

	之所得侵者，謂之產業自由[147]。
家宅自由	凡人民住宅，除照法律所定之規則外，政府不得侵入，不得搜索者，謂之家宅自由[148]。
身體自由	非違法律不能縛束其行動者，謂之身體自由[149]。
書信秘密權	個人書信，國家不能檢查、拆毀者，謂之書信秘密權[150]。
起訴權	人有私權被侵者，得求國家保護恢復，國家不能不應者，謂之起訴權[151]。
鳴願權	有獨占專事求國家援助、獎勵者，謂之鳴願權[152]。
參政權	人民於政治上得干涉者，謂之參政權。
服官權	凡國民皆有掌國政之資格者謂之服官權[153]。
民之義務	臣民若人民對於國家所應盡之任務謂之民之義務[154]。
納稅義務	取一國之財，辦一國之事，政治上之公理也。故由全國之民，各應其力以擔負之者，謂之納稅義務。
服兵義務	凡為國民皆當服兵以防公敵，以保國安，以自衛其身家財產者，謂之服兵義務[155]。
三權	立法、司法、行政之權，謂之三權。
三權並立[156]	三權各各獨立不相牽制者，謂之三權並立[157]。
立法[158]、司法、行政	按統治權於國內之作用，分為立法、司法、行政三項者。其說倡自希臘亞里斯脫路[159]氏。氏之言曰：凡政治不可不分為三部：一、議定公事之部。一、施行政務之部。一、處理裁判之部。政治之優劣，視此三部之整理得宜與否而已。亞氏之後，法人孟德斯鳩亦倡三權並立說。孟氏以為

---

147 今作「經濟自由」(economic freedom)。
148 今作「住宅隱私權」(right to home privacy)。
149 今作「人身自由」(personal liberty)。
150 今作「通信秘密」或「秘密通訊權」(right to privacy in correspondence)。
151 今作「訴訟權」(right to litigation)。
152 今作「請願權」(right to petition)。
153 今作「服公職權」(right to hold public office)。
154 今作「公民義務」(civic duties)。
155 今作「兵役義務」(military service duty)。
156 今作「三權分立」。更多定義見註 162 所附正文詞。
157 今作「三權分立」(separation of powers)。
158 「立法」其他定義見註 684、「司法」其他定義見註 687、「行政」其他定義見註 685 等所附正文詞。
159 今作「亞里斯多德」。

	立法、行政、司法三權並立，無偏輕偏重之弊。則政治可無混雜之虞。然孟氏之說，多駁之者。
立法權、行政權、司法權[160]	其言曰立法權者，為制定法律之權力；行政權者，謂執行法律及於法律之範圍以內而發命令之權力是也。由是觀之，其所謂司法行政者，不能劃然區別，何也，曰司法權[161]、曰行政權，皆不外執行法律之權力而已。雖然，自大體言之，司法權與行政權，亦不能無形式上與實質上之區別。
形式上	何謂形式上之區別？司法權者，由裁判所行之；行政權者，由行政官行之，兩者不得相侵是也。
實質上	何謂實質上之區別？司法權者於法律之條文，不能有絲毫之苟且。行政權者，於法律之範圍內，得任意施行。
三權並立[162]	又司法權者，於社會上之利益幸福，不相關係。唯嚴行其法而已。行政權者，以利益為目的。而隨時得以便宜處分是也。故就實際上之作用而言，得三權並立。
立法權[163]	國權動作之一部其職在制定一切之法律使國民遵奉之者，謂之立法權。
手續	凡立法之手續[164]，各國不同[165]。
立法府	然立憲政體國，一切法律，必經議院之議決，此為通則，故議會為立法府[166]。
起草	其立法之手續有四：一、法律案之起艸[167]。凡立憲國法律案之起艸，由政府及議會主之，惟議會得起艸，並有議決之權。政府則惟起艸後，提出之於議院而已[168]。
議決	二、法律案之議決[169]，議決之權屬於議會。

---

160 （續）司法行政。「立法權」見註163；「行政權」見註114、註172；「司法權」見註171等所附正文詞。
161 原書遺漏黑點。
162 更多定義見註156所附正文詞。
163 更多定義見註160所附正文詞。
164 原註：手續者經歷一定方法之謂如立法必先發案、次議決、次公布是。
165 「手續」，又作「程序」(procedure)。
166 今作「立法機關」(legislative body)。
167 見註9。
168 「起草」，亦作「法案起草」或「草擬法案」(drafting of a bill)。
169 今作「表決」(voting on legislation)。

裁可	三、法律案之裁可，裁可者，君主或大統領於議會議決之法律案，鈐以國璽，始得為完全之法律案[170]。
公布、副署	四、法律之公布，當未經公布，則國民無遵奉之義務。故執行之前，預先公布，而公布必由國務大臣之副署。
司法權、裁判所[171]	國權動作之一部其職專在執行法律而維持之使不受毀損者，謂之司法權。按裁判所之行為，即此權力之作用也。裁判所之行為有二：一、民事上之裁判，一、刑事上之裁判，司法權者，此二種行為之根源。
行政權[172]	國權動作之一部其職在執行法律，而於法律範圍內為種々之動作以保持公共之安審[173]與增進國家之幸福者，謂之行政權。凡[174]在君主國，此權力最強大，立法、司法二權，往往不受其制者，是以行政事務之種類，最屬廣博。然自議會有監督行政之權，於是行政之範圍漸狹。
中央行政[175]	行政之關於全國而其權總集於一處者謂之中央行政。按中央行政，大別為五種：

一曰 外務，外務者，關乎外國之行政事務，受議會之檢束最少，即如英國為議會萬能之國，獨至外務，行政則往往由內閣大臣專決之，其中最重要之事有四：（一）宣戰媾和、（二）國際條約、（三）公使領事之授受、（四）外國居留臣民之保護是也。

二曰 內務，內務者，所以計畫社會之進步，及維持人民之安寧。國內之行政事務是也。其事項頗多，其範圍極廣，如教育、宗教、警察、交通、商工、農業、衛生、出版、美術等類是也。

三曰 財務，財務者，關乎國家歲出歲入之行政事務，其事

---

[170] 「裁可」，今作「批准」(approval)。
[171] （續）**民事上之裁判、刑事上之裁判。**更多定義見註 160 所附正文詞。
[172] 更多定義見註 114、註 160 所附正文詞。
[173] 「審」，通「寧」。
[174] 原書所見關的括號，按上下判斷應係開著的括號，意味著原書此處開始有留言。
[175] （續）**外務、內務、財務、軍務、法務**

項大別為二：一、掌各種收入之事務，如租稅、銀行、國債及國家事業之所得者是也。

二、照預算案所定，掌全國之支出事務，是也。

四曰 軍務，軍務者，所以保護己國之權利及己國之安寧，關乎軍備之行政事務也，如徵集兵卒、編製軍隊、製造軍艦及建築炮臺之類是也。

五曰 法務，法務者，關乎裁判所之行政事務，然與司法權之作用，截然不同。前所謂法務者，非指民事或刑事之判決而言，單言關乎司法機關之各種事務而已。

地方自治行政[176] 行政之關於一地而其權分布於各處者，謂之地方自治行政。按地方自治行政，若日本分府縣、郡[177]、市[178]、町村。

府縣之自治機關有五：

一、府縣會，府縣會者，凡關府縣之歲入、歲出、預算、決算、府縣稅等項及其他法律特定之事件，皆須參議，併備官吏之諮詢，會分通常、臨時二種。通常會每年開一次。召集開會、閉會，皆由知事舉行。府縣會議員，視人口之多寡為定。未滿七十萬人口者，大率以三十人為限。

二、府縣參事會以府縣知事、府縣高等官、名譽參事官等，組織而成，與府縣會之界限有別。凡臨時急施，若財產及營造物之重要事項，又若訴訟訴願。其他法律相關之事件，皆須集議。

三、府縣行政知事則統轄府縣，為就地之代表。執行府縣政務，及議案發付、命令、出納等事，並監督賦稅徵收等諸項，故府、縣行政之主任者，為府、縣知事。

---

176 （續）府縣、郡、市、町村
177 原註：不布市制，由多數之町村組織而成，故町村與郡有密切之關係。註釋：原書見「群」，誤。
178 原註：有人口二萬五千以上者。

四、府縣財務徵收府、縣稅,及其他固有財產之收入,以充府縣經費。
五、行政監督府縣行政,受內務大臣之監督。凡財政上重要之處分,須內務、大藏兩大臣之認可。

郡之自治機關有五:
一、郡會[179]以郡內之公民組織之。
二、郡參事會,以郡長及名譽參事會員組織之。
三、郡行政[180],以郡長統轄全部,為之代表。
四、行政監督上官及內務大臣任之。
五、郡組合,郡組合者,為共同處理特定事務之所也。凡於衝要地方,由知事命設其組織方法及費用等項,皆由知事檢定。

市、町村自治之機關有五:
一、市會、町村會,市與町村內部之組織不同,故議會分立。二者組織,與府縣郡會同。
二、市、町村行政設市參事會,以管理之。置市長、協助員、名譽職參事會員等。
三、區及各部行政管理市町村一區或一部所有之特別財產及營造物是也。發理者為區會,惟總管理則歸諸市參事會及町村長。
四、町村組合,町村組合,須得監督官所之許可。其組織之意義與郡同。
五、市町村行政監督市行政之監督。第一府縣知事,第二內務大臣。町村行政之監督,第一郡長,第二府縣知事,第三內務大臣。

---

[179] 原書見「群會」,誤。
[180] 原書見「群行政」,誤。

第二節　釋法

釋憲法

法	規定國家生存必要之條件，以國家之強力而履行者，謂之法[181]。
公法	規定國家與國民之關係者，謂之公法。
私法	規定人民相互之關係者，謂之私法。
成文法[182]	據憲章而生法律之效力者，謂之成文法。
不文法	據習慣而生法律之效力者，謂之不文法[183]。
通法	行於全國者，謂之通法[184]。
特法	行於一部者，謂之特法[185]。
主法	確定權利義務者，謂之主法[186]。
助法	保護權利義務者，謂之助法[187]。
強行法	法律之標準範圍內，不容個人之意志者，謂之強行法。強行法又大別為二[188]。
命令法	強制其為當為之行為者，謂之命令法。
禁止法	強制其不可為之行為者，謂之禁止法。
聽許法	法律之標準範圍內，容個人之意志者，謂之聽許法[189]。
固有法	基古來風俗習慣之根源者，謂之固有法[190]。
繼受法	以直接、間接採用他國之法律者，謂之繼受法。
子法	模範他國法律而制定者，謂之子法[191]。

---

[181] 「法」，亦作「法律」(law)。
[182] 更多定義見註 686 所附正文詞。
[183] 今作「不成文法」(unwritten law)。
[184] 原註：如普通刑法是。註釋：「通法」，今作「中央法規」，如普通刑法。
[185] 原註：如陸軍刑法、海軍刑法是。註釋：「特法」，今作「特別法」(special law)。
[186] 今作「基本法」(basic law) 或憲法 (constitutional law; constitution)。惟如今各國法律，含基本法、憲法或法律，並無將確定權利義務與保護權利義務分開規定者。
[187] 今作「保護法」(protective law)。
[188] 「強行法」，今作「強制性法律」(mandatory law)。
[189] 今作「許可法」(permissive law)。
[190] 今作「傳統法」(traditional law)。
[191] 原註：本繼受法而來。註釋：「參照法」(adopted law)。

母法	被模範者,謂之母法[192]。	
法之淵源	依習慣、宗教、條理、學說、外國法而制定者,謂之法之淵源[193]。	
法之解釋	凡適用法律,必先判明確定其意義者,謂之法之解釋[194]。	
有權的解釋	解釋之意義公認為有效力者,謂之有權的解釋[195]。	
無權的解釋、學理解釋	解釋之意義由學者一己之私見者,謂之無權的解釋,亦謂之學理解釋[196]。	
文理解釋	由法律之語句,解釋法律之精神者,謂之文理解釋[197]。	
論理解釋	參酌法律全體之旨趣及制定之目的而解釋者,謂之論理解釋[198]。	
補正解釋	因法文之用語,不能明達法律之目的須更止者,謂之補正解釋[199]。	
補充解釋	因法文之用語狹隘,不適法之真義,須擴張其意義者,謂之補充解釋[200]。	
補縮解釋	因法文之用語廣闊,須縮少其意義者,謂之補縮解釋[201]。	
權利[202]	人之生存為法律所保護者,謂之權利。如榮譽自由之權利。	
人身權	由人之身分地位而得者,謂之人身權[203]。	
財產權	財產所有之權利,謂之財產權[204]。	
物權	屬我之物而我有直接管理之權利者,謂之物權。	
債權	債主有要求負債者債還之權利,謂之債權。

---

[192] 原註:本繼受法而來。「母法」,今作「基本法」(basic law)。
[193] 今作「法律來源」(sources of law)。
[194] 今作「法律解釋」(legal interpretation)。
[195] 今作「權威性解釋」(authoritative interpretation)。
[196] 今作「學理解釋」(doctrinal interpretation)。
[197] 今作「文義解釋」(literal interpretation)。
[198] 今作「目的解釋」(logical interpretation)。「論理」一詞,其義與「理論」有異,前者意為 logic,後者意為 theory。中國早期所謂「論理學」,即「邏輯學」之謂。
[199] 今作「修正解釋」(corrective interpretation)。
[200] 今作「擴張解釋」(expansive interpretation)。
[201] 今作「限縮解釋」(restrictive interpretation)。
[202] 更多定義見註 5、註 544 所附正文詞。
[203] 原註:不能由人意為之。「人身權」,今作「人格權」(personality rights)。
[204] 原註:能由人意為之。

智能權	由知識學藝上而得之權利，謂之智能權[205]。
公權	由公法上享有之權利，謂之公權。
私權	由私法上享有權利者，謂之私權。
國民權	私法上不許外國人所有者，謂之國民權。
個人權	私法上不論內外人皆得享者，謂之個人權。
原權、主質權	履行權利義務者，謂之原權[206]，亦謂之主質權[207]。
救濟權、助質權	保護權利義務者，謂之救濟權，亦謂之助質權[208]。
義務[209]	定人民應為、不應為之責任者，謂之義務。
正義務	應為之義務謂之正義務[210]。
負義務	不應為之義務謂之負義務[211]。
孤立義務	對於無權利之責任者，謂之孤立義務[212]。
對立義務	對於有權利之責任者，謂之對立義務[213]。
第一義務	依法律所規定而負擔之義務，謂之第一義務[214]。
第二義務	怠第一義務而負賠償處分之義務，謂之第二義務[215]。
憲法	立萬世不易之憲典，以為國家一切法度之根源，鞏固有權限之政體者謂之憲法[216]。

釋國際法

國際法	凡規定國與國之關係，謂之國際法。
國際公法	規定國與國權利、義務關係之規則者，謂之國際公法。
國際私法	規定國民與國民權利義務關係之規則者，謂之國際私法。
平時國際公法	規定國與國平日互有之權利及權限者，謂之平時國際公

---

[205] 今作「智慧財產權」(intellectual property rights)。
[206] 今作「原始權利」(original rights)。
[207] 今作「基本權利」(fundamental rights)。
[208] 今作「輔助權利」(remedial rights)。
[209] 更多定義見註 5、註 545 所附正文詞。
[210] 今作「作為義務」(positive duties)。
[211] 今作「不作為義務」(negative duties)。
[212] 今作「片面義務」或「單方義務」(unilateral duties)。
[213] 「對立義務」，亦作「對等義務」(bilateral duties) 或「雙方義務」(bilateral duties)，簡稱雙務，如雙務契約 (bilateral contract)。
[214] 今作「法定義務」(statutory obligation)。
[215] 今作「衍生性義務」或「二次性權利保護」(secondary duties)，譯自德文 Sekundärrechtsschutz。
[216] 原註：憲法上之術語詳釋政篇茲不贅述。

	法。
領域權	凡一國領土，他國俱不容置喙者，謂之領域權[217]。
治外法權	在甲國領土內之乙國人民，須服從甲國之法律者，謂之治外法權。
交通權	互相榮譽，互相和親，兩兩對峙者，謂之交通權[218]。
條約[219]	對外國為合意之約束，以表示國家意思之形式者，謂之條約。
戰時國際公法	規定國際紛議，不得不行強力之方法者，謂之戰時國際公法[220]。
非交戰者	醫師、看護人、郵電傳遞員，敵國不得加以危害者，謂之非交戰者[221]。
休戰、降服	止戰方法有二：一謂之休戰[222]，一謂之降服[223]。
局外中立	甲國與乙國交戰，兩國不加偏頗之行為者，謂之局外中立[224]。

釋民法

民法	規定私人互相之關係者，謂之民法。
自然人	凡為人皆得享有權利之能力者，謂之自然人。
法人	於財產集合之團體中，而法律所認為權利主體者，謂之法人。
未成年者	未達成年，有享有權利之能力，而無使用權利之能力者，謂之未成年者[225]。
禁治產者	精神喪失，不辨事物，不得獨自行為者，謂之禁治產者[226]。
准禁治產者	雖非全然喪失精神，而身體智慧有損缺，不得獨自行為者，謂之准禁治產者[227]。

---

[217] 今作「主權」(sovereignty)。
[218] 今作「國際通行權」(right of passage)。
[219] 更多定義見註 691 所附正文詞。
[220] 今作「戰時國際法」(laws of war)。
[221] 今作「非戰鬥人員」(non-combatant)。
[222] 今作「停戰」(armistice)。
[223] 今作「投降」(surrender)。
[224] 今作「中立國」(neutrality)。
[225] 今作「未成年人」(minor)。
[226] 「禁治產者」一詞，在臺灣的民法中仍然存在，作「禁治產人」(person subject of guardianship)。
[227] 今作「準禁治產人」。

法律上之物	據法理上之解釋，凡為權利之準的而人之五官所觸者，皆謂法律上之物[228]。
通融物	為箇人利益之準的可任各人用者，謂之通融物[229]。
不通融物	為公共所有，私人不能用者，謂之不通融物[230]。
主物	不關係於他物，而自獨立者，謂之主物。
從物	為附屬品者，謂之從物。
動產	不必損毀物體之本質，而能移動者，謂之動產。
不動產	須毀損物體之本質，而能移動者，謂[231]之不動產。
代替物	於交易上，以同種類、同數量而能相代者，謂之代替物[232]。
非代替物	確定為特別之物，交易上不能代他物者，謂之非代替物[233]。
消費物	一度使用後，即變化其形體或消滅其形體者，謂之消費物[234]。
非消費物	使用後其形體不變化消滅者，謂之非消費物[235]。
可分物	有同性質、同種類之物而可分割者，謂之可分物[236]。
不可分物	同性質、同種類之物而不可分割者，謂之不可分物[237]。
集合物	類多獨立之物體，同集於一名稱之下者，謂之集合物[238]。
單一物	物體純一，非多數物體之集合者，謂之單一物。
元本	產出果實之元物，謂之元本[239]。
果實[240]	物之產出物，謂之果實[241]。
天然果實	天然之產出物，謂之天然果實[242]。
法定果實	如租價利金之類，謂之法定果實[243]。

---

[228] 今可譯為「法律上的物件」。
[229] 今作「融通物」(fungible goods)。
[230] 今作「不可轉讓物」(non-fungible goods, inalienable public goods)。
[231] 原書所見「而能移動謂者之不動產」應屬誤植，應將「謂」、「者」二字對調。
[232] 原註：為貨幣等是。註釋：今作「可代替物」(replaceable goods)。
[233] 今作「不可代替物」(non-replaceable goods)。
[234] 今作「消耗品」(consumable goods)。
[235] 今作「非消耗品」(non-consumable goods)。
[236] 原註：如銀錢、食物、土地等是。註釋：今作「可分割物」(divisible goods)。
[237] 今作「不可分割物」(indivisible goods)。
[238] 原註：如書店之書、倉庫之貨物是。
[239] 今作「原物」(principal thing)。
[240] 更多定義見註1783所附正文詞。
[241] 今作「孳息」(fruits, *legal term*)。
[242] 「天然果實」，今作「天然孳息」(fructus naturales, natural fruits)。
[243] 今作「法定孳息」(fructus civilesc, civil fruits, revenues)。

法律行為	關吾人生存必要之事之行為，謂之法律行為。
雙面行為、契約[244]	當事者因兩方之合意而成之行為，謂之雙面行為，亦謂之契約[245]。
單面行為	當事者因一人之意思而成之行為，謂之單面行為[246]。
生前行為	如賣買、贈與，於生前生效力者，謂之生前行為。
死後行為	如遺言、遺贈，於死後生效力者，謂之死後行為。
有償行為	如買賣、交換，兩方皆有利益者，謂之有償行為。
無償行為	如贈與、遺贈，無報償者，謂之無償行為。
要式行為	如婚姻、遺言，當踐一定之方式始能成者，謂之要式行為。
不要式行為	如不要各種方式而得成者，謂之不要式行為[247]。
代理人	代他人表其意思，其意思之效力，法律上可直及於他人者，謂之代理人。
法定代理	非由本人之意思而委託，是由法律所定者，謂之法定代理。
指名代理	表明本人為何人，而為代理行為者，謂之指名代理[248]。
匿名代理	不表明本人而為代理行為者，謂之慝[249]名代理[250]。
有限權代理	代理權有限制者，謂之有限權代理[251]。
無限權代理	代理權無限制者，謂之無限權代理。
條件	法律行為之發生或消滅，尚無確定之事實者，謂之條件。
停止條件	例如明日某船入港，汝可搭載某物，是法律效力，發生未確定者，謂之停止條件。
解除條件	例如甲乙相賣買，預相約曰，若明日某船入某港，則此買賣之約作消，是效力之消滅未能確定者，謂之解除條件。
不能條件	物理上及法律上到底不能成遂之條件，謂之不能條件[252]。

---

[244] 更多定義見註 55 所附正文詞。
[245] 今作「雙方行為」(bilateral act)。
[246] 今作「單方行為」(unilateral act)。
[247] 今作「非要式行為」(informal act)。
[248] 「指名代理」，今作「顯名代理」(named agent)。
[249] 「慝」，通「匿」。
[250] 「慝名代理」，今作「隱名代理」(anonymous agent)。
[251] 現今臺灣法律用語，無「有限權代理」，僅有「有限代理」一詞；亦無「無限權代理」一詞，而有「全權代理」之用語。理論上應有「無限代理」一詞。
[252] 今作「不可能條件」(impossible condition)。

不法條件	有敗風頹俗之事項而不適於法者，謂之不法條件[253]。
偶然條件	如言某日下雨則不去，是偶然之事，與當事者之意思無關係者，謂之偶然條件。
隨意條件	例如我欲如何，是關於當事者意思之事，謂之隨意條件[254]。
占有權	是物得以自己之意思保存處理者，謂之占有權。
所有權	是物以自己之意思，於法律範圍內得保存處理者，謂之所有權。
地上權	借他人之土地有營造之權利者，謂之地上權。
永小作權	他人之土地有耕作牧蓄之權利者，謂之永小作權[255]。
地役權	他人之土地依特定之方法有使用之權利者，謂之地役權[256]。
留置權	債主有占有債務者之物權而不能賣卻典質者，謂之留置權。
先取特權	數人同一債權而有先償還之權利者，謂之先取特權[257]。
質權	或以動產或以不動產為債權之擔保者，為之質權[258]。
戶主權	為一家之主，有監督全眷之權者，謂之戶主權[259]。
親權	對子之身分財產，有監督之權者，謂之親權。
後見人	父母早亡，或值他故，不能行其親權，亦不能仕孤兒之自生自滅，必有親族中人為之經理，是經理人，謂之後見人[260]。
相續	繼承先人之遺業謂之相續[261]。
家督相續	相續死者之家長權，為長子所獨擅者，謂之家督相續[262]。
財產相續	相續家長之遺存財產，為數子平等之分配者，謂之財產相續[263]。

---

[253] 「不法條件」，今作「違法條件」(illegal condition)。
[254] 「隨意條件」，今作「任意條件」(arbitrary condition)。
[255] 今作「永佃權」(agricultural right)。
[256] 原註：如借鄰家之路作通行路是。
[257] 今作「優先權」(priority right)。
[258] 原註：為典質屋欸之類是。「典質屋欸」一詞疑有錯字。
[259] 今作「家長權」(head of household right)。
[260] 今作「監護人」(guardian)。
[261] 今作「繼承」(succession)。
[262] 今作「戶主繼承」(family head succession)，惟此一制度在臺灣已經廢除而不復存在。
[263] 今作「財產繼承」(property succession)。

釋刑法

33　刑法　　　對被治者之不法行為，科以一定之惡報者，謂之刑法。
　　犯罪　　　妨害國家之安寧秩序者，謂之犯罪。
　　不行犯　　法律上所當為而不為者，謂之不行犯[264]。
　　行犯　　　法律所禁為而為者，為之行犯[265]。
　　有意犯　　如竊盜、強盜有意犯罪者，謂之有意犯[266]。
　　無意犯　　因無意之過失而犯罪者，謂之無意犯[267]。
　　國事犯　　關政治上所犯之公罪，謂之國事犯[268]。
　　常事犯　　關一己所犯之私罪，謂之常事犯[269]。
　　單行犯　　初次犯罪者，謂之單行犯[270]。
　　慣行犯　　數回犯罪者，謂之慣行犯[271]。
　　通常犯　　人民犯普通之法律者，謂之通常犯[272]。
　　特別犯　　如軍人犯軍律者，謂之特別犯[273]。
　　現行犯　　臨時發覺者，謂之現行犯。
　　非現行犯　事後發覺者，謂之非現行犯。
　　未遂犯　　有犯罪者端緒原因，無犯罪之事實者，謂之未遂犯。
　　既遂犯　　有犯罪之事實者，謂之既遂犯。
　　體刑　　　刑加於身體者，謂之體刑[274]。
　　財產刑　　刑加於財產者，謂之財產刑[275]。
　　名譽刑　　刑加於名譽者，謂之名譽刑[277]。

---

[264] 今作「不行為犯」(offense of omission)，譯自德文 Unterlassungsdelikt。
[265] 今作「作為犯」(commission offense)。
[266] 今作「故意犯」(intentional offense)。
[267] 今作「過失犯」(unintentional offense)。
[268] 今作「政治犯」(political crime)。
[269] 今作「一般犯」(common offense)。
[270] 今作「初犯」(first-time offender)。
[271] 今作「累犯」(habitual offender, recidivist)。
[272] 今作「一般犯罪」(ordinary offense)。
[273] 今作「特殊犯罪」(special offense)。
[274] 原註：如絞殺之類是。註釋：「體刑」，今作「身體刑罰」(corporal punishment)。
[275] 原註：如收沒[276]財產是。註釋：「財產刑」(property penalty) 一詞，迄仍使用，無改為「財產刑罰」之必要。「名譽刑」一詞亦然，雖然此一名詞在法律實務上很少使用，通常逕稱「褫奪公權」。
[276] 「收沒」，今作「沒收」。
[277] 原註：如剝奪公權是。註釋：「名譽刑」，今作「名譽刑罰」(reputational punishment)。

釋商法

商法	規定商事之法律，謂之商法。
商人	凡行商坐賈，揭本人之名氏以營業者，法律上皆謂之商人。
商行為	交易物品，轉換貨殖，為營利之媒介者，皆謂之商行為[278]。
商事會社	凡數人公同結一營商業之團體皆謂之商事會社[279]。
合名會社	凡社中種種事業，為出資者數人，通共分任，直有互保連帶之責，社員負無限之責任者，謂之合名會社[280]。
合資會社	數人共通之計算，各各出資，以營商業，此會社共同之點，祝合名會社亦無異，所異者社員不僅以出資者充之，是謂之合資會社。其資本分為株式[281]。
株式會社	株主對會社，僅負財產上之責任者，謂之株式會社[282]。
株式合資會社	合資會社、株式會社混合而成者，謂之株式合資會社[283]。

釋民事訴訟法

民事訴訟法	因各人私權之侵犯，向國家所立之裁判所，求法律實行保護之方法者，謂之民事訴訟法。
雙方審訊主義	此法之原則，有數大主義。凡聽訟者務得兩造之真相，不得徒聽一方之言論者，謂之雙方審訊主義[284]。
自由判斷主義	裁判官得據證調之結果、斟酌事實、決諸一心者，謂之自由判斷主義[285]。
不干涉審理主義	苟無原告之申訴，斷無指定被告之權者，謂之不干涉審理

---

[278] 今作「商業行為」(commercial act)。
[279] 今作「商業公司」(commercial company)。
[280] 「合名會社」在今日臺灣，或較接近「合夥」(partnership)，但臺灣法律上的合夥，並非公司型態。若以法定公司型態而言，日本的合名會社，在責任上或許比較接近臺灣的無限公司（unlimited company, company with unlimited liability）。
[281] 原註：即股份。註釋：「合資會社」，今作「合資公司」(joint venture)。
[282] 今作「股份有限公司」(joint-stock company)。
[283] 今作「混合股份合資公司」(mixed joint-stock and limited partnership company)。
[284] 「雙方審訊主義」，今作「當事人進行原則」(adversarial principle)。
[285] 「自由判斷主義」，今作「自由心證主義」(free evaluation of evidence)。

		主義[286]。
	直接審理主義	判決時胥本於口頭辯論，臨時判決者，謂之直接審理主義。
	口頭審理主義	據稟牘審理，流弊滋多，故必須兩造對審者，謂之口頭審理主義[287]。

釋刑事訴訟法

	刑事訴訟法	規定犯罪者如何處刑之方法，謂之刑事訴訟法。
35	犯罪搜查	蒐集犯罪之材料，以定犯罪之實據者，謂之犯罪搜查[288]。
	鑑定	關學術、技藝上，評判違背法律之有無者，謂之鑑定。
	保釋	凡未決犯，尚不能妨其身體自由，故得覓保釋放者，謂之保釋。

第三節　釋計

一、總釋

37	計學、經濟學、理財學	論生財析分交易用財之學科，謂之計學，亦謂之經濟學，俗謂之理財學[289]。
	財	有價之物可與他物或貨幣交易者，謂之財[290]。
	有價物	兼備有用、有限、私有三德之物，謂之有價物[291]。
	有用	軍國之所需，生事之所仰，與夫足以供嗜好、悅耳目者，謂之有用[292]。
	有限	空氣、日光之外，取之必盡，用之必竭，謂之有限[293]。

---

[286]「不干涉審理主義」，今作「不告不理原則」(non-intervention principle in trial)。

[287]「口頭審理主義」，今作「言詞審理原則」(oral trial principle)。

[288] 今作「犯罪偵查」(criminal investigation)。

[289]「計學」，今作「會計學」(accounting)、「理財學」，今作「財務管理學」(financial management)。

[290]「財」，今作「財產」(assets, property)。

[291]「有價物」，今作「有價值物品」(valuable goods)。

[292] 今作「實用性」(utility)。

[293] 今作「有限性」(limited availability)。

私有	可私相授受,謂之私有[294]。
生財	取天地所生之物改變保藏之,以致於用,謂之生財。其道有三:採鑛產於山,取魚鹽於海,或貿遷有無[295]。
易地生財	以此地所有餘補彼地之不足,謂之易地生財[296]。
變形生財	農大牧者藉天然之力,以變種子之形,製造之家。賴器械之利以變原料之形,謂之變形生財[297]。
待時生財	冬時冰雪,人莫見珍,保藏至夏,即成奇貨,諸如此類,謂之待時生財[298]。
勞力、土地、資本[299]	生財有三要素,勞力、土地、資本是也。生財既有勞力、土地、資本三者為之本,而勞力、土地、資本三者,往往不能出自一人[300]。
折分[301]	故就其既生之財,各按生財時所居之分取之,謂之折分[302]。
租[303]	有土地者所得,謂之租[304]。
庸[305]	供勞力者所得,謂之庸[306]。
贏[307]	出資本者所得,謂之贏[308]。
交易[309]	以羨補不足,彼此互益,謂之交易。
分工[310]	交易起於分功。因土宜,隨人性,各營各業,以其所餘,易其所不足,謂之分功[311]。
價值、易中	交易之行,必有二事相隨,乃能推廣,二事維何?一為價值,一為易中。物貨交易之差準,如斗米值斤肉,升酒當

---

[294] 今作「私有性」(private ownership)。
[295] 今作「創造財富」(wealth creation),惟「生財工具」一詞,如今仍然沿用。
[296] 「易地生財」一詞,意思不明確,可能是指「區域貿易」(regional trade) 或「產業轉移」(industrial relocation)。
[297] 「變形生財」,今作「物質轉化生產」(material transformation production)。
[298] 「待時生財」,今作「時機性投資」(opportunistic investing)。
[299] 「勞力」見註 327、註 334;「土地」見註 8、註 333;「資本」見註 327、註 343 所附正文詞。
[300] 「勞力」,今作「勞動力」(labor force)。
[301] 更多定義見註 362 所附正文詞。
[302] 今作「分配」(distribution)。
[303] 更多定義見註 364 所附正文詞。
[304] 今作「地租」、「土地租金」(land rent)。
[305] 更多定義見註 366 所附正文詞。
[306] 今作「工資」或「勞動報酬」(wages)。
[307] 更多定義見註 368 所附正文詞。
[308] 今作「利潤」(profit)。
[309] 更多定義見註 392 所附正文詞。
[310] 更多定義見註 346 所附正文詞。
[311] 「分功」今作「分工」(division of labor)。

	尺布等，謂之價值。物相為易，不便綦甚，後有智者，別儲一物以為交易之媒介，謂之易中[312]。
貨幣	易中為物，古不一屬，或以馬牛羊，或以象貝，或以乾魚或以菸葉，或以茶磚，或以鹿皮，以布以縑以釘，文化既進，始有貨幣。
用財[313]	凡百財貨，皆為使用而生，故使用財貨，謂之用財[314]。
有益之用[315]	其類有一，如燃煤以製物，如用機以織衣，消費於一時而仍取償於所成之物者，謂之有益之用[316]。
無益之用[317]	飲酒吃煙等，一切嗜好所費，一用而永無償者，謂之無益之用[318]。
欲望	生計觀念之起，由於欲望。
無形之欲望	欲望有二：關於精神之欲望，謂之無形之欲望[319]。
有形之欲望	關於軀體之欲望，謂之有形之欲望。有形之欲望[320]，又可分為三類。
自然之欲望	如衣食住等，為人生所必不可缺者，謂之自然之欲望[321]。
應分之欲望	固保持品位，而為相當之生計，及交際，謂之應分之欲望[322]。
奢侈之欲望	非人生所必需，而徒求快樂，謂之奢侈之欲望[323]。計學可大別之為二。
純正計學	如上所述，論究生財，折分交易用財，而以發現定理定則為目的者，謂之純正計學[324]，故就狹義論，計學之名，專屬乎此。

---

[312] 今作「交易媒介」、「交換媒介」(medium of exchange)，「易中」係嚴復所創的譯詞。
[313] 更多定義見註 435 所附正文詞。
[314] 今作「消費品」(consumer goods)。
[315] 更多定義見註 439 所附正文詞。
[316] 今作「有益消費」(beneficial consumption)。
[317] 更多定義見註 439 所附正文詞。
[318] 今作「無益消費」(non-beneficial consumption)。
[319] 今作「精神需求」(spiritual desires) 抑或「心理需求」(psychological desires)。
[320] 今作「物質需求」(tangible desires)。
[321] 今作「基本需求」(basic needs)。
[322] 今作「適當需求」(appropriate needs)。
[323] 「奢侈之欲望」，今作「奢侈欲望」(luxury desires)。
[324] 今作「理論經濟學」(theoretical economics)。

應用計學	應用純正計學所發見之定理定則，而研究國計民生之方法，謂之應用計學[325]，其類又分為二。
富國策、經濟政策	以計學原理為標準，而就生計之現象，分別研究處分之法，謂之富國策[326]，亦謂經濟政策。如農業政策、工業政策、商業政策、銀行政策、貨幣政策等是也。
財政學	研究國家之歲入歲出，歲計預算，及公債之方法，謂之財政學。

二、釋生財

自然、勞力、資本[327]	生財必不可缺之要素有三：曰自然[328]、曰勞力、曰資本。
自然物	自然可分為三：禽魚草木等有形物生長由於天然，而可採供人用者，謂之自然物[329]。
自然力	發於天然之勢力，可為人所利用者，謂之自然力[330]，厥類凡二。
原始之自然力	風力、水力等，不待人力而自然成立者，謂之原始之自然力[331]。
誘導之自然力	電氣力、蒸氣力等，由人力而發生者，謂之誘導之自然力[332]。
土地[333]	有一定之面積及自然力者，謂之土地。
勞力[334]	生財時所用之心力或體力，謂之勞力。
發明	因勞力之性質而分其類甚多。為人所未為之事，或造出世所未有之物，謂之發明。

---

[325] 今作「應用經濟學」(applied economics)。
[326] 「富國策」，今作「經濟政策」(economic policy)。
[327] 「勞力」見註 299、註 334；「資本」見註 299、註 343 所附正文詞。
[328] 原註：有時僅言土地。
[329] 今作「自然資源」(natural resources)。
[330] 今作「自然力量」(natural forces)。
[331] 今作「原生自然力」(inherent natural forces)。
[332] 今作「衍生自然力」(induced natural forces)。
[333] 更多定義見註 8、註 299 所附正文詞。
[334] 更多定義見註 299、註 327 所附正文詞。

發現		物雖已成，人皆未知，我獨顯之，謂之發見。
採取		魚樵、採鑛等，取自然之物而用之，謂之採取[335]。
粗製		農業、林業等，產出粗品，謂之粗製[336]。
精製		以粗品造精品，謂之精製[337]。
運送業、商業		運搬種種物品，或賣買之，謂之運送業，謂之商業[338]。
勤勞		醫生、律師、官吏教習等，所用精神之勞，謂之勤勞[339]。
生產、不生產		勞力又可大別之為生產、不生產二種[340]。
生產勞力		農工商等，直接、間接有裨於生財者，謂之生產勞力[341]。
不生產勞力		盜賊、乞丐等，無裨於生財者，謂之不生產勞力[342]。
資本[343]		以過去勞力之結果，助未來之生產者，謂之資本。
無形之資本		專賣權、版權、商標之屬，與人以無形之利者，謂之無形之資本[344]。
有形之資本		機械、器具之屬，直接與人以利益者，謂之有形之資本[345]。
固定資本		用以產物，其損減以漸，非經一次使用而即為消費者，謂之固定資本。
流動資本		用以產物，經一次使用使已消費者，謂之流動資本。

分功

分工[346]		因土宜，隨人性，各營各業，以其所餘，易其所不足，謂之分功[347]。分功有二種。
單純分工		就一業而分任其勞，使事易於成就，謂之單純分功[348]。

---

[335] 今作「採集」或「收穫」(extraction)。
[336] 今作「初胚」或「初步加工」(primary processing)。
[337] 「精製」一詞今仍沿用，亦作「再製」或「細步加工」(refined processing) 或「精加工」(refinement)。
[338] 今作「物流業」(logistics) 或「商業運輸」(commercial transport)。
[339] 今作「腦力勞動」(mental labor)。
[340] 「生產」，今作「生產性勞動」(productive labor)，「不生產」，今作「非生產性勞動」(unproductive labor)。
[341] 今作「生產性勞力」(productive labor)。
[342] 今作「非生產性勞力」(unproductive labor)。
[343] 更多定義見註 299、註 327。
[344] 今作「無形資本」(intangible capital)。
[345] 今作「有形資本」(tangible capital)。
[346] 更多定義見註 310 所附正文詞。
[347] 今作「分工」(division of labor)。
[348] 今作「簡單分工」(simple division of labor)、「基本分工」(simple division of labor)。

複雜分工	各專一業而相助於無形者,謂之複雜分功[349]。
分工制限	分功之利三,事簡而人習一也,業專而玩愒不生二也,用意精而機巧出三也,然弊亦甚多,如人之技能,偏於一方,一旦廢業,易成無用之人是已,故有時就功作之性質而論,亦有當加限制者,此謂之分功制限[350]。

創業

創業	以生財之目的,行自己之計畫,結合各種生財之要素,謂之創業。就其規模,可分為二:
大創業	但從事於指揮監督,或以指揮監督之責委之職員,而已則總理一切事務,謂之大創業[351]。
小創業	以創業家而兼任職員,或傭職員而主人與之居一地,用一器同為工作,謂之小創業[352]。
創業之人	就創業之人[353]而論,又可分為二:
個人之創業	一私人依法律上之責任,而從事於生財,謂之個人之創業[354]。
公司之創業	二人以上,合其勞力、資本,以法律上之責任,而從事於生財,謂之公司之創業[355]公司之創業,可分四種:
無限公司	以全公司財產擔當債務,尚有不足之時,公司全員,皆有舉其全力以賠償之責任者,謂之無限公司[356]。
無限責任	其責任即謂之無限責任。
合資公司	以有限責任及無限責任二種主人,相合而成者,謂之合資公司。

---

[349] 今作「高度分工」(complex division of labor)。
[350] 今作「分工限制」(limitations of division of labor)。
[351] 今作「大型創業」(large-scale entrepreneurship)。
[352] 今作「小型創業」(small-scale entrepreneurship)。
[353] 今作「創業者」(entrepreneur)。
[354] 今作「個人創業」或「個體創業」(individual entrepreneurship)、「個體經營」(sole proprietorship)。
[355] 今作「公司經營」(corporate entrepreneurship)。
[356] 今作「無限責任公司」(unlimited liability company)。

股份公司	公司財產以股份合成，其股東之責任，皆屬有限者，謂之股份公司[357]。
股份合資公司	以無限責任之社員及股東組織而成者，謂之股份合資公司[358]。
同盟同業	合數公司之資本，委任於一人，授以全權，使設立一新公司。凡營業所得利益，則分諸股東，謂之同盟同業[359]。

戶口蕃息例及報酬遞減例

| 戶口蕃息例 | 戶口常法，二十年自倍，然可耕之田易盡。故人口之蕃息往往為食所限，過此限者貧且亂，不及限者安且治，此謂之戶口蕃息例[360]。 |
| 報酬遞減例 | 土地滋生之性質有定程，不能隨資本之率而增其收穫，當開墾之初，地力有餘，收穫之數，恒過於所加之資本，少進，收穫增加之數，與增加之資本相衡，迨地力超乎極度，則收穫增加之數，不能若資本增助之率，而次第減少，此謂之報酬遞減例[361]。 |

三、 釋析分

釋租

| 折分[362] | 以利益分給協力生財之各人，謂之折分[363]。 |
| 租[364] | 有土地者所得，謂之租[365]。 |

---

[357] 今作「股份有限公司」(joint stock company)。
[358] 「股份合資公司」，又作「合資股份公司」或「公司合資經營」(joint venture company)。
[359] 今作「聯合企業」或「企業聯盟」(consortium)。
[360] 今作「人口增長率」(population growth rate)。
[361] 今作「報酬遞減律」(law of diminishing returns)。
[362] 更多定義見註 301 所附正文詞。
[363] 今作「分配」(distribution) 或「收益分配」(profit distribution)。
[364] 更多定義見註 303 所附正文詞。
[365] 今作「地租」(land rent)。
[366] 更多定義見註 305 所附正文詞。

庸[366]	供勞力者所得，謂之庸[367]。
贏[368]	出資本者所得，謂之贏[369]。
折分論之目的	研究租、庸、贏所以高下之原則，是為折分論之目的[370]租之所以高下，其故有二：
因土而異租	租為超乎最下生產地之特別利益，故他租之高下，不得不隨特別利益之大小為比例，此謂之因土而異租[371]。
因時因國而異租	因人口[372]生產費[373]利息[374]之多寡厚薄，而地租有高下者，總謂之因時因國而異租[375]。
耕境	耕田所費與所得相等，謂之耕境[376]。
偶然所得	過此境則有利，不及此境則有損。地主有時不由勞苦，隨社會之變遷而竟獲厚利，謂之偶然所得[377]。

釋庸

強制庸錢	官吏俸銀之類，定於法律者，謂之強制庸錢[378]。
契約庸錢	教師、律師等之報酬，以契約定之者，謂之契約庸錢[379]。
名義庸錢	凡勞働者所受工資之總額，謂之名義庸錢[380]。

---

367 今作「工資」或「勞動報酬」(wages)。
368 更多定義見註 307 所附正文詞。
369 今作「利潤」(profit)。
370 今作「分配理論之目的」(purpose of distribution theory) 或「收益分配理論」(theory of income distribution)。
371 今作「土地差異導致租金差異」(differential rent due to land quality) 或更簡「差額地租」(differential rent)。
372 原註：人口增，則耕境降，於劣地此境下降，則向之不能獲利之所，亦可獲利向之適在耕境之地，亦可得利向之有租之地，可以增租苟，反乎是則租率必降。
373 原註：機器發達、交通便利，則生財之費減少，生財費少，則向之因無利而廢棄者，亦可獲利而出租而向之有租之地必增租。
374 原註：利厚，則望奢向在耕境之地人亦將棄之，若利息減薄，則民亦將安於薄利，而從事於素棄之地矣。素棄之地闢，則耕境自下地租自增。
375 今作「因時間和國家因素所導致的租金差異」(rent variation due to time and national factors) 或「土地租金的時空變動」(variability of land rent by time and country)。
376 今作「農業收支平衡點」(break even point in agriculture) 或「耕作極限」(cultivation limit)。
377 今作「偶發性收益」或「偶然收益」(windfall profit, or income)。
378 今作「基本工資」(minimum wages) 或「法定工資」(statutory wages)。
379 今作「約定工資」或「合約工資」(contractual wages)。
380 今作「名義上工資」或「名義工資」(nominal wages)。

實際庸錢	勞働者所實享之快樂，及必要品之供給，謂之實際庸錢[381]。
實物付法	農業、漁業等，以品物為庸錢者，謂之實物付法[382]。
貨幣付法	以貨幣為庸錢者，謂之貨幣付法[383]，貨幣付法，又分為三：
時刻付法、計工	以時刻為標準，而付以庸錢者，謂之時刻付法，俗謂之計工[384]。
成物付法、包工	以物之製成為標準，而付以庸錢者，謂之成物付法，俗之謂包工[385]。
餘利分配法	按時給資外，又攷[386]其成績如何，於創業家所得餘利中，酌提數成以激勸之，謂之餘利分配法[387]。
因職業之殊、因時他之異	庸之所以高下，其故有二：一因職業之殊，一因時他之異[388]。

釋贏

資本之使用料	贏之要素有三，使用資本，不可不報酬之，故謂之資本之使用料[389]。
防資本損失之保險料	使用資本，不能萬全，平時所得，可補一時之損失，故謂之防資本損失之保險料[390]。
貸款勤勞之報酬	出資本者，無論為己、為人，必有所勤勞，故又謂之貸欵勤勞之報酬[391]。贏之所以高下，其理同庸。

---

[381] 今作「實際工資」(real wages)。
[382] 今作「實物支付法」或「實物工資」(payment in kind)。
[383] 今作「貨幣支付法」或「貨幣支付方式」或「貨幣工資」(monetary method)。
[384] 「時刻付法」、「計工」，今作「按時支薪」、「計時工資」(hourly wages)。
[385] 「成物付法」、「包工」，今作「按件計酬」、「計件工資」(piece-rate wages)。
[386] 「攷」，同「考」。
[387] 「餘利分配法」，今作「利潤分配方法」(profit sharing method) 或「利潤分享制」(profit-sharing system)。
[388] 「因職業之殊」，今作「不同行業工資差異」(wage differences by occupation)，「因時他之異」，今作「工資的時間與地域差異」(wage variability by time and region)。
[389] 今作「資本成本」(cost of capital)。
[390] 今作「風險溢酬」(risk premium)。
[391] 「貸款勤勞之報酬」，今作「勞動報酬」(compensation for labor)。

四、 釋交易

交易[392]	以羨補不足,彼此互益,謂之交易。
直接交易、物物交換	物與物互相交換,謂之直接交易,亦謂之物物交換[393]。
間接交易、貨幣交換	以人所定之價格為標準,因媒介而交換者,謂之間接交易,亦謂之貨幣交換[394]。
即時交易	將彼此欲得之物,同時交換,謂之即時交易。
異時交易	人受我以物,而我不即予人物,須緩其期限者,謂之異時交易[395]。
國內交易、內國貿易	僅於一國內交換物品,謂之國內交易,亦謂之內國貿易。
國外交易、外國貿易	在國與國之間互換物品,謂之國外交易[396],亦謂之外國貿易。外國貿易有兩義。
自由貿易主義	以自然之生產力,聽貿易者自為之,而政府不干涉者,謂之自由貿易主義[397]。
保護貿易主義	政府參酌各種事情,而干涉其貿易者,謂之保護貿易主義[398]。
平準貿易	輸出入之貨物平均者,謂之平準貿易[399]。
輸出超過	輸出勝者,謂之輸出超過[400]。
輸入超過	輸入勝者,謂之輸入超過[401]。

釋物價

物價	物與貨幣交換之比例,謂之物價。

---

[392] 更多定義見註 309 所附正文詞。
[393] 今作「實物交換」、「易貨貿易」(barter trade)。
[394] 今作「貨幣交易」(monetary exchange)。
[395] 今作「期貨交易」(futures trading) 或「延期交易」(deferred trade)。
[396] 「國外交易」,今作「國際貿易」(international trade)。
[397] 今作「自由貿易」(free trade)。
[398] 今作「保護貿易」(protectionism)。
[399] 「平準貿易」,今作「平衡貿易」、「均衡貿易」(balanced trade)。
[400] 今作「出超」、「貿易順差」(trade surplus)。
[401] 今作「入超」、「貿易逆差」(trade deficit)。

需要、求	有欲得其物之意，且具有購買之力，謂之需要，有謂之求。
供給、供	以交易為目的，而陳其為於市場，謂之供給，省謂之供。
正常價	物價因供與求之作用，時生變動，然久之必歸於平，其平準點，即生產費與一般創業利益之比例也。計學學語，謂之正常價[402]。

釋貨幣

懋遷易中	貨幣之功用三。物相為易，交易者往往不能各如所欲，有貨幣斯交易有媒介，此謂之懋遷易中[403]。
物值通量	物相為易，則欲示一物之價，必取各物相比例而後可明，費時勞思，往往不能得其真價，有貨幣斯為價可取準，此謂之物值通量[404]。
價格蓄積	貨幣之利，尤在便於貯藏，此謂之價格蓄積[405] 貨幣以金品為之，有四德。
易挾	金屬貨幣，量小值大，便於取攜保藏，謂之易挾[406]。
不腐	金屬貨幣，經久不壞，謂之不腐[407]。
可折	金屬可大可小，隨意分合，於價無妨，謂之可折[408]。
值不驟變	金銀生產有限，償值有常，謂之值不驟變[409]。
實金	金屬之未範為貨者，謂之實金[410]。
法金	鑄成貨幣，銖兩數均，精雜齊等者，謂之法金[411] 法金又可分為二。
本位法金	授受之間，不立限制，雖累至鉅萬，無妨使用者，謂之本

---

[402] 今作「市價」、「均衡價格」(equilibrium price) 或「市場均衡價」(market equilibrium price)。

[403] 今作「貨幣作為交易工具」、「貨幣作為交易媒介」(currency as a medium, or instrument, of exchange)。

[404] 今作「貨幣作為價值標準」、「尺度」(currency as a measure of value)。

[405] 今作「貨幣的儲存價值」(currency as storage of value)。

[406] 今作「易於攜帶」(portability)。

[407] 今作「耐久性」、「耐用」、「不易毀損」(durability)。

[408] 今作「可分割性」(divisibility)。

[409] 今作「價值穩定性」(stability of value)。

[410] 今作「貴金屬」(precious metals)、「未加工金屬」(bullion)。

[411] 今作「法定貨幣」(legal tender)。

	位法金[412]。
補助法金	授受之間，設立限制，不過用以供零時之費者，謂之補助法金[413]。
單本位	本位法金，專用一種者，謂之單本位[414]。
複本位	不止一種者，謂之複本位[415]。
自由鑄造	人民執金屬欲鑄，而政府得隨時為之鑄造者，謂之自由鑄造[416]。
制限鑄造	鑄造之數，確有限量，必政府察為必要，始行添鑄而民不與聞者，謂之制限鑄造[417]。
實錢	貨幣購物之力，與實金之真相等者，謂之實錢[418]。
名錢	貨幣購物之力，遠勝於其所函實金購物之力者，謂之名錢[419]。
良貨	貨中所含實金，較大於法定之價者，謂之良貨[420]。
惡貨	貨中所含實金，較小於法定之價者，謂之惡貨[421]。
交換紙幣	銀行滙[422]票、鈔票之類，得隨時向發票人兌換現金者，謂之交換紙幣[423]。
不換紙幣	紙造法金，以法律之力，流通民間，不能責發行者以兌換之事，謂之不換紙幣[424]。

信用

信用	異時交易，以契約定彼此之權利義務者，謂之信用。
對物信用	以物為質，苟債務者不盡義務，債權者可處置其質物者，

---

[412] 今作「本位貨幣」(standard money)。
[413] 今作「輔助貨幣」(subsidiary coinage)。
[414] 今作「單一貨幣標準」(single money standard)。
[415] 今作「複數貨幣標準」(multiple money standard)、「雙本位制」(bimetallism)。
[416] 今作「自由鑄幣」(free coinage)。
[417] 今作「限量鑄幣」(limited coinage)。
[418] 今作「足值貨幣」(full-bodied money)、「金屬貨幣」(metallic money)。
[419] 今作「信用貨幣」(fiat money)。
[420] 今作「良幣」、「優質貨幣」(good money)。
[421] 今作「劣幣」、「劣質貨幣」(bad money)。
[422] 「滙」，同「匯」。
[423] 「交換紙幣」，今作「可兌換貨幣」(convertible banknotes)。
[424] 今作「不可兌換貨幣」(inconvertible banknotes)。

	謂之對物信用[425]。
對人信用	債權者以債務者之智識德望為憑，而行其信用者，謂之對人信用[426] 信用書有數類：
貸借帳	交易時不以現金授受，第於帳記明孰借、孰貸者，謂之貸借帳[427]。
匯票	因賣買而生貸借時，借主向債戶，命將欠額交付某某之證券，謂之滙票。
期票	債戶向借主，約期歸欵之證券，謂之期票。
支條	存欵於銀行之人，命銀行付欵於持票人之證券，謂之支條[428]。
普通銀行	商業銀行，為授受之短期之信用機關者，謂之普通銀行[429]。
特別銀行	以特別之目的設立銀行，其所司業務，亦有限制者，謂之特別銀行[430]。
不動產銀行	以土地為質，而行貸付者，謂之不動產銀行[431]。
動產銀行	以股票、借票及各種動產為擔保，而行貸付者，謂之動產銀行[432]。
兌換銀行	除貸付、貼水等普通事務外，有發行代金銀貨，兌換券之特權者，謂之兌換銀行[433]。
換票所	各銀行票輾轉傳寄，不能自理，而定一公所，比較其相互之貸借以相消者，謂之換票所[434]。

---

[425] 今作「有擔保物信用」或「擔保貸款」(secured credit)。
[426] 今作「人保信用」、「人保授信」、「信用貸款」(personal or unsecured credit)。
[427] 今作「賒帳」(credit account)。
[428] 今作「支票」(cheque)。
[429] 今作「商業銀行」(commercial bank)。
[430] 今作「專業銀行」(specialized bank)。
[431] 「不動產銀行」亦稱「房地產銀行」(real estate bank)，惟臺灣並無專事不動擔保借貸的所謂不動產銀行，一般商業銀行均可承作不動產擔保貸款業務。
[432] 臺灣並無承作動產質押的所謂「動產銀行」(movable property loan bank)，但有功能相仿的當舖 (pawnshop)。
[433] 今作「發鈔銀行」(issuing bank)。
[434] 今作「票據交換所」(clearing house)。

五、釋用財

用財[435]	使用財產而使其價有增減，謂之用財[436]。
公用	國家或公共團體所用之財，謂之公用[437]。
私用	個人或會社等所用之財，謂之私用[438]。
有益之用[439]、無益之用	自用財之結果，不可分有益之用[440]，及無益之用[441]，義見首篇。

釋保險

保險	保人之身體、財產，當未遭危險之時，先分配於他人，以期將來賠償之經濟制度，謂之保險。
互相保險	數人合立一總會，各負保險之責，各出金若干，蓄積一處，以補不時之需者，謂之互相保險[442]。
營利保險	以營利為目的，設一會社，徵收保險金者，謂之營利保險[443]。
人類保險	保險之關乎人者，謂之人類保險[444]，其類有二：
生命保險	被保人死亡後，當付若干金與其遺族者，謂之生命保險[445]。
養老保險	被保人臻若干年齡，當付以若干金者，謂之養老保險[446]。
物品保險	保險之關乎物者，謂之物品保險[447]，其類亦有二。
火災保險	賠償火災之損害者，謂之火災保險[448]。
運送保險	賠償貨物運送時，所蒙之災害者，謂之運送保險[449]。

---

[435] 更多定義見註 313 所附正文詞。
[436] 今作「資產使用」(asset utilization)。
[437] 「公用」，亦作「公共使用」(public use)、「公共財產」(public property)。
[438] 今作「私人財產」(private property)。
[439] 「有益之用」見註 315、「無益之用」見註 317 等所附正文詞。
[440] 今作「有效利用」(effective use)。
[441] 今作「浪費」(waste)。
[442] 今作「互助保險」(mutual insurance)，惟互助保險並非臺灣保險法所規範之法定保險類型。所謂「互相保險」應該類似「民間合會」(mutual association)，俗稱「互助會」。
[443] 今作「商業保險」(commercial insurance)。
[444] 今作「人身保險」(personal insurance)。
[445] 今作「人壽保險」(life insurance)。
[446] 今作「退休保險」(retirement insurance)。
[447] 今作「財產保險」(property insurance)。
[448] 又作「火險」(fire insurance)。
[449] 「運送保險」，亦作「運輸保險」或「貨運保險」(cargo insurance)。

海上保險、陸上保險	運送有海陸之異，故又分為海上保險[450]、陸上保險[451]二項。

六、 釋財政

公經濟、財政	國家或公共團體，欲達其生存發達之目的，而為經濟的計畫，須定必要之費用，求適當之財源，此名公經濟[452]，亦謂之財政。
歲出	每歲國家所用經費，謂之歲出[453]。
經常費	每會計年度所必不可少之例費，謂之經常費[454]。
臨時費	例費之外，僅為數年間須用之經費，謂之臨時費[455]。
徵收費	國家徵收、租稅時所需費用，謂之徵收費[456]。
政治費	國家以行政之故而支出之經費，謂之政治費[457]。
歲入	國國[458]欲達其生存之目的，每歲所收入之經費，謂之歲入[459]。
經常歲入	歲循其例而納於庫中者，謂之經常歲入[460]。
臨時收入	例外之收入，謂之臨時收入[461]。
公收入	國家及公共團體，本法律所定，而強徵諸人民者，謂之公收入[462]。
私收入	國家及公共團體，自行經營而得之利，謂之私收入[463]。
租稅	國家為民經營事務而取報酬，為公收入中之主要者，謂之

---

[450] 今作「海運保險」(marine insurance)。
[451] 今作「陸運保險」(land transportation insurance)。
[452] 今作「公共經濟」(public economics)。
[453] 「歲出」，亦作「年度支出」(annual expenditure)。
[454] 「經常費」，亦作「經常開支」(recurrent expenditure)、「經常性支出」(recurring expenses)。
[455] 「臨時費」，亦作「臨時支出」(temporary expenditure)、「臨時性支出」(contingent expenses)。
[456] 今作「課徵成本」、「稅收徵管費用」(tax collection costs)。
[457] 今作「政治性支出」(political expenditure) 或「行政支出」(administrative expenditure)。
[458] 原文所見「國國」，係指各國之意。
[459] 「歲入」，亦作「年度收入」(annual revenue)。
[460] 今作「經常性收入」(recurrent revenue)。
[461] 今作「臨時性收入」(temporary revenue)。
[462] 今作「公共收入」(public revenue)。
[463] 今作「私人收入」(private revenue)。

	租稅[464]。
國稅	中央政府為支付經費之故，而課之稅，謂之國稅[465]。
地方稅	地方政府為支付地方經費而課之稅，謂之地方稅。
直接稅	納稅者與擔稅者為一人，稅金即從其所得之中抽出者，謂之直接稅。
間接稅	納稅者與擔稅者非一人，納稅者將應納之稅加入物價中，而使買主擔任之者，謂之間接稅。
歲計預算	計算國家之歲出入，使之適合，謂之歲計預算[466]。
公債	欲國家之歲出入相符，而生之臨時債務，謂之公債[467]。
無期公債	不預定償還之期，俟國家財政寬裕時，隨意償還者，謂之無期公債[468]。
有期公債	預定付款之年限，屆[469]限必償者，謂之有期公債[470]。
內國債	募於國內，應募者半皆國人，謂之內國債[471]。
外國債	募於他國，應募者半皆外人，謂之外國債[472]。
地方債	公共團體臨時有急用而募集之公債，謂之地方債[473]。

---

[464] 「租稅」，亦作「稅收」(taxes)。

[465] 「國稅」，亦作「國家稅」、「中央稅」(national taxes)。

[466] 今作「年度預算」(annual budget)、「財政預算」(government budget)。

[467] 「公債」，亦作「國債」(government bonds, public debt)。

[468] 今作「不定期公債」(perpetual government bonds)。

[469] 「屆」，即「屆」。

[470] 今作「有期限公債」(fixed-term government bonds)。

[471] 今作「國內債券」(domestic bonds)。

[472] 今作「外國債券」(foreign bonds)。

[473] 「地方債」(local government bonds)，惟臺灣地方政府不得發行債券，故無地方債券一詞。地方債可指「地方政府所負債務」(debt owed by regional governments)，與「債券」(bonds) 無關。

第四節　釋教育

51	教育	教育一語，在吾國古訓，教者，效也，育者，養也。拉丁語為 Educere 即造作之意[474]。英、法、德語[475]，皆導原於此，而其意亦同。
	教育學	研究教育之原理、規則，而供其實用之一科學，謂之教育學。
	教育之目的	教育兒童，成一完全之人格，得為國家、社會之一員者，是謂教育之目的[476]。
	教育目的之個人方面	留意兒童身體之發達，完備人格上最要之智能、感情，得獨立自裁，而享人生之幸福快樂者，是謂教育目的之個人方面[477]。
	教育目的之社會方面	現時人類既不能孤立而獨生，則必相依相集，形成社會、組織國家，而其生始完，教育之終期，即預備兒童，能為國家、社會之一分子，使其國家、社會，得以永久繼續者，是謂教育目的之社會方面[478]。
	教育之可能性	順兒童之性情，使自然潛移默化，不覺勞苦者，是謂教育之可能性[479]。
	教育之界限	教育雖有可能性，而其勢力，必成立於一定之界限內者，是謂教育之界限[480]。
	教育之客體	對於自具陶冶性，能受教育之兒童青年，名曰教育之客

---

[474] 拉丁文 'educere' 與 'educare' 二字拼法近似，但意思不同，前者有抽出、帶走；抬起、豎立等意思，後者則由 'educere' 派生，帶有 -ā- 後綴，具有頻繁或使動的含義，意為「撫養」、「養育」或「教育」。原書繕誤。

[475] 德語 'Erziehung' 與拉丁文 'educare' 共享共同的印歐語系詞根 *deuk-，意為「引導」或「拉」，這也構成了拉丁語動詞 *ducere「引導」，並衍生出相關詞彙。在德語第二次音變中，d 變為 z，而 k 弱化為 h，形成古高地德語 *ziohan，即現代德語 'ziehen' 的前身。此外，er- 前綴在德語中的功能類似於拉丁語的使動含義。

[476] 今作「教育目標」(educational objectives)。

[477] 今作「個人教育目標」(personal education goals)。

[478] 今作「公民教育目標」(civic education goals)。

[479] 今作「教育可行性」(feasibility of education)。

[480] 今作「教育的範圍與限制」(scope and limitations of education)。

	體[481]。
教育之主體	對於在方法的範圍內，主持教育之教育家，名曰教育之主體[482]。
教育之方法	從管理、教授、訓練之三方面，以達教育之目的者，名曰教育之方法[483]。
教權	由於教師之威信，而支配學生，執行教導之一種權力者，謂之教權[484]。
教材	慎選各學科，以供教授之用者，謂之教材。
教化	以道德為主，而養成其高尚優美之性情者，謂之教化[485]。
教授	整理兒童之思想界，熟練其技能者，謂之教授[486]。
訓育	直接施於個人，薰陶其道德之品性者，謂之訓育。教授，客觀也。訓育[487]，主觀也。
訓育之二方面	在消極的方面，抑制其惡性質，在積極的方面，發達其善性質者，此謂訓育之二方面[488]。
國家主義教育	取國家主義，為教育主義，欲圖國家之幸福、安寧、進步，必先在教育個人，是謂國家主義教育[489]。
社會主義教育	明乎人為社會的生類，個人之意志，即社會之意志，而不得不受社會之制裁。因以養成公共的精神保自己與社會之調和發達者，是謂社會主義教育。
實科教育	使善能制御自然界，則必以理化數學等教科，為骨髓，是謂實科教育[490]。
實業教育	以養成實地生產的執業之人材為目的者，是謂實業教育[491]。

---

[481] 今作「受教育者」(learner, or educated subject)。
[482] 今作「教育者」(educator, teacher)。
[483] 今作「教育方法」(educational methods)。
[484] 今作「教育權威」(authority in education)。
[485] 今作「道德教育」(moral cultivation)。
[486] 今作「教學」(teaching) 或「知識傳授」(instruction)。
[487] 今作「品德教育」(moral and character training)。
[488] 今作「品德教育的兩方面」(two aspects of character education)。
[489] 今作「國家導向教育」(state-oriented education)，乃甚至「愛國教育」(patriotic education)。
[490] 今作「理科教育」、「自然科教育」、「科學教育」(science education)。
[491] 今作「職業教育」(vocational education)、「技術教育」(technical education)。

職業的教育	授以特種業務之知識技能，而使專習應用者，是謂職業的教育。
審美的教育	以義成人間優美情操，高雅品格為目的者，是為審美的教育[492]。
古典教育	授以古辭典，以增文學之趣味者，是謂古典教育[493]。
普通教育	若欲養成一般普通、全健之人民，而使於精神上、身體上，無缺點者，則為普通教育[494]。
專門教育	由普通教育，進而發達其特種之知能[495]者，則為專門教育[496]。
特殊教育	不能施一般教育，如白痴、盲啞等人民，須特別研究其教育之方法主義者，謂之特殊教育。
補習教育	不能受正式教育之兒童，特選適當時間，使之學習者，謂之補習教育。
強迫教育	以國家之法律，使達於學齡之兒童，在一定時期而就學者，謂之強迫教育[497]。
直觀教授	在實地、實物上練習，使直接達於感官者，謂之直觀教授[498]。
德育	陶冶人之德性，而使躬行實踐者，謂之德育[499]。
體育	發達人之身體，而使堅強耐勞者，謂之體育。
智育	增長人之知力，而使見理明透者，謂之智育。
普通的教育學	不限時代與國土，欲在人類一般之發達上，立普通的教育基礎，是為普通的教育學[500]。
理論的教育學	參照倫理學、心理學、社會學、等，而研究普遍之目的及方法者，謂之理論的教育學[501]。

---

[492] 今作「美育」、「美學教育」(aesthetic education)。
[493] 又作「古典文學教育」(classical studies education)。
[494] 今作「基礎教育」(general education)。
[495] 今作「智能」(cognitive abilities)。
[496] 今作「專業教育」(specialized education)。
[497] 今作「義務教育」(compulsory education)。
[498] 今作「直觀教學法」(demonstrative teaching)。
[499] 今作「品德教育」(moral education)。
[500] 今作「通識教育學」(general pedagogy)。
[501] 今作「理論教育學」(theoretical pedagogy)。

實地的教育學	研究教育之理論，以施用於實地為主者，謂之實地的教育學[502]。
歷史的教育學	取古今教育上，事實學說之變遷發達，以供教育之歷史的研究者，謂之歷史的教育學[503]。
學校生活	由家庭之愛情教育，進而施學校之規則教育者，謂之學校生活。
現示教式	以實物或模型，供兒童觀察者，謂之現示教式[504]。
示範教式	示兒童以行事之模範、體操之模範者，謂之示範教式[505]。
發展教式	從教育上推究其作用，概括事物之要點，而發見新理者，謂之發展教式[506]。
問答教式	由教師發問，而使兒童答辯者，謂之問答教式[507]。
範語法	教授兒童國語，用實物圖畫指示之者，謂之範語法[508]。
鄉土科	教授地理之初步，必山近鄉而及於世界，後推用全社會倫理，以養成其愛根本之念者，謂之鄉土科[509]。
神話	記宇宙初生各國開闢之事，而狀其武勇者，謂之神話。
中心統合說	欲以宗教與歷史，為中心之學科，而使他教科附屬之者，謂之中心統合說[510]。
七自由藝術[511]	羅馬中世之普通教育，謂之七自由藝術。文法、修辭學、辨證學，三學也。算術、幾何、音樂、天文，四道也[512]。
七成	歐洲中古武備之教育，謂之七成。乘馬也、泳水也、投鎗[513]也、擊劍也、將棋、詩歌也[514]

---

[502] 今作「應用教育學」(applied pedagogy)。
[503] 今作「教育史」(history of education)。
[504] 今作「實物教學法」(demonstrative teaching method)。
[505] 今作「示範教學法」(demonstration method)。
[506] 今作「啟發性教學」(developmental teaching method) 或「探究教學法」(inquiry-based learning)。
[507] 今作「問答式教學」(Socratic method)。
[508] 今作「情境語言教學法」(contextual language teaching method)。
[509] 今作「鄉土教育」(local education)、「地方研究」(local studies) 或「認識鄉土」(home country knowledge)，或指「本國地理」(domestic geography)。
[510] 原註：此說今已廢。「中心統合說」，今作「中心統合理論」(central integration theory)。
[512] 今作「七藝教育」(liberal arts education)。
[513] 「鎗」，今作「槍」。
[514] 「七成」，亦指「七藝」或「中古七藝」(seven liberal arts of the medieval period)，不過上述只列出六種，該補「狩獵」。

五明	印度佛教時代之教育，謂之五明。文法學、文學，聲明也。論理學，因明也。醫術，醫方明也。工藝、技術、數學、天文學，工巧明也。哲學、教義學，內明也[515]。
意見	對於一事，而未定共同之判斷者，謂之意見。
意志	由思慮而生決斷，現於動作者，謂之意志。
意識	辨別事物時心中之狀態，謂之意識。
意識之關係性	知一事而悟及他事者，謂之意識之關係性[516]。
意識之統一性	有常識而對於現象之起伏，不失其一定之形者，謂之意識之統一性[517]。
感情	哀樂之發於心者，謂之感情[518]。
感覺	感受外部之勢力，而生起意識之變態者，謂之感覺。
感官	受感覺的刺戟之機關，謂之感官。
刺激	生感覺之原因，謂之刺戟[519]。
現象	人之感覺，現於外觀者，謂之現象。
觀念	為心意之產物的表象，謂之觀念。
概念[520]	從個物抽出其共同之點，而生起共同觀念者，謂之概念。
主觀	知覺思慮，為精神生活之內容，是曰主觀。
客觀	對於主觀曰客觀。對於一己，外界之事物，客觀也。對於精神，一己之身體，客觀之。
精神作用、精神現象	觸於物而知覺，接於事而思惟[521]者，謂之精神作用[522]，亦曰精神現象[523]。
愛情	人己之間，保其調和結合者，謂之愛情。
激情	由於哀樂恐懼而激動心情，變其身體之狀態者，謂之激情。

---

[515] 「五明」，今作「佛教五明」、「五明學科」(five sciences in Buddhism)。
[516] 今作「聯想意識」(associative consciousness)。
[517] 今作「統合意識」(unified consciousness)。
[518] 今作「情感」(emotions)。
[519] 亦作「感官刺激」(stimulus)。
[520] 更多定義見註 776 所附正文詞。
[521] 「思惟」，今作「思維」。
[522] 今作「認知過程」(cognitive process)。
[523] 今作「心理現象」(psychological phenomenon)。

反情	對於嫌惡之事，而起反抗者，謂之反情[524]。
衝動彈力	發於動機中之感情要素，而生起動力者，謂之衝動彈力[525]。
壓制	二觀念間之抵抗，能禁制之而歸於靜定者，謂之壓制[526]。
氣質[527]	從個人之體質，現固有之狀態，影響於感情，及思想之作用者，謂之氣質。
有機體[528]	具生活之要件，而能組織者，謂之有機體[529]。
有機感覺	從有機體之狀態，而生感覺者，謂之有機感覺[530]。
壓覺	物壓皮膚，傳其刺戟於末稍神經，而感觸於中樞者，謂之壓覺[531]。
妄覺	無他物刺戟，而忽起感覺者，謂之妄覺[532]。
判斷	定觀念、概念相互之關係者，謂之判斷。
分釋	減少其概念之外圍者，謂之分釋[533]。
印象	以對象之意識，印入於腦髓者，謂之印象。
暗記	腦中受印象，而經時可復現者，謂之暗記[534]。
願望	不問現在，而希冀將來者，謂之願望。
想像	以過去之經驗，推測未來之事者，謂之想像。
空想	無心意卜實在之根據者，謂之空想[535]。
識域	以意識辨別事物，不達於一定之量時，其意識不及變化者，謂之識域[536]。
半意識	思想現於若明若昧之間者，謂之半意識[537]。
美感	離去欲望利害之念，而自然感情快者，謂之美感[538]。

---

[524] 今作「反感」(aversion)。
[525] 「衝動彈力」，今作「動力」、「衝動力」(impulse)。
[526] 今作「抑制」、「壓抑」(suppression)。
[527] 更多定義見註1168所附正文詞。
[528] 見註10、註15所附正文詞。
[529] 亦作「生物體」、「生物」(organism)。
[530] 「有機感覺」，亦作「有機體感覺」或「內在感覺」(organic sensation)。
[531] 「壓覺」，亦作「壓力感覺」(pressure sensation)。
[532] 「妄覺」，亦作「錯覺」(illusion)、「幻覺」(hallucination)。
[533] 今作「概念縮減」(conceptual reduction)。
[534] 今作「記憶」(memory)或「默記」(mnemonic memory)。
[535] 今作「幻想」(fantasy)。
[536] 「識域」，今作「認知範圍」、「認知領域」(cognitive field)。
[537] 今作「半意識狀態」、「模糊意識」(semi-consciousness)。
[538] 今作「審美觀」(sense of beauty)。

	心意三分法	以心意分析為知情意三者，謂之心意三分法[539]。
	期成原因	起種種運動變化之直接力的原因者，謂之期成原因[540]。
	偶性	非本來固有，偶然而生之性質，謂之偶性[541]。
	個性	精神上有特殊之性質，教育家務須發展之，匡正之以養成其獨立之人格者，謂之個性。
56	人格[542]	有統一之意識。有自由之行動，有道德上之責任者，謂之人格。
	人格變換	失精神作用之統一，忘自分之真相者，謂之人格變換[543]。
	權利[544]	由於正當之理，使他人之意思，服從自己之意思者，謂之權利。
	義務[545]	在道德上、法律上，吾人當然應為者，謂之義務。
	系統	察萬事之關係，使聯絡統合於一原理之下者，謂之系統。
	實踐	動作行為，存於現在之方面者，謂之實踐。
	實驗[546]	觀察人為的變化之現象者，謂之實驗。
	實質	對於形式之內容，曰實質。
	形式	對於實質而有共同一定之範型者，曰形式。
	內容	事物保有內部之實質，曰內容。
	同化	觀察事物，得其同類之觀念，互相融合者，曰同化。
	監護	設一定之規律，從外部而防制其現在之行為者，是謂監護。
	證明	指示判斷之真偽者，謂之證明[547]。
	暗示	不必明示理由，而從言語、舉動、容貌之間，使其影響及於心意者，謂之暗示。
	假說	不屬於論理學上之公理，而根據他事以說明之者，謂之假

---

[539] 今作「知、情、意三分法」(tripartite model of cognition, emotion and will)。
[540] 今作「直接動因」(direct cause) 或「成因」、「因果關係」(causation)。
[541] 今作「偶然性」(contingency)。
[542] 見註 6、註 18、註 724 所附正文詞。
[543] 今作「人格轉變」(personality change)、「人格錯亂」(dissociative identity disorder)。
[544] 見註 5、註 202 所附正文詞。
[545] 更多定義見註 5、註 209 所附正文詞。
[546] 更多定義見註 632 所附正文詞。
[547] 亦作「論證」(proof)。

第二章　《新爾雅》原文　77

	說[548]。
專用	抱一目的，而反覆用之，以生熟練者，謂之專用[549]。
手練	適合於教授術，而具一種巧妙敏捷之才能者，謂之手練[550]。
主義	決定意思之實行，標明一種之方針者，謂之主義[551]。
開發主義[552]	教授兒童，務使自由發達其心意之能力者，謂之開發主義[553]。
教化價值主義	僅注重教科之形式，及實質的價值者，謂之教化價值主義[554]。
教授學的唯物主義	偏於實質方面，以記憶暗誦為主者，謂之教授學的唯物主義[555]。
知識主義	在教育上專發達人之理性，使多得知識者，謂之知識主義。
自然主義	主張人間之發達，不可不任自然者，謂之自然主義。
客觀的自然主義	因而在教育上，明乎萬物之長養，有自然一定之順序，而本此以為教者，謂之客觀的自然主義。
主觀的自然主義	明乎身心有自然發育之性質，而順以導之者，謂之主觀的自然主義。
道德主義	以涵養道德，陶冶品性為目的者，謂之道德主義。
道德的實有主義	以各教科，悉歸納於道德上，而主實踐者，謂之道德的實有主義[556]。
間接的倫理的實有主義	以客觀的事實，使蒙間接之影響，而養成其道德上性情者，謂之間接的倫理的實有主義[557]。

---

[548] 「假說」，亦作「假設」(hypothesis)。
[549] 「專用」，亦作「專門使用」(specialized use)。
[550] 「手練」，今作「技巧練習」、「專業技術訓練」(skill, or specialized, training)。
[551] 作為單用名詞，可作「理論主張」(doctrine)。
[552] 更多定義見註 714 所附正文詞。
[553] 「開發主義」，今作「啓發式教育」(enlightenment education)。
[554] 今作「教育價值主義」(educational value ideology)。
[555] 今作「教育唯物主義」(materialistic education ideology)。
[556] 今作「倫理實踐主義」(moral realism)。
[557] 今作「間接道德實踐主義」、「潛移默化的道德教育」(indirect moral education)。
[558] 更多定義見註 711 所附正文詞。

人道主義[558]	鑽研古典，不授生活上卑近之學者，謂之人道主義[559]。
宗教的人道主義	以神為一完全人格之模範，作養其高尚誠敬之念，與中古之偏陋宗教主義，有異者，謂之宗教的人道主義。
實利主義	教以實用之知識、技能，養成實際有用之人物為目的者，謂之實利主義[560]。
形式主義	重行為之外形，而不問其內容者，謂之形式主義。單在倫理上盡義務者，亦謂之形式主義。
禁慾主義	從性理而禁遏其一切之慾望者，謂之禁慾主義。
國家主義[561]	以個人之意志，服從國家，供其犧牲者，謂之國家主義。
世界主義	打破國界，以世界之一般社會為基礎，而圖全體之發達、進步者，謂之世界主義。
個人主義[562]	尚個人之自由一切權利，以個人為基礎者，謂之個人主義。
公眾利用主義	以一般公眾之幸福為目的，欲得最大多數之最大幸福者，謂之公眾利用主義[563]。
利己主義[564]	專以個人之快樂為目的者，謂之利己主義[565]。
愛他主義	在他人之幸福中，見出自己之快樂、利益者，謂之愛他主義[566]。
厭世主義[567]	以人生之欲望不能滿足，苦情當常續不斷，因而否定世界之生存者，謂之厭世主義。
快樂主義	起滿足的感覺，視人間為至善者，謂之快樂主義[568]。
悲觀主義	以世人之舉動，皆無意識，而陷於苦境者，謂之悲觀主義。
幸福主義	以幸福為行為之最終目的者，謂之幸福主義。

---

[559] 亦作「人文主義」(humanitarianism, or humanism)。
[560] 今作「實用主義」(pragmatism)。
[561] 更多定義見註 709 所附正文詞。
[562] 更多定義見註 708 所附正文詞。
[563] 今作「功利主義」(utilitarianism)。
[564] 更多定義見註 703 所附正文詞。
[565] 亦作「自利主義」(egoism)。
[566] 今作「利他主義」(altruism)。
[567] 更多定義見註 707 所附正文詞。
[568] 今作「享樂主義」(hedonism)。
[569] 更多定義見註 625 所附正文詞。

理論[569]	有系統的知識之言辭,謂之理論。
比論	從現象之相似而類推者,謂之比論[570]。
唯物論	以精神現象,全歸於物質的作用者,謂之唯物論[571]。
唯名論	以人己之概念,屬於抽象的者,謂之唯名論[572]。
唯理論	以真理存於人類至善之性中者,謂之唯理論[573]。
唯靈論、唯心論	以物質不過為吾人精神上之經驗,更有宇宙之實在真髓,心靈是也,是即反對唯物論者,謂之唯靈論,亦曰唯心論[574]。
二元論	以宇宙之根本,必由精神與物質之二元而成立者,謂之二元論。
一元論	以宇宙之本體,為唯一者,謂之一元論。
一致一元論	以物質與精神之本體,原為同一者,謂之一致一元論。
定道論	以人之心意,從最初確定而不變更者,謂之定道論[575]。
非定道論	以人之心意,得隨時自由變更者,謂之非定道論[576]。
感覺論	言人之思想、慾[577]望,不出乎感覺之變體者,謂之感覺論[578]。
認識論	言人之認識力,因何而起,兼考其性質、範圍者,謂之認識論。
懷疑論	言一切觀念,皆主觀所生,而在客觀,無從知其究竟者,謂之懷疑論。
實驗論	以經驗的事實為真知識者,謂之實驗論[579]。
宇宙論	根據宇宙之存在及運動,而斷論其有者,謂之宇宙論。
進化論	唱生物從外圍諸狀態之影響,感於內部,發展而進步者,謂之進化論[580]。

---

[570] 今作「類比推理」(analogical reasoning)。
[571] 今作「唯物主義」(materialism)。
[572] 今作「唯名主義」(nominalism)。
[573] 今作「理性主義」(rationalism)。
[574] 「唯靈論、唯心論」均可稱謂「唯心主義」(idealism)。
[575] 今作「決定論」(determinism)。
[576] 今作「自由意志論」(free will theory)。
[577] 「慾」今亦作「欲」。
[578] 今作「經驗主義」(empiricism)。
[579] 今作「實證主義」(positivism)。
[580] 亦作「演化論」(theory of evolution),特指 'Darwin's Theory of Evolution'。

勢力論	言人間之生活，及一切身體、精神上之能力，皆由活動而生者，謂之勢力論[581]。
神經特殊勢力論	主張感覺之種類不同，由於神經之特別力者，謂之神經特殊勢力論[582]。
評判論	嚴密調查其知識成立之根源及範圍者，謂之評判論[583]。
國家學	研究比較國家之成立、組織、目的、變遷等者，名曰國家學[584]。
科學	研究世界之現象，與以系統的知識者，名曰科學。
自然科學	研究自然之現象，如動植、物理、化學等者，名曰自然科學。
記述的科學、理論科學	以自然之現象為現象，而發見其真理事物之規則者，名曰記述的科學[585]，亦曰理論科學[586]。
規範的科學	研究其對象之價值，而奉自然律為命令者，名曰規範的科學[587]。
經驗的科學	從研究之對象，而以經驗的歸納的，排列一定秩序者，名曰經驗的科學[588]。
演繹的科學	從普通知識推論至極處，如物理學、數學等，名曰演繹的科學[589]。
精神科學	含有精神作用，如心理學、倫理學、教育學、論理學等，名曰精神科學[590]。
心的科學	以一切知識，皆統屬於心者，名曰心的科學[591]。
普遍的科學	以普偏[592]的知識，組成一系統者，名曰普偏的科學[593]。

---

[581] 今作「動力論」(dynamism)。
[582] 今作「神經特異功能論」(theory of neural specificity)。
[583] 可能是指康德的「批判哲學」(critical philosophy)，或一般而言是指一種「批判性方法」(critical method)、「科學方法」(scientific method)。
[584] 今作「政治學」(political science) 抑或「行政學」(administration)。
[585] 今作「描述性科學」(descriptive science)。
[586] 今作「理論科學」(theoretical science)。
[587] 今作「規範性科學」(normative science)。
[588] 今作「經驗性科學」(empirical science)。
[589] 今作「演繹性科學」(deductive science)。
[590] 今作「人文科學」(human sciences)，或「社會科學」(social sciences)。
[591] 今作「心理學」(psychology)。
[592] 原書稱「偏」，應係「遍」的誤繕。
[593] 今作「通識科學」(general science)。

心理學	研究心意現象、精神現象、意識作用等者，名曰心理學。
物質派心理學	主張心意現象，從物質而生者，名曰物質派心理學[594]。
靈魂派心理學	主張心意現象，從靈魂而生者，名曰靈魂派心理學[595]。
解說的心理學	分解複雜之精神現象[596]，而歸於單一之要素者，名曰解說的心理學[597]。
經驗的心理學	以事物上經驗，而研究其精神現象者，名曰經驗的心理學[598]。
思辨的心理學	研究精神之本體，不主經驗者，名曰思辨的心理學[599]。
實驗心理學	以一己之精神，為主觀的思辨，而推究人人之心意現象，與生理上事情之關係，而成一系統者，名曰實驗心理學。
比較心理學	以人間之精神現象，與動物之精神現象，相比較者，謂之比較心理學。
聯想心理學	一觀念起於心中，同時必惹聯想之觀念，說明此聯合法則者，名曰聯想心理學。
能力心理學	以知覺力、記憶力、想像力、推理力，為精神上之一種特別能力者，名曰能力心理學。
社會心理學	研究現於社會全體上，人類精神之變化狀態者，名曰社會心理學。
民族心理學	研究各國民族之精神作用，有特殊之現象者，名曰民族心理學[600]。
人種心理學	比較各人種之精神作用，而研究其特殊之狀態者，名曰人種心理學[601]。
兒童心理學	研究兒童之始初發達，至其逐時進步者，名曰兒童心理

---

[594] 今作「生理心理學」(physiological psychology)。

[595] 今作「心靈心理學」(spiritualist psychology)。

[596] 原書所見「精現象象」，應屬誤繕，應係「精神現象」。

[597] 今作「還原心理學」(reductionist psychology)。

[598] 今作「經驗心理學」(empirical psychology)。

[599] 今作「推測心理學」(speculative psychology)。

[600] 今作「族群心理學」(ethnic psychology)。

[601] 「人種心理學」，該詞已停用，可譯為「種族心理學」(racial psychology)。

	學[602]。
生理的心理學	研究神經系統之構造，及其官能與意識間之關係者，名曰生理的心理學。
舊心理學	說明心之現象，及一切能力，屬於主觀的心理者，是為舊心理學[603]。
新心理學	排能力心理學，以心意現象，通主觀、客觀而觀察之，歸於實驗者，是為新心理學[604]。
哲學	研究宇宙之根本原理學，名曰哲學。
純正哲學	從物理的諸現象，論其實在之根據者，名曰純正哲學[605]。
道德哲學	從本體說明倫理道德之發源處者，名曰道德哲學[606]。
自然哲學	研究宇宙之本質成立者，如物質尊元論、精神一元論、唯物論、唯心論等，名曰自然哲學。
本體論	對於精神之現象，研究精神之本體為何物者，名曰本體學。
論理學[607]	論思想之內容，從推論之形式，示以一定之法則者，名曰論理學[608]。
生物學	研究生物之形態並生物種種之系統次序者，名曰生物學。
人類學	關於人間知識，而闡明人類種族之發布，以及生理上、精神上、心理學上諸點者，名曰人類學。
生理學[609]	研究人身之組織、構造、作用等者，名曰生理學。
審美學	研究美之性質，及美之要素，不拘在主觀、客觀，引起其感覺者，名曰審美學[610]。
學校衛生學	關於少年教育，保護增進師生之健康者，全曰學校衛生學。

---

[602] 今作「兒童發展心理學」(child developmental psychology)。
[603] 今作「傳統心理學」(traditional psychology)。
[604] 今可理解為「實驗心理學」(experimental psychology)。
[605] 今作「純粹哲學」(pure philosophy)。
[606] 亦作「倫理學」(ethics)。
[607] 更多定義見註 769 所附正文詞。
[608] 今作「邏輯學」(logic)。
[609] 更多定義見註 1378 所附正文詞。
[610] 今作「美學」(aesthetics)。

第五節　釋群

一、總釋

群、社會	二人以上之協同生活體，謂之群[611]，亦謂之社會。	63
群學、社會學	研究人群理法之學問，謂之群學[612]，亦謂之社會學。	
對象	凡一種學問所研究之客體，謂之對象[613]。	
問題	就對象之內容外位而講及之事項，謂之問題。	
群學之對象	群學所研究之客體，謂之群學之對象[614]。	
群學之問題、社會學問題	群學所研究之事項，謂之群學之問題，亦謂之社會學問題[615]。	
群學研究法	攻究群學之方法，謂之群學研究法。群學研究法有二：一合理法，一經驗法[616]。	
合理法、經驗法	合理法同演繹法、經驗法同歸納法[617]。	
演繹法	先分解概括的知識，而進達特殊的知識者，謂之演繹法[618]。	
歸納法	先總和特殊的知識，而進達概括的知識者，謂之歸納法。	
體[619]、用	合理法有體[620]、有用[621]。	
直覺法、推理法	分析其體，則有直覺法及推理法。	
設想理論、理想[622]	分析其用，則有設想理論及理想[623]。	
設想	預籌事物之理法，謂之設想[624]。	
理論[625]	論究設想之真偽，謂之理論。	

---

[611] 今作「群體」(the masses, society)。
[612] 今作「社會學」(sociology)。
[613] 即「研究對象」(object of study)。
[614] 今作「社會學研究對象」(subjects of sociological study)。
[615] 今作「社會學問題」(sociological problem)。
[616] 今作「社會學研究方法」(sociological research methods)。
[617] 今作「理論方法」(theoretical method)；「經驗法」，今作「經驗方法」(empirical method)。
[618] 原註：群見釋名。
[619] 更多定義見註826所附正文詞。
[620] 「體」，今作「理論」(theory)。
[621] 「用」，今作「應用」(application)。
[622] 更多定義見註626所附正文詞。
[623] 今作「假設理論」(hypothetical theory)。
[624] 今作「假設」(hypothesis)。
[625] 更多定義見註569所附正文詞。

	理想[626]	據正確之理法，決定實事，以成實行之準備者，謂之理想。
	定性法、定量法、記述法、統計法	經驗法自其效果而別之，有定性法及定量法[627]。經驗法之用記述者，謂之定性法，亦曰記述法[628]。經驗法之用計算者，謂之定量法，亦曰統計法[629]。
64	主觀之運用、客觀之資料	合理、經驗二法之成分，有客觀之資料，有主觀之運用。蒐集事實，謂之客觀之資料[630]。運用觀念，謂之主觀之運用[631]。
	主觀的合理的事實	事實之中，有主觀的合理的事實，
	客觀的經驗的事實	有客觀的經驗的事實。
	自我直覺	以我為覺識之本體，而無主、客體相對之區別者，謂之自我直覺。
	自覺	既生主客觀對境之分別，而其體用共為意識者，謂之自覺。
	知識	自覺則近乎知識矣。
	範疇	附隨自覺而可以徵實客觀知識之原理，謂之範疇。
	知覺	外界個物之知識，謂之知覺。
	觀察	認識外界所有之事物，謂之觀察。
	實驗[632]	即觀察而得之事物，一一加功以期副解釋之目的者，謂之實驗。
	比較	就同時之數事物以類別異同者，謂之比較。
	歷史的觀察	就古今前後之數事物，彼此比較者，謂之歷史的觀察[633]。
	內、外	觀念之運用，有內、外之別。

---

[626] 更多定義見註 622 所附正文詞。
[627] 「定性法」今亦作「定性分析」(qualitative analysis)；「定量法」今亦作「定量分析」(quantitative analysis)。
[628] 「記述法」今亦作「描述性分析」(descriptive analysis)。
[629] 「統計分析」(statistical analysis)。
[630] 今作「客觀數據」(objective data)。
[631] 今作「主觀方法論」(subjective methodology)。
[632] 更多定義見註 546 所附正文詞。
[633] 今作「歷史比較」(historical observation)。

分析、總合	內用則先分析而後總[634]合[635]。
演繹、歸納	外用先演繹，而後歸納。
唯物論群學	以群為實物，而研究推斷者，謂之唯物論群學[636]。
唯心論群學	以群為心象，而研究推斷者，謂之唯心論群學[637]。
二元論群學	以群成乎物心二元，而研究推斷者，謂之二元論群學[638]。
合一論群學	調和二元論群學者，謂之合一論群學[639]。
記述群學	以記述人群現象，為群學本質者，謂之記述群學[640]。
實理群學	用實理方法，以尋求群理、群法者，謂之實理群學[641]。
共產主義	廢私有財產，使歸公分配之主義，謂之共產主義，
社會主義[642]	一名社會主義。

二、 釋靜群學

釋群之發生

靜群學、社會現象論	敘述群之現象者，謂之靜群學，或謂之社會現象學[643]。
原人	太古時代之人類渾渾噩噩、不識不知，與動物相類者，謂之原人[644]。
野蠻人	草昧初開，文化幾無者，謂之野蠻人[645]。
超絕起原	以群由神意而出者，謂之超絕起原[646]。
合理起原	以群之起原，為本乎理法者，謂之合理起原[647]。
人意起原	以群為結自群中各個人之隨意者，謂之人意起原[648]。

---

[634] 「総」，同「總」。
[635] 「總合」，今作「綜合」(synthesis)。
[636] 今作「唯物論社會學」(materialistic sociology)。
[637] 今作「唯心論社會學」(idealistic sociology)。
[638] 今作「二元論社會學」(dualistic sociology)。
[639] 今作「一元論社會學」(monistic sociology)。
[640] 今作「描述性社會學」(descriptive sociology)。
[641] 今作「實證社會學」(empirical sociology)。
[642] 更多定義見註 705 所附正文詞。
[643] 今作「靜態社會學」(static sociology)。
[644] 今作「原始人」(primitive man)。
[645] 又作「未開化人」(uncivilized people)。
[646] 今作「神秘起源說」、「神意起源論」(supernatural origin)。
[647] 今作「理性起源說」(rational origin)。
[648] 今作「人為起源說」(anthropogenic origin)。

自然起原	以群為隨歷史變遷而成者，謂之自然起原。
一原說	以人類出乎一原者，謂之一原說[649]。
多原說	以人類出乎數原者，謂之多原說[650]。
人類發生條件、自然群發生條件	人類初生所必不可少之條件，謂之人類發生條件，亦謂之自然群發生條件。
主成條件、助成條件	人類發生條件中，有主成條件，又有助成條件[651]。
雙親、有性關係、生存之資用	主成條件三：雙親、雙親之有性關係，及生存之資用[652]。
鞠養、共棲、外界之效果	助成條件三：鞠養、共棲，及外界之效果[653]。
群棲	數人共處，稍稍合營生活者，謂之群棲[654]。
有性協同生活、婚姻	男女協同共營生活者，謂之有性協同生活，亦謂之廣義之婚姻[655]。
母子共棲	知有母而不知有父之世，惟母子恆同居一處，是謂之母[656]子共棲[657]。
親子共棲	既知有母，又知有父，然兩親與子始同居，是謂親子共棲[658]。
家族	父母兄弟相聚營生者，謂之家族。
部族	數家相聚一處者，謂之部族[659]。
人為群	以人力結成之團聚，謂之人為群[660]。

---

[649] 今作「單一起源說」(monogenesis)。

[650] 今作「多重起源說」(polygenesis)。

[651] 今作「主要條件」(primary conditions)、「主要因素」(primary factors)；「助成條件」，今作「輔助條件」(auxiliary conditions)、「輔助因素」(secondary factors)。

[652] 今作「生存資源」(survival resources)。

[653] 「鞠養」，今作「養育」、「撫育」(nurturing)；「共棲」，今作「共居」(cohabitation)；「外界之效果」，今作「外界影響」、「環境影響」(external, or environmental, influences)。

[654] 今作「群居」、「群體生活」(group living)。

[655] 「有性協同生活」，今作「異性同居」、「兩性共同生活」(co-living with the opposite sex)。

[656] 原書所見「毋」，誤繕，應為「母」。

[657] 「母子共棲」，今作「母子共居」(mother-child co-living) 或一般「母系社會」。

[658] 今作「親子同住」、「父母與子女共居」(parent-child co-living)。

[659] 「部族」今亦作「部落」(tribe)。

[660] 今作「人造群體」(artificial group)。

部落、族制群	以家族、氏族之自然關係為基,而更定一整然制度之群,謂之族制群,亦謂之部落[661]。
市府	不以家族、氏族為基礎,全用人力合成之群,謂之市府[662]。
國家[663]	統一眾部落,或數市府而成之大群,其中有一成之制度,及相當之勢力者,謂之國家。
國際社會、人群、天下	各國渾合成一團者,謂之國際社會,謂之人群[664],謂之天下[665]。

釋家族

夫婦關係	男女之有性協同生活關係,謂之夫婦關係[666]。
婚姻形式	舉行婚姻之形跡,謂之婚姻形式。
性慾婚姻	原人時代,男女獸聚鳥散,或合或離,其婚姻全出乎慾性,故謂之性慾婚姻。
掠奪婚姻	野蠻時代,憑一群強力以掠奪他群婦女,縱其慾性者,謂之掠奪婚姻。
購買婚姻	出金錢以易婦女,爰成夫婦者,謂之購買婚姻。
服從婚姻	一群之中,男子迫壓女子,爰成夫婦者,謂之服從婚姻。
合意婚姻	以男女之合意而成婚姻者,謂之合意婚姻[667]。
內婚	行於同群中之婚姻,謂之內婚。
外婚	行於異群中之婚姻,謂之外婚。
雜婚	男婚數婦,一女嫁數男而無定者,謂之雜婚[668]。
多夫	一女有數夫,而數夫共認之為婦者,謂之多夫[669]。
多婦	一夫有數婦,而數婦共認之為夫者,謂之多婦[670]。

---

661 今作「氏族社會」(clan society)。
662 「市府」,今亦作「城市社會」(urban society)。
663 見註 3、註 4、註 6、註 25、註 677 所附正文詞。
664 今作「人類社會」(human society)。
665 亦作「世界」(the world)。
666 「夫婦關係」今亦作「夫妻關係」(marital relationship)。
667 「合意婚姻」今亦作「同意婚姻」(consensual marriage)。
668 今作「複合婚姻」(polyandry and polygyny)。
669 今作「一妻多夫制」(polyandry)。
670 今作「一夫多妻制」(polygyny)。

配偶	男不二色，女不二夫者，謂之配偶。
親子關係	明親為親子為子之關係者，謂之親子關係。
無主	親子關係之中，有不得其主者[671]，謂之無主[672]。
母主	惟以母為主而不計及父者，謂之母主[673]。
父主	以父為主而母為從者，謂之父主[674]。
兩主	父母之關係平等者，謂之兩主[675]。
家主	不置重於父母，而以家為主者，謂之家主[676]。
同胞關係	兄弟姊妹之關係，謂之同胞關係。

釋國家

國家[677]	具體制而自統治群，謂之國家。
統治	國家自治之行動，謂之統治。
統治者	統治之主體，謂之統治者。
人民[678]	統治之客體，謂之人民。
絕對統治	統治之權，握於一人或數人者，謂之絕對統治。
相對統治	統治者雖立乎上，而群中之意思亦得與乎統治之動機者，謂之相對統治。
普遍統治	全群意思，皆得與乎統治之動機者，謂之普遍統治。
教化時期	民眾不能自進步，必待統治者之教導時代，謂之教化時期。
刑政時期	群治進化，人民優於自動統治者，務在去惡以保群時，謂之刑政時期。
法治時期	進善去惡，事事皆依成法施行，謂之法治時期。
族制國	由族制推廣而成國者，謂之族制國[679]。

671　原註：父母不明。
672　「無主」，今作「無監護人兒童」(children without guardians) 抑或「孤兒」(orphan)。
673　今作「母系社會」(matriarchy)。
674　今作「父系社會」(patriarchy)。
675　今作「雙親平等關係」(egalitarian parental relationship)。
676　今作「家族首領」(family head)。
677　見註 3、註 4、註 6、註 25、註 663 所附正文詞。
678　更多定義見註 143 所附正文詞。
679　今作「族制國家」(clan-based state)。

神政國	由教團推廣成國者，謂之神政國[680]。
服從國	以威壓、服從定統治者，及人民之關係之國，謂之服從國[681]。
約束國	由群中分子自結成一國者，謂之約束國[682]。
統治機關	成國家政治之中樞機關，謂之統治機關[683]。
政治	統治機關之運營，謂之政治。
立法[684]	確定表明政治之理想者，謂之立法。
行政[685]	實行政治之理想者，謂之行政。
政策	理想而不待確定表明者，謂之政策。
法制	立法之所成，謂之法制。
成文法[686]	法制之登諸記錄者，謂之成文法。
不成文法	法制之不登記，謂之不成文法。
司法[687]	擔保行政之整肅，及人民之權利幸福者，謂之司法。
三權鼎力	立法、行政、司法，各獨立而不相衝突者，謂之三權鼎立[688]。
階級	區分人群為數等，謂之階級。
貴族	享群中優特權利之階級，謂之貴族。
奴隸	不能有完全人格，與物類同待遇之階級，謂之奴隸。
組合	國家以內之小團體，謂之組合[689]。
外交、國際	國與國之相交，謂之外交，亦謂之國際[690]。
條約[691]	兩國定交際關係之契約，謂之條約。
同盟	兩國定公同行止之契約，謂之同盟[692]。
部分同盟、相對同盟	世界國家之一團，因對待他國團而結盟者，謂之部分同盟，或相對同盟。

---

[680] 見註 51。
[681] 見註 52。
[682] 見註 54。
[683] 今作「政府機構」(governing body)。
[684] 更多定義見註 158 所附正文詞。
[685] 更多定義見註 158 所附正文詞。
[686] 更多定義見註 182 所附正文詞。
[687] 更多定義見註 158 所附正文詞。
[688] 今作「三權分立」(separation of powers)。
[689] 今作「組織」(organization)。
[690] 今作「國際關係」(international relations)。
[691] 更多定義見註 219 所附正文詞。
[692] 「同盟」今亦作「聯盟」(alliance)。

全體同盟、絕對同盟[693]	合地球萬國同結盟者，謂之全體同盟或絕對同盟。攻守同盟、商業同盟等，屬部分同盟，赤十字同盟、郵便電信同盟，屬全體同盟。

三、 釋動群學

動群學、社會運命論	推闡人群之推遷者，謂之動群學，亦謂之社會運命論[694]。
人群之理想	人群進動之標的，謂之人群之理想[695]。
理想四屬性[696]	實現的示命、究竟的示命、事理充足、普遍恆久，謂之理想四屬性。
根本理想	理想之合乎最初原理者，謂之根本理想[697]。
依他主義	舉一切人生之存在，歸諸人生以外存在之管理者，謂之依他主義[698]。
自在主義	舉宇宙萬有歸超然異物之管屬者，謂之自在主義[699]。
大觀主義	舉宇宙萬有歸自體管理者，謂之大觀主義[700]。
功利主義	以功利為人類行為之標準者，謂之功利主義。
本心主義	以良心為行為之標準者，謂之本心主義[701]。
實理主義	以行為之標準，及人群之營運惟隨實理之示命者，謂之實理主義[702]。
主我主義、利己主義[703]	以我為一切行為之主者，謂之主我主義，或利己主義。
主他主義	以及人為一切行為之主者，謂之主他主義[704]。
社會主義[705]	以兼顧我物為行為之主者，謂之社會主義。
人生觀	就人與世界關係之全體，而觀人生之運命者，謂之人生觀。

---

[693] （續）攻守同盟、商業同盟、赤十字同盟、郵便電信同盟
[694] 今作「社會動態學」(social dynamics)。
[695] 今作「社會理想」(social ideals)。
[696] （續）實現的示命、究竟的示命、事理充足、普遍恆久
[697] 「根本理想」今亦作「基本理想」(fundamental ideal)。
[698] 今作「依附理論」(dependency theory)。
[699] 今作「自然主義」(naturalism)。
[700] 今作「自我決定理論」(autonomy theory)。
[701] 今作「良心主義」(conscience principle)。
[702] 今作「實證主義」(positivism)。
[703] 更多定義見註 564 所附正文詞。
[704] 見註 566。
[705] 更多定義見註 642 所附正文詞。

樂天主義	以自然之流行，為人世之運命而惟置重於現在之理想者，謂之樂天主義[706]。
厭世主義[707]	以人之理想，終不能實行於世，而惟以謝世為尚者，謂之厭世主義。
進步主義	以理想終可實行，惟須經歷改革，始能相接者，謂之進步主義。
階級主義	以人群應有階級之理想，謂之階級主義。
平等主義	以人群當各平等之理想，謂之平等主義。
秩序主義	以人群應有次序，雖不可有階級，而亦不能盡平等之理想，謂之秩序主義。
個人主義[708]	以個人為人群體制之究竟分子者，謂之個人主義。
國家主義[709]	以國家為人群體制之究竟分子者，謂之國家主義。
急進主義、破壞主義	以理想之實現，在乎破棄舊有者，謂之急進主義，或破壞主義。
保守主義	以人群之進步不在改革而在保存故有者，謂之保守主義。
干涉主義	以人群之運營，事事須出人為者，謂之干涉主義。
放任主義	以人群之運營，聽之天然者，謂之放任主義。
專制主義	以人群之統治，宜歸一二人之總理者，謂之專制主義。
自由主義	以人群之統制，宜令人人自由者，謂之自由主義。
立憲主義	以人群之統制，宜先據理設定準則，由統治者遵準則施行者，謂之立憲主義。
帝國主義	以一群為主，而眾群從屬其下者，謂之帝國主義。
四海主義	以四海各群一視同仁者，謂之四海主義[710]。
人道主義[711]	以扶植人類，為國家社會之任務者，謂之人道主義。
培養人群之理想	教育上之理想，謂之培養人群之理想[712]。

706　今作「樂觀主義」(optimism)。
707　更多定義見註 567 所附正文詞。
708　更多定義見註 562 所附正文詞。
709　更多定義見註 561 所附正文詞。
710　「四海主義」也作為「四海同胞主義」(universal brotherhood)。
711　更多定義見註 558 所附正文詞。
712　今作「培養人才的理想」(ideal of cultivating talent)。

注入主義	以人之天賦無所有，賴教育以入知識者，謂之注入主義[713]。
開發主義[714]	以教育為啟發人先天固有知識者，謂之開發主義。
獨立主義	折衷注入、開發二主義者，謂之獨立主義。
模仿主義	以採他群之長，補己[715]群之短為主者，謂之模倣主義。
國粹主義	以發揮本國固有特性為主者，謂之國粹主義。
參贊主義	既發揮國粹，又博採眾長者，謂之參贊主義[716]。

人群之進化

人群之進化[717]	人群之遞嬗推遷，變更不已[718]，謂之人群[719]之進化。有增進之進化、有減退之進化。增進之進化三，加速度、遺傳、及度制，三理法是[720]。
淘汰[721]	減退之進化，出乎淘汰。
自然淘汰	天擇物競，優勝劣敗者，謂之自然淘汰。
意識淘汰	用意識選擇而淘汰者，謂之意識淘汰[722]。
雌雄淘汰	生殖上之意識淘汰，謂之雌雄淘汰[723]。
理想淘汰	本理想而行淘汰者，謂之理想淘汰。
人格[724]	人之所以為人者，謂之人格。
人道之發達	人類最高之道德，次第進於實現之範圍，謂之人道之發達[725]。
自由之開展	人類活動機緘之漸次發達，謂之自由之開展[726]。

---

[713] 今作「填鴨式教育」(spoon-fed education)。
[714] 更多定義見註 552 所附正文詞。
[715] 原書「巳」字，繕誤，應為「己」。
[716] 今作「綜合主義」(syncretism)。
[717] （續）**增進之進化、減退之進化、加速度、遺傳、度制**
[718] 見註 715。
[719] 原書「郡」字，應屬誤繕，諒係「群」。
[720] 今作「社會進化」(social evolution)。
[721] 更多定義見註 750 所附正文詞。
[722] 今作「人為選擇」(artificial selection)。
[723] 今作「性別選擇」(sexual selection)。
[724] 更多定義見註 6、註 18、註 542 所附正文詞。
[725] 今作「人道主義的發展」(development of humanism)。
[726] 今作「自由的發展」(expansion of freedom)。

四、釋群理

群理	人群之實在，謂之群理[727]。
群理論、社會實在論	研究人群之實在，謂之群理論，亦曰社會實在論[728]。
人群要素	凡人群成立所不可少之原質，謂之人群要素[729]。
主要素、助要素	人為為群之主要素，天然為群之助要素[730]。
統一[731]	主要素貴能統一。
資用	助要素貴能資用[732]。
群行為、社會行為	人群之意識行動，謂之群行為，或社會行為[733]。
群則、社會之規定	一群與他群區別之特色，謂之群則或社會之規定[734]。
人口率	就地面之單位計量人口之多少者，謂之人口率[735]。
自然移動率	生產數與死亡數之比例，謂之自然移動率[736]。
移住率	來住數與往住數之比例，謂之移住率[737]。
移動率	生產數、來住數之和，與死亡數往住數之和之比例，謂之人群當時之移動率[738]。
離婚率	婚姻數與離婚數之比，謂之離婚率。
成婚率	離婚數與婚姻數之較，與人口之比，謂之成婚率[739]。
人群之動因	為一切變動之原因，與群眾生滅之要件者，謂之人群之動因[740]。

---

[727] 今作「社會本質」(essence of society) 或「社會實在」(social reality)。
[728] 今作「社會本質理論」(theory of the essence of society) 或「社會學」(sociology)。
[729] 今作「社會組成要素」(elements of social composition)。
[730] 今作「主要因素」(primary factors)；「助要素」，今作「輔助因素」(auxiliary factors)。
[731] 更多定義見註 760 所附正文詞。
[732] 今作「資源利用」(resource utilization)。
[733] 今作「社會行為」(social behavior)。
[734] 今作「社會規範」(social norms)。
[735] 今作「人口密度」(population density)。
[736] 今作「自然增長率」(natural growth rate)。
[737] 今作「遷移率」(migration rate)。
[738] 今作「總遷移率」(total migration rate)。
[739] 今作「結婚率」(marriage rate)。
[740] 今作「社會動因」(social motivating factors)。

動機	定行為之動因，謂之動機。動機不須意識。
目的	直接定動機，而間接定行為，為行為結果之預期者，謂之目的。目的須意織[741]。
自我的動機	自發之而自收之者，謂之自我的動機[742]。
他人之動機	我發之而效及他人者，謂之他人之動機。
亦我亦他的動機	彼我俱有關係者，謂之亦我亦他的動機[743]。
無我無他的動機	超絕彼我之別之動機，謂之無我無他的動機[744]。

釋人群之成立

人群成立	人群有自立自存之活動力時，謂之人群成立[745]。
人群成立之基礎	人群無彼不成立者，謂之人群成立之基礎[746]。
協同	二人以上相助謀生之事實，謂之協同[747]。
積極近接	因利害相同而彼此協同者，謂之積極近接[748]。
化淳	積極近接之方法，謂之化淳。
消極近接	排除利害相異者，或用強力迫之同化者，謂之消極近接[749]。
淘汰[750]	消極近接之方法，謂之淘汰。
社交性	各人意識中所有營協同生活之性，謂之社交性[751]。
先天社交性	與生俱來，不俟群成而已[752]具之社交性，謂之先天社交性[753]。
後天社交性	其待人群交際生而始有之社交性，謂之後天社交性[754]。
群性	各群所固有諸性質，謂之群性[755]。

---

741 原書「織」字，諒屬誤繕，應係「識」。
742 今作「個人動機」(personal motive)。
743 今作「既利己又利他的動機」(both selfish and altruistic motive)。
744 今作「超越自我與他人的動機」(transcendent motive)。
745 「人群成立」今亦作「社會組織形成」(formation of social organization)。
746 「人群成立之基礎」今亦作「社會組織的基本條件」(fundamental conditions for social organization)。
747 「協同」，今亦作「合作」(cooperation)。
748 今作「積極互動」(active interaction)。
749 今作「消極互動」(passive interaction)。
750 更多定義見註 721 所附正文詞。
751 「社交性」今亦作「社交能力」(sociability)。
752 見註 715。
753 「先天社交性」今亦作「先天社交能力」(innate sociability)。
754 「後天社交性」今亦作「後天社交能力」(acquired sociability)。
755 今作「群體特性」(group characteristics)。

國性、國粹、國民性	群變為國，則群性亦變為國性，或曰國粹，或曰國民性[756]。
國民事項	國家社會所特有之事項，謂之國民事項。
國際事項	宇內列國所共有之社會事項，謂之國際事項。
超國民事項	群中事項，無關係乎人群之成立者，謂之超國民事項。
人群成立之要性	人群所賴以持久不敝者，謂之人群成立之要性[757]。
向內要性	要性之關乎自存自立者，謂之向內要性[758]。
向外要性	其對外而保持本群之成立者，謂之向外要性[759]。
統一[760]、鞏固	向內要性二：一統一、二鞏固。
群化	向外要性一，是謂之群化。群化者，一人或一群。化外群為巳[761]群之部分之事業也[762]。
自衛群化	當外力侵來，有損自群成立之基礎，爰[763]用力抵抗，終至他群為我所化者，謂之自衛群化[764]。
攻外群化	因欲擴張自群之勢力，爰向外群迫令同化者，謂[765]之攻外群化[766]。
積極群化	直接化他群為自群之分子者，謂之積極群化[767]。
消極群化、國性剝奪	攻破他群之基礎，令其不得不折入自群者，謂之消極群化，或國性剝奪[768]。
完全滅國	國性剝奪，是謂完全滅國。

---

[756] 「國性」，今作「民族性」(national character)。
[757] 今作「組織成立的核心要素」(core elements for the formation of an organization)。
[758] 今作「內部核心要素」(inner core elements)。
[759] 今作「外部核心要素」(outer core elements)。
[760] 更多定義見註 731 所附正文詞。
[761] 見註 715。
[762] 今作「社會化過程」(socialization)。
[763] 「爰」意為因此、所以。
[764] 今作「防禦性社會化」(defensive socialization)。
[765] 原書所見「者」字，應係「謂」。
[766] 今作「擴張性社會化」(expansionist socialization)。
[767] 今作「積極社會化」(proactive socialization)。
[768] 今作「消極社會化」(passive socialization)、「國性剝奪」，今作「國家特性剝奪」(deprivation of national character)。

第六節　釋名

總釋

	名學、論理學[769]	論人心知識之用於推知者，謂之名學，亦謂之論理學[770]。
	內籀名學、演繹論理學	察一曲而知全體者，謂之內籀[771]名學，亦謂之演繹論理學[772]。
	外籀名學、歸納論理學	據公理以斷眾事者，謂之外籀名學，亦謂之歸納論理學[773]。
	推知、推論[774]	比較二個之判定，而更立第三之判定之心之作用，謂之推知，亦謂之推論。構成推論之要素有三：一曰概念、二曰判定、三曰推理[775]。
	概念[776]	若干個物公性之總合，謂之概念。
	判定	結合二個之概念，指定其間之關係者，謂之判定。
	推理	指定兩個以上之判定間之關係者，謂之推理。
75	端、名詞[777]	言語文字之所以表概念者，謂之端[778]，亦謂之名詞[779]。
	詞、命題[780]	其所以表判定者，謂之詞[781]，亦謂之命題。
	連珠、三段論法[782]	其所以表推理者，謂之連珠，亦謂之三段論法[783]。
	自然法之一致	同一事情之下，必生同一之結果，是謂之自然法之一致[784]。
	自同之原則	物與物自相一致者，謂之自同之原則[785]。
	不相容之原則	一物與他物，或相一致，或不相一致，不得既相一致，同

---

[769] 更多定義見註 607 所附正文詞。
[770] 「名學」、「論理學」今均作「邏輯學」(logic)。
[771] 「籀」，是指誦讀，另也指古代的一種文字，是謂大篆。
[772] 「內籀名學」、「演繹論理學」今均作「演繹邏輯學」(deductive logic)。
[773] 「外籀名學」、「歸納論理學」今均作「歸納邏輯學」(inductive logic)。
[774] （續）**概念、判定、推理**
[775] 今作「推理」(inference)。
[776] 更多定義見註 520 所附正文詞。
[777] 更多定義見註 814 所附正文詞。
[778] 筆者以為「端」字遺漏黑點標記。
[779] 「端」，今作「詞」或「詞項」(term)。
[780] 更多定義見註 814 所附正文詞。
[781] 筆者以為「詞」字遺漏黑點標記。
[782] 更多定義見註 816 所附正文詞。
[783] 「連珠」、「三段論法」，今作「三段論」(syllogism)。
[784] 今作「自然法則的一致性」(uniformity of natural law)。
[785] 今作「同一性原則」(principle of identity)。

	時又不相一致者，謂之不相容之原則[786]。
拒中之原則	一物與他物，或相一致，或不相一致，不得既非一致，又非不一者，謂之拒中之原則[787]。
思想之三大原則	自同、不相容、拒中，謂之思想之三大原則[788]。
推理式之原則	兩物與他一物均相一致，則兩物亦一致，兩物之一，與他一物相一致，而其一不相一致者，則兩物不相一致，兩物與他一物，均不相一致，則兩物之一致與不一致不能遽定者，此謂推理式之原則[789]。

釋名詞

公名、普通名詞	不論如何之個體，苟在同類之中，即無不可通用者，謂之公名，亦謂普通名詞。
專名、單獨名詞	惟適用於限定之一物者，謂之專名，亦謂之單獨名詞[790]。
總名、合體名詞	合若干之個體為一總體，而附之之名，謂之總名[791]，亦謂之合體名詞[792]。
散名、各個名詞	就各個體而言之者，謂之散名，亦謂之各個名詞[793]。
察名、具體名詞	一事物之存在，其所不可缺之德，無不具備者，謂之察名，亦謂之具體名詞。
玄名、抽象名詞	於一事或一物中，抽離其若干之德而言之者，謂之玄名，亦謂之抽象名詞。
正名、積極名詞	以或性質為有而肯定之者，謂之正名，亦謂之積極名詞。
負名、消極名詞	以為無而否定之者，謂之負名，亦謂之消極名詞。

---

[786] 今作「矛盾律」(principle of contradiction)。筆者以為，汪榮寶此處原意應指「無矛盾律」或「不容矛盾律」(law of non-contradiction)。

[787] 今作「排中律」(principle of excluded middle)。

[788] 「思想之三大原則」今亦作「思想的三大基本原則」(three fundamental principles of thought)。

[789] 今作「三段論原則」(principles of syllogism)。

[790] 今作「專有名詞」(proper noun)。

[791] 筆者以為「總名」一詞遺漏黑點標記。

[792] 今作「集合名詞」(collective noun)。

[793] 今作「個別名詞」(individual noun)。

獨立之名、絕對名詞	即物定名不待此物與他物之比較及關係，而後可認識者，謂之獨立之名，亦謂之絕對名詞。
對待之名、相對名詞	方言一事或一物之時，先有他一事若他一物，在於言外，與為對待者，謂之對待之名，亦謂之相對名詞。
內涵	一名所示物類之德，謂之內涵。
外郭	一名所示物類之個數，謂之外郭[794]。

釋命題

主詞	名詞之為判定之主題者，謂之主詞。
所謂詞	就此主題，而表示其所與一致或不一致者，謂之所謂詞[795]。
綴系詞	連合主詞與所謂詞，而表示其一致或不一致之關係者，謂之綴系詞[796]。
肯定綴系詞	表示兩詞之一致者，謂之肯定綴系詞[797]。
否定綴系詞	表示兩詞之不一致者，謂之否定綴系詞[798]。
全稱命題	一命[799]題之所謂詞，其所表者，乃就主詞所表者之全部而肯定之，若否定之者，謂之全稱命題。
特稱命題	若所謂詞之所表者，僅就主詞所表者之一部而肯定之若否定之者，謂之特稱命題。
單稱命題	一命題非就主詞之全部若一部而有所論斷，而就一個有定之物而論斷之者，謂之單稱命題。
肯定命題	一命題之所謂詞，其所表者乃就主詞之所表者而肯定之許容之者，謂之肯定命題。
否定命題	反是而否定之拒斥之者，謂之否定命題。
命題之四種	全稱肯定、全稱〔否〕[800]定、特稱肯定、特稱否定，謂之命題之四種[801]。

---

[794] 今作「外延」(extension)。
[795] 今作「謂詞」、「謂語」或「述語」(predicate)。
[796] 今作「繫詞」或「聯繫動詞」(copula)。
[797] 今作「肯定繫詞」(affirmative copula)。
[798] 今作「否定繫詞」(negative copula)。
[799] 原書見「今」，誤繕，已改正。
[800] 原文所見「全稱肯定、全稱肯定、特徵肯定、特稱否定」，按文理，第二個「肯定」應改成「否定」，已改正。
[801] 「命題之四種」，今作「四種命題」(four types of propositions)。

充實	一命題之主詞若所謂詞，足以包括其所表物類之全數者，此主詞若所謂詞，謂之充實。
不充實	若止[802]就其所表物類之一分，而漠然言之，此主詞若所謂詞，謂之不充實。
命題之量	自全稱、特稱之區別而言之，謂之命題之量。
命題之質	自肯定、否定之區別而言之，謂之命題之質。
命題之對當	質量互異之四種命題，而有同一之主詞與所謂詞者，其關係謂之命題之對當[803]。
亢極對當	兩命題用同一之名，詞又同為全稱，而其質互異者，謂之亢極對當[804]。
偏曲對當	其同為特稱而其質互異者，謂之偏曲對當[805]。
差較對當	兩命題用同一之名詞，而質同而量異者，謂之差較對當[806]。
矛盾對當	其質量兩異者，謂之矛盾對當[807]。

釋直接推理

倒植	就已有之一命題，而顛倒其主詞與所謂詞，以構成他一命題者，謂之倒植[808]。
反疎	受既有之命題之質，以構成他命題者，謂之反疎[809],[810]。
旋反	以既有命題之質與位，一一轉換之而構成他命題者，謂之旋反[811]。
疊變法	取或一命題之上詞，否定之以為主詞，又用同一之所謂詞，而轉為他命題者，謂之疊變法[812]。
附性法	就或一命題，而於其主詞及所謂詞兩者，各附以同一之形

---

[802] 原文見「止」，今當作「只」。
[803] 今作「命題對應」(correspondence of propositions)。
[804] 今作「矛盾命題」(contradictory propositions)。
[805] 今作「相反命題」(contrary propositions)。
[806] 今作「次反對關係」(sub-contrary opposition)。
[807] 今作「矛盾對立」(contradictory opposition)。
[808] 今作「倒置」(conversion)。
[809] 「疎」，同「疏」。
[810] 若「反疎」描述的是基於命題質進行的標準反向操作，可當作「反對換置」(obversion)。
[811] 今作「逆轉」(permutation)。
[812] 今作「對位法」(contraposition)。

容詞或與形容詞等量之字句，而轉為他命題者，謂之附性法[813]。

直接推理　　　　如是諸類之推理法，謂之直接推理。

釋間接推理

名詞、命題[814]	凡三段論法，有名詞三，有命題三。
大前提	第一命題，謂之大前提。
小前提	第二命題，謂之小前提。
斷案	第三命題，謂之斷案[815]。
大詞	名詞之為斷案之所謂詞者，謂之大詞。
小詞	其為斷案之主詞者，謂之小詞。
介詞、中詞	其為大前提與小前提之聯絡者，謂之介詞，亦謂之中詞。
三段論法[816]	大詞、小詞、中詞俱備，而構成一推論者，謂之三段論法。
間接推理	三段論法，謂之間接推理。
不完全之方式	三段論法之省略一命題者，謂之不完全之方式[817]。
複雜之方式、積疊式	結合兩個以上之三段論法而成一推論者，謂之複雜之方式，亦謂之積疊式[818]。
向進積疊式	以前命題之所謂詞，次第為後命題之主詞，而後以第一命題之主詞為主詞，以最後一命題之所謂詞為所謂詞，而造一斷案者，謂之向進積疊式[819]。
向退積疊式	以前命題之主詞，次第為後命題之所謂詞，而後以最後一命題之主詞為主詞，以最初一命題之所謂詞為所謂詞，而造一斷案者，謂之向退積疊式[820]。
定言之三段論法	三段論法之各命題，皆以直言判定之者，謂之定言之三段

---

[813] 今作「附加法」(supplementation)。
[814] 「名詞」見註 777；「命題」見註 780 所附正文詞。
[815] 今作「結論」(conclusion)。
[816] 更多定義見註 782 所附正文詞。
[817] 今作「省略論證」(enthymeme)。
[818] 今作「複合式三段論」(complex syllogism)。
[819] 今作「鏈式三段論」(sorites)。
[820] 今作「逆鏈式三段論」(goclenian sorites)。

	論法[821]。
假言之三段論法	或假設一語，從而推測其所生之結果，以為他命題者，謂之假言之三段論法[822]。
前立、後立	此假設之語，謂之前立，其所生之結果，謂之後立[823]。
擇言之三段論法	設兩言或兩言以上以推定一事物之然否者，謂之擇言之二段論法[824]。
兩刀論法	以假言命題為大前提，以擇言命題為小前提，而以定言或擇言命題為斷案者，謂之兩刀論法[825]。

第七節　釋幾何

總釋

點	有位置而無長短、廣狹、厚薄者，謂之點。
線	有長而無廣與厚者，謂之線。
直線	線之中點，能遮兩界者，謂之直線。
曲線	其中點不能遮兩界者，謂之曲線。
面	有長、有廣而無厚者，謂之面。
平面	面之中線，能遮兩界者，謂之平面。
曲面	其中線不能遮兩界者，謂之曲面。
體[826]	有長短、厚薄、廣狹者，謂之體。
界	一物之始終，謂之界[827],[828]。
形	或在一界或在多界之間，謂之形[829]。

---

[821] 「定言之三段論法」今亦作「定言三段論」(categorical syllogism)。
[822] 「假言之三段論法」今亦作「假設三段論」(hypothetical syllogism)。
[823] 今作「前提」(antecedent)、「後立」，今作「結果」(consequent)。
[824] 今作「選擇式三段論」(disjunctive syllogism)。
[825] 今作「兩難論證」(dilemma)。
[826] 更多定義見註 619 所附正文詞。
[827] 筆者以為「界」字遺漏黑點標記。
[828] 「界」，今作「界限」(boundary)。
[829] 今作「形狀」(shape)。

直線

平角	兩直線于平面縱橫相遇交接處，謂之平角。
直線角	直線相遇作角，謂之直線角。
橫線之垂線	直線垂於橫直線之上，若兩角等必兩成直角，而直線下垂者，謂之橫線之垂線[830]。
鈍角	凡角大於直角者，謂之鈍角。
銳角	其小於直角者，謂之銳角。
直線形	直線界中之形，謂之直線形。
三邊形	三直線界中之形，謂之三邊形[831]。
四邊形	四直線界中之形，謂之四邊形。
多邊形	多直線界中之形，謂之多邊形。
平邊三角形	三邊形三邊線等者，謂之平邊三角形[832]。
兩等邊三角形	三邊形有兩邊線等者，謂之兩等邊三角形[833]。
三不等三角形	三邊形三邊線俱[834]不等者，謂之三不等三角形[835]。
三邊直角形	三邊形有一直角者，謂之三邊直角形[836]。
三邊鈍角形	三邊形有一鈍角者，謂之三邊鈍角形[837]。
三邊各銳角形	三邊形有三銳角者，謂之三邊各銳角形[838]。
底線	三邊形，以在下者謂之底線[839]。
腰線	以在上二邊者，謂之腰線[840]。
直角方形	四邊形邊線各等而角直者，謂之直角方形[841]。
斜方形	其邊線各等，而其角非直角者，謂之斜方形[842]。
直角形	其邊線兩兩相等，而其角俱為直角者，謂之直角形[843]。

---

[830] 今作「橫線的垂直線」(perpendicular to a horizontal line)。
[831] 今作「三角形」(triangle)。
[832] 今作「等邊三角形」、「正三角形」(equilateral triangle)。
[833] 今作「等腰三角形」(isosceles triangle)。
[834] 「俱」是指「全、均」。
[835] 今作「不等邊三角形」(scalene triangle)。
[836] 今作「直角三角形」(right triangle)。
[837] 今作「鈍角三角形」(obtuse triangle)。
[838] 今作「銳角三角形」(acute triangle)。
[839] 今作「底邊」(base line)。
[840] 今作「腰邊」(lateral lines)。
[841] 今作「正方形」(square)。
[842] 今作「菱形」(rhombus)。
[843] 今作「長方形」(rectangle)。

長斜方形	其邊線兩兩相等，而其角非直角者，謂之長斜方形[844]。
有法四邊形	如是四種方形，謂之有法四邊形[845]，
無法四邊形	四種之外他方形，皆謂之無法四邊形[846]。
平行線	兩直線於同面上行至無窮，而其各點之距離，始終相等而不得相遇者，謂之平行線。
平行線方形	一形每兩邊俱為平行線者，謂之平行線方形[847]。
對角線	於平行方形之兩對角作一直線，此直線謂之對角線。
角線方形	又於兩邊縱橫各作一平行線，其兩平行線與對角線交羅相遇，即此形被分為四平行線方形，其兩形有對角線者，謂之角線方形[848]。
餘方形	其兩形無對角線者，謂之餘方形[849]。
直角形之矩線	凡直角形之兩邊，函一直角者，謂之直角形之[850]矩線[851]。
磬折形	諸方形有對角線者，其兩餘方形，並借一角線方形所成之形，謂之磬折形[852]。
分內線	一線三分之，其中線謂之分內線。
形內切形	直線形居他直線內，而此形之各角，切他形之如邊，謂之形內切形[853]。
形外切形	一直線形，居他直線形外，而此形之各邊，切他形之各角，謂之形外切形[854]。

釋圓

圓	一形於平面上一界之間，自界至中心作諸直線俱等者，謂

---

[844] 今作「平行四邊形」(parallelogram)。
[845] 今作「規則四邊形」(regular quadrilateral)。
[846] 今作「不規則四邊形」(irregular quadrilateral)。
[847] 今作「平行四邊形」(parallelogram)。
[848] 今作「對角四邊形」(diagonal quadrilateral)。
[849] 今作「對角四邊形」(diagonal quadrilateral)。
[850] 筆者以為，「直角形之」四字遺漏黑點標記。
[851] 今作「長方形的邊」(rectangle's sides)。
[852] 今作「摺疊形狀」(folded shape)。
[853] 「形內切形」，亦作「內切形狀」(inscribed shape in circle)。
[854] 「形外切形」，亦作「外切形狀」(circumscribed shape around circle)。

	之圓[855]。
圓心	圓之中處,謂之圓心。
圓徑	自圓之一界,作一直線過中心至他界者,謂之圓徑[856]。
半圓	圓徑與半圓界內之形,謂之半圓。
等圓	凡諸圓之徑線相等,或從心至圓界,其線相等者,謂之等圓。
切線	凡直線切圓界過之而不與界交者,謂之切線。
切圓	凡兩圓相切而不相交者,謂之切圓[857]。
圓分	直線割圓所成之形,謂之圓分[858]。
圓分角	圓界偕直線所成之內角,謂之圓分角。
負圓分角	凡圓界任於一點,出兩直線作一角,其角謂之負圓分角[859]。
乘圓分角	若兩直線之角,乘圓之一分,謂之乘圓分角[860]。
分圓形	凡從圓心以兩直線作角,偕圓界所作之三角形,謂之分圓形[861]。
圓內切形	直線形之各角切圓之角,為圓內切形。
圓外切形	直線形之各邊切,圓之界,謂之圓外切形[862]。
形外切圓	圓界切直線形之各邊,謂之形外切圓[863]。
合圓線	直線之兩界,各抵圓界,謂之合圓線[864]。

總釋比例及比例諸線

分	幾何之幾何,謂之分[865],小能度大,以小為大之分。若小幾何能度大者,則大為小之幾倍[866]。
比例	兩幾何以幾何相比之理,謂之比例[867]。

---

[855] 「圓」,又作「圓形」(circle)。
[856] 今作「圓的直徑」(diameter of the circle)。
[857] 今作「相切圓」(tangent circles)。
[858] 今作「圓分度」(circular division)。
[859] 今作「負的圓分角」(negative angle of a circle segment)。
[860] 今作「乘的圓分角」(multiplying angle of a circle segment)。
[861] 今作「圓的扇形」(sector of a circle)。
[862] 今作「圓外接形狀」(circumscribed shape around circle)。
[863] 今作「外接圓」(circumscribed circle around shape)。
[864] 今作「割線」(secant line)。
[865] 筆者以為「分」字遺漏黑點標記。
[866] 今作「分數」(fraction)。
[867] 今作「比率」(ratio)。

同理之比例	兩比例之理相似者，謂之同理之比例[868]。
有比例之幾何	兩幾何倍其身而能相勝者，謂之有比例之幾何[869]。
相稱之幾何	同理比例之幾何，謂之相稱之幾何[870]。
連比例	同理之比例，至少必三率。三率相續不斷，其中率與前後兩率遞用為比例，而中率既為前率之後，又為後率之前者，謂之連比例[871]。
斷比例	居中兩率，一取不再用者，謂之斷比例[872]。
再加之比例	三幾何為同理之連比例，則第一與第三，謂之再加之比例[873]。
三加之比例	四幾何為同理之連比例，則第一與第四，謂之三加之比例，倣此以至無窮。
屬理	同理之幾何，前與前相當，後與後相當，更前與前更後與後者，謂之屬理[874]。
反理	取後為前、取前為後者，謂之反理[875]。
合理	合前與後為一而比其後者，謂之合理[876]。
分理	取前之較而比其後，謂之分理[877]。
轉理	以前為前，以前之較為後者，謂之轉理[878]。
平理	彼率幾何，各自三以上相為同理之連比例，則此之第一與三，若彼之第一與三，謂之平理[879]。
平理之序	此之前與後，若彼之前與後，而此之後與他率，若彼之後與他率，謂之平理之序[880]。

---

[868] 今作「比例」(proportion)。
[869] 今作「成比例的幾何」(proportional geometries)。
[870] 今作「比例幾何」(proportional geometries)。
[871] 今作「連比例」(continued proportion)。
[872] 今作「中斷比例」(discontinued proportion)。
[873] 今作「複比」(compound ratio)。
[874] 今作「相應比例」(corresponding proportion) 或「相對比例」(relative proportion)。
[875] 今作「反比」或「逆比」(inverse ratio)。
[876] 若重點是強調前後結合後的和諧性或對等性，可將「合理」翻譯為「比例」(proportion)。但若僅關注數量上的比較關係，則可翻譯為「比值」(ratio)。
[877] 今作「部分比例」(partial proportion)。
[878] 今作「轉置比例」(transposed proportion)。
[879] 今作「等比」(equality of ratios)。
[880] 今作「等比順序」(order of equal proportion)。

平理之錯	此數幾何彼數幾何，此之前與後，若彼之前與後，而此之後與他率，若彼之他率與其切者，謂之平理之錯[881]。
相似之形	凡形相當之各角等，而各等角旁兩線之比例俱等者，謂之相似之形[882]。
互相視之形	兩形之各兩邊線，互為前後率，相與為比例而等者，謂之互相視之形[883]。
理分中末線	一線兩分之，其全與大分之比例，若大分與小分之比例者，謂之理分中末線[884]。
數	眾一相合而成者，謂之數[885]。
分數度	數之數小能度大，以小為大之一分者，謂之分數度[886]。
諸分	大數而有奇零不盡，以小為大之幾分者，謂之諸分[887]。
偶數	最小數能度大者，則大為小之幾倍。數可平分為二者，謂之偶數。
奇數	不可平分為二者，謂之奇數。
偶之偶數	以偶分之仍得偶者，謂之偶之偶數。
奇之偶數	以偶分之而得奇者，謂之奇之偶數。
奇之奇數	以奇分之仍得奇者，謂之奇之奇數。
數根	惟一能度而他數不能度者，謂之數根[888]。
無等數之數	兩數無數能度者，謂之無等數之數[889]。
可約數	有他數能度者，謂之可約數。
有等數之數	兩數有數能度者，謂之有等數之數[890]。
乘數	數有若干倍，其若干即為乘數，
面數	兩數相乘所得者，謂之面數[891]。
面數之邊	其原兩數，謂之面數之邊。

---

[881] 今作「交比」、「叉比」、「重比」(cross ratio)。
[882] 今作「相似形狀」(similar shapes)。
[883] 今作「互逆形狀」(mutually inverse shapes)。
[884] 今作「黃金分割」(golden section)。
[885] 今作「數字」(number)。
[886] 今作「分數計量」(fractional measure)。
[887] 今作「各種分數」(various fractions)。
[888] 今作「質數」(prime number)。
[889] 今作「互質數」(coprime number)。
[890] 今作「公因數」(common divisor or factor)。
[891] 今作「乘積」(product)。

體數	三數相乘所得，謂之體數[892]。
體數之邊	其原三數，謂之體數之邊。
平方數	兩等數相乘所得之數，謂之平方數。
立方數	二等數相乘所得之數，謂之立方數。
相似面數	若干面數諸相當邊同比者，謂之相似面數[893]。
相似體數	若干體數諸相當邊同比者，謂之相似體數[894]。
全數	諸分之合數，謂之全數[895]。
有等之幾何	凡幾何有他幾何可度者，謂之有等之幾何[896]。
無等之幾何	其無他幾何可度者，謂之無等之幾何[897]。
正方有等之線	凡正方有面可度者，其邊謂之正方有等之線[898]。
正方無等之線	凡正方無面可度者，謂之正方無等之線[899]。
有比例線	凡線無窮，或長短及正方俱有等，或僅正方有等，或俱有等，其原線謂之有比例線。他線與此線，或長短正方俱有等，或僅正方有等者，亦謂之有比例線[900]。
無比例線	他線與此線長短正方俱無等者，謂之無比例線[901]。
有比例面	有比例線之正方，謂之有比例面。他面與此正方為有等者，亦謂之有比例面[902]。
無比例面	其與此正方為無等者[903]，謂之無比例面[904]。
中線	僅正方有等之兩線成矩形，其等積正方之邊，謂之中線。
中矩形	有等二中線之矩形，謂之中矩形[905]。
合名線	兩僅正方有等有比例線之和，謂之合名線[906]。

---

[892] 今作「體積數」(volume number)。
[893] 今作「相似面積數」(similar area number)。
[894] 今作「相似體積數」(similar volume number)。
[895] 今作「總數」(total number)。
[896] 今作「相等幾何」(congruent or equal geometries)。
[897] 今作「不相等幾何」(incongruent or unequal geometries)。
[898] 今作「等邊正方形的邊」(equal square line)。
[899] 今作「不等邊正方形的邊」(unequal square line)。
[900] 今作「比例線」(proportional line)。
[901] 今作「非比例線」(non-proportional line)。
[902] 今作「有比例面積」(proportional area)。
[903] 原文稱「無等者者」，應屬誤繕。
[904] 今作「非比例面積」(non-proportional area)。
[905] 今作「中央矩形」(central rectangle)。
[906] 今作「合成線」(composite line)。

第一合中線	僅正方有等之兩中線，其矩形為有比例面，則兩線之和無比例，名曰第一合中線[907]。
第二合中線	僅正方有等之兩中線，其矩形為中面，則兩線之和無比例，名曰第二合中線[908]。
太線	兩正方無等之線，其兩正方之和有比例，而矩形為中面，則兩線之和為無比例，名曰太線[909]。
比中方線	兩正方無等之線，兩正方之和為中面，其矩形為有比例面，則兩線之和無比例，名曰比中方線[910]。
兩中面之線	兩正方無等之線，其兩正方之和為中面，矩形亦為中面，而與兩正方之和無等，則兩線之和無比例，名曰兩中面之線。
第一合名線	置有比例線及合名線，若合名線二分上正方之較積分邊，與大分長短有等，又若大分與所置比例線長短有等，則全線為第一合名線。
第二合名線	若小分與所置比例線長短有等，則全線為第二合名線。
第三合名線	若大小二分，與比例線長短俱無等，則全線為第三合名線。
第四合名線	若合名線二分上正方之較積方邊，與大分長短無等，又若大分與所置比例線長短有等，則為第四合名線。
第五合名線	若小分與比例線長短有等，則為第五合名線。
第六合名線	若大小二分擧比例線俱無等，是為第六合名線。
斷線	僅正方有等，二有比例線其較無比例，名曰斷線。
第一中斷線	僅正方有等，二中線其矩形為無比例面，二線之較無比例，名曰第一中斷線。
第二中斷線	僅正方有等，二中線其矩形為中面，二線之無較比例，名曰第二中斷線。

---

[907] 今作「第一合成中線」(first composite median line)。

[908] 今作「第二合成中線」(second composite median line)。

[909] 今作「主線」(major line) 或「無比例主線」(non-proportional major line)。

[910] 今作「中間比例線」(median proportional line) 或「無比例中線」(non-proportional median line)。

少線	二正方無等之線，二正方之和為有比例面，矩形為中面，二線之較無比例，名曰少線[911]。
合比中方線	二正方無等之線，二正方元和為中面倍矩形為有比例面，二線之較無比例，名曰合比中方線。二正方無等之線，二正方之和為中面倍矩形亦為中面。
合中中方線	二正方之和與倍矩形無等，二線之較無比例，名曰合中中方線。
大線	合名線之大分，謂之大線。
同宗線	其小分謂之同宗線[912]。
第一斷線	置有比例線及斷線，設大線與同宗線上，二正方之較積方邊，與大線有等，而大線與所設之比例線有等，則為第一斷線。
第二斷線	若同宗線與所設之比例有等，則為第二斷線。
第三斷線	若大線、同宗線與所設之比例線皆無等，則為第三斷線。
第四斷線	一大線與同宗線上二正方之較積方邊，與大線無等，而大線與所設之比例線有等，則為第四斷線。
第五斷線	若同宗線與所謂之比例線有等，則為第五斷線。
第六斷線	若大線、同宗線與所設之比例線皆無等，則為第六斷線。
無比例十三線	中線、合名線，第一合中線、第二合中線、太線、比中方線、兩中面之線斷線、第一中斷線第二中斷線、少線、合比中方線、合中中方線，謂之無比例十三線。

釋面及體

面之垂面	凡線與平面內諸線成直角，則為面之垂面[913]。
垂面	二面相遇，此面內與遇線成直角之諸線，亦與彼面內之諸線成直角，則此面為彼面之垂面[914]。
斜線之倚度	凡線斜遇平面，任從斜線一點，作面之垂線，後自垂線底

---

911 今作「次要線」(minor line)。
912 今作「同源線」(same origin line)。
913 今作「垂直面」(perpendicular plane)。
914 今作「相互垂直的面」(perpendicular plane)。

	作平線至斜線底，則平線與斜線相交之角度，即斜線之倚度[915]。
二面之倚度	二面斜相遇，二面內有二線相遇，與面之遇線俱成直角，此二線之倚度，即二面之倚度。有二面俱斜遇平面，俱如上有二相遇線，其倚度同，則二面之倚度亦同[916]。
平行面	凡若干面，引而廣之，至無盡界，永不相遇者，謂之平行面。
相似體	體之面數同，面勢亦同者，謂之相似體。
相等相似體	體之面數同面勢及大小俱同者，謂之相等相似體。
體角	凡三線不在一面內而相遇一點，其遇角謂之體角。四線以上又三面以上相遇於一點者亦同。
稜錐體	凡諸邊形為底，其上各面遇于一點而成體角，謂之稜錐體[917]。
平行稜體	凡體有二面平行相等相似餘面俱為矩形者，謂之平行稜體[918]。
球體	以圓徑為心線，以半圓為界，旋轉成體，謂之球體。
球體軸線	半圓旋轉成體，其心線不動，謂之球體軸線。半圓旋成之體，體之心點，即半圓之心點。
徑線	凡線過球心之兩界，謂之徑線。
圓錐體	以直角形三角形之一邊為心線，旋轉成體，謂之圓錐體。
直角錐體	如心線與餘邊相等，則為直角錐體，
鈍角體	如小於餘邊，則為鈍角體[919]。
銳角體	大於餘邊，則為銳角體[920]。
圓錐軸線	凡直角三角形旋轉成體，其心線不動，謂之圓錐軸線。
圓錐底	三角形之餘邊，旋成圓面，其面即圓錐底。
圓柱體[921]	以長方形之一邊為心線，旋轉成體，謂之圓柱體。

---

[915] 今作「斜線的傾斜角度」(angle of inclination)。
[916] 今作「二面角」(dihedral angle)。
[917] 今作「稜錐體」、「角錐體」(pyramid)。
[918] 今作「平行六面體」(parallelepiped)。
[919] 今作「鈍角錐體」(obtuse cone)。
[920] 今作「銳角錐體」(acute cone)。
[921] 更多定義見註 922 所附正文詞。

圓柱軸線	長方旋轉成體，其心線不動，謂之圓柱軸線。
圓柱底	長方形之底邊旋成圓面，其面即圓柱底。
相似圓錐、圓柱體[922]	凡大小圓錐體或圓柱體，其軸線與底之徑線比例同，謂之相似圓錐，或圓柱體。
正六面體、立方體	凡體以六個相等之正方為界者，謂之正六面體，亦謂之立方體。
正四面體	凡體以四個相等之等邊三角為界者，謂之正四面體。
正八面體	凡體以八個相等之等邊三角形為界者，謂之正八面體。
正十二面體	凡體以十二個相等之等邊等角五邊形為界者，謂之正十二面體。
正二十面體	凡體以二十個相等之等邊三角形為界者，謂之正二十面體。

第八節　釋天

總釋

天體	日、月、星辰、地球等，謂之天體。
天文學[923]	統觀天體之形狀運動及其物質而研究之之學，謂之天文學。
星[924]	所以構成天體者，謂之星，日、月、地球，亦一星也[925]。
天文學、星學[926]	故天文學，亦謂之星學。類分天體，略為恆星、行星、月、彗星、流星。

釋恆星

恆星[927]	星之自能發光常居其所而不動者，謂之恆星。
動物圈	為便于研究恆星之故，大別天空為三大區，黃道圈線之南

922　更多定義見註 921 所附正文詞。
923　更多定義見註 926 所附正文詞。
924　更多定義見註 937 所附正文詞。
925　「星」，亦作「星星」、「星球」(star)。
926　(續) 恆星、行星、月、彗星、流星
927　更多定義見註 993 所附正文詞。

	北二十度間，謂之動物圈[928]，謂之動物圈[929]，
北天	其北謂之北天，
南天	其南謂之南天。
星座、星宿	數星連為一躔，而其形狀大小，絕無一定者，謂之星座，亦謂之星宿。
北天之星座	大熊宮、小熊宮、龍形宮、塞弗維烏斯宮、加西疴[930]伯亞宮、安特羅美達宮、伯爾塞烏斯宮、伯牙索斯宮、小馬宮、北三角宮、五車宮、大角宮、北冠宮、提蛇宮、蛇形宮、帝座宮、鷲形宮、箭形宮、琴瑟宮、白鳥宮、海豚宮，共二十有一，謂之北天之星座，蓋以其形似而名之也。
物圈之星座、黃道之十二宮	白羊宮、金牛宮、雙女宮、巨蟹宮、獅子宮、處女宮、天秤宮、天蠍宮、人馬宮、摩羯宮、寶瓶宮、雙魚宮、十二宮者，謂之動物圈之星座，亦謂之黃道之十二宮。
南天之宮座	疴利雄宮、哀利但斯宮、兔形宮、小犬宮、大犬宮、水蛇宮、甕宮形、鳥形宮、森多爾斯宮、狼形宮、壇形宮、南魚宮、船形宮、南冠宮，共十有五，謂之南天之宮座。
銀河	橫亙天空，其形似帶，其色微白，自無量數小星而成者，謂之銀河。
日、太陽	所以給我儕之光與熱，而體大光強，遠過於他恒星者，謂之日，亦謂之太陽。
日之運動	計吾人之二十五日及四時許，日乃自轉一周，謂之日之運動[931]。
日之斑點	在日之面見有大小不一，暗褐色之斑文，或方數百里而大，或十八倍於地球者，謂之日之斑點[932]。
太陽自光之理	日體具有高熱度之元素，望之若瓦斯，是為太陽自光之理[933]。

---

[928] 今作「黃道帶」(zodiac)。
[929] 今作「黃道帶」(zodiac)。
[930] 疴，意指疾病，亦指仇隙、舊仇。原書「疴」均作「痾」，以下相同者，不另加註。
[931] 今作「太陽自轉」(solar rotation)。
[932] 今作「太陽黑子」、「日斑」(sunspots)。
[933] 今作「太陽自發光的原理」(principle of the sun's self-illumination)。

紅燄	是等瓦斯，時時破裂，見有火花、火焰雲、舌等形，現于日之緣邊，光炎上騰，有達三萬八千里[934]以上者，謂之紅燄[935]。
太陽系[936]	入陽為樞，而諸星回轉于其周圍者，謂之太陽系。
星[937]	存于太陽系中之天體為行星、月、彗星、流星。

總釋行星

行星[938]	星之各自以其軌道，繞日而行者，謂之行星。
大行星[939]	其數大者有八，小者凡數百，通常所稱行星，是名大行星。八大行星者，水星也、金星也、火星也、木星也、土星[940]也、天王星也、海王星也、地球也。
下行星	上之諸星，其軌道在地球軌道之內側者，謂之下行星，水星、金星是也[941]。
上行星	其軌道在地球軌道之外側者，謂之上行星，火星、小行星、木星、土星、天王星、海王星，是也[942]。
內行星	水、金、地球、火，四星者，又謂之內行星[943]。
中行星	小行星，亦謂之中行星[944]。
外行星	木、土、天皇、海王，四星者，謂之外行星。

釋地球以外之行星

水星[945]	行星之最近太陽者，為水星，其自太陽之距離，於近日點，凡百十七萬里餘，於遠日點，凡百七十五萬里餘，其

---

[934] 原註：日里一里，當中國七里弱，中里以日里一除之，等小數。　四六〇七，付印期迫，不克釐正，讀者諒之。

[935] 今作「太陽閃焰」、「日（閃）焰」(solar flares)。

[936] 更多定義見註 996 所附正文詞。

[937] （續）月、彗星、流星。更多定義見註 924 所附正文詞。

[938] 更多定義見註 994 所附正文詞。

[939] （續）**水星、金星、火星、木星、土星、天王星、海王星、地球**

[940] 更多定義見註 951 所附正文詞。

[941] 今作「內行星」(inferior planets)。

[942] 今作「外行星」(superior planets)。

[943] 今作「類地行星」(terrestrial planets)。

[944] 今作「小行星」(asteroids)。

[945] （續）近日點、遠日點、直徑、斑文

	直徑，凡千二百二十里餘，其面亦見有斑文。
金星[946]	去太陽平均二千七百五十萬里，為金星，其直徑，凡三千里，其周圍凡九千四百里，其面積凡二千九百九十萬方里，其面亦見有斑文。
火星[947]	常帶赤意，而其緣邊現赤色者，為火星。其於遠日點，凡六千三百二十萬里，於近日點，凡五千二百二十萬里，其直徑，凡千八百十七里餘，有月二，而甚小。于火星之外側，又有行星焉，其數以數百計而小，曰小行星。其最大者之直徑，凡九十五里，其最小者之直徑不過六里。
木星[948]	自太陽之距離，平均一億九千八百万里餘，為木星，其於遠日點及近日點之差，凡九百五十萬里，其直徑，凡三萬六千六百七十里，其容積較[949]地球大千三百三十倍，實行星中之最巨者也，其表面見有暗明之條紋或斑紋，又時見有赤色者，其色濃淡倏[950]變，與其緣邊之界，不能判分，有月五，皆與之甚近。
土星[951]	去太陽平均三億六千二百九十萬里，為土星，其於遠日點為三億八千三百五十萬里，於近日點為三億四千二百萬里，其直徑三萬四百五里於赤道，二萬七千里於兩極，其平均直徑，凡有地球直徑之九倍，其面積，凡有地球直徑之八十倍，其容積，凡有七百三十倍。于土星有輪，為他行星所獨無，其輪謂之光環。自大小數輪，成相同而成，各自距離，絕非連體，凡厚不足二十里，而幅殊廣，外有九月焉。
天王星[952]	去太陽平均七億二千九百萬里，為天王星。千七百八十

---

[946] （續）**直徑、周圍、面積、斑文**。
[947] （續）**遠日點、近日點、直徑、小行星、直徑**。更多定義見註 963 所附正文詞。
[948] （續）、**直徑、容積、表面、條紋、斑紋**。更多定義見註 962 所附正文詞。
[949] 原書稱「絞」，恐係誤繕，應為「較」。
[950] 原書所見「倐」，應係「倏」。
[951] （續）**遠日點、近日點、直徑、平均直徑、面積、容積、光環**。「土星」其他定義見註 940 所附正文詞。
[952] （續）**近日點、遠日點、直徑、面積、容積、四月**。更多定義見註 959 所附正文詞。

一年三月始認為行星，其於近日點為六億九千五百萬里，於遠日點為七億二千三百萬里，其直徑為一萬四千里，其面積，凡有地球之十八倍半，其容積，凡八十倍，有四月焉。

海王星[953]　行星距日之最遠者，為海王星，發見於千八百四十二年九月，其於遠日點，為十一億五千二百萬里，於近日點為十一億三千一百萬里，其直徑，凡一萬四千里，其面積，凡為地球之十九倍，其容積，凡為八十倍。

釋地球

地球[954]　太陽系中行星之一，而為吾人所居者，曰地球。其形如球然，其兩竭相對所稱為極之處，則稍平，其面積，凡三千二百四十七里有餘，其赤道之直徑，凡三千二百四十七里有餘，其極之直徑，短于赤道，不過十里，其自太陽之平均距離，凡三千八百一萬里，其遠日點凡三千八百六十四萬几十里，其近日點凡二千六百三十七萬二千里[955]。

總釋月

月、衛星[956]　與行星同為球形之固體，而隨從于行星者，謂之月，亦謂之衛星，隨從云者，謂其廻繞行星。相與間接而盤旋于太陽，不如諸行星之直接也。據[957]今日所知，內外行星中之諸行星，共有二十二月，後此或更發見，尚未可知。

---

[953]　（續）**遠日點、近日點、直徑、面積、容積**。更多定義見註958所附正文詞。

[954]　（續）**面積、赤道之直徑、極之直徑、平均距離、遠日點、近日點**

[955]　原註：餘別見釋地今略之。

[956]　（續）**廻繞行星**。更多定義見註995所附正文詞。

[957]　今作「據」。

釋地球以外諸行星之月

海王星[958]　于海王星，有一月焉，五日二十一時三分而周之，其月左旋與通常右旋于太陽系之例相反。其自海王星之距離為十一萬五千六百里，其直徑，為九百十六里。

天王星[959]　于天王星，有四月焉，曰阿利埃爾月、曰溫勃利埃爾月、曰基達尼亞月、曰痾伯隆月。

阿利埃爾月，二日十二時二十九分而周天王星一次，其自天王星之距離為四萬九千四百里，其直徑尚未測定。

溫勃利埃爾月，四日三時二十八分而周天王星一次，其自天王星之距離為六万九千里，其直徑亦尚無定測。

基達尼亞月，八日十六時五十六分而周天王星一次，其自天王星之距離為十二萬三千里，其直徑為三百三十八里。

痾伯隆月，十三日十一時七分而周天王星一次，其自天王星之距離為十五万一千里。其直徑為二百二十一里。

土星[960]　于土星，有九月焉，自其距土星之次序而言之，則四萬七千里之所，為米馬斯月。六萬四百里之所，為英塞剌達斯月。七萬四千八百里之所，為特基斯月。九萬六千三百里之所，為條內月。十三萬三千七百里之所，為勒亞月。三十萬九千里之所，為的丹月。三十七萬六千里之所，為希伯利翁月。九十萬五千六百里之所，為亞伯達斯月。其里所尚無定測者，為佛埃伯月。

米馬斯月，二十二時三十七分而周土星一次英塞剌達斯月，一日八時五十三分而周土星一次。特基斯月，一日二十一時十八分而周土星一次。條內月，二日十七時四十一分而周土星一次。勒亞月，四日二十一時二十五分而周土星一次。的丹月，十五日二十二時四十一分而周土星一

---

[958]（續）**左旋、直徑**更多定義見註 953 所附正文詞。

[959]（續）**阿利埃爾月、溫勃利埃爾月、基達尼亞月、痾伯隆月、直徑**。更多定義見註 952 所附正文詞。

[960]（續）**米馬斯月、英塞剌達斯月、特基斯月、條內月、勒亞月、的丹月、希伯利翁月、亞伯達斯月、佛埃伯月、直徑**

	次。希伯利翁月，二十一日七時二十八分而周土星一次。亞伯達斯月，七十九日七時五十四分而周土星[961]一次。佛埃伯月殆四百九十日而周土星一次。的丹月之大，僅千九百里。勒亞月，殆與我太陰相彷，其他之直徑自百几十里乃至三百八十里左右不等。
木星[962]	于木星有五月焉，其四皆大，而一甚小，前四大月，即名第一、第二、第三、第四，而其小者，尚無特稱焉，五月自木星之距離，第一，為十萬六千九百里；第二，為十七萬四百里；第三，為二十七萬一千六百里；第四，為四十七萬九百里；而其最小之月，尤近木星，其距離尚無定測。其直徑，第一，為千四十里；第二，為八百七十里；第二，為千四百七十里；第四，為千二百三十里；第五，僅為一小光點，難以計算。
火星[963]	于火星，有二月焉，其近者，謂之佛疴伯斯月，其遠者謂之答以姆斯月。佛疴伯斯月，距火星之中心，為二千三百八十七里。答以姆斯月，為五千九百五十六里，其繞行火星一周之時日。佛疴伯斯月，以十時三十九分。答以姆斯月，以三十時三十分。兩月之大，不克推算，以光度計之，殆其直徑，不過四里許。

釋地球之月

太陰[964]	地球之月，或名太陰，其自地球之距離，相近地點為九萬二千五十里，相遠地點為十萬三千二百里有餘，其直徑為七百八十六里，其面積為地球之十四分之一，略太陰五十而成地球之大[965]。
白道	太陰之軌道，謂之白道。

---

[961] 原文中印為「⊙」，恐為印刷錯誤。
[962] （續）**直徑**。更多定義見註 948 所附正文詞。
[963] （續）**佛疴伯斯月、答以姆斯月**。更多定義見註 947 所附正文詞。
[964] （續）**近地點、遠地點、直徑、面積**
[965] 今作「月球」(moon)。

98	交線、節線	白道與黃道之切合線，謂之交線，亦謂之節線。白道半在節線之上，半在節線之下[966]。
	自轉之速力	太陰繞地球一周，即為一月，其自轉之速力亦如之。
	盈虛[967]	人不見太陰之全，僅見其受日光之部分，故或見為圓，或見為半圓，或全然隱郤，是謂之盈虛。因其形而四分之，為上弦、下弦、朔、望[968]。
	望	太陰受日光之面，向於地球之時，謂之望[969]。
	朔	其不受日光之面，向於地球之時，謂之朔[970]。
	弦	當吾人之視線，半分向于太陰之光面，半分向于其魄面之時謂之弦[971]。
	上弦	當弦之時，半月之陽面現于右側者，謂之上弦。上弦者，太陰之將自此漸次充盈而為望也。
	下弦	其現于左側者，謂之下弦。下弦者，太陰之將自此漸次虛朒[972]而為朔也。
	太陰表面之狀	無稠密空氣，無生物，無水，但見峨峨[973]山岩，回環平原，或負噴火口之大穴，或為尖圓錐形，或為連脈狀，沙漠岩石，相與終古者，太陰表面之狀也。

釋月蝕、日蝕、星蝕

月蝕	地球行至太陽與太陰之間，而其陰影掩太陰之面，是為月蝕。
日蝕	太陰行至地球與太陽之間，而其陰影掩太陽之面，是為日蝕。
恆星蝕	月每行至恒星之上，其恒星為所掩隱是為恒星蝕[974]。
遊星蝕	若至遊星之前，而掩隱之是為遊星蝕[975]。

---

[966] 今作「交點」、「節線」，今作「節點」(node)。
[966] （續）自轉之速力
[967] （續）上弦、下弦、朔、望
[968] 「盈虛」，亦作「月相」(lunar phases)；「上弦」，今作「上弦月」(first quarter moon)；「下弦」，今作「下弦月」(last quarter moon)。
[969] 「望」，亦作「滿月」(full moon)。
[970] 「朔」，亦作「新月」(new moon)。
[971] 今作「弦相」(quarter phase)。
[972] 「朒」，古算法名，意指不足、虧缺。
[973] 「峩峩」，同「峨峨」。
[974] 今作「恆星掩蝕」(stellar eclipse)。
[975] 今作「行星掩蝕」(planetary eclipse)。

釋慧星

彗星[976]	其形與量，為易變之天體，通常有頭尾二部者，謂之彗星，亦謂箒[977]星，其頭元而如霞，其中央有光明心，其尾長而如箒。
橢圓軌道[978]	彗星之性質為無數小物體所集尚未凝結成一塊者，其軌道有為連結之曲線、有為不連結而廣開之曲線者，前者，謂之橢圓軌道，
拋物線軌道	後者，謂之拋物線軌道。
週期的彗星[979]	由橢圓軌道之彗星，去太陽一度後，必閱若干定期，而再近太陽，故亦謂之週期的彗星。而由拋物線軌道之彗星則既去太陽，便不復返，地球上亦無由再見之。由橢圓軌道之彗星，有三類焉，第一類，其公轉時[980]為三年又三分年之一，與七年半之間。第二類為六十九年與七十六年之間。第三類其公轉時非常之長，或數百年乃至數千年不等。
彗星與地球衝突[981]	彗星行至太陽與地球之間，其尾常向于地球，其心亦相距不過八十萬里，當此之時，地球通過于其尾中，惟現許多流星無他損害，如是者每二萬四千年而一次，若至與彗星之心相衝突，則非復尋常，其事蓋每一億四千年而一次，此彗星與地球衝突之大略也[982]。

釋地球之月

流星[983]	于於太陽系中，有無數小天體為，當其繞行太陽之際，偶通過于地球附近，而入其大氣中，與之摩擦，因熱生火，

---

[976] （續）帚星、頭、光明心、尾。見註990所附正文詞。
[977] 「箒」，即「帚」。
[978] （續）彗星之性質、軌道
[979] （續）橢圓軌道之彗星、拋物線軌道之彗星、公轉時
[980] 原註：太陽一周之時日。
[981] （續）二萬四千年、一億四千年
[982] 今作「彗星與地球的碰撞」(comet-earth collision)。
[983] 更多定義見註990所附正文詞。

	燃燒發光，是為流星。
火球	流星之見，大抵僅瞬息間，反之而常現數分時間者，謂之火球。
速力	又其速力，則流星速而火球遲。
隕石	于火球中，有燃化消失者，有熔成一塊及通過地球大氣之後，尚不失其光而走向空間者，又有如火球類之團塊落于地面者，謂之隕石。
隕星	方其下落之際，謂之隕星[984]。
隕鐵	其質之純含鐵者，謂之隕鐵。
隕礦	鐵多而更混有他之元素者，謂之隕礦[985]。
流星群	地球周其軌道之際，途中偶入直徑數百萬里之小天體群，於出有無數流星，徹夜現顯，恍如雪天景象，是為流星群。
放散點	流星所自出之原所，謂之放散點[986]。
放散	其自此點散向四方，引成光線之現象，謂之放散[987]。
孤立流星	其無放散點之流星，謂之孤立流星[988]。
系統的流星	其雖無放散點而若干相集以出者，謂之系統的流星[989]。
流星、彗星、關係[990]	流星之軌道與彗星都一致，因之或悟彗星與流星為同原之物，流星群即自彗星之分散離析而成者，此流星與彗星之關係也。
黃道光	天氣晴朗，地居溫帶，每當日暮，見朦朧白光，其形如舌，現于西方，高達地平四十度，幅有八度乃至三十度者，其光謂之黃道光。

---

[984] 今作「流星」(meteor)。
[985] 今作「隕石礦」(stony-iron meteorite)。
[986] 今作「輻射點」(radiant point)。
[987] 今作「放射」(radiation)。
[988] 「孤立流星」，亦作「偶見流星」(sporadic meteor)。
[989] 今作「太陽系流星」(solar system meteor)。
[990] 「流星」見註 983；「彗星」見註 976 所附正文詞。

釋行星、月、彗星、流星之動力

吸力	行星、月、彗星、流星,皆自一定法則,而被吸于太陽,此太陽羈縻之力,謂之吸力[991]。
離心力[992]、遠心力	太陽吸諸體而使近,諸體拒太陽而務遠,其力謂之離心力,日譯謂之遠心力。
中心運動	吸力務吸、離力務離,兩力互動於是諸體乃以某點為中心而成旋回之運動,若是者,謂之中心運動。

第九節　釋地

一、釋地球星學

釋地球於天空之位置

恆星[993]	天空諸星,其自能發光,常居其所而不動者,謂之恆星。
行星[994]	不自發光而受光於他星,且旋繞其周邊者,謂之行星。
衛星[995]	復旋繞行星之周邊者,謂之衛星。
太陽系[996]、日旬	太陽者恆星之一,終古不動,而其旁有諸行星廻繞之,此太陽及其所屬之行星,謂之太陽系,亦謂之日旬。
太陽系之八星	水星、金星、地球、火星、木星、土星、天王星、海王星,謂之太陽系之八星。地球者,繞日諸行星之一,月者,又繞地之衛星也。

釋地球之運行

地軸	地球之狀,為扁平橢圓體通過地心之直線,其徑最短者,謂之地軸。
自轉、日動	地球之運行,以地軸為軸,自西轉東,而與太陽相向背

---

[991] 今作「萬有引力」(universal gravitation)。
[992] 更多定義見註 1189 所附正文詞。
[993] 更多定義見註 927 所附正文詞。
[994] 更多定義見註 938 所附正文詞。
[995] 更多定義見註 956 所附正文詞。
[996] 更多定義見註 936 所附正文詞。

	者，謂之自轉，亦謂之日動。
公轉、年動	地球依地軸自轉，復以太陽為中心，而環繞之者，謂之公轉，亦謂之年動。
軌道	地球公轉所經之迹，謂之軌道。
近日點	其形橢圓地球回轉於橢圓[997]形之軌道，故其與太陽之距離，有遠有近，距太陽最近者，謂之近日點。
遠日點	其最遠者，謂之遠日點。
一日	地球自轉一周之時間，是為一日。
一年	其公轉一周之時間，是為一年。
黃道	地軸與軌道之沿直線，不為直角，而為二十三度二十七分五十秒之角度，故地球當自轉而生晝夜之長短，又當公轉而生四時之變動。人不見地球之公轉，而見太陽自西向東，畫一圓道於天空此圓道，謂之黃道。

釋地表上之位置

極	地軸之兩端，謂之極[998]。
南極	南曰南極，
北極	北曰北極。
赤道	於地面上距兩極相等諸點，虛搆一聯結之之圓線，令與地軸為直角者，謂之赤道。
南半球	赤道平分地球為二，南謂之南半球，
北半球	北謂之北半球。
緯圈	於赤道南北虛搆諸圓線，令與赤道相平行，而其距離各相等者，謂之緯圈。
緯度	所以誌赤道南北之距離者，謂之緯度。
南緯某度	在赤道南者，謂之南緯某度。
北緯某度	在赤道北者，謂之北緯某度。
高緯度	緯度近兩極者，謂之高緯度。

---

[997] 原文稱「圖」，恐係誤繕，應作「橢圓」。　　[998] 今作「極點」(pole)。

低緯度	其近赤道者，謂之低緯度。
經圓、子午線	於地面上虛構一通過兩極之圓度，令與赤道相交為直角者，謂之經圓，亦謂之子午線[999]。
本初子午線、萬國子午線	子午線通過英綠威天文臺者，謂之本初子午線，亦謂之萬國子午線[1000]。
經度	所以誌本初於午線東西之距離者，謂之經度。
東經某度	本初子午線東，謂之東經某度。
西經某度	其西謂之西經某度。
地平線	人不見地球之全體，而見其四際之遠接天空為一圓線狀者，謂之地平線。
地平面	地平線內所含之地面，謂之地平面。

釋晝夜之長短

二分[1001]	地軸于軌道之面不為直角，故太陽半年偏照赤道之北，半年偏照其南，其直照赤道之上者，一年二回，是為二分。赤道之上，晝夜相等，四時不變。愈近兩極之地，其晝夜長短之差愈甚。
北半球之夏至	太陽北進，至正照北緯二十三度二十八分之時，是為北半球之夏至。
北半球之冬至	南進至南緯二十三度二十八分之時，是為北半球之冬至，
二至線、回歸線	此南北二線謂之二至線，亦謂之回歸線。
冬至線	南回歸線為冬至線[1002]，
夏至線	北回歸線為夏至線[1003]。
	南半球之二至，反於北半球，南回歸線為其夏至線，北回歸線為其冬至線。
北極圈	自北極至二十三度二十八分之地，謂之北極圈。

---

[999] 今作「經線」(meridian)。
[1000] 今作「格林威治子午線」(Greenwich meridian)。
[1001] 「二分」，即「春分與秋分」(equinoxes)。
[1002] 亦作「南回歸線」(Tropic of Capricorn)。
[1003] 亦作「北回歸線」(Tropic of Cancer)。

南極圈	自南極至二十三度二十八分之地，謂之南極圈。
薄明	太陽在地平下十八度以上，而空氣反射太陽之光線以達於地面者，謂之薄明[1004]。

釋五帶

熱帶	赤道南北兩回歸線以內之地，日光正照其上，一年二回者，謂之熱帶。
溫帶	自兩回歸線至兩極圈之間，其地一年之中，無直受日光之時，亦無二十四時間永不受日光之時者，謂之溫帶。
北溫帶	在熱帶北者，曰北溫帶，
南溫帶	南曰南溫帶。
寒帶	兩極圈以內之地，太陽時或二十四時間永在地平線下，時或永在其上者，謂之寒帶。
南寒帶	南曰南寒帶，
北寒帶	北曰北寒帶。

釋地磁氣

地磁氣	地球與磁石相引相斥之力，謂之地磁氣[1005]。
磁石之偏倚、方位角	磁針所指之南北，與正南正北相較之差度，謂之磁石之偏倚，亦謂之方位角。方位角無常，以時而異，以地而異[1006]。
偏西方位角	磁針之北端，偏在正北之西者，謂之偏西方位角[1007]。
偏東方位角	其偏在東者，謂之偏東方位角[1008]。
等偏線	於方位角相等諸地，聯之以線，而表之於地圖者，謂之等偏線[1009]。

[1004] 今作「曙光」(twilight)。
[1005] 原註：詳見釋格致。註釋：今作「地磁」(earth's magnetism)。
[1006] 今作「磁偏角」(magnetic declination) 或「磁方位角」(magnetic azimuth)。
[1007] 今作「西偏磁偏角」(westward magnetic declination)。
[1008] 今作「東偏磁偏角」(eastward magnetic declination)。
[1009] 今作「等偏角線」(isogonic lines)。

磁石之傾斜、敧角	磁針之軒輊，與水平相較之差度，謂之磁石之傾斜，亦謂之敧角[1010]。敧角無常，以時而異，以地而異。
等敧線	於敧角相等諸地，聯之以線而表之於地圖者，謂之等敧線[1011]。
磁石之赤道	地球上有磁石與水平相平行者之處，於此諸地，所畫之聯線，謂之磁石之赤道[1012]。
磁石之北極	地球上有磁石與水平相正交，其敧角達九十度者，一在北緯七十度有五分西經九十七度之交點，謂之磁石之北極[1013]。
磁石之南極	一在南緯七十五度東經百五十四度之交點，謂之磁石之南極[1014]。
地平力	地磁氣感動磁石之全力，以地平線之方向分解之者，謂之地平力[1015]。
磁石暴	方位角、敧角、地平力，有時生急劇不規則之變動者，謂之磁石暴[1016]。
極光[1017]	南北高緯之地，時發異光，是謂極光。
北極光、北方曉	其發於北極附近者，謂之北極光，亦謂之北方曉。
南極光、南方曉	其發于南極附近者，謂之南極光，亦謂之南方曉。

二、 釋氣界

釋大氣之壓力及其溫度

空氣、大氣	包圍地球之全面，而為無色透明之瓦斯體者，謂之空氣，亦謂之大氣。
大氣之壓力、氣壓[1018]	大氣瀰漫於空際，其上層之重量，次第加於下層者，謂之大氣之壓力，省謂之氣壓。

[1010] 今作「磁傾角」(magnetic inclination)。
[1011] 今作「等傾角線」(isoclinic lines)。
[1012] 今作「磁赤道」(magnetic equator)。
[1013] 今作「磁北極」(north magnetic pole)。
[1014] 今作「磁南極」(south magnetic pole)。
[1015] 今作「水平分力」(horizontal component of earth's magnetic field)。
[1016] 原註：讀為終風且暴之暴。註釋：今作「磁暴」(magnetic storm)。
[1017] 更多定義見註 1267 所附正文詞。
[1018] 更多定義見註 1291 所附正文詞。

風雨表	所以測氣壓之大小者，謂之風雨表[1019]。
高氣壓[1020]	氣壓大者，謂之高氣壓，
低氣壓[1021]	小者，謂之低氣壓。
等壓線	於北面上氣壓相等諸處，聯之以線而表之于地圖者，謂之等壓線。
寒暑表	所以測空氣溫熱之度者，謂之寒暑表[1022]。
溫度	其度謂之溫度。
高溫度	溫度大者，謂之高溫度。
低溫度	小者，謂之低溫度。
等溫線[1023]	於地面上溫度相等諸處，聯之以線而表之於地圖者，謂之等溫線。
寒極	地球上最寒之地非兩極，而在北美北部之冰洋群島中，謂之世界之寒極。

釋大氣之運行

風[1024]	空氣對于地球之吸力，常欲維持其均等之位置，故地面上壓力不同之時，則流動而為風。
循環氣流	地面之溫度，赤道上最高，漸近兩極漸低，故赤道地方之空氣，彭漲而上騰，高緯度地方之空氣，收縮而下降，其上騰者流向兩極，其下降者流向赤道，謂之循環氣流[1025]。
上騰氣流	循環氣流，自高緯流向赤道者，謂之上騰氣流[1026]。
下降氣流	自赤道流向高緯者，謂之下降氣流[1027]。
風向之傾曲	循環氣流，以地球自轉之故而致變其方向者，謂之風向之傾曲[1028]。
東北常風	風自高緯向赤道者，以赤道自轉之速率大而風向西傾，故

[1019] 今作「氣壓計」(barometer)。
[1020] 更多定義見註 1293 所附正文詞。
[1021] 更多定義見註 1292 所附正文詞。
[1022] 今作「溫度計」(thermometer)。
[1023] 更多定義見註 1303 所附正文詞。
[1024] 更多定義見註 1294 所附正文詞。
[1025] 今作「大氣循環」(atmospheric circulation)。
[1026] 今作「上升氣流」(upward air current)。
[1027] 今作「下沉氣流」(downward air current)。
[1028] 今作「風向偏轉」(wind deflection)。

	自北緯三十度流向赤道之下降氣流，其在北半球者，為東北風，謂之東北常風[1029]。
東南常風	其在南半球者，為東南風，謂之東南常風[1030]。
貿易風	常風亦謂之貿易風。
反對貿易風[1031]	風自赤道向高緯者，以緯度漸高自轉之速率漸小，而風向東傾，故自赤道流向北緯三十度之上騰氣流，其在北半球，為西北風，其在南半球，為西南風，名為反對貿易風。
赤道無風帶、赤道變風帶	東北常風與東南常風，相會于赤道近傍，而衝突，而平均，常令氣界平穩無風，即有風，其方向亦無常，如是氣界，謂之赤道無風帶，亦謂之赤道變風帶。
北回歸無風帶	反對貿易風流至南北緯三十度，下降而與貿易風相會亦令氣界平穩無風，其在北半球者，謂之北回歸無風帶[1032]，
南回歸無風帶	其在南半球者，謂之南回歸無風帶[1033]，
定期風[1034]	空氣之流動，於一定之時期，若節候，相交代者，謂之定期風[1035]。
海風	熱帶地方之海岸晝間風自海上吹向陸地者，谓之海風。
陸風	夜間風自陸地吹向海上者，謂之陸風。
谷風	又晝間谿[1036]谷之空氣，吹向山頂者，謂之谷風[1037]。
山風	夜間山腹之空氣，吹向谿谷者，謂之山風。
時期風	如是海陸山谷之空氣，晝夜相代者，謂之時期風。
節候風、信風	印度洋之北部，夏季半年間，風自海向陸，冬季半年間，自陸向海者，謂之節候風，亦謂之信風。
颶風[1038]	地面之一部氣壓驟低，空氣之運動急劇者，謂之颶風[1039]。

[1029] 今作「東北季風」(northeast trade winds)。
[1030] 今作「東南季風」(southeast trade winds)。
[1031] （續）**西北風、西南風**
[1032] 今作「馬尼拉無風帶」(horse latitudes)。
[1033] 見註 1032。
[1034] 更多定義見註 1297 所附正文詞。
[1035] 今作「季風」(monsoon)。
[1036] 本章「谿」均為「溪」，以下相同，不另加注。
[1037] 今作「山谷風」(valley breeze)。
[1038] 更多定義見註 1299 所附正文詞。
[1039] 「颶風」今亦作「颱風」(typhoon)。

釋大氣之水分

水蒸氣	地面之水，經熱蒸發而上昇者，謂之水蒸氣。
雲[1040]	空氣中之水蒸氣，凝縮為徵細之水分子，相集而浮游于空中者，謂之雲。
雨雲	其色灰暗，其形無一定，而常能致雨者，謂之雨雲。
層雲	靉[1041]然低橫于地面，而時見於夏季晴日之朝夕者，謂之層雲。
積雲	雲之起自地平，次第彌漫於空際，狀如山岳之重疊者，謂之積雲。
雲卷	狀如羽毛，或如纖緯，悠颺於高空者，謂之雲卷。
霧[1042]	雲之低籠於地面者，謂之霧。
露	空氣中之水蒸氣，凝縮為小珠，而附着於各種物體上者，謂之露[1043]。
霜[1044]	露之遇冷而冰結者，謂之霜。
雨[1045]	水蒸氣遇冷濃縮其水點，漸集而漸大，其重量漸增而下降者，謂之雨。
雪[1046]	濃縮至冰點以下而下降者，謂之雪。
雪線	地面上之高處，四時常見雪者，謂之雪線。
霙	雨雪相交而下降者，謂之霙[1047]。
霰[1048]	圓形之冰塊自空中下墜者，謂之霰[1049]，
雹[1050]	其大者謂之雹[1051]。

[1040] 更多定義見註 1308 所附正文詞。
[1041] 「靉」，是指雲很多的樣子。
[1042] 更多定義見註 1305、註 1307 所附正文詞。
[1043] 今作「露水」(dew)。
[1044] 更多定義見註 1306 所附正文詞。
[1045] 更多定義見註 1309 所附正文詞。
[1046] 更多定義見註 1310 所附正文詞。
[1047] 「霙」，今作「雨夾雪」(sleet)。
[1048] 更多定義見註 1312 所附正文詞。
[1049] 「霰」，指雪珠、小冰粒。
[1050] 更多定義見註 1312 所附正文詞。
[1051] 今作「冰雹」(hail)。

三、釋水界

總釋

大洋	環流地球之鹹水，謂之大洋。	110
五大洋	太平洋、印度洋、大西洋、北極洋、南極洋，謂之五大洋。	
海	鹹水部分之較小于洋者，謂之海。	
海灣	海水突入陸地之部分，謂之海灣。	
海峽	兩海相連絡之處，其路極窄者，謂之海峽。	
川流	流行陸地中之淡水，謂之川流[1052]。	
湖	四面陸地環繞，中央有水者，謂之湖[1053]。	

釋洋海

海水等溫線	於海水中等溫度諸點，連之以線而表之於地圖者，謂之海水等溫線。
海流	貫流于海洋之中，狀如海中之河者，謂之海流。
定流	海流之流域及速度有一定者，謂之定流[1054]。
隨時海流	因節候及風向，而變其流域及速度者，謂之隨時海流[1055]。
波浪	水面因風力而起動搖者，謂之波浪。
波峯	波浪之外觀，狀如列邱，其高部，謂之波峯，
波谷	低部，謂之波谷。
波高	波峯之頂，與波谷之底之垂直距離，謂之波高。
波幅	兩波峰頂之間，與兩波谷底之間之距離，謂之波幅[1056]。
海嘯[1057]	水面因地震而起急劇之變動者，謂之海嘯。
潮汐	水面因日月之吸力，每半晝夜一漲一落者，謂之潮汐。

[1052] 今作「河流」(river)。
[1053] 今作「湖泊」(lake)。
[1054] 今作「恆定海流」(permanent current)。
[1055] 今作「季節性海流」(seasonal current)。
[1056] 此定義不準確。波幅 (amplitude) 應指波的平衡位置到波峰或波谷的最大偏移量，而相鄰波峰或波谷之間的距離，稱為波長 (wave length)。
[1057] 更多定義見註 1138 所附正文詞。

111	漲潮	海水以潮汐而上升者，謂之漲潮。
	落潮	下降者，謂之落潮。
	滿潮	漲潮達于極點之時，謂之滿潮。
	乾潮	落潮達于極點之時，謂之乾潮。
	大潮	地球與日、月在一直線上之時，日月之吸力相合併，而潮汐之作用最著者，謂之大潮。
	小潮	地球與日、月之距離，為一直角之時，日、月之吸力相平均，而潮汐之作用最微者，謂之小潮。
	表潮	地球向月之面所生之潮，謂之表潮[1058]。
	裡潮	其表月之面所生者，謂之裡潮。

釋川、湖

	河源	川流始發之處，謂之河源。
	河口	川流之注入洋海或湖或他大川之處，謂之河口。
	河系	一川流與他支流合者，謂之河系[1059]。
	分水脊	一河系與他河系相分之處，謂之分水脊[1060]。
	排水界	河系之排水處，謂之排水界[1061]。
	河心線	川之中心，其速度最大之處，謂之河心線[1062]。
	河段	川之中流，以侵蝕作用之故，漸於河之兩側，列為段階者，謂之河段。
	流域	大河所經之處，謂之流域。
	大洋湖	湖之附近洋海，味鹹而有海產動物者，謂之大洋湖[1063]。
	古餘湖	大洋湖本洋海之一部，其後海岸漸次增長，而隔絕其與洋海之連絡，故亦謂之古餘湖[1064]。
	內地湖	其在大陸之內部者，謂之內地湖[1065]。

[1058] 今作「直向潮」(sublunar tide)。
[1059] 今作「河流系統」(river system)。
[1060] 今作「分水嶺」(watershed divide)。
[1061] 今作「排水盆地」(drainage basin)。
[1062] 今作「河道中線」(thalweg)。
[1063] 今作「鹹水湖」(saltwater lake)。
[1064] 今作「古湖」(ancient lake)。
[1065] 今作「內陸湖」(inland lake)。

交與湖	湖納川流復排洩之者，謂之交與湖[1066]。
宣洩湖	不納川流而源自湖底湧出者，謂之宣洩湖[1067]。
容受湖	容納川流不復排洩者，謂之容受湖[1068]。

釋泉

泉	水之循環于地下，而再出于地表者，謂之泉[1069]。
溫泉	之溫度不一，其有高溫度者，謂之溫泉。
間歇溫泉	溫泉於一定之時間，有蒸氣與熱流，交互噴出者，謂之間歇溫泉[1070]。
礦泉	泉含有多量之鑛[1071]質者，謂之鑛泉[1072]。
鹽泉	含有多量食鹽者，謂之鹽泉。
炭酸泉	含有多量炭酸者，謂之炭酸泉。
酸性泉	含有多量酸類而呈特異之酸性者，謂之酸性泉。
硫黃泉	含有多量之硫化輕氣者，謂之硫黃泉[1073]。
鐵泉	含有多量鐵質者，謂之鐵泉[1074]。
石灰泉	含有多量石灰質者，謂之石灰泉。
單純泉、鑛物	其質清淨，不含鑛物者，謂之單純泉[1075]。

釋水之作用

循環作用	大洋之水，受熱蒸發，為氣而上升，復冷却凝結為雨而下降，目岩石之孔隙，浸入地下，轉輾復湧出于地表者，謂之循環作用[1076]。
化學作用	水力溶解一切之物體，而改變其性質及組織者，謂之化學作用。

1066 今作「交匯湖」(confluence lake)。
1067 今作「泉水湖」(spring-fed lake)。
1068 今作「終結湖」(endorheic lake)。
1069 今作「泉水」(spring)。
1070 今作「間歇泉」(geyser)。
1071 「鑛」同「礦」。
1072 「鑛泉」今作「礦泉」(mineral spring)。
1073 「硫黃泉」今作「硫磺泉」(sulfur spring)。
1074 今作「鐵質泉」(iron spring)。
1075 今作「純淨泉」(fresh spring)。
1076 今作「水循環」(water cycle)。

機械作用	改變物體之形狀，若位置者，謂之機械作用。
蝕侵	機械作用，一曰蝕侵，
運搬	二曰運搬，
沉澱[1077]	三曰沉澱。

釋冰之作用

冰	水之遇冷而凝為固體者，謂之冰。
海冰	洋海之水之凍結者，謂之海冰。
冰河	山間之冰塊，下墜谷底，固地勢之傾斜而流動者，謂之冰河[1078]。
堆石	岩片石屑之叢集於冰河之上者，謂之堆石[1079]。
冰山	冰河自山巔[1080]連于陸地，破壞為大塊，而浮于海上者，謂之冰山。

四、 釋陸界

總釋

地殼	地球之外表，謂之地殼。
大陸	地殼之一部墳起於水界者，大者謂之大陸，
島	小者謂之島。
五大陸、五洲	亞細亞、歐羅巴、亞非利加、澳大利亞、亞美利加，謂之五大陸，亦謂之五洲[1081,1082]。
東大陸	亞細亞、歐羅巴、亞非利加、澳大利亞，謂之東大陸[1083]，
西大陸	南北亞美利加，謂之西大陸[1084]。
半島	陸地之伸入海中，其太半有水圍繞之者，謂之半島。
岬	陸之極點，突出于海中者，謂之岬[1085]。

1077 更多定義見註 1333 所附正文詞。
1078 「冰河」，亦作「冰川」(glacier)。
1079 今作「沉積岩」(moraine)。
1080 今作「山巔」。
1081 原書所見「州」，應係「洲」。
1082 今作「五大洲」(the five continents)。
1083 「東大陸」無對應的現代術語。
1084 「西大陸」無對應的現代術語。
1085 今作「海岬」(cape)。

地峽	陸之兩部相連絡之處，其幅極狹者，謂之地峽。
陸島	島之附近於大陸，而其山河之形勢，生物之種類，與對岸大陸相似者，謂之陸島[1086]。
洋島	其構造與其生物之種類，絕不與大陸相連絡者，謂之洋島[1087]。
珊瑚礁	由珊瑚蟲之作用而成者，謂之珊瑚礁。
海岸線	水陸相接之界線，謂之海岸線。
三角洲	大河入海之處，河水與海水相衝突，其所運搬之砂土，沈澱淤積，經久而為洲者，謂之三角洲。

釋陸地之高低

高地	陸地之面，高下不一，高於海面五百尺乃至六百六十尺以上者，謂之高地。
低地	不及五百尺者，謂之低地。
平原	低地之廣平者，謂之平原。
谷地	其在大陸之內部，而位于海面以下者，謂之谷地。
高原	高地之廣平者，謂之高原。
山嶽	突然隆起者，謂之山岳。
山脈、連嶺、山系	群山宛延相連者，謂之山脈，亦謂之連嶺，亦謂之山系。
山彙	群山叢集，其形不規則者，謂之山彙[1088]。
外面	連嶺之方向，非直線而有彎曲，彎形之兩面構造互異，其凸面地層整齊者，謂之外面，
內面	其凹面地層錯雜者，謂之內面。

[1086] 今作「陸繫島」(continental island)。
[1087] 今作「洋中島」(oceanic island)。
[1088] 「彙」，同「彙」。註釋：「山彙」，今作「山群」(mountain cluster)。

釋岩石

岩石[1089]	組成陸界之物質，謂之岩石。岩石不一，自其成分而別之為動物岩[1090]、植物岩[1091]、鑛物岩[1092]。
結晶岩[1093]、破片岩[1094]	自其石理而別之為結晶岩、破片岩。
火成岩[1095]、水成岩	自其成因而別之為火成岩、水成岩。
動物岩	動物之遺骸，受種種之作用，而化為鑛質者，謂之動物岩[1096]。
植物岩	由植物之炭化而成者，謂之植物岩[1097]。
鑛物岩	其餘謂之鑛物岩。
結晶岩[1098]	岩石有一定之形狀，其形中幾何之規律者，謂之結晶岩。
破片岩[1099]	岩石之破片，沈澱於水中，受水力之作用，化為新岩者，謂之破片岩[1100]。
火成岩[1101]	地球內部之岩汁，噴出於地表或地中，而冷却[1102]凝固者，謂之火成岩。
火山岩	火成岩之凝固於地表者，謂之火山岩，
深造岩	其凝固於地中者，謂之深造岩[1103]。
水成岩[1104]	沈澱或溶解於水中之諸物質，經水流之機械作用，與其化學作用，而化為岩質者，謂之水成岩[1105]。
化石	水成岩中，所含有之有機體遺跡，謂之化石。
石理	若石成分之大小形狀，及其集合之狀態，謂之石理。

[1089] （續）動物岩、植物岩、礦物岩
[1090] 今作「生物礦化岩」，由動物遺骸形成。
[1091] 今作「煤炭」，由植物炭化形成。
[1092] 今亦作「礦物岩」。
[1094] 「結晶岩」見註 1098；「破片岩」見註 1099 所附正文詞。
[1095] 「火成岩」見註 1101、「水成岩」見註 1104 等所附正文詞。
[1096] 今作「生物礦化岩」(biogenic mineralized rock)。
[1097] 今作「煤炭」(coal)。
[1098] 更多定義見註 1094 所附正文詞。
[1099] 更多定義見註 1094 所附正文詞。
[1100] 今作「碎屑岩」(clastic rock)。
[1101] 更多定義見註 1095 所附正文詞。
[1102] 今作「卻」。
[1103] 今作「深成岩」(intrusive rock)。
[1104] 更多定義見註 1095 所附正文詞。
[1105] 今作「沉積岩」(sedimentary rock)。

粒狀	各成分之大小，大體相同者，謂之粒狀[1106]。
斑狀	結晶之散在於石基中者，謂之斑狀[1107]。
鱗狀	如鱗謂之鱗狀。
鮞狀	如魚子者謂之鮞[1108]狀[1109]。
多孔狀	體有孔者，謂之多孔狀。
節理	岩石之罅裂，謂之節理。
球狀	節理如球者，謂之球狀。
板狀	如板者謂之板狀。
柱狀	如柱者謂之柱狀。
單性岩	結晶石理之鑛物岩，其由單獨鑛物而成者，謂之單性岩[1110]。
複性岩	由二種以上之鑛物，集合而成者，謂之複性岩[1111]。
顯晶質	鑛物岩之石理，以結晶質為常，其成分為粗粒而結晶甚顯者，謂之顯晶質[1112],
微晶質	或為細粒而結晶甚微者，謂之微晶質[1113]。
隱微晶質	微細至肉眼所不能辨者，謂之隱微晶質[1114]。
波黎質、非晶質	岩質或如波黎[1115]者，謂之波黎質，亦謂之非晶質[1116]。
層狀岩	火成岩之流出于地表，廣袤四擴，後乃凝固，其狀如水成岩者，謂之層狀岩[1117]。
流狀岩	或流出于地表，袤有餘而廣不足，其狀如河，然後凝結者，謂之流狀岩[1118]。
脈狀岩	宛延填塞於岩石之罅[1119]裂間者，謂之脈狀岩[1120]。

[1106] 今作「粒狀結構」(granular texture)。
[1107] 今作「斑狀結構」(spotted texture)。
[1108] 「鮞」，魚苗、幼小的魚；魚了，即魚卵。
[1109] 今作「魚卵狀」(roe-like)。
[1110] 今作「單礦岩」(monomineralic rock)。
[1111] 今作「複礦岩」(polymineralic rock)。
[1112] 今作「粗晶質」(coarse-grained)。
[1113] 今作「細晶質」(fine-grained)。
[1114] 今作「微細晶質」(microcrystalline) 或「隱晶質」(cryptocrystalline)。
[1115] 今作「玻璃」。
[1116] 今作「玻璃質」(glassy)。
[1117] 今作「層狀火成岩」，指火成岩流出地表後形成層狀結構。
[1118] 今作「流紋岩」。
[1119] 「罅」，是指（動）裂開、分開，（名）空隙、隙縫。
[1120] 今作「脈岩」(veined rock)。

	頸狀岩	自裂隙伸出于地表，狀如圓錐形者，謂之頸狀岩[1121]。
	大塊狀岩	為不規則之大塊，而岩入于他岩石中者，謂之大塊狀岩[1122]。
	地層	岩石之累疊，上下相平行者，謂之地層。
	層面	其平行面謂之層面。
116	整合	水成岩生成之始，水層皆與水平相平行，其後受變動而生傾斜，其上下層面平行者，謂之整合。
	不整合	上下不平行者，謂之不整合。
	走向	層面與小平面所切直線之方向，謂之走向。
	傾斜[1123]	其與水平面所成之角度，及其方向，謂之傾斜[1124]。
	測斜器	所以測走向與傾斜者，謂之測斜器[1125]。
	褶曲	地層或屈曲，狀如波浪者，謂之褶曲。
	背斜	自地層之一線，向反對之兩方而傾斜[1126]者，謂之背斜。
	向斜	自反對之兩點，向同方而領斜[1127]者，謂之向斜。
	等褶	上下褶曲之度相同者，謂之等褶。
	斷層	地層之一部，有時切斷使同一之地層，上下異位者，謂之斷層。
	斷層面	此切斷之面，謂之斷層面。

釋地熱之作用

	地熱	地球固有之熱，謂之地熱。
	常溫層	地下平均七十尺之處，溫度四時不變者，謂之常溫層[1128]。
	地中增溫率	常溫層以下，深量愈增者，溫度亦會增，但其增加之比例，所在有差，每深至溫度增加一度者，謂之地中增溫率[1129]。

[1121] 今作「火山頸」、「岩頸」，是指從裂隙中伸出、呈圓錐形的岩石部分。
[1122] 今作「塊狀岩」(massive rock)。
[1123] 更多定義見註 1253 所附正文詞。
[1124] 今作「傾角」(dip)。
[1125] 今作「測斜儀」(clinometer)。
[1126] 原註：接謂自中央一點傾向兩旁形如屋脊。
[1127] 原註：謂自兩旁傾向中央。
[1128] 今作「恆溫層」(isothermal layer)。
[1129] 今作「地溫梯度」(geothermal gradient)。

地中等溫線	於地中溫度相等諸點，虛搆一線以連結之者，謂之地中等溫線[1130]。
地熱之作用	地熱之影響於陸界者，或為火山之破裂，或為土地之升降，或為地盤之震動，是之謂地熱之作用[1131]。
火山	地殼之有罅裂而下通地球之內部，或亢發蒸氣或飛散岩片，或流出岩汁者，謂之火山。
噴口	其下通地表之凹處，謂之噴口。
噴發	其活動之現象，謂之噴發。
休火山	火山之活動作用，中止不復發者，謂之休火山[1132]。
熔岩	不問何種岩石，凡自火山流出者，通謂之熔岩。
成層火山	火山之由異質熔岩，先後噴出疊積而成，其傾斜達三十五度內外，而其內部之搆造，顯呈層狀者謂之成層火山[1133]。
塊狀火山	其由同質之熔岩，與冋[1134]之噴發而成者，對于成層之名，謂之塊狀火山[1135]。
寄生火山	火山噴發之際，震裂近旁之山岳熔岩，自裂口噴出而復成一新火山者，謂之寄生火山。
火山脈	火山之分布羅列如線，謂之火山脈。
土地之徐隆、汀線之下落	大陸之昇降，歷時漸變，其漸昇者，舊謂之土地之徐隆，今謂之汀線之下落[1136]。
土地之徐陷、汀線之上昇	其漸降者，舊謂之土地之徐陷，今謂之汀線之上昇[1137]。
地震	地盤之一部，或生激動，其影響之及于地表者，謂之地震。
震源	地盤激動發生之處，即地震之起點，謂之震源。

[1130] 今作「地下等溫線」(geotherm)。
[1131] 今作「地熱效應」(geothermal effect)。
[1132] 今作「休眠火山」(dormant volcano)。
[1133] 今作「複式火山」(strato volcano)。
[1134] 「冋」，即「回」。
[1135] 「塊狀火山」並非現代術語，或許是指「盾狀火山」(shield volcano)。
[1136] 「土地之徐隆」是指「海岸線下降」、「汀線之下落」(shoreline recession)。
[1137] 原註：按陸地之以漸隆起以漸沈降者，地學家或以是為由於海水之上下非由于陸地之上下，其然與否迄無定說，故今學者避土地隆陷等語不用而改。 註釋：「土地之徐陷」是指「海岸線上升」、「汀線之上升」(shoreline transgression)。

震衝	地表當震源之直上者，謂之震衝。
直動	震衝之地盤常上下動搖，謂之直動。
水平動	距震衝漸遠，漸為波動，極遠之處。乃至橫動，謂之水平動。
海嘯[1138]	地震之影響，及于海水，使生大波者，謂之海嘯。
火山地震	地震之因火山作用而起者，謂之火山地震。
陷落地震、斷層地震	其因地層陷落或斷絕而起者，謂之陷落地震、斷層地震。

五、 釋地史

118		
	地史	研究地球，及動、植物之變遷沿革而紀述之者，謂之地史。
	地質年代[1139]	地史上之時期，由化石之組識而栓定之者，謂之地質年代。以化石為標準，而栓定地質年代者，分之為四代。四代又分為十二紀。
	太古代[1140]	最古者謂之太古代。太古代分為二紀，首曰老連底安紀，次曰希羅尼安紀[1141]。
	古生代[1142]	次太古代者，謂之古生代。古生代又分為五紀，首曰干勃黎安紀，次曰西留黎安紀，次曰泥盆紀，次曰石炭紀，次曰二疊紀[1143]。
	中生代[1144]	次古生代者，謂之中生代。中生代又分為三紀，首曰三疊

[1138] 更多定義見註 1057 所附正文詞。
[1139] （續）四代、十二紀
[1140] （續）老連底安紀、希羅尼安紀
[1141] 「太古代」(Archean eon) 早期曾包含「老連底安紀」(Laurentian period) 和「希羅尼安紀」(Huronian period)，但現代地質學已不再使用這些術語。如今，太古代分為四個時代：早太古代 (Eoarchean)、古太古代 (Paleoarchean)、中太古代 (Mesoarchean) 和新太古代 (Neoarchean)。
[1142] （續）干勃黎安紀、西留黎安紀、泥盆紀、石炭紀、二疊紀
[1143] 「古生代」(Paleozoic era) 包括「寒武紀」(Cambrian period，舊稱「干勃黎安紀」)、「奧陶紀」(Ordovician period)、「志留紀」(Silurian period，舊稱「西留黎安紀」)、「泥盆紀」(Devonian period)、「石炭紀」(Carboniferous period) 和「二疊紀」(Permian period)。原列表遺漏了「奧陶紀」，應補於「寒武紀」之後、「志留紀」之前。
[1144] （續）三疊紀、侏臘紀、白堊紀

	紀，次曰侏臙紀，次曰白堊紀[1145]。
新生代[1146]	最新者謂新生代，新生代分為二紀，首曰第三紀，次曰第四紀。
	第三紀又分為三世，首曰始新世，二曰中新世，三曰鮮新世。
	第四紀又分為二世，首曰洪積世，次曰沖積世[1147]。
冰何時代	洪積世，歐羅巴及亞美利加之大部，皆為冰河所掩蔽，故亦謂之冰何時代。
地質系統	與地年代相當之地層，謂之地質系統。
四界十二系[1148]	地質系統，分為四界十二系[1149]，最後二系又分為五統。
標準化石	界當地質年代之代，名亦如之，系當其紀，名亦如之，世當其統，名亦如之，於一系統中所發見之化石，而為他系統中所無者，謂之標準化石。
基礎系統	地球原始之地盤，謂之基礎系統[1150]。

[1145] 「中生代」(Mesozoic era)，「三疊紀」(Triassic period)、「侏臙紀」(今作「侏羅紀」)(Jurassic period)、「白堊紀」(Cretaceous period)。

[1146] (續)**第三紀、第四紀、始新世、中新世、鮮新世、洪積世、沖積世**

[1147] 「新生代」(Cenozoic era) 分為古近紀 (Paleogene period) 和新近紀 (Neogene period)，其中古近紀包括古新世 (Paleocene epoch)、始新世 (Eocene epoch) 和漸新世 (Oligocene epoch)；新近紀包括中新世 (Miocene epoch) 和鮮新世 (Pliocene epoch)。此外，第四紀 (Quaternary period) 仍然保留，包含更新世 (Pleistocene epoch) (舊稱「洪積世」)。全新世 (Holocene epoch) (舊稱「沖積世」)。值得注意的是，傳統的「第三紀」(Tertiary period) 已被廢除，現今新生代直接劃分為古近紀與新近紀，而始新世並未併入中新世，而是獨立的地質時代。

[1148] (續)**五統**

[1149] 「四界十二系」、「五統」均為古文分類法，現代地質學中已不使用此術語。

[1150] 「基礎地盤」、「基底構造」，指地球原始的地盤，現代用語略有不同，但概念基本一致。

第十節　釋格致

總釋

121	格致學	考究物體外部形狀之變化者，謂之格致學[1151]。
	萬有	凡天地向能傳感覺於人之五官者，謂之萬有。
	物質	萬有物體之充塞於空間者，謂之物質。
	定律	通一切物體之分量，可用數學核準之者，謂之定律。
	原因	以臆想推定，說明其現象者，謂之原因。
	通有性	合物體之千態萬狀，而抉出其普通性質者，謂之通有性[1152]。
	充填性	折通有性而專指其占領物體之空處者，謂之充填性。
	拒性	二物同時不能充填於一處者，謂之拒性[1153]。
	無盡性	物體變化而性質永遠不滅者，謂之無盡性[1154]。
	鬆性	物體必有其隙，能侵入空氣與水氣者，謂之鬆性[1155]。
	變容性	物體隨壓力、寒暑而脹縮者，謂之變容性[1156]。
	力	一切物體生起變化之原因者，總謂之力。
	動	加入他力而變易其位置者，謂之動[1157]。
	靜	兩力相持，定於一處者，謂之靜[1158]。
	速度	物體於一抄時間經過道路之長，謂之速度。
	實速度	速度經過時期有一定者，謂之實速度[1159]。
	中速度	取平均一秒時所經過者，謂之中速度[1160]。
	加速度	在一秒時而速度變化甚大者，謂之加速度。
	直落	加速度極大者，謂之直落。

[1151] 今作「自然科學」、「科學原理」，早期「格致學」屬於自然哲學，現代已細分為物理、化學等多個科學領域，今有「自然哲學」。
[1152] 今作「普遍性」、「共性」。
[1153] 今作「排斥性」。
[1154] 今作「無窮性」。
[1155] 今作「疏鬆性」。
[1156] 今作「體積變化性」。
[1157] 今作「運動」(movement)。
[1158] 今作「靜止」、「靜態」。
[1159] 今作「實際速度」。
[1160] 今作「平均速度」。
[1161] 更多定義見註 1322 所附正文詞。

原子[1161]	物質不可剖分者，謂之原子。
分子[1162]	數原子密接而成物體，物體之最小部分，謂之分子[1163]。
質量	物質所含之量，謂之質量。
比重[1164]	物體之質量，與其容積相比較，謂之比重。
密度	容積單位元之質量，謂之密度。
引力	牽兩物體相近而欲附着者，謂之引力。
分子引力	物體分子互相攝引者，謂之分子引力[1165]。
凝聚力	引合同一物體之小部分者，謂之凝聚力。
彈性	物體受外力而變，外力一去，即復原形者，謂之彈性。
黏著力	二物表面之小部分，互相吸合者，謂之黏着力。
重力	合萬有物體諸力而成一總引力者，謂之重力。
宇宙引力	專指地球與星球互相攝引之力者，謂之宇宙引力。
定質	有一定之形狀，而分子不動搖者，謂之定質[1166]。
流質	分子不固着，而隨器為方圓者，謂之流質[1167]。
氣質[1168]	不僅分子相動搖，且有反撥擴張之性者，謂之氣質[1169]。

重學

平均力	數力同時加於一物體上，而保其常態者，謂之平均力[1170]。
合成力	合二力而強一力之作用者，謂之合成力[1171]。
分解力	分一力而成二力之作用者，謂之分解力[1172]。
並行力	在物體之二異點，二力得並行者，謂之並行力[1173]。
偶力	向於並行力反對之方向背馳者，謂之偶力[1174]。
並行力中心	數並行力合成之作用點，謂之並行力中心[1175]。
重心	物體全重之集合點，謂之重心。

1162 更多定義見註 1321 所附正文詞。
1163 「分子」（molecule）。
1164 更多定義見註 1336 所附正文詞。
1165 今作「分子間引力」。
1166 今作「固體」、「定形物質」。
1167 今作「液體」。
1168 更多定義見註 527 所附正文詞。
1169 今作「氣體」。
1170 今作「淨力」（net force）。
1171 今作「合力」（resultant force）。
1172 今作「分力」（component force）。
1173 今作「共線力」（parallel force）。
1174 今作「力偶」（couple force）。
1175 今作「力矩中心」（center of moments）。

	抵抗	外來重力，阻止本體之運動者，謂之抵抗[1176]。
	摩擦	二物相切而生起抵抗力者，謂之摩擦[1177]。
	媒間體	通通空氣、水氣而生障害者，謂之媒間體[1178]。
	杆槓	以堅木作條，而迴旋於一定點，得二力之作用者，謂之杆槓[1179]。
	支點	槓杆之迴旋點，謂之支點[1180]。
123	力點	力之作用點，謂之力之作用點，謂之力點。
	重點	重之作用點，謂之重點[1181]。
	槓杆臂	自力重二點，至支點之距離，謂之槓杆臂[1182]。
	兩臂槓杆	其支點在力重二點之中者，謂之兩臂槓杆[1183]。
	一臂槓杆	其支點偏於一方者，謂之一臂槓杆[1184]。
	滑車	圓板之中心貫以軸，周邊作凹溝，繞以繩而轆轤上下者，謂之滑車[1185]。
	輪軸	以半徑不同之二箇滑車，固繫於共同之軸者，謂之輪軸。
	斜面	作傾斜平面，運重物至高處者，謂之斜面。
	螺旋	以始終均等之角度，作凹凸二線而旋轉上下者，謂之螺旋。
	楔	以三稜形物體，厚其脊，薄其刃，逐入他物體中者，謂之楔。
	衡突	兩物相觸而動者，謂之衡突[1186]。
	振子	取重心外之一點，懸物體而使自由旋向於此點者，謂之振子[1187]。
	循心運動	使物體向於運動之中心點，周圍取曲線路而運動者，謂之循心運動[1188]。
	離心力[1189]	物體運轉於曲線上，其遠離曲線之中心時，謂之離心力。

1176 今作「阻力」(resistance)。
1177 今作「摩擦力」(friction force)。
1178 今作「介質」或「媒介」(medium)。
1179 今作「槓桿」(lever)。
1180 今作「支軸」(fulcrum)。
1181 今作「質心」(center of mass)。
1182 今作「力臂」(lever arm)。
1183 今作「雙臂槓桿」(double-armed lever)。
1184 今作「單臂槓桿」(single-armed lever)。
1185 今作「滑輪」(pulley)。
1186 今作「碰撞」(collision)。
1187 今作「支點」(pivot) 或「擺」(pendulum)。
1188 今作「向心運動」(centripetal motion)。
1189 更多定義見註 992 所附正文詞。

向心力	其近向曲線之中心時，謂之向心力。

聲學

聲	諸物體之振動，波及於空氣，而傳導於聽官者，謂之聲[1190]。
聲浪	由發聲體經過空氣，被壓逐而成濃淡之各層者，謂之聲浪[1191]。
音響速度	聲浪之經過，一秒時中道路之長，謂之音響速度[1192]。
音響反射	聲浪遇阻礙物而返退者，謂之音響反射[1193]。
音響屈折	聲浪逐層遞推之時，速度偶差，改變其進路之方向者，謂之音響屈折[1194]。
樂音	振動不亂，發聲勻整者，謂之樂音。
音程	二音高低之距離，謂之音程。
弦樂器	由於弦絲之振動而發音者，謂之弦樂器。
板面樂器	由於膜或板之振動而發音者，謂之板面樂器[1195]。
管樂器	由於氣柱而為縱直振動之發音者，謂之管樂器。
副音	隨原音而發音者，謂之副音[1196]。
上音	副音較原音高者，謂之上音[1197]。
複音	多數之單音相集合者，謂之複音[1198]。
音色	同一音調，而感於聽官，覺有差異者，謂之音色。
交叉音	二聲浪之會合者，謂之交叉音[1199]。

光學

光	觸於物體之視覺者，謂之光。
光線	光所直射之方向，謂之光線。

[1190] 今作「聲音」(sound)。
[1191] 今作「聲波」(sound wave)。
[1192] 今作「聲速」(speed of sound)。
[1193] 今作「聲反射」(acoustic reflection)。
[1194] 今作「聲波折射」(acoustic refraction)。
[1195] 今作「打擊樂器」(percussion instrument)。
[1196] 今作「諧波」、「倍音」(harmonics)。
[1197] 今作「泛音」(overtones)。
[1198] 今作「和聲」(chord harmonics)。
[1199] 今作「拍音」(acoustic beat)。

光體、光源	能自發光者，謂之光體[1200]，或曰光源。
暗體	不能自發光者，謂之暗體[1201]。
透明體	光線能全透過者，謂之透明體。
半透明體	光線半透過者，謂之半透明體。
不透明體	光線不透過者，謂之不透明體。
熾灼體	由受強熱而發光者，謂之熾灼體[1202]。
燃燒體	由燃燒而發光者，謂之燃燒体[1203]。
燐光體	在熾灼、燃燒之溫度以下，而發光者，謂之燐光体[1204]。
陰影	光線被暗體所遮，不能達到之部分，謂之陰影。
光強度	光體之光，射落於暗體之表面，而發大光者，謂之光強度。
光度表	比較測度各種光源之強度者，謂之光度表[1205]。
光速度	測算光線射地之里程者，謂之光速度[1206]。
迴光	光線射於不同密度之界面上，而其一部，反歸於最初之一面者，謂之迴光[1207]。
光點之像	從一光點發射之光線，射落於平面鏡[1208]上，其反射光線，與其主要光線，適成直角，延長光線至鏡後之最終點者，謂之光點之像。
光體之像	物體在鏡面與鏡後之距離均等，其大亦均等者，謂之光體之像[1209]。
光學上中心點	凹面鏡之中點，謂之光學上中心點[1210]。
幾何學上中心點	球之中心，謂之幾何學上中心點[1211]。
凹面鏡之軸	經過此光學上與幾何學上兩點之直線，謂之凹面鏡之軸[1212]。
首要光線	經過幾何學上中心點之各光線，遇在凹面鏡上而成直線

[1200] 已淘汰。
[1201] 今作「非發光體」(non-luminous body)。
[1202] 今作「白熾體」(incandescent body)。
[1203] 今作「燃燒物體」(combustible body)。
[1204] 今作「磷光體」(phosphorescent body)。
[1205] 今作「光度計」(photometer, light meter)。
[1206] 今作「光速」(speed of light)。
[1207] 今作「反射光」(reflected light)。
[1208] 原書見「境」，繕誤，當「鏡」。
[1209] 今作「光體像」。
[1210] 今作「光心」(optical center)。
[1211] 今作「球心」(geometrical center)。
[1212] 今作「凹鏡軸」、「光軸」(axis of a concave mirror)。

	者，謂之首要光線[1213]。
燒點	軸半徑之中點，謂之燒點[1214]。
燒點距離	燒點與凹面鏡之距離，謂之燒點距離[1215]。
分散點	在凸面鏡上，光線之反射方向，延長於後方，會合於軸之一點者，謂之分散點[1216]。
折光	光線從一面，移於稠度不同之他面而斜射者，謂之折光[1217]。
射落線	落於空氣與水之界面上之一點，謂之射落線[1218]。
射落角	射落線與直線相交成角者，謂之射落角[1219]。
屈折線	由射落線，折入於氣水中之線，謂之屈折線[1220]。
屈折角	屈折線與直線相交成之角，謂之屈折角[1221]。
屈折率	射落角之正弦，與屈折角之正弦，其間有一定之比例，謂之屈折率[1222]。
色	因光線屈折度之差異，而感觸於目者，謂之色[1223]。
色帶	用三稜玻璃而顯呈光之七色者，謂之色帶[1224]。
補色	混合二色而成白色者，謂之補色。

熱學

熱	觸於物体，而生起寒、暖、溫、冷之感覺者，謂之熱。
物體熱	由定質流質之運動而生者，謂之物體熱[1225]。
放射熱	由以太[1226]之橫波振動而生者，謂之放射熱[1227]。
熱度	由熱量之單位[1228]，而測算之者，謂之熱度[1229]。

[1213] 今作「主光線」(principal ray)。
[1214] 「燒點」，為德語 'Brennpunkt' 直譯，今作「焦點」(focal point)。
[1215] 今作「焦距」(focal length)。
[1216] 今作「虛焦點」(virtual focus)。
[1217] 今作「折射」(refraction)。
[1218] 今作「入射線」(incident ray)。
[1219] 今作「入射角」(angle of incidence)。
[1220] 今作「折射線」(refracted ray)。
[1221] 今作「折射角」(angle of refraction)。
[1222] 今作「折射率」(refractive index)。
[1223] 今作「色彩」(color)。
[1224] 「色帶」為德語 'Farbband' 直譯，今作「光譜」(spectrum)。
[1225] 今作「熱能」(thermal energy)。
[1226] 今作「乙太」。
[1227] 今作「輻射熱」(radiant heat)。
[1228] 原註：即以（一啟羅格蘭）水之溫度使上於攝氏寒暑表一度為準。
[1229] 今作「溫度」(temperature)。

熱性	因器械動作而發生者,謂之熱性[1230]。
膨漲	加熱於物體,使昇騰其溫度,兼增大其容積者,謂之膨漲[1231]。
熔融	使定質變為流質者,謂之熔融[1232]。
熔融點	適合物體熔融之溫度者,謂之熔融點[1233]。
凝固	使流質變為定質者,為之凝固[1234]。
凝固點	適合於凝固之溫度者,謂之凝固點。
蒸發	使流質變為氣質者,謂之蒸發。
沸點	在其蒸發之一定高溫度者,謂之沸點。
脹力	蒸氣膨漲至極,而壓於對抗之物體上者,謂之脹力[1235]。
蒸氣之密度	以一容積空氣之平均脹力,而算其與等窮積,同溫度之空氣,重幾何倍者,謂之蒸氣之密度[1236]。
濃縮、液化	使氣質變成流質之現象者,謂之濃縮,或曰液化[1237]。
比熱	取同種物體之均等重量,加以均等之熱量,而定一溫度,以比較他物體者,謂之比熱[1238]。
熱之傳導	從一物體之熱,而移於他物體者,謂之熱之傳導[1239]。
傳熱體	物體易受傳導熱,而擴布於內部者,謂之傳熱體[1240]。
不傳熱體	物體因含空氣過多,而失其傳熱之能力者,謂之不傳熱體[1241]。
熱之對流	在溫度不同之物體間,從溫熱部分,至寒冷部分,迭為昇降,而生熱之交換者,謂之熱之對流[1242]。
熱之放射	從一物體,急速傳熱於他物體者,謂之熱之放射[1243]。

[1230] 「熱性」一般或許可稱謂「發熱」或「熱生成」(heat generation)。
[1231] 「膨漲」今作「膨脹」。
[1232] 今作「熔化」(melting)。
[1233] 今作「熔點」(melting point)。
[1234] 原文所見「因」,誤繕,應為「固」
[1235] 今作「膨脹壓力」(expansion pressure)。
[1236] 今作「蒸氣密度」(vapor density)。
[1237] 今日「液化」屬於日常用語,並非嚴謹科學專有名詞,可再分成由固態至液態,稱謂「熔化」(fusion),或由氣態至液態,稱謂「凝結」(condensation)。
[1238] 今作「比熱容」(specific heat)。
[1239] 今作「熱傳導」(thermal conduction)。
[1240] 今作「導熱體」(heat conductor)。
[1241] 今作「絕熱體」或「不導熱體」(insulator)。
[1242] 今作「熱對流」(thermal convection)。
[1243] 今作「熱輻射」(thermal radiation)。

暗熱線	由暗體放射溫熱，而不發光者，謂之暗熱線[1244]。

破氣學[1245]

磁石	有〔一〕[1246]定之鐵質，能吸引他鐵，而自在旋轉，且有專指一定方向之特性者，謂之磁石。
磁石性	謂其性質，曰磁石性[1247]。
磁氣	名其原因，曰磁氣[1248]。
磁石吸引力	磁石與鐵之相互引力，謂之磁石吸引力[1249]。
不偏帶	吸引力之強度非均等，兩端最強，漸近中央漸弱，其中央部分不能吸鐵之處，謂之不偏帶[1250]。
磁極	吸引力最強之兩部分，謂之磁極。
磁軸	虛構一連繫兩端之直線，謂之磁軸。
磁石指向力	磁石雖自在旋轉，而其一極常指北，一極常向南者，謂之磁石指向力[1251]。
偏倚	此指向因地球上位置之異，年月之變而生差，其水平磁鍼，與子午線之間成一角，而偏向東西者，謂之偏倚[1252]。
傾斜[1253]	其水平面，與磁石鍼所生之角，謂之傾斜[1254]。
同名極	磁石遇磁石，互相斥逐者，謂之同名極。
異名極	磁石遇磁石，互相吸引者，謂之異名極。
北極性磁氣	以磁石之一端，置於鍼之北極而被斥逐者，是為北極性磁氣[1255]。
南極性磁氣	以磁石之一端，置於鍼之南極而被斥逐者，是為南極性磁

[1244] 「暗熱線」或許是指「紅外線」(infrared rays)。
[1245] 原註：詳見釋地。
[1246] 原文所見「有定之鐵質」，筆者以為漏「一」字。
[1247] 今作「磁性」(magnetism)。
[1248] 今作「磁場」(magnetic field)。
[1249] 今作「磁吸引力」(magnetic attraction)。
[1250] 今作「中性區」(neutral zone) 或「非磁性區域」(non-magnetic zone)。
[1251] 今作「磁性指向」、「磁性方向」(magnetic orientation)。
[1252] 今作「磁偏角」(magnetic declination) 抑或「磁偏差」。
[1253] 更多定義見註 1123 所附正文詞。
[1254] 今作「磁傾角」(magnetic inclination)。
[1255] 今作「北極性磁場」(north magnetic field)。

		氣[1256]。
	感應磁石	鐵片接近磁石之傍，暫時感受磁氣，而成磁石之現象者，謂之感應磁石。
	地球磁氣	地球之北半球，南極性磁氣偏勝，其南半球，北極性磁氣偏勝，因而對於磁石，現指向力者，謂之地球磁氣[1257]。

電學

	電	古代希臘人，因摩擦琥珀，而得一種刺戟發音之感觸者，名之曰電。
128	電氣性	後人遇凡物體，具有此種性能者，謂之電氣性[1258]。
	乾電	兩物體相摩擦而生電者，謂之乾電[1259]。
	濕電	兩金屬加以酸水，接觸而生電者，謂之濕電[1260]。
	陽電、陰電	兩物體同時摩擦之際，必有兩電氣之發現者，謂之陽電及陰電[1261]。
	反對電氣	同名電氣，不相吸引者，謂之反對電氣[1262]。
	電光	反對之兩電氣，存於各異之二物體上，使其二物體接近，力能抵抗空氣之時，即發光而爆鳴者，謂之電光[1263]。
	雷鳴	電光過強而使空氣震盪者，謂之雷鳴[1264]。
	閃電	電光距離遠大，或在晴天，電光發現於雲中，在水平面下者，謂之閃電。
	埃爾姆斯光	夜間於高塔帆檣之尖端，有電氣放出，現微光點者，謂之

[1256] 今作「南極性磁場」(south magnetic field)。
[1257] 今作「地磁」(geomagnetism)。
[1258] 今作「電性」(electrical properties, electric nature)。
[1259] 原註：日本名曰摩擦電氣。註釋：「乾電」，今作「靜電」(static electricity)。
[1260] 原註：日本名曰流動電氣。註釋：「濕電」，今作「流電」、「動電」(galvanic electricity)。
[1261] 今作「正電、負電」(positive and negative electricity)。
[1262] 今作「同性電荷」(like charges)。
[1263] 今作「電弧」(electric arc)。
[1264] 今作「雷聲」(thunder)。

	埃爾姆斯（Elms[1265]）光[1266]。
極光[1267]	在南天、北天，見有叢光，變作弓形，而現黃、紅、紫各色者，謂之極光。
電氣感應	非電氣性之導體，近至電氣性物體之一定距離時，而感受[1268]電氣者，謂之電氣感應[1269]。
電流	由化學作用之成蹟，而生起反對電氣之流動者，謂之電流。
熱電氣	取異種金屬二片，在其一部或兩部，燃熱之而忽發電流者，謂之熱電氣[1270]。
驗電器	驗物體之有無電氣性者，謂之驗電器。
電氣盤	以樹脂板，嵌入於金屬製之扁皿中，而發起電氣者，謂之電氣盤[1271]。
發電機	發生多量之電氣者，謂之發電機。
摩擦發電機	發電機具有被摩擦都、摩擦電、聚電部，三種者，謂之摩擦發電機[1272]。
蒸汽發電機	使水蒸氣經過狹隘之木管，從溫[1273]灌流射，而摩擦於木管之壁面者，謂之蒸溫發電機。
感應發電機	非由摩擦發電，就中用重複感應之力，而反復發出電氣者，謂之感應發電機。
蓄電瓶	玻璃罐內、外，貼附錫箔，插立玻管，繫於金屬銲，而蓄

[1265] 'Elms' 出現在德文 'Elmsfeuer' 以及荷蘭文 'Elm(u)svuur'，英文則為 'Elmo's fire'，法文 'Feu de Saint-Elme'，因此估計翻譯來源謂德文或荷蘭文。

[1266] 「聖艾爾摩之火」(St. Elmo's Fire) 是一種特殊的氣象現象，發生於尖銳或突出物體在強電場環境下所產生的電暈放電 (corona discharge)，從而形成可見的電漿。早期，這種現象常見於帆船的桅杆尖端或尖塔之頂。其特點為呈現發光狀的光芒，在雷暴天氣時尤為常見。其得名於聖艾拉斯摩 (St. Erasmus of Formia 抑或 St. Elmo, 240—303)，因為船員在風暴中經常能見到此一奇觀，航海者以為是聖人之現身。

[1267] 更多定義見註 1017 所附正文詞。

[1268] 原書所見「爰」應係「受」。

[1269] 「電氣感應」，今作「靜電感應」(electrostatic induction)。

[1270] 今作「熱電效應」(thermoelectric effect)。

[1271] 今作「電氣控制板」(electrical (control) panel)。

[1272] 今作「靜電發電機」(electrostatic generator)。

[1273] 本章「溫」均為「汽」，以下相同，不另加注。

	貯電氣者，謂之蓄電瓶[1274]。
電池	用數箇蓄電瓶，而以金屬線連繫之者，謂之電池[1275]。
電光管	取多數菱形之錫箔為螺旋狀，並列黏附於玻璃管中，以一端近於聚電部，而續々發光點者，謂之電光管[1276]。
陰電氣性	以金屬插入於液體中，其凸出之部分[1277]，謂之陰電氣性[1278]。
陽電氣性	其沈入之部分[1279]，謂之陽電氣性[1280]。
互爾華尼電源	以第一類之電氣發動體二箇，與第二類之電氣發動體，聯合為一物者，謂之互爾華尼電源[1281]。
陰極光	以玻璃管，含稀薄之空氣，連結於感應發電機時，則其陰極，發幽微染青色之光，謂之陰極光。
陽極光	其陽極發射桃紅色之光氣者，謂之陽極光。
陰極放射線	若管中空氣，稀薄至氣壓百萬分之一，則陽極光消滅，面從陰極之表面，發射直角之光線者，謂之陰極放射線[1282]。
X 光線	取發陰極放射線之管，通過強壓之電擊，以極不透光之黑紙包之，再於極暗處，置塗藏化白金拔偭謨[1283]之立板，試以各電擊，而發生螢石光[1284]用以照出各種之陰影像者，謂之 X 光線[1285]。
無線電信	放電通於空氣，則發火光，而生起空氣之動搖，此際傳達

[1274] 今作「電容器」(capacitor) 抑或「電瓶」(battery)。

[1275] 1955 年的《現代名詞新詞典》仍將「電池」譯成 'electric cell'，今作 battery。

[1276] 今作「霓虹燈管」、「氖氣燈管」(neon tube)。

[1277] 原註：即金屬。

[1278] 「陰電氣性」，今作「負電性」(electronegativity)。

[1279] 原註：即液體。

[1280] 「陽電氣性」，今作「正電性」(electropositivity)。

[1281] 「互爾華尼電源」，推測是指「伏打電池」(galvanic battery)。

[1282] 今作「陰極射線」(cathode rays)。

[1283] 原文稱 'Baptey4+4H20, Barinmplatmeyanür'。在早期的 X 光攝影中，常用含鋇的鉑氰化物 Barium Platinocyanide 'BaPt(CN)$_4$'。這種化合物在 X 光照射下會發出螢光，使其在放射攝影的初期製造影像方面非常有用。依據原始文本中的描述和上下文，很有可能是「含鋇的鉑氰化物」一詞的誤繕。

[1284] 原文所見 'Eluaresceny'，應係 'Fluorescence'。

[1285] 「X 光線」，今作「X 光」(X-rays)。

	於以太[1286]，而為波動，電氣波動之進行，毫不受戶壁之障礙[1287]，因而用感應發電機，增強其電擊，而一方用強電力之通信管，使電氣波動強過之時，吸收於電氣磁石，而傳導於打鐘器者，謂之無線電信[1288]。
電話	因磁電氣感應電氣之作用，而傳聲於遠隔之處者，謂之電話。
動物電氣	因動物之神經與筋肉，有微弱之電氣發動性，而生起電流者，謂之動物電氣[1289]。

氣象學

雰圍氣	包圍地球之氣，達於一定之高度者，謂之雰圍氣[1290]。
氣壓[1291]	下層之氣，受高度電層之重，而阻礙其上昇者，謂之氣壓。
氣壓強度	空氣壓力，在一平方生的邁當之面上，當一啓羅格蘭之重量者，謂之氣壓強度。
低氣壓[1292]	就地球表面上氣壓之高低，而區劃為五帶，自七百五十四米里邁當，至七百六十米里邁當之三帶，謂之低氣壓。
高氣壓[1293]	達七百六十五米里邁當之二帶，謂之高氣壓。
等氣壓	此較各地氣壓之強度，而取一中數，謂之等氣壓。
等氣壓線	出此作一線，連絡於如地，表明於地圖上者，謂之等氣壓線。
風[1294]	由於氣壓之差，而生空氣謂流動者，謂之風。
風向	風所流入流出之處，謂之風向。
東北貿易風	從赤道至北緯三十度，永有之風，謂之東北貿易風[1295]。

[1286] 今作「乙太」。
[1287] 原書見「碍」。
[1288] 今作「無線電」、「無線電報」(wireless telegraphy, radio communication)。
[1289] 今作「生物電」(bioelectricity)。
[1290] 今作「大氣」(atmosphere)。
[1291] 更多定義見註 1018 所附正文詞。
[1292] 更多定義見註 1021 所附正文詞。
[1293] 更多定義見註 1020 所附正文詞。
[1294] 更多定義見註 1024 所附正文詞。
[1295] 今作「東北信風」(northeast trade wind)。

	東南貿易風	從赤道至南緯三十度，永有之風，謂之東南貿易風[1296]。
	定期風[1297]	接一定之時期與季節，吹來之風，謂之定期風[1298]。
	颶風[1299]	溫熱二帶因氣壓之變易過北，而空氣大擾亂者，謂之颶風。
	大旋風	向於最低素壓之中心，作猛勢迴旋者，謂之大旋風[1300]。
	龍捲	旋風之範圍狹小，捲取陸海地面之於土，上沖於天者，謂之龍捲[1301]。
131	空氣溫度	空氣本不傳熱，因含有塵埃水蒸氣及炭酸，而吸收太陽熱之一部分者，謂之空氣溫度[1302]。
	等溫線[1303]	以均等之年，計算均等之溫度，作一線而表明於地圖上者，謂之等溫線。
	濕氣	空氣含有水蒸氣，而浸淘物體者，謂之濕氣。
	雰圍氣之沉降物	所含濕氣，結成流質或定質而折出者，謂之雰圍氣之沈降物[1304]。
	霧[1305]	沈降物在溫度之零度以上，結成液體者，謂之霧。
	霜[1306]	在溫度之水點以下，結成凝固點者，謂之霜。
	霧[1307]	蒸氣濃縮而浮游於空氣中，在下者謂之霧，
	雲[1308]	在上者，謂之雲。
	雨[1309]	雲遇冷濃縮，聚成點滴，因重力而下墜者，謂之雨。
	雪[1310]	濃縮至氷[1311]點以下而下墜者，謂之雪。

[1296] 今作「東南信風」(southeast trade wind)。
[1297] 更多定義見註 1034 所附正文詞。
[1298] 今作「季風」(monsoon)。
[1299] 更多定義見註 1038 所附正文詞。
[1300] 今作「旋風」(cyclone)。
[1301] 原註：中國名曰龍取水，日本名曰水袴、陸袴。註釋：「袴」，今作「褲」；「龍捲」，今作「龍捲風」(tornado)。
[1302] 今作「氣溫」(air temperature)。
[1303] 更多定義見註 1023 所附正文詞。
[1304] 今作「大氣沉降」(atmospheric precipitation)。
[1305] 更多定義見註 1042、註 1307 所附正文詞。
[1306] 更多定義見註 1044 所附正文詞。
[1307] 更多定義見註 1042、註 1305 所附正文詞。
[1308] 更多定義見註 1040 所附正文詞。
[1309] 更多定義見註 1045 所附正文詞。
[1310] 更多定義見註 1046 所附正文詞。
[1311] 本章「氷」均為「冰」，以下相同，不另加注。
[1312] 「雹」註 1050；「霰」見註 1048 所附正文詞。

雹、霰[1312]	浮游於空氣中之冰針，遇急速之溫度而上昇，急又遇急速之冷空氣，結成大小之顆粒而下墜者，謂之雹與霰[1313]。
曉霧、晚霞	空氣含有小水泡形狀之蒸氣，透過太陽光之紅色者，謂之曉霧、晚霞[1314]。
日暈、月暈	霧圍氣之最高處，含有水溫，透過光之屈折，而或一色輪者，謂之日暈、月暈。
虹霓	太陽光線，射落於兩點之上方，向垂直線而屈折達於後方，反射成一七色之圓弓者，謂之虹霓[1315]。

第十一節　釋化

化學	覈[1316]明物質內部之變化者，謂之化學。
反應	二種以上之物體間，起化學的變化者，謂之反應。
分能	從一種物體，而生出二種以上之[1317]物體者，謂之分能[1318]。
化合	異種之物體相結合，而成特別之物體者，謂之化合。
化合物	因於化合，而可使生成，可使分解者，謂之化合物。
混合物	不依一定之成分重量而生成者，謂之混合物。
單體	不可分解者，謂之單體[1319]。
原素	含於物體中，造成單體之原料者，謂之原素[1320]。
分子[1321]	細分物體，而得極限之微粒者，謂之分子。
原子[1322]	分割分子中之最微粒者，謂之原子[1323]。
燃燒	起化學的變化，而發熱與光之現象者，謂之燃燒。
發火溫度	物體燃燒必需之溫度，謂之發火溫度[1324]。

1313　今作「冰雹」(hail)。
1314　今作「晨霧、晚霞」(fog)。
1315　今作「彩虹」(rainbow)。
1316　「覈」，指（動）檢查、查核，（形）詳實、嚴謹。
1317　原文所見「二種以上之物體」，應屬錯誤。
1318　「分能」，今作「分解」(decomposition)。
1319　今作「單質」(simple substance)。
1320　今作「元素」(element)。
1321　更多定義見註1162所附正文詞。
1322　更多定義見註1161所附正文詞。
1323　原註：分子原子皆化學理論上想像之物也。
1324　今作「點火溫度」(ignition temperature)。

酸化	與酸素[1325]化合者，謂之酸化[1326]。
酸化劑	容易放酸素者，謂之酸化劑[1327]。
酸化物	僅與酸素化合之物，謂之酸化物[1328]。
鹽化物	僅與鹽素化合之物，謂之鹽化物[1329]。
硫化物	僅與硫黃化合之物，謂之硫化物。
還元	從酸化物奪取酸素者，謂之還元[1330]。
還元劑、脫酸劑	酸素化合之作用強者，謂之還元劑，亦曰脫酸劑[1331]。
蒸氣壓力	成液體取需之壓力，與其溫度相當著，謂之蒸氣壓力[1332]。
臨界溫度	在一定之溫度以上，雖加以如何之壓力，而不能使液化者，謂之臨界溫度。
臨界壓力	在臨界溫度之蒸氣壓力，謂之臨界壓力。
沉澱[1333]	液體中生固體而下沈者，謂之沈澱。
蒸餾	使熱之蒸發氣，變冷而為液體者，謂之蒸餾。
乾餾	加熱於固體，熱散其揮發分者，謂之乾餾。
昇華	加熱於固體，使變為氣體，而此氣體至冷處，復凝為固體者，謂之昇華。
結晶	從液體而變成固體之時，其分子排列一定之形狀者，謂之結晶。
結晶水	結晶物體中含有之水，謂之結晶水。
潮解	吸收空氣中之水分而溶能者，謂之潮解。
風化	放置空氣中，走失水分，而漸變其結晶形者，謂之風化[1334]。
硬水	含有石灰鹽類之水，謂之硬水。

[1325] 「酸素」為和製漢語，首次書證出現於日本文獻，推測為日本哲學家西周的翻譯（国立国会図書館藏《百一新論》卷之上〔本文〕），乃是德語 'Sauerstoff' 一詞的直譯，分別由「酸」'sauer' 和「素」'Stoff' 所構成，今作「氧」。

[1326] 今作「氧化」(oxidation)。

[1327] 今作「氧化劑」(oxidizing agent)。

[1328] 今作「氧化物」(oxide)。

[1329] 今作「鹵化物」(halide)。

[1330] 今作「還原」(reduction)。

[1331] 「還元劑」、「脫酸劑」，今作「還原劑」(reducing agent)。

[1332] 今作「蒸氣壓」(vapor pressure)。

[1333] 更多定義見註 1077 所附正文詞。

[1334] 「風化」(efflorescence)，然而，「風化」也指地質學中的風化作用。

永久硬水	含有硫酸石灰之水，謂之永久硬水。
一時硬水	含有炭酸石灰之水，謂之一時硬水[1335]。
比重[1336]	以水或水素之重量為單位，而比例其他物之重量者，謂之比重。
分子量	以瓦斯體，對於水素之比重，為二倍者，謂之分了量。
一瓦分子	物体之分子量，以格蘭為單位者，謂之一瓦分子[1337]。
原子量、最大原子量	含原素之諸化合物，其存於一分子中之原數量，各以整數除得其最大之量者，謂之原子量，亦曰最大原子量。
化學記號	表明其原素之名，與其最大原子量者，謂之化學記號[1338]。
分子式	解說代合物之組織，而表明其分子量者，謂之分子式。
化學方程式	以化學記號，表明化學之變化者，謂之化學方程式。
當價量	以水素之重量一分，當化合之原素量，謂之當價量[1339]。
原了價	以原子量，除其當價量，謂之原了價[1340]。
一價原素	原子量與當價量等者，謂之一價原素[1341]。
二價原素	一原子，與一價原素之二原子化合者，謂之二價原素[1342]。
原子容	以原子量除其比重[1343]，謂之原子容[1344]。
實驗式	單表明化合物組成之比例式者，謂之實驗式。
構造式	在化合物之式內，表明原素結合之關係者，謂之構造式[1345]。
同質異形	從一種原素組成，而有異性質者，謂之同質異形[1346]。
異質同形	異種原素為類似之結合，而生同形物體者，謂之異質同形[1347]。

[1335] 今作「暫時硬水」(temporary hard water)。
[1336] 更多定義見註 1164 所附正文詞。
[1337] 原註：一瓦即一格蘭池，一格蘭為千十滴。註釋：「一瓦分子」，今作「摩爾」(mole, short 'mol') 或「克分子量」(gram-molecular weight)。
[1338] 今作「原子符號」(atomic symbol)。
[1339] 今作「當量」(equivalent weight)。
[1340] 「當價量」，1955 年的《現代名詞新詞典》仍將「原子價」譯成 valence，今作「價 (數)」(valency)。
[1341] 今作「單價元素」(monovalent element)。
[1342] 原註：三價四價仿此。註釋：「二價原素」，今作「雙價元素」(divalent element)。
[1343] 原註：水單位。
[1344] 今作「原子體積」(atomic volume)。
[1345] 今作「結構式」(structural formula)。
[1346] 今作「同素異形」(allotropy)。
[1347] 今作「同晶多形」(isomorphism)。

同分異性	有同一分子式，而其性質異者，謂之同分異性[1348]。
定比例法則	一化合物組成之比例，一定不變者，謂之定比例法則[1349]。
倍數比例法則	一原數與他原數，作種種之比例化合時，其比率為單一之倍數者，謂之倍數比例法則[1350]。
氣體反應定律	在相反應之瓦斯體容積，與發生瓦斯體容積之向，作簡單之折算者，謂之氣體反應定律。
Abogadro 氏之法則	同溫度、同壓力之瓦斯體，於同容積中，含同數三分子者，謂之 Abogadro 氏之法則[1351]。
原子熱	定質單體之比熱，與其原素之原子量，相乘之積，謂之原子熱。
物質不滅例	物體經種種之變化，而其質量無增減者，謂之物質不滅例[1352]。
氣體方程式	以壓力乘容積，等於一乘絕對溫度者，謂之氣體方程式。
溶液	因體溶成之液，謂之溶液。
溶解度	水之百分中取溶之量，謂之溶解度。
滲透壓力	二種之液體，以膜質隔之，而能擴散混淆者，謂之滲透壓力[1353]。
電氣分解物	通電流而分解之者，謂之電氣分解物[1354]。
電離	在電氣分解物之水溶液中，得分解其分子之幾分者，謂之電離。
意翁	電離之各物，謂之意翁（Æon）[1355]之義。

[1348] 今作「同分異構」(isomerism)。
[1349] 今作「定比定律」(law of definite proportions)。
[1350] 今作「倍比定律」(law of multiple proportions)。
[1351] 今作「亞佛加厥定律」(Avogadro's law)。
[1352] 今作「質量守恆定律」(law of conservation of mass)。
[1353] 今作「滲透壓」(osmotic pressure)。
[1354] 今作「電解物質」(electrolyte)。
[1355] 原註：永劫之義。註釋：汪榮寶將英文「離子」的 'Ion' 和英文「永久」的 'Æon' 搞混了，原因可能是翻譯來源是片假名。另外，「永劫之義」中的「劫」為梵語，音譯 'kalpa'，是一種極為長久的時間概念，中文分為小劫、中劫和大劫。其中，小劫代表 16,800,000 年，中劫 336,000,000 年，而大劫長達 1,344,000,000 年，這是佛教術語。汪榮寶自己將 'Æon' 音譯為「意翁」。

陽意翁	帶陽電氣者，謂之陽意翁[1356]。
陰意翁	帶陰電氣者謂，謂之陰意翁[1357]。
基	在電氣分解物之未解離分子中，而不帶電氣者，謂之基[1358]。
分解熱	分解化合物之組成分，必需之熱，謂之分解熱。
生成熱	化合時取發生之熱，謂之生成熱。
酸性反應	入於青色列斯馬斯液，而變赤色者，謂之酸性反應。
亞爾格利性反應	入於赤色列斯馬斯液，而變青色者，謂之亞爾格利性反應[1359]。
酸	含有水素意翁，而呈酸性反應者，謂之酸。
鹽基	含有水酸意翁而呈亞爾格利性反應者，謂之鹽基[1360]。
亞爾格利	鹽基中溶解於水者，謂之亞爾格利[1361]。
酸之強弱、鹽基之強弱	在一定容積中，關係於水素意翁，或水酸意翁之多少者，謂之酸及鹽基之強弱[1362]。
中性反應	在列斯馬斯液中，不變化者，謂之中性反應。
中和	使酸與鹽基化合而成中性者，謂之中和。
鹽	中和時以酸之水素，置於鹽基之金屬原素，交換而生化合物者，謂之鹽。
無水酸	溶解於水而生酸，忒用鹽基而造鹽者，謂之無水酸[1363]。
鹽基性酸化物	溶解於酸而造鹽者，謂之鹽基性酸化物[1364]。
酸性鹽	含有二箇水素之酸，以其水素之一部分，與金屬原素交換者，謂之酸性鹽。
正鹽	含於酸中之水素，全與金屬原素度換者，謂之正鹽。
鹽基性鹽	含二箇以上水酸根之鹽基，以其水酸根之一部分，與酸之根，度換而生者，謂之鹽基性鹽[1365]。
金屬	造鹽基之原素，謂之金屬。

[1356] 今作「陽離子」(cation)。
[1357] 今作「陰離子」(anion)。
[1358] 今作「基團」(functional group)。
[1359] 今作「鹼性反應」(alkaline reaction)。
[1360] 今作「鹼」(base)。
[1361] 今作「鹼」(alkali)。
[1362] 今作「酸的強弱」(strength of acid)。
[1363] 今作「酸酐」(anhydride)。
[1364] 今作「鹽基性氧化物」(basic oxide)。
[1365] 今作「鹽基式鹽」(basic salt)。

非金屬	造酸之原素，謂之非金屬。
輕金屬	比重在五以下者，謂之輕金屬。
重金屬	比重在五以上者，謂之重金屬。
合金	異種金屬之熔和者，謂之合金。
亞馬爾格姆	水銀之合金，謂之亞馬爾格姆 (Amalgam)[1366]。
複鹽	含有多水素之酸，以異種之金屬，與其水素，度換而生之鹽，成含有多水酸根之鹽基，以異種之酸根，與其水酸根，度換而生之鹽，謂之複鹽[1367]。
親和力	物體起化學變化時，顯出一種之引力，謂之親和力。
發生機	從化合物分離之原素，於分離之際，現活潑之性者，謂之發生機[1368]。
分析法	分離一物體之組成分者，謂之分析法。
合成法	以數種物體，而造一新物體者，謂之合成法。
分別法	異種[1369]之物，混合一度，以法分離之者，謂之分別法[1370]。
結晶分類法	鹽類溶液混和[1371]之時，使蒸發結晶，則易結晶物先，被折出，其謂之結晶分類法。
分別蒸餾	沸點不同之數種液體混合物，用蒸餾法使分別者，謂之分別蒸餾[1372]。
加水分解	加水而使分解者，謂之加水分解[1373]。
熔劑	用高熱度，使異種物體之容易接觸，而助起化學變化者，謂之熔劑。
脫水劑	用法奪取其水分者，謂之脫水劑。
有機物[1374]	具動、植物體之生活力者，謂之有機物。
無機物	無此生活力者，謂之無機物[1375]。

[1366] 原註：譯言汞收物也。註釋：「亞馬爾格姆」，今作「汞合金」(amalgam)。
[1367] 原文所見「複監」，誤繕，應為「複鹽」(complex salt)。
[1368] 今作「反應性」(reactivity)。
[1369] 原書所見「重」，應係「種」。
[1370] 「分別法」，今作「分離法」(separation method)。
[1371] 「混和」，指「混合」。
[1372] 今作「分餾」(fractional distillation)。
[1373] 今作「水解」(hydrolysis)。
[1374] 更多定義見註 13 所附正文詞。
[1375] 原註：此二名近日惟用於便宜上，不能作區別也。

醱酵	因於微生物之作用，而起複雜之變化者，謂之醱[1376]酵。
週期律	單體之性質，隨原子量而變遷，似有一定之期者，說明此關係之法則，謂之周[1377]期律。

第十二節　釋生理

總釋

生理學[1378]	案理化學上諸作用之規則，及其變化以究身體諸器中生活現象現象者，謂之生理學。
細胞[1379]	凡有機體之所以漸次生育變化，以成各器各體之組織者，實始于一曰細胞。
纖維	所以組織筋肉之纖絲，曰纖維。
血液	人體及高等動物，營養身體組織之貴要流動液，曰血液。
血漿、血液的成形原質	合血清、纖維素為血漿，亦謂之血液的成形原質。
血清	合水、蛋白、鹽類為血清。
化骨點	骨所以發育化成之始點，謂之化骨點[1380]。
體溫	時無間冬夏，地無間南北，體之熱度，平均于攝氏之卅七度，始終齊一無或相異者，謂之體溫[1381]。
器官	集合數種組織，以營特殊作用者，曰器官。
官能	其作用曰官能。胃以消化，眼以視察是也[1382]。

釋骨

骨	體中最強固，而具石朽之性，微有彈力，帶黃白色者，謂之骨。

[1376]「醱」，通「發」。
[1377]「周」，同「週」。
[1378]更多定義見註 609 所附正文詞。
[1379]更多定義見註 1789 所附正文詞。
[1380]今作「骨化點」(ossification center)。
[1381] 1955 年的《現代名詞新詞典》(頁 446) 以為「體溫」是從德文 'Körpertemperatur' 翻譯來的。
[1382]今作「功能」(function)。

骨骼	所以搆結諸骨，以為身體之基礎，他器之支柱者，謂之骨格[1383]。
軀幹骨[1384]	所以搆骨格[1385]之散骨，為軀幹骨及四肢骨。脊柱、胸骨、肋骨、舌骨及頭蓋骨，謂之軀幹骨。
肢骨	上肢骨及下肢骨，謂之曰肢骨。
脊柱	屈伸椎、廻旋椎、假椎，謂之脊柱。
胸骨	手柄、劍身及劍尖，謂之胸骨，其形類羅馬古代之劍。
肋骨	在脊柱與胸骨之間，其狀為長扁平，而彎曲成弓形，其數左右各十二者，謂之肋骨。
真肋	其上七，謂之真肋。
假肋	其下五，謂之假肋。
浮肋	又其末二為最短，而遊離無着，故亦謂之浮肋。
舌骨體[1386]	一體二角，其形略似半輪者，謂之舌骨體。為扁平方，形有二面四緣，角有大角、小角[1387]。
頭蓋體	頭腦盜及顏面頭蓋，謂之頭蓋體[1388]。
腦頭骨	頭蓋骨八，互相結合而搆成骨囊，其位在動物性管[1389]之上端者，為腦頭骨[1390]。
顏面頭蓋	顏面骨十四互相結合而搆成種々腔竅，其位亦在植物性管之上端者，為顏面頭蓋[1391]。
上肢骨	鎖骨、肩胛骨、上膊骨、前膊骨及手骨，謂之上肢骨，其形S狀。
鎖骨	其位為胸廓之上端，前頸部之下界者，為鎖骨，其形扁平三角，其位為胸廓之後上部。
肩胛骨	在第二至第七肋骨間者，為肩胛骨。
下肢骨	無名骨、髀[1392]臼、閉鎖孔、大腿骨、下腿骨及足骨，謂之下肢骨。

1383 今作「骨骼」。
1384 （續）四肢骨
1385 「格」，通「骼」。
1386 （續）角、大角、小角
1387 今作「舌骨」(hyoid bone)。
1388 今作「頭蓋」(skull)。
1389 原註：見下。
1390 今作「腦顱骨」(cranial bones)。
1391 今作「顏面骨」(facial bones)。
1392 「髀」，膝部以上的大腿骨。

無名骨	腸骨、恥骨及坐骨，為無名骨[1393]。
髖臼、閉鎖孔	為三骨共相結合所形成者，為髖臼及閉鎖孔。
骨質	硬固質及海綿質為骨質。
硬固質	緻密而構成骨之外圍[1394]者為硬固質[1395]。
海綿質	鬆粗之小骨片，在硬固質之內部，錯綜如網狀，而現不等之腔隙者為海棉[1396]質[1397]。
骨之營養器	骨膜及骨髓，為骨之營養器[1398]。
骨膜	強韌白色之纖維膜，被覆于骨面，富血管神經者為骨膜。
骨髓	極富脂肪，具有血管神經，其色黃赤，充填于海綿質之腔隙者為骨髓。
軟骨	富有彈力，帶黃白色，緻密而半透明者，為軟骨。

釋韌帶

韌帶	為強韌之纖維樣結締組織，有白色之光輝，所以維持骨之聯接者，謂之韌帶。
軀幹韌帶	所以維持椎骨聯接、脊柱骨聯接、肋骨聯接，與胸骨各片之聯接者，謂之軀幹韌帶。
上肢韌帶	所以維持肩胛骨聯接、肩胛關節、肘關節、下橈[1399]尺關節及手關節者，謂之上肢韌帶。
聯接、關節	骨之附着處，謂之聯接，其接合處，謂之關節[1400]。
下肢韌帶	所以維持骨盤帶聯接、髖臼關節、膝關節、脛腓聯接及足關節者，謂之下肢韌帶。

1393 今作「髖骨」(pelvic bone)。
1394 原註：即皮質。
1395 「硬固質」，今作「硬骨質」(compact bone)。
1396 「棉」，即「綿」。
1397 今作「海綿骨」(spongy bone)。
1398 今作「骨的營養組織」(nutrient system of the bone)。
1399 今作「橈」，橈尺骨 (radial bone)。
1400 今作「連接」(connection)。

釋筋

筋	帶赤色而為運動之要具者，謂之筋。筋，肉也，俗語，語之肉，學語謂之筋。
隨意筋	其運動休止，張弛自由者，謂之隨意筋[1401]。
不隨意筋	存在內臟及血管等之滑平筋，謂之不隨意筋[1402]。
軀幹筋	背筋、腹筋、胸筋、頸筋及頭筋，謂之軀幹筋[1403]。
四肢筋	上肢筋及下肢筋，謂之四肢筋[1404]。
上肢筋	肩胛筋、上膊筋、前膊筋及手筋，謂之上肢筋[1405]。
下肢筋	臗[1406]部筋、大腿筋、下腿筋及足筋，謂之下肢筋[1407]。
頭	筋之起止，必自一骨而經于他骨，跨一個或數個之關節，其起頭，謂之頭[1408]。
尾	其停止，謂之尾[1409]。
筋腹	其両間之遊離部，謂之筋腹[1410]。
腱	帶白色而連結于筋纖維，在筋肉之両端，為纖維結締織之索條，主附着之媒介者，謂之腱。
筋膜	被覆于筋之表面，或其層中，分為淺深之二葉者，謂之筋膜。
筋間韌帶	筋膜之一部，有深入筋間，附着骨面而為其中隔者，謂之筋間靱帶。
腱弓	亦為筋膜之一部，而自一骨亘[1411]一骨成筋纖維之起始部者，謂之腱弓。
纖維樣腱鞘	為筋膜之一系，緊張于骨表面之諸講，所以造管而使通過腱者，謂之纖維樣腱鞘[1412]。
黏液鞘	在纖維樣腱鞘之內，直包覆腱者，謂之粘液鞘[1413]。

[1401] 今作「隨意肌」(voluntary muscle)。
[1402] 今作「不隨意肌」(involuntary muscle)。
[1403] 今作「軀幹肌」(trunk muscle)。
[1404] 今作「四肢肌」(limb muscle)。
[1405] 今作「上肢肌」(upper limb muscles)。
[1406] 今作「髖」，是指股骨。
[1407] 今作「下肢肌」(lower limb muscles)。
[1408] 今作「起點」(origin)。
[1409] 今作「止點」、「附著點」(insertion)。
[1410] 今作「肌腹」(belly, body of the muscle)。
[1411] 今作「亙」。
[1412] 今作「腱鞘」(tendon sheath)。
[1413] 今作「滑液鞘」(synovial sheath)。

黏液囊	在筋與骨面之間，以減其摩軋[1414]，謂之[1415]粘液囊[1416]。

釋皮、毛

皮層、真皮	內層外層是成皮層，內層曰真皮[1417]。
色素	由微細纖維而成，表皮最下層之細胞內，含有質焉，曰色素。
白人	白皙蒼黑，干是乎分，色素少者，是為白人[1418]，
黑人	色素多者，是為黑人[1419]。
痣點	色素多量，偶簇一部為痣點[1420]，
黏膜	或有被覆于身體諸腔之裡面，無異皮膚者，曰粘膜。
結組織	真皮及粘膜之本部及其下部，網羅有白色之纖維焉，曰結組織[1421]。
脂肪塊	真皮及皮下結組織內，伏有脂肪塊焉，營養身體，用使肥滿，且以適一體溫，柔滑筋骨[1422]。
脂肪腺、汗腺	皮膚之內有二種腺，曰脂肪腺[1423]、曰汗腺。（甲）通于表皮面供給油液，所以便髮膚滑澤。（乙）縈繞于毛細管，迴旋上昇達于表皮面所以出汗。
又覺發汗	其自身體之蒸發成水蒸氣而散目又能觸者，謂之又覺發汗[1424]。
可覺發汗	若運動劇烈，或逢大熱發汗多量，滴珠如露者，謂之可覺發汗[1425]。
毛囊	毛髮為表皮之變形物，有管曰毛囊。
毛招鞘	包圍毛根之表皮細胞，曰毛招鞘[1426]。
皮質	毛髮之外層，為皮質。

[1414] 今作「擦」。
[1415] 原文所見「謂之之粘」，以為錯誤。
[1416] 「黏液囊」，又作「滑囊」(bursa)。
[1417] 今作「表皮」(epidermis)。
[1418] 又作「白種人」(caucasian)。
[1419] 今作「黑種人」(people of African descent)。
[1420] 今作「痣」(nevus)。
[1421] 今作「結締組織」(connective tissue)。
[1422] 今作「脂肪」(fat)。
[1423] 今作「皮脂腺」(sebaceous gland)。
[1424] 今作「無意識發汗」(involuntary sweating)。
[1425] 今作「有意識發汗」(voluntary sweating)。
[1426] 今作「毛鞘」(hair sheath)。

髓質	有細微之縱行纖維流動其中焉,其內層為髓質,含有里福等之色素焉。
白髮	髓質中若因色素分泌[1427]之不足,或有虛而不實者,內含空氣反射光線,是為白髮。
禿	苟此色素,輸入道絕毛髮逐漸以枯落,是為禿。

釋內臟

內臟	位于植物性管內之器臟[1428],為內臟。別其機能,為五官器、消食器、呼吸器、泌尿器、生殖器以及血管線是也。
消食器	口腔、咽頭、食管、胃、腸肝及膵,為消食器。其作用主食物之消化,凡自一條之膜管,二個之腺體而成[1429]。
咽頭[1430]	形如扁平漏斗,位于鼻腔、口腔之後下部,頸權喉頭之間者,謂之咽頭[1431]。
膵	形如牛舌,位于胃之後下部,第一腰權之橫徑者,謂之膵[1432]。
呼吸器	喉頭氣管及肺臟,為營呼吸之要具,謂之呼吸器[1433]。
咽頭[1434]	形如三角漏斗,位于氣管舌骨之間,通于空氣而發音聲者,謂之咽頭。
泌尿器	腎臟、輸尿管、膀胱及尿道,謂之泌尿器[1435]。
生殖器	種屬繁[1436]殖之器,謂之生殖器[1437]。
男子生殖器	具睪丸、輸精管、攝護腺竇、尿道、陰莖及陰囊六者為男子生殖器[1438]。

1427 原書所見「必」,諒係「泌」。
1428 今作「臟器」。
1429 今作「消化系統」(digestive system)。
1430 更多定義見註 1434 所附正文詞。
1431 今作「咽」(pharynx)。
1432 「膵」,日本字,中文作「胰臟」、「胰腺」(pancreas)。
1433 今作「呼吸系統」(respiratory system)。
1434 更多定義見註 1430 所附正文詞。
1435 今作「泌尿器官」(urinary organ)。
1436 原書見「蕃」,誤,當作「繁」。
1437 今作「生殖器官」(reproductive organs)。
1438 今作「男性生殖器官」(male reproductive organ)。

女子生殖器	具卵巢、輸卵管、子宮、腔[1439]、陰核及陰唇六者，為女子生殖器[1440]。
女子之乳房	位于前胸壁第三乃至第六肋骨間，其形鐘狀，主分泌乳汁，與生殖器有人關係者，為女子之乳房[1441]。
男子之乳房	位在胸部，其形如小疣，僅以表哺乳動物之證[1442]據與生殖器無關係者，為男子之乳房[1443]。
血管腺	甲狀腺、胸腺、胛臟、外腎、尾閭[1444]骨腺及頸動脈腺，謂之血管腺，其質與他腺略同，而無排泄管，獨富血管。
甲狀腺	位于喉頭之前下部，氣管之上部，色帶黃赤者，謂之甲狀腺。
胸線	其形扁平，為三葉狀，在前縱隔洞之前上部，大血管之前側者，謂之胸線[1445]。
胛臟	其形扁平橢圓，帶褐色而位于左肋部之終，胃底之外側者，謂之胛臟[1446]。
外腎	形如角扁平，帶黃褐色，位于腎臟之上端，恰似帽然者，謂之外腎[1447]。
尾閭骨線	形如小麥粒狀，帶黃赤色，位于尾閭骨尖端之前面者，謂之尾閭骨線[1448]。
頸動脈線	形如小麥粒狀，位于內外頸動脈分歧部之內測者，謂之頸動脈腺[1449]。
五官器	觸器、視器、聽器、味器及嗅器，五器者，謂之五官器。從末梢神經裝置相異之由，故於外來之刺戟，特能自營其

[1439] 「腔」，是指女子陰道，和製漢字。
[1440] 「女子生殖器」，今作「女性生殖器官」(female reproductive organ)。
[1441] 今作「女性乳房」(female breasts)。
[1442] 原書所見「澄」應係「證」。
[1443] 今作「男性乳房」(male breasts)。
[1444] 「閭」，是指「門」。
[1445] 今作「胸腺」(thymus)。
[1446] 「胛臟」，應屬誤繕，「胛」、「脾」字形相似，關於所謂「胛臟」的描述應當作「脾臟」(spleen)。
[1447] 「外腎」一般似乎可當作「腎上腺」(adrenal gland)。
[1448] 「尾閭」當「尾椎」，為英文 'coccyx'，日語譯為「尾閭骨」，中文翻成「薦骨」。所謂「尾閭骨線」並非現代醫學專業名詞。
[1449] 「動脈腺線」，一般似乎可視為「頸動脈體」(carotid body)，是指頸總動脈分支附近的一個化學受器。

	固有之感覺[1450]。
觸器	凡為知覺神經之分佈地，其外皮之總稱，謂之觸器[1451]。
視器	眼球及副器，謂之視器[1452]。
副器	運動器、守護器及淚器，謂之副器[1453]。
聽器	外耳、中耳、內耳，謂之聽器[1454]。
外耳	耳冀、外聽道及皷[1455]膜，謂之外耳。
中耳	鼓室犹斯搭禍氏管[1456,1457]及乳嘴蜂窠，謂之中耳。
內耳	含有液體之骨管，其形不其，稱為迷路者，謂之內耳。有骨樣迷路，膜樣迷路焉。
味器	舌，謂之味器[1458]。
嗅器	在顏面之中央，所稱鼻部者，謂之嗅器[1459]。

釋血管系統

血管系統	心臟、動脈、靜脈及巴淋管[1460]為血管系統。
心臟	在胸腔左右兩肺之間，被竅于心囊，其形錐體，係肉質之腔器，器者心臟。
心基	向于心臟之後上右方，對于第四胸椎，依于大血管，連接于體壁者，為心基[1461]。
心尖	遊離于心臟之前下左方，在乳腺之內側，第五、第六肋軟骨之間者，為心尖。
心臟之前面	隆起而向于胸骨及肋骨者，為心臟之前面。
心臟之後面	平坦而接觸于橫隔膜者，為心臟之後面。
心臟之左緣	短而頗鈍，向上左方者，為心臟之左緣[1462]。

[1450] 今作「感覺器官」(sensory organs)。
[1451] 今作「觸覺器官」(tactile organ)。
[1452] 今作「視覺器官」(visual organ)。
[1453] 今作「輔助視覺器官」(accessory visual organs)。
[1454] 今作「聽覺器官」(auditory organ)。
[1455] 今作「鼓」。
[1456] 今作「耳咽管」。
[1457] 原註：民所發明因以名焉。註釋：名譯於 Bartolomeo Eustachi（1510–1574 年）文藝復興時期歐洲教皇醫生，著作《論解剖》一書。
[1458] 今作「味覺器官」(gustatory organ)。
[1459] 今作「嗅覺器官」(olfactory organ)。
[1460] 原書所見「巴淋管」應係「淋巴管」。
[1461] 今作「心底」(lat. basis cordis)。
[1462] 今作「心臟的左邊緣」(left margin of the heart)。

心臟之右緣	長而稍銳，向下右方者，為心臟之右緣[1463]。
前後縱溝	上自基底，下行前面，微經心尖之右側，以致後面，復達基底，共通于心臟固有之血管者，為前後縱溝。
右心、左心	此縱溝中隔心臟，使成一致之左右二部者，為右心及左心[1464]，
單薄、強厚	甲為單薄，乙為強厚。
橫溝、冠狀溝	在心上部之三分之一，深周一匝與縱溝作交叉，更別左右兩心，為上下兩部者，為橫溝或冠狀溝。
房、室	橫溝所分之上下兩部，為房、為室[1465]。
左房、右房	房有左右，在心臟基底之左半部，大動脈幹及肺動脈幹之後側，有六壁者，為左房，在右半部而有六壁者，為右房[1466]。
左室	室有左右，在左房之下部，領有心之左半部，其室腔圓形，其壁質堅厚者，為左室[1467]。
右室	在右房之下部，領有心之右半部，其室腔半月形，其壁質頗菲薄者，為右室[1468]。
心囊	所以被覆心臟者，為心囊[1469]。
心囊液	其所臟液，為心囊液[1470]。
動脈	與靜脈共覆血管鞘，其主幹深藏於體之屈側者，謂之動脈。
吻合	干其經過之間，生有狀若樹枝大小不等之枝別，循乎全體，而其枝別又互相連合者，謂之吻合。
肺循環之動脈	動脈有二大別，一曰[1471]肺循環之動脈，二曰[1472]全身循環之動脈。肺動脈為肺循環之動脈。
肺動脈	右肺動脈及左肺動脈，為肺動脈。其起源為右室之肺動脈

[1463] 今作「心臟的右邊緣」(right margin of the heart)。
[1464] 今作「右心室」(right ventricle)；「左心」，今作「左心室」(left ventricle)。
[1465] 今作「心房、心室」(pl. atria and ventricles)。
[1466] 今作「左心房、右心房」(left atrium and right atrium)。
[1467] 今作「左心室」(left ventricle)。
[1468] 今作「右心室」(right ventricle)。
[1469] 今作「心包」、「圍心囊」(pericardium)。
[1470] 「心囊液」，今又作「心包液」(pericardial fluid)。
[1471] 原書所見「日」諒係「曰」。
[1472] 見註 1471。

	口，其經過與大動脈為交叉，走上左方，至大動脈弓之下際，而分歧為左右之肺動脈，于茲更有動脈樣靭帶，緊張如弓。
右肺動脈	在上行大動脈幹及上大靜脈之後側而長者，為右肺動脈。
左肺動脈	在下行大動脈之前側與齊達肺門而循肺之各業者，為左肺動脈。
全身循環之動脈	大動脈幹為全身循環之動脈其起源，在左室之大動脈口，其經過走上右方而直彎曲于後左側成弓，然後治胸椎體之左側而下，入橫隔膜之裂孔，經腰椎之前面，至第四腰椎，而成左右之總腸骨動脈[1473]。
大動脈幹[1474]	上行大動脈幹、大動脈弓及下行大動脈幹，三者謂之大動脈幹[1475]。
上行大動脈幹	在心囊中大動脈之始端，走于上右方，直移行如弓者，為上行大動脈幹[1476]。
大動脈幹[1477]	其位在胸骨之後側，為上行大動脈幹之一系，自前右方彎曲于後右方，而達于第三胸椎體之左側者，為大動脈幹[1478]。
下行大動脈幹	胸部動脈幹及腹部動脈幹，為下行大動脈幹，由其部位，胸腹以成[1479]。
靜脈	肺循環之動脈及全身循環之靜脈，為靜脈。
肺循環之靜脈	肺靜脈，為肺循環之靜脈[1480]。
毛細管網[1481]	其起源為各肺之毛細管網。
肺靜脈	左右各有二條，其經過自肺動脈之下際，出肺門而稍稍走于地平，開口于左房之後上壁者，為肺靜脈。
全身循環之靜脈	心臟靜脈、上大靜脈幹及下大靜脈幹之歸入于心之右房

[1473] 「全身循環之動脈」一般縮成「體動脈」(systemic arteries)。
[1474] 更多定義見註 1477 所附正文詞。
[1475] 今作「大動脈」、「主動脈」(aorta)。
[1476] 「上行大動脈幹」一般縮成「上行大動脈」(ascending aorta)。
[1477] 更多定義見註 1474 所附正文詞。
[1478] 「大動脈幹」一般縮成「大動脈」(aorta)。
[1479] 「下行大動脈幹」一般縮成「下行大動脈」(descending aorta)。
[1480] 「肺循環之靜脈」一般縮成「肺循環靜脈」(pulmonary veins)。
[1481] 更多定義見註 1490 所附正文詞。

	者，謂之全身循環之靜脈[1482]。
心臟靜脈	有三條之主管，為受容心臟壁質之靜脈血者，謂之心臟靜脈。
上大靜脈幹	由左右無名靜脈之會合而成為一大幹，在上行大脈幹之右側，又下而開口於右房之上壁者，謂之上大靜脈幹[1483,1484]。
下大靜脈幹	由左右總膁骨靜脈之會合而成，在腹部動脈之右側，上而入於橫隔膜之靜脈孔，終開口於右房之後下部者，謂之下大靜脈幹[1485]。
淋巴管	吸收組織間隙所滲出之無色透明之淋巴液及腸管，所製造之白色不透明之乳糜，而為輸送於靜脈之管者，謂之淋巴管。淋巴管有二大別，一曰右總淋巴管，二曰左總淋巴管。
右總淋巴管	短幹而開口於右內頸靜脈及鎖骨下靜脈之會合部，更受容右頸淋巴幹瑣骨下淋巴幹及氣管縱隔淋巴幹者，謂之右總淋巴管。
左總淋巴管	頸淋巴管、鎖骨下淋巴幹、氣管縱隔淋巴幹、腰淋巴幹及腸淋巴管，五者謂之左總淋巴管。
動脈管	由心之收縮，而輸出新鮮紅色之血液[1486]於身體之組織者，為動脈管[1487]。
靜脈管	由心之開張，而自身體之組織，輸入老敗暗赤色之血液[1488]於心臟者，為靜脈管[1489]。
毛細管網[1490]	動脈一脈之連接部，呈有細微之網狀者，為毛細管網。
血液循環	自心循乎組織，復自組織[1491]歸于心者，謂之血液循環。
大循環	由全身動脈，出心之左室，經毛細管網，更入全身靜脈，而歸于心之右房者，謂之大循環[1492]。
小循環	由肺動脈，出心之右室，入肺，經毛細管網，更走肺靜

[1482] 「全身循環之靜脈」一般縮成「全身循環靜脈」(systemic veins)。
[1483] 原文所見「斡」，應屬誤繕，諒係「幹」。
[1484] 「上大靜脈幹」，今作「上腔靜脈」(superior vena cava)。
[1485] 今作「下腔靜脈」(inferior vena cava)。
[1486] 原註：即動脈血。
[1487] 「動脈管」，今作「動脈」(artery)。
[1488] 原註：即及靜脈血。
[1489] 「靜脈管」，今作「靜脈」(vein)。
[1490] 更多定義見註 1481 所附正文詞。
[1491] 原書所見「職」諒係「織」。
[1492] 「大循環」，又作「體循環」(greater or systemic circulation)。

脈，而歸于心之左房者，謂之小循環[1493]。

釋神經系統

神經系統	動物性神經系統及植物性神經系統，為神經系統。
動物性神經系統	動物性神經系統之中樞部及末梢部，為動物性神經系統。
植物性神經系統、交感神經系統	植物性神經系統之中樞部及末梢部，為植物性神經系統，亦謂之交感神經系統[1494]。
動物性神經系統之中樞部	脊髓及腦髓，為動物性神經系統之中樞部[1495]。
動物性神經系統之末梢部	腦神經及脊髓神經，為動物性神經系統之末梢部[1496]。
脊髓	其位在脊柱管內，其形帶圓柱狀，其上端界於第一腰椎，其下端終于第二腰椎者，為脊髓，其髓質外部為白質，內部為灰白質。
腦髓	後腦、中腦、前腦及大腦為腦髓[1497]，其位在頭蓋腔內，其形帶球狀。
後腦	延腦、小腦、第四腦室及瓦羅爾氏橋[1498]，為後腦。
中腦	大腦腳、四疊體及治爾威哀氏導水管[1499]，為中腦。
前腦	視神經床及第三腦室，為前腦。
大腦	半球之幹部、半球之外部及左右半球之連接為大腦。
腦神經[1500]	嗅神經、視神經、動眼神經、滑車神經三叉神經、外旋神經、顏面神經、聽神經、舌[1501]咽神經、迷走神經、副及

[1493] 「小循環」，又作「肺循環」(lesser or pulmonary circulation)。

[1494] 今作「自主神經系統」(autonomic nervous system)。

[1495] 今作「中樞神經系統」(central nervous system)。

[1496] 今作「周邊神經系統」(peripheral nervous system)。

[1497] 「腦髓」一般縮稱「腦」(brain)。

[1498] 名譯於義大利解剖學家科斯坦佐·瓦羅利奧（Costanzo Varolio，1543-1575 年），曾任教宗額我略十三世（Pope Gregory XIII）的御醫。

[1499] 名譯於荷蘭解剖家 Franciscus Sylvius，(1614-1672 年)，現代醫學稱謂「中腦水管」或「大腦導水管」(Aqueductus cerebri)。

[1501] 原文所見「古咽神經」，誤繕，應為「舌咽神經」。

	舌下神經，十二對者，為腦神經。
嗅神經	其起原為嗅球，其分佈為鼻腔之粘膜，其官覺主嗅者，為嗅神經。
視神經	其起原為視神經交叉，其分佈在眼球之網膜，其官主視者，為視神經。
動眼神經	其起源在大腦腳之間，其分佈在眼窩之上真筋眼瞼、上眼瞼舉筋、內直筋、下直筋及下斜筋，其官主動者，為動眼神經。
滑車神經	其起原在四疊體後阜之下部，而現於大腦腳之外側，其分佈在滑車筋，其官主動者，為滑車神經。
三叉神經	其起原在瓦羅爾氏橋之兩側，其分佈在前額、上顎、下顎、顳顬[1502]之外皮及粘膜與咀嚼筋，其官主知與動者，為三叉神經。
外旋神經	其起原在延髓及瓦羅爾氏橋之間[1503]，其分佈在眼窩之外直筋者，為外旋神經。
顏面神經	其起原在延髓之上外側，其分佈在顏面諸筋及後頭筋，其官主動者，為顏面神經。
聽神經	其起原在延髓之上外側，其分佈在內耳，其官主聽者，為聽神經。
舌咽神經	其起原在延髓之上外側，其分佈在舌與咽頭，其官主味者，為舌咽神經。
迷走神經	其起原在延髓之上外側，其分佈在舌與咽頭，其官主知及動者，為迷走神經。
副神經	其起原在延髓之下部及脊髓之上部，其分佈在僧帽筋，其官主動者，為副神經。
舌下神經	其起原在「疴利烏」[1504]體及錐狀體之間，其分佈在舌筋及

[1502] 「顳」，是指顳骨，頭骨之一，「顬」，是指謹慎的樣子，亦指蒙昧、膽怯。有「顳顬」一詞，〔顬〕和「顬」字體相似，以為「顬」為錯字，應該是「顳顬」。

[1503] 原註：前例。

[1504] 原書有掛號。註釋：或許譯於'olivary'，指的是「下橄欖核」(inferior olivary nucleus)。

	舌骨下部之諸筋，其官主動者，為舌下神經。
脊髓神經	生于脊髓之前及後側溝，為前後兩根，其數共有頸椎神經八對，背椎神經十二對，腰椎神經五對，薦骨神經五對及尾閭骨神經一對，合三十有一，皆經椎間孔，而分佈於軀幹及四肢，出為脊髓神經。
頸椎神經	頸神經叢及膊神經叢，為頸椎神經。
背椎神經	其位在背椎之各側，謂肋骨之下緣，而分佈於肋間者，為背椎神經[1505]。
腰椎神經	其位在腰椎之各側，大腰筋及方形腰筋之間者，為腰椎神經。
薦骨神經	骨盤枝及下肢神經，為薦骨神經[1506]。
尾閭骨神經	最小而位于尾閭骨之各側，與第五薦骨神經之一枝相連接，而成尾閭骨經叢，分佈於尾閭骨之尖端及同部之外皮者，為尾閭骨神經[1507,1508]。
交感神經系之中樞部	上頸神經節、中頸神經神節、及下頸神經節，為交感神經系之中樞部[1509]。
交感神經系統之末稍部	頭部、頸部、胸部、腹部及骨盤部，為交感神經系統之末稍部[1510]。
上頸椎神經	大而在第二、第四頸椎之部位，與上四個之頸椎神經相連接者，為上頸椎神經[1511]。
中頸神經節	小而第五、第六頸椎之部位，同時與之相連接者，為中頸神經節。
下頸神經節	微大而帶方形，在第七頸椎橫突起之前側，與下二個之頸椎神經及第一背椎神經相連接者，為下頸神經節。
頭部	頸靜脈神經、內頸動脈神經及外頸動脈神經，謂之頭部。

[1505] 今作「胸髓神經」(thoracic nerves)。
[1506] 今作「骶骨神經」(sacral nerves)。
[1507] 原文有括弧。
[1508] 「尾閭骨神經」，今作「尾骨神經」(coccygeal nerves)。
[1509] 今作「交感神經系統的中樞部分」(central part of the sympathetic nervous system)。
[1510] 今作「交感神經系統的末稍部分」(peripheral part of the sympathetic nervous system)。
[1511] 「上頸椎神經」一般縮稱「上頸神經」(upper cervical nerves)。

	上、中、下、心臟神經，謂之頭部。
胸部	心臟叢及大、小內臟神經，謂之胸部。
腹部	內臟動脈軸叢，謂之腹部。
骨盤部	下部叢，謂之骨盤部[1512]。
終器	所以報外素之刺擊於動物性神經系統之中樞部，而使腦脊髓神經，發起數種之機能者，謂之終器，其位在神經之末端，故曰終器。
交感神經叢	植物性神經系統之末梢部，纏內臟及血管而成叢，謂之交感神經叢。主腺之分秘，及不隨意運動。

第十三節　釋動物

總釋

動物	生物界大別為動、植二類，有神經而感覺力，能自由運動者，謂之動物。
動物解剖學	研究動物成體之構造及諸部之關係者，謂之動物解剖學。
動物發生學	研究動物自胎卵發生至成體之變化者，謂之動物發生學[1513]。
動物生理學	研究動物體中理化學上之作用者，謂之動物生理學。
動物地理學	研究動物布散[1514]於地球上各區域者，謂之動物地理學。
動物系統學	從動物發生上及形狀上，參酌其異同而定其相互之系統者，謂之動物系統學。
古動物學	攷[1515]地層中分布之化石動物，而說明其構造分類者，謂之古動物學。
行	動物之繁衍，千態萬形而不可殫述也，動物家乃據其構造之異同，及血緣之親疎[1516]，而大別之為數行，

[1512] 今作「骨盆部」(pelvic part)。
[1513] 今作「動物胚胎學」或「發生生物學」(developmental biology)。
[1514] 今作「散布」。
[1515] 「攷」，同「考」。
[1516] 「疎」，同「疏」。

綱	各行又分為若干綱，
目	各綱又分為若干目，
科	各目又分為若干科，
屬	各科又分為若干屬，
種變	於屬中更細別之曰種變[1517]。
原生動物[1518]	動物界總分為八門，曰原生動物、
海綿動物[1519]	曰海綿動物、
蠕形動物[1520]	曰蠕形動物[1521]、
腔腸動物[1522]	曰腔腸動物、
節足動物[1523]	曰節足動物[1524]、
軟體動物[1525]	曰軟體動物、
棘皮動物[1526]	曰棘皮動物、
脊椎動物	曰脊椎[1527]動物。

釋原生動物

原生動物[1528]	軀體微小單純，僅從一個細胞而成立者，謂之原生動物。原生動物分為四綱，曰根足蟲類、曰鞭毛蟲類、胞子蟲類、曰纖毛蟲類。其骨格[1529]為石灰質或硅酸質，其體為粘液，其外有突出之虛足，其收縮力能移動而採取食物也。
根足蟲類[1530]	虛足幅廣，或如細絲、或如樹根、或如指狀，若是者謂之根足虫類、變形虫類、有孔虫類、放散虫類屬之[1531]。
鞭毛蟲類	其外肉稍緻密，虛足缺，其狀似卵肉，前端生一條或數條之長毛，若是者謂之鞭毛虫類，游泳於水中，時起渦流而

1517　今作「變種」。
1518　更多定義見註 1528 所附正文詞。
1519　更多定義見註 1534 所附正文詞。
1520　更多定義見註 1546 所附正文詞。
1521　今作「蠕蟲」(worms)。
1522　更多定義見註 1539 所附正文詞。
1523　更多定義見註 1561 所附正文詞。
1524　今作「節肢動物」(arthropods)。
1525　更多定義見註 1600 所附正文詞。
1526　更多定義見註 1618 所附正文詞。
1527　原書所見「推」，諒係「椎」。
1528　(續) 根足蟲類、鞭毛蟲類、胞子蟲類、纖蟲類。更多定義見註 1518 所附正文詞。
1529　「格」，通「骼」。
1530　(續) 變形蟲類、有孔蟲類、放散蟲類
1531　今作「根足類」(rhizopoda)。

	誘引食物也。
胞子蟲類	其體質分內肉、外肉，其狀為橢圓，有薄皮膜，稍具呼吸營養諸作用者，謂之胞子虫類，悉寄生於他動物體中也。
纖毛蟲類	其形狀稍變化，其構造稍複雜，其一部分叢生細短之毛，活發游泳於水中者，謂之纖毛蟲類。有口，有食道，有排泄管，有收縮胞。
複細胞生物[1532]	合數細胞而構成形體，具器官者，謂之複細胞動物。其器官有八，曰皮膚、曰運動器、曰神經系、曰消食器、曰循環系、曰呼吸器、曰泌尿器、曰生殖器，惟甚為單筒，不完全也[1533]。

釋海綿動物

海綿動物[1534]	其體具一種之骨骼，或為單體，或為獨體，群生海中者，謂之海綿動物。海綿動物因其性質區分為五目。
膠質海綿	無骨骼者，謂之膠質海綿。
角質海綿	其骨骼而從角質纖維組成者，謂之角質海綿。
硅角海綿	合硅質針骨角質纖維組成籠形者，謂之硅角海綿。
玻璃海綿	有透明之硅質針骨，為格子狀，纏結而成籠形者，謂之玻璃海綿。
石灰海綿	其骨骼從石灰質之針骨而成者，謂之石灰海綿[1535]。
扁平細胞	凡海棉體概從三層細胞而成，其外層為扁平細胞，被覆於體之表面，
皮膜	其內層為皮膜，被體於体內諸腔之內面，
網狀細胞	其中層為網狀細胞，案[1536]季節而發生雌雄之生殖[1537]物[1538]。

[1532] （續）皮膚、運動器、神經系、消食器、循環系、呼吸器、泌尿器、生殖器

[1533] 「複細胞生物」，今作「多細胞生物」(multicellular organisms)。

[1534] 更多定義見註 1519 所附正文詞。

[1535] 今作「石灰質海綿」(calcareous sponges)。

[1536] 「案」，通「按」。

[1537] 「殖」，通「植」。

[1538] 「網狀細胞」，今作「纖維細胞」(fibrous cells)。

釋腸腔動物

腔腸動物[1539]　其體為圓筒狀，其口之周圍，有指狀之突起，排列如輻，用以捕獲食餌也，外通於口之內腔，是為腔腸，為消食器，若是者，謂之腔腸動物。

潑列潑水母類[1540]　腔腸動物分有三類，其腔腸有單一之腔室，為水脉管，布衍於諸部，其輻有四有八，是謂潑列潑水母[1541]類，有管水母、硬水母，水母之分名[1542]。

觸手　其體壁體分內中外三層，其下面附着於他物，其上面中央開口，周圍環生多數之肉刺，是為觸手。

珊瑚蟲類[1543]　其內腔中怒垂[1544]一管狀之食道，下端與腔腸相通，其腔腸緊張於食道之側壁，由數個之隔膜而分為數室，生特別之生殖器，是謂珊[1545]蟲類，中分多放線類，八放線類之二目。

櫛水母類　其體球狀而有帶，體面整列櫛齒狀之纖毛，板縱帶八列，振動移行於水中，有口、有食道、有胃、有二出水管，雌雄同體，是謂櫛水母類。

釋蠕形動物

蠕形動物[1546]　體質柔軟而分背腹為兩面，頭尾為二部，左右相對，前後連成數環節，體面生介殼，若是者，謂之蠕形動物。蠕形動物分為六綱[1547]。

扁蟲類[1548]　軀體扁平連成鎖[1549]狀，有口而無食管，多寄生於他動〔物〕[1550]之內臟者，謂之扁蟲類，渴虫類、吸虫類、條虫

[1539] 更多定義見註 1522 所附正文詞。
[1540] （續）**管水母、硬水母、水母**
[1541] 原書所見「毋」應係「母」。
[1542] 「潑列潑水母類」一詞不清楚，並非現代動物學概念，估計是水母 (jellyfish) 的分類之一。
[1543] （續）**多放線類、八放線類**
[1544] 「㤉」，通「垂」。
[1545] 原書見「湖」，應為「瑚」。
[1546] 更多定義見註 1520 所附正文詞。
[1547] 「蠕形動物」，今作「蠕蟲」(worms)。
[1548] （續）**渴蟲類、吸蟲類、條蟲類**
[1549] 「鎻」，同「鎖」。
[1550] 恐漏字，補「物」一字。

	類屬之。
紐蟲類	軀體細長，其狀如紐，有長達數尺者，腹內之前端開口，尾端具肛門，頭部左右有小溝，密生纖毛，是謂紐虫類。
圓蟲類[1551]	軀體為仿[1552]錐狀，而無節體面廣濶[1553]，多寄生於他動物體中者，謂之圓虫類，蝸虫、十二指腸虫、旋毛虫等屬之[1554]。
環蟲類[1555]	軀體有多數之環節相連，口在前端之腹面，有數神經球，連瑣而縱走於腹部，是謂環虫類，水蛭、蚯蚓、沙虫等屬之[1556]。
前尻類[1557]	體面有介殼，口之周圍，生纖毛及觸手，肛門開於體之前端之背面，是為前尻類，星虫、苔蘚虫等屬之[1558]。
輪蟲類	躰[1559]小而形為長圓，其前端盤狀部分，伸縮自在簇生纖毛以捕食物，其後端尖細而有尾，是謂輪虫類[1560]。

釋節足動物

節足動物[1561]	全體以環節構成，左右相對，頭腹胸為之部，腹面生肢，頭部生觸角及顎，胸部生足，体面被硬皮而生毛刺，若是者，謂之節足動物。
	節足動物分為五綱[1562]。
甲殼類[1563]	体包硬質之甲殼，頭胸兩部合為一體，其突出於頭前者，為二對之觸角，其位於口之直前者，為上下顎，其足在胸部其腹通稱為尾，環節分明者，是謂甲殼類。葉脚類、介形類、橈[1564]脚類、蔓脚類、節甲類、胸甲類、劍尾類屬之。

1551 （續）蝸蟲、十二指腸蟲、旋毛蟲類
1552 原書所見「彷」應係「仿」。
1553 「濶」，同「闊」。
1554 「圓蟲類」是指「線蟲」(nematodes, round worms)。
1555 （續）水蛭、蚯蚓、沙蟲
1556 「環蟲類」是指「環節動物」(annelids)。
1557 （續）星蟲、苔蘚蟲
1558 「前尻類」是指「輪形動物」(rotifers)。
1559 今作「體」。
1560 「輪蟲類」與前者類似，亦指「輪蟲」(rotifers)。
1561 更多定義見註 1523 所附正文詞。
1562 「節足動物」，今作「節肢動物」(arthropods)。
1563 （續）葉腳類、介形類、橈腳類、蔓腳類、節甲類、胸甲類、劍尾類
1564 「橈」，是指彎曲、歪曲。

蜘蛛類[1565]	皮膚有柔有剛，頭、胸部相密合，其八足上下左右有四，上顎強壯，而左右相併如鉗狀，頭端下垂，含一種之毒線，是謂蜘蛛類[1566]。壁蝨、蠍、長脚虫、避日等屬之。
有爪類[1567]	其体延長蠕動，分頭及軀幹為二部，頭部其觸角、單眼、顎，各二軀幹為多數之環節相聯結，腹部有多足，無足生二鈎爪[1568]，是謂有爪類[1569]，疥癬虫類屬之。
多足類[1570]	其體延長為圓筒形或為扁平，連接百數十之環節而成軀幹，頭其單眼、觸角、顎，無環節生二足或八足，足端有鈎爪，是謂多足類[1571]，青虫、蜈蚣等屬之。
昆蟲類	其頭胸腹三部分明，其足六，下顎有觸鬚，胸上有翅，種々不同，是謂昆虫類。
初生期變體	昆虫大率雌雄異體，交尾而產卵，由卵變成蠕蟲，是謂初生期變體，蛆、螟蛉、蛄蟖[1572]、烏蠋[1573]等是也[1574]。
蛹	由此變體數回脫皮，能自由運動收取食物，是謂之蛹。
成蟲	由蛹而衛生翅，長成軀體，是謂成虫，蝗、蜻蛉，不完全變體也。蛾、蝶、蜂，完全變體也。
彈尾類	昆虫類之分月有九：一曰彈尾類[1575]。口器不完全，無翅，尾端生長毛，以彈地而跳行也。
直翅類	二曰直翅類[1576]。前後兩翅重疊，翅脈細如網狀，其觸角或為絲狀、或為鞭狀，其足或為走行、或為跳行。
真直翅類	螳螂、螽斯、蟋蟀、螻蛄，是為真直翅類[1577]，其前後翅之形狀性質各異，靜息之際，後翅能縱行疊收也。

[1565] （續）壁蝨、長脚虫、避日
[1566] 今日多以「蛛形綱」來涵蓋蜘蛛、蠍等。
[1567] （續）疥癬蟲類
[1568] 原書見「瓜」，誤繕，即「爪」。
[1569] 此分法已不再現代分類體系中使用，現代較少見此分類。
[1570] （續）青蟲、蜈蚣
[1571] 分類方法已有重大改變，此分法在現代分類中較少使用或已被細分。
[1572] 「蟖」，同「蜥」，是指一種毛蟲。
[1573] 「蠋」，是指蛾、蝶類的幼蟲。
[1574] 「初生期變體」，今作「幼蟲期」(larval stage)。
[1575] 此分類方式已屬過時，現代分類中不再使用此稱呼。
[1576] 現代分類多依具體目或科名稱來表述，原「直翅類」的分法已過時。
[1577] 此分法屬於舊分類體系，現代分類中已不採用此稱呼。

擬脈翅類	蜻蜓、江鷗、赤卒、紗年、豆娘、白蟻等，是為擬脈翅類[1578]，其前後翅性質相同，而不能疊收也。	158
脈翅類	三曰脈翅類[1579]。前後翅性質同，脈網細，雄虫其發音器而發美音，以誘致雌虫也。	
撚翅類	四曰撚翅類，其雄虫前翅小而末端撚卷，後翅大而能疊收，其雌虫常寄生於腹內，無眼、無翅、無脚也[1580]。	
有吻類	五曰有吻類[1581]。	
無翅類	其口器為管狀，用以刺螫，常其四翅，寄生於動物之蝨，是為無翅類[1582]，	
植蝨類	寄生於植物之呀虫，雄者有薄弱之四翅，而雌者無之，是為植蝨類[1583]。	
蟬類	翅膜剛強而透明，前後性質各異，如鳴蜩[1584]、茅蜩、蚱蟬、寒蟬、妒[1585]蟟等，是為蟬類。	
半翅類	有四翅而前翅半為革質，前胸特大，是為半翅類[1586]，椿象、田鼈[1587]、水黽[1588]等屬之。	
雙翅類[1589]	六[1590]曰雙翅類[1591]。其頭為球狀，而頸細，有觸角，前翅透明，後翅不完，足之末端，其鈎爪及吸盤者，虻蠅類、蠅類、蚊類、蚤類是也。	
鱗翅類[1592]	七曰鱗翅類。其口器有適於吸吮[1593]之細長管，其四翅密其細微之鱗，胸節微弱，外觀甚麗，小蛾類、夜蛾、蠶蛾類、蝴蛾類、天蛾類是也。	
鞘翅類[1594]	八曰鞘翅類[1595]。其前翅變為角質，其頭及前胸，亦包革	

1578 舊分類已廢，現代按不同目分散。
1579 舊分類概念已改，現代不再使用。
1580 「撚翅類」，今作「鞘翅目」(coleoptera)。
1581 舊分類已廢，現代按功能或目重新分類。
1582 舊分法，現代各異，不作統一稱呼。
1583 舊分類已廢，現代分散於不同目。
1584 「蜩」，是指一種蟬。
1585 「妒」，今作「妒」。
1586 名稱形式更新，但描述大致相似。
1587 「鼈」，今作「鱉」。
1588 「黽」，是指一種青蛙。
1589 （續）虻蠅類、蠅類、蚊類、蚤類
1590 原文所見「亦曰」，誤繕，應為「六曰」。
1591 今作「雙翅目」，基本相同。
1592 （續）小蛾類、夜蛾類、蠶蛾類、蝴蛾類、天蛾類
1593 「吮」，是指用口吸取。
1594 （續）隱四翅類、隱五節類、異節類、五節類
1595 今作「鞘翅目」。

質之硬皮，靜息之時，後翅被腹而保護之，或橫折，或縱疊，外有便于行走或游泳之足，隱四翅類[1596]、隱五節類、異節類、五節類是也。

膜翅類[1597] 九曰膜翅類[1598]。其口器適于嚙咬餂[1599]食，其翅有四，為膜狀而少翅脈，其脈環節，皆相固着，其雌者尾端其產卵管，或毒劒，有錐類，有劒類是也。

釋軟體動物

159 軟體動物[1600] 其形體大率皆左右相稱，腹有號稱為足之肉質一部，便于移動，其消食管，自食道胃及腸而成，肝臟分泌液汁，助其消化，具有肛門，其心臟流青色血液，支給體腔，其腎臟為囊狀之器官，其神經系，凡為三對之神經球，其體壁之表面，成生石灰質介殼，或無介殼，其眼及聽官器，或其或闕，概雌雄同體者，多異體者亦有之，是為軟體動物。

瓣腮類 軟體動物分為四綱。其體左右有外套膜，前後開口，從前口出足，後口更區別為上下二門，其上門排出水穢，其下門吸取食物，隨呼吸之水，而流入於外套腔中，其形如管，故名水管，其口有顎，口之左右生小形瓣狀物四，名曰觸唇。

若是者謂之瓣顋[1601]類。瓣顋類分單柱類、異柱類、同柱類之三目。

單柱類 單柱類者，無前柱而有小形之足，兩殼常大小不同，無水管，海扇、牡蠣等屬之[1602]。

1596 原書見「隱四翅後」，繕誤。
1597 (續)有錐類、有劒類
1598 無統一新詞；屬於膜翅目等各目。
1599 「餂」，是指探取、套騙。
1600 (續)**水管、觸唇**；更多定義見註 1525 所附正文詞。
1601 「顋」，今作「腮」。
1602 「單柱類」今日可作「雙殼類」，舊分類大致對應現代的雙殼綱 (bivalvia)，但概念較不精確。

第二章　《新爾雅》原文　　181

異柱類	異柱類[1603]者，其前後二柱，而大小不同，貽其等屬之[1604]。
同柱類	同柱類[1605]者，前後兩肉柱，大小相同，往往其有水管，魁蛤、文蛤、蜆等屬之[1606]。
掘足類	有管狀之單殼，口之上部，生顎移一，下部排列小銳齒，中有舌，其足常伸而掘海底之泥沙，而伏行，若是者謂之掘足類[1607]。
腹足類	其體有頭部，頭上有扁平之觸角，有筋肉性之足，能吸着外物而進行，全體被包種種之介殼，若是者謂之腹足類[1608]。腹足類分有板類、前顋類、異足類、有肺類、後顋類之五目。
有板類	有板類者，無頭部，亦無觸角，全體為橢圓形，背面有數片之甲板，連生於前後，石鼈之類屬之[1609]。
前腮類	前顋類者，其有螺旋狀之殼，其顋仕心臟之前，其形為櫛狀，或為羽狀，石決明[1610]、蠑螺、蠣、子安是等屬之[1611]。
異足類	異足類者，軀體透明，被螺線狀、烏帽狀之單殼，頭部延長，足如鰭，產於暖海也[1612]。
有肺類	有肺類[1613]者，軀體其螺旋狀之殼，皆以肺呼吸空氣，產於陸上，或淡水中，蝸牛等屬之。
後腮類	後顋類[1614]者，多無殼而有顋，背面裸出，或以外套蔽之，雨虎等屬焉[1615]。
頭足類[1616]	其頭部與軀幹，有判然分明者，有不分明者，口之周圍，

1603 已廢用，現代生物分類學中無此術語。
1604 「異柱類」並非現代生物分類學之術語。
1605 已廢用，現代生物分類學中無此術語。
1606 「同柱類」並非現代生物分類學之術語。
1607 舊分類方法，現代分類中不再使用。
1608 腹足綱 (gastropoda)，依然常用，屬於軟體動物中的一大類。
1609 「異柱類」是指「多板綱」(polyplacophora)。
1610 鮑魚的別名。
1611 「前腮類」，今作「腹足類」(gastropoda)，現代已併入腹足綱，名稱更新。
1612 已廢用，無明確現代對應，可能是前述「腹足類」的一種。
1613 是指「有肺腹足綱」(pulmonata)，概念基本相同；現代分類用語更精確，但「有肺類」仍為普遍用語。
1614 舊分類概念不再獨立，現代一般歸入腹足綱。
1615 見註1611。
1616 （續）翼足、管足

多生觸手，或長、或短、或具墨汁囊，噴出黑水以避害，其足左右多生翼狀之鰭，以游泳於洋面，若是者，謂之頭足類[1617]，頭足有之足，有翼足、管足之分。

釋棘皮動物

水管系 　軀體分五輻，其外生多少之硬棘，是為管狀器官，含液質而伸縮自在，總名曰水管系，

棘皮動物[1618] 　若是者，謂之棘皮動物。

步帶、海百合類 　棘皮動物分為四綱，其體為球形，其下有長節柄，固着於海底，分為五輻，每輻更分叉，而列生小技，名曰步帶，是為海百合類[1619]。

海盤車類 　其體為扁平五棱形，突出數輻，下有步足，是為海盤車類[1620]。

海膽類 　其體為球形或心臟形，有石灰板接合之殼，殼其二十帶，帶有小孔是為海膽類。

沙嗾類 　其體為圓柱形，兩端有口與肛門，口之周圍，生若干之觸手，體面有大圓錐形突起，是為沙嗾[1621]類[1622]。

釋脊椎動物

下等脊椎動物 　軀體發育漸完全，則有若干之脊骨，成一列之脊椎，是為神經系之中樞，全軀大別為四部，頭、頸、胴、尾，是也。其四部不分明，而軟骨之部分多者，謂之下等脊椎動物[1623]。

高等脊椎動物 　其全為骨質部分，而無軟骨部分者，謂之高等脊椎動

1617 今作「頭足綱」(cephalopoda)。
1618 更多定義見註 1526 所附正文詞。
1619 「步帶、海百合類」，今作「海百合類」(crinoids)。
1620 「海盤車類」，今作「蛇尾類」(ophi-uroids) 抑或「蛇尾目」(brittle stars)。
1621 「嗾」，是指將水含在口中噴出去。
1622 原註：海參即此。註釋：「沙嗾類」，今作「海參類」(holothurians)。
1623 原書遺漏部分黑點。

	物[1624]。脊椎動物分為六綱。
奇鰭	有鱗、有鰭，而鰭又分為之種，其一在體之中央線者，名曰奇鰭[1625]。
偶鰭	其一對於體之左右而生者，名曰偶鰭。
其鰭	奇鰭中所生.之位置而區為三部，在脊之中央者，曰其鰭[1626]，
尾鰭	在體之後端者，曰尾鰭，
臀鰭	有肛門之後者曰臀鰭。
胸鰭、腹鰭	偶鰭通常為二對，曰胸鰭，曰腹鰭。
側線	鱗之排列狀不一，而概為扁平，各有一小孔，相並而成一線，是為一種之感覺器，名曰側線，
魚類	若為者謂之魚類。魚類分圓口類、板顎類、硬骨魚類、硬鱗魚類、肺魚類之五曰。
圓口類	圓口類[1627]者，其體圓長而無偶鰭，口圓而上下兩顎無差別，鰻鱺[1628]等屬之。
板腮類	板顎類[1629]者，通常有五對之顎孔，尾鰭不整，其鱗為齒狀，鯊魚類[1630]等屬之。
硬骨魚類	硬骨魚類者，有顎盖，尾鰭整然，鱗如屋瓦，鯉、鮒、鮒等屬之。
硬鱗魚類	硬鱗魚類[1631]者，尾鰭不整，鱗極堅固，表面有琺[1632]瑯質，福若美屬之[1633]。
肺魚類	肺魚類者，有顎盖，其鱗前後相重，巴拉萌達，加拉美等

[1624] 舊概念，現代多按具體類別劃分，無單獨用語；有時用「硬骨脊椎動物」指代。另，遺漏部分黑點，如上。
[1625] 現代較常用「中線鰭」，描述體中央沿線生長之鰭。
[1626] 已廢用，現代分類中無此獨立名稱。
[1627] 舊分類概念，已不再作為獨立分類使用。
[1628] 「鱺」，今作「鱔」。
[1629] 舊分類方法，現代生物分類中已不採用。
[1630] 原書所見「鯊魚類魚」，應屬誤繕。
[1631] 舊分類概念，現代分類中不再使用。
[1632] 「琺」，通「法」。
[1633] 原註：產於日本北海道及北太平洋沿岸。

	屬之[1634]。
兩棲類	有四肢而不分腕與足，如魚類而無鰭，體面亦無鱗，有肺呼吸，若是者謂之兩棲[1635]類。兩[1636]棲類，分有尾類、無尾類之二目。
有尾類	有尾類[1637]者，常棲息於水中，亦步行於陸上，幼時有顋，長成即消滅，山椒魚等屬之。
無尾類	無尾類[1638]者，水陸共棲，幼時尾有顋，長成生四肢，蛙鰍等屬之。
爬蟲類	體有四肢，膚有鱗，骨骼如箱形，若是者謂之爬虫類。爬虫類分蜥蜴類，龜類、鱷魚類、蛇類之四目。
蜥蜴類	蜥蜴類者，有四肢而無甲，蜥蜴、縢[1639]蛇、守宮等屬之。
龜類	龜類者，四肢多扁平，游泳於水中，有極堅固之甲，石龜、海龜類等屬之。
鱷魚類	鱷魚類者，外形似蜥蜴，而有堅固之甲，長達一丈以上，怒時則害人也。
蛇類	蛇類者，無四屬之痕跡，唯在腹面，生一行之潤鱗，往往有毒，真蟲波布[1640]等屬之。
鳥類[1641]	其體面生羽，前肢變形為翼，其兩顎無齒，若是者謂之鳥類。鳥類分水鳥類、沼鳥類、鳩類、雞類、啄[1642]木類、小鳥類、鴈[1643]梟[1644]類、走鳥類之八目。
水鳥類	水鳥類者，其嘴扁平，其足短，趾向於前方，而連以膜，

[1634] 原註：產於亞非利加及南美之諸河。註釋：「亞非利加」今作「非洲」。
[1635] 原書所見「捿」，今作「棲」。以下相同者不再註明。今作「兩棲動物」。
[1636] 原書所見「雨」，誤繕。
[1637] 今作「蠑螈類」，舊分法中的「有尾類」大致對應現代的蠑螈 (urodela)，分類方式有所更新。
[1638] 今作「蛙類」，舊分法中的「無尾類」大致對應現代的蛙 (anura)，分類方式有所更新。
[1639] 「縢」，是指繩索、纏束。
[1640] 原註：皆日本產之蛇名。註釋：其中，「波布」可能是指沖繩的黃綠龜殼花 (protobothrops mucrosquamatus)，是日本體型最大的毒蛇（ハブ），漢字寫作「波布」，而「真蟲」可能是「島」(shima) 的少見音兼意譯。
[1642] 日本「啄」字無撇，繁體中文作「啄」。
[1643] 「鴈」，今作「雁」。
[1644] 「梟」，通「鴞」，指貓頭鷹。

	水鴨鳥、鴈、鵜、鷗等屬之。
沼鳥類	沼鳥[1645]類者，其鶚[1646]長，其足長，其趾向前而連膜，有不完全者，鶴、鷺、鴨、千鳥等屬之[1647]。
鳩類	鳩類者，一切鳩鳥之種類屬之。
雞類	雞類[1648]者，嘴短而堅，足短而粗，其爪扁平，適於搔地，頭部、頷部有無羽之肉質，孔雀、雉、鶉[1649]等屬之。
啄木類	啄木類[1650]者，嘴直而堅，其足二趾在前，二趾向後，適於登木，一切啄木鳥之種類屬之[1651]。
小鳥類	小鳥類[1652]者，其形小，其發聲多清脆，其種極多，燕、雀、鶯、鶲[1653]領[1654]、山雀、百勞[1655]、雲雀，等屬之[1656]。
鷹梟類	鷹梟類[1657]者，其足粗短，其嘴彎曲，梟、鷹、鳶、鷲等屬之[1658]。
走鳥類	走鳥類[1659]者，其翼短而不能飛，其足粗而長，適於奔走，鴕鳥之類屬之。
乳哺類	其體之表面生毛，其皮膚之一部，生乳腺而養子，概為胎生，若是者謂之乳哺類[1660]。乳哺類分一穴類、有袋類、食虫類、尖齒類、齧齒類、翼手類、有蹄類、長鼻類、肉食類、鰭脚類、海牛類、游水類、猿猴類之十三目[1661]。
一穴類	一穴類[1662]者，其兩顎濶而扁，如鴨嘴，其足五趾，連以

163

1645 原書所見「謂鳥」應屬誤繕，諒係「沼鳥」。
1646 「鶚」，通「鴞」，指猛禽鳥類鴟梟。
1647 「沼鳥類」，今作「濕地鳥類」(wetland birds)。
1648 今作「雉雞目」，「雞類」對應現代的雉雞目 (galliformes)，分類名稱有所更新。
1649 「鶉」，如鵪鶉。
1650 概念基本相同，只是名稱更新，現代常用「啄木鳥類」。
1651 「啄木類」，今作「啄木鳥類」(woodpeckers)。
1652 概念相似，現代多稱「小型鳥類」，用語更為直觀。
1653 「鶲」，是指鳥網雀形目鳴禽類。
1654 「鶲領」，今作「鶲鴿」。
1655 今作「伯勞」。
1656 「小鳥類」，今作「小型鳥類」(small bird species)。
1657 現代多以「猛禽類」來指代此類鳥，意義相同。
1658 「鷹梟類」，今作「猛禽類」(birds of prey)。
1659 舊分類已屬描述性用語，現代分類中不再作為獨立類群，相關物種分屬不同目（如鴕鳥屬 struthioniformes）。
1660 今作「哺乳類」。
1661 「乳哺類」，今作「哺乳類」(mammals)。
1662 現代對應為單孔目 (monotremata)，概念與範疇一致。

	膜，耳無外廓，鴨嘴獸[1663]是也[1664]。
有袋類	有袋類者，前足甚短，用以掘穴拾食物，後足甚長，跳行甚捷，雌在腹之下部有袋，以藏其子而乳育之，袋鼠[1665]是也。
食蟲類	食蟲類[1666]者，多穴地中，以虫為食，眼官不全而無視力，鼴鼠、田鼠等是也。
貧齒類	貧齒類[1667]者，幼時有齒，長成失之，其毛互相密接如鱗形，穿山甲是也。
齧齒類	嚙[1668]齒類者，上下之門齒甚利，其門齒與臼齒之間有只隙，用以嚙物，鼠松、鼠兔等是也。
翼手類	翼手類者，其前肢之四指獨長，拇指短而如鉤，用以攫蚊蚋，前肢與後肢之間，後肢與後肢之向，皆連以薄膜，為翼而疾飛，蝙蝠是也。
有蹄類	有蹄類者，其四足為蹄，
偶蹄類	而趾數常不滿五，其偶數者，謂之偶蹄類，
奇蹄類	其奇數者，謂之奇蹄類。
反芻類	偶蹄類有二個或四個之蹄，其胃構造不同，食物之習慣亦異，有一胃分數部，先吞食物入一部，後嘔出於口，直行咀嚼而嚥入他部者，謂之反芻類，牛、羊、鹿、駱駝等是也。
不反芻類	其胃為單一，食物嚥下不後出者，謂之不反芻類[1669]，猪[1670]、野猪等是也。奇蹄類各肢之蹄，或一或三或五，馬、犀、牛等是也[1671]。
長鼻類	長鼻類[1672]者，其鼻特長，感覺最多，運動自如，象是也。

1663 原註：產於澳大利亞。
1664 今作「單孔目」(monotremes)。
1665 原註：產於澳大利亞及美洲。
1666 舊分類概念已被現代分類拆分為多個不同組。
1667 「貧齒類」已廢用，現代直接以「穿山甲」或所屬的「鱗甲目」來稱呼該類動物。
1668 「嚙」，同「齧」。
1669 舊分法中的「不反芻類」不再作為統一分類，現代動物分布於不同目，不具統一性。
1670 「猪」，同「豬」。
1671 舊分法將馬、犀、牛並列，但現代分類中馬與犀屬於奇蹄類，而牛屬偶蹄類，故不再統一分組。
1672 今作「長鼻目」。

肉食類	肉食類[1673]者，形類最多，其指端皆有鉤爪，門齒薄而鋒利，差能撕肉，舌有粗刺，貓、犬、獅、虎、狼、狸、獺、鼬鼠、獵虎等是也。
鰭腳類	鰭腳類[1674]者，四肢皆短，形狀扁平，能泳於水，水豹、膃肭[1675]獸等是也[1676]。
海牛類	海牛類[1677]者，無後肢，為海棲之哺乳類也。
游水類	游水類者，無後肢，前肢為鰭狀，體之後端如魚之尾鰭，海豚、鯨魚等是也[1678]。
猿猴類	猿猴類者，前肢如人手，拇指與他指之間能握物，為高等動物，亞於人類者也[1679]。

第十四節　釋植物

總釋

植物學	就有機界之一部，所稱為植物者而考覈[1680]之謂之植物學。
植物體形學	考覈植物之部分，即機關之體形者，謂之植物體形學[1681]。
植物生理學	考覈植物諸機關之作用及其生活之模樣等者，謂之植物生理學。
例生機	植物之各部分，為機關的連絡者[1682]謂之例生機[1683]。
上動生、定生	自莖之尖端，循側生機之定則，而縱長增高者，謂之上動生[1684]亦謂之定生。
偶生	其不為上動生之發育者，謂之偶生。

[1673] 今作「食肉目」。
[1674] 用語更新為「鰭足類」，主要指鰭足亞目 (pinnipeds)，概念一致。
[1675] 「膃肭」，是指肥胖。
[1676] 「鰭腳類」，今作「鰭足類」(pinnipeds)。
[1677] 舊「游水類」概念更新為現代的鯨目 (cetacea)，分類名稱有所調整。
[1678] 「游水類」，今作「鯨目」(cetacea)。
[1679] 「猿猴類」，今作「靈長目」(primates)，涵蓋範圍更廣，分類更精確。
[1680] 「覈」通「核」。
[1681] 「植物體形學」，今作「植物形態學」(plant morphology)。
[1682] 原註：如數多之小根，側生于「於」主根，枝及葉生于莖上是。
[1683] 「例生機」並無現代術語的直接對應關係，今可作「生長發育機制」(growth and development mechanism)。
[1684] 原註：中國舊譯，曰上長體，今作「頂端分生」、「頂端生長」。

單生	凡側生機有單獨生于一定所者，謂之單生。
對生	有自尖端同距離之所，兩者相對而生者，謂之對生。
輪生	有過于両數以上者，謂之輪生。
外生	有如葉，自莖之外部組織而發生者，謂之外生[1685]。
內生	有如根之起于內部組織而破外部組織以出者，謂之內生[1686]。

植物形體學

根、莖、葉、毛[1687]	高等植物之機關，不必皆營種種之作用，究其歸結，不過四原基而已，根、莖、葉、毛是也。
根[1688]	所以固着植物于土壤，或其所托生之物質中者，謂之根。
初生根	與初生莖同直線之根，謂之初生根。
後生根、偶生根	凡初生根若側生于莖之根，謂之後生根及偶生根[1689]。
多肉根[1690]	根有為貯蓄滋養物之用，而其形成膨大者，謂之多肉根。多肉根之形狀有圓錐根、紡錘[1691]根、蕪菁根、塊根之四種焉。紡錘根，謂如萊菔根之類者塊根、謂如天竺牡丹[1692]及甘藷等所分歧之根，膨大而為滋養物之貯藏器者也。
氣根	植物之根，有不託于土中或水中，而生于空氣者，謂之氣根，如常春藤及他之攀緣[1693]植物類也。
吸根	亦有箝入於他植物，而吸取其滋養分者，謂之吸根。
寄生植物	有此吸根之植物，謂之寄生植物。
空氣植物	攀緣植物之外，更有如蘭類之一種，毫無真正之根，達乎土地，全記生于空氣者，謂之空氣植物。
附著植物	又以其通常附生于他植物上，亦謂之附着植物。此類植

1685 原註：中國舊譯，曰外長體。
1686 原註：中國舊譯，曰內長體。
1687 「根」見註 1688、「莖」見註 1695、「葉」見註 1708、「毛」見註 1755、等所附正文詞。
1688 更多定義見註 1687 所附正文詞。
1689 今作「側生根」(lateral roots)。
1690 （續）圓錐根、紡錘根、蕪菁根、塊根
1691 原文「紡縺」，應屬誤繕，諒係「紡錘」。
1692 原註：牡丹之一種。
1693 原文所見「綠」，誤繕，應為「攀緣」。

	物，並不吸收滋養物于其所附着之植物，是與寄生植物，相異之點也[1694]。
莖[1695]	其形概圓筒形，或三角鏡形，其延長部分，所以持花及葉，且為輸送地中榮養分之機者，謂之莖。
真莖	因乎莖之性質，而有種々之名稱焉，在草本即歲一枯之植物，謂之真莖。
幹	在木本即多歷寒暑之植物，謂之幹。
稈	在禾本及莎類，謂之稈。
挺幹	在棕櫚[1696]及椰子之類，謂之挺幹。
似葉莖	莖有大異常形，而外觀類乎葉者，謂之似葉莖[1697]。
平臥莖	莖之組織，概皆堅固，有強立不動之性，然亦有荏苒不自勝，無所倚恃，而伏臥于地者，此謂之平臥莖[1698]。
攀緣莖	其倚于支杜，而得保其獨立之性，如西番蓮及常春藤之蔓榮[1699]牽長，引成許多直線者，謂之攀緣莖[1700]。
纏繞莖	其成螺旋狀，而纏繞于他物者，謂之纏繞莖，旋花、牽牛、忍冬是也。
根莖	莖不必皆直上，有全部或一部沿地面而伸長者，有似根非根而生活于地下者，然此類之莖，皆有葉芽或鱗片[1701]，又其故葉鱗片若芽，亦有離脫之痕，故得以與根區別也，通常屬于此類者為根莖，其莖肥大，而平臥，其枝俯伏于地面，其上生芽，其下生根，薑、白芷及羊齒是也。他則有蠻苺之屬，其本莖之脚基。
纖匐枝	生細長而平臥之枝，枝端更生葉與根而成新株，此新株又率其母株之故態，而蔓延焉，此謂之纖匐枝[1702]。
匐匐莖	根莖及纖匐枝，又有一部發育於地中，而一部發育於空氣

[1694]「附著植物」，今作「附生植物」(epiphytes)。
[1695] 更多定義見註 1687 所附正文詞。
[1696] 原文所見「椶櫚」，今作「棕櫚」。
[1697] 今作「葉狀莖」(phylloclade)。
[1698] 今作「匍匐莖」(prostrate stem)。
[1699]「榮」，古代沼澤名稱。
[1700]「攀緣莖」，今作「攀援莖」(climbing stem)。
[1701] 原註：即變形之葉。
[1702] 描述與「走莖」(stolon) 相同，現代多用「走莖」表達枝端生新株之功能。

	中者，如薄荷之類，謂之匍匐莖。
塊莖	其為枝于地中，而阻遏生長，迫為膨大以蓄積澱紛[1703]及其他之滋養料，如馬鈴薯類者，謂之塊莖。
鱗莖	其為枝或短縮莖於地中，而其面具多肉鱗片[1704]鱗片之腋，又復生新鱗莖，如百合蔥及欝[1705]金香類者，謂之鱗莖。
有皮鱗莖	就鱗葉而細分之，則肥厚多肉之內部鱗片交互層疊，而拱其中心，外部有膜質之物以蔽之者，謂之有皮鱗莖，蔥是也。
裸鱗莖、真正鱗	據肥厚多肉之鱗片，而其排列恰如凡茅之嫩葉然者，謂之裸鱗莖或真正鱗，百合是也。
球莖	有類似鱗莖而非鱗莖者，其質較鱗莖為硬固，其地中莖，橢圓而堅以單薄膜質之鱗片蔽之，如慈姑、青芋及香紅花之類，此謂之球莖。
針	莖質之搆造，每變莖尖硬體，如于皂莢分歧所出者，謂之針[1706]。
刺	其堅硬尖銃[1707]之物，附屬於莖之表面，而其及莖身者，謂之刺。
卷鬚	細纖維狀之橫出枝，成為螺旋狀而纏繞于支柱者，謂之卷鬚。
葉[1708]	有種々之形，通常為扁平體，其生長有定限，其尖端與附着處相結合，常成直線而均分其體為二分者，謂之葉。葉自三部分而成，為葉片、為葉柄、為鞘。
葉片	由柄而附着于莖者，謂之葉片。
葉柄	其形為半圓筒，或三角鏡形所以為敷揚之部者，謂之葉柄。
鞘	柄之部稍成管狀者，謂之鞘。

1703 「紛」，通「粉」。
1704 原註：即變形葉。
1705 「欝」，今作「鬱」。
1706 今作「針狀物」(spine, thorn)。
1707 「銃」，是指斧頭上的裝柄的部分，亦指古代一種槍械火器。
1708 更多定義見註 1687 所附正文詞。

托葉	凡葉不必皆有此三部分，時有葉片不由葉柄而徑附于莖者，謂之托葉。
有托葉	其具有此托葉之葉，謂之有托葉，
無托葉	其不具者，謂之無托葉。
葉舌	于二三植物其葉有突生于莖之上面者，謂之葉舌。如于禾本則存在其鞘及葉片之接所，于水仙等則存在其花瓣上者是也。植物之葉，大概用畢則枯落，其生期隨乎植物長短各不相同，故其名亦殊焉。
落葉	其春時發生，至秋時而枯落者，謂之落葉。
常葉	其在當年發生至來年新葉生時而代謝者，謂之常葉[1709]。
常盤木	有常葉之植物者，四時有蔭，故謂之常盤木[1710]。
有節葉	當葉枯死之際，其脫然辭枝而不留片影，獨殘痕跡者，謂之有節葉[1711]。
無節葉	其始終不脫枝莖而漸自腐朽者，謂之無節葉，如禾本類及羊齒類之屬是也。在莖上之着處及位置，亦種々無一定從之而其名又異焉[1712]。
有葉柄	葉之有葉柄出自莖上者，謂之有葉柄，櫻桃及梨之類是也。
楯形葉	葉柄之不[1713]着葉片基底，而直附于其裡面者，謂之楯[1714]形葉，如莼[1715]之屬是也。
無柄葉	葉片之徑自莖出，而無葉柄者，謂之無柄葉。
包莖葉	葉之基底，微擁葉身者，謂之包莖葉。
下進葉	若自其基底，延引而成葉狀之附屬物于莖之葉下部者，謂之下进[1716]葉[1717]。

[1709] 今作「常綠」(evergreen)。
[1710] 今作「常綠樹」(evergreen tree)。
[1711] 「有節葉」並非現代術語，似乎是指「脫落層」(abscission layer)。
[1712] 「無節葉」並非現代術語，似乎是指缺乏明顯脫落層的葉子。
[1713] 原書所見「葉柄之不不着葉片基底」，恐屬誤繕，諒係「葉柄之不着葉片基底」。
[1714] 「楯」，是指欄杆的橫木。
[1715] 「莼」，今作「蓴」。
[1716] 今作「進」。
[1717] 「下進葉」並非現代術語，似乎是指「葉鞘」(leaf sheath)。

抱莖葉	葉之基底二緣繞莖而相結合者，謂之抱莖葉。
雙生抱莖葉	其相對之二葉，以其基底相結合者，謂之雙生抱莖葉。
互生葉	自葉之各節，各出一葉者，謂之互生葉。
對生葉	自莖之各節，二葉相對而出者謂之對生葉。
輪生葉	又三葉以上圍莖成環而出者，謂之輪生葉，
輪	其環謂之輪[1718]。
互雙生葉	葉之四達對生而成直角者，謂之互雙生葉[1719]。其發於腋芽[1720,1721]。
叢生葉	而枝之節間不敷揚者，其葉皆相接着，故謂之叢生葉，如落葉松之類是也。
脈	取葉片而照之，見有多線縱橫其內，其線之數與方向，從葉之異而各不相同，如是者謂之脈[1722]。
脈狀	其配布謂之脈狀。
中肋	一大中脈，起自葉片之基底，達于頂端，而他脈皆從之出者，其中脈，謂之中肋。
肋	若二條以上之脈，自葉片之基底，達于頂端或葉緣者，謂之肋[1723]。
羽狀脈	在中肋之兩側，有如羽狀而排列之脈者，謂之羽狀脈。
掌狀脈	三條或數條之助，會通於葉片之中，而更交互相分，如叉開于指狀者，謂之掌狀脈。
網脈葉	不問為狀脈掌狀脈其主脈由網狀之脈，相連而成者，謂之網脈葉。
平行脈葉	其不為網[1724]狀而相並行者，謂之平行脈葉。
掌紋脈葉	其脈之分如掌紋狀[1725]者，謂之掌紋脈葉。
單葉	凡葉有二種曰單葉曰複葉，具一葉片者謂之單葉。

1718 「輪」，今作「輪生」(whorled)。
1719 今作「互生葉」(alternate leaves)。
1720 原註：腋芽者，生于葉葉腋。節間者，為依于上動生而發育之葉之莖之部分也。
1721 原註：即上節間與葉成角度處。
1722 今作「葉脈」(vein)。
1723 今作「葉肋」(rib)。
1724 原書所見「綱」，誤繕，應為「網」。
1725 今作「掌紋葉」。

複葉	每二葉片以上相分離者，謂之複葉[1726]，
小葉	其各部分謂之小葉。
總葉柄	其小葉若有柄則所支持之主軸，謂之總葉柄。
分葉柄	而各小葉之柄，謂之分葉柄。
全邊葉	單葉之緣邊[1727]極平者，謂之全邊葉[1728]。
鋸齒葉	有齒而向于葉片之頂端若基底者，謂之鋸齒葉。
齒牙葉	其齒銳而不向頂端或基底者，謂之齒牙葉。
鈍鋸部葉	其齒成圓形者，謂之鈍鋸部葉[1729]。
波形葉	其邊緣少向外彎曲者，謂之波形葉[1730]。
缺凹	單葉片緣邊[1731]缺凹不齊[1732]者，謂之缺凹[1733]。
裂片	有缺凹之葉，謂之裂片。
裂間	裂片與裂片之間，謂之裂間[1734]。
裂片葉[1735]	其葉，謂之裂片葉。從其裂間之數而記述之，有二分裂葉焉、三分裂葉焉、五分裂葉焉、多分裂葉焉。從其裂片之數，則有二裂葉片、三裂葉片、五裂葉片及多裂葉片之稱焉。
深裂片	更有葉片缺凹深入，幾至基底若中肋者，謂之深裂片，
深裂葉	其葉謂之深裂葉。
分片	又或裂間直達中肋或基底者，謂之分片[1736]，
全裂葉	其葉謂之全裂葉。
鈍形	單葉片之頂端圓者，謂之鈍形。
微凹形	廣而有淺凹處者，謂之微凹形[1737]。
凹形	銳而略具三角形者，謂之凹形。
微凸形	大致圓形而有短小尖點，率然突起者，謂之微凸形。

1726 原書所見「素」應係「葉」。
1727 今作「邊緣」。
1728 今作「全緣葉」(entire leaves)。
1729 今作「鈍鋸齒葉」(bluntly serrated leaves)。
1730 今作「波狀葉」(wavy leaves)。
1731 見註 1727。
1732 原書所見「齋」，誤繕，應係「齊」。
1733 「缺凹」，今作「缺刻」(notched)。
1734 今作「裂隙」(sinus)。
1735 (續) **二分裂葉、三分裂葉、五分裂葉、多分裂葉、二裂葉片、三裂葉片、五裂葉片、多裂葉片**
1736 今作「分裂」(segmented)。
1737 今作「深凹形」(deeply indented)。

171	銳形	以漸而細終有尖點，謂之銳形。
	凸端	尖點而突出者，謂之凸端。單葉片之外形，有許多變化，概言之，則葉片之両側，大致都齊[1738]整[1739]者，為通常純正之形狀，然時有一側較對側發育過度，而成歪形者，為略述其種種之形焉。
	線形葉	有葉片窄狹自頂端至基底，幾為同幅者，此謂之線形葉。
	披針形葉	有中廣而上下漸細者，謂之披針形葉。
	闊橢圓形葉、橢圓形葉	其幅稍偏乎長，而其外形為闊橢圓形，或橢圓形者，謂之闊橢圓形葉或橢圓形葉。
	長橢圓形葉	有似乎橢圓形葉，而其幅較長二三倍者，謂之長橢圓形葉。
	卵形葉	有為雞卵縱截面之形者，謂之卵形葉。
	倒卵圓形	卵形而其上部有闊端者，謂之倒卵圓形[1740]。
	心臟形葉	大致為闊橢圓形，而其基底彎[1741]入成二圓裂片者，謂之心臟形葉[1742]。
	倒心臟形葉	又其基底不如心臟形葉，而其頂端彎[1743]入成二圓裂片者，謂之倒心臟形葉[1744]。
	臂臟形葉	葉片之形似臂臟者，謂之臂臟形葉[1745]。
	箭形葉	其基底之二裂片，銳而向後方者，謂之箭形葉。
	戟形葉	其基底之二裂片為平行者，謂之戟[1746]形葉。
	耳形葉	其基底之二裂片，垂下而為耳形者，謂之耳形葉。
	圓形葉	葉片外形圓者，謂之圓形葉。
	亞圓形葉	近于圓形葉者，謂之亞圓形葉。
	羽脈狀複葉、掌脈狀複葉	複葉特殊之種類，大別之為羽狀脈複葉及掌狀脈複葉[1747]。

[1738] 原書所見「齋」，誤繕，應係「齊」。
[1739] 今作「整齊」。
[1740] 今作「倒卵形」(ovate leaves)。
[1741] 原書所見「灣」，諒係「彎」。
[1742] 今作「心形葉」。
[1743] 同註 1741。
[1744] 今作「倒心形葉」。
[1745] 今作「臂狀葉」。
[1746] 「戟」，是指戈和矛的合體。
[1747] 「羽脈狀複葉」一般縮稱「羽狀複葉」(pinnately compound leaves)，而「掌脈狀複葉」一般縮稱「掌狀複葉」(palmately compound leaves)。

羽狀葉	有羽狀脈之葉，其分離部分，有小葉者，謂之羽狀葉。
不齊整羽狀葉	羽狀葉之上端，以單一之小葉終者，謂之不齊整[1748]羽狀葉[1749]。
齊整羽狀葉	以雙小葉終者，謂之齊整[1750]羽狀葉[1751]。
瑟狀羽狀葉	其頂上之小葉最大，而漸近基底漸小者，謂之瑟狀羽狀葉。
一般羽片	其羽狀葉之小葉，謂之一般羽片。
雙出掌狀葉[1752]	掌狀脈複葉之成自二小葉者，謂之雙出掌狀葉。其他從小葉之數，而有三出掌狀葉、四出掌狀葉、五出掌狀葉及七出掌狀葉等之稱焉。
多出掌狀葉	其成片七小葉以上者，謂之多出掌狀葉[1753]。
鳥足掌狀類葉	其排列之如鳥足狀者，謂之鳥足掌狀類葉[1754]。
毛[1755]	自植物各部分之表皮，而發育之機關者，謂之毛。
無葉體	于下等植物無根、莖、葉等之區別，單成于細胞者，如菌類、藻類等，謂之無葉體。
分歧	同質部分之側生發育者，謂之分歧，如小根自主根而生之例。
葉序	莖上葉之排列，謂之葉序。
苞	位于花柄而為葉質之機關者，總謂之苞。
花柄	莖之部分而附有花者，謂之花柄[1756]。
花序	花柄上花之排列，謂之花序。
總苞	苞之圍護朵[1757]花或數花，一輪若數輪者，謂之總苞。
佛燄	苞之甚大而蔽花，當其未開之際，全分包圍者，謂之佛燄[1758]。

[1748] 同註 1739。
[1749] 「不齊整羽狀葉」，今作「不對稱羽狀葉」(imperfectly pinnate leaves)。
[1750] 同註 1739。
[1751] 「齊整羽狀葉」，今作「對稱羽狀葉」(even pinnate leaves)。
[1752] （續）三出掌狀葉、四出掌狀葉、五出掌狀葉、七出掌狀葉
[1753] 今多作「多出掌狀複葉」。
[1754] 今作「鳥足掌狀葉」。
[1755] 更多定義見註 1687 所附正文詞。
[1756] 今作「花梗」。
[1757] 今作「朵」。
[1758] 舊術語，指花未開時由苞大而全包的狀態；現代較少使用此名稱。

分歧柄	花柄之分出者，謂之分歧柄[1759]。
小柄	其分而支花之各柄，謂之小柄。
花軸	花柄之伸長于縱間，而順次着有花者，謂之花軸。
花托	花柄之短縮而微膨大于橫間，且着有許多之花者，謂之花托。
花莖	于無莖植物，而有葉片地上者，其花柄必出自地面或地中，此謂之花莖。
單莖花序	花柄之頂端，只有單花，而其下部更無花者，謂之單莖花序。
無限花序、有限花序	數花于一花柄上，為種種之排列者，大別之為無限花序及有限花序。穗狀花、總狀花、繖[1760]房花、圓錐花、頭花、繖形花者，無限花序也。聚繖花者，有限花序也。
聚繖花	兩歧聚繖花、穗狀聚繖花、總狀聚繖花、繖房聚繖花、圓錐聚繖花及繖形聚繖花者，為聚繖花[1761]。
穗狀花	于其花序，為主軸長伸，其側着無柄花者，謂之穗狀花，屬于此者，為葇荑花肉穗花[1763]及小穗狀花。
葇荑花[1762]	
單性花[1764]、雄花	有單性花[1765]，
雌花	右雌者，為葇荑花。
肉穗花	有多肉之軸，而各花朵無特殊之苞，其全體概為佛燄所包圍者，為肉穗花。
小穗狀花	禾本類及莎草類之小花序，為小穗狀花。
總狀花	于其花序，亦為主軸長伸而有無數同長小柄之花着焉者，為總狀花。
繖房花	于其花序為總狀花之一種，而其下部之小柄，較上部或近于上部之小柄為長而全形亦較平，其柄有頭焉，是為繖房

[1759] 舊分類術語，用於描述花柄的分出情形；現代中不再單獨使用此詞。
[1760] 今作「傘」，亦指絲綾。
[1761] 今作「聚傘花序」。
[1762] （續）肉穗花、小穗狀花
[1763] 舊術語，屬於特定花序類型；現代較少見。
[1764] 更多定義見註 1782 所附正文詞。
[1765] 原註：即雄花。

	花[1766]。
圓錐花	其花序較總狀花，更多一層分歧者，為圓錐花。
頭花	花序成自叢生于花托上之許多無柄花，而全體為總苞所包圍者，為頭花[1767]。
繖形花	其花序自土軸之上端，出許多之小柄，俏短幾與相等，如繖柄之狀，互散開而如各着有花者，為繖形花。
有苞花序	道之現存者，其花序謂之有苞花序。
無苞花序	其闕如者，謂之無苞花序。
花	所以造成種子之機關，謂之花。
萼[1768]	其發育之完成者，有萼及花冠、花鬚、雌蕊，所以被覆花之外部，而成自一片或數片之萼片者，謂之萼。
萼片	有葉質之機關者，謂之萼片。
多片萼	萼片之交互相分離者，謂之多片萼。
合片萼	其若干合同而成一體者，謂之合片萼。
早落性	萼之當花開而脫落者，謂之早落性[1769]。
凋落性	其與花同落者，謂之凋落性。
永續性	其于花冠脫落之後，而尚存在者，謂之永續性。
續茁壯性	為永續性而尚能生長，且造膜質囊，以包被果實者，謂之續茁壯性。
花冠	所以為萼之內部被覆，且係花之最美麗鮮明部分者，謂之花冠。
花瓣	其各部謂之花瓣。
爪	花瓣每多下部細狹狀柄類之觀者，其細狹之部分，謂之爪[1770]。
緣邊	其開展之部分，謂之緣邊。
具爪花瓣	而其花瓣謂之具爪花瓣。
多瓣花冠	花瓣有如萼片之相分離者，謂之多瓣花冠。

1766 今作「傘房花」(umbel inflorescence)。
1767 今作「頭狀花序」(capitulum)。
1768 （續）花冠、花鬚、雌蕊
1769 今作「早凋」。
1770 今作「花瓣爪」，指花瓣下部狹窄、像爪狀的部分。

合花瓣冠	其如萼之合若干而為一體者，謂之合花瓣冠。
花盞	花瓣之內面，即為爪與緣邊之交界，概有鱗片狀或毛狀之附屬物，而此附屬物，時有若花相結合以成抔[1771]形者，謂之花盞。
花鬚	次花冠而藏于內部為一輪若數輪之機關者，謂之花鬚[1772]，顯花植物之雄性系統也。
雄蕊	所成花鬚之各部分，謂之雄蕊。
花糸	各雄蕊之完成者為糸狀之柄與小囊所成，此糸狀柄謂之花糸[1773]。
葯	其小囊，謂之葯[1774]。
花粉	葯內含有粉狀之物質者，其質謂之花粉。
虛精	其絕無者謂之虛精。
無柄	花糸之無柄者，謂之無柄。
葯之裂開	葯熟之際，其面開裂[1775]，而吐其所含有之花粉者，謂之葯之裂開[1776]。
雌蕊	在花中心之機關，謂之雌蕊，顯花植物之雌性系統也。
心皮	雌蕊之所從出，為心皮。
單雌蕊	其自一个[1777]之心皮而成者，謂之單雌蕊。
複雌蕊[1778]	於一个以上者，謂之複雌蕊。
	心皮有三部分，子房也、柱也、柱頭也。
胚珠	位于下部空隙之部分，而其內貯胚珠，為將來種子所自出。
胚座、子房	終附着于胚座，側壁之凸處者，謂之子房[1779]
柱頭	逕在子房之上者，謂之柱頭[1780]

[1771] 「抔」，是指用雙手捧物。
[1772] 今作「雄蕊群」，指花冠內隱藏的雄性器官全體，亦直接以「雄蕊」表述。
[1773] 「花糸」今作「花絲」(filament)。
[1774] 「葯」，是指白芷，今作「花藥」，表示雄蕊中盛產花粉的囊。
[1775] 今作「裂開」。
[1776] 今作「花藥裂開」。
[1777] 本章「个」均為「個」，以下相同，不另加注。
[1778] （續）**子房、柱、柱頭**
[1779] 遺漏黑點。
[1780] 遺漏黑點。

柱	位于子房所出柄之上者謂之柱[1781]。
分生雌蕊	雌蕊之有數箇心向相離分者，謂之分生雌蕊。
合生雌蕊	其同合者，謂之合生雌蕊。
兩性花	花之兼有花鬚與雌蕊者，謂之兩性花。
單性花[1782]	其僅有一機關者，謂之單性花。
中性花	其全無之者，謂之中性花。
果實[1783]、果皮、種子	雄蕊輸精於雌蕊，經雌蕊及其周圍機關之變化，而結實焉，通謂之果實。充分發育之果實，成于二部分，果皮及其內含之種子是也。
外果皮	果皮最外一層，謂之外果皮。
中果皮、肉果皮	其中層，謂之中果皮，亦謂之肉果皮。
內果皮、核	其內層，謂之內果皮，亦謂之核。
破面果	果實成熟之秋，其開裂[1784]而撒下種子者，謂之破面果[1785]。
全面果	其自果皮之腐朽而落子者，謂之全面果。
核果	一胞內有一子或二子之多肉全面果，如櫻桃及桃之類者，謂之核果。
瘦果	一胞內有一子之乾燥全面果謂之瘦果。
聚合果	自數花果合而成之果實，總謂之聚合果。
球果	於松類特有無數圓錐形之果實，為堅硬鱗片所集而成，其如鱗片之基底，有一枝若數枝之裸體種子者，謂之球果。
仁[1786]、種皮	種子之構造為仁及種皮，
外皮、內皮	種皮有外皮、內皮。
薄膜	內皮為薄膜。
種殼	外皮為種殼。
仁[1787]	在種皮內之軟塊，謂之仁[1788]。

[1781] 今作「花柱」。
[1782] 更多定義見註 1764 所附正文詞。
[1783] 更多定義見註 240 所附正文詞。
[1784] 今作「裂開」。
[1785] 今作「裂果」。
[1786] 更多定義見註 1787 所附正文詞。
[1787] 更多定義見註 1786 所附正文詞。
[1788] 遺漏黑點。

| 胚 | 有未完成植物之一切機關者，為胚。 |
| 胚乳 | 所以營養胚者，為胚乳，其性質不一，有粉質、有肉質、有油質。 |

總釋植物生理學

176 細胞[1789]　　植物種種之機關，由精細察之，實始十一，曰細胞。細胞有三成分，

細胞膜	一、堅靭之膜，曰細胞膜。
元形質	二、密着于膜內粘稠之半流動體，曰元形質[1790]。
細胞液	三、充填于細胞中心之水樣液[1791]，曰細胞液。
表皮	被覆于植物之表面，通常自細胞面而成者，謂之表皮。
氣孔	于表皮有氣孔及毛，表有之孔，所以納空氣于植物體內，並吐瓦斯及蒸氣于其體外且常通于細胞間空隙者，謂之氣孔。
毛[1792]	表皮細胞之突生者，謂之毛。
纖維木管束	高等植物中，有數多之細胞及木管，束集而在根、莖、葉之組織內者，謂之纖維木管束。
生長點	葉及莖之尖端，謂之生長點。
綠肉	於葉之內，含有葉綠，以綠色故，謂之綠肉[1793]。

[1789] 更多定義見註 1379 所附正文詞。
[1790] 今作「原生質」(protoplasm)。
[1791] 原書所見「夜」應係「液」。
[1792] 更多定義見註 1687、註 1755 所附正文詞。
[1793] 今作「葉肉」。

PART 2

新釋名

1904

梁啟超 1873-1929

少見的早期釋詞作品，
選出關鍵新詞加以說明，不作價值判斷。

第一章

《新釋名》導讀

《新釋名》原為《新民叢報》的副刊，首次刊登於該報第三年第一號。內容安排在報紙末幾頁，方便單獨閱讀與收藏。這並非固定欄目，而是因應時勢所做的臨時策劃。雖然編輯曾表示會定期刊載，但實際上，《新釋名》只出版三次，分別為 1904 年 6 月 28 日（第 49 號）、7 月 14 日（第 50 號）與 7 月 28 日（第 51 號）。

　　三期內容分別介紹了「社會」、「形而上學」與「財貨」三詞。6 月 28 日發行的第 49 號僅提出《新釋名》的構想，未刊新詞解釋。第 50 號開始具體執行，說明了「社會」與「形而上學」，並包含部分「財貨」內容。第 51 號則完成「財貨」的解釋。此後，《新釋名》未再續刊，顯示此專欄計畫屬臨時安排，缺乏長期規劃。

　　編輯未對停刊作出說明。但從今日角度推測，可能有三項原因。一是「新釋名」所採行的解釋方式篇幅較長，接近百科條目的寫法。編輯者或難以持續進行如此深入的詞語解說。二是 1904 年以後，隨著留日學生返國，大量新詞湧入。語彙激增，可能超出編輯團隊的處理能力。三是儘管部分學者反對，和製漢語在實際使用中仍迅速普及。在實用壓力下，多數人選擇採納，而無暇細加審查。因此，《新釋名》停刊，或與這些因素相關。

　　《新釋名》未被收錄於多數《飲冰室合集》，使得原文難以尋覓。但在台大圖書館，意外發現一套民國 55 年複印的版本，為 1906 年由馮紫珊先生初次編輯。該版本包含《新釋名》三期內容。馮紫珊曾任《新民叢報》總編，熟悉報刊編務與宗旨，其版本被視為最完整可靠的整理本。

　　馮紫珊與《新民叢報》關係密切。他的父親馮展揚在香港經商，因牽涉太平軍事件被捕。為避牽連，馮紫珊與兄長馮鏡如逃往日本，在橫濱創立致生印刷店。1895 年，他們聯合二十多位華僑創立中興會分會，並由馮紫珊出任司庫。憑藉出版經驗，他獲推為《新民叢報》總理，1921 年卒於廣東。

《新釋名》的語言特徵

在語言特徵方面，首先需要討論的是收詞標準。與五部屬於詞典型的著作不同，即《新爾雅》、《新名詞訓纂》、《日本文名辭考證》、《日譯學術名詞沿革》與《新名詞溯源》，另外三部作品：《新釋名》、《論新學語之輸入》、《盲人瞎馬之新名詞》，本質上是論述型文章，因此在詞彙處理上有所不同。

《新釋名》與《論新學語之輸入》篇幅較短，屬於小品文字。我在處理這兩部作品時，主要依據文意，主觀選出其中較為重要的詞語，自行建立詞表。這一做法較具彈性，偏向判讀導向。因此，《新釋名》的收詞標準可歸納為，根據詞語在語境中的重要性，採取主觀選擇後納入分析。

在詞長分布方面，《新釋名》中的和製漢語呈現常態結構，與比較組相比沒有顯著差異。在顯著水準 $p = 0.05$、自由度為 4 的條件下，臨界值是 9.49。《新釋名》的 χ^2 檢定值為 1.87，在本研究的八篇早期著作中，其詞長分布差異排名第四高。這顯示其詞長結構略具獨特性。這種結果也可能與作者的主觀收詞方式有關，如下圖所示：

表 1.1：《新釋名》詞彙與和製漢語之詞長分佈比較

資料	總詞數	單字詞	二字詞	三字詞	四字詞	多字詞
《新釋名》詞彙	254	1	164	48	21	20
和製漢語	3,224	20	2,411	603	180	10

《新釋名》共討論了 254 個新名詞。唯一出現的單字詞是「群」。其中詞長較長的詞語如下：

五字詞 10 個詞：非自由財貨、特別保護權、經驗之物界、財貨之性質、生計之財貨、生計界財貨、自轉之速率、私人所有權、亞里士多德、外界之財貨

六字詞 2 個詞：生計界之財貨、生計界之貨物

七字詞 5 個詞：非生計界之財貨、教育學術研究會、絕對的自由財貨、相對的自由財貨、因果相互之關係

文中還包括《合理的宇宙論》、《合理的心理論》、《合理的神學論》三個加黑點的詞語，這三詞已納入詞彙表。接下來的幾節，將進一步分析這些詞彙與和製漢語及現代術語之間的關聯。

一、《新釋名》中的和製漢語詞彙

接下來進一步討論《新釋名》中的和製漢語。就範圍定義而言，這裡所稱的和製漢語，是指所有只出現在《新釋名》正文中，並被至少三位當代學者共同認定為和製漢語的詞語。這類詞彙總計為 94 個。和製漢語佔全收詞比例為 37%，比例是中間值，是八篇著作中倒數第四名的一篇。若進一步比較和製漢語與現代術語的重疊情形，則在這 94 個詞中，有 83 個同時具備兩種身份，既是和製漢語，又屬於現代術語，以底線表示。這意味著，現代術語在《新釋名》的和製漢語中佔比高達 88%，在本研究所涵蓋的八部早期新名詞作品中比例最高。

現代術語在和製漢語中的比例偏高，有一部分原因可能與我挑選詞彙的方法有關。本研究是有意識地選擇經多位當代學者認定為和製漢語的詞，因此無法排除方法上的影響所造成的結果。此外，這些和製漢語具有較高術語性的另一個可能原因，是《新釋名》所關注的範圍主要集中在國家、社會、哲學與經濟等抽象領域。這些領域本身就容易產生專門術語，也因此提高了現代術語的比例。

【ㄅ】報酬, 必然
【ㄇ】名詞, 美術品
【ㄈ】分析, 方法, 法人, 法律, 發達
【ㄉ】動機, 動物, 地球, 定義
【ㄊ】團體, 條件
【ㄋ】能力
【ㄌ】倫理, 利益, 勞力, 勞動, 律師, 論理學, 輪船
【ㄍ】光線, 公益, 國家, 觀念
【ㄎ】礦山, 科學, 空氣
【ㄏ】化合物
【ㄐ】交換, 交通, 價值, 教師, 教育 (2), 教育學, 機能, 界說, 絕對的, 經濟學

【ㄑ】權利, 起源
【ㄒ】信用, 學校, 學派, 學術, 形而上學, 心理, 性質, 現象, 相對 (4)
【ㄓ】主筆, 佔領, 制度, 制限, 哲學, 政府, 植物, 直接, 知識
【ㄔ】程度, 衝突
【ㄕ】世界, 商品, 商店, 生殖, 生理學, 社會, 社會學, 試驗
【ㄖ】人格, 人類
【ㄗ】作用, 組織, 自動 (2), 自然, 自由, 自轉, 資本, 資格
【ㄘ】刺激
【ㄙ】私人
【一】影響, 意義, 意識, 有機體, 議論(1),

【ㄒ】銀行
【ㄨ】無意識, 物理學

【ㄩ】原因, 原質, 宇宙

二、僅見於《新釋名》的和製漢語

在下列表格中，所列的和製漢語僅出現在《新釋名》一文中，未見於本研究所涵蓋的其他七部作品。這說明《新釋名》對這些詞語的記錄具有特殊價值。它一方面反映了該文在特定詞彙上的原創貢獻，另一方面也可能表示，這些詞語在當時流通時間不長，之後逐漸被淘汰或轉為少見詞彙。

具體來說，僅出現在《新釋名》，且被至少三位當代學者認定為和製漢語的詞彙，共計 21 個。若與《新釋名》全部和製漢語相比，這類詞彙佔比為 28%，比例是中位值，在八部早期新名詞作品中排名倒數第四。這個結果顯示，《新釋名》所收錄的和製漢語，大多屬於當時已為人熟知的詞彙，擴展性較弱。相較其他著作，《新釋名》的詞彙來源明顯集中，顯示其記錄取向較為保守。以下列出這 21 個詞，以供進一步觀察與比對。

【ㄅ】報酬, 必然
【ㄇ】美術品
【ㄈ】方法
【ㄉ】利益, 勞動
【ㄎ】礦山
【ㄐ】教師, 機能, 界說, 絕對的
【ㄑ】起源
【ㄒ】學派, 心理

【ㄓ】主筆, 佔領, 制限, 直接
【ㄕ】商品, 商店
【ㄗ】自動
【ㄙ】私人
【ㄧ】議論
【ㄨ】無意識
【ㄩ】原質, 宇宙

三、《新釋名》詞彙與現代術語之關聯

《新釋名》中出現的現代術語共有 137 個。現代術語佔全部新名詞的比例為 54%，比例接近中間值偏高，是八部早期新名詞研究著作中第二高的一部，顯示現代術語在本書中具有相當的重要性。其中，和製漢語佔 49%，比例不高不低，在八部著作中排名第五，顯示《新釋名》作為第二早出現的著作，已明顯受到日語的影響。約有一半的術語被當代學者認定為和製漢語。表中詞彙如有底線，表示該詞同時屬於現代術語與和製漢語，共計 67 個。根據第一章的說明，這裡所稱的和製漢語是指一般學界認定

的類型，不細分其來源細節。無論是西源詞，還是經由日語轉譯的西方詞彙，在此一律視為和製漢語。括號中的數字表示該詞彙在不同知識領域中出現的次數，可用來觀察其使用範圍與語義延伸情形。

【ㄅ】報酬 (3), 必然 (2), 標準 (8)

【ㄇ】名詞 (2)

【ㄈ】分析 (5), 分類法 (4), 廢物 (3), 方法 (6), 法人 (4), 法令 (1), 法律 (2), 範圍 (10), 複體 (1)

【ㄉ】動機 (5), 動物 (2), 動物社會 (1), 單體 (4), 地位 (4), 地球 (2), 定義 (1)

【ㄊ】團體 (5), 土地 (4), 條件 (5), 特許權 (2), 統一 (2), 鐵礦 (1)

【ㄋ】內界 (1), 能力 (6)

【ㄌ】倫理 (1), 利用 (2), 利益 (4), 勞力 (2), 勞動 (1), 論理學 (1), 輪船 (1)

【ㄍ】光線 (5), 公益 (2), 國家 (3), 觀念 (3)

【ㄎ】可能 (1), 康德 (1), 礦山 (1), 科學 (2), 空氣 (3)

【ㄏ】化合物 (1), 貨物 (2), 還原 (8)

【ㄐ】交換 (12), 交通 (2), 價值 (2), 技能 (3), 教師 (2), 教育 (2), 教育學 (1), 架空 (2), 機能 (1), 界說 (1), 絕對的 (3), 經濟學 (1), 解說 (2), 軍人 (2), 集合體 (2)

【ㄑ】權利 (2), 潛水器 (1), 群 (4), 起源 (4)

【ㄒ】信用 (2), 學校 (1), 學派 (1), 形而上學 (1), 形質 (2), 心理 (2), 性質 (4), 效用 (3), 現象 (5), 相對 (4), 相對的 (2), 習慣 (4)

【ㄓ】佔領 (1), 制度 (4), 制限 (1), 專利 (1), 專利權 (3), 智慧 (1), 植物 (5), 直接 (2), 知識 (3)

【ㄔ】成長 (4), 程度 (3), 衝突 (1)

【ㄕ】商品 (5), 商店 (1), 實在 (1), 收縮性 (1), 生殖 (5), 生活 (1), 生活體 (1), 生理學 (2), 生計 (1), 社會 (1), 社會學 (2), 社會意識 (1), 試驗 (6), 食用品 (1)

【ㄖ】人力 (1), 人格 (2), 人類 (3), 任意 (2)

【ㄗ】作用 (7), 組織 (8), 自動 (5), 自然 (1), 自由 (3), 自轉 (5), 資本 (2), 資格 (1), 資產 (3)

【ㄘ】刺激 (6), 採掘 (1), 財貨 (2)

【ㄧ】亞里士多德 (1), 影響 (4), 意義 (4), 意識 (1), 有機的 (2), 有機體 (3), 英語 (1), 議論 (1), 醫生 (2), 銀行 (1)

【ㄨ】外界 (1), 完全 (3), 無意識 (2), 物體 (3)

【ㄩ】原因 (1), 宇宙 (2), 欲望 (2)

四、 現代術語在《新釋名》中的比例與分佈

　　統計分析的重點在於比較《新釋名》所採用的詞彙分類比例，是否與整體知識領域中的分布相符，並進一步檢驗這些差異是否具有統計顯著性。相較於《新爾雅》，《新釋名》的分類分布出現顯著差異，χ^2 值為 9.81，在八部作品中排名第二高，超過臨界值 5.99，顯示分類偏差具統計意義。尤其是在 (5-17 分類) 中，《新釋名》的現代術語比例高達 15%，遠高於全部術語的平均比例 0.32%。這一差距顯著推高整體 χ^2 值，顯示《新釋名》在詞彙

選擇上特別偏好重要且跨領域的抽象術語。這反映出作者的取捨觀點，即優先處理通用性高的重要詞彙。

表 1.2:《新釋名》詞彙中被視為和製漢語與現代術語者一覽

分組數	全部術語	全部術語比例	《新釋名》	《新釋名》比例	χ^2
5-17 類別	1,681	0.0032	21	0.1533	7.00
2-4 類別	40,320	0.0772	70	0.5109	2.44
單一類別	480,591	0.9196	46	0.3358	0.37
總數	522,592	1.0000	137	1.0000	9.81

《新釋名》常用舊字正字替換表

《新釋名》印於 1904 年日本，所用字體異於今日習慣。為保留原貌，本文沿用原書舊式書寫，不另說明，除非出現明顯誤繕或異體。下表列出常見舊字及其現代繁體對應，供參考。

表 1.3:《新爾雅》舊字用法一覽

舊—正	舊—正	舊—正	舊—正
【ㄊ】倐—倏	雁—僱	【ㄑ】潜—潛	輙—輒
【ㄍ】盖—蓋	【ㄐ】戟—激	【ㄒ】恊—協	【一】葉—頁
箇—個	据—據	【ㄓ】占—佔	

第二章

《新釋名》原文

一、 新釋名敍

《新民叢報》第二年第　號（第49號）第119‑120頁。
光緒三十年五月十五日（1904年6月28日）出版。
《飲冰室合集》未載。

社會由簡趨繁，學問之分科愈精，名詞之出生愈夥。學者有志嚮[1]學，往往一開卷，輒遇滿紙不經見之字面，驟視焉莫[2]索其解，或以意揣度，而差之毫釐，謬以千里。其敝也，小焉則失究研學術之正鵠，大焉或釀成謬誤理想之源泉，所關非細故也。是以不揣綿薄，相約同學數輩，稗販羣書，為《新釋名》。匪敢曰著述，聊盡其力之所能，及為幼穉[3]之學界，執舌人役耳。續學君子，惠而教之。甲辰五月，本社編輯部謹識。略例：

- 本編由同學數子分類擔任。
- 本編雜采羣書，未經精細審定。其間或有舛誤衝突之處，亦所不免。蓋本編乃稿本，非定本也。但所採必擇名家之書，庶幾不中不遠。
- 本編每條必將所據某書或參考某書注出。
- 諸名詞或有含義甚廣，諸家所下界說至今紛紛，未衷一是者，編者安敢謂今茲所解，足為定案？惟廣陳諸義，擇一而從。其是非待學者之鑑別而已。
- 本編，所釋諸名，隨手譯述，未嘗編次。整而齊之，待諸成書之後。
- 本編於各名詞，皆附注英文。其非採用日文者，則並日文注之，以便參考。
- 本編於本報每號之末，附印數葉，蟬聯而下，以便拆釘。
- 本編現擬編述各門如下：
    一　哲學類[4]

1　「嚮」，今作「向」。
2　「莫」，今作「摸」。
3　「穉」，同「稚」。
4　原註：道德學、論理學、社會學、教育學等並附焉。

二　生計學類

三　法律學類

四　形而下諸科學類

- 以上分類法，極知不確當、不包括但稿本，取其便耳，其本名詞之專屬於本類中某科者，皆注出之。

（本號葉數已溢，《新釋名》正文次號刊登。）

二、　新釋名一

（哲學類）

《新民叢報》第三年第二號（第 50 號）第 113 - 115 頁。

《飲冰室合集》未載。

社會

（社會學之部）
採譯日本建部遯吾[5]《社會學序說》及教育學術研究會之《教育辭書》

英 Society
德 Gesellschaft
法 Société

113　社會者，眾人協同生活之有機的、有意識的人格的之渾一體也。將此定義分析解說如下。

---

[5] 建部遯吾（1871 - 1945 年）是日本的一位社會學家，東京帝國大學教授，政治家，以其對日本教育和社會學的貢獻而聞名。1904 年，建部遯吾才剛於東京帝國大學任教一年，並設立社會學實驗室，尚未出版有名著作。

第一　社會者，二箇以上之人類之協同生活體也。

　　（甲）一人不能成社會，故必曰二箇以上。

　　（乙）二個以上之動物相集，雖亦可假稱為動物社會，然社會之資格終不備[6]。只能為比儗[7]之稱，不能為確稱，故必曰二箇以上之人類。

　　（丙）二箇以上之人或生不同時處，不同地，未嘗相共而為生活，即相共矣，而無因果相互之關係，則猶不得，謂之社會，故曰二箇以上人之協同生活。

第二　社會者，有機體也。凡物體有單體、複體之別，而社會屬於複體。複體之中，復分四種：曰集合體，曰化合體，曰機制體，曰有機體，而社會屬於有機體。凡有機體之物，其全體與其各部分協力。分勞乃能成長，全體之苦痛，即為一部分之苦痛，一部分之欠損，亦足招全體之欠損。部分與全體，其相互之影響甚切密。社會之形，正復如是。又凡有機體必有生殖、有成長、有代謝機能，而社會皆備之，故曰社會者有機體也。

第三　社會者，有意識者也。有機體之中，有有意識者[8]、有無意識者[9]，而社會則屬於有意識者也。蓋社會以人為其分子，眾人意識之協合、統一，即社會之意識也。統一眾人之意識而使成社會之意識，為之有道乎。據學者所論，謂有兩種方法：（其一）則以一人或數人統一全社會，眾人之意識是也。（其二）則全社會眾人之意識，統一於一定的體制之下是也。集箇人意識而成社會意識，其理狀恰如集化學上之各原質而成一種化合物。社會意識，雖與箇人意識，異其性質，若還原之，則仍為各別之箇人意識，如化合物還原之後，各復其原質也。

第四　社會者，人格也。下等動物亦有意識，但其意識惟有自動收縮性及感動性耳，人則不然。一面能發達高尚複雜之機能，一面以觀念之刺戟的性質，以為高尚複雜之動機。社會之意識，本集眾人之意識

6　原註：觀下文自明。　　8　原註：如動物。
7　「儗」，今作「擬」。　　9　原註：如植物。

而成，其作用之程度，必不能在箇人意識之下，故曰社會者人格也。但此所論人格，與法律上倫理上之所謂人格者不同。法律上之人格，權利、義務之主體也。倫理上人格，行為之主體也。若社會學上之人格，則共同生活之主體也。即在宇宙萬有中特具人之所以為人之性質條件者是也。

第五 社會者，渾一體也。此所謂渾一體者，含有西文么匿梯 Unity 之意義。蓋合諸部分而組織成一獨立之單位體也。既明第二、第三、第四之義，則此義不解自明。

合此五者，則「社會」之正確訓詁。略可得矣。間有用動物社會、植物社會諸名，不過假借名詞，未足為定語也。中國於此字無確譯，或譯為羣，或譯為人羣，未足以包舉全義。今從東譯。

三、 新釋名「形而上學」

《新民叢報》第三年第二號（第 50 號）第 116 頁。

《飲冰室合集》未載。

形而上學

英 Metaphysics [10]

英語之 Metaphysics 一語，本屬偶然造成。蓋希臘之亞里士多德[11]沒後，其門弟子結集遺書，於物理學書之後，更輯其論及一般原理者，而錫以此名。Physics 者，物理學也。Meta 者，超絕[12]之義也。Meta-physics，謂超出物理學之範圍外者也，其字源之來歷如此。日本人不能得簡婚[13]之詞以譯之，因取易繫之語，錫以今名。

---

[10] 原註：採譯教育辭書。
[11] 亞里斯多德（Aristotélēs, 西元前 384-322 年），古希臘哲學家，柏拉圖的學生。
[12] 'meta-' 有「之後、超過」之意。
[13] 原書見「婚」，今作「省」。

尋亞里士多德等之所論究，則此學者，闡明吾人經驗之物界以外的真相也。譯為諸原理之學，亦差近之，曰自然，曰實在，曰可能，曰必然。諸種事項之研究，皆屬於此學範圍，故形而上學，幾取哲學之全體而包舉之。古昔學者，往往以此兩語通用，非無故也。

以世界之性質立形而上學之根據者，其說曰吾人肉眼所見之世界乃現象耳。倏生忽滅之假相耳。非其真也。真相所存，必離此現象而別有其奧。所謂奧者，即現象所根據之原因也。故尋常科學。專研究感覺世界之事物者，不足以論此真相，此蓋別屬於形而上學之範圍者也。此論自康德[14]以前。殆無異詞，就中如倭兒弗[15]所著《合理的心理論》、《合理的宇宙論》、《合理的神學論》三書[16]。其最著者也，康德以檢點智慧之學派，打破此等架空之形而上學。

14　Immanuel Kant（1724-1804年），德國哲學家、啓蒙家。

15　今作為「沃爾夫」，德文 Christian Freiherr von Wolff（1679-1754年），德國哲學家、啓蒙家，對於德國哲學術語的整理和定義頗有貢獻，萊布尼茲的學生。

16　沃爾夫實際上寫了四本「合理的」書，分別是 1713 年的《對於人類理性的合理思考》("Vernünftige Gedanken von den Kräften des menschlichen Verstandes und ihrem richtigen Gebrauche in Erkäntnis [Erkenntnis] der Wahrheit")，1719 年的《對於上帝、世界和人的靈魂的合理思考》("Vernünftige Gedanken von Gott, der Welt und der Seele des Menschen, auch allen Dingen überhaupt, den Liebhabern der Wahrheit mitgcthcilt [mitgeteilt]")，1721 年的《對於人類社會生活的合理思考》("Vernünftige Gedanken von dem gesellschaftlichen Leben der Menschen")，以及 1723 年的《對於大自然影響的合理思考》("Vernünftige Gedanken von den Würckungen [Wirkungen] der Natur")。按梁啓超對於三本書名的翻譯，以為《合理的心理論》或許是指沃氏的第一本（1713），《合理的宇宙論》或許是指第四本（1723），以及《合理的神學論》是指第二本書（1719）。

四、 新釋名二

《新民叢報》第三年第二號（第 50 號）第 117$_a$ – 120$_a$ 頁，以及第三年第三號（第 51 號）第 117$_b$ – 120$_b$ 頁。

《飲冰室合集》未載。

財貨

英 Goods
德 Güter [17]

財貨者，謂凡物之適於養人類之欲望者也。財貨之種類，區別頗繁，學者各自以其所標準為定。今分為二類，一曰內界之財貨，二曰外界之財貨。

第一 內界之財貨[18]。內界之財貨者麗於人，人身中、心中之物而不可離者也，故不可賣與人、不可讓與人，如智識[19]、武力、技能、性質等類，皆是[20]。雖然若使一變其形狀而化為所屬之主勤勞，則他人亦得以之為外界之財貨[21]。

第二 外界之財貨[22]。外界之財貨者，環集我輩人類外界之一部分而採之以供吾用，適於養吾之欲望者也。凡宇宙間之事物，無論有形、無形，凡非屬於人類而可以供人類之用者，皆可稱為外界之財貨[23]。

外界〔之〕[24]財貨，細別為二：（甲）自由財貨、（乙）生計之財貨。

17　原註：採譯自日本金井延的《社會經濟學》。

18　原註：或名為無形之財貨。其界說不甚清。蓋內界財貨，亦時或為有形者也。

19　「智」，即「知」。

20　原註：若醫生也、律師也、學校之教師也、報館之主筆也、輪船之船主也、機器廠之機器師也、政黨員之辯才也、軍人之胆〔膽〕力、歌妓女之聲色也。皆其所恃以養其欲望之具也。雖身外無長物，然得此已足以養欲給求。故皆謂之財貨。

21　原註：如車夫之脚力，不能與車夫之本身分離，不能賣却者也。若一旦被雇於人。則雇主視其脚力為我界之財貨矣，性質、藝能等亦然。以性質論，如某人以正直故，銀行雇〔顧〕之管庫，其自此正直之性質所生出之勤勞，銀行視之為外界之財貨也。

22　原註：或名有形之財貨。界說亦不甚清。蓋此等財貨，亦時或為無形者也。

23　原註：又如彼不具人格之奴隸，就生理學言，雖謂之人類，就生計學言，則不過財貨之一種耳。

24　原文印刷有空格，以為遺漏「之」一字。

（甲）自由財貨。

　　自由財貨者，不勞而可以得，不報而可以獲。一任我自由使用之，而取不禁用不竭者也，如空氣、如光線之類是也。自由財貨，亦分兩種：

　（一）絕對的自由財貨。

　　　如空氣、光線等，除一時變例外，皆常不失自由財貨之性質者是也。蓋屬於此種類之物。惟偶然以人為之力，使之失其自由之用而已。然非可以久也。

　（二）相對的自由財貨。

　　　謂本為自由財貨，然因於時與地之異而失其自由性質者也，即如空氣、光線時亦不得為自由財貨。如彼用潛水器入海底，以從事工作者，則自由財貨之空氣一變為生計界之財貨矣。又如格致家試驗某物特以一定之時期，引光線於一定之室內，則自由財貨之光線一變為生計界之財貨矣。彼其取此空氣用此光線不得不費勞力、費資本，故也。又如土地即屬於此類，方今全地球之土地，已大半非自由財貨。然當古昔初羣之時，土地全自由也，不待價值交換，人人得任意占領之，未嘗認為屬於某一人、屬於某團體也。爾後時勢變遷，地各有主而價值生焉，非奉以一定之報酬，則不可得取、不可得用。至於今日，而土地已為諸種財貨中之最高價者矣。

（乙）生計界之財貨。

　　生計界之財貨者，環集我輩人類外界之一部分，加以人力而成，為可適於養吾欲望之性質，又置諸之適當之地位，然後始得為財貨者

也，或曰此乃於其物之原質有所增加者也[25]。生計界之財貨，謂劃出外界之一部分，而投以資本施以勞力之後，我即可自由以左右之利用之者也。申而言之，則必其可以屬於一私人所有權[26]之範圍內者也[27]。

生計界之財貨，必藉人力而始具有其重要之性質，概而言之，則雖謂無勞力則無財貨可也。但費同一之勞力者，不必得同一之財貨、生同一之利用而等是財貨、等是利用。往往其所費之勞力相去天淵，故生計界財貨之起源在於種種勞力有以極容易之勞力得之者，如先占權是也。有以極艱難之勞力而得之者，非晝夜刻苦、終歲勤動，則其利不能生也。要之無論多寡，而必不能無待於勞力可斷言也。以此之故加以其物為有限之性質故[28]。除攘[29]竊或讓受之外，則未有不勞動而能得無報酬，而能獲者也[30]。

生計界之貨物，其別有三：（一）貨物、（二）人的財貨、（三）有利關係。

（一）貨物。貨物者，一名有形之財貨，又名有形之生計界財貨。即劃出外界一部分重要之物而其常態有財貨之性質者也[31]。此實，財貨中最普通者，而生計學上最多用、最重視者，也即通常之

---

[25] 原註：生計界之財貨，乃劃取外界中之一部分者也。然此種財貨，藉人力而始成其形，又變更其位置，而始有財貨之形質，如銅也、鐵也。當其未採掘時，與礦山同一體，不過銅、礦、鐵礦而已。及採出之，加以多少人工，乃足為用。製之愈精，則其效用愈大。然則銅鐵畢竟藉人力以成其為財貨之性質也。移其位置，一也。增其能力，二也。又如海底之珊瑚珠，隱於萬匂〔丐〕龍潭之下。於人類毫無所用。一旦採之以上陸，則其效用頓增。此則僅變其位置而已足者也。

[26] 原註：所有權者，法律上之名詞謂我得占有此物之權也。

[27] 原註：所謂自由以左右之利用之者，非謂不加勞力不費資本而能然也。若爾者，則屬於甲權之自由財貨，非生計界之財貨矣。

[28] 原註：甲種之自由財貨，為無限性，而此則正與對待也。

[29] 「攘」，今作「讓」。

[30] 原註：勞動者，我自勞動，報酬者與報酬於他人也。

[31] 原註：或稱貨物為有形之財貨，然貨物之外，尚有有形之財貨，則此名未當也。若加有形二字於貨物之上，似無不可。然貨物固無無形者，則亦無取此贅文。貨物者外界之一部分，而其可為財貨之性質，非暫而常者也。申言之，則雖變為廢物，而尚有利用之方法者。是之謂貨物。

商品、珍奇之美術品、食用品、製造品等皆是也。

（二）人的財貨。人的財貨[32]者，指人身及人力之可為生計界財貨者也，今請分論之。

 (a) 人身。人身者，就生理上、心理上論之。凡普通一切人類，斷無可以與貨物同視者，雖然其在人羣上、生計上、法律上，往往有含有貨物之性質者，其含此性質與否及其所含之程度如何，皆據其時之風俗習慣，及其法律制度以為衡[33]。故古代及中世諸國所指為奴隸者，其在生理、心理上，雖與他種人類無異，然在人羣上、生計上、法律上，實視為一種貨物賣買，讓受一聽，諸人又有雖非奴隸而實與奴隸相類者，似人類又非人類，雖謂之貨物，亦可也。後世真奴隸雖廢，而此等半奴隸仍存。又有一種所謂隷[34]農。Serf[35]者，雖在極近時代，猶且有之，即如俄國亦不過三十年前始廢此制耳。其未廢以前，該國之隷農，恰如雜草灌木，隨土地而買賣，此等隷農以千八百六十三年三月十九日[36]始解放耳。據當時之統計，其數實二千一百六十二萬五千六百九[37]人之多云。

 (b) 人力。人力者，人之出其力以及於外界之物體而所生之影響，以一定之時間而成為財貨者也。申言之，則人力之財貨者，以其人之勞動相續為限[38]，若雇傭是也。雇傭者，大率定一年或一月給薪金若干。此薪金者，即傭之代價而其傭在此期限內所出之勞力皆雇主之財貨也。

---

[32] 原註：人的財貨一語，頗駭聽聞，雖然，以其包含人身、人力二者，不得不取此名。或稱為屬人的財貨。然是有第二種而無第一種者也，故今不用之。

[33] 原註：奴隸之生理、心理，雖等於尋常人，但法律上視之，既與牛馬雞豚無所異，則不能認其為有人之資格矣，故謂之財貨。

[34] 「隸」，今作「隷」。
[35] Serf字源為拉丁文 servus「奴隸」。
[36] 1863年3月19日。
[37] 21,625,609

[38] 原註：人力之性質，與貨物對照觀之，自可明白。盖人力者，人偶以其力加於外界之物體。其結果遂為財貨，故人力有財貨之性質。然則其勞動一歇，則即不為財貨矣。

[39]此種財貨以不可捕捉故，故不能全占有，因此其所有權不能如前條，所謂人身財貨者之完全[40]。

(三) 有利關係。有利關係者，謂事物之對於人及財貨有無形之關係而得之者。乃 有利益 者也，其別有三。

(a) 由於自由交通自然而生者。
此種有利關係，非藉法令所規定，而始起蓋生計界所自然發生之利益也。如某商店之信用厚、聲名高，其老招牌即為大利所在是也[41]。

(b) 以特別關係藉法令、制限之力而始得有財貨之性質者。
如特別保護權、專利權等是也[42]。

(c) 由一切制度、文物而生者。
如國家及附屬於國家之各種制度、組織 及地方。自治團體乃至一切關於公益之事業是也[43]。

以上所舉諸物之中，其與生計學有直接之關係者。莫如生計界財貨中貨物，一種財貨之屬於一私人或屬於法人[44]或屬於國民全體者，謂之資產[45]或謂之富。雖然，富也者對貧而言也。貧者，

---

[39] 原註：在期限內，雇主有督責其傭使服勞之權。亦或得以其所出勞力借讓他人。雖然，舉傭之身而買賣焉、讓與焉，不可也。

[40] 原註：人力無形也，故不得捕捉之。因而不得全占有之。故其所有權，不能如貨物之完全，以人力為生計界財貨之一種。前此學者，頗有異論，但以適於養人欲望之界說按之，則不謂為一種財貨不可也。

[41] 原註：此甲種之關係，與下文乙種相對照自明。乙種者，藉法令之力而得特別利益者也。甲種者，專恃己力造成今日之位置。而得特別利益者也。

[42] 原註：是生計上一種之特別關係也。今日生計界，雖一切自由，然常有以別種原因，政府為之設法令以示制限者，蓋制限人而保護我。我之利益所由生也，如專利、特許權等是也。此權亦可賣與人。蓋此權者，就法令上信之，則為權利關係，就生計上言之，則為有利關係也。

[43] 原註：此種利益，可命為財貨，是前人所屢爭辯也。雖然，如國家之類，乃人類安身立命所不可缺之具。即所以養人欲望之一端也。國家之為財貨，其所以異於他財貨者。在於不能交換，然生計界之財貨，亦非專屬於能交換者。故國家及其相類之制度組織，亦可命名生計界財貨也。

[44] 原註：譯者按：法人者，非人而法律上視之如一人者也。凡人所集合而成之團體皆是。大而地方團體，小而一公司，皆法人也。

[45] 原註：譯者按：財貨者，資產之分子也，資產者，財貨之總計也。

資產雖寡，然不可謂之無資產，故資產之名較富字為尤適當焉。抑資產云者、富云者，非徒指資物言也。舉一切無形之財貨皆包納於其中者也。今請將財貨種類之大要列表如左[46]。

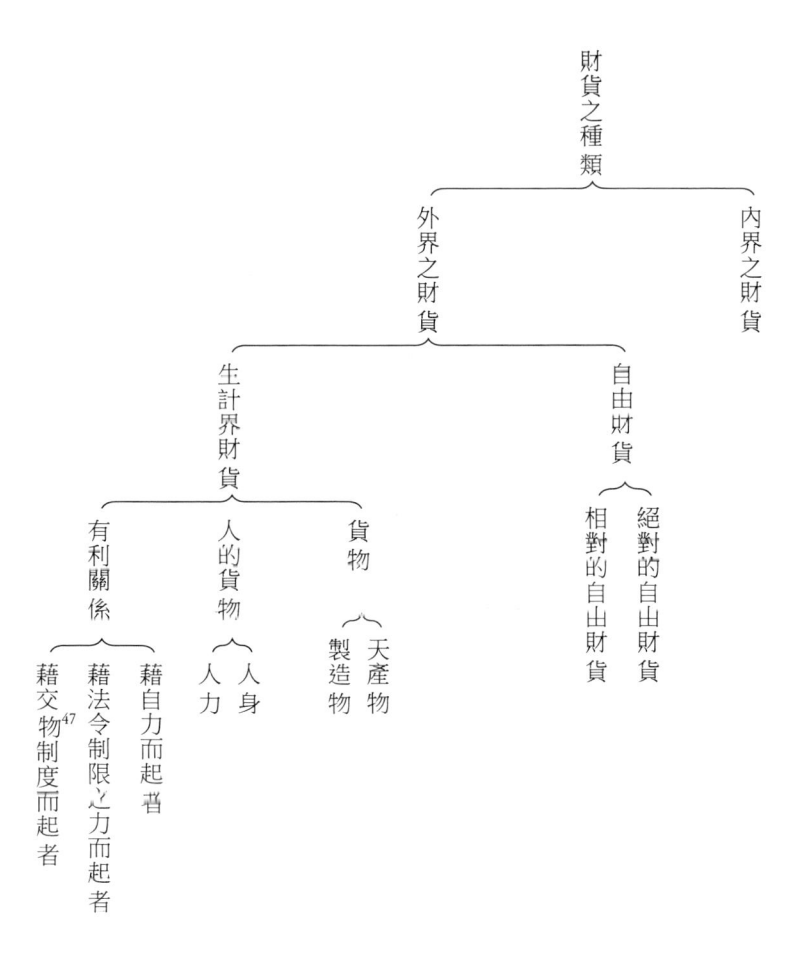

```
                          財貨之種類
                    ┌─────────┴─────────┐
                 外界之財貨            內界之財貨
            ┌────────┴────────┐
         生計界財貨          自由財貨
    ┌───────┼───────┐       ┌────┴────┐
 有利關係  人的貨物  貨物   相對的    絕對的
                           自由財貨  自由財貨
  ┌──┴──┐   ┌─┴─┐   ┌─┴─┐
藉  藉  藉  人  人  製  天
交  法  自  身  力  造  產
物  令  力          物  物
制  制  而
度  限  起
而  之  者
起  力
者  而
    起
    者
```

圖 2.1: 原圖載於《新民叢報》第三年第三號，頁 120

---

46 參見頁 219。
47 「交物」是指「交換財物」。

PART 3

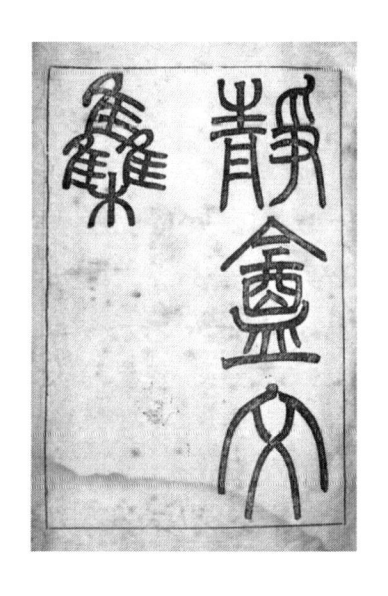

論新學語之輸入 1905

王國維 1877-1927

專注探討學術詞彙如何引入漢語，關心知識轉譯與語言媒介的問題。

第一章

《論新學語之輸入》導讀

《論新學語之輸入》摘自王國維早年自編的《靜庵文集》，共收十二篇文章。當時他擔任上海《教育世界》雜誌主編，並在此期間整理自己對西方哲學與中國學術的觀點。文章語氣積極，立場清晰。他關注兩個問題：一，新詞是否需要；二，新詞是否實用。

對第一點，他明確主張應接受和製漢語。他提出三個理由：一，承襲既有詞彙比另創新詞更省力；二，有助中日學術交流；三，西學概念需新詞承載，古文難以勝任。他強調應學習西方思維，發展普世知識觀，主張學術應作為目的而非手段。

對實用性問題，他認為日本創詞較精確。和製漢語多為二字或四字詞，比單字詞更清晰。他批評嚴復譯詞不準。以「宇」、「宙」譯 space 和 time 為例，他指出「宇」僅指廣大空間，「宙」指長久時間，不等同原義。他不贊同「天演」與「善相感」，認為「進化」與「同情」更貼切。

不過他也指出和製漢語的問題。例如他不滿 idea 譯為「觀念」，intuition 譯為「直觀」，質疑「觀」字的使用。他認為這些詞與視覺無關，不宜使用視覺動詞作為構詞基礎。他也指出，這不是翻譯失誤，而是語言特性所致。他已注意到語詞和概念之間的差異，雖未明言，但接近今日對語言多模態性的理解。

王國維的觀點不能用事後標準評價。他在當時已意識到翻譯難題，並展現罕見的平衡視角。他的文章發表於和製漢語剛大量進入漢語的初期。此時尚未出現系統語言學方法。和製漢語分類問題直到戰後才成為顯學。他也低估了和製漢語的日常滲透力，當時僅視為術語來源，未預見其在日常語言中的普及。他同樣未察覺和製漢語的創造潛力，以及其在構詞上的範式作用。實際上，民初正是漢語詞彙爆炸成長的階段。

文中所說的「新學語」，指的是現代意義上的專業術語。當時中國尚未細分學科，文學、哲學、自然科學皆歸入「學」。因此，王國維在使用「學語」、「學問」、「學術」等詞時，未加明確區分，反映出當時語詞分類尚未成熟。他說：

> 「十年以前，西洋學術之輸入，限於形而下學之方面，故雖
> 有新字新語，於文學上尚未有顯著之影響也。」

王國維在文中認為，西洋學術引入對中國文學影響不大。從今日角度看，這種看法難以成立。事實上，專業術語未必直接出現在文學作品中，但王國維將文學界與學術界視為同一體系，因此認為西方術語尚未在中國知識分子間廣泛使用。對他而言，文人不只是文學創作者，也應是學者與科學研究者。

王國維的學術興趣廣泛，涵蓋哲學、文字學、文學與史學。他與羅振玉關係密切，兩人長期合作，曾一同赴日考察。1898 年 2 月，王國維任職上海《時務報》，擔任書記與校對。該報停刊後，他轉至東文學社與《農學報》工作。

他的留學歷程分為三段。第一次是在 1899 年秋。他向日本人田崗佐代治學習英語，為日後翻譯工作奠定基礎。1900 年 6 月返滬後積極從事翻譯，並結識日本漢學家狩野直喜。1901 年春，應羅振玉邀請，到武昌湖北農務學堂任教。第二次留學為 1902 年 2 月至 10 月。他應藤田豐八推薦，進入日本東京物理學校。因健康因素，於 10 月提前返國。1902 年回國後，他先在通州師範學校任教，講授哲學、心理學與倫理學。1904 年底，應羅振玉之邀，到蘇州江蘇師範學堂任職。期間，他自學世界學術，撰寫《紅樓夢評論》等多篇哲學與美學論文，影響深遠。第三次留學在 1911 年辛亥革命後，持續至 1915 年 3 月。1922 年，他成為北京大學國學門通訊導師。1925 年 2 月，應胡適之邀，經溥儀勸說，加入籌備中的清華國學研究院。1927 年，王國維於頤和園自沉，原因不明。

《論新學語之輸入》的語言特徵

《論新學語之輸入》在收詞方式上與《新釋名》相同，採用主觀挑選重點詞彙的方式（請參考頁 204 的說明）。在語言特徵方面，先看詞長分布。本篇在八篇早期研究中，詞長分布與和製漢語的標準分布沒有顯著的差異，其 χ^2 值僅為 0.42，數值偏低，在顯著水準 p = 0.05、自由度為 4 的情況下，

遠低於臨界值 9.49。由此可見，《論新學語之輸入》的詞長結構分布正常，無明顯偏差，如下圖所示：

表 1.1：《論新學語之輸入》詞彙與和製漢語之詞長分佈比較

資料	總詞數	單字詞	二字詞	三字詞	四字詞	多字詞
《論新學語之輸入》詞彙	100	2	81	9	5	3
和製漢語	3,224	20	2,411	603	180	10

《新釋名》主要討論了共 100 個新名詞。其中，唯一的兩個單字詞是「宇」與「宙」。此外，文中亦出現若干三字詞、四字詞與五字詞，如下：

三字詞 9 個詞：不適當、倫理學、希臘語、心理學、新名詞、善相感、因明學、外國語、文學界

四字詞 5 個詞：詭辯學派、形上之學、形而下學、新字新語、哀利亞派

五字詞 2 個詞：無限之時間、無限之空間

「自概念上論」這一詞彙雖為短句，但因原文中特別加上黑點標記，仍將其納入詞彙表中。在接下來的幾節中，將分析這些詞彙與和製漢語及現代術語的關係。

一、《論新學語之輸入》中的和製漢語詞彙

下方列表收錄了 50 個詞彙，皆出現於《論新學語之輸入》一文中，並且被至少二位當代學者認定為和製漢語。和製漢語佔全篇收詞的 50%，是八篇著作中比例最高的一篇。其中有 40 個詞同時具有現代術語身份，以下皆以底線表示。這些現代術語佔所有和製漢語的 80%，比例偏高，是八篇著作中排名第三。這說明，《論新學語之輸入》這篇文章確實名副其實，所收錄的新名詞多為學術性質的和製漢語，也反映出作者對當時學術語彙輸入問題的高度關注與系統性整理。

【ㄆ】普通
【ㄈ】分析, 方面, 法則
【ㄉ】代表, 對象
【ㄊ】同情, 特質, 特長
【ㄌ】倫理學, 理論
【ㄍ】國民, 感覺, 概念, 觀念
【ㄎ】科學, 空間
【ㄐ】交通, 具體, 進步
【ㄒ】先天, 學術, 心理學, 性質, 現象
【ㄓ】需要
【ㄓ】直覺, 直觀, 知覺, 知識
【ㄔ】抽象
【ㄕ】世界, 實踐, 實際, 時代, 時間, 輸入
【ㄗ】作用, 自然, 自覺
【ㄙ】思想
【一】影響, 意味, 意義, 研究
【ㄨ】外國語, 文學, 文學界, 文法
【ㄩ】語源

二、僅見於《論新學語之輸入》的和製漢語

表格中所列的 14 個和製漢語，僅見於《論新學語之輸入》，未出現在本研究所涵蓋的其他作品中，佔該文全部新名詞的 31%，比例接近中位值，在八部早期研究作品中比例排名倒數第四。該文整體詞彙數量不多，重點在於討論新學語輸入的問題，而非大量介紹新名詞。此一結果凸顯了《論新學語之輸入》的特殊性，也展現其在詞彙記錄上的貢獻。不過，也應留意，這些詞語部分可能已隨時間逐漸被淘汰，未在現代語言中持續使用。

【ㄆ】普通
【ㄈ】法則
【ㄊ】特質, 特長
【ㄎ】空間
【ㄐ】具體
【ㄔ】抽象
【ㄕ】實際, 時間
【一】意味
【ㄨ】外國語, 文學, 文學界
【ㄩ】語源

三、《論新學語之輸入》詞彙與現代術語之關聯

表格列出自《論新學語之輸入》中整理出的 53 個現代術語。現代術語佔全部新名詞的比例為 53%，比例約在中間位置，是八部早期新名詞研究著作中第五高的一部，顯示現代術語在本書中的重要性並無明顯偏高或偏低。其中，有底線標記的 36 個詞彙，同時被至少三位當代學者認定為和製漢語。這些和製漢語佔全部現代術語的 68%，是八部著作中比例最高的一部。這說明，《論新學語之輸入》所選用的術語，大多屬於當時已被普遍接受的和製漢語。如第一章所述，這裡所稱的和製漢語，指的是一般認知下

的類型,並不細分其來源或構詞方式。每個詞彙右側括號中的數字表示其出現在不同知識領域的次數,可作為觀察其語用範圍的依據。

【ㄅ】辯論 (2), 部分 (8)
【ㄈ】分析 (5), 分類 (10), 方面 (1), 法則 (3), 翻譯 (3)
【ㄉ】代表 (3), 地位 (4), 對象 (2)
【ㄊ】同情 (1), 特質 (4)
【ㄌ】倫理學 (1), 理論 (3)
【ㄍ】國民 (1), 感覺 (5), 概念 (2), 觀念 (3)
【ㄎ】科學 (2), 空間 (4)
【ㄐ】交通 (2), 精確 (2), 進步 (3)
【ㄑ】侵入 (4), 區別 (3)
【ㄒ】心理學 (1), 性質 (4), 現象 (5), 需要 (4)
【ㄓ】宙 (1), 直覺 (2), 直觀 (2), 知覺 (2), 知識 (3)
【ㄔ】創造 (2), 抽象 (2)
【ㄕ】實踐 (1), 時代 (2), 時間 (5), 輸入 (5)
【ㄖ】日本 (1)
【ㄗ】作用 (7), 自然 (1), 自覺 (2)
【ㄙ】思想 (1)
【ㄧ】影響 (4), 意味 (1), 意義 (4), 研究 (3), 言語 (2)
【ㄨ】文學 (1), 文法 (2)
【ㄩ】宇 (2)

四、 現代術語在《論新學語之輸入》中的比例與分佈

正如在《新爾雅》第一章所述,本節的統計重點在於比較《論新學語之輸入》的詞彙分類比例,是否與整體知識領域的分佈一致,並檢驗差異是否顯著。與《新釋名》相似,《論新學語之輸入》的分類比例也展現出明顯偏差。其 χ^2 值為 11.16,是本書八部早期作品中最高的,遠高於臨界值 5.99。進一步分析顯示,在(5-17 分類)中,詞彙比例為 15%;在(2-4 分類)中則為 62%。這兩組數據明顯高於整體術語的平均值(分別為 0.32% 和 7.7%),因此推高了 χ^2 值。由此可見,《論新學語之輸入》在選用現代術語時,明顯偏好重要抽象且具廣泛應用性的詞彙。

表 1.2:《論新學語之輸入》詞彙中被視為和製漢語與現代術語一覽

分組數	全部術語	全部術語比例	《新學語》	《新學語》比例	χ^2
5-17 類別	1,681	0.0032	8	0.1509	6.78
2-4 類別	40,320	0.0772	33	0.6226	3.86
單一類別	480,591	0.9196	12	0.2264	0.52
總數	522,592	1.0000	53	1.0000	11.16

第二章

《論新學語之輸入》原文

《靜庵文集》（1905年6月）（116 - 119頁）

　　近年文學上有一最著之現象，則新語之輸入是已。大言語者，代表國民之思想者也，思想之精粗廣狹，視言語之精粗廣狹以為準，觀其言語，而其國民之思想可知矣。周秦之言語，至翻譯佛典之時代而苦其不足；近世之言語，至翻譯西籍時而又苦其不足。是非獨兩國民之言語間有廣狹精粗之異焉而已，國民之性質各有所特長，其思想所造之處各異，故其言語或繁於此而簡於彼，或精於甲而疏於乙，此在文化相若之國猶然，況其稍有軒輊者乎！抑我國人之特質，實際的也，通俗的也；西洋人之特質，思辨的也，科學的也，長於抽象而精於分類，對世界一切有形無形之事物，無往而不用綜括（Generalization）及分析（Specification）之二法，故言語之多，自然之理也。吾國人之所長，寧在於實踐之方面，而於理論之方面，則以具體的知識為滿足，至分類之事，則除迫於實際之需要外，殆不欲窮究之也。夫戰國議論之盛，不下於印度六哲學派及希臘詭辯學派之時代。然在印度，則足目出而從數論聲論之辯論中抽象之而作因明學[1]，陳那[2]繼之，其學遂定；希臘則有雅里大德勒[3]，自哀利亞派[4]、詭辯學派[5]之辯論中，抽象之而作名學；而在中國，則惠施[6]、公孫龍[7]等所謂名家者流，徒騁詭辯耳，其於辯論思想之法則，固彼等之所不論，而亦其所不欲論者也。故我中國有辯論而無名學，有文學而無文法，足以見抽象與分類二者，皆我國人之所不長，而我國學術尚未達自覺（Self-consciousness）之地

---

[1] 因明學是古印度邏輯學和認識論的一種思辨方法，梵語：Hetuvidyā，對於佛教、耆那教皆有影響。

[2] 陳那（Dignāga，又作 Diṅnāga（西元480-540年）是印度佛教學者，也是印度邏輯（因明學）佛教創始人之一。陳那的思想為印度演繹邏輯奠定了基礎，並創立了佛教邏輯和認識論（Pramana）的第一套完整體系。

[3] 參見頁212註11。

[4] 艾奧利亞人 (Aeolians)。

[5] 詭辯學派 (Sophist school)，古希臘修辭學派、辯論派之一。

[6] 惠施（西元前370-310年），戰國時期一位名家代表人物、辯客、哲學家、政治家。《莊子》、《荀子》、《韓非子》、《呂氏春秋》各有其記載。

[7] 公孫龍（西元前320-250年），東周戰國時期的一位代表名家人物，著《公孫龍子》。

位也。況於我國夙無之學,言語之不足用,豈待論哉!

夫抽象之過,往往泥於名而遠於實,此歐洲中世學術之一大弊,而今世之學者猶或不免焉。乏抽象之力者,則用其實而不知其名,其實亦遂漠然無所依,而不能為吾人研究之對象。何則?在自然之世界中,名生於實;而在吾人概念之世界中,實反依名而存故也。事物之無名者,實不便於吾人之思索,故我國學術而欲進步乎,則雖在閉關獨立之時代,猶不得不造新名;況西洋之學術駸駸而入中國,則言語之不足用,固自然之勢也。

如上文所說,言語者,思想之代表也,故新思想之輸入,即新言語輸入之意味也。十年以前,西洋學術之輸入,限於形而下學之方面,故雖有新字新語,於文學上尚未有顯著之影響也。數年以來,形上之學,漸入於中國,而又有一日本焉,為之中間之驛騎,於是日本所造譯西語之漢文,以混混之勢,而侵入我國之文學界。好奇者濫用之,泥古者唾棄之,二者皆非也。夫普通之文字中,固無事於新奇之語也;至於講一學,治一藝,則非增新語不可。而日本之學者,既先我而定之矣,則沿而用之,何不可之有?故非甚不妥者,吾人固無以創造為也。侯官嚴氏[8],今日以創造學語名者也。嚴氏造語之工者固多,而其不當者亦復不少。茲筆其最著者,如 Evolution 之為「天演」也,Sympathy 之為「善相感」也。而天演之於進化,善相感之於同情,其對 Evolution 與 Sympathy 之本義,孰得孰失,孰明孰昧,凡稍有外國語之知識者,寧俟終朝而決哉!

又西洋之新名,往往喜以不適當之古語表之,如譯 Space(空間)為「宇」、Time(時間)為「宙」是已。夫謂 Infinite Space(無限之空間)、Infinite Time(無限之時間)曰宇曰宙可矣,至於一孔之隙,一彈指之間,何莫非空間、時間乎?空間、時間之概念,足以該宇、宙;而宇、宙之概念,不足以該空間、時間。以「宇、宙」表 Space、Time,是舉其部分而遺其全體[9]也。以外類此者,不可勝舉。夫以嚴氏之博雅猶若是,況在他人也哉!且日人之定名,亦非苟焉而已,經專門數十家之攷究,數十年之改正,以有今日者也。竊謂節取日人之譯語,有數便焉:因襲之易,不如創

---

[8] 嚴復 (1854–1921 年),中國近代啟蒙家、翻譯家。
[9] 原註:自概念上論。

造之難，一也；兩國學術有交通之便，無扞格[10] 之虞，二也。叔本華[11]譏德國學者於一切學語不用拉丁語而用本國語，謂如英、法學者亦如德人之愚，則吾儕學一專門之學語，必學四五度而後可。其言頗可味也[12]。有此二便而無二難，又何嫌何疑而不用哉？

雖然，余非謂日人之譯語必皆精確者也。試以吾心之現象言之，如Idea 為「觀念」、Intuition 之為「直觀」，其一例也。夫 Intuition 者，謂吾心直覺五官之感覺，故聽、嗅、嘗、觸，苟於五官之作用外加以心之作用，皆謂之 Intuition，不獨目之所觀而已。觀念亦然。觀念者，謂直觀之事物，其物既去，而其象留於心者，則但謂之觀，亦有未妥。然在原語亦有此病，不獨譯語而已。Intuition 之語源出於拉丁之 In 及 tuitus 二語，tuitus 者，觀之意味也[13]。蓋觀之作用，於五官中為最要，故悉取由他官之知覺，而以其最要之名名之也。Idea 之語源出於希臘語之 Idea 及 Idein，小觀之意也[14]，以其源來自五官，故謂之觀；以其所觀之物既去，而像尚存，

---

10 「扞格」，是指互相牴觸。
11 Arthur Schopenhauer (1788-1860 年)，德國哲學家。
12 大概源自於叔本華於 1852 年撰寫而未發表的短文 Ueber die Verhunzung der Deutschen Sprache（《關於對德語的破壞》）"So ein deutscher Schreiber nobler 'Jetztzeit' denkt, vorkommenden Falls, gar nicht, wie doch sein Englischer, Französischer oder Italiänischer [italienischer] Kamarad, hinsichtlich ihrer Sprache, unfehlbar thun, darüber nach, ob was er jetzt eben hinsetzen will auch richtiges Deutsch, ja ob es überhaupt Deutsch sei: bewahre! solche Sorgen kennt man nicht mehr; ejusmodi nugas philosophus non curat, sondern jeder tintenklexende Lohnbube ist Herr und Meister über die Sprache, modelt und macht sie nach seiner Grille und seinem Halbthier-Belieben." 譯文：「活在『現代』的德國作家絕不考慮，如同其英國、法國、意大利的朋友那樣，尤其語言方面，他即將要下筆的東西是否正確的德文，甚至究竟是否德文：拜託！這種擔憂不再為人所知；（拉丁文）「哲學家不關心這些廢話」，每個會亂塗墨水的小工都是語言的主人，根據他的心血來潮和半動物性的隨意心願而改造語言。」見於 https://www.projekt-gutenberg.org/schopenh/nachlas2/chap009.html
13 在此，intuitus 是 intuēri 的完成分詞的形式 (participle perfect)，一般即認為 intuition 由拉丁文 intuitio「鏡子中所見之像」而來，晚期拉丁文意思延伸，代表非具體的「觀看」即是「想象」，該詞在中世紀經院哲學的學術傳統中使用來指「經由觀察（而非思考）所得來的認知」，康德於 1799 年用 Intuition 的意思就是「感覺上瞭解一件事，直覺上瞭悟到」。該詞最終源自於拉丁文 intuēri「仔細且直接觀察，思索」，前綴 in- 是指「在、到」，tueri 是指「觀看、看管」，與英文 tutor（老師）同源。
14 古希臘文 idéa 是指「有形體、性質、原形」，自於動詞 idéin「看，看見」。

故謂之念。或有謂之「想念」者,然攷[15]張湛[16]《列子注・序》所謂「想念以著物自喪」者,則「想念」二字,乃倫理學上之語,而非心理學上之語,其劣於觀念也審矣。至 Conception 之為「概念」,苟用中國古語,則謂之「共名」亦可[17];然一為名學上之語,一為文法上之語,苟混此二者,此滅名學與文法之區別也。由上文所引之例觀之,則日人所定之語,雖有未精確者;而創造之新語,卒無以加於彼,則其不用之也謂何?要之,處今日而講學,已有不能不增新語之勢;而人既造之,我沿用之,其勢無便於此者矣。

然近人之唾棄新名詞,抑有由焉,則譯者能力之不完全是也。今之譯者[18],其有解日文之能力者,十無一二焉;其有國文之素養者,十無三四焉;其能兼通西文、深知一學之真意者,以余見聞之狹,殆未見其人也。彼等之著譯,但以罔一時之利耳,傳知識之思想,彼等先天中所未有也。故其所作,皆粗漏厖雜[19],佶屈而不可讀。然因此而遂欲廢日本已定之學語,此又大不然者也。若謂用日本已定之語,不如中國古語之易解,然如侯官嚴氏所譯之《名學》,古則古矣,其如意義之不能瞭然何?以吾輩稍知外國語者觀之,毋寍[20]手穆勒[21]原書之為快也。余雖不敢謂用日本已定之語,必賢於創造,然其精密,則固創造者之所不能逮[22]。而創造之語之難解,其與日本已定之語,相去又幾何哉!若夫粗漏佶屈之書,則固吾人之所唾棄,而不俟躊躇者也。

---

15 「攷」,同「考」。
16 張湛,東晉著名思想家。
17 原註:《荀子・正名》篇。註釋:《荀子・正名》:「故萬物雖眾,有時而欲無舉之,故謂之物;物也者,大共名也。推而共之,共則有共,至於無共然後止。有時而欲徧舉之,故謂之鳥獸。鳥獸也者,大別名也。推而別之,別則有別,至於無別然後止。」
18 原註:指譯日本書籍者言。
19 「厖」,同「龐」。
20 「寍」即「甯」的異體字,是指願、盼望。
21 密爾 (John Stuart Mill,1806–1873 年),舊譯:穆勒,著《邏輯學體系》(A System of Logic),1843 年出版,嚴復於 1903 年翻譯為《名學》。
22 原註:日本人多用雙字,其不能通者,則更用四字以表之。中國則習用單字,精密不精密之分,全在於此。

PART 4

盲人瞎馬之新名詞

1915

彭文祖 生卒不詳

用諷刺語氣猛烈批評新名詞的濫用，反映語言與文化變遷引發的焦慮。

第一章

《盲人瞎馬之新名詞》導讀

《盲人瞎馬之新名詞》是彭文祖針對和製漢語所寫的著作，出版於民國初年。關於彭氏生平資料極少。馮天瑜在《近代中國人對新語入華的「迎」與「拒絕」》一文中稱其為「留日學生」，可能因他常批評國人濫用日語詞語，仿效日式書寫方式。除了本書外，彭文祖在近代學術界鮮有其他著作，影響有限。

儘管如此，此書在今日的語詞研究中仍常被引用。學界視其為批判和製漢語的代表性文本之一。例如，陳建守曾稱之為「『報效痛恨』之作」，形容其寫作出發點即為強烈反感。書中語氣激烈，直指日本名詞大量輸入對國族構成威脅。常被引用的一句話為：「吁嗟乎，殊不知新名詞之為鬼為祟，害國殃民以啓亡國亡種之兆，至於不可紀極也。」（〈新名詞〉）。其意為：「唉，他們根本不知道這些新名詞多麼危害國家和人民，甚至可能導致亡國。」

但少有人注意到接續句：「以好談新名詞之故，至廢國家之能人阻青年之得佳婦。」意即：「這些詞語不只削弱國力，還妨礙青年婚配。」語氣之誇張，幾近諷刺。

書中亦多類似誇飾之語。在〈衛生〉一節，彭氏寫道：「國人國人，可不好清潔乎？長此懶惰終有滅種之痛也，噫！」即指：「我們國人若不講清潔，繼續懶惰，將面臨滅種之憂。」

彭文祖文風激烈，情緒強烈，真假難辨。既像憤怒的批評，又似嘲諷的冷笑，究竟是苦中作樂還是語帶諷刺，今日已難判斷。

全書分為 60 篇，每篇針對一個或一組新名詞。篇幅長短不一，與作者情緒起伏相關。最短章節不到 100 字，最長者達約 3,600 字。以下列出幾篇篇幅最長的章節：

表 1.1:《盲人瞎馬之新名詞》最長章節與字數統計

章節號	章節名	章節字數
五十	〈衛生〉	3,600
十五	〈具體的、抽象的〉	3,550
十二	〈手續〉	3,400
四十九	〈重婚罪〉	2,950
十	〈哀啼每吞書〉	2,650
三十五	〈大律師〉	2,550
一	〈新名詞〉	1,500
二十八	〈又八〉	1,300

彭文祖筆鋒犀利，批評對象包括文人、政治家與留學生。他甚至直接點名梁啓超，稱其為「號稱大文豪」。在「取締」一節中，彭氏寫道：「取締二字之見用，由於吾國現號稱為大文豪之梁啓超也。梁之文章中，新名詞故多不可數，以新民叢報為嚆矢，是其建功於國之第一階也。國人不可不佩服而宗仰者也。」語氣表面讚美，實則隱含譏諷。

彭氏對新名詞的不滿可分為三層：

一是質疑其必要性。彭文祖在首篇〈新名詞〉中寫道：「世只有新事物而無新名詞。雖有聖人者出，亦不能說踰此理。」語氣極端。但同篇中他也承認新名詞勢不可擋：「於是乎新名詞日進無疆，歡迎者恨不能兼夜研之，嫌惡者恨不能入土罵之……老腐敗不敵新人物之衆，至於敗北。」他明知變化無法阻擋，但內心仍感不安。

二是認為新詞不合漢語構詞邏輯。於〈取消〉中，他寫道：「取者，獲得也……取消二字，在日文中自有剖解之曲道，在我光明每落之文法中，則如水桶落河，不通不通其鳴也。」他主張「取」與「消」語義相反，不應組合為一詞。這是從傳統訓詁觀點對日文構詞提出的質疑。

三是批評盲目模仿日文書寫。於〈又〉中，他寫道：「見一又字即照直錄……不分日人所用之又（マタ）八又（マタ）曲道故也。……致使吾堂堂之又字多出一種牛溲馬勃之厚味也。」他認為，中國譯者未理解日文助詞與用字邏輯，便機械地照搬，導致誤用。他對這種盲從態度感到極度反

感。

這些批評文句帶有強烈情緒色彩，混合訓詁理路與文化焦慮。彭文祖筆法誇張，時有反諷，其文字中夾雜怒意、譏笑與悲觀，呈現出清末語言與文化轉型期的矛盾心態。

由此可見，彭文祖的批評重點，在於人們對日本名詞與書寫習慣的無知模仿。他認為這些使用只是形式上的套用，未理解詞語真正的含義，屬於盲從。全書中，他使用「盲從」超過 50 次，「恨」約 40 次，「罵」也達 35 次，可見情緒之強烈。

彭氏對日本名詞的強烈反感，與其愛國情懷密切相關。從今日觀點來看，這種激情未必有助於客觀分析。但本書目的並非學術討論，而是以強烈語氣提醒同代人，應警覺語言變化所帶來的文化衝擊。他在〈支那〉一文中說：「予小子不敏，欲作一外國文之書以辯明吾之國名……甚願才多者，盡此義務，不勝盼禱之至。」這反映了他對國家語言與文化命名的深切關心。

需要指出的是，彭文祖並非全盤否定新名詞。他對一些詞語表達肯定，譬如：「辯護士」、「總統」、「總長」、「教習」、「監督」、「讓與」等。他甚至認為中文的「親屬」不如日文的「親族」，建議採用日語詞彙來替代原有說法。

在討論〈要素〉與〈義務〉等詞時，彭氏語氣平和，並非進行批評。他於〈義務〉中寫道：「義務，名詞通順可取，但不可謂襲用他人而來。人不用，吾亦必取故也。」意思是，「義務」這個詞很適合使用，但不一定是從他人借來的，而是自身語言中已有，只是重新被啟用。

從今天的觀點來看，他這種說法接近於「激活詞」的概念。根據沈國威的分類，這類詞不算外來語，而是歷史詞的再生。由此可見，彭文祖在語詞使用上仍保留一定彈性。他根據詞語本身的適用性作判斷，而非一味反對所有新名詞。

《盲人瞎馬之新名詞》的語言特徵

收詞方面，採用兩種方式：一是整理全書各章節明確討論的正條詞，共計 63 個；二是運用 Python 的 jieba 套件對全文進行自動斷詞，排除正條詞後，再將其餘詞彙分別與和製漢語學術詞表及現代術語詞表比對。對於全文中出現的和製漢語，並未進行詞長分析，因為其分布本就與和製漢語常態結構相符，無特殊變異。

在語言特徵方面，首先檢視詞長分布。《盲人瞎馬之新名詞》的詞長分類結構完全符合和製漢語的分佈特性。與其他七篇早期研究文章相比，屬於四種差異性最低的著作之一。其 χ^2 值為 0.66，差異性偏低，排名第五高，遠低於臨界值 9.49，無顯著差異。以下圖可見其詞長分布的主要特徵：

表 1.2:《盲人瞎馬之新名詞》詞彙與和製漢語之詞長分佈比較

資料	總詞數	單字詞	二字詞	三字詞	四字詞	多字詞
《盲人瞎馬》詞彙	66	7	41	14	3	1
和製漢語	3,224	20	2,411	603	180	10

《盲人瞎馬之新名詞》共討論 63 個新名詞，其詞長分布如下：

- **一字詞** 7 個詞：働、又、律、樣、殿、的、若
- **二字詞** 38 個詞
- **三字詞** 14 個詞：債務人、債權人、具體的、動員令、大律師、姦非罪、抽象的、新名詞、消極的、當事者、相手方、積極的、第三者、重婚罪
- **四字詞** 3 個詞：強制執行、意思表示、損害賠償
- **五字詞** 1 個詞：哀啼每吞書

在接下來的幾個小節中，我們將進一步分析這些詞彙與和製漢語及現代術語之間的對應關係。

第一章　《盲人瞎馬之新名詞》導讀　239

一、《盲人瞎馬之新名詞》中的和製漢語詞彙

　　《盲人瞎馬之新名詞》一書中，共有 25 個詞被三位以上當代學者認定為和製漢語，佔全書收詞的 38%，是八篇著作中第三高的一篇。這表示作者在選詞上有高度針對性，專注於批評和製漢語，較少涉及其他類型詞彙。其中僅有 15 個詞同時屬於現代術語，以下皆以底線表示。現代術語在和製漢語中的佔比為 60%，是八篇早期研究中最低的一篇。這個結果與本文的討論方式密切相關。作者的主要目的是針對文學風格進行批評，指出和製漢語的使用如何破壞傳統文體，而非介紹各領域的新詞。

【ㄅ】必要
【ㄇ】目的, 盲從
【ㄈ】法人
【ㄉ】打消, 獨逸, 第三者
【ㄊ】同化, 條件
【ㄐ】具體的, 經濟
【ㄑ】切手, 取消, 取締, 權利, 權力
【ㄒ】相手方
【ㄓ】支那
【ㄔ】場合
【ㄕ】手續
【ㄖ】讓渡
【ㄩ】原素
【ㄧ】引渡, 義務
【ㄨ】衛生

二、 僅見於《盲人瞎馬之新名詞》的和製漢語

　　表格中的 10 個和製漢語僅見於《盲人瞎馬之新名詞》，未出現在本書其他作品中。這 10 個單次出現的和製漢語，佔該書全部和製漢語的 24%，比例偏低，在八部早期研究作品中，比例排名倒數第三。這顯示《盲人瞎馬之新名詞》在選詞時特別關注詞彙的知名度，偏好選用較為公認的和製漢語。如同其他章節，這些詞語中有些可能會隨時間流逝而逐漸淘汰或不再流行。

【ㄅ】必要
【ㄇ】盲從
【ㄉ】打消, 獨逸, 第三者
【ㄐ】具體的
【ㄑ】切手, 權力
【ㄒ】相手方
【ㄔ】場合
【ㄖ】讓渡
【ㄧ】引渡

三、《盲人瞎馬之新名詞》全文中的和製漢語

《盲人瞎馬之新名詞》的特色之一，是作者雖然在 60 個章節中只討論了 66 個新名詞，表面看起來數量不多，可是因為每個詞彙都經過詳細討論，使得全書實際上涵蓋大量新詞。這些新詞多數嵌入在一般語句中，不少也被當代學者視為和製漢語。

若不計前述的 66 個主條詞目，《盲人瞎馬之新名詞》中仍有 125 個和製漢語，既未見於任何早期研究著作，也未出現在《新爾雅》的全文中。既然如此，便不能倉促斷言這些詞彙是在 1915 年前後才進入漢語。相反，較合理的結論是：這些和製漢語當時雖已進入漢語詞彙，但尚未被其他學者視為日語詞，也未被納入討論。

括號內的數字表示該詞在《盲人瞎馬之新名詞》中出現的總次數，若只出現一次則不標註數字。另外，在斷詞處理方面，我使用 Python 的 jieba 套件進行自動斷詞，並逐一檢查，確認是否符合語義。舉例來說，jieba 將「在他國有如斯之罕聞乎」中的「國有」誤判為和製漢語，我經過語法檢查後判定不符，遂刪除此類誤判詞。

【ㄅ】不經濟 (3), 保障 (4), 博覽會, 報紙 (9), 暴動, 本質 (2), 病毒, 筆者, 被告人 (8), 辯護人 (5), 辯護士 (16)
【ㄆ】片面 (2)
【ㄇ】明治 (2), 米 (7), 美觀
【ㄈ】反抗, 反省, 封鎖 (3), 廢止, 法學 (16), 法科, 法規, 法院 (2), 發表 (3), 符號 (2), 防疫, 附加 (4)
【ㄉ】動詞 (9), 對照, 對立, 導火線, 帝國, 獨占, 都市, 電報 (3), 電學, 電車
【ㄊ】天國, 鐵路
【ㄋ】農學
【ㄌ】了解 (25), 留學 (10), 離婚 (2), 領地 (3)
【ㄍ】公使 (8), 公務員 (3), 公告, 公式, 告訴, 國學, 工廠, 廣告, 慣例, 改善 (2), 改訂 (2), 改造 (7), 革新
【ㄎ】課長
【ㄏ】會員, 活躍, 漢學
【ㄐ】假定 (3), 居留 (2), 教養, 檢察官 (4), 解剖, 記錄, 講演, 金牌
【ㄑ】汽車, 缺點 (2), 請求 (3), 起訴, 趨勢, 錢 (11)
【ㄒ】學科, 形象, 校友 (2), 現行, 血球, 行政法 (5), 西洋 (27)
【ㄓ】主人翁, 專業 (2), 政客 (2), 政法 (2), 政界 (4), 注文, 證書 (2), 重婚 (8), 障害
【ㄔ】傳票, 出口, 出生, 寵愛, 崇拜 (3), 成績, 承認 (4), 承諾 (2)
【ㄕ】事業 (7), 實施 (3), 實業 (2), 審判, 時事, 社團 (8), 聖經 (2), 設備 (2)
【ㄖ】人稱, 人證, 人造, 日報 (5), 認知 (2)
【ㄗ】祖國
【ㄘ】財團 (14), 辭典
【ㄙ】所長, 私生子 (9), 私立, 訴訟法 (4)
【ㄧ】洋服, 醫學 (2), 鴉片
【ㄨ】文學家, 文科, 溫室

四、《盲人瞎馬之新名詞》詞彙與現代術語之關聯

接下來整理《盲人瞎馬之新名詞》中的現代術語。本書共收錄現代術語27個，約佔全部新名詞的43%，比例偏低，是八部早期新名詞研究著作中第三低的一部，顯示現代術語在本書中的重要性相較於其他著作並不特別突出。這些現代術語中，有14個同時被認定為和製漢語，並以底線標記，約佔現代術語總數的52%，比例偏高些，這個比例在八部著作中排名第三高，說明《盲人瞎馬之新名詞》在選詞上確實重視當時廣泛認可的和製漢語，所收詞彙也呈現出明顯的日語影響。每個詞語右側括號中的數字，表示其出現在不同知識領域中的次數。

【ㄇ】目的 (4)
【ㄈ】法人 (4)
【ㄉ】代價 (1), 動員令 (1)
【ㄊ】同化 (3), 條件 (5)
【ㄌ】律 (2)
【ㄐ】具體的 (1), 積極的 (2), 經濟 (2), 繼承 (3)
【ㄑ】取消 (7), 取締 (1), 契約 (5), 強制執行 (2), 權利 (2), 權力 (1), 親屬 (2)
【ㄓ】債權人 (2)
【ㄔ】場合 (1), 抽象的 (1)
【ㄕ】手續 (1)
【ㄖ】若 (1)
【ㄙ】損害賠償 (1)
【一】引渡 (1), 義務 (1)
【ㄨ】文憑 (2), 衛生 (2)

五、現代術語在《盲人瞎馬之新名詞》中的比例與分佈

在《新爾雅》第一章中提及的統計分析基礎上，本節將焦點轉向《盲人瞎馬之新名詞》。與《新爾雅》、《新釋名》和《論新學語之輸入》不同，《盲人瞎馬之新名詞》的詞彙分組比例與整體知識領域比例之間，沒有顯著差異。其 χ^2 值為 5.56，低於臨界值 5.99，在八部早期作品中排名倒數第三，即第三低。這表示，在現代術語分組上無偏向性，對抽象與具體詞彙的處理較為平均。

表 1.3:《盲人瞎馬之新名詞》詞彙中被視為和製漢語與現代術語一覽

分組數	全部術語	全部術語比例	《盲人瞎馬》	《盲人瞎馬》比例	χ^2
5-17 類別	1,681	0.0032	3	0.1071	3.36
2-4 類別	40,320	0.0772	13	0.4643	1.94
單一類別	480,591	0.9196	12	0.4286	0.26
總數	**522,592**	**1.0000**	**28**	**1.0000**	**5.56**

六、 以黑點標記的關鍵詞一覽

《盲人瞎馬新名詞》一書共收錄 60 篇短文。每篇主要討論一個或多個新名詞。在正文中，作者常以黑點標出某些詞語，用以強調特定新詞或相關概念。這些黑點關鍵詞不一定是新名詞，也不一定都是二字詞。下列表格整理全書中出現的黑點關鍵詞。經過整理與去除與篇名重複者後，總計為 189 個。

【ㄅ】不得不, 不得概以外人為標榜, 不惟棄義憤於不顧, 不經濟, 不能因習慣而晦正理, 不過因自然人或事物之集合而成, 八十圓, 報効, 必需, 必須, 本質, 辯護人, 辯護士

【ㄆ】偏循習慣者, 票子, 票據

【ㄇ】付交, 付與, 賦金, 反顧學資之苦處, 法, 犯, 符號, 附加, 非得法律承認其人格

【ㄉ】代, 代金, 動兵令, 定義, 對手人, 對換, 德意志, 獨立, 當值其事之人, 當然而不然, 第四編, 締

【ㄊ】他人, 恬不知恥, 條件, 特定承繼, 痛恨

【ㄋ】內容, 擬制

【ㄌ】利令智昏, 兩種, 律師, 流傳祖物, 留學, 禮義廉恥摧盡無遺

【ㄍ】個人經營事業以濟一己之生活, 公使退去, 公法人, 公益, 公益法人, 割讓之代名詞, 各國學問名家係由證明而出者否, 更忘恨已迎仇, 管束, 苟不敢與人開戰, 革心

【ㄎ】空汎, 開始戰爭方法之章

【ㄏ】或, 後者, 毫不容疑, 海牙平和會議

【ㄐ】九十九年, 交付, 交出, 交與, 即公使, 基礎, 姦淫罪, 將來小律師, 幾何不見其亡也耶, 急速, 技藝, 拘束, 祭祀, 禁止, 精神已去, 經濟困難, 經濟學上之衛生, 經營國家事業以濟民而謀其生活存立之意, 經理, 緊, 繼受, 近世風俗衰薄

【ㄑ】七圓, 前日, 去, 前者, 取擧, 妻離子散, 妾媵之禍歷歷在目, 取立金, 扱, 清潔, 親戚與宗族, 親族

【ㄒ】先惟皮毛是務, 學問, 學術, 小王, 心裡依然暗昧如故, 相續, 瞎眼盲從, 行市, 銷, 須知吾固有之本來面目, 香腸

【ㄓ】主眼, 只問親字有親戚之一義否, 只求得誇奇異於國裡為能事, 專

第一章 《盲人瞎馬之新名詞》導讀 243

【ㄔ】指親近之義, 徵取, 徵取金, 徵發, 徵課, 戰書, 支付, 重要
【ㄔ】查封, 承攬, 承繼, 承讓, 抽想, 程序, 處, 遲兮遲兮奈若何, 醜行百出
【ㄕ】事, 士, 實在, 實為鼇魚隔江育胎, 時, 矢的, 社團法人
【囗】然其性質為戰書, 讓與, 瑞士
【ㄗ】則不能為權利義務之主體, 在取其長續我之短在知其精神不在明其外表, 字義, 宗教, 自併, 自始固有者, 贈與
【ㄘ】慈善, 次序, 財團法人
【ㄙ】所犯, 所犯之罪, 私法人, 索取, 賜見, 遂至全家不睦

【一】一般承繼, 一定, 以維統一, 以作範圍之具, 以其字義可解, 嚴復輩, 因事因地各有不同, 因而, 應文法之趣意, 有節義之風, 營利, 營利法人, 營業, 中組織法人之實在自然人集合而存在者, 葉江楫, 貽臭無窮
【ㄨ】未有不能平和了結之理, 五月初七日, 亡種同化性, 吾國人喪盡心肝, 吾國人經營片紙文憑之心苦難筆, 外國之相場, 無益, 無謂, 猥褻罪, 維, 萬不可容他人加金點或圖黑質者
【ㄩ】原為己物, 慾海交涉, 於是, 運送送

《盲人瞎馬之新名詞》常用舊字正字替換表

《盲人瞎馬之新名詞》出版於 1915 年，字體與今日習慣不同。編輯時盡量保留原貌，包括如「々」等傳統書寫符號不加修改。下方表格列出部分舊字對應現代用法，供參考。本文將依原書舊式寫法呈現，不另行說明，除非遇到明顯誤繕或個別異體字。

表 1.4:《盲人瞎馬之新名詞》舊字用法一覽

舊—正	舊—正	舊—正	舊—正
【ㄅ】班—般	【ㄉ】鬭—鬥	濶—闊	岐—歧
避—譬	【ㄊ】廷—庭	【ㄏ】曷—何	【ㄗ】贊—讚
鼇—鰲	【ㄋ】甯—寧	【ㄐ】決—絕	【一】貽—遺
【ㄈ】倣—仿	【ㄍ】鈎—鉤	【ㄑ】却—卻	斷—齦
繙—翻	【ㄎ】欵—款	墻—牆	【ㄩ】豫—預

《盲人瞎馬之新名詞》——章節目次

1 新名詞	246	31 無某某之必要	288
2 支那	248	32 動員令	289
3 取締	250	33 手形	289
4 取扱	251	34 切手	291
5 取消	252	35 大律師	291
6 引渡	253	36 律	294
7 樣	254	37 代價	295
8 殿	256	38 讓渡	295
9 メ	256	39 親屬	296
10 哀啼每吞書	257	40 繼承	297
11 引揚	260	41 片務、雙務	299
12 手續	262	42 債權人、債務人	299
13 的	266	43 原素、要素	300
14 積極的、消極的	268	44 取立	301
15 具體的、抽象的	269	45 損害賠償	302
16 目的	275	46 各各、益益	302
17 宗旨	276	47 法人	302
18 權利、權力	276	48 姦非罪	307
19 義務	277	49 重婚罪	308
20 相手方	277	50 經濟	312
21 當事者	278	51 條件付之契約	313
22 所為	279	52 働	313
23 意思表示	280	53 從而如何如何	314
24 強制執行	281	54 支拂	315
25 差押	281	55 獨逸、瑞西	315
26 第三者	282	56 衛生	315
27 場合	283	57 相場	320
28 又	284	58 文憑	321
29 若	286	59 盲從	324
30 打消	287	60 同化	325

第二章
《盲人瞎馬之新名詞》原文

序文

　　閒常論之,謂凡治其國之學,必先治其文,顧吾國人之談新學也有年矣。非惟不受新學之賜,並吾國固有之文章語言,亦幾隨之而晦。試觀現代出版各書,無論其為譯述也,著作也,其中佶屈聱牙[1]解人難索之時髦語,比比皆是,嗚呼!是何故耶?是不治外國文之過也,或治之而未深求也。盲談瞎吹,以訛傳訛,曩者大隈氏[2]譏我曰:日本維新以前,漢文行乎日本,自維新而後,日文行乎中土。予聞此語,深慨國人之愈趨愈下而不知自振作也。友人彭君蔚然與予同病,課餘之暇,作是書以示予,囑為之序,審其書中詞語,雖失之激烈,然要為有心之作,未可以詞害意也。故勉綴數語以誌其首,是為序。

中華民國四年七月下浣
張步先敘於日京

【譯文】

　　平時討論時,普遍認為學術的發展必須先從語言文化的改革開始。然而,我國談論新學已經有好些年了。不僅沒有完全接受新學,我們國家固有的文學和語言也幾乎失去其光芒。看看現代出版的各種書籍,不論是翻譯還是原著,其中句子拗口,充滿了流行語,隨處可見。為什麼會這樣?可能是我們沒有徹底學好外國文學,或者只是學了一點皮毛。人們隨便談論,錯誤百出。以前,日本的大隈重信先生曾嘲笑我們,說日本在維新前,漢文流通於日本,維新後則日文流行於中國。聽到這樣的話,我深感國人的境況愈來愈差,卻不知道如何振作。我的好友彭蔚然和我有同感,

---

[1]「佶屈聱牙」是指讀起來不順口。

[2] 大隈重信(1838–1922年),為德川時期的佐賀藩士,明治時期曾任財務大臣、外務大臣、內閣總理大臣,也是早稻田大學的創校者。

他在閒暇之餘寫了這本書給我看，並希望我為它寫序。仔細閱讀書中的語言，雖然可能有些過激，但這確實是他誠摯的作品，不應該因為用詞而影響其意義。因此，我勉力寫下這篇序言。

1915 年 7 月下旬
張步先寫於東京

第一節　新名詞

1　**新名詞**　何曰新名詞？老腐敗實所不解，曰新者，新鮮也。立於舊之反對地位者也。新者美，舊者醜。新者能使人愛，舊者可招人惡。老腐敗曰：一事物自有新舊之分，一名詞亦有新舊之別乎。曰正須名詞先有新舊之別，然後事物乃有新舊之分。八股先生之子，未有新人物之名，故任其如何新，終為一舊物耳。澧陵瓷器，無洋瓷之新名，故製造雖如何佳美，終為購者所不歡迎。本國草帽無洋字新名之招牌，市人皆不願買，其故何哉？假使以澧陵瓷器置之瑞蚨祥店中，由其夥曰此自西洋新到來之最好瓷器，則購者必欣欣然取之。本國草帽中加以金洋字之新名招牌[3]，則戴者必買之不暇。新名詞之功效，豈不大矣哉！

2　若如汝輩老腐敗終始頑固不化，則徒招人唾棄，不獲社會之歡迎耳。於趙秉鈞冠以國民黨員之新名，遂一變而為新人物。章太炎亡命日本數載，絕口不談新名詞。人終以其不脫八股臭氣，吁！汝輩老腐敗，其亦悟矣。老腐敗曰：嗟！新名詞之若是，我和之矣。茶杯之名嫌其陳腐，易以茶椀之名。字典之名，嫌其太舊，易以辭林之名。十二個之名，嫌其老朽，易以一打（Dozen）[4]之名。光其外而暗其中，具其名而虛其實。汝輩新人物之主義，誠至善至美矣，無惑乎吾老腐敗之被人唾棄也。雖然汝輩之所謂道者，道汝輩之所道，非吾輩之所謂道也。各道其道，毋相侵犯可矣。

評者曰：新人物固執新名詞，舊人物固執舊名詞，何所見而有新舊之稱乎？世只有新事物而無新名詞。雖有聖人者出，亦不能說踰此理。甫出

3　　原註：例如禮和洋行、臨記洋行等名。　　4　　原註：英語譯音打子。

窰之茶杯，雖可曰新茶杯，然其茶杯二字之名，依然如故。

　　加一新字，乃表其事物之新，非變其名詞為新。若欲變其名詞為新，則當改曰茶鉢。茶鉢之名，又何以見其新乎？曰千古萬國只有茶杯之名，今忽然生出茶鉢之名，是其為新矣。雖然仍為老腐敗所駁之具其名而虛其實之語耳，何耶？鉢者大於椀，小於盆，杯以不及椀大，安能名杯為鉢哉？雖強以杯為鉢，然其新名終不能發生者也。何故乎？杯者人知其為杯，鉢者人知其為鉢，彼指鹿為馬者，不過出於欺罔之心。馬之為馬，鹿之為鹿，猶夫自若，非因其妄指遂於名詞上有缺損也。舊名詞亦同此理，斷然無發生之道。雖名曰舊衣服，亦只表其物質[5]之舊，非謂衣服二字之舊也。新衣服亦係衣服二字，舊衣服亦係衣服二字，其名詞始終如一，千古萬國未有變更之理。若欲衣服之新舊名詞發生，則必須有以代衣服二字之名出。今吾假定衣服二字之新名曰人皮，若如此，則人皮二字，真可曰新名詞。衣服二字，可曰舊名詞矣。雖然，今之所謂新名詞，却不如此，不過名一十曰二五，呼父母曰爺娘之類而已。新舊名詞之有無，與老腐敗新人物之爭論，於此可解矣。

　　溯我國新名詞之起源於甲午大創以後，方漸湧於耳鼓。此留學生與所謂新人物[6]者，共建之一大紀念物也。舊人物見之退避三舍，欣欣向新者，望洋而嘆，不知其奧蘊如何深邃。於是乎新名詞日進無疆，歡迎者恨不能兼夜研之，嫌惡者恨不能入土罵之，因此新人物、老腐敗之名起，終日筆戰洶洶，大有不相兩立之勢。其終也，老腐敗不敵新人物之眾至於敗北。除老將軍不降而外，未有不歸來新隊中者也。辛亥一舉，雖老將軍猶不得遂豫讓之死，勢有不得不屈從之慨。

　　於是乎新名詞彌漫全國，小學蒙童，皆以競談新名詞為能事。留學生與新人物獨占教壇第一峰。進法政學堂者，位居其次。政界中人見上二者。則願拜門墻，稱羨不置，一班學生，則拉雜成之，如在五里霧中罔知其所以。予當年在國內學堂時，亦居其一，不可諱言者也。騙神與書舖[7]見新名詞三字有利可圖，遂連篇累冊，詳加臭味解釋，印刷出市，一面博社會之歡迎，一面壟斷其厚利[8]，儼然以新名詞如乃祖乃宗傳授者然。交談

5　原註：材料。
6　原註：如現之大文豪梁啓超等。
7　原註：如商務印書館、新學會社等等。
8　原註：厚臉稱為著作所有權不得翻印。

者句句帶以新名詞[9]，來往信札十句有六句為新名詞[10]，所謂流行時髦之語也。人人爭談之如蟻趨膻，不知其味之如何佳美，恬然自若，不惟不知可恥，尚惟恐不能表彰其能以曝於人之前也。吁嗟乎！殊不知新名詞之為鬼為祟，害國殃民以啓亡國亡種之兆，至於不可紀極也，以好談新名詞之故，至廢國家之能人[11]阻青年之得佳婦[12]。長社會之頹風，造開通之淫婦，其禍可勝言哉。余以為甚可悲哀，不惜暑假光陰，今為一一道其臭味以陳於國人之前，在閱者固只以俚語俗諺之小說看之。在鄙人則欲以區區之意報效國家社會於萬一，然否非所計也。

第二節　支那[13]

支那（China）（**我譯則曰蔡拏**）　　此二字不知從何產生，頗覺奇怪，人竟以名吾國，而國人恬然受之，以為佳美，毫不為怪。余見之不啻如喪考妣，欲哭無聲，而深恨國人之盲從也。考此二字之來源，乃由日人誤譯西洋語（China）蔡拏者也。留學生寫諸書信，帶之回國，譯日書日報者，照直書之，人云亦云，不加改變。是國人歡迎此名之明證也，而不知此二漢字在吾國為不倫不類，非驢非馬也，又不知為由人妄加之也。吾新建之中華二字國名，日人日報攻擊吾為自尊自大，鄙夷他國所起，竟否認吾之存在，絕口不道，偏呼吾曰支那，矢口不移。而國人恬然自若，不獨不怪，更歡迎如上帝授與者然，此予不勝大惑者也。

自唐朝呼日本曰倭[14]，形其為東方矮人，因其屢屢擾亂國境，故加之以寇，殊不知唐代之名，竟貽禍於今日。日人引以為奇恥大辱，與天地為長久，雖海苦石濫，亦刻刻不忘於心，銘諸杯盤，記於十八層腦裡，子孫萬代，無或昏忘，每一文學士作一字典，必於倭字註下，反覆詳加剖解，說其來由，記其恥辱，與吾國人立於極相反對之地位。咄咄怪事，興國之民與亡國之民，自有不同之點乎。吾因一倭字，招人忌恨，割地喪權，來

9　原註：如手續、取締等名詞。
10　原註：如目的、宗旨、絕對等名詞。
11　原註：政界極多。
12　原註：如老先生家、不惟痛罵自由結婚、好談新名詞者、亦不願與其為親。
13　今作「中國」。
14　原註：音委音渦。

外交之齟齬，皆實其尤。甲午大創以後，吾已絕作此語，處處避之，如逢聖諱。而日人猶不諒我，舊恨常新，屢以此為燃火之導。且倭字之意義，並非不敬之語，彼記恨如斯之深者何乎？不准人妄名其國故也。吾已避之永絕不呼，彼猶不諒者何乎？紀念恥辱故也，獨怪吾國人恬然受支那之稱，而不之拒，予欲罵而聲嘶，望之滾淚而已。

　　近年日報又有東支那、北支那、西南中支那之稱，而吾國報紙竟率直譯之，不知變為中國東部、北部、西南中部之名，呀！此雖小事，亦四分五裂之兆歟。一班昏昧盲從，猶可藉口不知來歷與此恥辱，獨怪留學生[15]與學法政者，亦朦然不解，嗟呼！痛心疾首，徒喚奈何。彼國際法中非有不許亂名人國之一說乎，學國際法者看何處去矣。以上說明支那二字之來源也。今更說蔡拏（China）二字之來源。羅馬人與中國初次相通，始於秦代，於是予知東方有秦國，遂以羅馬文譯之曰 Chin（秦）。其尾原無 A 字，故非蔡拏二字之拼音，而為秦字之拼音。逮予後世，西洋人漸漸讀訛於其尾附加一 A 字，遂變為蔡拏二字拼音之今名。猶安息之變為亞細，因呼亞細之尾音，遂成為亞細亞之今名也。交通頻繁，稱呼之日益多，吾國不知更正，蔡拏二字遂成為固有名詞矣[16]。

　　雖然支那、蔡拏皆非吾國名，兩者皆不可從，且不許人妄加之也。吾既建號曰中華，即應以此二字 (Chong[17] Hoa) 通知列國，要求其承認，去銷前日不當之名。若不承認，則是蔑視友邦，雖來國際間之齟齬，亦屬國際法上之正當理由，曲在彼而不在我也。雖然吾政府安知此種深邃之要務，以為一名稱至微至小之事耳，何斷斷多辦交涉哉？大文豪、學問家、時務家皆昏然不懂，著書立說，皆無一論及者，豈非至可怪之事歟？在別國凡有一事，政府雖不問及，而人民風起潮湧，論去論來，以提醒政府為其援助。獨吾國絕無此類之人，殊堪浩歎。予小子不敏，欲作一外國文之書以辯明吾之國名，力有餘而能不及，深為遺憾，甚願才多者，盡此義務，不勝盼禱之至。

---

[15] 原註：第一盲從，難怪。
[16] 原註：庸言報第一卷第一號，吳貫因君國名釋篇言之最詳，請參看之。
[17] 原書見 'Thong'，唯過去不同種拼音方案未見過 'th' 到表 'ㄓ' 的捲舌不送氣塞擦音。越南語拼音方案，同樣的發音寫成 'tr'，與《盲人瞎馬》同時代的威妥瑪拼音，均以 'ch' 代表 'ㄓ'。

第三節　取締

取締　予一見此二字，猶鐵匠由爐房出而遇烈日，由不得心中火起，深恨大多數國人瞎眼盲從，隨風隨雨，人云亦云，恬不知恥也。留學生誰不曰取締規則、取締規則？報紙無日不大書取締、取締，政界中與學堂中無時不曰：非取締不可，非取締不可。尋其意義與夫來歷，則茫然不知。咄！是何盲從之深也！殊此二字之魔力甚大，不獨彌漫全國，響映大多數人之心裡，大總統之命令文中，且備其位。民國二年六月某命令中，有「自應嚴如取締」之句，永為將來史書中之一革命文章，其魔力誠可驚矣。雖然褒姒之得寵，由於弧人。取締二字之見用，由於吾國現號稱為大文豪之梁啓超也。梁之文章中，新名詞故多不可數，以新民叢報為嚆矢，是其建功於國之第一階也。國人不可不佩服而宗仰者也。

今言取締二字之來源，先說取字。「ゝ」[18]、「ヽ」[19] 在日文中毫無意義，所謂接頭語是也。如左傳緊我獨無之緊字，祭文首句維萬國元年之，維字同無意思者也。此非據余一面之言，乃據參考者也。日本東亞語學研究會出版之小紅本漢譯日本辭典[20]，取字註下，明言此字加於他字之上，未有意義。凡留學日本者，其初未有不購一冊者也，豈視而不見乎？日文中所謂接頭語、接尾語者，不可勝數，大半皆無意思者也。在吾國言接尾語，亦為數甚多，如呦、囉、嗎等音，皆書不出字，僅表其狀態耳，取字已明。茲再言締字，據康熙字典，則締者，締結也，結而不解也，閉也。日文取締二字，即取後二者之意思，而結而不解之意，即不放之意，不放之意，即與閉字之義無何差別。再廣解閉字之意思，即封鎖也，封鎖之意思，即禁止不許動也，禁止不許動之意思，即拘束也，管束也。所謂取締規則，即管束學生之規則。自應嚴加取締，即自應嚴加[21]，警察對於吊膀子之惡風。所謂非取締不可，即非禁止不可。吾國人是何心理？偏嗜不倫不類、牛蹄馬腿之取締二字，而唾棄光明磊落之禁止、管束等字哉。咄！余欲罵之曰瞎眼盲從，殊大總統猶歡迎之，亦難言矣。諡之曰亡種同化性，閱者以為當否？

---

[18] 日文標點符號，稱謂どうのじ，用於表示重複寫上一個漢字。
[19] 日文標點符號，稱謂まめのじ，在歌詞中使用，表示新的一段開始。
[20] 原註：四四一取頁上格。
[21] 原註：管束、禁止。

第四節　取扱[22]

トリアツカヒ
取扱　　　此二字魔力尚不長大，僅僅發展於法政學堂。初入學者，苦不解其是何佳味，四處詢之，皆茫然無所以答，偶得人告其為管理二字之意，遂歡喜無暨，立以傳諸廣眾學友。學友亦佩服其才能，詡其將來必為法學巨斗，豈非良可怪歟？在日文中，取字無意思，已如前述。

據康熙字典考扱字，則取也、獲也、引也、舉也。日文取扱二字，即取舉[23]字之意。舉者，舉辦也、舉行也。日語雖處處皆用取扱二字，終不脫離舉字之意思。日本東亞語學研究會出版之漢譯日本辭典[24]解曰：處理、辦理之意。雖然不錯，然在日文中取扱二字，用處甚廣，非可純以此意思也，譬如茶房招扶客人，日語亦曰取扱。在我則非改為招扶二字不可，招扶之意，亦係舉辦事情之意，與侍候二字，自不同也。電報郵政局管理電報、郵政事務，日語亦用取扱二字，我則非改為管理二字不可。

日本商法中有運送、取扱、營業之語，而運送取扱營業，即吾所謂取扱、運送營業。彼以為正之文法，吾視為顛倒之文法故也。吾商律草案[25]改日本之運送取扱營業為運送承攬營業，不獨顛倒文法，日承攬二字，亦不洽當。承攬者，包攬也、包辦也。承攬二字，只合日本用之請負[26]二ウケオヒ字，與日本用之取扱二字，名實皆不符合也。然則此處應以何二字代其取扱二字，方不脫舉辦之意乎？曰除經理二字，無他可代者矣。吾國素有經理火車輪船之專業，經理運送行李之專業。余以為商律[27]之運送、承攬、營業，非改為經理運送營業不可[28]，何故耶？日本商法之運送取扱營業，非運送取扱人完全包攬了其運送事務故也[29]。此外，日文用取扱二字之處尚多，留學生多不了解，妄齎之回國，以貽流毒於同胞。尤以書館唯利是圖，學過日文數月者，即使其翻譯日書出賣，其害可勝言哉？吾願國人皆唾棄此類非驢非馬之集合字[30]，應文法之趣意，而用辦理、管理等之集合

22　早期日語借詞，已淘汰，今作「處理」。
23　「擧」，今作「舉」。
24　原註：四三八頁上格。
25　原註：一八三條。
26　原註：包辦是也。
27　原註：第二條第十四號及一八三條。
28　原註：吾國法律不成章片，余輩尚有議論之日，茲不暇及。
29　原註：吾商律一八三條以下與其趣旨無異，參看即明。
30　原註：撒開即還我之固有意義故也。

字，無不圓轉自如也，豈必盡欲同化於人哉？

第五節　取消

取消 改正之曰去銷　　此二字若不言及，人或以為故有者矣，彌漫
<ruby>取消<rt>トリケシ</rt></ruby>
全國，車夫馬丁猶能言之。若係方言，猶有可說，殊不知由法學大家傳來
者也。取者，獲得也，取重也。消者，消長也，與銷義相通，故又曰消解
也、消除也。語曰：君子所不取，既取而復消除之，成何道理？試問水火
可見面乎？二王不並立，仇我不共存。取與消焉有集合成一之理？不然，
是不啻父子、媳婦、兄妹、叔嫂同床蓋大被之筱鬼行為也。然取消二字，
在日文中自有剖解之曲道，在我光明磊落之文法中，則如水桶落河，不
通不通其鳴也。日語取字加於他字之上，係接頭語，無意思，前已詳述。
其消字仍為吾之消字，無稍變更，須知彼所有者，皆傳自於吾。唯因其變
更用之方法，至將吾正正堂堂之漢文義加污點耳。國人昏不解此，反而效
之，以示新人物之特色，堪笑堪哀。彼三閭大夫必從湘魚游何為哉，徒招
人罵其疵耳。呀！同化性同化性，何親近吾國人若是？余今改取消二字為
去[31]銷二字，以免國人失其日常用之手足。雖然余吾強迫力，必求國人見
用者也，彼不用者，係其自由，吾輩罵者，亦自由也。取締、取消等之集
合字，原非名詞，而為動詞[32]。吾應應文法之趣意，圓轉自如，擇其佳否，
非必拘定用管束、去銷等之集合字也。禁止、廢棄、罷論、作罷等之集合
字，豈不可用哉？如在議院言吾取消前所發表之意思，改曰吾前所發表之
意思，請作罷論，有何不可哉？且日本舊法中亦用銷除二字，人自不誤，
在吾則荒謬絕倫耳。梁大文豪之此類功業，國人真當佩服不朽。

31　原註：上聲。
32　原註：吾國文原有名詞、動詞等之別，雖不講究，亦自然用之不誤。唯未學過外國文法者，多不能言之耳。譬如飯為一物，故飯字為名詞；食為人之動作，故食字為動詞。紅黃藍白黑乃表其狀態，故紅黃藍白黑等字，曰形容詞。

第六節　引渡

引渡　民國二年夏,報紙日日大書特書曰:要求引渡洪述祖、要求引渡洪述祖,相談者則曰德國不肯引渡洪述祖,德國不肯引渡洪述祖。迄於今日,無時無地不曰引渡、引渡。引渡二字,究係何臭味?毫不了解,又不顧其不倫不類,昏然言之,何不恐人笑之若是?吾鄉有張某由浙江法政學堂卒業歸家,坐三月而瞎其雙目。其友王金公不知其失明,一日往訪,見張某立於階上,譃之曰:「王大人來,何不速下迎接?」張某忘其瞎之所以,如常答曰:「失迎失迎,就下來就下來。」遂一腳趨之,咕咚而仆。王某近視之,則頭面皆成血球矣。半晌作聲曰:「害人哉害人哉。」王某曰:「吾害汝乎?盈尺之階,汝自不懼而跳者也,既欲跳復不小心,其又何尤?」張某曰:「吾非怪汝,吾怪吾之眼睛害人耳。」王某曰:「汝之眼睛又焉能害汝?真是放狗屁矣。」張曰:「吾雙眼已瞎,焉得不害我哉?」王某曰:「呵!原來如此,汝眼已瞎,吾尚不知。唯可怪者,汝眼既瞎,為何尚亂跳乎?自忘本來面目,則受傷也亦宜。」

今之妄用不通之文字者,猶不若吾鄉張某一籌。張某受一次害,而永久留心不忘。用不通之文字者,乃明眼裝瞎,不用吾牛來至明至白之文,而偏用牛蹄馬腳之文,以期日進無疆故也。在日文中之引渡意思,即吾正正堂堂所謂交付之意[33]。追日人之取意,譬如引瞎子過橋,渡行人於彼岸者然。日本民法債權編、物權編,時用引渡二字,時用交付二字,其意思同歸殊途耳。凡學法政者,諒亦有大半數看過。特可怪者,不取交付二字,偏取引渡二字,以表其為新人物之本色,殊不知如此真足以成其三教九流之本色矣?向北京八大胡同之妓女曰:汝真風騷惹人愛悅,彼不特不知為可恥之生涯,必更張其態,以形成其本色也。

駁者曰:「引渡、交付,皆人所用。若如汝論,取引渡二字者,為盲從;取交付二字者,獨非盲從乎?」答曰:「此真放狗屁之談矣,不足辱吾教也。夫漢文者,我之漢文也,彼賺得用之也,取捨在吾,何容彼鬼容喙哉?若如狗屁論,則奴當奪主矣。吾固有之佛教,因其敗壞社會,人人

---

[33] 原註:不可曰交換,因交換係各以一物對換故也。

棄之如狗屎,而人反以之為其固有,欲執以轉傳吾國[34],是人主出奴矣？汝何不明乃爾？作如斯之狗屁論哉。汝必與人私通,乃出此語。吾非告發汝,治以國賊之罪不可也。」

引渡二字,因集合而不通,故決不可用。交付二字,何人見之亦明明白白,故不可不用也。昏蛋已明白否,余罵之痛快,閱者諒亦含笑不置。吾民律中用交給二字,雖意思瞭然,然余以其如外國人學本國話,頗覺呷嘴,不如用交付二字之通順。雖然余故謂動詞非必拘定者也,交出、交付、交與、付交、付與,雖用其何,亦只看文意而來也。報章號曰表張輿論、糾正社會風俗之機關,而不通之文章,日日盈篇滿幅,唯利是圖,全然亡其本來面目。偶有質之者,置不為理；偶有罵之者,則不問其當否,反彰揚吠人,逞其武斷,彼有罵人之具。人雖有理,亦無從公告世人。是報館主張者必有理,人無往而不敗也。吾不懼報館之罵,且使其非從吾說不可,若能駁動吾說,固吾所願也。

第七節　樣

樣（サマ）　此字只流毒及於書信,言語間尚無用者。留學生及到過日本者,帶信回家書曰:「梁啓超樣」,解其為君字之意者也。內地一班青年,多不了解,偶見其兄友由外來之書信,於名字下加以樣字,只以為即展字啓字等之變法,頗覺新奇,於是廻其腦筋,以為余亦將來之新人物,非學之不可。不然,余長埋頭於八股先生家之牖下,新人物之資格,決望不到也。遂亦於致其友朋之書筒書曰:「梁啓超先生樣」,留學生及到過日本者,見之大罵之曰不通不通,既有樣字,又何多添先生二字之蛇足？樣即先生,先生即樣,何不了解而妄用哉。余聞之不禁失笑。

昔秦人某以玩蛇為生活,籠有大小二條,大者常欺小者,不時傷之。蛇人以為小者雖頑,亦不應使其受曲,遂助小者而毆大者。余見內地一班青年因用樣字受罵,亦如蛇人不獨不怪其不通,且憤憤不平,頗思為之一助,以攻彼罵者,何耶？內地一班青年,乃偶染流毒,非如留學生[35]及到過日本者,故閉其目而投河中故也。留學生殆大半數皆解樣字為君字之

---

[34] 原註：但醉翁之意不在酒。　　[35] 原註：西洋留學生亦有。

意。余以隻眼之見，獨謂不然。雖在日語中，亦不脫離吾漢文固有之意義也。樣者，樣子也，樣式也。樣與象、橡皆通，形象也，形狀也，狀態也。日人解樣字加於人名之下，為表敬意之辭，亦非也。因其由古遺傳習慣，必須於人名下加以樣字，其子孫以為祖傳遺物，萬不可忘，故倡言樣字為敬語，不加於人名之下者，遂斥其為不敬故也。倡導既久，後人忘此字之本來面目，遂儼然以敬語目之，不帶呼帶寫者，即非其傲慢，至有今日之謬說也。

　　試問吾漢文固有之意義，係敬語乎？既非敬語，彼傳自於吾者，焉有變無為有之理？樣字非表敬之意，至明者也。然則彼加樣字於名下之本意，在何乎？曰：表其人名所指者之形狀也，譬如言梁啟超樣，其樣字即指有口、鼻、耳、足、五官、百骸之梁啟超。蓋梁啟超三字為一空名，加以樣字，乃能活現其形狀也。

　　吾國古文法中，常有曰「王牛皮其人者」之筆法，其人二字，即指具形體之王牛皮。日文用之樣字，即竊得我之此種筆法者也，或曰此為強解，不近人情。我等解為君字意，汝不謂然猶可。彼日人字典中明明解曰敬語，享宴客尚欲駁主人翁作菜法之不佳，不亦矯乎？口請再靜聽吾言，自可了然。樣字在日語中，處處皆用，如云天皇[36]樣、車夫樣、小廝樣、走卒樣、父母兄弟姊妹樣，甚至對於妓女，亦可曰彩玉樣、寶寶樣、菊花樣、黛玉樣；對於店舖，亦可曰洗濯店樣、運送店樣。無論尊卑、男女、老幼為人為物，皆可附其名下。吾至尊至貴之君字，是如斯之賤，丈夫無所往而不可者哉。又表敬之意，不對於極賤之人及死物之店舖哉，不剖而明矣。在日人用君字之處，亦只對於教習政客之下加之，他處並不見其濫用，可知彼亦以君字為至尊至重者，不可以樣字擬比矣。

　　國人國人，已了解否？然余之言否，吾國女界及下等之人，決不能呼之曰君。雖言平等，亦各有其相當之稱，不可妄自尊大，失却盧山面目也。

36　原註：日本國內與日人自稱曰天皇，對外則曰皇帝，不解者人云亦云，國際法上禮節皆不懂，徒貽笑話耳。

第八節　殿[37]

殿（ドノ）（公使館書信且慣用可怪）　　殿者，殿下也，宮殿也，後殿也。本書中似不應說及，雖然此字在日文中，別有天地，唯到過日本者所擅長也，此字亦如樣字加於姓名之下，有更加一層敬意之謬論。但只寫之書札，不能帶呼人也。留學生不屑稱大人、老爺，早年已改書殿字，帶之回國，是不啻喜食狗肉者謂之為佳品，以進供於觀音也。總之不外盲從同化而已。

此字流毒尚淺，僅及留學生[38]一部之間，茲不詳解可也。凡見人用者，請直斥之。斥之不服，余再出而裁判，包管斥者獲勝無負，非大律師冤人騙錢之語也。

第九節　〆[39]

〆締也　　此日文也，余何為鼓舌乎？人書之於信筒封口處，盲從見而效之，亦如法炮製，以為美觀。了解者對了解者用外國文，本不為怪。殊不了解者亦欲學新人物，惟恐不及者，何耶盲從耳。此盲從又不知日文，遂畫成一〆，人只用一〆字於上封口，彼却畫之於上下封口。中國人心一至於此，誠可悲哀。不學人之學問，唯學人之皮毛，不獨不學得自己未有之學問，反轉因之喪失自己固有之學問。袁君山之流涕，往事已矣，此〆字在日文中究係何意乎？混文憑之留學生，亦不能了解者也。殊不知人所取意者，終不脫吾之圈套。吾自古信筒背書以護封、吉封、謹封等字樣。此〆字即一締字，締即封也，是其終不能越吾範圍。

獨怪國人一見奇怪，即盲從之不暇，未知是何心理，宜乎再出一紂王剖觀其七竅，加以改造也。留學生用外國文，固不能如何非難，然及其回國之後，猶不返其本來面目者，亦不外同化性耳。混文憑者曰：日人未讀締字為〆字，字典中亦復不見，汝何強口咬舌為？曰：有一最明之證據

37　今作「殿下」、「官邸」等詞。
38　原註：西洋留學生不在坐。
39　早期日語借符，當時代表「締」，用於信筒封口處，現已淘汰。

在，日人每每封門不許人入，即貼一紙於門，有時書一〆字，有時書一締字，汝未見哉。〆字若非締字，是表何意思乎？混文憑之王八旦，焉知此理？有己無國之亡國奴，焉知此理？

第十節　哀啼每吞書[40]

哀啼每吞書（Ultimatum）（報館譯曰哀的美敦書，日人意譯曰最後通牒）改名之曰戰書　哀啼每吞書者，情書耶、友書耶、親書耶，抑無名之怪書耶？曰：皆非也。讀漢文者，牛馬走三字皆能解，此四字不能解乎？即如其文，所謂哀啼每吞書者，即可哀、可啼，見之不敢出氣，每每忍淚吞聲而已之書也。民國二年，俄國因外蒙古交涉聲言將送於吾國，與民國四年五月初七日之皇帝誕生大祭日，日本因慾海交涉，實行送於吾國者也。政府見之驚喜無所措千足，吾民見之哀啼而每吞。余見之却喜極笑不可仰，是亦管見與眾不同者也。

　　吾之文憑尚未到手，吾之洋服尚未製全，吾之嫖興尚未滿足，吾之肚腹尚未飽果，吾之唱興尚未吼盡，吾之愛妻尚未安置停妥，吾之銀錢尚未儲蓄穩當，種種思想尚未滿足，是以吾置此書不看，遂不覺其哀啼而每吞也。又因此書出發之前後，學堂停課，故余得安然措辦上述各事，遂不覺而反可喜也。人雖罵吾，吾之理由固堂堂正正，聖人亦不能批駁也。有王國弩者，指吾罵曰：汝真涼[41]血動物，國家雖不顧，父母亦不一念乎。余曰：「余父母已老，行將就木，余雖念之，亦徒鹹蘿菔蛋操心而已。惟足念者，故園有薄田數畝，恐吾弟將來獨占耳。且國家雖亡，榮華富貴依然在世，非隨之而亡也。汝等愚蠢之徒，安知而公之多智哉。」王國弩曰：咄！吾輩投汝於豺虎了事而已。余曰：汝輩能投余於豺虎，余豈不能投汝輩於豺虎哉？雖然，余之力薄，尚祈閱者一助，將來必謝一臺花酒也。

　　書歸正傳，下再述之。哀啼每吞者，西洋文字之譯音也。報館譯曰哀的美敦，道其所道，而非閱報者之所謂道。日人譯之曰最後通牒，即最後一次將欲決裂之通知之意也。余譯之曰哀啼每吞，強解字義，亦非敢曰正

40　今作「最後通牒」。
41　原書見「凉」，俗體字。

當。今直欲改名 ULTIMATUM 曰戰書,然不可無正當之理由。西洋文之哀啼每吞,雖非戰書之意義,然其性質為戰書也,毫不容疑。凡國家間一起爭執,磋商不決,遂以哀啼每吞書為斷繩之利刃。由強項其主張之國,送之於對手國,限定期間答覆,其時刻之長短,發送國可任意定之也。若對手國不遵限俯首完全答覆承諾其主張之旨,赤血黑鐵即相見也。其名雖非戰書,其實更甚於戰書矣。

考西洋各國,凡受人送此哀啼每吞書者,未曾有一答覆之事。去歲[42]八月,日本對於德國發送哀啼每吞書也,德以蕞爾之青島,區區三千之戰士,猶昂然拒之不答。其強硬之氣,固非吾國人所可望其項背也。本年(四年)五月初八日晨出之日報,謂各國之歷史中,雖無答覆哀啼每吞書之陳跡,然中國於前年[43]已有對於俄國答覆承諾之先例矣。今日本所發之哀啼每吞書,諒亦可援舊例答覆承諾也云云。余輩見之不禁悲從中來,傷心滿目,嘆吾國病夫之一至於斯。各國普通所有者,緊我獨無;各國普通絕無者,緊我獨有,吁嗟乎!是所以為吾之特長哉,傷心痛論,本書編幅載之不盡,縱不然,又恐閱者嫌余好多鼓舌,茲忍棄之。

再言余所改名之戰書可也,哀啼每吞書何以直可改名曰戰書?理由尚極不充足,容予一々陳之,自可明也。國際法者,學法政者未有不看過也。戰時編中,開始戰爭方法之章,明謂送哀啼每吞書於對手國為正當開始戰爭之方法,不獨各國學說大家久所承認。且西歷一千九百零七年,第二回海牙平和會議之結果,亦經列國委員議定以哀啼每吞書為表示欲開始戰爭意思之方法。

由此觀之,斷斷然不得不謂其為戰書矣。駁者曰戰書者,定開戰爭之也。哀啼每吞書,決不可曰戰書,觀其有可不至開戰爭之餘地可知矣。吾國對於日本即最著之例也,曰:是不然。哀啼每吞書者,當兩國爭執不決之際,由甲國送於乙國,甲國不絲毫屈其本來之主張,且對手國雖逾限一時完全答覆承諾,亦必不顧而終開戰爭者也。雖有可不至開戰爭之餘地,然此非各國人眼中所有,獨我國人眼中見之,至創千古未有之特別恥例耳,且發送真正戰書之後,亦非決無斡旋平和了結之餘地,非可必曰哀啼

---

42 原註:民國三年。
43 原註:民國二年。

每吞書，乃有此餘地也。

　　苟不敢與人開戰，未有不能平和了結之理，如彼鄭國，子女玉帛待於二境，秦來則降秦，晉來則降晉。雖送千百戰書，戰爭從何而開哉？我國如一大象，無與羣獸搏擊之能力。鬼送戰書來，割吾手足以降之；鷹送戰書來，割吾肚皮以降之；獼送戰書來，割吾耳顎以降之；鶚送戰書來，割吾腿以降之，俯首下氣，匍匐道左以迎大人。勿說送來戰書，雖兵臨城上，亦未有不平和了局者也，豈可曰戰書為定開戰爭之書，哀啼每吞書為有可不至開戰爭餘地之書哉？君休矣，何必強非難余為。

　　駁者又曰：君謂哀啼每吞書為戰書，乃從其性質而說者也。西洋文哀啼每吞之字義，非戰書之意，且毫不涉及戰爭之事，不過附一條件，俟對手國不答覆或答覆不完全承諾，又或者雖完全答覆承諾而已逾過期限之三樣條件，有一到來，乃言及戰爭耳，詎可名之曰戰書哉？答曰：君謬矣，西洋文哀啼每吞之字義，予固知非戰書之意，不可強謂一字為二字，且以英國議會之萬能，亦不能變男為女也。雖然彼西洋所謂之哀啼每吞，即吾所謂之戰書。吾所謂之戰書，乃獨立倡言之戰書，非根據哀啼每吞而變成之戰書。不過彼所謂之哀啼每吞，恰恰當吾所謂之戰書，故吾見哀啼每吞而可呼之曰戰書也。

　　晉假道於虞以伐虢，晉固謂之伐虢，然予直謂之伐虞，誰可曰不當哉？趙朔弒其君，晉人固謂弒君者，趙朔也。然董狐偏書之於史曰：趙盾弒其君。誰可曰不當哉？以茶杯飲酒，吾謂其茶杯曰酒杯，誰能駁吾無理由哉？西洋姓彭者，非東洋姓彭者之始祖開元，彼姓彼之彭，我姓我之彭，我何為被其拘束乎？彼造彼之獨立學問，我造我之獨立學問，苟吾非不如人，則斷無使我崇拜之理。彼所謂之哀啼每吞，吾謂之曰戰書；吾所謂之戰書，彼謂之曰哀啼每吞，有何而不可乎？使如君論，則西洋人放一屁、出一氣，吾亦當追之三千里矣。吾東洋人有不能獨立出一新思想之怪談哉，不過吾所不及，則當崇拜人耳。

　　君又言哀啼每吞書原非涉及戰事，乃俟條件發生，方言及戰事之書，其性質與豫言明戰爭事情之戰書，亦迥不同。呼！此真迂極之論矣。人當發此書之先，已士飽馬騰，銳氣以待，出糧草，發軍艦，命戒嚴，豫備導火線等等，無不具備完全而游刃有餘矣。誠如君論，真不啻世界天字第一

號之蠢猪也。彼晉國當伐虢之先，對於虞早已懷滿肚鬼胎，豈待伐虢後之條件發生，乃議及伐虞者哉？宋襄公不擒二毛，不擊半渡。今世有如斯迂腐之事乎？

　　總之，余謂西洋所謂之哀啼每吞書為戰書，乃憑充足之理由，憑吾獨立之思想，非因君等之妄駁而撓也。余尚有一理由，說則更動人聽。西洋人何以不直用戰書而必遵守沿革用哀啼每吞書作革靴抓癢之事乎？抑其思想，智識不及吾乎？蓋西洋人心裡有一深理存焉。仲尼不為已甚故耳。

　　膠州灣之租借期，吾與德定約為九十九年，照文字觀之，則第九十八年之次年，應獲償還。殊不知不惟第九十八年之次年不獲償還，即九千九百九十八年之次年，亦不獲償還，其故何耶？人或斥吾不知打算盤，簡單答曰：九十九年，即割讓之代名詞。讀國際法者，自可了解。若不明白，余更進一例以透澈之。割讓即如彭文祖閉眼辭世，入棺下黃土，至使彭家失却一人，呼不得呼，見不得見，雖傷心痛哭，亦徒無益是也。大連灣、膠州灣、旅順港、南滿鐵路即此，不如不痛哭之之為愈。哀啼每吞書，亦即戰書之代名詞，假其名而行其實，曹瞞挾天子以令諸侯，其心中有至理存焉？

　　董卓進酖於伏皇后曰：臣敬呈甘露一鍾，伏願太后飲之百年長壽。吾輩如何論曹董之行為，即可以同一理法論哀啼每吞書之究竟矣，何必隔紗帳而觀美人哉？

第十一節　　引揚[44]

引揚（ヒキアゲ）　　民國四年五月之大祭月，我鬼報紙，記載洶洶，無日不大書特書曰：公使引揚、居留民引揚、商人引揚、學生引揚、你也引揚、我也引揚、引揚、引揚，不知說何荒唐。見此二字，可憤而復可恨。憤者，此二字屢屢輕易發生於我國。恨者，盲從及盲從報館恬然言之，恬然書之，毫不知恥。予已無罵之字樣加之矣。此曰亡種同化性，彼曰亡種同化性，諒閱者亦所厭聞。然余不學無術，不能如斯類人造出新奇古怪之字樣而罵之也。盲從二字已罵人惡毒絕頂，余本心實不忍出口，奈無可如何

44　　早期日語借詞，已淘汰，今作「撤退」、「返還」。

耳。

　　本年（四年）五月初七日以前，余向某君曰：國勢至此，吾輩須遄回國矣。其人曰：然，我等居人宇下，應該引揚者也。少頃，余復問某君曰：君聞公使已定下回國船否？其人曰：未聞有注文[45]之事。余瞪目久之，吁！吾國人何嗜狗屁話如是之深，如中鴉片毒，至於不可收拾也。某君為法學大家，余輩不可望其項背。猶民國二年，司法部司員聞梁啓超被任司法總長，相顧失色曰：此公來滿口新名詞如流水，我等初出茅廬，安有立穩腳步之餘地者然？願敗北可也。然余輩之願敗北，非如曹沫之至於氣窮力絕，不可戰而敗北，不過如晉之憐孟明，讓其獲最後一勝而去耳。今之稱號法學大家者，若欲與吾輩開名詞戰，不費弓矢，三言兩句罵死王朗，頗為易易，非妄誇也。

　　書歸正統，容再述之。日人所謂之引揚者，回去也、離去也、離開也、退去也．引退也、退開也、離脫也[46]，謂公使引揚，即公使回國。若不回國而走他國，即公使退去、公使退去之語，即公使退去敵國之意。應文法之趣旨，圓轉自如，隨人活用，謂居留民引揚、商人學生引揚，亦同此理。國人是何賤骨頭？為何在此不談自由，而甘拘束於一句狗屁語之下哉。余氣極欲罵是輩乃祖列宗，復恐老先生教訓余輩青年，動輒惹禍而止者再，今更不可忍矣。謚此類人曰雜種，謚乃祖乃宗曰烏龜。旁有見余怒氣洶洶者相勸曰：君何必如斯虛牝光陰為，且雜種、烏龜，並非不佳之事。雜種身體強壯，更為可喜；烏龜萬年長壽，尤為世人求之不得者也。君真愚不可及，尚未罵倒人，而人已在預備毀君名譽之報紙，挾衛生丸[47]候於道左矣。

　　余聞之恍然，然余之所罵者，非與人結私仇而罵之，唯知糾正社會人心，務去國家之害惡，以報效於萬一而罵之也。余所見者只為害惡，非見害惡為如何人也。自古好罵人者，必無善果，彌衡不死於黃，即死於曹，不死於曹，即死於劉。前人之鑒，雖纍纍滿史，然余假使得為彌衡，則區區臭名，亦獲流傳後世矣。毀名譽、吃衛生丸，庸足懼乎？

45　原註：此二字，日語也，約定、定下之意。

46　原註：皆自動詞。

47　原註：炸彈之別名。

第十二節　手續

手續〔テツヅキ〕　次序也、程序也

　　此二字已成時髦語矣，雖老學究猶不時作之，病入膏肓。郎中大夫亦不為用，與取締二字共開混沌。今已子孫綿綿十有世紀，難憶其始祖為何如人矣。余不惜時光，試為之一診其脈，試為之一考其系統，能救藥與否，未可定也。

　　日人用手續二字之起意，猶手持一竿，先握其第一節，次握其第二節，繼續而握其三、四節，以至於十有節也。即恰當吾所謂之次序二字。次者，次第也，次一次二，以至於十百千萬也。序者，順序也，行遠自邇，登高自卑之順序是也。手續即縷續於其手，如前例所舉，先握竿之一節，次握竿之二節，正為吾所謂之次序也。我法律中訂之曰程序，亦與次序二字無何區別，殊交談者偏不喜言之，以其非時髦語，不合時宜。雖司法部大理院袞袞法學大家，亦不屑作此語，以其不足以表示新人物之特色。

　　面醒也法律，睡也法律，不可違法之聲，充塞宇宙，殊不知他面則改纂條文，非難條文，去銷條文，實行違反條文，不勝枚舉。是所以謂之為大家，表彰其萬能也。吾不知他國人何以能守法，他國人何以上下統一，毫不分歧作八卦陣也。

　　梁大文豪之文章，無篇不舉外人謂我國人為一盤散沙之恨事，殊不知彼已自己分歧作八八六十四陣矣，滿口拉雜名詞如流膿水，一班人是如何見地？尚恭維之不暇乎，我國名詞之未統一，是嚴修先生未了之憾[48]，我國家終不能統一。是九泉後事之憾，國人如欲無此憾，何不及早起而為之？豈必待大文豪其人者出，方能成事耶！國人日日言救國，何不一見及此也？以上言程序二字為吾法律上所定，應當遵從。

　　雖然吾法律乃請外人繙譯外國之法律，照本謄原，稍稍強加刪改，不洽國俗人情，無章無片，尚未經多數人討論，得國會議決之前清欽定草案也。慣習成例上不有之事，雖應暫從之，以保統一之局。然吾自古固有之善良慣例，非因此不訂定之法律而破棄也。程序二字，即此不訂定法律中

48　原註：嚴先生在學部侍郎職時，建有評定名詞局，因革命而裁撤矣。

之名詞，吾故有之次序二字成例，非不可用也。故余謂舊有之善良成例，依然可用，惟先所未見之事例，應暫從現在之法律以維統一耳。

日本法律反覆訂三十年，先聘法人起草，後復由其本國大學者自訂，乃有完全垂成之日。吾國聘日本數教習，加以二三留學生，即可告成，比日本多數十倍國情風俗之完全法律乎。吾國學法律者，固只在得一文憑，以尋騙人之噉飯所耳，計及此者，有幾人乎？

學法律者，被人唾罵久矣，以為斯輩只有唯一作官之主眼，插濫污，吹牛皮，拍馬屁，誤國殃民，甘作淪亡之奴隸，不修實在學問。食須仰於農學家，器須仰於工學家，戰不能出陣，謀不能畫策，人可立制其死命，大眾何不棄之云云，非我者流。聞之唯唯，無言以對，獨我少數者流。雖誠然此片實情之論，然議論之餘地，猶頗寬也。

我國現在求學者，其主眼原來如此，自幼時其父母鄉人，已詡其將來必有中狀元之望。雖美國小兒，亦有將來必欲作大總統之美談，何況吾國人乎。作官者，辦理國家之大事者也，無學不術，不能以勝其任，談何易易，不問何人，皆可濫竽其位乎？試問吾國現在之官，可呼之曰官否？吾國所謂之官與他國所謂之官，同其性質否？他國之官，名曰公僕，名曰役人，對於國家事，應鞠躬盡瘁，死而後已者也。

有如吾國睡至日上三竿，起則山珍海味，羅列於前；飽則打麻雀牌、跑馬車、逛茶樓、入戲館；夜則花酒飲之不及，發拳之聲震徹屋瓦；到署則作弊縈縈；出外則招搖撞騙，雞犬不寧；審判則草菅人命，投入枉死城中，不可勝紀，剝民脂膏，敲骨吸髓，尚不遂其心願者哉，是可謂之口官乎？更有酷於強盜者矣。

我少數者流，即使欲作官，非欲作如是之官也。欲作如是之官，則甯去強人之為愈。又謂唯學法律者在於作官，此亦不無可駁之處。若在他國，則此說誠然不錯，殊在我國，則大謬不然。學實科農業者，須手荷鋤而足踐泥田者也，為何回國後，放其去作知縣，亦欣然捧檄而赴任乎？學工業者，須手執器而裁作材料至於成物者也，為何回國後，放其到農工商部學習？每月給以八十圓養老金，遂亦閉口不罵人，安然無事乎？

此非余為學法律者之辯護而捏造之事實，人證俱在，僅可調查也。余謂吾國人未有一不在作官。雖嚴子陵生於今世，若蒙大總統予以三等嘉

42

43

44

禾章,賜在北海觀見,未有不就駕者也。彼漢光武欲嚴子陵出而負國務之重任,無貴不富,雖余亦不欲為之矣。今之作官,好事也,發富發貴之事也,宜乎人人經之營之,日夜不及,不待余論。諸君捫心自問,然歟否歟?非論中又謂學法律者,唯知吹牛拍馬、誤國殃民,毫無自食之力,此自留學以來至於今日,誠然不謬。雖余輩少數者流,亦大罵不遑也。然法律為國家生存之主腦,無之則無國,無國則萬事不得庇護,農工商業因之亦無從可言。法國以一憲法,革命數十年,殺人數萬萬[49],流血成渠,萬事皆一蹋糊塗,乃能至於今日。

人謂係成於革命之功,吾謂僅在數條憲法而已。若法帝自始至終能遵守一七八九年之人權宣言,復何從而見數十年之革命慘禍哉?又若拿破崙能遵守共和民定憲法,而不改造,則後數次之革命慘禍,何從而見乎?以此觀之,法律在國家可知為第一要件矣。不然,彼法帝拿破崙,雖毀棄之、改造之,何關痛癢耶?又若訂定妥善,不害人民,則何至發生革命之事耶?法律之不可不研究,在吾國更覺其然。惟因吾法律酷虐,不合人道,故不能收回治外人之權也。法律為重要與否,諒不俟余曉曉而明矣。

至於學法律者,毫無實在學問,此本難怪。西洋法學者,茲且不論,即以日本法學者而言,如梅謙次郎、浮田和民、橫田秀雄諸博士,鬚髮成霜,竟至老死於法律二字之中,背誦條文如讀三字經。竭生平之力,僅究成一學,著書數本[50]當一教師、作一議員,得一判事,窮死而已。吾輩求學者,見人當如何感覺乎?在日本考一辯護士[51],有九次不獲者,殊在我國取之易如探囊。雖推事、知縣、檢察官亦不多費氣力而可得,是可授以學法律者之至貴至重之名稱乎?

矯情之人,聞人罵其為學法律者,遂亦故意詆毀學法律者,欲以蒙斯醜名。殊不知學法律者,為至可貴也。雖然斯類人原係以片紙文憑為主眼,安有稱為學法律者之價值?

加妓女以閨女之名。彼且不願,何況罵其不學閨女行為乎。是其避之不遑也,亦宜。特可惜者,罵人者妄賜人以學法律者之寶貴名稱耳。吾國

---

49 原註:無暇殺之,至以船裝入海,而抽其底。

50 原註:梅氏全部民法、浮氏政治學、行政法、橫田氏民法中之物權、債權兩者。

51 原註:即我國大律師。

人以一年半或三年卒業之成績，遂侈談法律，驕形於色，沾沾自足，滿口雜種文章，無某某之必要，無父母之必要，無國家之必要，無廉恥之必要，無男女分別之必要，此無必要，彼無必要，惟富貴愛妾為必要。是真非未學法律者，可問鼎者矣。

法學全部數十餘種，以吾國學法學者一人兼而知之，勿說日本學者無可比，在環球亦可曰偉人矣。此學法律者是他國所謂學法律者乎？他國法律學者，無論如何皆著書數本以出世，我國學法律之最優者，則翻譯數本不通之語以騙錢，其次者則無聲無嗅，變作流氓以行刼，是可呼之曰學法律者乎？

行刼者可獲罪，獨譯書以高等伎倆騙人者，不惟不受法律之制裁，反獲保護以長其害。不知者恭維其為法學大家佼佼中之新人物，不足一笑耳。吾國中近年所賣之京師法律學堂筆記，乃在學堂聽講時錄出之筆記也，既為吾國學堂筆記，則其文法句讀，應為吾國筆記之體裁。殊不知其內容非吾國筆記之體裁，復非純正之外國筆記體裁，而為一雜種筆記體裁。

購者諸君，諒看遍矣，非余捏造謠言也。余深考其底蘊，方知是筆記乃拉雜繙譯日本書而來者也。彼等恐繙譯不佳，不能與丙午社法政講義、政法述義兩書競爭以騙錢，遂改名曰筆記，藉筆記二字，以大騙國人。其騙之方法，係蒙蔽詐欺，非商人於法律範圍內哄人買物可比[52]，若在日本則檢事應告發詐欺取財罪矣。以我暫行刑律言之，即應處以三百八十二條之詐欺取財罪，三等有期徒刑四年十個月。其詐欺係對於不定數之世人，情節至重，應加一等，處二等有期徒刑九年十個月，並追繳歷年所得之詐取財物全部[53]。不識閱者，然余判否，雖然此空論也，我國現在檢察官、審判官亦有為此案中之犯人。縱不然，亦為其同學，斷無告訴奉行國事之理。受害者雖告訴之，亦只受第十條律無正條不為罪之判決，無處申冤而已。

我國書局亦往往行此詐欺取財之營業，其罪數不可勝舉，最近中華書

52 　原註：如其物品不佳而廣告偏言佳，此法律所許也。
53 　原註：辛亥年出版，豫買每部六圓，平時賣每部十二圓，出版六七八，共約騙數萬圓，為數甚不少矣。

局出之清朝全史一書，自去歲登起廣告，說得天花亂墜，不知如何之好。此固法律所許，吾人亦無異論，殊不知出版後，其篇首却載明曰：係以日本稻葉山君原著而翻譯者也。

　　既如此，何廣告上並不提及？其為三百八十二條之詐欺取財罪，又當如前判者也。丙午社法政講義及政法述義，雖然不佳，然其為正當賣品，無欺罔行為。買否任人取擇，享法律之保護者也。特可恨者，吾國人並無談法學之資格，復不知書之佳否，只問其著書人之名聲，與書之裝釘精美，並書之名目佳善與否，而定購買之方針。其名若為內國人嚴愎、王寵惠諸人或外國人某博士學士，則嘖嘖贊之，非買不可。其裝釘若為洋裝刊金字者，則覺其必係好書，亦非買不可。其書之名目，若甚好聽，如筆記、要覽、要論等，則亦非買之不可。除此三者而外，雖係名家所著之書，亦無何人過問。丙午社法政講義雖狗屁話且講不通[54]，然書以篆字，商務書館復換以洋裝，猶賣不止數千部焉。可知買者自不知買，其受騙也似乎宜。以上因手續二字而多咬舌者也。其實手續二字尚言有未盡，而手寫痛矣。請閱者浮一大白，再聽下回分解。

　　日人用之手續二字，非僅為次序之一意，尚有為手腳氣力等之意。譬如云不費絲毫手續已了其事，不費何種手續已得一差。在此則應解為俗話之手腳二字[55]，文話之氣力二字[56]，圓轉活用。非被拘束人之語也。惟吾所謂之次序二字，有拘束他人之力，不得任其妄解也。何耶？彼傳自於吾，不得變吾固有之意義故也。

第十三節　的

　　的（名詞上之符號，棄之可也）　　的者，文語之「之」字也，矢的[57]也。正正經經，本無嚼舌之由，惟因其有牛腿馬胯之曲道，非剖之不可耳。消極的、積極的、法律的、慣習的、主觀的、客觀的、人的、鬼的、嫖的、賭的、左的的、右的的，不知念何經、說何法。除法學大家而外，

54　原註：譯來故也。

55　原註：如云不費絲毫手腳，已斬其頭。

56　原註：如云不費絲毫氣力、易取如探囊耳。

57　原註：入聲。

未有所能企及者。未學法學者，解其為俗語之字意，既學法學資格尚淺者，不得其門而入，只以為其奧蘊深邃，不敢亂解，竟棄之不用，以作良家子。余則不然，苟見人書於名詞下，不問青紅皂白，先解其為附加於名詞之符號，然後再言其理由。此字日人處處添之，亦無絲毫說明之所以。惟我國法學大家，以其頗有深幽之道，非常人所能了解，遂釋之曰：此一字因文法之趣意，其中含有關係[58]、方面[59]、樣式[60]、狀態[61]等等包羅萬有之意。姑無論其言放屁近腿與否，只問吾固有之漢文意義，除「之」字與「矢的」二解釋外，其中藏有如許之牛腸狗臟與否，不問係何人解釋。先處以改造聖經之罪，刑當大辟，雖筱鬼為之，吾法律亦得而制裁也。

　　縱解此字有如許之臭味在其中，吾亦當為之刷清，免招污辱，何況欲無中生有。化女為男乎，嗟呼！吾國人究竟醉於何迷藥，一往而不絲毫醒乎？可哀可哭，可悼可悲，中國人即將長此醉此耶，夫復何言，夫復何言？且也，與其言國際的、主觀的，曷不直接痛快曰國際關係、主觀方面之為愈哉？因何而必欲表示其亡種同化性也，殊不可解。駁者曰：各國文字，皆有以一名詞活用數意，成例俱在，且只書一字而獲數事之便利，安見其不可乎？答曰：此效法他人皮毛，不學其實在之論也。無論何國文字，只有數十字母[62]，已與吾國文字有數萬字母之事大不相同，各國文字，如欲言一茶字、一飯字，皆非駢數字母不可，與吾國文字，一字一義，一字一音，又不相同。用之不盡，書之不竭，非如各國文字可告乏者也。是以彼以一名詞活用為數意也，誠如駁論，僅書一字而獲數便利。吾試問三餐飯能當一餐食否？駁者又曰：多寫字而手痛，且頗費紙筆，去繁就簡，豈不善乎？曰如斯言，不如繳白卷，棄却文字，僅以口頭之為愈。駁者又曰：我國凡事重空架、尚繁華、咬文嚼字，議論紛紜，遺誤大事。外國只以簡單明白為主，不輕易多寫虛文。答曰：此雖近理，然吾國縱寫虛文，亦不及人之多，觀譯外國書三百頁，僅得二百頁可知矣。

---

[58] 原註：如云國際的即國際關係。
[59] 原註：如云主觀的即主觀方面。
[60] 原註：如云三面的即三面樣式。
[61] 原註：如云世界的即世界狀態。
[62] 原註：西洋35字、日本47字。

第十四節　積極的、消極的

積極的、消極的　的字已如前解，附加於名詞下為一符號，可用可不用者也。幸多數國人不知改造聖經之臭味，排斥之而不用。此余不勝歡喜頌禱者也，茲可屏諸蠻貊不言之為愈。

消極與積極二者，兩兩對立，如形之與影，有一響則有一應者然。說此即可知彼也，在日文中用處極多，依文法之趣意，解釋各不相同，譬如諺所謂之聚寶瓶，隨心所欲，無不可得者。此為舶來品之特[63]質，雖孔孟諸聖且不能造。余則更不敢齒及矣。惟我國法學大家，善取善用，是其所長。然余以其係拾得於人，猶不若本店自造之為愈。

閑話休題，書歸正傳。積極、消極二者，究竟何以解釋乎？曰：即一正[64]、一反[65]、一是一非、一急一緩、一進一退、一速一遲、一有形一無形、一湧進一緩行、一激烈一老成、一熱心一淡膜。此外牛腸馬臟，雖尚極多，然余手痛難書，紙筆可貴，閱者自釋之可也。譬如問曰：官吏不養廉可曰正當否？答曰：積極的解之，則是正當；消極的解之，則是不正。又譬如問曰：官吏為國家之雇傭否？答曰：積極的解之，則是也；消極的解之，則非也。

又譬如言須積極的進行，即須急速辦理，勇往直前，鳴鑼大道而進。言消極的進行，即緩緩辦理，徐徐前進，捲旗息鼓而襲之。在滿清可以明明鬻官，即積極的納賄，在民國可以暗中賣爵，即消極的納賄。又譬如言強盜強人為積極的行為，即有形行為；偽造銀票騙財之行為，即無形行為。又譬如言積極派[66]、消極派，即激烈派、暴烈派、老成派、頑固派。又譬如言梁啟超能積極的辦事，即梁啟超熱心辦事；嚴復消極的辦事，即嚴復淡膜辦事。

余正剖解完結，忽來一人曰：人僅以三字名詞，至使汝書一大遍。究係何為便利其三思之。答曰：余自晨寫至此，尚有兩餐不及進，今併之為三以飼閣下。閣下如能食罄，余甘餓今日，可乎？其人曰：君何必以此難

63　原文見「持」，應為誤繕。
64　原註：積極。
65　原註：消極。

66　原註：此處已加不上的字，可知的字無用。

人之所難乎？余曰：君既知此理，尚何謂以一名詞而可省寫字之煩乎？且用一名詞於甲處，亦只能代表甲意思，於乙處，亦只能代表乙意思。妓女雖亦如此名詞可八方照應，然其一夜亦只能留一客，何從見其省事，一舉數得哉？余若欲言想積極的嫖嫖，易曰想晝夜嫖嫖。反省說一字矣，兗是誰為便利耶？

第十五節　具體的、抽象的

具體的、抽象的　此類名詞，學法學者視之如史記，其考簡筆法，不知費無數之考究，皆不能十分了解。動則被生徒質問，面紅耳赤，無所以答。余曾聆長沙法政學堂某教習曰：具體的者，即具有骷髏之物；抽象的者，即市間哄小孩賣看之戲箱鏡，時時抽換一片圖畫者是也。人嗤其妄解，余甚謂之為當。雖袞袞法學大家，亦不過如斯妄解而已。先將的字擱下，說明具體抽象二者之臭味。

具體者，明明白白具存一定形體狀態之意也；抽象者，空空洞洞抽想[67]世間千態萬象之意也。前者即有形狀態，後者即無形狀態[68]。茲有時事文章一篇，議論文調均佳，很可一讀。惜乎其中偏夾以余視如仇讎之雜種名詞，不免為白璧之瑕，謹錄之於左，妄加段改，以供閱者一評。作斯文者為新人物，自不得不帶其特質，余雖失禮，諒亦為某君所容也。

邵振青上大總統書

竊維振青，自居東以來，目睹祖國之阽危，日甚一日，未嘗不中夜旁皇[69]，思欲有所陳說，以稍補乎時艱，顧人微言輕。中國今日之現象，庶人與大總統之間，其相去奚啻萬里。然竊不自量，去歲[70]之冬，亦曾以獎勵氣節，尊重民意諸大端，郵呈

67　原註：想像也、廣汎也。
68　原註：縱欲用時髦語，何不易此二者之為愈乎？
69　今作「徬徨」。
70　原註：民國三年。

左右，交涉發生之前後，對於東隣情勢及我國應持之態度，亦既大聲疾呼，徧[71]於京滬報紙，凡此非以為名，求不愧為一庶人而已。竊憶大總統自受任以來，命令多所發布，以勤政[72]愛民之意為金科玉律之言，凡在小民，誰不感激？然振青則更有進焉。申公曰：為治不在多言，顧力行何如耳。此其為言容有所偏，然以之救中國今日之弊，則為對症之良藥矣。已往者勿具論，交涉解決而後，肅政史等紛紛上書，雖嫌見事太遲[73]，究為愈於未見，當此痛定思痛之日[74]。大總統當博采羣謀，見諸行事，如國會之召集、教育普及之實施、地方自治之恢復、實業之振興、司法之獨立。

國會二字以下數語，雜種文法也。非吾漢家堂堂之文法，即光緒二十年以前遡於上古三代，亦無如斯驢馬文章，孰能於古書中尋出斯文一句？余願輸三臺花酒，吾國人多喜忘其本色，往往同化於人而不自覺，精神已去，將來恰似他國現成之民，不費一彈，不戰一士，六國不得不自併於秦也，非秦能併六國也。報紙日載排貨之事，其排貨文却純取受排者之制。是罔菑妓女口拒，嫖客之姦，而手足不絲毫動也。余言至此，深恐信手拈來長呼狂叫，厭閱者之聽聞，復寫痛余之手，不能一述他事。茲暫斷筆，再言國會二字以下之文法。

此文法係日人以召集、實施、恢復、振興、獨立等動詞，作為名詞用者也。動詞作名詞之事，我文法中亦本來所有，如總統二字、總督二字、管帶二字、代表二字皆係以動詞作為名詞。然合動詞名詞兩者為一名詞之事，我文法則未有也。如司法部三字，乃一句語，而非名詞，即如「司管法律事務之部」之語也，作日文則如下「法律ノ事務ヲ司管スル部」ナリ。

至於以名詞在上、動詞在下，合變為一名詞之事[75]則為我文法所不許也。我文法之語句，一定以動詞在上、名詞在下，而不移[76]。日文則恰反於此[77]，其字雖係倒寫，然吾讀日文而改說吾話，則不能按吾字母念曰飯

71　「徧」，今作「遍」。	75　原註：國會二字以下數句即此。
72　原書見「正」，以為誤繕。	76　原註：如云吃飯、讀書、寫字、穿衣。
73　原註：錄者曰亡秦復有亡秦，此猶甚早也。	77　原註：例バ飯ヲ吃ベ、書ヲ讀ミヲ、寫シ、衣ヲ穿ルガシ。
74　原註：錄者曰應改為當此喜上加喜之日。	

吃、書讀者，何人亦無異論，何人亦遵守此理而不磨也。

又如言飯之吃、茶之飲、衣之穿，何人亦知其為狗屁而不成話也。前列土大總統書國會二字以下數語，即與飯之吃、茶之飲等語，同出一古怪之說法者也。其文太長，於左改作短句日文例以明之。

人ハ世間ニ生クレ即飯ヲ食ベルコト與衣ヲ穿ルルコト與書ヲ
讀ムコト與字ヲ寫スコトノ事ヲ為ス應シ
此正當日文法之長句語也，漢譯之如左
人生[78]世上，即應為吃飯、穿衣、讀書、寫字等事[79]。

右列者雖係正當日文法，然寫之太長，未免累贅，且日本之訓讀，一漢字有數音，以吾十字之一句，須讀二十餘音，不便莫甚於此。於是日人亦想出一便法，使其簡單，復欲一看明瞭，又欲不成翻譯漢文之事，故其名詞始終置於上，動詞始終置於下，決不與我文法相同也。雖翻譯我報紙，亦必盡倒而書之，否則日人不解故也。獨怪吾國人翻譯日文書報，多半照直書之[80]，不知倒轉，非同化而何。日人用長句語之便法如左：

人ハ世間ニ生クレバ飯ノ吃ト衣ノ穿ト書ノ讀ト字ノ寫トノ事
ヲ為スベシ
漢譯之則得如國會之召集之雜種文法矣。
人生世上，即應為飯之吃、衣之穿、書之讀、字之寫等事。

人因改作文法，而得減寫十二格，並少讀十餘音之便利。我因效作雜種文法，而被增寫四字並多讀四音之累，財可貪多，此亦可貪多乎？謹於左將邵君上大總統書國會二字以下數句，改為吾堂堂之漢文法於左：

如召集國會、實施普及教育、恢復地方自治、振興實業、獨立
司法等事[81]。

78　原註：生字自動詞也，不能置於人字之上，漢文、日文皆同。
79　原註：以一等字易其數個與字，不然則翻譯不成話也。
80　原註：國會ヲ召集ス、直寫國會之召集，其例也。
81　原註：此中普及二字為形容詞，獨立二字為副詞。如云實施普及教育，即實施廣遍之教育；獨立司法，即單獨司管法律事務。

以上形容詞、副詞等等，未學過外國文法不了解者，恐罵余為說上帝教矣。於左再續錄上大總統書，尚祈細閱為荷。

（續）即應責成所管擬就具體方法。

具體的三字，前已說明，的字不可解。故邵君斯文棄之不用，觀此文之趣旨，即應改為

擬就一定方法（或改為）
擬就明白方法。

（續）限期實行，庶幾日起有功，成效可睹。至所謂懲治國賊等事[82]，竊意以為可省。夫背國之人，自為全國所共棄見怪不怪，其怪自敗，彼等既蟄居海外，抑又何所能為。且既為國法所不及，即欲懲治，甯非虛語，奚必示人，以不廣為消極之設施哉。

此處消極二字，雖作日文亦插不上，漢文更加不可而為余之仇敵矣。應邵君文法之趣旨，當改之為無益二字或無謂二字[83]，其上有甯非虛語之起筆，無益之設施，即照應法也。無益二字為形容詞，無益之設施，即無聊之舉動，此五字[84]係以形容詞與動詞合成之名詞，決不可以國會之召集五字相比，不能說飯茶之食飲，而可說無益之食飲故也。

（續）所當注意[85]者，革命黨人之心理，雖莫辦其公私，然所發洩之言，不外曰政治不良四字，則不良而使之良。弭亂之方，莫善於此。且革黨首領，何曾敢挾一彈以與政府抗衡，其實行暴動肩斧鉞之誅而不辭者，大抵皆無告之民，退伍兵士或下等失業之工人耳。然此輩即無革黨之指揮，衣食所驅，亦何所往而不為亂。是政府所宜重者，不在革黨首領<ruby>　<rt>ナルホド</rt></ruby>，而在飢寒無告

82　原註：雜種文法此處應改作國賊之懲治等事。
83　原註：但無謂二字不可對尊長用。
84　原註：無益之設施。
85　原註：留心二字、留意二字皆上銹無人用矣。

之民。除去上列應積極進行諸事以外，此類餓莩，亦別無救濟之法。

積極的前曾詳解。此文之積極二字，即應作急速二字。余易其文曰：

除去上列應急速進行諸事以外，此類餓莩，亦別無救濟之法。

（續）故今日政府當認定積極目的進行。

目的二字名詞，容後詳解。此處文，余易之曰：

故今日政府，當認定重要方針進行[86]。

（續）毋漫言適合國情而違背世界大勢，宜亟擬就具體辦法，勿徒為抽象文章。

句調極佳，惜偏加以驢馬名詞，余實所不取也。抽象的前亦詳剖，今易其文如左：

毋漫言適合國情而違背世界大勢，宜亟擬就一定辦法，勿徒為空泛文章。

（續）不然，下進一書，上發一令[87]，有臥薪嘗膽之言，無生聚教訓之實，綜覽往史，每當社稷淪胥之際，而詔勅詞藻，益見其工[88]，亦徒增後人之唏噓流涕而已[89]。振肯風抱杞人之憂，竊自附於蕘蕘之貢。願大總統勿拘名分俯賜垂察，幸甚幸甚。（完）

余甫書畢，欲小憩，適來一友視余草本痛責曰：汝學校放暑假甚長，不知趁時溫習功課，乃來吹毛求疵，尋人長短，編小說以騙錢，不知是何居心？夫邵君上大總統之書，建言國事者也，盡國民之職分，是之謂不愧。

86　原註：重要二字，雖與急速二字不同，然其意相近，平常事可緩辦，重要事須急行，乃當然之理也。

87　原註：君進書而令偏不發奈何。
88　原註：今日並此而不見矣。
89　原註：此後尚有史可觀，尚有何後人唏噓流涕哉？

造益於國家,是之謂不朽。建大功者不在細行,汝乃以區區外國名詞之故,率爾刪改其文章,妄行無忌,失禮未免太甚。何不懂事一至於此?人盡職務於國,汝乃談天以為生活,使而父母聞之。我輩當友人者,亦恐不免受罵也。汝其拋此事速習功課為要。余被余友如斯指責一番,雖然其言之有理,然余之理由俱在,亦非說明不可也。於是答曰:余編是書,雖係小說體裁,然有一不得不如此之原因。我國現在人心,非小說則不欲看,且小說尤須帶有情豔等等之趣事,方得多數之歡迎。余稍投其所好,苦衷實不得已。余復不學,不能引經說傳,若以平平之文作之,不惟紙工價不能賣獲,雖送人人亦不閱也。邵君上大總統書,固係建言國事,造益於國家,盡為民之天職。余亦不勝佩服,使大總統采其言,則為國家之益不小。

同胞皆應感其公德,傳頌邵某之大功。然大總統不采其言,則不獨上述功益感頌之事皆無。人或更進而嗤其太不自量,越矩逾閑,妄作沽名之舉矣。故邵君之造益獲功與否,乃以總統之采否為轉移者也。余之是書則不然,以痛恨與報効四字為主眼,嘆國人受化於人,忘其本色,銷却精神,污辱我堂堂漢家之文物,雜入非驢非馬之子孫,以至失其姓氏,沒其始祖,猶不醒悟急加考查,竟至雲煙磨滅,近鬼為鬼,附魅成魅,而無從開迴想之罅也。故余見仇指仇,見污辱而指污辱,見雜種而指雜種。惟邪務去,以免被其迷祟,而救病入膏肓之夫。所見者只知為邪,故不識其為何如人何如物也。邪物為紅波絲[90],抑為綠波絲。巫先生不加多問,只求捉住除去可也。邵君上大總統之書,猶夫自若,余實不知為邵君所著與上大總統之書,只見其中有余之仇敵,非得殺之雪恨不快故耳。

至謂余為編小說以騙錢毫不正經,則更有不服之理。余故謂余以報効為主眼,治國家之病夫,防同胞傳染瘟疫,欲糾正社會,清醒人心,以留餘息經理葬埋,長保坏土,年年得蒙一次拜掃,而不縷斷魂銷者也。不然,則死無人埋,白骨填溝壑,即使有人埋,若無守者,則仍任人鋤掘,敲骨擷頂,雖在九泉之下,亦痛疼難忍而已。故不必問余為良醫與否,苟能効力調治,未有不見絲毫功效之理。四萬萬人雖僅下餘一男一女,猶有死灰復燃之道。所懼者只餘一男或一女是也。余所著之《盲人瞎馬之新名

---

90   原註:蜘蛛俗語。

詞》一書，雖有閱後斥吾為嚼舌無聊者，然亦有閱後信然余之言者。即好作雜種文章者閱之，諒亦未有不能使其心悅誠服之處，余敢謂其駁不動故也。彼既駁不動而偏腹誹之，則非君子行為矣，且余是書出數千本，閱者傳觀傳說，諒亦達萬有餘人，此萬數之中，未有不表同情於余之二三者也。是與上大總統書以一人之轉移而論功效之邵君職務不同也。余之理由正當與否，非吾友一人可得獨斷，尚欲憑諸世人裁判者也。

第十六節　目的

目的又曰客體，吾民律曰標的　　目的即眼所注視之標的，如射箭之向的者然。此名詞尚通順可取。余非必欲排斥者也[91]。此二字係吾之文字，決不可謂承受他人也。私生子為吾之骨血，一經正當認知，即與家生子無何差異，但其名分，始終不及家生子之光明磊落耳。

　　目的二字，即同此理，終不如主眼二字之堂堂正正，敢與家生子打官司也。目的，日人又曰客體，譬如立於西方而望東日，東日與吾相對，我為主體，彼即客體，猶如宴客，賓坐上位面南，主居下位面北[92]，兩兩對望，其眼所注視者，是之謂目之的。主眼二字不剖而明矣，余前改邵君書中之積極目的四字為重要方針四字，其理由何在乎？所謂方針者，即一定方向之指南針也。指南針[93]雖置向何方，亦必指南面而不移，其主眼即南面，其目的亦即南面。二五一十，九九八十一，算來算去，終歸一也。但二五與九九，非普通話，隔靴搔癢，了解不淨，終不如直接痛快曰 十與八十一之為愈。目的、主眼、方針三者，原可隨意取用，特怪國人專酷愛於私生子，棄家生子而不顧。蓋以私生子係由情種所生之果實，必保抱携[94]持，殷殷護惜，以報達皇恩於萬　，而示其為多情種子故也。殊不知私生子雖蒙此寵愛，假使一旦知其父母非所以然之父母，尋自盡以斷其宗祧焉。縱不然，亦必起心不良，務除去家生子以白霸也。吾民律[95]改目的為標的，亦可用。

91　原註：余乃諭邪正而定取捨，非一味頑固而必排盡之也，尚有後諭。
92　原註：北京席位。
93　原註：吾國最初發明。
94　「携」，今作「攜」。
95　原註：一七五條。

第十七節　宗旨

宗旨　此名詞亦通順，可取宗者，宗仰也、宗本也、歸宗也、宗據也。江漢朝宗於海，即萬水皆以海為根據，而歸宗於一也。宗旨，即吾所本據之意旨，基礎是也，與目的自有區別。彼乃注視於眼之外界，此則存立於心之內部者也。如政黨章程曰：本黨以鞏固政府為宗旨[96]，改善政治為目的[97]。即謂須先使政府鞏固，不以私見時時推翻政客，乃有人下手改善政治者也。不然，基礎不立，起房子之主眼從何可達哉？主眼、基礎互為表裡，無裡則表不現，未可混為一罎[98]，不待論矣。宗旨二字，雖無瑕可剔，然余求國人勿放棄家生子毫不理會，專偏愛於私生子，以遺前述之憾焉。

第十八節　權利、權力

權利　權者，權柄也。非有一定之名義、身分，不能妄掌權柄。國務卿不能行大總統之職務，不待論而明矣。故權可曰名[99]；利者，利益也。利益有有形者[100]，有無形者[101]，不俟鄙人多贅。惟名[102]與利，兩兩相聯，無名則不得利。陝西巷北林房黛玉，係以余姓彭之名義招呼者。邊務大臣不能享受利益故也，其暗中雖得享利益，然如竊盜偷占他人財物，有利無名，不正當耳。法學大家謂，無義務即無權利。殊不知無權亦即無利，正同一理也。權利二字，本可改為名利二字。然余亦覺其不佳，混人耳目，世多指名利為貴與富。故不如用權利二字之為善，斯時譬如已無家生子，任人如何酷愛私生子，亦正其所也。

權力　權力與權利不同，憲法上、行政法上常見者也。權力即行使權柄之力，非行國家公法上之職務者，則不能有。上自元首，下至檢查稅關者，雖均有之，然實業工廠總辦、鐵路局管理員、站長及郵政局總辦等

96　原註：基礎。
97　原註：主眼、方針。
98　「罎」，今作「談」。
99　原註：名義。
100　原註：得使用者。
101　原註：如精神上之暢快愉情。
102　原註：名義身分，非言名譽。

類，則不有權力也。因此等事，係國家以個人資格與人民經營內部之私生活故也。權力二字之名詞，不應夾入本書。但為與權利二字名詞區別，特附一言耳[103]。

第十九節　義務

義務　此名詞亦係認知之私生子。因無家生子，故如何酷愛亦可也。義務云者，即義不得辭而應盡之職務也。駁者曰：義不得辭之語，係道德上之言，安可以解法律名詞相混淆哉。法律上之義務，可強迫人負擔，道德上者，乃訴之於良心，無絲毫強迫之力。汝未免強解矣，答曰：禮義廉恥為人存立之本據。道德上必使人盡此職務，不盡者，即削其人格降為禽獸。天下萬國，千載而後，尚使人臭罵不休，與刑法上不敬罪[104]、背義罪[105]、收賄罪[106]、猥褻罪[107]，更重十倍，誰謂無強迫力哉？苟甘為禽獸，則道德無從強迫，即法律義務。人苟甘坐監牢、受斧鑕而不盡，亦無從強迫也。故法律義務、道德義務皆為人義不得辭而必當盡之職務。義不得辭，即因吾之身分、名義，不可不為之意。余因有中國人之身分、名義，即不可不盡國民之職務於中國，對於他國，吾無名義、身分，故義不當盡職務於他國也。吾欠王大之錢，因吾之名義、身分，故義不容辭，必當盡還錢於王大之職務也。義務，名詞通順可取，但不可謂襲用他人而來。人不用，吾亦必取故也。見人飲食，吾亦飲食，然為吾之獨立飲食，非效他人而飲食也。國人國人，其明此理。

第二十節　相手方[108]

アイテガタ
相手方　吾民律曰相對人改正之曰對手人　史記文章又來矣，余已研究三千三百三十日，方得些微解法。精疲倦，煞費苦心，不得不一告閱者。相者，相對也。日人解釋，則與「遇」字會同意同音。手即五爪之

103　原註：再父母對於子，亦有權力，然係私法上者。
104　原註：刑律一二〇條。
105　原註：三八三條。
106　原註：一四〇條以下。
107　原註：二十三章。
108　已淘汰，今作「對方」、「當事人」。

物，不待多言。方字則筱醜有剖解之曲道，謂為人。括而言之，則為「會手人」三字。吾斧削之，則曰對手人。吾民律上曰相對人三字[109]，如外國人說本國話，其聲格格不純。然其原係抄寫日本法律，強加刪改，不深察本國習慣，欽定之前清草案，不足怪也。〔漏字〕人日常談話[110]，有「彼非吾對手」之語，自然習慣，何人亦可明瞭。〔漏字〕書出字來，非說不通之雜種話可比，意思字義，皆極瞭然可講，且合乎自然習慣，不取此而欲取何哉？是余以為非改正之曰對手人不可也。對手人是何意思？不待鄙人浪費筆墨而明，尚相手方之名詞，時文上雖不多見，然各大小法院同化性諸君，及各法政學校受傳染病之諸後俊，口談之津津，手書之片片，正方興未艾也。

第二十一節　當事者

當事者（民訴第二編）　　此三字訴訟法上之名詞也。凡關繫一案件之原被告、檢察官、參加人、證人，皆包入其中。其肚碩大無朋，殊堪驚駭。當事者三字之義，即當值其事之人之意。法律上為減省多寫條文，並因不能豫定其人數，而不得不用之名詞也。我法學大家，不獨侈談靡厭，且用之於判決之文。普通人不能了解猶屬細事，更加用之不當。今舉一例以告閱者。余友某民國二年，在山東被人變造電報，呈請濟南地方檢察廳提起訴訟。該廳以第十條律無正條之決定駁下，不許起訴。余友遂直遞一呈於濟南地方審判廳，其廳立即批下曰：該當事者不得直接干預此事[111]。照此文觀之，不知其當事者三字所指為誰。訴訟尚未提起，被告、證人等從何發生？既未發生，則不能謂原告為當事者，又縱使被告等已發生，亦不能單對一人呼其曰當事者。非對於關係其案子之數人下一共同判決，則萬不可用當事者之三字也。若撤開下判決，則仍須對於原告用原告之名，對於被告用被告之名，決不可父媳兄妹叔嫂混成一團也。吾國人不計及此，不問三七二十一，唯奇異是嗜。復不問普通人之了解與否，率爾操瓢，恬不為怪。最近大總統諭令裁判文上不許用無窮之語，此本清刷精神

109　原註：五三五條。
110　原註：下棋打牌時。
111　原註：刑事訴訟須檢察官提起故也。

之事，殊不知日報偏扭捏曰：排貨及於文字。責備至此，而人耳觸目之留學生，尚大半恬嬉，日日唱飲之聲，鳴於九皋，黃梁之夢，續至正午[112]，毫不知疾首傷心等字為何事。國內之人，亦不言而喻也。嗚呼哀哉！尚饗！夫漢字者，漢家之文字也。即如其名，自始固有者也，非強得他人而來者也。子子孫孫流傳祖物，萬世不遺者也。他姓之了不得而強奪，若強奪則應舉羣族羣力起而攻之者也。孰知東家兒強去西家物之後，西家子因其業已弄壞，雖受還而不肯用，反遭東家兒責曰：汝為何排我所贈汝之物而不用哉？呀！西家子雖係蠢牛，亦應知其原為己物，縱畏其威，敢怒不敢言。亦不可不於腦筋中存一幻覺，待警察到來大呼強盜，強人以圖救濟之道也，嗚呼哀哉！尚饗！

第二十二節　所為[113]

所為　大理院判決文曰：王八之所為，據刑律第十條，宣告無罪。劉三之所為，據刑律第一百零一條第一號，宣告死刑云云。其所為二字，不知指所為何事。其王八、劉三兩者，復不知為何種身分之人。及閱刑律第十條條文，方知王八所為者，為常人正當之事，而非犯罪之事。故宣告其無罪，以明其非犯罪之人者也。又閱刑律第一百零一條條文及其第一號，方知劉三所為者，係犯內亂罪為首魁之事。故宣告死刑，以明其為犯罪之人者也。

對於王八之判決文用「所為」二字，雖可曰正當，然對於劉三之判決文，吾謂非用所犯二字不可。所犯二字，即指劉三所犯之罪。若欲明明白白了解，則又非添二字曰所犯之罪不可。犯字，惟對於罪人可用，且對於罪人之行為，非名之曰「犯罪行為」不可，否則與常人之正當行為無從區別。故對於罪人下之判決文，決不可用所為二字。至使其意義不明瞭也。余雖如此言，大理院諸法學巨子，何肯　聽。然余之同化性徽章，非贈之不可。此徽章係以隻筆造出，雖作萬萬人情，亦不竭也。

112　原註：罪惡一時不能述罄。
113　僅用於法律領域，通常以「行為」取代。

第二十三節　意思表示

意思表示正改曰表示意思　吾鄉小兒，能以足朝天，頭行路。雖百步以上而不倒，旁有一公子，見此小兒如是之能，自默想曰：吾身為世家子，智識較人聰明，豈不能作如斯巧技哉？於是，亦以手下地，然不能豎其足，只以為初次不能舉，遂呼小兒代豎其足，扶走數步，自覺已能，使小兒放之，殊不知小兒甫撒手，某公子即應之而傾，近視之已無聲息，蓋逼斷氣矣。今之用此名詞者，何以異是？小兒之所能，為公子所不能。既不能而欲效之，幾何不見其敗哉！因用意思表示一語於文中，全篇遂為之辱沒故也。吾民律草案亦照直翻譯日本民法[114]加以刪改，舉之如左。

民律第一百七十九條表意人豫期他人可認為非真實，而為：

意思表示者，其意思表示，無效。

表示二字為動詞，意思二字為名詞。吾文法動詞須在上，名詞須在下，不可以頭履地，前已說之厭煩。觀右列條文，不知講何鬼話，定訂此之法學老前輩，雖可了解，然即現今大理院後到諸法學巨子，吾恐亦解不下。至於我等疵疵者蒙，只如讀古文，嘆其深奧不置而已。今但為易其文於左。

表意人[115]豫期他人能認知己所表示之意思，非真實時，則其表示之意思，作為無效。

右二文煩諸君一評，何者明瞭？余固不敢云余說之獨善也，各國法律當訂定時，多欲為便宜，減省字母，遂使其意思漠[116]糊不明。後之解釋者，聚訟纍纍，莫衷一是。前日之判決，因後之裁判官解釋不同，屢屢推翻者，在日本不可勝數。吾法律既顧問於各國，正宜一洗此弊。水清米白，毫末無疑。不然，異論紛紛，使受裁判者懷幸、不幸之憂，資審判官以作弊之料耳。右列改正文中之「作為」二字，本可省却，然為得十分明瞭，則用之有益無害。至於「己」字，更不可少。「其」字，余猶嫌其不大清楚，易以「表意人」三字，則更晰矣。日文作之意思表示，舉之於左：

114　原註：第九三條。
115　原註：即發表意思之人。
116　「漠」，今作「模」。

意思ヲ表示ス。（表示意思）

意思ヲ表示スルコトヲ為ス。（為表示意思之事）[117]

意思ノ表示ヲ為ス。（為意思之表示）此即道其所道，非吾之所謂道。此即新人物之所謂道，而非舊人物之所謂道。道者，倒也。倒行逆施是矣，不倒覆其家，則心不甘故也。

第二十四節　強制執行

強制執行正改曰執行強制　此四字似是無可挑剔之弊，殊不知其正為倒覆家物之敗家子焉。強制二字，係以動詞作成之名詞[118]，故不可以足朝天也。強制即強制手段或強制行為之意。審判廳使承發吏對於不遵判決者，執行強制手段，即施行強迫行為是也。若照吾文法言強制執行，則強制二字為動詞，而非名詞，應變成「審判廳強制承發吏執行事務」之語矣。

第二十五節　差押[119]

サシオサヘ
差　押　吾民訴曰扣押，余謂不可限定　余昔年曾在北京打官司，一日審判官吳某對余曰：「該被告不還汝錢，本廳必按律，差押其財產。」余結舌不知其所命，將欲復問，而判官已令吾下去，靜候執行。余心中不釋然，復尋問於承發吏某，其人曰：「審判官所判甚善，差押被告之財產，則汝賬不愁不得還矣。」余曰：「何謂差押財產？」其人曰：「咳！我國尚非法律國，故人人不懂。差押財產，就是俗所說之『扣留值錢東西作抵』，汝已入法政學校，何以不知？」余曰：「余尚未見過，又未聽人說過。」其人曰：「汝未曾學到耳，訴訟法上非常之多。」余曰：「余縱學到，亦不明白，押字雖可懂，然差字非叉字，實不了解。原來差字只有差錯與差遣之二義。此處差押二字，係從何說來？請教請教。」其人曰：「吾亦不知從何說來，不過聽人談過而已。凡學法政者對於此等事，甚要注意，不然，被人質問答不出來，面子很難受的。」

---

[117] 原註：彼我皆成多足虫矣。
[118] 原註：如總統二字名。
[119] 今作「扣押」。

余聆其言，暗想如斯承發吏之資格，實在不錯，比吾鄉審判官更勝一籌矣。余好好如其言學成，將來吾鄉審判官之位，非余獨占而何。嗟呼！孰知余來日本就學，方洞悉其天高地厚之臭味焉，茲亟舉以告未知諸君。差字在日文中加於他字之上，係接頭語無意思[120]，其押字即一脈承受於吾者，意義依然如故。民法債權編、物權編及訴訟法上常用之集合名詞也。吾法強蠻對照日法，改為扣押二字，法學大家有自由權不受其拘束者，不待言也。差押二字，究係馬，抑或驢，毋庸余論。余今謹改日法差押二字包容者於左。

扣押、扣留、抑留、封禁、封阻、阻止 等是也。前三者同一意義，譬如被告之物件，已在審判廳之手，或已在檢察廳之手，方可用扣留、抑留、扣押等之字樣。又債務人之物，非已在債權人得管理之範圍內，則不得用扣留等之字樣。反此，被告人之物，不在審判廳現得管理之範圍內，及債務人之物不在債權人得管理之範圍內，則非用封禁二字不可。譬如被告騙房租，復不搬家，及商店破產，則須封鎖其門，禁止移動財產是也。但封禁行為，債權人不能做，無如國家之權力故也。又被告與債務人之財產，若存於他人之手，則非用封阻、阻止之字樣不可。譬如債權人聞債務人賣房與談叫天，因其未還己賬，於是阻止談叫天，勿給房價銀予債務人是也。日法以差押二字包羅上述各意，吾萬不可效，必須按趣旨活用，圓轉自如，非被拘束於一也。名詞有一定而不移，飯不能曰米、曰茶、曰餅、曰糕、曰粽。動詞圓活而不羈。吃[121]飯可曰食飯、啜飯、進飯故也。尚法制局刑法草案[122]用查封二字亦善。

第二十六節　第三者

第三者即他人　此為稍知法學者之時髦語，雖非不通話，却往往使人錯誤而不明。史獵有子三人，其老三即曰第三者。一排立有五人，二之次即曰第三者，此理人人皆明也。然法律上所謂之第三者，非如此之意。

120　原註：取締註已說明。　　122　原註：一三六條。
121　原註：正讀七音。

除我與你外，天下萬國之人，皆包含於第三者三字之中。此雖與「四海之內皆兄弟也」之語，同一用法，然陷人於錯誤不少。余期期以用他人二字之為愈，贊[123]成者盍一舉手。

第二十七節　場合

場合時也事也處也　　余嘗謂三粲不能作為一食，殊世中竟有其人焉。然余見其人雖能併三粲而一食，但屎已遺滿袴矣。其人食飽脹肚，不知下地解袴故耳。用場合二字者，為數萬千，及人請教解釋，則茫然不知所答。默想久之，以為有一場字，遂大聲曰：閣下頃所問者，就是場所二字，別無深義。吁！何當脹肚者遺屎滿袴耶。日人用場合二字，可解為三種香味，時、事、處是也。

第一例譬如曰：「交涉危險，惡耗頻呈，吾等不可不收拾軟物以備萬一之場合。」據此文觀之，場合二字，即時也、際也。

第二例譬如曰：「戶口眾多，人煙稠密，不可不置水龍以備非常之場合。」由此文觀之，時、事兩者皆可解也。原來場合二字，能解事之意，即能解時之意。吾欲作一事，不能硬作，日文曰：吾欲作一場合故也。

第三例譬如曰：「殺死人之場合，必須檢驗吏臨檢。」由此文觀之，場合二字，可解為處，復可解為時，不能獨立解為處也。吾欲往李君處，不能作日語曰：吾欲往李君場合故也。

綜上言之，場合二字，惟可單獨解為時之意，事與處二者，乃其附屬。特怪吾國人喜作此鬼話，不惟專誤解於場所二字。縱使不誤解，又試問用此能如吾堂堂磊落之文，處則用處，時則用時，事則用事之清心爽目哉？敬贈同化性徽章一枚於盲從大人閣下，尚祈哂納荷。尚有一例，譬如云：「依場合而不同[124]」，在此文則場合字解為時、事、地三字之何，均極洽當，然何必作此無聊之語也？

123　「贊」，今作「贊」。
124　原註：場合ニ依リテ同ジカラズ。

第二十八節　又ハ[125]

又^{マタ} ハ或也（請看漢譯日本刑法辭典五三七頁）

日本刑法第二百四十條

強盜人ヲ傷シタルトキハ，無期又ハ七年以上ノ懲役ニ處ス死ニ致シタルトキハ、死刑，又ハ無期懲役ニ處ス。

漢譯之如左：

強盜傷人時，處無期徒刑、（懲役）又處七年以上之徒刑。致死時，處死刑、又處無期徒刑。

右所譯者，據漢文則字字不錯，意義亦極明瞭。惟對於犯罪人之刑罰，前後矛盾，不知如何盲從而可耳。日本裁判官頗不易作，非天生聰明者，不能備充其位。強盜傷人時，先處無期徒刑，後處七年以上之徒刑乎。此學說不可解，為全數人所承認，抑先處七年以上之徒刑，後處無期徒刑乎。此學說為大半數人所不承認，其理由曰：無期徒刑者，係從判定罪名之日，不定期限，處罪人以徒刑至其死之日為止者也。若先處去七年以上之徒刑，則無期之不定數已被缺損，不能謂為無期矣。故此說亦不可解。

　於是復出一新說曰：照條文之論法，及其位置觀之，係處一刑又處一刑，此二者不能同時併處，故當先處無期徒刑，後處七年以上之徒刑，乃不矛盾者也。但第一說已不能解，故當俟無期徒刑終了，犯人死後再翻魂於世，方得又處以七年以上之徒刑也？不然則不能解。以上三說，係我國人所主張者也，何亦不通，毋庸具論。然日本裁判官解釋則不爾爾。是何耶？留學日本法政諸大家，不得其門而入故也。載錄日本裁判官之解釋於左，以資借鏡。

　強盜傷人時，處無期徒刑，視其情節輕微與否，或者處七年以上之徒刑。下段亦同樣解釋云云。

　由右觀之，其解釋亦並無特色，不過解一又字為或字意，故得通耳。是又何奇？雖然，吾國瞎眼教習及閉目譯書，只圖詐欺取財者，即

---

[125] 早期日語借符，已淘汰，今作「或者」。

此庸庸之奇特，亦未之有。見一又字即照直錄一又字，不分日人所用之又ハ[126]又[127]曲道故也。在此正當盲從，却不盲從。寫貌字正宜寫白字，却不寫白字而寫白字，欲其不誤焉可得哉。日人不用我又字之本義，則於其下添一「ハ」字日文，致使吾堂堂之又字多出一種牛溲馬勃之厚味[128]也。日文中用此甚多，再舉一長例以明之。日本刑法第九十六條公務員ノ施シタル封印，又ハ差押ノ標示ヲ損壞シ，又ハ其ノ他ノ方法ヲ以テ封印又ハ標示ヲ，無效タラシメタル者ハ，某刑ニ處ス云云[129]。漢譯之可分兩大段，每段復可分兩小段，列之如左：

第一大段
（一）損壞公務員所施之封印者。
（二）或損壞公務員所施之封禁標示[130]者。
第二大段
（一）或以其他方法使公務員所施之封印至無效者。
（二）或以其他方法使公務員所施之標示至無效者。

以上為四罪體樣，犯其一即處以本條（九六）所定之刑。其解釋麻煩如此，且非平常之裁判官所能了解。吾法係照直翻譯而成者，類此者為數甚多，吾輩以為將來非從新纂改不可也，謹試示一條於左：

法制局擬定刑法草案第一百二十九條
徵收租稅及各項入欵之官員，圖利國庫或他人，而於正數以外，浮收金、穀、物件者，如何如何。

右條文係以簡單條文，避繁贅起見，自不待言。然法律上之一字，至為重要，動輒[131]出入罪名，生命、權利之所關，以至一家、一族之興仆，皆繫於此。審判官得其人則善，否則禍端且可由此開之也。安可以一國之重務為兒戲？減省字母作條文之美觀哉。余謂萬不可避條文之繁，非使其意義至透如玻璃，無絲毫可疑之點不可也。謹改上列條文於左：

126　原註：或也。
127　原註：漢家本義。
128　原註：即或字。
129　原註：可參照吾刑法草案一三六條。
130　原註：如順天府尹封之封條類。
131　原文見「輙」，應為誤繕。

95　　　徵收租稅及徵收各項入欵之官員，圖利國庫或圖利他人，於正數以外，浮收金、穀、物件者，如何如何。

　　加增收二字與圖利二字，遂使文義一目了然，而字係多腳蟲，且為虛字眼[132]，正宜刪却，以避繁贅，不識閱者以為然否？

第二十九節　若ク八[133]

　　若ク八　若愛嫖，則必生楊梅瘡。此若字之意義，吾國人何亦了解，毋庸贅述。若字為起筆法，則字為應筆法，此非八股先生不能闡明其深理，茲置不言。特可怪者，竟有閉眼盲從翻譯日人之書者，其人為誰？前清民政部丞參，現在駐比公使，報紙號曰留學生中佼佼四傑[134]之一，東
96　京法政速成學校畢業生汪榮寶[135]是也。汪翻譯之論理學中[136]有曰：即「一致，若不一致」。

　　若不一致之下，無照應之文，是半截話也。然其又非半截話，乃一句充足之語，吾輩不知解耳。余在中華大學受其贈覽時，深以為未見過此種古文，嘆世上學問之淵博，終身學之不窮。孰知余來日本，乃恍然此種古文非我國之古文，但其總是一類古文，良不可諱。故汪不得不學之，益形其學問之廣也。余現已知此奧蘊，深恨相見之晚。然汪之所學者，人不明白，吾當年亦在此中。故今日吾不可不陳明於諸君之前，勿作悶葫蘆使人苦惱也。日人用之若ク八(モシ)字，乃五寸金蓮之或字香味，閱者一見諒必倒屣歡迎。汪譯論理學之即一致若不一致，就是即「一致，或不一致」。

97　　　斯時可以打破悶葫蘆已乎。汪係有名之漢學家，具經濟才，尤有心得於運動學，為留學界之老前輩。吾等不勝佩服羨慕之至。茲敬錄其美談一則，以為同志諸君將來活躍於政治舞臺之一助。汪於宣統二年，宴振貝子於六國飯店，進以捲煙一支，振大爺嘗而問曰：「此係何國煙？味辣而不香。」汪答曰：「此煙係德國製者，其價甚廉，僅七圓一支，故不甚佳。然

132　原註：即助詞。
133　早期日語借符，已淘汰，今作「或者」。
134　原註：司法總長章宗祥、駐日公使陸宗輿、外交部次長曹汝霖及本人。
135　汪榮寶是本書《新爾雅》的作者。
136　原註：忘却頁數。

北京買不出最上品者,實對不住貝子大人,尚祈海涵云云。」都人士一時傳為美談,即其親近亦常以語人,可見才學兼優者,與常人不同,吾等固不可望其項背也。日人用若字為或之意思時,則於其下添以「クハ」二字日文,不添者則仍係若字之本義,謹舉其例於左:

日本民法第七十六條
重要ナル事由有ル時ハ,裁判所ハ利害關係人,若クハ檢事ノ請求ニ因リ,又ハ職權ヲ以テ、清算人ヲ解任スルコトヲ得。

漢譯之如下:

有重要事由時,審判廳因利害關係人之請求或因檢察官之請求,或者以自己之職權,得解任[137]清算人。

是其用「若クハ」字為「或」字之明證也,不解此而妄譯書,殊為可笑。既不解猶寫之者,乃盲從隊裡之盲從也[138]。再者,日文中從未有「其子若孫」之古文筆法,是不可誤也。

第三十節　打消[139]

打消　此二字亦為法學大家之時髦語。照字義言之,雖能通解,然俗不可耐,且非自己獨立生產之子,乃傳來之雜種也。日本松本龜次郎所著之言文,對照漢譯日本文典四百三十三頁上格,明言打字加於他字之上,係強其語勢之詞,別無意義。凡到日本就學者,未有不購一冊且親聽講解也。雖然只求漢字之義可通,吾非被拘束於張天師之鬼卦而必遵從也。打消即與打倒、打落、打吊等之俗話無異。吾堂堂之文語,却置之不用而學小兒口嘴。日本大隈重信曰:明治維新以前,中國文學傳於日本。維新以後,日本文學傳於中國。信哉,斯言也。在東京可以買六朝以上之古書,在北京反不易易。余欲吾言,悲夫。打消二字,法學大家若非用

---

[137] 原註:撤委。
[138] 原註:李張新譯之中國國際法中亦復如是。
[139] 已淘汰,今作「否定」、「取消」。

不可，余亦不甚阻止。然余但為其易一榜樣，聽否任之。打消即廢止、休除、廢却、廢罷、罷議、作罷、去銷、去除等意，視文趣如何用其相當之二字，非必拘定於一也。

第三十一節　　無某某之必要[140]

無某某之必要　　無國家之必要，無父母之必要，無禮義廉恥之必要，此最流行之語也。辛亥以前，梳辮子時代，青年無不批二毛於滿額。辛亥以後革新時代，無人不作此語縷於滿口，誠一代之盛況也。披覽吾歷代文章中，無用一要字者。蓋要字為俗不可耐之文，只供說話之用，不可書之於紙。雖至不通之書札，亦決無用之者也。今則要字與必要二字，盈千累萬，充滿於時文之中，極美觀之文章，盡為俗語之句調。甚者如說白話，鄙俗不堪。《易》曰：其亡其亡，繫於苞桑。余曰：其亡其亡，繫於昏盲。既昏且盲，未有不歸於亡者也。留學生中亦有長於漢學者，殊彼偏喜同化於人，捨己而不顧，究不知是何心眼？頗難索解。新人物常曰：文章之佳否，無所碍[141]於行事，苟能發表意思，即充足而有餘。此固有一面之理，惜其忘形未免太過。吾國自古專尚無謂之文章，慣施紙上談兵之伎。

此本於事無濟而有損。然因此遂盡欲棄之無遺者，多數人猶期期以為不可也。譬如說話，非稍讀詩書者，則己說人不甚懂，人說己竟不知。農夫野叟，能解閣下二字謂何哉？此猶可諉為未澤教育。然對初面之賓與夫新友，亦直用汝我之稱，試問雅俗如何？雖會匪馬賊，猶作老哥小弟之婉語。豈以號稱四民之第一者？尚滿肚草包哉。且言語之間，常因一字之恭敬婉轉與否，可為禍福之媒介。至於書札之上，更覺緊要矣。日人所作之文，皆我視為鄙俗不堪者。但彼原無固有文學，不過東扯西拉胡作對子耳。故彼與其徒勞而不成，曷不如直接痛快用俗文之為愈。自古全國僅能如此，故無妍媸之可言。然稍多讀漢書者流，其作出之文章，確非尋常者可比。清閒者及文科學生，更酷嗜漢學不已。蓋日本無漢文漢學，則萬事皆熄或竟可成為啞子故也，人津津以為至寶，吾則反欲摧殘盡罄。是何倒

140　早期日語借詞，已淘汰，今作「無需」。　　141　「碍」，今作「礙」。

行逆施哉！

日人之用必要二字，即吾用之必須二字與必需二字。譬如做官必要清廉，即作官必須[142]清廉。又譬如請客必要佳餚美酒，即宴客必需[143]佳餚美酒。至於無某某之必要，吾文章中未有無某某之必[144]之作法，此即不應盲從於人，玷辱我堂堂之漢文矣。

第三十二節　動員令

動員令　此三字無何可說，然其為一盲人瞎馬之新名詞，恰合本書之本旨。所謂動員者，動教員乎？動委員乎？動公務員乎？動國務員乎？意思毫不明瞭，所指亦無一定。然我國人及報館，漫然不察，人云亦云，惟上帝是從，佑我小民無疆之福。人作禽獸浴，吾效之；人不穿衣袴，吾亦效之，言之令人切齒，深以不能一刃其頸為憾。日人所謂之動員令，即吾所謂之動兵令。雖軍艦亦曰兵，無論水、陸皆包含者也，何必效曹瞞作挾天子以令諸侯之假面哉？

第三十三節　手形[145]

テ　ガタ
手形　丙午社法政講義及法政叢編粹編，照直寫譯手形二字，註解亦並無之。原來日文未曾學通，不值一怪也。盲從此二字者，雖不多，然法政學堂談之津津有味，亦由無一教習能剖解之故。吾商法尚未有全部草案，不知將來如何擬訂也。據日本商法，則分為五編：

（一）總則編
（二）會社編[146]
（三）商行為編[147]
（四）海商編

142　原註：宜應當也。
143　原註：需用也。
144　原註：須需。
145　早期日語借詞，已淘汰，今作「支票」。
146　原註：吾名曰公司。
147　原註：上三者，吾草案已出。

（五）手形編

　　手形為何物？先將悶葫蘆打破，再說其淵源。手形即吾國所未之票子，然票子之範圍甚廣，中國銀行發行之銀票，以至小錢舖發行之錢票，皆包含其中。是與商法上以貿易為主眼之票子不同，故不可名曰票子，且票子二字為一俗話，字義復不明瞭，更不可用也。曾聞有主張用票據二字者，此尚可取。據說文票者，火飛也，似與其用意毫不相涉。然歷來所謂之傳票、提票、票單等，不知如何解釋。蓋傳人、提人等之事，簡單而明瞭，苟有數字之命令，即可辦到。故以票字名之，形其如火星飛動之明燿迅速也。譬如銀圓券，其中只簡單用數字，書曰拾圓或貳拾圓憑票即付，取其簡單明瞭，炳如星火狀態之意也。據者，憑據也、證據也。因有所依據而確的證明其事之意也。故票據二字，可包含大小商人出入銀錢之憑據。如交通銀行（商辦）及各私立銀行發行之紙幣、兌換券、銀號、爐房、錢店發行之銀錢票及紅票（有印者）、墨票等皆是。但銀錢之收據，不包入此中。總之只指發出與人，使其來取票據中書明之銀錢者也。故票據二字，亦不甚妥，姑暫用之，較直書手形二字愈多矣。

　　日人何以謂票據為手形乎？用意毫不近邊，似覺太無道理，殊不知此正其有道理者。蓋彼以為票據一紙，其長闊之形，恰如手大故也，如紙幣、銀錢、票子等，其形斷無長大過於手者。如借字契約等，動輒[148]紙數數頁，記載繁多，故當然不包入於手形之中。另名之曰證書。若以前述之票據二字言之，則證書亦應包含。然商法中原非如此（各國皆同），已如前述。由此言之，日人用手形二字而得其當，吾用票據二字不甚妥，效用手形二字，亦不成話，究不知以何為善？余久思不得，尚望學法學者加一研究[149]。

　　再者，日人用手形二字之理想，吾國原有與此相同之習慣，存於南方數省，茲一舉之。凡有勢力者與人爭鬪，且罵且誇曰：

　　我只要二指大點紙，要你的命。

　　其意思如何乎？蓋有勢力者，恃其認識要津人物，與人爭鬪時，自誇

---

[148]　「轍」，今作「輒」。　　　　[149]　原註：但既有一票字，亦頗能表其性質矣。

己之強力，以為只需如二指形大之說片遞入官衙，即可報復怨憤之意也。由此觀之，日人用手形二字之取義，恰近於此。

第三十四節　切手[150]

切手（キッテ）　此本言之無聊，不足費余唇舌。然余在北京學堂時，常聞教習津津道及，不知是何香味。蓋觀美人者，以為雖其毛髮亦當數清，方得誇張於人故也。吾國人留學外國，即此心理，人或曰：求學能用心如此，已喜不勝喜，尚何非難之有。雖然殊不知吾國之求學者，明足以察秋毫之末，而不見輿薪焉。先惟奇怪名詞是嗜，不問其學理如何，與觀美人雖數清其毛髮，而不見顋頸之斑點者，有何異哉？日本所謂之切手，即以前述如手形大之紙，切剖成為小張者也，如郵費票、印花稅票之類，皆屬於此。又日本所謂之印紙，即指有印章之紙。吾國現行之印花稅票是也，並無必須研究之理由，而偏帶之回國傳說，使一班學生迷於五里雲霧之中，此非同化性者可比，乃由其不知以何為譬喻故也。

第三十五節　大律師[151]

大律師　律師者，談法律之師傅也。非在三年法律學校畢業經司法部出證明書，則不能作，且不能享此名稱。蓋必須學過三年法律者，乃可為人師傅，否則無斯資格也。我刑事訴訟律草案第五十六條規定，律師為一種辯護人。原來訴訟法上有兩種辯護人，一為特別者，一為平常者。前者即我法所謂之律師，後者則一班有行為能力之人，皆可作也。如被告之父母、叔伯、親友等，苟得官廳許可[152]，即可作被告之辯護人。口法謂吾國之律師為辯護士，謂平常辯護人為辯護人。吾法係譯彼而來，因嫌兩名易於混淆，復以辯護士三字不壯法學大家之觀瞻，故改名曰律師，不應盲從他人。

本為吾輩少數者流，盼切禱切者也。但吾輩所斥之盲從，係指瞎眼不

150　早期日語借詞，已淘汰，今作「郵票」。　152　原註：但非長久。
151　早期日語借詞，已淘汰，今作「律師」。

解文字之意，非非我所云者，即欲排斥無遺之意。勿說文字為我固有，取捨可以任意，縱使係人所固有者，然吾為求學問，亦正宜取彼之長，補我之短，去惡從善也，擇善而效者，謂之修道；隨波逐流者，是曰盲從。余以為日本辯護士之名甚佳，非取之不可，理由何在耶？辯護者，以言詞辯論護衛之意，因被告人不知法律或精神不充足，故當用辯護人[153]，使其為被告人之利益而辯論護衛也[154]。即刑訴律第六十條亦云，凡辯護人只宜盡正當辯護之職務，雖條文中猶始終不能脫離辯護二字。可知不可用律師之名，非用辯護士之名，則不能恰其職務身分矣。

　　總統者，總統維持照應一切國事大綱之意也。法律雖由議員單獨制定，及法院單獨司行，然程式上，法律須經總統公布者也。故總統二字，乃恰職務身分之名，其大字、副字係一形容詞，於名詞上無何損益。總長、都督將[155]軍、教習、總辦、監督等名，皆恰其職務身分者也。試問律師之名，恰訴訟法上所列之職務身分否？吾國擬刑事訴訟律草案之諸法學大家，非為避名詞之混淆而用律師二字，實以辯護士三字不貴重，而改稱者也。殊不知辯護士之士字，自古貴重無匹焉。雖言四民平等，士人亦列於第一位，四民權利固然平等。然其名譽決不能平等者，各國皆然也。享士人之稱者，非專指文學家而言，無論學工學、電學、農學，凡求有文字與思想之學問者，皆曰士。惟在肆店、田野，捉算盤、用犁鋤者，不可曰士，特名之曰商、農耳。國家無士，則萬事皆熄。今之列強，皆由士人造成之發達，不可專曰由於農、工、商之發達也，何耶？今之列強，萬事皆以學問造成，有學問者，皆可曰士。故其發達，即可曰由士人造成之也。

　　吾國人不能如日人知士之可貴，故妄自尊曰師，欲為他人之師傅，抑何可笑。且也，律師二字，猶覺其不甚貴重，遂加之以大，於是乎大律師之丈二招牌遍於全國。雖尋便所，亦時遇之，究不知其大字銜，係由上帝所封，抑根據各國而來。看破法律叢書，亦求之不得。人告余曰：即吾國法學大家本店自造者也。余聞之始恍然。今余自號曰：將來小律師。人有罵余者曰：大不欲作而偏欲作小。人向上，汝往下，何不自重若此？答曰：余此名更比大律師尊貴，將來二字係形容詞，無甚緊要。因余未曾畢

---

[153] 原註：廣義包含兩種。　　　　[155] 原註：去聲。
[154] 原註：參看五五條理由書。

業，故附加之也。至於小字頭銜，何以尊貴之理由，容予一一陳之。吾國現在通都大邑，競以呼小為貴，朋友相稱，亦復如斯。妓女呼曰王大人、王老爺、王先生、王大爺、王大少，皆不甚佳，惟呼之曰小王，極其可貴。然妓女非與游客熟而又熟，決不肯呼之以小，其貴重如此，莫可言喻，得蒙其呼者，如受瓊琳宴，喜不能言。此小字銜貴重之一明證也。

又優伶妓女，皆喜以小字為名，如小叫天、小達子、小玲瓏、小寶寶、小菊花、小翠喜等皆是。此小字銜貴重之第二明證也。又日人亦喜以小字為名，如法學博士小林丑三郎、小河滋次郎等皆是。此小字銜貴重之第三明證也。由此觀之，余自號之小律師，較彼等自號之大律師貴重如何。嗟呼！以暴易暴兮，余不知其非矣，大人、老爺之稱，嫌其不成體統，故革之改曰先生。殊從事革之者，却自另立名目曰大律師，徒授老先生以攻擊之柄耳。外人素謗吾好自大，呼吾國曰天國。國際間之齟齬，且常由此發生。披觀往史，歷歷在口，留學外國諸君亦常有所聞者也，何尚不醒悟哉？蓋大人、老爺之稱，新人物雖覺其不雅而革之，然假使僕從連連稱呼，亦覺其尊貴而應之故歟。現在大人、老爺復活，雖可諉曰因舊官僚充斥，少數新人物不得不隨之而化。然大律師之名，試問由何人興起者乎？

吾國大律師害人三年有餘矣。猝言之，似非革除罄盡不可。先以日本辯護士比較言之，不啻有霄壤之別，人須由法政學校法科畢業，然後得預考試，其考試極其嚴重，竟有九次不獲一中者，以視吾國購得一文憑來，經司法部證明，即得為之者，何如？至於人之學問比吾長，遵守規矩比吾重，何容具論辯護士之制，起源於法蘭西國，專以保護被告人之利益為主眼。有國家設定之辯護士，為被告人盡力，不起分文，其為國家人民之利益，自不待論。即非國家設定之辯護士，亦能自明其性質與責任，不妄作妄為，以害國家人民之利益。孰知我國之人律師，恰反於此，不特比舊日之訟棍不如，更有甚於強盜之舉。佼佼之北京大律師熊垓，今已犯罪被處二年以上之徒刑，茲不贅述。四處掛丈二之人律師招牌，日日載於報紙曰：本大律師在何大學畢業，學問如何深淵、辯論如何雄偉，對於委託者必如何如何。招搖撞騙，吾謂實一罪人。雖不懼本國識者一笑，亦不懼外國人一笑乎？試問日本辯護士，曾作此戴鬼臉殼之舉動否？見面即使人出談話費五圓，在外國雖有其事，或有更取比此多者。然人係賣費心血

得來之學問，與其身價。試問吾國大律師有此價值否？且外國生活程度較吾約高十倍，雖至貧者，出數十圓亦不甚難，以視吾國朝不保夕者何如？由此言之，是類人雖受如何冤屈，亦終不能訴訟矣。重大刑事案件非用辯護士不可故也[156]。既無國設辯護士可託，復無金錢酒食相請，不投入柱死城中而何之哉？日本生活程度比我國更低，若照上述言之，則為害更不可數。雖然人則不如此矣，未聞有見面出五圓談話費之事也。又辯護士須與審判廳同一區域，且須聲息相同。漢口之辯護士不能從事於北京也。在外國係著眼於熟習地土人情風俗之事，吾國似更覺其宜。雖然此正為害於國家人民之坦[157]道也。何謂乎辯護士，若限定在狹小區域，且可與審判廳相通，則未有不通同作弊之理。

民國二年曾聞一趣談，某辯士明日將出廷[158]辯護，先與當其審判之審判官，試演辯論覆駁一次，此如何駁，彼則如何辯。及期出廷，果照錦囊用計，至使被告人大受損害。被告人責之曰：人聘大律師打官司，因之得保利益，吾反因此大受損害，是何故哉？某大律師曰：汝應受之罪名，雖律師亦不能妄加保護。律師之職務，只在防意外之損害，此法律所規定者也。吾與訟棍不同，無保汝必贏之義務。汝給吾之錢，非保險金可比，乃對於吾出力之報酬金，且當日辯論之際，汝亦親見吾效死力者也。卒之被告人一面受損害，一面復出報酬費三十圓云云。余聞而信之，不識諸君然否？

嗟呼！在人行之為善者，在吾行之則為惡，其故何哉？豈以吾國國情習慣，真不相宜。人民智識程度真不及乎，曰皆非也。吾國人喪盡心肝故耳，心一壞，則無可救藥。故無所往而不為害，此猶其小焉者矣。是以，余輩所談之革命，在於革心，心不革則未有不即於亡者也。

第三十六節　律

律　律與法無何區別，本不待言。然我國現在有法之稱，復有律之稱，分歧立異，毫無統一之概，不獨書寫不便，聽聞亦易混淆，講述尤生

---

[156] 原註：強迫制。
[157] 原書見「坦」，指蚯蚓的糞便，亦通「塡」，指堤塘，故以為應當「坦」。
[158] 「廷」，今作「庭」。

迷惑。各草案係在前清制定，故欲仍存吏、戶、禮、兵、工、刑律之舊例。然在今日，則非單曰法不可矣。有憲法、行政法之稱，而無憲律、行政律之稱；有六法全書、法規大全之稱，而無六律全書、律規大全之稱。故非專用一法字，以保統　不可。余非謂律字之不可用也。

第三十七節　代價

代價　此名詞甚佳，余以為可取。代價者，代其價值之意也。買入之[159]物，則須予以代其物之價值者於賣主，但非專指銀錢而言，須不誤會為要。以米易帛，米即帛之代價；以帛易米，帛又為米之代價。日人因用代價之名，往往減呼之曰代，此單獨代字之名則不通矣。吾只可用代價之名，不可效其用代之名也，又用代金之名，亦屬不可。

第三十八節　讓渡

ユズリワタシ
讓　渡　讓渡者，樵子見老虎欲過對岸，懼其噬己，讓其先渡河之意也，此係故事，說之太長。但法律上所謂之讓渡，別有剖解之曲道。新人物於書札上慣作此語，諸法學大家則口上亦時時言之，究不知是何香味？如魚之見餌，喜不勝言。我民律草案，照直翻譯日法而來。第四百零三條，改讓渡曰讓與，但讓與與贈與有別。前者係使承受其物之人出代價之行為，後者則為反於此之行為。又讓與中有所謂附條件之讓與者。余謂之曰對換，譬如余讓與禮帽一頂於汝，約汝讓與書一冊於余是也。此類行為，不可謂其為互贈與也。

讓與二字，已可通解。然新人物終始不從，為之奈何。日法因有讓渡之稱，遂於其對面有讓受之稱。我民律[160]公然效而抄襲之，可笑孰甚。所謂讓受者即承讓是也。有讓與人之稱，即當用承讓人之稱。承讓與承繼不同，次再為之區別，承讓復與受贈、受饋各異，不待贅述而明。再讓與行為，非經營商業之售賣行為可比，不過因己不欲此物，遂讓與他人去之偶然行為也，謂之曰轉賣不可，謂之曰贈與更不當，然謂之曰移轉則可矣。

---

[159] 原書漏字，以為當「之」。　　[160] 原註：四〇五條。

雖然讓與只為移轉[161]行為之一，蓋贈與、遺留等皆包含於移轉之中故也。是又不可獨占移轉之名也。

第三十九節　親屬

親屬，非改曰親族不可　吾民法分為五編，第四編曰親屬。此親屬二字，余謂甚用得不當。據草案定名理由書，其言其例，雖似有理，且其不肯盲從外國，亦余素所欣盼無暨者也。然余欣盼不盲從者，在不倫不類之點，非然則雖盲從於人而不能曰盲從，乃正其所宜者矣。吾民法起草諸大家，往往扭逆於此。是固難於時移事變之後而深怪者也。

日本民法第四編曰親族，余輩極然其當，且以為非襲用之不可。獨起草諸大家反對者，其理由不外以從來所用親族二字，不能包含姻親故也[162]。是雖不無一面之理，然不免不知適用法律之原理之誚，何則？適用法律之原理，係先之以正條，無正條則次之以習慣，無習慣方及乎條理故也[163]。親族二字之字義，譬如法律之正條，從來所用之親族二字，譬如習慣，安可以習慣廢正條哉？起草者據昔用之慣例，固謂親族二字不能包含異姓姻親，惟親屬二字乃可，此實近於偏循習慣者也。

余考諸字典詞彙，親者，親戚也，親近也，六親也[164]。又習慣單謂父母曰親。族者，宗族也、族類也。日本民法第四編親族二字，即指親戚與宗族而言。余未見其有何不當，且置親字於上、族字於下，亦有一最可解之理由。蓋親者，親戚也，親戚必為與異姓有婚姻關係之家，對於無婚姻關係之家，斷不能呼之曰親戚，此不說而明也。有親戚而後有子孫、家族，有子孫、家族而後有宗族。是所以位親字於族字之上也，何則？無親戚[165]則無婚姻配偶，無婚姻配偶則子孫、家族、宗族從何來哉？由上言之，親族二字，至明至晰，毫無可非議之點矣。

茲再進而一駁起草者之理由，其中舉之例曰：「舊時立嫡違律門有曰[166]：『夫同宗然後有昭穆，異姓無所謂昭穆。』」是例文親族為專指同宗

161　原註：更易。
162　原註：請參考親屬理由書。
163　原註：請看民法的第一條及法學通論。
164　原註：指父母、兄弟姐妹及配偶。
165　原註：訂婚時建立的親戚關係。
166　原註：於昭穆相當之親族內。

族親之用語，可無疑義云云。」彼殊不知舊時立嫡門所謂相當親族之親字，係專指親近之義，既無親子，則立嫡必先之以最親近之族人故也。詎可據此如法炮製親族法之親字乎？

且也，改名之親屬二字，若得當猶可捨佳就妙。然其屬字，將如何解乎？屬者，屬類也、歸屬也，非指一定事物而言。所謂抽象的[167]之文字是也。由此言之，親屬二字，止指親近之屬[168]或親戚之屬[169]而言。族人則歸於烏有矣。民法第四編是如此性質乎，是起草者欲得名實相符第四編之字樣，反為左矣。余輩必欲用親族二字者，以其字義可解，非一昧盲從者可比也。又不能因習慣而晦正理也，余只問親字有親戚之一義否？答者必曰積極的解之[170]。既如此，何起草者不取親族之名乎？曰當然而不然是也。同志諸君，同志諸君，其速起而用心研究諸。

第四十節　繼承

繼承　吾民法分為五編，一曰總則、二曰債權、三曰物權、四曰親屬、五曰繼承。據繼承編之定名註解，吾謂起草諸君所舉之例，尚不足以佐證起此名之正義。註中有曰：中國於嗣續宗祧等項，多用繼承字樣。然以余之所聞所考者，只有承繼字樣之成例，而無繼承字樣之成例。國人日常相談之間，亦多作承繼字樣之語，不待舉證而明也。是繼承編之定名註解，尚不足以佐證起此名之正義也。若必欲用繼承之名，余為舉一適例以佐證之，方足以使人無議論之餘地。《詩》曰：子子孫孫，繼繼承承是也。

原來國家制一法、行一事，無論其善否，苟履踐公式而為者，人民即應負擔不可不遵從之義務，無選擇其媸妍而定遵從與否之理。蓋國家係以有強性之公力命令人民，既照一定規矩而為之者，即不能反抗故也。因此國家一舉一動，皆當慎始謀終，為人民利益作萬全之計，不可妄藉公力[171]壓服人民，否則革命之禍，立可見也。一面人民應負遵從國家公力之義務，不得妄肆簧鼓，拒不遵從，否則有國法制裁之加以相當之罰處也。

167　原註：此處可改用「概括」或「統括」二字。
168　原註：例如六親，指父母、祖父母、子女。
169　原註：如合周、吳、鄭、王各親戚而言。
170　原註：即回答說有。
171　原註：即權力。

由此言之，國家與人民互共生存，相為表裡，有不可瞬息脫離之勢，故欲保此關連，則國家不可不先以適當之方法命令人民，人民於此適當命令之範圍內方有不可不遵從之義務。法律草案為命令人民遵從之嚆矢，故一字一義，皆不可恍忽迷離。雖謂須經多數議員之討論，然議員人口眾多，甲主乙張、紛歧百出，其不經細行，可想而知，是不慎之於始，即鮮克有終也。

　　在外國凡有一法律不適當，學者即蜂起而攻之，雖細微末節，亦無不至。蓋由自始訂定不善至有法律之革命也，我民法繼承之名，係因不能直接抄襲日本用之相續二字而改者。既改之復不直用慣語之承繼二字語調者，蓋有一原因焉，日本民法學者皆有一般承繼與特定承繼之無謂學說，謂繼承法[172]上之繼承[173]曰一般承繼，謂買獲、受贈、受饋、承讓等曰特定承繼。吾民律草案，係由聘請之日本學者及留學日本之數人照直翻譯日法而成。故不得不遵從上帝，嚴守上述兩種之區別。一面復圖無混淆耳目之弊，是以用繼承之名而不用承繼之名也。其實繼承、承繼兩者，同歸殊途，二五不異一十。余非斷斷於何，乃曰可也。不過恨吾起草諸君，毫不知用純慣之語，率皆蠻改日法諸名詞，作格格不入於口之狀耳。如相對人之名，實由強解日法相手方三字而來，其著例也，前已詳剖矣。

　　日本法律學者主張一般承繼與特定承繼之理由曰：前者為世間普通所有，凡有一戶口存在，即不拘其貧富與家財之有無，皆得發生承繼之事，故名之曰一般[174]承繼。後者如買獲、承讓，須有特定之賣主、買主，須有特定之讓與人、承讓人，方能移轉權利。若兩面不特定，則權利無從移轉，故名之曰特定承繼。據余言之，則不獨如此區分不當，且承繼二字亦不宜如斯廣用也。

　　繼承法上之承繼，與買獲、受贈等之承繼，余謂皆為特定承繼，決無區別之理由，非有買主之身分，則不能承繼賣主之權利，固然不謬。然試問不有繼承法上之繼承身分者[175]，亦能承繼死亡人[176]之權利乎？吾知必答

172　原註：日本稱為相續法。
173　原註：相續。
174　原註：通常。

175　原註：日法稱為相續人。
176　原註：我們的法律稱為所繼人、日法稱為被相續人。

曰不能，既不能，則須有繼承人之特定身分者[177]方能承繼死亡人之權利。無身分者，絲毫不得沾染，與非買主則不能承繼賣主之權利，理同一也。兩者皆為特定承繼，從何而見其區別哉？

又承繼二字，吾謂只可用於生人承繼死亡人之權利之際。如賞人、受贈等之行為，其性質雖與承繼相同，然只可名之曰變受，且買者吾謂之曰買得，人送我者吾謂之曰受贈[178]，光明磊落，有何而不可哉？因欲襲日學者之區別，遂至將承繼倒為繼承，誠不解也。

第四十一節　片務、雙務

片務、雙務　民法上有片務契約、雙務契約之名，雖無非論之處，然不可不解剖明白也。片者，片面也，一而也。片務契約即片面義務契約之略稱，譬如約汝甘給衣服，領於我，我不出何種有形[179]無形[180]之代價。故汝出衣服之義務，是曰片務，僅使汝一面負擔義務之意也。雙務即雙方[181]負擔義務之意，汝給我以衣，我即報汝以錢，其名亦由略稱而來者也。

第四十二節　債權人、債務人

債權人、債務人　此兩名亦由略稱而成。債權即債之權利，債務即債之義務。有債[182]之權利者，略稱曰債權人；負債之義務者，略稱曰債務人。日法用債權者、債務者之名，其意無異。因我國用者字為虛字眼[183]之處甚多，為避免混淆，故改用人字，此得其宜者也。講演上雖不限定說人說者，然審判上不可不根據條文單用人字也。

---

[177] 原註：例如子女、親姪、兒婿。
[178] 原註：他給我的。
[179] 原註：財物。
[180] 原註：勞力。
[181] 原註：兩面。
[182] 原註：不專指金錢之債，請參看債權法。
[183] 原註：助詞。

第四十三節　原素、要素、偶素、常素改名之曰條件、要件、偶然條件、通常條件

原素、要素、偶素、常素　素者，精白之絹也。清淡無花紋顏色之意。除此二義而外，別無解釋之道。然日人於法律學說上用原素等字之名稱，如何解乎？留學生雖明其意思，然不解其取義，故依然盲從用之，不能換以適當之字樣也。

原素之中，分為要素、偶素、常素之三者，容余一一解之。日人之取義，以為素者，白絹也，絹由生絲而成，生絲之色原為白色，是其天然之本質，故以之譬喻於事物，謂一事一物必有其原來[184]之本色。無本色，則不成其事物之意也。譬如為人，則必具有五官百骸之本色，不然者，直一禽獸耳。又譬如作一教書之事，則必具有口講或筆告之本色，否則不成其教書之事也。

此本色[185]即內容之意，二者原無區別之理，故易原素二字為內容二字，亦甚恰當也。但為講述之簡便，圖其圓活而不累，則甯用條件二字為相宜。條件之中，有重要條件[186]、偶然條件、通常條件三種。重要條件即非具備不可者也，國際法上有曰：國家以主權、人民、領土三要素[187]而存立。蓋領土、主權、人民三者，為國家必須具有之本質[188]，缺一則不可謂為國家，只可呼之曰假國家，或呼之曰部落故也。

通常條件即通常不待言而當然應有之本質[189]，譬如既號稱曰國家，則通常必有法律政務等事，不待言而具備者也。偶然條件，即偶然出現之本質，如國家偶然與外國戰爭，方能保其生存獨立是也。欲食飯則下飯菜為重要條件，米、椀、箸為通常條件。因患病欲食素菜，則素菜為偶然條件，但宴客之佳餚美酒為重要條件，不可誤其為偶然條件也。

---

[184]　原註：即天然。
[185]　原註：即本質。
[186]　原註：略曰要件。
[187]　原註：要件。
[188]　原註：內容。
[189]　原註：條件。

第四十四節　取立[190]

取立　此二字在日文中，因用處異而意思不同。余不識其取義所在，謹舉例以明之，願譯書者勿照原文抄寫為要[191]。日本戰時國際法中有曰取立金（Contribution）者，係翻譯西洋文而來。此取立金是何性質乎？當國家戰爭之際，戰勝國之軍於占領地徵取於對手國之人民者也，間亦有徵取於中立國者。去歲青島之役，日軍徵取之於我魯人其先例也。其本質中含有強迫力，占領地之人民絲毫不敢抗拗，非供獻之不可。即如國家對於人民有強迫其服從之公力無異，以上命下之行為也。

徵取、徵取金

徵取、徵取金　故在此處之取立，吾解其為徵取之意。取立金即名之曰徵取金，徵取之義即以強力徵取之意。所謂無義務之權利也。雖翻譯前列西洋文亦當。民友社出版之二十世紀國際公法[192]，間接譯之曰賦金，賦斂行為雖含有強力，然賦斂係平常行於本國人民之間者也。與一時不問青紅皂白加強力於占領地人民之行為，稍有不同。故不如用徵取二字，方足以表其性質之強硬也。

徵課　至國際法上所謂之徵發，余改之曰徵課。民友社國際公法[193]照本寫譯之。余敢批其不當，徵發之發字，因與徵字相聯而不通故也。日本商法中亦有用取立二字者，其會社[194]編第九十一條清算人[195]有「取立債權」之職務。

索取　此處之取立與前述國際法上之取立，其意思大不相同，應解作索取二字。蓋前述者有強迫性，此則為平等行為不合強迫之意也。其所謂取立債權，即索取借出賬項之意。又其民法債權編，亦有用此二字者，

190　早期日語借詞，已淘汰，今作「收取」。
191　原註：只見於譯書中。
192　原註：四一六頁。
193　原註：四一三頁。
194　原註：公司。
195　原註：吾法曰清理人。

亦係索取之意。奉勸不了解者，勿妄譯書詐欺取財，違背者不獨法律應加以相當之罪。原著書人且將責問賠償也。近來人已多半於書中標明禁止翻譯字樣，恐譯誤其本意，致傷名譽故也。譯書者其勉之慎之。余輩不敢妄譯者為此也。

第四十五節　損害賠償

損害賠償　吾國人喜以頭行地，前已屢述。損害賠償即賠償損害，並無何種理由可言。日文作此語即如標題所書，若作長句文，則將ヲス減却。吾國人不察，遂同化於人矣。

第四十六節　各各、益益[196]

各各、益益　妄譯書者之譯文曰：祭有五人，各各執行其事。此種狗屁文章不獨我國自來未見，雖在日人亦無作者，蓋由不切實了解日文之故誤譯而成之也。日人讀各字有雙音，其「々」點非重書漢字之記號，乃重書日文之記號。譯書者誤其為我國重書第二字之記號，是以有各各連用之狗屁法也。日人用之「々」點。從何見其非重寫第二漢字之記號乎，不可無證明之例，其重寫漢字之記號，必用「々」者，是其證明也。余改前列譯文曰：祭有五人，各執其事，當乎否乎，益字亦同此理，不俟贅言矣。

第四十七節　法人

法人　法人為何？民律草案第一編第三章有其規定，茲謹簡單言其性質並其種類，以供好談者之資，勿誤其為何如物也。法人者，得法律承認其人格，能為權利義務主體之人也。民法上所指者，係除開自然人[197]專對於無形之死物，即不有肉身形體者而言也。因世代開通、思想發達，應社會必然之勢，不專限對於自然人[198]方承認其人格。雖無形體之物，法律

---

[196] 早期日語借詞，已淘汰，「各各」今作「各自」；「益益」今作「越來越」。
[197] 原註：即天生人。
[198] 原註：活人。

亦可承認其人格，使得為權利義務之主體，以圖社會之發達也。故因法律而認定者，名之曰法人。至論法人本質之學說，則現今有屹然對峙之兩派，不見有何優劣。

擬制 一任學者之採取，法蘭西學派多主張法人為擬制之說[199]，其說曰：「法人為一無形體之物，不過因自然人或事物之集合而成，然其存在，非得法律承認其人格，則不能為權利義務之主體，既不能為權利義務之主體，則不得見發生於世。故其所以得名為人與自然人並立者，不可不謂其係由法律擬定而成者也云云。」

德意志學派多主張法人為實在之說[200]，其說曰：法人決非法律之假設物，乃為人間共同生活必然之結果而存在者也。易言之，即由組織法人之實在自然人集合而存在者也。法人之意思原為多數實在人[201]之共同意思，不過依法律承認之集合機關而行動者也，其得名之為人，能為權利義務之主體者，不外以多數實在人固有之名與多數實在人固有之權利義務主體共同集合而為一個者也，決不可謂為法律擬成之也云云。

日本民法[202]係採擬制說，然其現在之學者多主張實在說。如有名之富井政章博士[203]美濃部博士輩主張尤力。美氏行政法總論[204]中有一最強之譬。其說曰：「主張法人為擬制者，恰如欲掛衣者，因無可掛之衣鉤，假定其為有衣鉤，世有如此之謬事乎。雖以如何巧妙之法律擬制，亦斷無由無中生有之理，彼無意思者，即無意思。雖依法之力，亦不能使其有意思者，猶如不能使男為女也云云。」觀此似其得當，無可批駁之餘地。雖然未可盲視聾聽於一面也，凡欲附和何說者，必須獨立引一例證，方足以表示吾欲採取之理由，若漫然人云亦云者，猶曾參之母盲聽塗人言耳。

觀美氏為一學說大家身分所舉之例證，殊堪佩服，其理由不與他學者從同故也。吾國之求學者則不如是。苟見人說有一理由，即吠聲附和，漫

---

198 原註：**不過因自然人或事物之集合而成；非得法律承認其人格，則不能為權利義務之主體；由組織法人之實在自然人集合而存在者也。**

199 原註：即擬制說。

200 原註：即實在說。

201 原註：自然人。

202 原註：三十三條。

203 原註：是氏所著民法總則一八六頁以下已有妄譯之書。

204 原註：五五九頁。

不研究其當否，圖詐欺取財者，即胡亂翻譯出之，不顧流於國人之害與夫原著者之名譽，言之可恨可恥，前後留學法政於外國者何止數千人，曾未見有何人著一書出版之事，以號稱留學生中之四傑者，尚有其一妄作誤譯之舉，在他國有如斯之罕聞乎[205]。

我民律草案[206]取法人為實在之說[207]，自是由起草者所受之影響。雖因見地不同未可非難，然余輩尚有研究之餘地，其詳讓於異日之專論。次再舉法人之種類，法人有公法人、私法人之兩大別。

公法人　　公法人者，公法上之法人也，非民法、商法上所指，如國、省、道、府、縣、自治團體皆是，此屬於行政法之範圍，茲不贅及。

私法人　　私法人者，私法上之法人也，即民法、商法上之法人。

社團、財團　　吾民律草案[208]襲日本民法[209]分私法人為社團法人、財團法人兩種，此實盲從不可言狀。社者，眾多聚集之意，據康熙字典考之，二十五家為一社。社團即多數人聚合成為一團之意。法人之本色，既係必由多數人共同集合而者，前述兩說皆無異議，而此復加以社團二字表示其為集合之意者，試問理由何在乎？

誠如此說，則不可包括謂國、省等為公法人，應易之曰國公法人、省公法人矣。然國、省之本質已包含於公法人三字之中。既有公法人三字，復加之以國字，則其為蛇足無疑。社團二字亦與用國公法人之名稱理法，同一矛盾，是不可取也。考社團法人之性質，係以營利為目的[210]者也。吾法雖照日法規定經濟的[211]社團法人與非經濟的社團法人兩種[212]。

營利法人　　然社團法人只有作營利事業者[213]，決無作公益事業者，若以公益為主眼者，則又人於財團法人之範圍矣。故余直欲改名社團法人

205　原註：美氏行政法已禁止漢譯。
206　原註：總則三章。
207　原註：請看其說明書。
208　原註：第六十條。
209　原註：第三四條。
210　原註：此名可取前曾說過。
211　原註：此三字吾不解日法用營利二字。
212　原註：第二節說明書。
213　原註：如商業上之公司及圖發達之農業會、漁業會、鑛〔礦〕業會等。

曰營利法人，標明其性質，避社團二字與法人二字之矛盾，不識研究法學者，以為如何？吾民律草案[214]又照日法擬訂一曰財團法人者，此財團二字，係表明其性質，與法人二字固不矛盾。

公益　　然有不近人情之點，現在學者之解釋口：財團法人者，集財物為一團而成之法人也，無財物則此法人不見於世。是其專以財為主眼，其所作之事業，亦單在乎公益，不作公益者，則屬於社團法人之範圍，且未有何國規定許財團法人作營利事業之法律。

祭祀、宗教、慈善、學術、技藝　　故財團法人之本質，即可曰以集合財物作公益事業為主眼之法人也，其種類甚多，可概舉者，如作關於祭祀[215]、宗教[216]、慈善[217]、學術[218]、技藝[219]等類公益之法人是也。余謂其用財團二字，與以財為定其生存之解釋，實仍不當。夫財[220]者，死物也。雖會集千萬，亦依然如故，決不得為法人作權利義務之主體，是其非依自然人則不能活動也明矣。

譬如一施粥會，非有幹事、會員董理其事，活用其財物[221]，則其施粥會從何而見有成立之理哉？既無生人輔助，即不成立，則決不可謂其係純由財團[222]集合而成者，不容絲毫強辯矣。誠如解釋論，苟有財物即見法人之成立。試問吾以千金置於無僧、無住持之荒廟，作為興辦宗教公益之捐歂，其法人亦能自然而成立乎[223]？余知必以無此理為答也。既無此理，則財團法人之名與專以財物定其成立之學說，當然消滅矣，且也主張法人為法律擬定而成者[224]，猶有可以假定財物[225]為人格之理由。若主張法人係由實在之多數自然人共同集合而成者[226]，則將何以自圓其說耶？可謂矛盾之

214　原註：總則編第三節。
215　原註：譬如醵資祭關帝或有名之鄉賢名儒等。
216　原註：避如耶穌教、觀音教、玉皇教等。
217　原註：譬如施粥會、救生會、孤兒院、病院、防疫會、消防救火會等。
218　原註：譬如學堂、圖書館、宣講所等。
219　原註：譬如手工陳列館等。
220　原註：即金錢與有價值者。
221　原註：如使人買米作粥放施等。
222　原註：多財。
223　原註：即其荒廟能自然變為新廟乎？
224　原註：即取擬制說者。
225　原註：死物。
226　原註：即取實在說者。

甚矣。吾民法既取法人為實在之說，而一面復規定財團法人者，可謂太不加思索之起草也。

公益法人 日法因取法人為擬制之說，其所規定之財團法人，猶有解釋之道。在我法請問託於何辭耶？余考財團法人之目的，係專在公益，於是直欲改名之曰公益法人，一面可明其性質，一面可覆其不近人情之點。夫作公益事業之法人，其內容必然含有財物，無財則公益事業不能舉，此不待以財團二字表示其本色。人人皆得而明也。若聚數十人立於街衢作講演善事之公益者，其非法人，毋庸具論。蓋欲設立公益[227]法人必須經主管衙門之允許[228]故也。當其聲請時，主管衙門必然調查其具有第一百四十四條之五種要件與否者也，此五種要件之第四項即財產之要件；第五項即董事之要件；第二項即事務所之要件。故立於街衢作講演善事之公益者，不能名之曰公益法人，單有財產而無董事者，其公益法人亦無由成立。又單有董事而無財產及其他之要件者，公益法人亦無由發生，總之缺一要件皆不能也。至公益法人[229]之第一要件為目的，然其目的非指為公益之目的，抑為私益之目的，乃指如前舉為祭祀之目的，抑為宗教之目的者也。蓋欲設立為作何種公益事業之法人，必當確的聲明於官廳故也。駁者曰：吾國民律草案，財團法人之說明書中，分財團法人為為公共目的者[230]與為私益目的者[231]之兩種。是決不可單名其曰公益法人也明矣，焉可率爾改稱之哉？答曰：吾民律草案原係自相矛盾不成章片者也。查各國民法未有規定私益目的之財團法人者，苟以私益為目的者，則入於營利法人之範圍，前已述矣。此為起草者特於吾法所開之新理由也，依其所舉之例，如以救助親屬為主眼而設立之法人，雖不能謂其為營利法人，然此種法人實歷史中未曾一見者也。世間豈有專為救助親屬，特依第一百四十四條具備五種條件，呈請官廳允許其設立一法人之事哉。吾苟有救助親屬之心，則可直接一一予以財物，未有特設一長久法人，置事務所並選定董事，使其分贈財物於親屬或募集勞力人幫助親屬之理。至於雖有以家

227　原註：財團。
228　原註：民律第一四三條。
229　原註：財團法人。
230　原註：如學校、病院。
231　原註：如救助親屬。

塾[232]為私益財團法人之例可舉，然家塾不能得法律認其為有人格者也。考各國均無承認家塾[233]存在之學制。吾國今日猶有一族一姓之家塾者，僅為沿革之餘息，法律不加干涉而已，斷未有特認其為一私益法人，使其長久存在之理也。

且家塾之事業，不過在教養自家之子弟，兼而及於貧苦之親戚子弟耳，其性質與自謀自之生活無異，是更無從得為法人之資格矣。縱然必欲使其成為法人，亦只相近營利法人。然私塾非向外部圖謀利益，僅在內部計其發達者也，故謂之曰營利法人，亦非也。由此言之，如救助親屬以私益為目的之法人不能發生，僅有公益法人與營利法人二者對峙存立於私法人[234]之中耳。

尚有一言者，公法人與公益法人迥不相同，不可誤會。公法人之性質已如上述，屬於行政法之範圍，專作關於國家公法上之行政事務者也。至於公益法人則其所行者，仍為社會上之私事，不過其上眼在公益耳。

第四十八節　姦非罪[235]

姦非罪　吾暫行刑律第二十三章及法制局新擬訂刑法草案第二十一章，規定一名曰姦非罪者，此係對改日本刑法第二十二章而來。日本刑法第二十二章係規定猥褻罪與姦淫罪兩種。我刑法起草諸大家在此卻[236]不欲效人，於是改名曰姦非罪，欲以一非字包括猥褻罪於其中。此所謂當然而不然者也。

觀其理由書，亦並無說明起名或改名之所以。考舊時刑律，亦未有此種名稱之成例。吾刑法既係效日本刑法而起草，其條文中復用猥褻與姦淫之字樣[237]與日本刑法之內容毫無所異。獨於其名不用猥褻與姦淫之字樣，而其所用之非字，又於條文中不能偶一表現，可謂名實不相符合者矣。吾國各法起草諸君，往往作如是背謬之舉，究不知據何見解也。當取於人者

232　原註：如紅樓夢中之賈氏家塾。
233　原註：即私塾。
234　原註：私法上之法人。
235　早期日語法律專有名詞，已淘汰，中華民國已於109年刪除通姦罪，今可作「通姦除罪化」。
236　「郤」，今作「卻」。
237　原註：請看暫刑律第二八三條以下。

而不取，不當盲從於人者而偏盲從之，嗚呼，已矣。

夫姦淫二字與猥褻二字，不特應使其獨立相連，方足以符其名實，且吾人日常談論之間，亦多作姦淫罪與猥褻罪之慣語。是起草諸君既作名實不符之舉，復違背乎自然成例者明也，豈可減省標題字母而晦其內容哉？余謂非照日本刑法改用姦淫罪與猥褻罪之名不可，蓋治罪法之一名稱，皆有使世人生懾伏[238]心之威力故也。觀重婚罪一名，足以使大老恐懼可知矣。

姦淫罪、猥褻罪　　余謂非照日本刑法改用姦淫罪與猥褻罪之名不可，蓋治罪法之一名稱，皆有使世人生懾服心之威力故也。觀重婚罪一名，足以使大老恐懼可知矣。

第四十九節　重婚罪

重婚罪　　重婚者，一人已有正當配偶，現猶存在，而復與他人結婚之謂也。民律草案第一千三百三十五條有禁止之規定。故刑法有懲治重婚罪之條[239]，此項罪名，各國法律皆有其規定。吾國刑法草創在後，故宜效之。舊時刑律從未及此，雖屬缺點，然古代人處世純樸，尚節義，重廉恥，女不事二夫，成為千古不磨之性。男子雖間有聚妾媵者，然率皆為子嗣計，不得不然耳。從未有如近世頹敗不堪之狀。故雖無制裁之法，亦未見其害也。

迄於近代則大謬不然，人人皆談自由結婚，形同苟合。今日與甲為配，明日復共乙為偶，甚有娼妓嫖夫之不如，人格賤如糞土。節義直若從無，其頹敗之風可勝言哉。各國法律文明，有鑒於此，一面欲保其人權平等之自由，他面復欲滌除國家社會之弊害。故於民法規定許可離婚之救濟方法[240]於刑法規定懲治重婚之罪名，兩得其宜，去害而適理，法之善莫此若矣。是吾國正宜效之。凡談法律者，亦所贊許也。法制局後所擬之刑法草案[241]亦如舊不變，正謂可喜。孰知參政院以數人之意旨，竟將重婚罪之

238　「懾伏」，今作「懾服」。
239　原註：暫行刑律二九一條。
240　原註：吾民律第一三五九條以下。
241　原註：二七三條。

條，議決去銷乎。

　　參政院無議決民國法律之權，固不待論。然以現在之情狀言之，苟由命令而出者，吾民有不得不遵從之概，無對抗力而有服從義務故也。但我輩為民者，雖無對抗之實力，然有口筆空論之自由，且一國所訂之法律，未有不經民間私人之議論而得徵於完善者也。我國學法學者，雖為數不少，然真能發一議論者，寥若晨星。觀民國二年，以議員之多、時日之久，僅僅數條憲法之草案，且無成立之望，卒之遺憾。

　　至於今日可知矣，然則參政院何以以十餘名參政及旬日之久，遂能將重婚罪之條議決廢止乎？曰不外因彼等疾此如仇讐所致故也。蓋吾國政界中人，上自大總統[242]下至書記錄事，什九皆備妾媵，而尤以大老所充之數為多，日日以粉白黛綠者為娛樂，誤國殃民，此亦媒介之禍首。至於富翁浪子如斯者，亦所在皆是，流毒社會、頹敗良風，合而言之。未嘗非速亡家國之畢命湯也。刑法雖有制罪之條，尚恐拯之不及，而參政院諸人及各大老，只顧一己切膚之害，不問長此流毒無窮，遂毅然刪除之，以圖免己知法犯法之罪。其實縱不刪除之，亦有刑不上大夫之保障，且法之效力不遡[243]既往。彼等故未知耳，加之民法上所指之婚姻，係對於適法而成者。若未照第一千三百三十九條呈報戶籍吏者，無論何種婚姻，皆非法律所認之婚姻，僅為事實上之婚姻耳。事實上之婚姻，雖有千百，法律無干涉之權力，亦無保護之義務。人縱重婚，苟不呈報戶籍吏，則法律與其毫無涉也。彼輩不知此理，只以為一經重婚，無論為事實上者[244]與為法律上者[245]，即可獲罪。故必欲刪除之方可安枕也。殊不知事實上之重婚，毫無妨礙焉，不過不得享法律之保障而已。夫聚一妾，必欲保障何為乎？蓋彼輩又聞談法律者之言，婚姻無保障，則其妾雖與人逃跑私通，法律亦不管理，卒至無保存之道，故更惕惕不安於心，非欲刪除之不可也。吁號稱經驗家之輩，不免貽不察事情之譏耳。

　　無論為妻為妾，若自不能管理或臭味不投，斷未有不生出事端之理。既與人私通或與人逃跑，已成覆水難收之勢，為其夫者，欲離開之，避戴

242　原註：今歲三月聞大總統第八如夫人生一子。
243　「遡」，今作「溯」。
244　原註：即草草成事。
245　原註：正式結婚。

綠頭巾之不暇，尚有欲告訴自彰己之好名譽者哉？以此言之，何必斷斷於法律之保護耶？若謂名不正言不順，則不能立妾為正夫人，故必須法律保護乃可。此更為不知事情之言矣。夫人至欲立妾為正時，則其厭惡其妻之深，已不言而喻。其妻亦因之怨恨其夫者，情理皆同。既如此，則何不根據法律與妻離異，再與妾為正當之婚姻乎？未有一面欲存厭惡之妻，他面復欲聚愛寵之妾者也。若係老妻，並無惡感，非存留不可。不過他面欲聚妾以行樂者，已如前述，其妾何必須法律之保護哉？由上言之，雖聚妾千百，亦足避重婚罪而有餘。觀日本雖執行法律甚嚴，而其諸大老仍備妾媵不少，曾未聞出一重婚罪者，即不圖法律保護其妾故也。我國人慣於傚倣[246]，何不借例於此乎？且妾之為妾，嬌寵無匹，稍不如意，即怫然欲奔，雖王侯將相亦難阻止，豈以區區法律遽可留存哉？縱可留存，然美人終日不笑，娛樂亦無由生矣。彼老經驗輩不思及此，竟冒不韙而毅然刪除多數人賛[247]成之法律，徒資革命黨一口實而已。即彼起草之日本岡田博士，亦頗滋不悅，嘆中國人不能享受文明法律，將從此不欲幫助矣。嚴復輩只知趨勢求榮，於是大聲倡導一夫多妻之制，條舉古時某人有幾妻、某人有幾妾，猶不獨此。復翻譯西洋顧問衛氏所著一夫多妻制之一書刊行於世，俾人有所藉口。吁！顧問者、顧問金錢耳，豈可曰顧問法律哉？投汝之所好，對其所受之金額欲不愧而已。試問今日各國有行一夫多妻之制者否？若謂吾國法律非必須倣效於人，自欲倡一獨立之制，此固未嘗不可。然彼輩所倡者，太不平等，未可取也。

若必欲取之，則非更讓余輩倡導一說不可。考刑法[248]所定之重婚罪，非專處罰重婚之夫，兩造皆包含者也。更徵於民律草案第一千三百三十五條之說明書，亦無絲毫之疑議[249]也。殊彼輩所倡導者，僅為一夫多妻之制而無一妻多夫之制，其不平等有甚於此者哉？女子須守節，獨男子可放縱無度，此不獨非法律文明時代所宜有，即在中古崇尚氣節時代，亦鮮見者也。吾國自古有夫服妻喪期年之制，無論何項喪期中，不得行嫁娶典禮，此為千古不磨之定例。夫於妻之喪期中，亦不能再與他人結婚者也，其平等可想而知。近世風俗衰薄、禮義廉恥摧盡無遺，故妻可再醮，夫可多娶

---

246 「倣」，今作「效」。
247 「賛」，今作「贊」。
248 原註：暫行刑律二九一條。
249 「疑議」，今作「疑義」。

耳。此種惡風，姑且措之不論，專就自由平等方面言之，豈有夫可多妻，妻不可多夫哉？同為一人，誰不知行樂耶。吁彼輩蓋不思之甚矣。

人有一妾，遂至全家不睦、妻離子散、醜行百出、貽臭無窮。此吾國社會必然之勢，不待縷述而明。彼紂王、晉獻公、周幽王因妲己、離[250]姬、褒姒而殺身，以至於傾家國，及九泉而不悟。昏君行樂，固有甘願傾城傾國之美談。殊不顧貽禍伊於胡底焉。我國人當此釜底游魚之際，上下同聲日呼救國。而心裡依然暗昧如故，幾何不見其亡也耶。

考古代君王雖有三宮六苑之制，然係表其至尊至貴之意，非真以行樂也。明君賢主往往引此為誡。古訓昭垂，斑斑可考，上古雖無治罪專條，然有節義之風，以作範圍之具，犯者固不受切膚之苦。而世人之貶責，更重於今之四等以下有期徒刑矣。嚴復輩號稱新學家、時務家，何竟助長國家社會之害惡耶？或口利令智昏耳。誠然誠然，夫必欲娶妾行樂者，已如前述，有種種之救濟方法，尚何必刪除重婚罪之條哉？且余更有一可以減輕刑罰之條陳。吾刑律[251]係照日本刑法第一百八十四條規定而來，不應改重為四等以下之有期徒刑，仍可一依日法改訂為二年以下之徒刑。若此則罪刑可以減輕至於拘役[252]，拘役復可折算罰金。雖出數十百圓，無何痛癢，豈非甚善之一救濟方法哉。惟吾民律草案第一千三百六十二條所規定之一面離婚原因，係取日本民法第八百十三條所規定者而來。彼法共有十種，我法只能效法其九。然起草諸君未知思一改換其第十種者，此救濟方法之缺點也。譬如一人已有一妻，且和睦無比。惟因不生子息，至有不能重婚之憂，何謂耶？圖生子息之重婚與娶妾行樂不同，非呈報於戶籍吏，則以後所生之子，不能認為法律上所謂之家生子，僅為事實上之私生子而已。既為私生子，則親族間有攻擊之口實，至不能遺存其財產於親生之子。若欲免此弊，呈報戶籍吏享法律之保護，則必被處重婚罪無疑。又若圖免此罪與妻離異，無本條規定之九種原因，則一面不得獨行故也。故余輩主張改訂日法第十種離婚原因曰：若干年[253]不生子息至不得已[254]時，准其離婚，如此則救濟之道無窮矣。若謂夫妻和睦不忍相離，一面復有圖子

---

250 「離」，今作「驪」。
251 原註：二九一條。
252 原註：刑律第五七條第三款。
253 原註：余以至四十歲為宜。
254 原註：即有絕後之恐。

息之不得已，此亦未嘗無救濟之道。名照法律離異，實為同居之舉，原非法律所干涉者也。至謂係一賢妻，不忍使其如此受屈，則當以節義為重，雖至絕嗣，亦不可作負心人矣。法蘭西皇帝拿破崙曾因其妻不能生子，卒至離異，再與奧國公主行正當結婚之典禮。不然，名不正言不順，故也。披觀往史，妾媵之禍歷歷在目，何國何人無不知之。吾政界中人，見害不除，復從而效之，嗚呼，已矣。老者日斥青年愛嫖不立，而已則充滿妾媵於室，是豈教人之道哉？

第五十節　經濟

經濟　經濟之語，吾國自古文章中亦有其用法，多聯曰某人有經濟才云云。此學國學者理所當知，不待鄙人贅述於此。然現在所謂經濟之語，與昔不同。政治學科有曰經濟學者，日人翻譯而成之也，其意義即曰經國濟民之學問，縮其範圍言之，即與個人經營事業以濟一己之生活無異。民為邦本，無本則國不立。故其所謂經國濟民之語，即經營國家事業以濟民而謀其生活存立之意，不濟民則國家不立故也。以國為主體而言，與以個人為主體而言，皆無不可。其意思本來通順，無饒舌之因由者也。

雖然我國新人物一用則大謬不然，動曰經濟困難，又曰不經濟，前語猶能解釋，後語請問是何意味乎？譬如李鴻章向曾國藩函借銀圓三百，曾覆曰：「現在經濟困難，不能如命。」此其為意，即現在手中拮据不能如命之語，猶可通也。然現在一班人所用者，則非此意，竟有以經濟二字視為銀錢二字之概，譬如云經濟缺乏，不能舉辦某種事業之語是也。又不經濟三字之語，梁大文豪亦喜作之。梁之演說中，時有曰：「現在人才不經濟」云云，此不經濟三字所示者何耶？余輩淺學蒙童，殊難索解，只得強釋其意思曰：「現在人才缺乏」，不識閱者以為然否？彼所作者，係漢和[255]合併文章；余所改者，係大漢獨立文章，主觀不同，故未可非難彼也。不經濟三字之語，猶有一用法。譬如北京米糧貴、天津米糧賤。人有欲向北京買米者，告之曰：「天津米價甚廉，汝往北京買，豈非不經濟乎？」此不經濟

---

[255] 原註：日本別名。

三字，即不合算之意，又為不知打算之意，追其蛛絲馬跡，即不懂經營之意，語病至此，可謂深矣。國人日日同化於人而不覺，悲夫。且不經濟三字之語，日人亦從未用於談說之間，不過偶爾見諸紙上耳。何一效人即更有甚於人者耶？總之，經濟之義，即經營人間一切財用以濟其生活之意，不可誤會於他也。雖然，余於此所言者，係其意思而非定義，至於經濟學之定義，今尚議論分岐，下判斷之人，恐未曾出世焉。

第五十一節　條件付之契約

條件付之契約　又來說倒走路支耍戲矣，未免太無趣味。單刀直入以破之可也，舉日文之例於左。

條件ヲ付スルノ契約

正譯之則得如左

附條件之契約

譬如兩造皆承諾結婚，惟女子附一條件，須其夫得蒙大總統召見之日，方允成禮之契約是也。

第五十二節　働[256]

ハタラキ
働　先問改造聖經者，應得何罪？以余之見，主張大辟，不識尚有欲加重者否。附和者與正犯無異，亦非處以死刑不可。日人於動字加一人旁，取其為人之勞動之義，欲以與禽獸草木之動作畫一區別者也。國人盲從書之、道之，可恨孰甚，其不近人情之處，何可勝言？

動字左面為重，從音也；右旁為力，表其本面目也。無力則不能動，草木之動藉於風力，其動一也，從何而可區別人與草木鳥獸哉。蓋日人以為一寫人旁之働字，即可悟其為人之動作，未免於漢學缺通矣。留學生以

---

[256]　早期日語借詞，已淘汰。

為彼所改造很有道理，故帶著香荷包回國以贈同人，附和之罪，不得而辭也。至日人字典中解為伎倆才能能等意，更叫豈有此理。試問我漢文中有此事否？總之奉告國人，須知吾固有之本來面目，萬不可容他人加金點或圖黑質者也，才能有才能之字，伎倆有伎倆之字。烏可棄正夫人而不就，偏作山坡野路之苟合哉？

日人添造漢字極多，不勝枚舉，如以軈[257]字作為須臾之意。在彼固謂取義有理，然在我亦可曰可乎？彼之意以為須臾者，轉瞬間之謂也，其時間極短，故形之以軈字，取應身而倒之意也。

第五十三節　　從而如何如何[258]

161　**從而如何如何**　　此從而之文法，係不切實了解日文之留日學生照直翻譯而成者也。學校之講義文與騙錢之翻譯書中，最見其多，我固有之文法中，亦未嘗不有，但用法不同、意思亦異，未可混為一談者也。謹於次舉證我固有之用法與日文之用法。

王大之父既已傷人，其弟又從而殺之。此我漢文用從而二字之法也。然從而二字必置於語句之中，斷未有在語句冒頭之理。此處從而二字有加更、附和、盲從之三意者也。國家ハ、商人ニ重ク關稅ヲ課ス從ツテ[259]（隨）商人モ其ノ商品ノ賣價ヲ高クニ增サシム。

162　國家重課關稅於商人，從而[260]商人亦增高其商品之賣價。

右列為日文法與漢譯之雜種法也。吾漢文中，自古未見有如此用從而二字者，且其所用之從而即隨而，更為奇怪，此由於不十分透解日文之過也。此處從而二字，即因而與於是之兩意，國家重課關稅於商人，因而[261]商人亦增高其商品之賣價，請問當否？

---

[257] 和製漢字，「片刻」、「即將」、「幾乎」、「大約」的意思。
[258] 早期日語借用語法，已淘汰，今作「因此…」。
[259] 原註：而。
[260] 原註：隨而。
[261] 原註：於是。

第五十四節　支拂[262]

支拂　シ ハラヒ　此二字日人用為支付之意，其拉雜之可笑，何值一言？乃留學生在東寫說既久及回國之後，亦竟忘其所以，有公然出之於筆者。人雖嗤之而不覺，余在北京學校時，竟有經濟學教習江甯某編於講義之中，及其講述時，依然解為支付之意，特忘却改正字母耳，此非盲從他人者可比，乃受毒至於忘形也。

第五十五節　獨逸或瑞西[263]

獨逸或瑞西　獨逸即現在事業錚々有聲期望為一大帝國，從去歲[264]大戰至於今日，尚絲毫不屈之德意志帝國是也。獨逸二字，係日人所翻譯而成者，日人讀逸字有意疵兩音，故與我國所譯者無大差異。然則人家事，余何為多嘴欲論及乎？因余曾見忘形教習編於講義故耳，其譯音之當否，固不必論。然本國人未知者，以為又是一國之國名，因此時生誤會，其影響亦頗不小，且一國之事，無論何項，皆宜統一不岐，否則分崩滅裂，未能圓轉自如也。觀日人能守統一之心，殊堪佩服。凡翻譯吾國報紙，未有不純然改變彼所用之名詞章節句讀者也。瑞西即吾國翻譯之瑞士，彼讀西曰「ス」士故也。

第五十六節　衛生

衛生　衛生者，保衛生存生活之意，名詞字義皆通順不謬，本無鼓舌之來由，然余欲藉此表彰違心論一則，以杜妄肆簧鼓者之口，而洽攻擊派之歡心焉，矯情之新人物，動曰外人極重衛生。雖冰天雪日，亦以冷水沐浴，且不多被厚衣。吾國人皆宜效之，以保健康云云。吁此，王孫公子不知天高地厚之說法也，不揣理論、不察事情、不知氣候、不懂原因，容余一一闢之，以為非難者之一助。

262　早期日語借詞，已淘汰，今作「支付」。
263　早期日語譯詞，已淘汰，分別作「德國」、「瑞士」。
264　原註：民國三年。

165　　夏葛而冬裘,形歲之寒暑也。寒暑之氣候不同,一冷一熱,如水火之相背,三尺童子無不知之。夏而使其裘,冬而使其葛。試問誰謂之曰可?外人雖如何講究衛生,亦不能冬日衣葛也明矣,至薄其衣而沐浴涼水之事,雖誠有之,然有種種之原因焉。

　　外國萬事發達、物質文明、器用充足,有清潔之自來水以供其用,有高明之醫理以為其防,有滿室之熱汽管以為其煖。出則有蔽風之汽車、電車為其代步,入則有如春如秋之溫室以為其居[265]。試問吾國有此等福氣否?以全國之大,不過數都市有極貴之自來水,此外之地,近山坡者,僅得使用天然清水為足。虫蛇惡獸等之毒氣,皆所不問。近河海者,復求清水而不可得。污泥穢水並雜其間,凡出門者無不嘗過此味,不待贅述,誰不知之。至於近沙漠之地,則濁水已貴駕黃金,雖出烏金三百,猶難買獲清水一盂,如蒙古、甘肅、新疆等處,非可捏言者也。

166　　由上言之,吾國供飲吸之水,尚且不足,其他更何可論。縱單以水多之地而談,然將以供衛生之用者,非清潔之水不可,否則不獨不能衛生,適以害生耳。以吾國天然之毒水與污泥之穢水,雖煎之使用,病毒猶時時發生,何可更責之以生水哉?是不啻藉衛生之名,以尋死耳。次而論吾國之醫理,不獨寥若晨星,有病無人調治。縱有一二,又往往為殺人之術,投井下石,以速其亡。獲區區咳嗽之病者,搜求藥石,動經旬日而不愈。此普通人日常所經驗,不待舉證而明。乃反責其必效外人薄衣而為毒水之沐浴,請問病來以何術治乎?富者尚可延聘中外名醫,中資以下者非束手待斃而何。施醫院全國不上十所,無與外國相提並論之價值。是欲衛生而反殺生矣。

167　　冬令之氣候,因地而不同,南洋與北地有霄壤之別。生長於何方者,方能耐何方之冷熱,此為一定不移之理。西歐各國,除俄羅斯北面而外,率皆氣候在乎中正。吾國有與其相同之地,亦有與其極反之地。是不可不察者也。如蒙陝新甘東三省等處,暫措之而不論。即以河南直隸山東數處而言。冬日之寒氣,已酷烈不可言狀。南人初來旅居者,雖襲重裘炙大火,性命且時時不保,尚可責其薄衣冷浴哉?外國與南省氣候相同,外

265　原註:上指西洋。

人雖如何講究衛生，若一履北地，亦斷未有耐寒而供其生命於犧牲之理。誰見在北京之外人，冬日以涼水沐浴乎？其能較吾國人稍薄其衣者，僅外觀耳，殊不知其自身已戰慄形於顏色焉。且又不知人所穿者為毛織之物，內有織緊之衣，足有厚皮之履。房中有煤炭之大火爐，出外另有敵風之大外套等等焉。吾國之貧者尚勿其論，即衣食充足之人亦不克耐斯寒苦。警察者，講究衛生之首也，理應能耐寒冷，且為一種軍人，更不待論。殊去歲，北京有一警察，身被皮衣而竟凍死於路，是何故哉？誠如矯情之論，益講究衛生者，益可強健身體，則使彼警察易皮而綿而夾或不至於死矣。世有如斯之妄事乎？北京極寒之日，溺甫沾地而成冰，肉皮細者，平常手臉皆至於破裂，試請彼矯情論者一染足於涼水可乎？

不懂天文、不知地理，猶在俄羅斯[266]而夢美利堅[267]。信口雌黃，何不懼人恥笑也耶？彼外人雖有熱汽管繞遍於室，煤火充滿於屋脚[268]，亦斷不能以涼水為沐為浴也。北京等地，冬日之冷水，逢之如刀割，平常手足僵硬不仁，一飲一食，如臨大敵。請問外國氣候比比如何？若謂在北方可不談薄衣而沐浴冷水之衛生，惟以南方為主，則吾亦知病夫而能耐六月之冰雪。粵人而能冬日不穿綿矣，即我黔邊，冬日穿夾者，亦屬僅少。何一至北京綿尚嫌薄耶，矯情談衛生者，可以休矣。試請賣矛盾者，以其矛轉攻其盾，可乎？

次再一言日人所講之衛生，以資國人之借鏡。日本氣候溫暖，全國與南省不相上下，惟北海道一面稍形寒冷，然決未有如直隸等省之嚴酷也，冬不須穿皮，夏不須穿葛。北方人到其地旅居者，甚覺溫暖。冬日雖絕不燒火，亦僅可矣。是在彼地講冷水沐浴之衛生，可謂正得其宜。然余在東京曾未一見冬日有以冷水沐浴者，雖間或有之，然係先以熱水既煖[269]其身，次以涼水澆淋而已，此容易事，余亦曷嘗不能？然故作此癖者，余只見其獲病，未見其健康何在焉。雖然日人自三月至十月以涼水洗面之事，各地均誠有之。然六月之冰，誰不能近哉？矯情論者，謂其係講衛生。

余亦未嘗不欲同聲附和，但以管見測之，彼誠在講衛生，然其衛生，非健康學上之衛生，乃經濟學上之衛生。三月迄十月有八個月之久，減省

266　原註：專制國。
267　原註：共和國。
268　「脚」，今作「腳」。
269　「煖」，今作「暖」。

燒熱水之薪炭費，全國至少可至十餘萬圓故也。十一月至二月氣候寒冷，人不能拗天。故彼復以熱水洗面而講健康學上之衛生，可謂順乎天而應乎時矣。是豈矯情論者所倡之衛生可比哉。余所欲國人講求之衛生，即在乎此。然吾國尚有不能講求此種衛生之勢，洗生水中毒、無良醫調治、小則反送錢於外人，大則有生命之虞故也。夫夏日之熱，誰不畏之？人冰窖猶恐不涼，豈有反欲以熱水沐浴而尋熱受之事哉？故吾國欲講涼水沐浴之衛生，則非趕造自來水不可，又非研究醫學不可。矯情論者，原來只知他人皮毛耳，夫復何怪？雖然余輩欲講究正當衛生者，則與矯情論者所說之趣意大不相同。先以清潔二字為衛生之主，有清潔而後有健康，非侈談衛生即可獲健康也。然清潔之衛生亦不得概以外人為標榜，因事因地各有不同也。夫吾國人之齷齪，可謂世界之特產，而尤以北方為最。自家醜事，何容諱言？然余輩只宜鼓吹刷洗，非可如外化之徒動曰。吾甯作茶房夫役於外國，而不願作官吏於齷齪之鄉里也。其實彼為斯言者，亦係由齷齪之中出生，及其長大，遽作忘本之鴉，可謂無良心極矣。西人最喜潔淨，筱醜亦不讓之。第一注重於飲食，自不待論。

　　蓋飲食不潔，則病可立生。如北方酒館之酒保以汗垢盈於指甲之手抓鹹菜以供客者，不惟見之欲嘔，雖聞說亦可生惡心矣。次而衣服、用器、住居，外人皆極注重，其所以好白色者，以其偶沾污穢，即可顯而易見，急加濯洗，得防患於未然也。如我國竟有數月不一次洗其衣著，人詫為自古未有之奇。又一年僅浴數次者，外國實覺罕有。西洋二三日浴一次，日本每日浴一次。雖似太過，然欲求清潔，則不得不如此也。至於用器居住之潔淨，則日本遠不及於西洋。西洋之便桶，較吾國之面盆似猶更潔一層，言之未免自待太薄。然此為實在之事實，非余一人所得而捏造者也。蓋其便桶為白磁者，下有自來水通過，不須人洗而自潔。即長江之外國輪船頭等艙內，亦有如此設備。出外者諒曾見之。西洋房屋之潔淨，不待鄙人贅述，亦屬可想而知者也。日人之好潔，較吾國又高十倍，其所以不及西洋者，非其好心不若西人之盛。由於物質未甚發達，貧窮過於吾國故耳。其廁所雖非磁盆通自來水者，然較吾國惰女之繡房似尤潔靜。每日

必加刷洗一次，洒[270]以防疫之藥水，未有如我國之臭穢不可向邇者也。輪船、飯館、食攤及講究衛生之家，每餐必用新食箸[271]過後即捨之以燃火，未有如北京以黑箸食飯，烏垢隨手隨飯而粘者也。

我國通都大邑，每早糞大汕便桶[272]於人道，薰臭達於數里。外人拍之以陳於博覽會，傳斯芳香之國，取一等獎賞之金牌。吁吾人自一思思，衛生且可暫置不講。試問能堪此種臭味否？警察原非警察，亦難怪其不管理也。人既以飲食為生活之第一要件，則廁所似乎更比此為重，豈有一家一戶可不設備者乎？此余輩主張非火速改良不可也。日人生活艱難，固知衛生不可不講。然彼猶事事先講經濟上學之衛生，非如我國王孫公子，動以西洋派為標準，不問稼穡[273]之艱難、不問器用之有無也。日本所用之痰盂，僅以自所製之最廉洋鐵盒或粗漏素白瓷瓦器為足，從未見有如我國用五彩花色之極貴[274]西洋瓷者也，且賣處亦不覯[275]焉，何則？彼生活艱難，白又未能廣造，使其價廉，外來之貨無人過問故也。其儉節之風，余謂無國比擬，茲難一筆道盡。前曾謂其每日必浴一次，聞者豈不將謂余言為矛盾乎？蓋有不然。若未到過彼地者，則只知西洋風之洗澡，少需一圓起碼。即我國最廉之澡堂，亦至少不得下於一角。若此，則日人聞之將吐舌矣。不惟不能日日洗浴一次，吾恐終年亦不能洗浴一次矣。蓋彼之洗澡，非如我國必入澡堂送錢也。數口之家，即可自設浴具，藉自來水之便，費薪火而不多。一大桶之水可泡數人[276]，非如我國人各一盆者也。

其人少不能設澡堂之家，則出外洗。每人僅銅圓三枚，不吃煙茶、不設椅坐、不賣食物、不備用人、不要潤派，老實潔淨洗浴，不多費絲毫也。誠如我國所學之西洋派，則非窮死而何。惟其所可非難者，形同牛馬羣浴於河，風俗攸關，在吾國則大不可，北京之池堂[277]是也。但彼之風俗不佳，已成史慣。然一面仍注重於衛生，形雖似池堂，而其實較吾國之上等官堂[278]尤潔，何則？水槽極其寬大，水深三尺，旁有自來水管，浴者

---

270 「洒」，今作「洗」。
271 原註：杉木者不細加修鑿。
272 原註：北京曰馬子、他處曰馬桶。
273 「嗇」，今作「穡」。
274 原註：一圓多一個。
275 「覯」，今作「遘」。
276 原註：泡後出桶外擦垢。
277 原註：下等人浴。
278 原註：官人兒浴堂意。

只泡透其身，即出外擦垢故也。且房屋極其高廠[279]，夏日開窗[280]則無逼氣之虞，冬日閉之又不需地火之費。是在吾國澡堂費一圓而不及此爽快矣。日人之講衛生，先顧問於經濟學。次乃注重於健康學。非如我國藉衛生之名，以要潤也。夫澡堂之打手巾，備陳設、吃煙茶等事，理應撤去，誰曰不宜？又如池堂雖便於下等人，然其污臭不堪言狀。若欲講衛生，則非倣效日人之設置不可。然北京之池堂，原非欲講衛生而設者也。其實我國雖無種種之便利，以至貧者無錢講究衛生，然人苟好潔淨，未有不能達其半分目的之理。彼富翁濶老，非家財不可計數乎，然其齷齪污臭，依然如故。不外不愛潔耳，人不愛潔，因之百病叢生，加之醫學未有發達，不獨每年枉死之人無數，外人一入國境，即起厭惡於心矣。國人國人，可不好清潔乎？長此懶惰終有滅種之痛也。噫！

第五十七節　　相場[281]

相場（ソウバ）　江浙川廣所作之香腸，味極佳美，旅行者多購之以為路菜。每斤價可五角，諒大半人皆一嘗[282]過者矣。惟身居外國，欲食頗不易易。比楊貴妃欲得鮮荔枝尤難，此不待鄙人贅述，可想而知也。然及於回國之後，日日狼吞虎咬，食之厭煩，於是又思外國香腸，且欲以之一餉同胞，以示與己國之異味。遽傾囊倒篋[283]，出其異國所作之相場，以投飲食大學家之所好。彼輩初不解其是何佳味，雖有欲捨之者，然以為外人之事事物物，終由學問研究而來。吾輩自不了解，不可妄加非難，容徐徐考之。自有知其佳妙所在之日，既存此心，於是處處諮訪，偶遇由外國歸者稍道其況，即欣欣然以為前之默想，果然不謬，從此事事皆當崇拜新學家外大人矣，嗟呼！何見之晚也，夫皮酒與紹興酒何擇，而人惟新奇是嗜。至將相場誤當為香腸矣。何則香腸與相場不同？其事物亦大相差別故也。外國之相場非食物，乃指賣買上之行市而言。諸君知之否？

279　「廠」，今作「敞」。
280　「窗」，今作「窗」。
281　早期日語借詞，已淘汰，今作「市場行情」。
282　「嘗」，今作「嚐」。
283　「篋」，今作「匣」。

第五十八節　文憑

文憑　日本謂文憑曰證書，兩者無何區別。名詞字義亦皆洽當，本書似無可說之處。雖然，文憑其物[284]，害吾國人久矣，甚而為亡國之一種原因。吾人不可不興撻伐之師，以正其應得之罪。刑本該乎大辟，奈無肉體可加，只得懇請政府屏諸方外，以杜禍源，絕呼文憑二字之名，自可銷弭無窮之患。若長此姑容，則為鬼為蜮為盜為奸，種亡國之因，收滅種之果，其禍可勝言哉。爰特不揣冒昧，用敢檄告同人，裴然起而請願於政府，務懷不遂不止之概，共相勸勉，各自憤心。目彼文憑小醜為仇敵，慨我人格品位之淪沉。夫如是，則禍可除，亡國之原因可減其一矣。查文憑之種類，有小學以至於大學者、有修業以至於卒業者、有六月者、有一年半者、有三年者、有五年者，其數不　，要皆足以害人。共和成立以後，尤以三年卒業文憑為害最巨，無此者，不惟不能進身末職，雖一交遊之資格，皆不能存立於世。其勢如汪洋之洶湧，如獅虎之怒號，如火山之爆烈，如炸彈之轟拋，央央莽莽、張張囂囂，可羨而復可懼，終為世人之所好。取之不得，竟用金錢以購買，再而不得，直出狡技以捏造，嗚呼！為害之深，何可禿筆以道哉？茲有留日學生芳史一則，錄之於左，以供世人一評。

民國四年五月初七日皇帝誕生大祭日之前日[285]，留學東京明治大學大學部政治科葉江楫貼一上同學友之書於校友會墻壁曰：

> 法政商三年級諸君，鑒事急矣，交涉險惡，國際風雲，岌岌可危，近日報紙諒皆閱覽，不待鄙人贅述也。假使一旦國交斷絕，戰禍開端，凡我國人，居人宇下，不獨生活攸關，抑亦勢所難留，固知非西返祖國不可也。然同人等卒業之期，僅距兩禮拜之久，遽爾遄歸，未免躁急。若待期而試，又為勢所不可，進退兩難，不知何似。江楫尋思兩日以來，無何善法，僅知有一成例可援，擬向校長要求照辛亥革命往事，豫先發給卒業文憑，庶為兩全之道。江楫原非以區區一紙為至尊至貴之

---

[284] 原註：一張紙耳。　　[285] 原註：六日。

寶，一掬愚衷，想亦為諸君所共諒。竊思我等留學異國，辛苦十年，九仞之功，僅懸一簣，遽爾丟之，未免可惜矣。且國際間之戰禍一起，勢必綿綿不知終日。縱有終矣，我輩豈能再度三度東來獵取一紙之文憑乎？若空手翩然返國，又將何以憑信於政府而見父老昆弟耶？區區之意，

倘蒙諸君贊[286]成，即請示知，俾好向前途交涉為荷。

　　　　　　　　　　同學弟　葉江楫謹上　六日

次日（七日）有七八人帖一答覆書於墻壁曰：

葉君知求學之艱難，同人等不勝感激，但事已急如星火，無再議論之餘暇，即請速向校長交涉為禱。

　　　　　　　　　　　　同學弟　　等　啟

是日（七日）下午，葉江楫復帖一紙於校友會墻壁曰：

頃者，江楫奉命向教務課課長豐田君要求轉懇校長豫先給予卒業文憑，言之再四，方得其行。據彼覆言，校長以學則攸關，不能生出例外，一再求之，皆拒不允云云。江楫無法，只得再要求豐田君轉懇校長給予特別考試，於兩日內舉行，諒不背乎學則。孰意豐田君去來，仍謂校長斷言不允，但看情面，若果兩國國交破裂，准予修業文憑。一二年級諸君，並皆及之云云。江楫不便再說，只得以此報告，若欲修業文憑者，務須趕具願書提出教務課領取為荷。

　　　　　　　　　同學弟　葉江楫謹覆　七日二時

右書帖出後，約五分鐘餘，復有一無名條子貼於墻壁曰：

---

[286] 「賛」，今作「贊」。

有敢以無恥行為領取證書者,余等必以白刃向之,慎勿視為恫
喝[287]人之語。特此豫告,云云。

現在天氣太熱,余對於上事,不欲議論,以惹心火之煩。苟欲一言,又非
數篇所能筆盡,只得擱筆以憑閱者之論斷。但余有一包括大概之兩語:

大總統之賜見及八十圓之薪水害死人耳。

閱者且慢,予尚有不能忍之一言。夫文憑其物,片紙綴以數字者也,何人人費盡牛虎之力而惟得是務,殊難索解。考其原因,要不外在欲以此為取財之具耳,嗚呼!予復何言?學堂給予文憑之本意,是豈如此哉?且也縱得此可為取財之具,然其利鈍,可不論乎。犬牙扁斧雖烏獲持之,不能解牛;薄鋒片鐵,儒夫施用而游刃有餘矣。文憑其物,豈不問何人持之,皆可取財者哉。余暗考吾國人經營片紙文憑之心苦難筆狀,要不外紹端於烏合革命軍之流也。自王子而後,緣文憑二字發生之醜聞,不知幾千萬落。其實例余誠有不屑舉者。即今茲猶方興未艾焉。近者教育部思出嚴厲取締[288]之法,對於留學生尤為特甚。使作留學履歷,納相片,行生死關頭證明之制,非照其所入學校之法定滿足年限卒業者,留學生經理員[289]及監督拒不出證。聞者為之一駭,彷彿視其為第五殿閻羅,生死輪迴,權操包爺之手[290],兢兢焉而相告曰:「非照學章法定滿足年限卒業不可,吁至可笑而復可憐矣,將亡之民,乃如此乎?」今試設一問,假如予名曰留學而實為鼇魚隔江育胎之舉[291],而礙照所入學校之滿足年限卒業,獲完全之證明即可如何乎?又如實在就學者,因插班入學,不足法定之滿足年限卒業,因之不獲證明,又將如何乎?欲決此題,則請調查各國學問名家係由證明而出者否。即就我國現在而論,王寵惠、梁啟超、嚴復等之得人稱贊,係先緣於何人之證明否,不待智者而知其為自然發生之輿論矣,嗚呼!入學校者可以休矣,若欲得文憑為取材之具,余勸其不如直接痛快挾利刃、持長銃,入銀行之為愈。苟有微末求學之心,則宜敝屣乎,文憑反顧學

---

287 「喝」,今作「嚇」。
288 原註:此處改曰管理當否。
289 原註:發官費的先生。
290 原註:諺傳包文正為第五閻羅。
291 原註:鼇孕必與卵遙隔河之對岸。

資之苦處焉[292]。至於侈言求學以救國，余敢謂程度尚隔天邊，必至如今日之朝鮮人，方可曰有欣欣以向之象也。然遲兮遲兮奈若何？雖然，對於青年學子，安足以語此。仍是父母為害耳。父母不知其子一卒業後，即可如何顯揚？故縷濟學資不絕，以至造出不知天高地厚之無數王孫也，嗟呼！亡也亦宜。

第五十九節　盲從

何謂盲從？本書再四言之，不可不一剖解，免滋疑惑。盲者，瞎子也，有眼無珠者也。從者，隨從附和也。瞎子不見天日，不知深淺高厚，不拘何時何地何事，無不隨從附和於人。此本當然之理。無可指摘之由，反之若使盲者獨立行動不從於人，則可謂不近人情之論矣。然今之所謂盲從，則異其實而同其名。蓋今之盲從，非只瞎子而言，乃指明眼人故裝瞎子者而言。因其故意裝瞎，形同盲者，又因盲者不分黑白，事事從附於人，故名之也。譬如人用取締二字，在我明明說解不通，我復明明知之，而猶假裝如瞎閉眼從人是也，嗚呼！我國人之如是者多矣，其數胡可算盡，約略言之，殆占全國人十分之八，害莫大哉。余獨怪何獨吾國人富於盲從性，又獨怪何獨吾國法學大家尤富於盲從性。可謂中國之特產，為各國所不有者矣。夫學人者，在取其長續我之短在知其精神，不在明其外表，此一定不易之理也。孰意我國人之學人，恰反於是。先惟皮毛是務，不問其內容如何，無一定之目的，只求得誇奇異於國裡為能事，且也皮毛並皆倣學不成。強而為之，徒形東施效顰之醜耳。不甯惟是，更有甚者焉。人之皮毛，原係學自於我，我已嫌其不佳，棄而不顧，而不肖子孫，復轉學之於人，可恨莫過於此。漢文漢學者，中國之文學也，他人竊我所有而去，污辱神聖，妄加更改，至使之成為非驢非馬之物，討罪之師未興，而盲從賊子已遍全國，不惟棄義憤於不顧，更忘恨已迎仇。凡有血氣者，莫不怒皆欲裂，引以為深恥大辱。孰料盲從傀儡，叢結如鱗，甘作外化之奴，故裝失明之目。噫，可恨極矣！斯類人留之何為，不如投之海洋

---

[292] 原註：官費來源似覺甚易，殊不知苦我元元也。

為愈也。雖然，余所指者為盲從，因其不分皂白，妄附他人，置己身並家族於陷穽[293]而不惜，其心可惡，其罪當誅者也。若能別善惡知擇取者，又正其宜矣。余之不欲盲從者，亦即如是，非並人之善而不取也。

第六│節　同化

同化　此二字本書中亦數見不鮮，理宜加一解說。同化與盲從各不相同，意思亦復互異。盲從係故裝瞎眼，已如前述。同化乃忘其本形，喪盡自己之心肝，失却盧[294]山之面目者也。我國人之同化，其數亦不減乎。盲從，但完全外化者，猶不可謂甚多。蓋一經歸住本國，即有種種障害發生，阻其遂行故也。反之，苟與外人相接，則未有不同化之理，其同化之處，一筆匪可舉盡。述其大概，肺腑可知，人為禽獸浴，不別男女。無父、媳、兄妹、叔嫂之分，皆可同床於大被，終世不穿袴。較禽獸有羽獸有毛之不如，浴水可以漱嘴，經帶不妨用當面巾。瓜李無嫌，三人可以共娶，以一女之身，而有照應八方之才，可謂偉矣。舉上述諸事，我國人皆能效之。女不穿袴者，已見神州日報所載之蔣淑媛妖蘗。此外猶多，特未見傳頌而已。男不穿袴者，國中勢不能現，在外則不可數矣。以浴水漱口及面巾澡帕不分者，即大理院司法部諸大家，亦多半在列，不俟余曉々也，嗚！呼！哀哉，尚饗，回見回見。

中華民國四年八月印刷

中華民國四年八月發行

瞎著者　黔南彭文祖

東京市麴町區飯田町二丁目五十番地
　　印刷者　佐々木俊一

東京市麴町區飯田町二丁目五十番地
　　印刷所　秀光舍

293　「穽」，今作「阱」。

294　「盧」，今作「廬」。

PART 5

新名詞訓纂

1917

周商夫 生卒不詳
(周起予)

收錄大量新詞實例，呈現清末語彙激變的現場，是語言史的重要資料庫。

第一章

《新名詞訓纂》導讀

《新名詞訓纂》於 1917 年由上海掃葉山房以石印本形式首次出版,作者為周起予(周商夫)。這是一本專門研究日本新名詞的工具書。

過去,在中國語言學界,此書長期未受重視。但近年在和製漢語與新名詞研究領域中,逐漸引起學者注意。實際上,這是一本值得深入探討的參考資料。

日本漢學家長澤規矩也[1]將此書收錄於 1974 年《明清俗語辭書集成》(日本汲古書院影印出版)。台北廣文書局於 1979 年,上海古籍出版社於 1989 年也曾再版。本研究所用版本,為日本關西大學所提供的 1917 年初版本掃描檔,經重新排版整理。

全書共四卷,分為政治(216 詞條)、學術(97 詞條)、語言(247 詞條)、物品(55 詞條)四類,合計收錄 615 個正條詞目。書中每一詞條皆附詞源書證,共計 786 條,半均每詞略多於一條。這些書證來自 355 種不同來源,其中 287 條僅出現一次(佔總書證 37%)。前十名引用最多的書為:《漢書》、《後漢書》、《宋史》、《史記》、《唐書》、《易》、《晉書》、《左傳》、《禮記》、《南史》,總引用達 280 次(佔 36%)。

需要注意的是,這些書證多數來自註解部分,而非正文。註解作者與原文不同,因此不能視為書中原始用語的證據。

《新名詞訓纂》目的在於證明,日本新名詞實為古漢語詞彙的再發現或延伸。這是一部立場明確、針對性強的論述性工具書。雖不完全符合今日學術標準,但其資料價值仍高。書中所列詞語,反映了民初常見的新名詞,為研究當時語言變化提供重要資料。

---

[1] 長澤規矩也 (Kikuya Nagasawa, 1902-1980 年),日本漢學家、目錄學家。

從編排上看，此書風格類似詞典，或可視為筆記型辭書。每個詞條多為簡短說明，與彭文祖在《盲人瞎馬之新名詞》中的長篇論述不同。

全書 615 詞條中，有 142 條附有補充說明，約佔 23%。這些補充內容可分為幾種類型。第一類為一般詞彙知識，例如說明詞語間關係或提供文化背景，如下：

上林 按日語以森林之最上者曰上林，次中林，次下林。

時計 按今稱鐘錶倒其文曰「時計」，座上者曰「置時計」，懷中者曰「袂時計」。

元結 按紒亦作髻。婦女髮上飾以結髻。今日本婦人以紙或帛作裝飾品，繫於髮，謂之元結。

第二類是說明詞源，作者對於新名詞提供詞形上和詞義上的一些補充說明，例如：

國債 按此國債、社債之始，別為債券。

禮堂 按此禮堂之始，但康成所云，乃居喪讀禮之堂，今人乃以施之學校行禮處，未當也。

資格 按此資格之始。

第三類是提供參考書證，例如對「宗旨」的說明：

宗旨 按此晉唐間語，有作宗致，見劉義慶《世說》載荀粲語，宗致不同，有作宗指。

在《新名詞訓纂》中，作者所引用的證據存在不少問題，最常見的情形是詞彙與引證之間不一致，主要可分為兩類：

一、抄錯字。作者在解釋「輿論」時，引用了《左傳》的一句話作為書證：

第一章　《新名詞訓纂》導讀　331

《左傳》:「聽輿人之誦」。按輿論始此。

然而，根據古書註解，這句的意思是「因為害怕眾人畏懼險阻，所以聽從他們的歌誦」，與「輿論」無關。「輿誦」與「輿論」在字形與語義上皆無關聯。類似錯誤書中屢見不鮮。另一例是「例外」的引用:

《唐書‧魏徵傳》:「喜則矜刑於法中，怒則求罪於律外」。按謂條例以外也。日語以科條以外之事為例外。

雖然「律外」與「例外」在語義上有接近之處，但詞形不同，最多只能視為近義詞，不能作為詞源證據。

二、二字詞是否可拆。當詞彙為雙字詞時，若書證中詞被拆開使用，是否仍算作一個詞？例如作者引用「命者，制令也」來解釋「命令」。但此處「命」與「令」分別為動詞與名詞，並未構成一詞。另一例是「君權」，引用為:

《易林》:「二政多門，君失其權」。
《莊子》:「君以令為權。」

這些例句中，「君」與「權」並非組成一詞，而是分開使用，此類情況可透過詞形對應來判斷。在全書 615 詞條中，有 147 個詞組無法與例句詞形直接對應，佔總詞條約 24%。

雖然《新名詞訓纂》中有不少問題，我們今日仍然重視此書，不是因其詞源價值，而是因它整理了一份民初新名詞詞表。周起予編書之時，和製漢語已大量進入中文約十年，這份詞表讓我們得以一窺哪些詞語在初期即已流行。

因此，我們應將《新名詞訓纂》視為一份時代資料。它所提供的是一個

關鍵時刻的詞彙集合，而非一部可靠的詞源辭典。書中關於詞源的說明，學術價值有限。

《新名詞訓纂》的語言特徵

先看詞長分布的結構。《新名詞訓纂》只收錄二字詞，收詞範圍明顯受限。即便如此，其詞長分類仍未顯示出明顯差異，原因是和製漢語本來就多為二字詞。和其他七篇早期研究文章相比，《新名詞訓纂》屬於四種詞長差異性高的著作之一。其 χ^2 檢定值為 4.00，在顯著水準 p = 0.05、自由度為 4 的條件下，低於臨界值 9.49，但在所有文本中排名第二，僅次於《新爾雅》，而略高於《日譯學術名詞沿革》。這表示《新名詞訓纂》的詞長結構仍具一定特殊性，這與其僅收錄二字詞有關，如下圖所示：

表 1.1:《新名詞訓纂》詞彙與和製漢語之詞長分佈比較

資料	總詞數	單字詞	二字詞	三字詞	四字詞	多字詞
《新名詞訓纂》詞彙	615	0	615	0	0	0
和製漢語	3,224	20	2,411	603	180	10

《新名詞訓纂》主要討論了共 615 個新名詞，均為二字詞。在接下來的幾個小節中，我們將進一步探討這些詞彙分別與和製漢語以及現代術語之間的關係。

一、《新名詞訓纂》中的和製漢語詞彙

《新名詞訓纂》一文中，共出現 226 個和製漢語，佔全書收詞的 37%。這個比例不高也不低，在八篇著作中排名第五。其中有 177 個詞同時也是現代術語，以下皆以底線表示。現代術語在和製漢語中的佔比約為 78%，

屬於中間水準，與下一篇《日本文名辭考證》並列第四。由於《新名詞訓纂》是僅次於《新爾雅》、收詞第二多的著作，共收錄超過 600 個詞，這表示其中接近 400 個詞目前尚未被確認為和製漢語或現代術語，具有潛在的研究價值。這一大批未定新名詞的存在，提供了一個開啓後續詞源探討的重要起點。

【ㄅ】兵團, 剝奪, 博士, 博物, 比例, 簿記, 辯護
【ㄆ】判決, 平均, 平權, 平等, 披露, 破產, 膨脹
【ㄇ】命令, 民主, 民事, 民政, 民法, 目的
【ㄈ】分析, 反對, 方針, 方面, 服務, 服役, 服從, 法庭, 法律, 發明, 發達, 腐敗, 風潮
【ㄉ】地理, 地質, 大學, 大陸, 導師, 獨佔, 獨立, 調查
【ㄊ】同志, 同情, 同胞, 團體, 天文, 條約, 特色, 體質
【ㄋ】內容, 內閣, 能力
【ㄌ】倫理, 列車, 努力, 律師, 理事, 理化, 理由, 理財, 陸軍
【ㄍ】供給, 個人, 公僕, 公共, 公德, 公敵, 公益, 共和, 國債, 國家, 國權, 國籍, 國際, 國體, 工藝, 干涉, 幹事, 廣義, 感情, 改良, 格致, 規則, 觀念, 軌道, 過渡, 革命, 高等
【ㄎ】困難, 昆布, 會計, 空氣, 開幕
【ㄏ】會社, 歡送, 海軍
【ㄐ】交換, 交涉, 交通, 價值, 劇場, 君權, 基礎, 建設, 教育, 機器, 機關, 決裂, 競爭, 競賣, 精神, 經濟, 經費, 解決, 計畫, 講義, 警察, 軍團, 軍籍, 進步, 階級, 集合
【ㄑ】全體, 取消, 取締, 權利, 請願
【ㄒ】信用, 刑法, 學校, 學說, 寫真, 小學, 小說, 幸福, 心得, 性質, 憲法, 校長, 狹義, 現象, 訓讀, 選舉
【ㄓ】中央, 中學, 主義, 主體, 佔有, 債券, 制度, 助教, 哲理, 專制, 招待, 支店, 支那, 政府, 政治, 政體, 植物, 正式, 殖民, 真空, 秩序, 種族, 窒素, 職業, 蒸餾
【ㄔ】儲蓄, 出品, 出張, 成立, 潮流, 程度, 衝突
【ㄕ】上訴, 商標, 手段, 手續, 施行, 時代, 時計, 水平, 生殖, 石油, 試驗, 輸入, 輸出
【ㄖ】人格, 人道
【ㄗ】作用, 姿勢, 組織, 自治, 自然, 自由, 資格
【ㄘ】參考, 參謀, 存在, 材料, 草案
【ㄙ】司法, 思想, 算術
【ㄛ】惡感
【ㄞ】愛國, 愛情
【ㄧ】壓力, 幼蟲, 影響, 意匠, 意見, 演說, 營業, 研究, 議決
【ㄨ】問題, 外交, 文明, 物理, 維新, 衛生
【ㄩ】原因, 運動, 預算

二、 僅見於《新名詞訓纂》的和製漢語

從下方表格可見，僅出現在《新名詞訓纂》的和製漢語共有 94 個，未見於本研究所涵蓋的其他作品。這 94 個單次出現的和製漢語，佔該書全部和製漢語約 50%。在八篇早期研究新名詞作品中，此比例排名最高。這結果顯示，《新名詞訓纂》在新名詞研究上的重要地位，並突顯其在記錄詞彙上的實質貢獻。當然，如同其他章節所見，其中部分詞彙可能已隨時間淘汰或逐漸退出通用語彙。

【ㄅ】兵團, 剝奪, 博物, 簿記
【ㄆ】判決, 平均, 平權, 平等, 破產, 膨脹
【ㄇ】命令, 民事, 民政
【ㄈ】方針, 服務, 服役, 服從, 法庭, 腐敗, 風潮
【ㄉ】地理, 地質, 大學, 導師, 獨佔, 獨立, 調查
【ㄊ】同胞, 天义, 特色, 體質
【ㄌ】列車, 理事, 理化, 理由, 理財
【ㄍ】個人, 公僕, 公共, 公德, 公敵, 共和, 國體, 工藝, 干涉, 幹事, 廣義, 改良, 格致, 規則, 過渡, 革命, 高等
【ㄎ】困難, 昆布, 會計
【ㄏ】歡送
【ㄐ】交涉, 劇場, 君權, 基礎, 機器, 決裂, 競爭, 競賣, 經費, 解決, 軍團, 軍籍, 集合
【ㄑ】全體
【ㄒ】學說, 小學, 小說, 幸福, 心得, 狹義, 訓讀, 選舉
【ㄓ】中央, 中學, 佔有, 債券, 哲理, 招待, 支店, 正式, 殖民, 種族, 窒素, 職業
【ㄔ】出品, 出張, 成立, 潮流
【ㄕ】商標, 手段, 施行, 時計, 水平, 輸出
【ㄖ】人道
【ㄗ】姿勢
【ㄘ】參考, 參謀, 材料, 草案
【ㄙ】算術
【ㄛ】惡感
【ㄞ】愛國
【ㄧ】壓力, 幼蟲, 演說, 營業
【ㄨ】文明, 物理, 維新
【ㄩ】運動, 預算

三、《新名詞訓纂》詞彙與現代術語之關聯

以下整理《新名詞訓纂》中所收錄的 326 個現代術語。現代術語佔全部新名詞的比例為 53%，比例偏高，是八部早期新名詞研究著作中第三高的一部，顯示現代術語在本書中的重要性明顯偏高。其中有 149 個同時被認定為和製漢語，並以底線標記。這些和製漢語約佔全部術語的 46%，比例

第一章　《新名詞訓纂》導讀　335

屬於中間值，在八部著作中排名第四高，顯示《新名詞訓纂》在詞彙選擇上相對多元，並未集中於當時最常見的和製漢語。括號中的數字表示該詞彙出現在不同知識領域的次數。

【ㄅ】保護 (3), 兵團 (1), 剝奪 (3), 博士 (1), 敗壞 (1), 標準 (8), 比例 (4), 筆記 (2), 簿記 (1), 編輯 (5), 變動 (3), 辯護 (2)

【ㄆ】判決 (3), 平均 (2), 平權 (1), 平等 (1), 破產 (1), 膨脹 (12)

【ㄇ】免職 (3), 命令 (2), 媒介 (4), 民主 (1), 民事 (1), 民法 (1), 煤氣 (2), 目的 (4)

【ㄈ】分析 (5), 反對 (5), 放棄 (1), 方針 (1), 方面 (1), 服務 (1), 服役 (1), 服從 (3), 法制 (1), 法律 (2), 法治 (1), 發明 (2), 範圍 (10), 翻譯 (3), 腐敗 (5), 風潮 (3)

【ㄉ】代價 (1), 單獨 (1), 地表 (1), 地質 (3), 地軸 (2), 大學 (2), 大會 (2), 大陸 (1), 定名 (1), 對待 (1), 導師 (4), 斷絕 (1), 獨佔 (1), 獨立 (3), 調停 (2), 調查 (5), 道德 (1), 電感 (1)

【ㄊ】同志 (1), 同情 (1), 同意 (3), 同胞 (1), 圖書 (1), 團體 (5), 天職 (1), 態度 (3), 條約 (3), 淘汰 (5), 特色 (5), 脫帽 (1), 談話 (1), 謄本 (2), 透光 (1), 通譯 (1), 體質 (3)

【ㄋ】內容 (2), 內閣 (1), 年輪 (5), 年齡 (1), 能力 (6)

【ㄌ】倫理 (1), 列車 (1), 勞力 (2), 旅行 (1), 旅館 (1), 流動 (10), 理由 (2), 禮堂 (1), 立法 (1), 老大 (1), 聯合 (8), 聯絡 (2), 錄事 (1), 陸軍 (1)

【ㄍ】供給 (4), 個人 (2), 公僕 (1), 公會 (2), 公正 (3), 公益 (2), 共和 (1), 國債 (1), 國家 (3), 國籍 (1), 工藝 (5), 干涉 (6), 幹事 (2), 廣義 (1), 感情 (2), 改良 (4), 根據 (1), 根本 (1), 格式 (4), 管轄 (1), 規則 (6), 規格 (5), 觀念 (3), 軌道 (3), 過渡 (3), 革命 (1), 顧問 (4), 鼓吹 (1)

【ㄎ】困難 (4), 昆布 (3), 會計 (3), 狂熱 (1), 空氣 (3), 考試 (2), 開車 (1)

【ㄏ】合同 (2), 合格 (2), 徽章 (3), 會期 (1), 海軍 (1), 混成 (1), 荒天 (1)

【ㄐ】交叉 (5), 交換 (12), 交通 (2), 介紹 (1), 假髮 (1), 價值 (2), 唧筒 (1), 基礎 (4), 建設 (1), 技能 (3), 教育 (2), 機器 (3), 機關 (1), 監督 (5), 競爭 (1), 精神 (4), 結婚 (1), 結果 (4), 經濟 (2), 經費 (2), 蒟蒻 (3), 解決 (3), 計畫 (3), 講義 (1), 警察 (1), 軍人 (2), 軍團 (1), 軍官 (1), 軍需 (1), 進步 (3), 階級 (5), 集合 (5)

【ㄑ】全體 (2), 前途 (1), 區別 (3), 區域 (8), 取消 (7), 取締 (1), 契約 (5), 強迫 (3), 權利 (2), 簽字 (1), 親等 (1), 請假 (1), 請願 (2)

【ㄒ】信用 (2), 刑法 (2), 學校 (1), 學生 (2), 學說 (2), 宣告 (2), 宣布 (3), 小學 (1), 小隊 (2), 巡官 (1), 心算 (1), 性質 (4), 憲法 (2), 效力 (4), 校長 (4), 消滅 (3), 現象 (5), 瑕疵 (5), 相當 (2), 習慣 (4), 行燈 (1), 許可 (4), 選舉 (1), 限制 (7)

【ㄓ】中央 (2), 中學 (1), 中立 (2), 中間 (2), 主張 (3), 主體 (5), 債券 (2), 制度 (4), 助教 (2), 召集 (2), 周旋 (1), 專利 (1), 專制 (1), 徵兵 (1), 支柱 (6), 政治 (1), 政體 (4), 植物 (5), 殖民 (1), 注意 (2), 準備 (4), 狀態 (5), 真空 (3), 秩序 (1), 種族 (2), 章程 (4), 職務 (1), 職業 (4), 蒸餾 (4), 製造 (4), 證據 (1)

【ㄔ】儲蓄 (3), 出品 (1), 成立 (2), 潮流 (3), 程度 (3), 衝突 (3)

【ㄕ】上訴 (2), 事務 (1), 伸縮 (1), 商標

(8), 山脈 (4), 手工 (3), 手段 (2), 手續 (1), 收入 (2), 施行 (2), 時代 (2), 時機 (1), 時計 (1), 書名 (1), 書記 (2), 水平 (4), 滲透 (8), 生存 (2), 生殖 (5), 生活 (1), 生熱 (2), 石油 (6), 試驗 (6), 輸入 (5), 輸出 (8), 釋放 (4)

【ㄖ】人格 (2), 人道 (1), 日記 (1)

【ㄗ】作用 (7), 姿勢 (3), 組織 (8), 總監 (1), 總統 (1), 自治 (3), 自然 (1), 自由 (3), 資格 (1), 贊成 (2)

【ㄘ】參考 (2), 參謀 (1), 參議 (1), 存在 (3), 材料 (4), 測深 (4), 草案 (2), 財產 (2), 辭職 (1)

【ㄙ】司法 (1), 思想 (1), 算術 (1), 訴訟 (1)

【ㄞ】愛情 (1), 矮林 (1)

【一】厭世 (1), 壓力 (10), 幼蟲 (3), 影響 (4), 意見 (4), 有限 (2), 演說 (2), 營業 (3), 研究 (3), 英雄 (1), 要求 (2), 陰曆 (1), 陽曆 (1), 隱語 (1)

【ㄨ】味淋 (1), 問題 (2), 外交 (1), 委任 (3), 完全 (3), 文官 (1), 文明 (1), 物理 (1), 穩健 (2), 維持 (3), 衛生 (2)

【ㄩ】原因 (1), 輿論 (1), 運動 (10), 預備 (4), 預算 (3)

四、 現代術語在《新名詞訓纂》中的比例與分佈

本節探討該作品中詞彙分組比例，是否與全體知識領域的分組比例一致，並檢視其間是否有顯著差異。與《新釋名》和《論新學語之輸入》相比，《新名詞訓纂》在分類比例上呈現明顯差異。其 χ^2 值為 7.91，超過臨界值 5.99，在八部早期作品中排名第四高。這顯示，《新名詞訓纂》在選詞上有明確傾向。它偏好重要的抽象的且普遍性的詞彙，較少選擇僅屬於單一領域的詞語。

表 1.2:《新名詞訓纂》詞彙中被視為和製漢語與現代術語一覽

分組數	全部術語	全部術語比例	《新名詞訓纂》	《新名詞訓纂》比例	χ^2
5-17 類別	1,681	0.0032	45	0.1372	5.58
2-4 類別	40,320	0.0772	155	0.4726	2.03
單一類別	480,591	0.9196	128	0.3902	0.30
總數	522,592	1.0000	328	1.0000	7.91

第二章

《新名詞訓纂》原文

第一節 《新名詞訓纂》序

治外國語言文字學者起而名詞，以興名詞也者，即我所謂名物訓詁也。歲壬寅，余于役江石時，東西譯籍摭注正盛，帑[1]檢所及，覺新義往往從古義䂳[2]鑢出，乃有說文解字新注之葺。書成勵一卷，老友瀏陽劉更生即為之序。其明年，束裝旋里，書不果成稿，存他友許。十年以來，久不省憶矣。今年得識仁和周子商夫，少年績學士也，出所著《新名詞古注》一篇，䁱[3]余余受而籀之，凡新義之原出載籍者，條分縷[4]晰[5]，絜朗耐觀，間列按語，尤确[6]鑿，知編檢棄取，大非苟作。因勸以《訓纂》易其名，愿[7]急問世。又憶余當戊戌、己亥之間，以新學甫萌芽，篳[8]路藍縷，急就譯雅一書，刻於越中[9]。甲辰悼亡，長[10]物悉棄，蠲[11]家刻本版片，亦失忘如隔世。今樂商夫書之成，益自欺，余書之舍，旂船脣馬足，消鑠心力，身世之感，況際滄桑，為可俛[12]仰，愧悼者。巳壬子十一月，錢唐甃[13]公唐詠裳序。

---

1 「帑」，是指「幡」。
2 「䂳」，磨物使銳利。
3 「䁱」，今作「視」。
4 「縷」，是指詳細。
5 「晰」，是指「析」。
6 「确」，今作「確」。
7 「愿」，俗「愿」字。
8 「篳」，指以荊條或竹子編成的器物。
9 「越中」是指日本越州，地名。
10 「長」，是指多餘的。
11 「蠲」，是指免除，抑或光耀、顯明，抑或使清潔。
12 「俛」，今作「俯」。
13 「甃」，說文解字：愁戾也。

【譯文】

　　研究外國語言文字的學者，創建名詞來豐富語言，這就是我所說的詞彙訓詁。1890年，當我在役江石期間，譯著的註釋非常盛行，經過審查，我發現新的解釋往往源於古老的意義。因此，我編寫了一部《說文解字新注》，並完成了一卷。老友劉更生，瀏陽人，為此即寫了序。但到了第二年，我回家時把完成的手稿留給了其他朋友。這十年來，我幾乎都忘記了這件事。但今年（1912年），我認識了來自仁和的周子商，他是一位年輕的學者，寫了《新名詞古注》一本書。我受益於此，也參考了它。所有新解的出處，他都列出得非常清楚、明亮、非常耐看，而且他的註解非常確切。他對資料的編輯和選擇非常認真，並不是隨便做的。我建議改名為〈訓纂〉，並發佈。我還記得在1858年和1859年之間，當新學剛剛開始時，我急於翻譯一本書並在日本越中刊印。但在1904年，我悼念過世的親人，所以放棄了所有家中的刻本，版權也遺失了，好像過去的事情已經遠去。現在看到商夫先生的書籍完成感到快樂，我對自己以前放棄的書感到遺憾，當時的努力如今似乎都消失了。我對那段時期的經歷感到非常遺憾。巳壬子年（1912年）十一月，錢唐的壟公唐詠裳寫了這篇序。

第二節　政之屬第一（訓纂一）

1左　**共和**　　《史記·周紀》周公召公二相行政。號曰共和。按共音恭，法也。共和猶云法治。周召共和十四年，是為年號紀元之始。

　　　文明　　《易》文明以止，人文也。《荀子禮論注》文謂法度也。《賈子·道術》知道者，謂之明。儲光羲詩：「文明叶邦選」。

　　　維新　　《書》舊染汙俗，咸與維新。

教育	《孟子》得天下英才而教育之。《聞見錄》胡先生瑗判國子監，教育諸生，皆有法。
通商	《左傳》衛文公務財訓農，通商惠工。
參議	《後漢書·班固傳》永元初，大將軍竇憲出征匈奴，以固為中護軍與參議。《周書竇熾傳》熾既朝之元老，名位素隆，至于軍國大謀，常與參議。《宋史·仁宗紀》皇祐五年，詔武臣知州軍，須與僚屬參議，公事毋專決。
命令	《賈子·禮容語》命者，制令也。王周峽詩：「有如宣命令」。
制度	《唐書·百官志》朝廷制度。
權利	《史記·灌夫傳》陂池田園宗族賓客為權利橫於潁川。《漢書·桑弘羊傳贊》桑大夫據當世，合時變，上權利之略，雖非正法，鉅儒宿學，不能自解。《鹽鐵論》夫權利之處，必在深山窮澤之中，非豪民不能通其利。
選舉	《後漢書·鮑宣傳》龔勝為司直，郡國皆謹選舉。《北史·牛弘傳》弘在吏部，其選舉先德行而後文才。《宋史·選舉志》宋選舉有科目、有學校、有辟召。
委任	《漢書·何武傳》刺史古之方伯，上所委任，一州表率也。又《霍光傳》出常以冠，遂委任光。
交涉	《續通典》天福十二年，始置契丹交涉使。
交通	《史記》灌夫字仲孺，為人剛直，使酒，不好面諛，好任俠，已然諾，諸所交通，無非豪傑大俠。
經濟	《宋史·王安石傳論》朱熹嘗論安石以文章節行高一世。而尤以道德經濟為己任，被遇神宗，致位宰相。**按今屬財政**。
法律	《史記·李斯傳》二世然高之言，乃更為法律。《漢書·哀帝紀》好文辭法律。

	刑法	《國語》啟先王之遺訓，省其典圖刑法。漢書卷二十三·刑法志第三。
3右	民法	《書》咎單作民居，傳咎單臣名，主土地之官，作民居民法一篇亡。
	憲法	《國語》中行穆子曰，賞善罰姦，國之憲法也。
	變法	《史記·秦本紀》衛鞅說孝公變法修刑。《新序》利不百不變法。
	新法	《韓非子》利在新法。《宋史·王安石傳》農田水利青苗均輸保甲免役市易保馬方田諸役並興，號為新法。
	法治	《禮樂記》以法治也。《晏子春秋》脩法治，廣政教。
	政治	《詩衛風疏》此章說政治之美。
	自治	《尹文子》法用則反道，道用則無為而自治。《杜牧·罪言》上策莫如自治。
	軍政	《左傳》隨武子曰，蒍敖為太宰，百官象物而動，軍政不戒而備。《後漢書·黃香傳》香曉習邊事，均量軍政，皆得事宜。
3左	民政	《宋史·真宗紀》禁內臣出使預民政。
	陸軍	《晉書·宣帝紀》夏口東關，賊之心喉，若為陸軍以向皖城，引權東下，為水戰，軍向夏口，乘虛擊之，破之必矣。
	海軍	《宋史·洪邁傳》募瀕海富商入船與爵，招善操舟者以補海軍。
	總統	《漢書·百官表》參天子而議政，無不總統。
	國務	《梁武帝·幸蘭陵〔恩〕詔》獄訟稍簡，國務少閑。
	國慶	《江淹為建平王慶改號啟》皇衢永謐，則玉曆維禎，國慶方夸，則繩澤式茂。

國債	債古作責。《周禮·小宰》聽稱責以使別，注稱責謂貸子。按此國債、社債之始，別為債券。	
國貨	《周禮·司關》掌國貨之節，以聯門市。	
外交	《周禮·司儀凡諸侯之交疏》兩國一往一來謂之交。《孟子·交鄰國疏》鄰謂境外。	4右
中央	《帝王世紀》女媧氏沒，次有大庭氏、柏皇氏、中央氏。《後漢書·公孫瓚傳》童謠曰，燕南陲，趙北際，中央不合大如礪，惟有此中可避世。	
度支[14]	《通典》魏文帝置度支尚書。晉杜預為度支尚書。內以利民，外以救邊，張華為度支尚書，量計運漕，決定廟算。	
郵傳[15]	《孟子》引孔子語，德之流行，速於置郵而傳命。	
方面	《後漢書·馮異傳》專命方面，施行恩德。	
宣告	《唐書·百官志》凡制勅計奏之數，省符宣告之節，以歲終為斷。	
宣布	《周禮·小司寇》乃宣布於四方憲刑禁。	
同文	《中庸》今天下，車同軌，書同文，行同倫。	4左
平和	《晉書·天文志》七曜由乎天衢，則天下平和。《春秋繁露》仁人之所以多壽者，外無貪而內清淨，心平和而不失中正。	
愛國	《荀悅漢紀》欲使親民如子，愛國如家。	
民事	《孟子》民事不可緩也。	
營業	《金史·完顏仲德傳》仲德雅欲奉上西幸，近侍左右，久困睢陽，幸即汝陽之安，皆娶妻營業，不願遷徙。	
職業	《魯語》臧文仲告齊師，對曰，恃二先君之所職業。《宋書·恩倖傳論》士子居朝，咸有職業。	

---

[14] 今作「財政部」等詞。　　[15] 今作「郵政」、「通信」等詞。

	勸業[16]	《史記・貨殖傳》故物賤之徵貴，貴之徵賤，各勸其業，樂其事，若水之趨下，日夜無休時。
	事務	《應瑒・與滿炳書》適有事務，須自經營，不獲侍坐。
5右	庶務	《宋史・司馬光傳》光自見言行計從，欲以身徇社稷，躬親庶務，不舍晝夜。
	都督[17]	《晉書・職官志》魏文帝黃初三年，始置都督諸州軍事。又《陶侃傳》位至八州都督。《北齊書・斛律光傳》當時傳號落鵰都督。《通典》武德七年，改總管府為都督府。
	監督	《後漢書・荀彧傳》古之遣將，上設監督之重，下建副貳之任。
	顧問	《後漢書・章帝紀》皆欲置於左右顧問省納。《宋史・寇準傳》太宗取人，多臨軒顧問。年少者往往罷去。《仁宗實錄》令侍經筵以備顧問。
	參謀	《舊唐書・杜甫傳》嚴武鎮成都，奏為節度參謀。又《百官志》行軍參謀關豫軍中機密，開元十二年，罷行軍參謀，尋復置。
5左	文官	《後漢書・禮儀志》賫束帛以賜文官。
	知事	《荀子》主道知人，臣道知事。
	推事	《宋史・職官志》紹聖二年，復置右治獄左右推事，有翻異者互送。
	檢事[18]	《齊書・王融傳》求名檢事，殊為未孚。
	判事	《唐書・百官志》決斷不滯，與奪合理，為判事之最。《職林》唐故事，中書有軍國政事，則中書舍人，各執所見，雜書其

16　今作「鼓勵就業」。
17　今作「總指揮」、「指揮官」等詞。
18　今作「檢察官」。

	名,謂之五花判事。
錄事[19]	《齊書·百官志》凡公督府置佐諸曹,有錄事記室。
理事	《漢·孔安國傳[20]》居位理事,必任能事。
律師	《唐六典》道士有三號,其一曰法師,其二曰威儀師,其三曰律師。按今律師專屬法庭辯護士。
書記	《謝靈運詩序》阮瑀管書記之任,故有優渥之言。
文牘[21]	《宋史·梅執禮傳》勾稽財貨,文牘山委。
會計	《周禮·天官》司會逆羣吏之治,而聽其會計。注,受而鈎考之。
司法	《唐書·百官志》法曹司法,參軍事,掌鞫獄。
立法	《漢書·刑法志》聖人制禮作教,立法設刑。按立憲政體,所謂司法、立法、行政三權鼎立者,固與我舊名詞異而意一也。
訴訟	《論語》膚受之愬,皇疏,愬者相訴訟譖也。
上訴	《後漢書·班固傳》下民號而上訴,上帝懷而降鑒。《陸機表》鉗口結舌,不敢上訴所天。
審決[22]	《後漢書·王霸傳注》決曹主罪法事。《黃昌傳注》決曹主審斷罪決事。
判決	《宋書·孔覬傳》醉日居多,明曉政事,醒時判決,未嘗有壅。
議決	《漢書·酷吏傳》延年按劍叱羣臣,即曰[23]議決。
解決	《禮記·曲禮》濡肉齒決,乾肉不齒決。注,決斷也,不齒決必以刀解。

19　今作「書記官」。
20　原書見《書·位事惟能傳》,以為有誤。
21　今作「公文」、「行政文件」等詞。
22　今作「審判」、「裁決」等詞。
23　原書見「日」,誤繕,應為「曰」。

	辯護	《人物志》夫人材不同，能各有異，有消息辯護之能，有德教師人之能。
	保護	《書畢命傳》成定東周郊境使有保護。《蜀志趙雲傳》先主為曹兵所迫於長坂，棄妻子南走，雲手抱弱子，即後主，保護甘夫人，即後主母也，皆得免難。
	秩序	《陸機文賦》謬玄黃之秩序，故泧忍而不鮮。
	規則	《齊書·武帝紀》三季澆浮，舊章陵替，吉兇奢靡，動違規則。
7 右	來賓	《班固·東都賦》自孝武之所不征，孝宣之所未臣，莫不陸讋水慄奔走而來賓。
	官金[24]	《酉陽雜俎》開元中有大唐金，即官金也。
	入金[25]	《周禮·秋官》入鈞金。《宋史·食貨志》東西川監酒商稅課半輸銀帛外，有司請令二分入金。按日語凡存入、收入之金，皆曰入金。
	村字[26]	《漢書[27]·循都亭碑》：德被村字，市作字。按日本地方制度分市、町、村、字。字都小村落也。
	補闕[28]	《唐書·百官志》左拾遺右補闕。按今日本有補闕議員。
	政府	《宋史·歐陽修傳》其在政府，與韓琦同心輔政。
	匭院[29]	《宋史·太宗紀》雍熙元年，改[30]匭院為登聞鼓院。按所以通民隱，即議院之先聲。

---

[24] 今作「公款」、「政府資金」等詞。
[25] 今作「存款」、「收入」。
[26] 今作「村落」、「村莊」等詞。
[27] 原書見「口」，應為「書」。
[28] 「補闕」已較少使用，今作「補缺」等詞。
[29] 「匭院」歷史詞彙，古代的民意蒐羅機構，讓老百姓能夠向朝廷直接陳情。今作由「人民陳情系統」、「立法院請願及陳情制度」、「總統府信箱」等提供類似功能。
[30] 「攺」，今作「改」。

內閣	劉長卿詩:「內閣金屏曙色開」。	
官廳	孔平仲詩:「吹角官廳已罷更」。	7左
學校	《詩序》子衿刺學校廢也。	
禮堂	《後漢書・鄭康成傳》不得於禮堂寫定,傳於其人。按此禮堂之始,但康成所云,乃居喪讀禮之堂,今人乃以施之學校行禮處,未當也。	
法庭	《梁任孝・恭多寶寺碑銘》法庭每喧,禪堂恆靜。	
書局	《放翁題跋》某由書局西府掾親見陳丞相魯公。	
革命	《易》天地革而四時成,湯武革命順乎天而應乎人。《詩關雎序疏》午亥之際為革命,卯酉之際為革正。《後漢書・馮衍傳》禹承平而革命。	
兵團	《曾肇除皇兄士富團練使制》兵團之制,以訓練為事[31]。	
軍團	《唐書・百官志》左右衛長史各一人,掌判諸曹卒伍軍團之名數。	8右
民團	《戚繼光・南塘集》練民團萬五千人。	
陽曆	《漢書・律曆志》一月之日二十有九八十一分日之四十三。先籍半日名曰陽曆;不籍名曰陰曆。《唐書曆志》日道表曰陽曆,其裡曰陰曆。	
陰曆	見上:按上所指陰陽曆,與今不同,而名詞則舊矣。	
新民[32]	《書》亦惟助于宅天命,作新民。《〔尚書注疏〕・孔傳》為民日新之教。	

---

[31] 曾昭聰《當代權威字典應重視明清俗語辭書》道:《大詞典》上卷779頁該條舉兩個義項:一、現代軍隊中相當於集團軍的一級軍編組,二、下幾個轄軍師以上的統治部隊;均未舉例。而事實上這一詞宋代已見,《太平廣記》卷三七九「鄭師辯」條:「復行漸瘦惡,或著枷鎖,或但去巾帶,借行連袂,嚴兵守之。師辯至,配入第三行,東頭第三立,君巾帶連袂。」義與後來的用法不同,是泛指用法。

[32] 今作「公民」、「國民」等詞。

	平民	《漢書・食貨志齊民注》齊，等也。無有貴賤，若今言平民然。
	勸工[33]	《晉書・食貨志》百工獎勸。
	在勤[34]	《左傳》引虞箴「民生在勤，勤則不匱」。按日語以在公為在勤。
	債券	《國策》當償者悉來合券，以責賜諸民[35]。
8左	理財	《易》理財正辭。
	公財[36]	《韓非子》以公財分施，謂之仁人。
	母財[37]	《搜神記》青蚨蟲大如蟬，殺其母子，各塗八十一錢，或先用子先用母，皆飛歸，循環無已。按此母財子金所自昉。
	安寧	《詩》既安且寧。《史記・周紀》成康之際，天下安寧。《漢書・文帝紀》方內安寧。
	輿論	《左傳》聽輿人之誦。按輿論始此。
	請願	《宋書・王僧達傳》公私請願，宜蒙亮許。
	鳴願[38]	《繁欽文》得鳴素願。
	階級	《後漢書・邊讓傳》天授逸材，聰明賢智，階級名位，亦宜超然。
	會期	《左傳》：齊侯將平宋、衛，有會期。《國策》：魏文侯曰，豈可不一會期哉！
9右	投匭[39]	《唐書・百官志》垂拱二年，置匭以受四方之書。青匭曰延恩，告養人勸農者投之；丹匭曰投諫，論時政得失者投之；

33　今作「勞動激勵」、「促進就業」等概念。
34　今作「上班」。
35　原書見「責券」，但周商夫先生在〈國債〉一詞的註解中（頁341）提到「債」古時寫成「責」，因此「債券」該是現代的寫法。
36　「公財」已少用，現多用「公共資產」、「公款」等詞。
37　今作「資本、投資」等詞。
38　「鳴願」已少用，現多用「請願」或「陳情」。

	白甌曰申冤，陳屈抑者投之；黑甌曰通玄，告秘謀者投之。按事異於投票而意同。
專制	《漢書·袁盎傳》大臣專制。《大戴禮》婦人，伏於人者，是故無專制之義。
罪狀	《晉書·温嶠傳》蘇峻反，嶠列上罪狀。
野見[40]	《周禮》體國經野。按此古人注重測量圖繪也，體謂測量面體，經謂經驗。日語以測量時所畫草圖為野見。
徽章	《國策·齊策》章子變其徽章。按此言旂幟，今列國徽章準，此日本變言紋章。
大會	《書》大會于孟津。
公會	《隋書·虞世基傳》徐陵聞其名召之，世基不仕。後因公會，一見而奇之。
總會	《梁簡文帝·移市教》日中總會，交貿遷移。
會社	陸游詩：「春游會集枌榆社」。
儲蓄	《後漢書·章帝紀》節用儲蓄，以備凶災。
召集	《後漢書·馬援傳》召集豪傑。
民主	《書》匹夫匹婦，不獲自盡，民主罔與成厥功。《孫楚·故太傅羊祜碑[41]》肇造嘉謨，建我民主。
君權	《易林》二政多門，君失其權。《莊子》君以令為權。
國權	《漢書·五行志》天下諸侯之大夫，皆執國權。
經費	《史記·平準書》自天子以至封君湯沐邑，皆各為私奉養焉，不領於天子之經費。
當直[42]	李商隱詩：「鳳詔裁成當直歸」。按唐人以入直為當直。日

9 左

10 右

---

39 「投甌」已不常用，現多用「投票」或「提交意見箱」。

40 「野見」停用日語借詞，今作「測繪」、「現場測量」、「草圖」等詞。

41 原書見《楊太傅碑》，以為有誤。

	本頗沿唐語，今仍呼直日為當直。
供給	《魏志鍾繇傳》供給資費，使得專學。按即今官費學生。
出張[43]	《周禮·天官·掌次》掌凡邦之張事。《漢書王尊傳》供張如法。按日本以因公出外曰出張，供張之所曰出張所。
國際	《兼明書》 自唐虞以迄於戰國之際。按《孟子》唐虞之際。《史記》有秦楚之際諸表，是國際所自昉也。
格式	《北史·蘇威傳》令朝臣釐改舊法，為一代通典律、令格式。按日本朝章多作式，有延喜式諸名。
收入	《詩乃求千斯倉乃求萬斯箱箋》言年豐收入踰前也。
輸入	《史記·李牧傳》便宜置吏，市租皆輸入。
商標	《釋名》卦賣卦挂也[44]。自挂於市而自賣之。按挂即標也。卦有畫詁。商標率多圖畫，與市招異，日語謂市招而看板，登錄於官書者為商標。又按宋市肆有插標以賣者。今猶存草標一語。
總監	《唐書·百官志》總監、副監各一人。
少監[45]	又秘書省監一，人少監二人。
館監[46]	《唐書·選舉志》館監舉其成者，送之尚書省。按即今之學監、舍監。
殖民	《管子》放舊罪，修舊宗，立無後，則民殖矣。《漢書·董仲舒傳》陰陽調而風雨時，羣生和而萬民殖。
辭職	《梁書·謝朏傳》有詔辭職。
免職	《南史·何敬容傳》敬容免職，到溉曰：天時便覺開霽。

42　「當直」，已淘汰，日語借詞，指「輪班」的意思。

43　「出張」，已淘汰，日語借詞，今由「出差」取代。

44　「挂」，今作「掛」。

45　今作「副監」或「助理監督」。

46　今作「學監」或「舍監」。

小隊	《宋史·兵志》小隊用命。杜甫詩:「元戎小隊出郊坰[47]」。	11右
彈壓	《唐書·柳仲郢傳》輦轂之下,彈壓為先。	
輸出	《籌海圖編》輸出中國物極多。	
裁可[48]	《廣雅·釋言》裁制也。按制詔自秦稱制曰可始。日本則曰裁可。主國者於議會議定之法律,署名鈐璽,公布施行。	
方略	《書·禹貢疏》指授方略。《劉邵·人物志》器能之人,能識方略之規,而不知制度之原。按今語方法通。	
照會	《宋史·河渠志》乞索取照會。	
律外[49]	《唐書·魏徵傳》喜則矜刑於法中,怒則求罪於律外。按謂條例以外也。口語以科條以外之事為例外。	
官辦	《公傳》無備而官辦者,猶拾瀋也。	
私辦	《北史·王羆傳》如其私辦,則力所不堪。	
區域	《晉書·后妃傳》淑譽騰於區域。《郭璞·南郊賦》郊寰之內,區域之外。	11左
建設	《禮記》建設朝事。《漢書·敘傳》建設藩屏。	
上佐[50]	《晉書·王舒傳》妙選上佐。按日本有上佐、中佐等官名。	
鄉佐[51]	《後漢書·百官志》鄉佐屬鄉,主民收賦稅。	
官長[52]	《左傳》凡六官之長,皆民譽也。《後漢書·禮儀志》公卿官長。	
權制[53]	《蜀志·諸葛亮傳》評撫百姓,示儀軌,約官職,從權制,開誠心,布公道。	

---

[47] 「坰」,郊野、郊外。
[48] 今作「批准」或「核准」等詞。
[49] 今作「例外」或「特例」。
[50] 今作「高級軍官」。
[51] 「鄉佐」已不常用,臺灣有「鄉長」、「鄉鎮長」等。
[52] 「官長」仍在使用,但較少見,現多用「主管」、「領導」。
[53] 「權制」已不常用,現多用「權宜之計」。

	禮制	《詩·駉牝三千箋》雖非禮制，國人美之。
	服制	《書·舜典疏》欲觀示法象之服制。
	法制	《書[54]》無倚法制，以行刻削之政。
	人頭	《淮南子·本經訓·財用殫於會賦注》會計計人口數，責其稅斂也。按即漢頭會箕斂事，日本以人數之多少，為課稅之比例，曰人頭割，割有分析會斂意，稗政也。《漢書音義[55]》家家人頭數出，穀以箕斂之。
12右		
	尚武	《詩·以雅以南箋》周樂尚武。杜甫詩：「此邦今尚武」。
	講武	《禮記》乃命將帥講武。《周語》三時務農，而一時講武。
	國體	《漢書·成帝紀》通達國體。《舊唐書·穆宗紀》帝王所重者國體，所切者人情。
	政體	《晉書·劉頌傳贊》詳辨刑名，該覈政體。
	主體	《漢書·東方朔傳》上以安主體，下以便萬民。
	國家	《孟子》國之本在家，家之本在身。按載籍言國家甚多，但皆指朝廷。惟孟子所言吻合新說。蓋孟子為中國言民權者之祖也。
12左	新軍	《左傳》新軍無帥。杜甫詩：「龍武新軍深駐輦」。
	時務	《國語》民不廢時務。《漢書·昭帝紀贊》知時務之要，輕繇薄賦，與民休息。《後漢書·杜林傳》古文雖不合時務，然願諸生無悔所學。《唐書·選舉志》凡明經，答時務策三道；凡進士，試時務策五道。又經籍志時務論十二卷。
	職務	《隋書·蕭琮傳》不以職務自嬰。《〔唐書〕·李嶠擬制》砥礪名節，恭勤職務。
	服務	《論語·稽求記》有事弟子服其勞，謂服事勞役之務。

---

54 原書見「無倚法以削傳」，以為有誤。　　55 原書見《史記注》，以為有誤。

服役	《尉繚子》起大師，服大役。
公僕	義同民牧。《莊子》仲尼曰：是聖人僕也。是自理於民，自藏於畔。其聲銷，其志無窮。按略有合於公僕之說。
露布[56]	《後漢書・李雲傳》雲憂國乃露布上書移副。《北史・楊大眼傳》悉皆記職令作露布。《南史・傅永傳》上馬殺賊，下馬作露布。
國籍	《周禮・秋官》各以其國之籍禮之。《魏書・李彪傳》綜理國籍。
軍籍	《韓愈文》注名於軍籍中。
簽字	《宋史・職官志》簽題名字。按六朝以來，謂之畫諾，至此乃有簽字。
考試	《禮疏》視學為攷[57]試學者經業。《唐書・百官志》校書郎二人，掌校理典籍，刊正錯謬。凡學生、教授攷試如國子之制。
簿記	《唐書・百官志》簿記課業供奉几案紙筆。
勳位[58]	《潛夫論》勳位不足以尊我，卑賤不足以辱己。
章程	《漢書・高帝紀》天下既定，命張倉定章程。《陸倕文》修章程、創法律。
草案	《史記・屈原列傳》有草藁。《晉書・王羲之傳》有草章。
咨呈[59]	《抱朴子》吳士伐石，得紫文金簡之書不能讀，使問仲尼，曰吳王閑居，亦雀銜書，不知其義，故遠咨呈。
軍機	《南史・顏竣傳》斷決軍機。
軍需	《十六國春秋・南涼錄》課農桑以供軍需，帥國人以習戰射。
徵兵	《史記・黥布傳》徵兵九江。薛道衡詩：「插羽夜徵兵」。
合黨[60]	《漢書・劉向傳》合黨共謀，違善依惡。

56　今作「公告」、「宣言」等詞。
57　「攷」，今作「考」。
58　今作「軍銜」、「勳章」等詞。
59　今作「報告」、「請示」等詞。
60　「合黨」已少用，今作「結黨」等詞。

	政要	《後漢書·蔡邕傳》宜披露失得，指陳政要。《唐書·藝文志》貞觀政要十卷。
	清道[61]	《司馬相如文》清道而後行，中路而馳。
	告示	《冊府元龜》道路誼議，故須告示。
	公俸[62]	《梁書·到溉傳》生平公俸，咸以供焉。
14 右	營造	《北史·齊後主紀》詔土木營造金銅鐵諸雜作工，一切停罷。
	麾下	《史記·高祖紀》兵罷戲下，注戲麾同。
	測候[63]	《宋書·曆志》測候不精，遂乃乘除翻謬。
	禁錮	《漢書·武帝紀》諸禁錮及有過者，得免減罪。
	定產[64]	《宋史·食貨志》民有定產。按今稱不動產。
	財產	《後漢書·齊武王縯傳》悉推財產。
	民產[65]	《宋史·王次翁傳》視民產高下。
	破產	《唐書·盧坦傳》某家子與惡人游，破產。
	國別	《劉向·戰國策序》因國別者，略以時次。
	政綱	《南史·顧歡傳》上表進政綱一卷。
	吏額[66]	《宋史·孝宗紀》乾道五年，裁減樞密院吏額。
	兵額[67]	《宋史·孝宗紀》乾道四年立兵額。《唐文·宗赦文》緣邊諸鎮，
14 左		兵額虛實，器械色目，亦仰聞奏。
	資格	《通典》孝文太和中，作考格，以之黜陟。按此資格之始。
	賞格[68]	《陳書·陳寶應傳》已具賞格。《南史·陳後主紀》重立賞格。
	法官	《唐書·百官志》推鞫得情，處斷平允，為法官之最。
	軍官	《國語》若以軍官從子之私。

---

61 今作「清場」等詞。
62 今作「薪俸」、「工資」等詞。
63 「測候」已不常用，現多用「氣象監測」等詞。
64 今作「不動產」。
65 今作「民間財產」。
66 今作「編制」等詞。
67 今作「兵力編制」等詞。
68 「賞格」少用，今作「獎勵標準」等詞。

醫官	《國語》上醫醫國,其次療人,固醫官也。
巡官	《唐書·溫庭筠傳》授方山尉。徐商鎮襄陽,署巡官。
巡士[69]	《金史·李石傳》選士二千人巡禦,仍給口糧。
巡警	《宋史·王彥昇傳》此夕巡警甚困。
警察	《宋史·蔡挺傳》知博州,嚴保伍,申飭屬縣,使察警,盜發即得。
立約	《史記·田敬仲世家》兩帝立約伐趙。
和約	《唐書·牛僧孺傳》請和約弭兵。
條約	《唐書·南蠻傳》數改條約。
契約	唐庚詩:「有準如契約」。
締約	《唐書·張孝忠傳》締約益堅。
釋放	《吳志·呂蒙傳》餘皆釋放。《宋史·太宗紀》流配者釋放。
給憑[70]	《燕翼貽謀錄》先是選人不給印紙,遇任滿給公憑,到選以考功過,往往於已給之後,時有更易。太平興國二年詔更其例。
冗員	《白〔孔六〕帖》捐不急,罷冗[71]員。
大藏	杜荀鶴詩:「入藏經門一夜尋」。按此釋典之大藏,而日本以為官名,猶漢水衡。

15 右

第三節　學之屬第二（訓纂二）

研究	《元史·鐵木兒塔識傳》天性忠亮,學術正大,伊洛諸儒之書,深所研究。《傅縡·明道論》依賢聖之言,檢行藏之理,

69　今作「保全人員」等詞。
70　今作「證明文件」、「公文」等詞。
71　原書見「尢」,今作冗。

15 左		始終研究，表裡綜覈。
	進步	《宋史·樂志》舞者進步，自南而北。《傳燈錄》百尺竿頭須進步，十萬世界是余身。
	注意	《史記·田完世家》孔子晚而喜易，易之為術，幽明遠矣，非通人達才，孰能注意焉！又《陸賈傳》天下安，注意相；天下危，注意將。
	傳習[72]	《論語》傳不習乎。梁武帝詩：「志學恥傳習」。
	工藝	《唐書·閻立德傳》父毗為隋殿內少監，本以工藝進，故立德與弟立本，皆機巧有思。《何承天答宗居士書》耳目殊司，
16 右		工藝異等，末技所存，處信不竝。
	天文	《易》觀乎天文以察時變。
	地理	《易》仰以觀于天文，俯以察于地理。《舊唐書·孔述睿[73]傳》述睿精于地理，在館乃重修地理志，時稱詳究。
	倫理	《禮記》樂者，通倫理者也。
	物理	《晉書·明帝紀》帝聰明有機斷，尤精物理。
	宗旨	《神僧傳》佛圖澄妙解深經，旁通世論。講說之日，正標宗旨，使始末文言，昭然可了。按此晉唐間語，有作宗致，見《劉義慶·世說》載荀粲語，宗致不同，有作宗指。見《章懷太子馮衍傳注》維綱，猶宗指也。
16 左	衛生	《莊子》南榮趎曰：趎願聞衛生之經而已。
	道德	《禮記》一道德以同俗。《史記·老子傳》老子脩道德，其學以自隱無名為務，著書上下篇，言道德之意五千餘言。
	思想	《王朗·與文休書》幸得老與足下竝為遺種之叟，而相去數千里，時聞消息於風聲，託舊情於思想。《傳燈錄》臥輪有伎

---

[72] 今作「學習」、「傳授」等詞。　　[73] 「睿」今亦作「睿」。

	倆，能斷百思想。
編輯	《南史・劉苞傳》苞少好學，能屬文，家有舊書，例皆殘蠹，手自編輯，筐篋盈滿。
製造	《梁簡文帝・大法頌》垂拱南面，克己巖廊。權輿教義，製造衣裳。《徐陵傳大士碑》燒其苦器，製造華燈。
程度	《呂覽》孟冬按程度，又慎行後世以為法程。注，程度也。蘇轍詩：「我行有程度，欲去空自惜」。郭銓詩：讀書程度輸年少。
理化	《趙蕃・賦》設種穄之萌芽，為理化之根本。
意匠[74]	《陸機文賦》辭程才以效伎，意司契而為匠。戴復古詩：「意匠如神變化生」。按今科學家，謂運其匠心，製造新器，謂之意匠。
博覽	《晉書・張華傳》華為黃門侍郎，博覽圖籍，四海之內，若指諸掌。
心得	《朱子語類》凡事弟一求心安理得。按今日本人以須知為心得。
教習[75]	《漢書・賈誼傳》遠效諸經，近采故事，教習講肄。《梁簡文帝・何徵君墓誌〔銘〕》聚徒教習，學侶成羣。
人道	《禮記》親親尊尊長長，男女之有別，人道之大者也。《史記・禮書》人道經緯萬端，規矩無所不貫。
日記	《論衡》能上書日記者，文儒也。《老學庵筆記》黃魯直有日記謂之家乘。
筆記	《王僧孺・任府君傳》辭賦極其精深，筆記尤盡典實。
學說	任昉文：「闡明學說，周浹典義」。

---

[74] 「意匠」，今多作「創意」等詞。　　[75] 今作「訓練」或「教學」等詞。

	哲理	《常袞·擬制》哲理精深，文詞雅飭。
	講義	《唐會要》諸先生讀經文通熟，然後按文講義。
	口義[76]	《唐書·選舉志》元和二年，停口義。
	太學[77]	《禮》食三老五更於太學。《後漢書·盧植傳》時始立太學。
	中學	《後漢書·祭祀志注》魏文侯孝經傳曰：太學者，中學明堂之位也。
	小學	《禮》天子命之教，然後為學，小學在公宮南之左，大學在郊。
18右	大學	見上。
	婦學[78]	《周禮》九嬪掌婦學之法。
	女學	《錄異記》長安富平縣通關鄉，入谷二十餘里，有東女學、西女學。
	學堂	《史記·仲尼弟子〔列〕傳注》今同州河西縣，有子夏石室學堂。《唐書·藝文志》益州文翁學堂圖一卷。又《陳子昂傳》節度使李叔明為立旌德碑於梓州，而學堂至今猶存。
	講堂	《齊地記》臨淄城西門外，有古講堂，基柱猶存，齊宣王修文學處也。《續博物志》北海有鄭司農儒林講堂。《韓愈孔子廟碑》處州刺史李繁新作孔子廟，選博士弟子置講堂。
	博士	《後漢書·百官志》博士祭酒一人。
	烈士	《史記·伯夷傳》貪夫徇財，烈士徇名。
	頑固	《北史·張偉傳》鄉里受業者常數百人，雖有頑固，問至數十，偉告諭殷勤，曾無慍色。《李絳·兵部尚書王紹碑》頑固
18左		革心，疆內如春。

---

76 今作「口試」、「口頭解釋」等詞。　　　府。
77 「太學」，仍在使用，多指古代高等學　78 「婦學」，現多用「女性教育」等詞。

守舊	《宋史·歐陽修傳》宋興，文章體裁，猶仍五季餘習，鏤刻駢偶，淟涊弗振。士因陋守舊，論卑氣弱。
淘汰	《後漢書·陳元傳》解釋先聖之積結，淘汰學者之累惑。
論說	《禮記》大司成論說在東序。《聖[79]主得賢臣頌》千載一會，論說無疑。
小說	《漢書·藝文志》小說家者流，蓋出於稗官；街談巷語，道聽途說者之所造也。《文心雕龍》文辭之有諧隱，譬九流之有小說。蓋稗官所采，以廣視聽。
謄本	《山谷題跋》此書既以遺荊州李翹叟，既而亡其本。復從翹叟借來未謄本，輒為役夫田清盜去。按日本裁判所公牘，由此本謄錄而出，亦代正本之用，名曰謄本，我則謂之副本。
圖書	《漢書·蕭何傳》收秦律令圖書，具知天下阨[80]塞，戶口多少強弱。
機器	《莊子》鑿木為機，挈水若抽，又有機械者，必有機事。有機事者，必有機心。《崔伯陽·珠賦[81]》嗟雖鑒其眉睫，疑未曉其機器。
電感[82]	《宋史·樂志》感電靈區。
改良	《中說》良工不厭詳改。
習業[83]	《漢書·禮樂志》朝夕習業。
高尚	《易》不事王侯，高尚其志。
新學[84]	《文心雕龍》新學之銳，則逐奇而失正。

79　原書見「王襃聖」，無「王襃」二字。
80　「阨」，今作「阸」。
81　原書見《崔公度珠海賦》，以為有誤。
82　今作「電磁感應」等詞。
83　今作「學業」、「研修」等詞。
84　今作「新式教育」、「當代學術」等詞。

19 左	志士	《孟子》志士不忘在溝壑，勇士不忘喪其元。
	助教	《柳宗元文》助教之職，佐博士以掌鼓箧楑楚之政。
	功課	《韓非子》功課而賞罰生焉。
	請假	《南史·蕭惠開傳》請假還都，相逢于阿曲。
	給假[85]	《隋書·禮儀志》太學諸生，每十日給假。
	山脈	《博物志》地以名山為脈，草木為之毛，石為之骨，土為之肉。
	水平	《管子》水平而不流。按算學有水平綫[86]。
	書名	《周禮》外史掌達書名於四方。注：古曰名，今曰字。《儀禮·聘禮注》名謂文字也。按和文有片假名、平假名。
	手工	《清異錄》木匠總號運斤之藝，又曰手民、又曰手貨。按即手工之先聲。
	博物	《左傳》晉侯聞子產之言，曰博物君子也。《晉書·張華傳》博物洽聞，世無與比。《夏侯湛·東方朔像贊》偘儻博物，觸類多能。
20 右	蒸餾	《說文》餾飯氣蒸也。按化學有蒸餾語，其分別蒸餾者曰分餾。
	滲透	《文選·海賦注》滲淫小水津液也。按滲透即滲淫意。科學家辨液體所不能滲受之物，曰不滲透質。
	地質	《陳瓘文》天氣而地質，無物不然，人藐乎其間，亦一物耳。按今別有地質學，專攻古代地層蘊蓄之質。
	測深	測量海水深淺之器，深去聲。《周禮·地官》以土圭測土深，正日景，深去聲，謂測其所以深。
	幼蟲	李賀詩：「花間蝶抱幼蟲飛」。按理科家以未成形諸蟲為幼

---

[85] 「給假」，仍用於公務機關。　　[86] 「綫」，今作「線」。

	蟲。
微蟲[87]	《說文》風動蟲生，故蟲八日而化。《詩》雲漢傳蟲，蟲而熱疏，蟲蟲是熱氣蒸人之貌。按據此，則古人已知風及空氣中有蟲。今談物理者，以微生物感熱而化，發生甚易，本此。
雛形	《學古編》扶風馬鈞善技巧，太和門飛鳳大可丈許。造時先刻小木鳥為形，及造成，與大者無毫髮之異。按日語以物有原形相同，而藉以作為模型者，曰雛形。
酢酸[88]	醋酸，化學中一名詞。日語則呼醋為酢，文字亦同，最為不失古義。按《說文》酢醶也。徐鉉曰：今人以此為酬醋字，反以醋為酢字，咍俗相承之變也，倉故切。
窒素[89]	《班固・白虎通》始起之天，先有太初，後有太始，形兆既成，名曰太素。按化學家以無他物混雜之質為窒素，窒有元渾義，又名淡氣，原質為要素。
藝人	按日語以賣技藝為生者，皆曰藝人，字出《周書》而與此異。
導師	《佛報恩經》導師者，導以正路，示涅槃經，使得無為長樂故。
學生	《後漢書・靈帝紀》光和元年，始置鴻都門學生。《唐書・選舉志》律學生五十人，書學生三十人，算學生三十人。
習慣	《家語》孔子曰：少成若天性，習慣成自然。
輕氣[90]	《淮南子》氣之輕清而上浮者為天。
空氣	《淮南子》西窮杳冥，東開鴻濛。按鴻濛亦云空濛，即今所

20 左

21 右

87　今作「微生物」等詞。
88　今作「醋酸」。
89　「窒素」為德語 'Stickstoff' 直譯詞，今作「氮氣」等詞。
90　今作「輕質氣體」等詞。

		謂空氣。
	真空	《參同契注》真空不染，微隙所入。按語與今理化學家符合。
	參考	《後漢書·班超傳》參攷行事。《宋史·律曆志》淳祐十一年，殿中御史陳垓言，今一旦廢舊曆而用新曆，不知何所憑據。請參攷推算頒行。
21 左		
	試驗	劉迎·本草萊菔詩：「試驗頗為大」。
	格致[91]	《歸田錄》近時名畫，李成、巨然山水，包鼎虎、趙昌花果。昌花寫生偏真，而筆法輕俗，殊無古人格致。按大學格物致知別是一義，談新學者，每強附之，無當也。
	地軸	《博物志》地有四柱，廣十萬里，有三千六百軸。按與今科學家地軸說異，而名詞已舊。
	翻譯	《隋書·經籍志》翻譯最為通解。
	通譯	《後漢書·和帝紀》論西指，則通譯四萬。
	問題	《唐國史補》試進士號省題，發題策問。《盧氏雜記》宣宗每對朝臣問及有科名者，必問所試題目。
22 右		
	心算	《酉陽雜記》邢和璞得黃老之道，善心算。
	同志	《禮儒行》儒有合志同方。
	年齡	沈約詩：「餐玉駐年齡」。
	微塵	《楞嚴經》如來常說，諸法所生，惟心所現，一切因果，世界微塵，因心成體。
	人格	按我史家有人表，儒家有人譜，皆所以助人羣進化者，新名詞人格一語，較表譜尤切身心，懸格之招，慎無違格，可當格言。

91　今作「科學探究」等詞。　　92　「實理」，現多用「物理原理」等詞。

實理[92]	《世說新語》茗柯有實理。言[93]茗柯小物，尚有實理，此魏晉人格致之談也。
學等[94]	《禮記》然後立之學等。
高等	《唐書·孔戢傳》入高等，授秘書。
訓讀	《敏求記》訓讀分明。按伊呂波文字，有訓讀、音讀二義。
湼伏[95]	《方言》爵子及雞雛皆謂之鷇，其卵伏而未孚，始化謂之湼。按人體學家所謂腦氣筋，譯以雅名，則曰湼伏，狀人腦如湼伏於腦蓋中，若爵子及雞雛，伏而未化於卵殼內，生息相關，徧布全體，誠善談物理也。
師長	《周禮·地官》順行以事師長。
校長	《史記·彭越傳》令校長斬之。《後漢書·百官志》每園陵校長各一人。按今以主學校者為校長。
算術[96]	《漢書·藝文志》許商二十六卷算術書。《後漢書·馬嚴傳》子續善九章算術。

第四節　語之屬第三（訓纂三）

自由	《隋書·文帝紀》朕貴為天子，不得自由。按由自從也。《易》由豫。虞注：由，從也。《論語民可使由之鄭注》又《廣雅·釋詁》由，式也。此自由之界說。
運動	《董仲舒·雨雹對》運動抑揚。《薛逢賦》衰榮不繫乎寒暑，運動罔差乎經歷。
發達	《蕭穎士序》蓋取諸勾萌發達。

93　原書見「○」言等等，以為錯字。
94　今作「學階」或「學級」等詞。
95　今作「胚胎發育」、「孵化期」等詞。
96　「算術」，今多作「數學」。

	範圍	《易》範圍天地之化而不過。疏，範謂模範；圍謂周圍。
	風潮	《宋玉賦》風起潮涌。
	過渡	《爾雅濟渡疏》方言云，過渡謂之涉濟。
24右	機關	《鬼谷子》口者，機關也。白居易詩：「隄防官吏少機關」。
	意見	《唐書‧高宗紀》上元元年，天后上意見十二條。
	名譽	《〔毛詩正義〕‧詩箋》聖王明君，口無擇言，身無擇行，以身化其臣下，故令此士皆有名譽於天下。《漢書‧李陵傳》陵善騎射，愛人謙讓下士，甚得名譽。
	腐敗	《漢書‧食貨志》武帝之初，太倉之粟，陳陳相因，充溢露積於外，腐敗不可食。
	演說	《書‧洪範九疇疏》自初一曰五行至威用六極，皆是禹所次第而敘之。下文更將此九類而演說之。
	七曜	《穀梁傳》七曜為之盈縮，注日月五星。按日本用西例，以七日為一週，曰日曜、曰月曜、曰火曜、曰水曜、曰木曜、曰金曜、曰土曜。
24左	女士	《詩》釐爾女士。
	同胞	《張子西銘》民吾同胞也。
	種族	《漢書‧高帝紀》種族其家，盡讓高祖。范成大詩：「芟夷人薦羞，蓋欲殲種族」。
	時代	《禮記疏》吾以二書觀之，知上代以來至於今世，時代運轉，禮之變通。
	天職	《孟子》弗與共天位也，弗與治天職也。《荀子》天職既立，天功既成。
	鞠躬	《論語》入公門鞠躬如也。《諸葛亮‧出師表》鞠躬盡瘁。
	脫帽	《司空圖‧詩品》築室松下，脫帽看詩。

舉手	《南史·柔然傳》夷俗無拜跪,舉手作禮而已。
拍掌	《梁武帝·手勅》尚想高塵,每懷擊節。按擊節今拍掌也。葛長庚詩:「凭欄拍掌呼」。
競爭	《莊子》有左、有右、有倫、有義、有分、有辯、有競、有爭,此之謂八德。
衝突	《詩予曰有禦侮疏》有武力之臣,能折止敵人之衝突者,是能扞禦侵侮。又《與爾臨衝疏》衝者,從旁衝突之稱。《英雄記》揚塵大呼,直前衝突。
贊成	《書孔·序》因而佐成曰贊。
變通	《易》變通配四時。陸雲詩:「日征月盈,天道變通」。
開道	《禮記》季春之月,命司空開通道路,無有障塞。
優待	《宋史·王嗣宗傳》少力學自奮,游京師,以文謁王祐,頗見優待。
對待	張憲詩:「萬古晨昏常對待,兩丸日月自雙飛」。
滑稽	《史記·滑稽傳》淳于髡長不滿七尺,滑稽多辯。《屈原·卜居》將突梯滑稽如脂如韋,以絜楹乎。《揚雄·酒賦》鴟夷滑稽,腹大如壺。注酒器也。按滑稽蓋古方言,或曰桔槔[97],或曰酒吸,皆取瀾翻之義。
野心	《左傳》狼子野心。
壓力	《史記·張儀傳》儀說韓王曰:夫秦卒與山東之卒,猶孟賁之與怯夫,以重力相壓,猶烏獲之與嬰兒。
能力	《柳宗元·牛賦》命有好醜,非汝能力。
性質	《唐書·柳公綽傳》幼孝友,性質嚴重,起居皆有禮法。
主義	《汲冢周書》主義行德曰元。

---

[97] 「槔」,今作「槹」,即今之滑車。

	名義	《史記·張敖傳》貫高轞車膠致，與王詣長安，中大夫泄公曰：此固趙國立名義不侵為然諾者也。《中興書目》大象賦一卷，題張衡撰。李淳風注：備述眾星名義，如古賦之禮。
26右	完全	劉真·九老會詩：「賞景當知心未退，吟詩覺猶力完全」。
	正式	《文心雕龍》若能確守正式，使文明以健，則風清骨峻，篇體光華。
	組織	《劉峻·廣絕交論[98]》組織仁義，琢磨道德。
	許可	《世說新語》范甯作豫章，八日請佛有板。眾僧疑，或欲作答。有小沙彌在座末曰：世尊默然，則為許可。
	存在	《禮記·如此而后君子知仁焉疏》仁猶存也。君子知禮樂所存在也。
	調停	《宋史·蘇轍傳論》元祐秉政，力斥章、蔡，不主調停。君子不黨，於轍見之。劉克莊·元祐黨籍碑詩：「早日大程知反覆，暮年小范要調停」。
26左	精神	《莊子》精神之運。《李善·文選·神女賦注》精猶神也。
	主張	《韓愈·送窮文》各有主張，私立名字。
	交叉	《隋書·禮儀志》造六合殿、千人帳，載以槍車，車載六合三板。其車軨解合交叉，即為馬槍。**按科學家語，有交叉點。**
	平均	《詩·鳲鳩·毛傳》鳲鳩，秸鞠也。鳲鳩之養其子，朝從上下，暮從下上，平均如一。《漢書·律曆志》鈞者，均也。陽施其氣，陰化其物，皆得成就平均也。
	幹事	《易》貞固足以幹事。《陸機·薦郭訥表》通濟敏悟，才足幹事。
	放棄	《史記·樂書》李斯曰：放棄詩書，極意聲色，祖伊所以懼

---

[98] 原書見《劉峻文》。

	也。《吳越春秋》子胥曰：大王放棄忠直之言，聽用讒夫之語，豈不殆哉？	
維持	《干寶·晉紀總論》賴道德典刑以維持之也。	
要求	《楚辭》下垂釣於溪谷兮，上要求於仙者。	27 右
影響	《書》惠迪吉，從逆凶，惟影響。《後漢書·郎顗傳》天之應人，敏于影響。	
有限	《徐陵·與楊遵彥書》散有限之微財，供無期之久客。《魏文帝·與吳質書》塗路雖局，官守有限。	
剝奪	《元稹·錢貨議狀》黎庶之重困，不在於賦稅之闇加，患在於剝奪之不已。	
穩健	《唐國史補》劉晏居取便安，不慕華屋。食取飽食，不務兼品，馬取穩健，不擇毛色。	
健兒	《樂府·折楊柳歌》健兒須快馬，快馬須健兒。跁[99]跒黃塵下，然後別雄雌。	
瓜分	《漢書·賈誼傳》高皇帝瓜分天下，以王功臣。	
妨害	《楊修·答臨淄王牋》若乃不忘經國之大美，流千載之英聲。斯自雅量，素所蓄也，豈與文章相妨害哉？	27 左
決裂	《戰國策》范雎曰：穰侯使者，操王之重，決裂諸侯。	
手段	《上蔡語錄》[100]邵堯夫，直是豪才，嘗有詩云：當年志氣欲橫秋云云。此人在風塵時節，便是偏霸手段。	
暗殺	《後漢書·宦者傳》曹節王甫，暗殺太后。	
單獨	《後漢書·安帝紀》元初六年，賜民尤貧困孤弱單獨穀人三斛。《易林》蒼龍單獨，與石相觸。	
效力	《宋史·朱勝非傳》王鈞甫見勝非，勝非因以言撼之曰：上皇	

---

[99] 「跁」，今作「蹕」，蹕跒為擬聲詞。　[100] 原書見《謝上蔡語錄》，是謝良佐所撰。

		待燕士如骨月[101]，那無一人效力者乎？
	勾當[102]	《歸田錄》宋曹彬既平江南回，詣閣門入，見牓子稱：奉勅江南勾當公事。按勾當，本六朝以來譯外國語，諸寺院碑多有勾當語。今日語尚以作事為勾當。
28 右	勾留[103]	白居易詩：「未能拋得杭州去，一半勾留是此湖」。
	小使[104]	《禮·內則注》給小使也。《王羲之帖》小使去想告慰。按今日本呼僕役曰小使。
	中間	《孔叢子》女嫁不以媒，士不中間見，非禮也。
	披露	《後漢書·蔡邕傳》宜披露失得，撫陳政要。《楞嚴經》生滅根元，從此披露。
	開幕	《徐彥伯〔·登長城〕賦》衛青開幕。《元稹文》開幕選才。
	定名	《管子》按實而定名。
	新名	《荀子》若有王者起，必將有循於舊名，有作於新名。
	獨立	《易》君子以獨立不懼，遯[105]世无[106]悶。
	成立	《李密·陳情表》零丁孤苦，至於成立。
28 左	中立	《史記·田儋傳》是時居梁地中立，且為楚，且為漢。
	介紹	《禮記》介紹而傳命，君子於其所尊弗敢質，敬之至也。
	紹介[107]	《史記·魯仲連傳》平原君曰：請為紹介。注：猶媒介也。
	媒介	《晉書·索統傳》為陽語陰媒介，事也。《唐書·張行成傳》古今用人，必因媒介。
	勢力	《諸葛亮·交論》勢力之交，難以經遠。
	目的	《荀子·勸學篇》質的張而弓矢至焉。按《小爾雅·廣詁》質

---

101 「月」，今作「肉」。
102 今作「辦事」、「業務」等詞。
103 「勾留」，今僅常用於法律領域。
104 今作「僕役」、「傳令兵」等詞。
105 「遯」，今作「遁」。
106 「无」，今作「無」。
107 「紹介」日語詞，現多見於日語用法。

	要也,目要也,兩字同詁。又《列子》引烏號之弓,綦衛之箭,射其目,矢來注眸子,而眶不睫。日語目的亦作目途。
內容	《博古集覽》周考王甗,內容十二升。
變相	《名畫錄》唐吳道元、閻立本,皆有地獄變相圖。
仲立[108]	即中立也。《禮·月令》、《左文六年襄十九年釋文》,中本作仲。按日本語以立於他人之中而為之居間者,曰仲立。商業有仲買,裁判有仲裁,皆中也。
一毛	《孟子》拔一毛而利天下。按毫毛古通假字,日本衡以十毛為一釐,幣制亦然。
親等	《禮·中庸》親親之等。按日本民法有三親等、四親等、六親等諸名。
切目[109]	《一切經音義》節目斷處也。按日語謂切斷之痕迹[110]曰切目。
地表	《蔡邕文》天維地表。按地理家以地面為地表。
抵擋	《丹鉛錄》抵當猶言豫備。其實宜作底當。五石之瓠,大而無當,當亦底也。物有底則能容物。
變動	《易》變動不居,周流六虛。
占有	《韻會》占固有也。《韓文釋義》占有也,占小善者率以錄。按日語以不問其物之屬己屬人,得以隨便使用其物之權利者,曰占有權。如借他人所質之物,用他人存寄之品皆是。
取締	《說文》締結不解也。《廣韻》締連結也。皆有管理監守之義。按日語取締,猶吾語具結。
取消	取此苟切,入上聲二十五有。取消者,扯消也。《容齋隨筆》

---

108 今作「仲裁」、「調停」等詞。　　110 今作「跡」。
109 今作「重點」、「關鍵」等詞。

	俗以行事作罷曰扯消，甚至官書亦行用之。按日語又有抹消，謂塗抹而消滅之，則沿我古語之抹搬也。
膨脹	《易·大有釋文》彭張[111]，壯也。彭亨驕滿貌，字皆不必从膨。《左》成十，晉侯將食張如廁。僖十五，張脈僨興。又桓六隨張[112]，必棄小國，皆音朱亮反。
家督[113]	《史記·越世家》陶朱公長男曰家子，曰家督。按日本法律有所謂戶主權者，戶主亦曰家督。
劇場	《傳燈錄》竿木隨身，逢場作戲。按今又謂之劇場。
毬場[114]	亦稱鞠場，至宋稱教場，皆屯兵習武處也。《唐書·李愬傳》屯兵鞠場。又《崔從傳》集軍士毬場〔宣詔〕。《宋史·禮志》高宗幸大教場。皆講武場，猶今操場也。
旅館	謝靈運詩：「旅館眺郊岐」。
川敷[115]	《書·禹貢·馬注》《漢書·地理志·上集注》敷，分也。按日本語以備河水流通之地，曰川敷。
得點[116]	《局戲譜[117]》骰子即古六博，擲者於成色之外，或計點，得點多者勝。按日本選舉議員，用投票法，計算人得若干票，即曰得若干點。
同情	陸游詩：「同情況味託良朋」。
追悼	《魏文帝追封鄧公策》追悼之懷，愴然幽傷。
計畫	《漢書·陳平傳》臣計畫有可採者，願大王用之。《後漢書·馮援傳》若計畫不從，真可引領而去矣。

---

111 今作「膨脹」。
112 原註：即所謂勢力彭張。
113 今作「戶主」或「家長」等詞。
114 今作「球場」、「運動場」等詞。
115 「川敷」，早期日語借詞，今作「河道」、「堤岸」。
116 「得點」，主要用於「得點圈」等詞。
117 以為是指《竹香齋象戲譜》。

伸縮	《宋史·陳亮傳》左右伸縮，皆足以為進取之資。
區別	《論語》譬諸草木，區以別矣。按區分也，故日語以分途處謂之區間。
斷送	韓愈詩：「斷送一生惟有酒」。
流動	《梁昭明太子·解二諦義》生滅流動，無有住相。
正味[118]	《莊子》民食芻豢，麋鹿食薦，蝍且甘帶，鴟鴉嗜鼠，四者孰知正味。按莊子命意在務實，今日本語以事之真且實者，為正味。
減殺[119]	減削權力之分量曰減殺。殺去聲，讀若隆殺[120]。
瑕疵	《左傳》予取予求，不汝瑕疵也。按日語以受人強迫或欺詐而不意，則謂之瑕疵之意思表示。
皇張[121]	《韓愈文》張皇幽眇。按張皇本《書》張皇六師。日本漢學家倒其文。
目論[122]	《史記·越世家》齊使者曰：幸也越之不亡也！吾不貴其用智之如目，見毫毛而不見其睫也。今王知晉之失計，而不自知越之過，是目論也。按今日本語以設計為目論。
祕密	按《內典》有秘密經。原出譯藏，其實當作閉密。《禮記·樂記》陰而不密。注：密之言閉也。
競賣	《說文》賣賣，出物貨也。从出，从買。徐鉉曰：貨精，故出則競買之。按日語以拍賣為競賣。拍，拍張也。原出夷俗字，含競意。

31右

---

[118] 「正味」，早期日語借詞，今作「本質」、「真實價值」等詞。
[119] 「減殺」今少用，見於「減殺業」等佛教概念。
[120] 「隆殺」ㄌㄨㄥˊㄕㄚˋ，尊卑、厚薄、高下等意思。
[121] 今作「張皇」、「慌張」等詞。
[122] 「目論」，早期日語借詞，今作「計畫」、「策劃」。

	生殖	《左傳》溫慈惠和，以效天之生殖長育。
	荒天[123]	按日語，謂風雨天惡，曰荒天。《揭傒斯詞》風雨荒天，草草離人宿。
31左	隱語	日本人用日常通行之語，而其意別有所指，使他人不解其意所在，是謂隱語。隱語起於《韓非子》及《史記·滑稽列傳》、《漢書·東方朔傳》。
	調查	查係俗語俗字。惟《封氏見聞記》，查談方為查驗之查。調查本由調驗而起。調有交換證據之意。東坡調水符為最先，必宋以前語也。
	逋脫[124]	秦觀詩：「欲索詩逋如兔脫」。按日語以偷漏為逋脫。
	生熱	《老子》靜勝熱。河上公注：熱者，生之源。
	熱心	《南史·鄭燭傳》常苦心熱，以瓜鎮之。
	狂熱	《素問》在陽則為狂熱。注：中風狂走熱在內也。
	醵出[125]	醵金相助而支出之。日本語曰醵出。按《廣韻》醵會錢飲酒也，相承以閫資為醵。
32右	公正	《史記·伯夷列傳》非公正不發憤。《漢書·朱邑傳》性公正，不可交以私。
	保証	《張元晏·謝〔奉常〕僕射啟》孜孜保証，矻矻維持。
	生利	《左傳》仲尼曰：義以利生。
	結婚	《後漢書·梁皇后紀》結婚之際，有命既集。《古詩》千里遠結婚。
	體質	《晉書·南陽王保傳》保體質豐偉，嘗自稱重八百斤，喜睡。
	怪狀[126]	《譚子·化書》以柔孕剛，以曲孕直，以短孕長，以大孕小，

---

[123] 「荒天」，早期日語借詞，今作「惡劣天氣」。
[124] 今作「逃稅」、「規避責任」等詞。
[125] 今作「集資」、「籌款」等詞。

	以圓孕方，以水孕火，以丹孕黃。小人由是知可以為金石，可以為珠玉，可以為異類，可以為怪狀，造化之道也。
分析	《漢書·中山諸王傳》稍自分析。《後漢書·徐防傳》諸家分析，各有異說。
標準	《孫綽·〔丞相〕王導碑文》信人倫之水鏡，道德之標準也。
厭世	《〔佛〕本行經》眾生厭世。
支店[127]	按支店亦日語，謂分店也。唐人謂之兒店。白樂天詩：「水驛路穿兒店月」。
獨佔	蘇軾詩：「獨占[128]人間分外榮。」按日語以專利為獨占。
特色	《任昉文》天表秀特，軒狀堯姿。按姿狀字與色同詁，即今語所本，實猶殊色、絕色、出色也。
時評	《後漢書·許邵傳》好覈論鄉黨人物，每月輒更其品題，故汝南俗有月旦評焉。
利權	《左傳》既有利權，又執民柄。
發明	《說苑》鳳晨鳴曰發明。按鳳身仁戴智嬰義膺信負禮，故其鳴有似發揮昌明者。
交換	《通典》其虞候軍職掌准初發交換。
同意	《孫子》道者，令民與上同意。
服從	《禮記》四十始仕，方物出謀發慮，道合則服從，不可則去。
奴隸	《顏氏家訓》爰及農商工賈，廝役奴隸，釣魚屠肉，飯牛牧羊，皆有先達，可為師表。吳師道詩：「溷跡漁樵莫惆悵，得時奴隸總輕肥」。
民志	《易》君子以辨上下定民志。《禮·大學》大畏民志。

126　今作「奇異現象」、「異常形態」。　　128　今作「佔」。
127　「支店」，早期日語借詞，今作「分店」。

	公德	《晉書·索襲傳》公德名儒，可咨大義。按今以關於公眾者，為公德；關於一己者，為私德，則古無其語也。
	聯絡	《謝覲·賦》遐邇覊縻，上下聯絡。
33 左	招待	林逋詩：「山客相招待」。
	限制	《宋史·李光傳》長江千里，不為限制。
	虛無	《史記》道家無為，其術以虛無為本。
	前途	陶潛詩：「歸子念前途」。杜甫詩：「前途猶準的」。
	團體	按圓社宋代鞠場語，謂集蹴圓者合一社也，語意與今團體將母同。
	同願[129]	《戰國策》且又淮北宋地，楚魏之所同願也。
	勞力	《孟子》或勞力。《漢書·元帝紀》正躬勞力。
	現象	《寶行經》觀世音現象三十有九，文殊現象七十一。
	折兌	《宋史·食貨志》以鈔折兌糧草。
	取次[130]	按唐時俗語也。白居易詩：「醉把花枝取次吟。至宋人於高文典冊〈蘇軾·上神宗書〉人材取次可用」。
34 右	姿勢	《舞逾錄要》舞態姿勢，有斜正進退前後。
	聯合	《諸葛亮·南蠻[131]》南蠻多種，性不能教，聯合朋黨，失意則相攻。
	集合	《爾雅》會合也。注：會者，集合也。
	肉欲	《梁武帝手勑》塵網牽連，肉欲障擾。
	流血	《史記·主父偃傳》怒者，逆德也。兵者，凶器也。古之人君一怒，必伏尸流血，故聖王重行之。
	專利	《左傳》汝專利而不厭。《國語》榮公好專利。

---

[129] 今作「共同目標」等詞。
[130] 今作「隨意」、「馬虎」等詞。
[131] 原書見「心書」，譯為有誤。

生活	《孟子》民非水火不生活。
幼稚	《姜堯章家書》吾方幼稚，讀書日七八十行。
老大	《古詩》少壯不努力，老大徒傷悲。
干涉	《金史·撒离喝傳》固不敢干涉。
敗壞	《傳燈錄》道吾見雲巖補草鞋。云：作甚麼？巖云：將敗壞補敗壞。師云：何不道即敗壞非敗壞。
反對	《古今詩話》詩有正對、反對、連對、絕對等名。按今語所自起。
事實	《史記·秦〔本〕紀》運理羣物，攷驗事實，各載其名。《韓非子》聆姦人之浮說，不權事實。
根本	《史記·律書》土者制事立法，物度軌則，為萬事根本。《陸贄文》王業根本，於是在焉。
大陸	《書》至於大陸。《爾雅》晉有大陸。按與今地理學家言，字同義異。
狀態	《寶行經》佛說世人狀態不一。《梁武帝·龍教寺碑》浮屠湧現，千態萬狀。
平等	《南史·梁武帝紀》幸同泰寺，設平等會。《五燈會元》天平等，故常覆。地平等，故常載。日月平等，故四時常明。涅槃平等，故聖凡不二。人心平等，故高低無諍。
平權	《漢書·申屠剛傳》聽言下賢，均權布寵。按均即平也。
陸沉[132]	《莊子》方且與世違，而心不屑與之俱。是陸沈[133]者也。《晉書》神州陸沈。
天然	《後漢書·第五倫傳》章帝躬天然之德。《沈約文》貞粹稟于天然。

34 左

35 右

---

[132] 今作「沉淪」。　　[133] 今作「沉」。

	強迫	歐陽修詩:「世事強相迫」。
	合格	《易林》合格有獲。
	困難	《崔永徽文》困苦艱難,遭時不造。
	偉人	《魏志·鍾繇傳》此三公者,乃一代之偉人也。
	英雄	《魏志》太祖謂劉備曰:天下英雄,惟使君與操耳。《五代史》楊行密初起合肥,與劉威陶雅之徒,號三十六英雄。《人物志》草之精秀者為英,獸之拔羣者為雄。
35左	贊同	楊巖詩:「兩心贊和同」。
	元因	《佛本行論》佛閔世人,慎勿造因。因緣生相,是為元因。遠因結遠果,近因結近果,善因結善果,惡因結惡果,無量因結無量果,歷刼[134]消受。按「元因」,今作「原因」。
	結果	見上。
	合群	《荀子》古之所謂士仕者,厚敦者也,合羣者也。
	民人[135]	《漢書·禮樂志》今海內更始,民人歸本。
	信用	《史記·楚世家》其君能下人,必能信用。《漢書·樓護傳》谷子雲筆札,樓君卿唇舌,言其見信用也。
36右	作用	《傳燈錄》性在何處。曰:性在作用。
	鼓吹	《宋史·樂志》鼓吹者,軍樂也。《陸機·鼓吹賦》原鼓吹之伊始,蓋稟命於黃軒。
	軍人	《鶡冠子》軍人奉法,戰士忘身。
	合同	《禮》合同而化。按今所稱合同,乃古所謂質劑,劑音資。
	根據	《漢書·霍光傳》光黨親連體,根據于朝廷。
	證據	《後漢書·繆彤傳》彤獨證據其事。
	廣義	《字說》義,裁制也。義有廣狹,如帛幅因制裁定。

---

[134] 「刼」,今作「劫」。　　[135] 今作「人民」。

狹義	見上。
鎖港[136]	白居易詩：「鎖港菰蒲舟不到」。
暗潮[137]	黃滔詩：「春帶暗潮生」。
旅行	《蘇軾文》纍纍然如人之旅行於牆外而見其髻也。
徵文	《宋書·禮志》禮記殘缺之書本，本無備體，折簡敗字，多所闕略。正應推例求意，不可動必徵文。
生存	《易·乾卦疏》以長萬物，物得生存。
技能	《史記·孟嘗君傳》無他技能。
混成[138]	《老子》有物混成。《班固·典引》庶類混成。
時機	《江表傳》精識時機。《魏徵文》應時機以鼓之，總羣策以決之。
光榮	李白詩：「名在列女，籍竹帛以光榮」。
血誠[139]	《陸機表》肝血之誠，終不一聞。
代價	《册府元龜》準交易以代價。
公共	《漢書·張釋之傳》法者，天子所與天下公共也。
消滅	《陳琳檄》若舉炎火以焚飛蓬，覆滄海而注燼炭，有何不消滅者哉？
軌道	《漢書·禮樂志注》軌道言遵道，猶車行之依軌轍也。
究竟	《吳志·魯肅傳》語未究竟。
合意	《漢書·匡衡傳》同心合意，庶幾有成。
態度	《荀子》容貌態度，進退趨行，由禮則雅，不由禮則夷。
透光	《夢溪筆談》世有透光鑑，鑑背有銘凡二十字。以鑑承日光，則背文及字皆透，在屋壁上了了分明。

36 左

37 右

---

[136] 今作「封鎖港口」等詞。
[137] 今作「潛流」。
[138] 「混成」，今多作「混合」等詞。
[139] 今作「赤誠」、「忠誠」等詞。

	斷絕	《戰國策》蘇秦曰：夫謀人之主，伐人之國，常苦出辭斷絕人之交。
	督責[140]	《史記·李斯傳》夫賢主，必且能全道而行督責之術者也。
	相當	《周禮·天官·閽人掌掃門庭注》門庭門相當之地。《後漢書·隗囂傳》兵馬鼓旗相當。
37左	手續	《一切經音義》續手續絲麻也。按日語以辦理之規則、次弟，謂之手續。
	公益	《國策·秦策》於是出利金以益公費。
	風致[141]	按點綴風景之林，日本曰風致林。蘇詩：「林泉風致且高歌」。
	餘裕[142]	《孟子》豈不綽綽然有餘裕哉？按日語謂收入與支出相比較而得盈餘者，曰餘裕金。
	全體	劉克莊詩：「山晴全體出，樹老半身枯」。
	價值	《北史·盧昌衡傳》求還價直。
	預算	耶律楚材詩：「雄材能預算」。
	個人	《王實甫曲》個人無伴。
	比例	陸游詩：「道里山川相比例」。
38右	歡送	《晉子夜歌》送歡長安道。
	歡迎	《陶潛·歸去來辭》僮僕歡迎。
	談話	《北齊書·崔稜傳》後到一坐，無復談話者。
	公敵	《論衡》不仁者，仁者之公敵也。
	愛情	徐陵詩：「情愛日纏綿」。
	感情	《晉子夜續歌》情感日以增。

---

[140] 今作「監督」、「責任追究」等詞。　[142] 今作「餘裕空間」等詞。
[141] 今作「風景」、「風韻」等詞。

第二章 《新名詞訓纂》原文　377

惡感[143]	《傳燈錄》善惡諸感，每無了義。	
真相	《後畫品〔錄〕》江都王畫人物狗馬，各有真相。	
幸福	《龍宮寺碑》幸承景福，翹首配天。	
速成	《論語》非求益者也，欲速成者也。	
自然	《老子》道法自然。	
周旋	《禮》進退周旋。	
規格	《東京夢華錄》賣藥賣卦，皆具冠帶。至於乞丐亦有規格。	38 左
探刺	《蘇舜欽疏》窺伺官寮，探刺旨意。按即偵探，刺音戚。	
拋物[144]	按算術家有拋物線，悟此理者因見果落樹頭，拋墮成線，乃觓此名。《詩》摽有梅。謂梅實拋落也，摽古拋字。	
理由	《宋史·蔡挺傳》洞晢理由。	
新體	《舊唐書·元白傳贊》文章新體，建安永明，沈謝既往，元白挺生。王惲詩：「新體此無加」。	
施行	《易》雲行雨施，品物流行。《禮記》施則行。	
舊劑[145]	《左思·魏都賦》藥劑有司。	
寫真[146]	《杜甫·丹青引》必逢佳士亦寫真。	
支那[147]	《宋史·天竺國傳》天竺表來。譯云：伏願支那皇帝，福壽圓滿，壽命延長。	
剎那	《楞嚴經》沈思諦觀，剎那剎那，念念之間，不得停住。	39 右
觀念	見上。	
潮流	《沈約文》疾比潮流，速逾巖電。	
準備	《宋史·職官志》年支準備，衣服以待。又《張所傳》以岳飛	

143　今作「厭惡感」、「負面情緒」等詞。
143　今作「偵查」、「探查」等詞。
144　「拋物」，今用於「拋物線」等詞。
145　今作「舊方」、「舊藥方」等詞。
146　「寫真」，常見日語借詞，今作「攝影」、「照片」等詞。
147　已淘汰。

	為準備將。
預備	《尉繚子》無困在于預備。《將苑·戒備[148]》預備而虞。
成效	《秸[149]康文》明之以成效。《左丞張忠宣公[150]》擇人往治，要其成效。

第五節　物之屬第四（訓纂四）

材料	《宋史·職官志》工部分案六，曰工作、曰營造、曰材料、曰兵匠、曰檢法、曰知雜。
庖丁	《莊子》庖丁為文惠君解牛，奏刀騞然。按今日語竟以厨[151]刀為庖丁。
出品	《畫史》杭僧真慧畫山水佛像，近世出品，惟翎毛墨竹有江南氣象。
列車	王粲詩：「列車息眾駕」。
開車	《南齊書》開車迎問。
上林[152]	《漢書·百官公卿表》元鼎二年，初置掌上林苑。按日語以森林之最上者曰上林，次中林，次下林。
革履[153]	《漢書·鄭崇傳》上笑曰：我識尚書革履聲。《隋書·林邑傳》足躡革履。
銅像	《唐書·食貨志》請以銅像、鐘、磬、鑪鐸，皆歸巡院州縣，銅益多矣。又《柳仲郢傳》盡壞銅像為錢。
物競[154]	《南史·徐勉傳》所以如此，非物競故也。

148　原書見《諸葛亮·新書》，譯為有誤。
149　「秸」，通「稽」。
150　原書見「李謙中文」，以為有誤。
151　今作「厨」。
152　今作「森林」、「上林苑」的歷史背景。
153　今作「皮鞋」。
154　今作「適者生存」、「競爭」等詞。

石油	《本草》石油出陝之肅州、鄜州、延州、延長及雲南之緬甸，廣之南雄，自石岩與泉水相雜，土人以燃燈甚明，得水愈熾，宜以甆[155]器貯之，不可近金銀器，直爾透過。
時計[156]	《銅壺滴漏圖說》水中有籌，謂之銀箭，轉以機輪。按晷滴漏以計時。按今稱鐘錶倒其文曰時計，座上者曰置時計，懷中者曰袂時計。
燒酎[157]	《左·襄二十二》見於嘗酎。《禮記·月令注》酎重釀之酒也。按日本以燒酒為燒酎。
燐寸[158]	《物原》引火又名焠兒，削薄木片，蘸以硫黄，遇堅即然。《輟耕錄》焠兒以發火代燈燭用。按此為火柴之祖。日語呼以燐寸者，因用硫黄而枝條以寸為度也。燐性極烈，中國古書多呼以鬼火。
矮林[159]	姚合詩：「矮樹婆娑似老人」。按日語以林之扶疏而不高者曰矮林，即我所謂灌木也。
罐詰[160]	按久藏食物於罐中，謂之罐詰，求其解而不得，予謂詰實也。見《周書·立政·馬注》罐詰云者，罐實云爾。
堊筆[161]	按白粉謂之堊，教育家以之書示學子，日語謂之堊筆。《丹鉛錄》太行山石壁裂，中置六朝人墨漆板白粉寫經，乃知古已有此。
罫紙[162]	按罫，方罫也，界絡之紙。我云烏絲闌、朱絲闌，日語謂之罫紙。

---

155 「甆」，今作「瓷」。
156 「時計」，今作「時鐘」、「手錶」。
157 今作「燒酒」等詞。
158 今作「火柴」等詞。
159 今作「灌木林」或「矮樹林」等詞。
160 今作「罐裝食品」或「罐頭」等詞。
161 今作「粉筆」等詞。
162 今作「稿紙」、「格線紙」等詞。

肉池[163]	《文房肆攷》印泥謂之塗，置印泥者謂之池。塗有麋意，麋有肉意。故日本呼印泥池曰肉池。
蒟蒻	日本植物，根如芋可食。按此即《史記·西南夷傳》及《漢書·西域傳》之蒟醬也。今中國多有之，吳興人呼蒟蒻，與日本同。
花莚[164]	或稱花莫蓙，即有花紋之席也，日語謂之花莚。按莚誤字當作筳，即《吳都賦》之桃笙也。
釣臺[165]	按日本人以綰竹懸板以載物而得以舁之者，曰釣臺。《續方言》攀謂之釣，綰竹懸板，皆攀也。若中國取魚扳罾者是。
年輪	《易》其於木也。為堅多節，為堅多心。按堅多節者，久年之竹類；堅多心者，久年之木類。凡木類，內紋一輪，即知為一年。竹則年輪表見於外，在其根節也。附輪伐齡，日本採伐樹木，矮林十年以上，喬木三十年以上，竹林三年以上，有定例，謂之輪伐齡。
障子[166]	《花間集》紙閣梅花障子，日斜冬煦[167]。按日語呼紙窗為障子。
蟻量[168]	母蛾生蠶子於紙，秤得其重量曰蟻量。按蛾、蟻古字通，今吳興人稱蠶蛾尚曰蠶蟻。
行燈[169]	日本燈，以木為架，糊之以紙。按制同中國官用高腳燈牌，宋製也，見《容齋隨筆》。
松明[170]	陸游詩：「夜缸油盡點松明」。按松明，唐宋人語也。山家多然[171]松脂代油，今日本風俗，束松枝之有脂者為火炬，

41 左

---

163 今作「印泥盒」、「印泥池」等詞。
164 今作「花席」、「草蓆」等詞。
166 今作「紙窗」、「屏風」等詞。
167 「煦」，今作「暖」。
168 「蟻量」，已淘汰，由「蠶種稱重」或「蠶卵重量測量」等詞取代。
169 今作「紙燈籠」、「燈架」等詞。
170 今作「松脂火把」、「火炬」等詞。
171 「然」在此作「燃」。

	亦沿吾稱。	
杯臺[172]	《遼史·禮志》執臺盞進酒。按有臺之酒盞也,日本以盛杯之臺為杯臺。	
桝量[173]	桝[174],日本量名,字同桀。《方言》關東大斗謂之桀。按今日本五升小斗亦謂之桝。	
斗概[175]	《禮·月令》正權概。概所以平斗者也。按日語盛穀類於斗畫平之器,謂之概。	
支柱	《字彙》㭘,音薦,屋斜用㭘枝柱也。按日語以木支撐房屋、垣牆防坍倒者,曰支柱。	
管瓣[176]	《觱栗譜》喇叭、瑣納管中所裝之膜,謂之瑣納瓣。按今科學家,汽機管中所裝之舌,使汽氣往來不至過度者,曰安全瓣。	
天井[177]	《西京賦》蒂倒茄於藻井。注引《風俗通》曰:今天井。按即承塵,俗名天花板。溫庭筠詩:「寶題斜翡翠,天井倒芙蓉」。今日本人沿呼承塵為天井。	
壁紙	按日本糊壁之紙,亦曰壁襖。司空圖詩:「四圍壁砑銀光紙」。	
口錢[178]	按口錢,漢制也,與此異。唯《因話錄》載維揚生不給口錢事,謂口許以錢而不給也。今日本人以酬報買賣媒介之錢曰口錢,尚有唐人之遺。	
唧筒[179]	《識小錄》兒童以竹管塞棉絮,入水令滿,激使高上,唧然	

---

172 今作「酒盞托」、「酒托」等詞。
173 「桝量」,已淘汰,古代的容量計量單位,今作「斗量」或「升量」,一升「桝」約 1.8 公升。
174 「桝」,日本地名用字。
175 「斗概」,已淘汰,是古代計量器具。
176 今作「閥瓣」、「閥門」等詞。
177 「天井」,早期日語借詞,今作「天花板」。
178 今作「佣金」、「仲介費」等詞。
179 今作「抽水機」、「水泵」等詞。

有聲，謂之唧筒[180]。今科學有抽水機，日本人呼以唧筒。

味淋[181]	按淋〔氵禽〕[182]，中國酒名，日本有名酒號味淋者，又有食品號味噌者，皆所以表示至味也。
上簇[183]	《女紅餘志》璘藉蠶簇也。按俗亦謂之上山。日本育蠶至作繭時，曰上簇，簇以藁茅荻蓲等為之。
五朱[184]	《泉志》漢泉文五銖，有作五朱者。按日本昔時貨幣有四朱、五朱。
催青[185]	《吳蠶錄》瀹種未全出，微火烘之，謂之催青。按今蠶學家孵化蠶子，別立煖房，謂之催青室。
元結[186]	《左氏襄四年傳注[187]》髻本作紒，又作結。按紒亦作紛。婦女髮上飾以結髻。今日本婦人以紙或帛作粧飾品，韜於髮，謂之元結。
蹴鞠[188]	《漢書·藝文志》兵技巧家蹵鞠三蒼鞠毛丸可蹴戲者。《郭注》蹴鞠兵勢也。所以陳武士簡材力也，黃帝所作或曰起戰國時。按今日本呼蹴皮球曰蹴鞠。
一廉[189]	《儀禮鄉射飲禮注》側邊曰廉。《論語注》廉，謂稜角峭厲。按日本語以一角為一廉。
昆布	《爾雅》䈚似箭，布似布，東海有之。按昆布亦名海帶，其式有似布幅，小者如帶，水產也，又見《本草》。
纇節[190]	《說文》纇，絲節也。《玉篇》絲節不調也。按日語以織物時

43 右

43 左

---

180 曾昭聰《當代權威字典應重視明清俗語辭書》：宋曾公亮等撰《武經總經·前集》卷十二：「唧筒：用長竹，下開竅，以絮裹水桿，自竅唧水。」

181 「味淋」，早期日語借詞，今作「甜料酒」。

182 該字只見於韓國歷史情報統合系統，目前尚未收入於 Unicode 15.1 編碼。

183 今作「蠶上山」。

184 「五朱」，早期日語借詞，已淘汰。

185 今作「孵蠶」或「催化孵化」。

186 現多用「髮飾」或「髮帶」。

187 原書見《左襄四釋文》，以為有誤。

188 「蹴鞠」，現多用「蹴鞠」。

189 「一廉」，已淘汰，現不再使用。

	絲斷結繫曰纇節。
駕籠[191]	按籠、籃二字通。熏籠轉為烘籃,眠輿故稱籃輿。日本人呼籃輿為駕籠,古謂之筱,蓋今游山竹轎也。
假髮	婦按人義髻[192]也。《左》哀十七公自城上,見己氏之妻髮美,使髡之以為呂姜髢[193]。今呼假髮,日本仍謂之髢。
法螺	《南史·夷貊傳》林邑國王出乘象車,吹螺擊鼓。按釋氏以螺吹列法器,故名法螺。日本古時以螺通孔而吹之,軍陣用以示進退,入山用以作引導。
煤氣	《南部烟花記·夜珠[194]》一士人娶得陳宮人,夜炷火,惡煤氣,曰宮中照夜,懸珠一顆耳。
手燭[195]	《周禮·天官·疏》若今蠟燭對人手蓺者,為手燭。按日人以中國之手照燭為手燭。
方針	按羅盤、指南針,原出中國,惟中國皆指南,外國有指北者,方針之不同如此。
人形[196]	《遼史·禮志》五月重五日,以綵絲宛轉為人形。《西湖游覽志》游春黃胖,泥製人形,為西湖土宜。按日本呼泥孩為人形,即所謂摩喝樂者也。
基礎	按《字書》磌,基址也。《淮南子》山雲蒸,柱礎潤,注礎柱下石礩也。《一切經音義》楚人謂基碣曰礎。
礁石	《甬東游記》風水相鬭,舟不能尺咫,一撞焦石且糜解,不可支持。今承作礁。

44右

44左

---

[190] 「纇節」,早期日語借詞,已淘汰,現不再使用。
[191] 「度支」,現多用「竹轎」或「山轎」。
[192] 「髻」,盤結於頭頂或腦後的頭髮。
[193] 「髢」,今作「鬄」,指假髮。
[194] 補〈夜珠〉。
[195] 「手燭」,已較少使用。
[196] 「人形」,早期日語借詞,現多用「人偶」或「泥娃娃」。

丸船[197]	《丹鉛別錄》 荀子流丸，止於甌臾。謂以甌水泛小丸，猶莊子覆杯水於坳堂之上，芥為之舟相似。按日語正以丸呼船。
植物	束皙補亡詩：「植物斯高，動物斯大」。

---

[197] 「丸船」，現多用「圓形船」或「船隻」。

PART 6

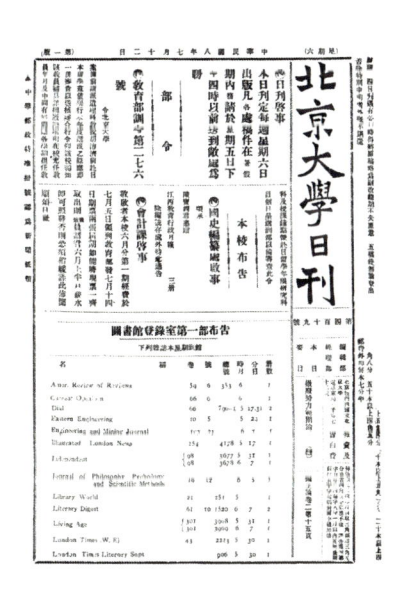

日本文名辭考證 1919

劉嘉和 1870-1929

致力於追溯日語詞彙來源，
代表早期學者試圖澄清詞源的努力。

第一章

《日本文名辭考證》導讀

《日本文名辭考證》是劉齏和（1870–1929 年）所著的一篇文章，於 1919 年 5 月 7 日至 6 月 18 日間，在北京大學日刊上發表。劉齏和，湖南善化（今湖南長沙）人，字敘含，號少珊，在甲午戰爭（1894 年）期間擔任湖北提督文書管理員，並於 1906 年左右赴日留學大約兩年，在日本法政大學就讀。回國後，他和方叔章在北京創辦了《中央日報》，推動憲政主義。之後應聘北京大學主講老莊哲學，有《新解老》一書。劉韶軍於《老子集成》給予劉齏和正面的評論道：「既是新解，欲發明老氏精深學說，故其文詞以通行為主，多采新名詞，如積極有為，是《老子》的最要之旨，…」[1]。在 1915 年至 1929 年期間，劉齏和隱居於北京附近的法源寺。

《日本文名辭考證》可被視為中源說的代表著作之一。文章開頭簡短介紹宗旨後，主要內容在於討論 128 個新名詞，對其進行了逐一的詞源研究。其動機和方法有一點類似周尚夫的《新名詞訓纂》，但與前者其相比，劉齏和花更多的心思在於歷史考察上，可說相當認真用心在探討新名詞在中日兩國之間的來龍去脈。方法上，當然難免受到當時民族主義氣氛的影響，除此之外，探源方法上的主要限制，在於過度強調詞形（字組），而非詞義。只要在古漢語文本中出現同樣詞形的詞，劉氏便認為是足以證明該詞彙源自漢語，而非日語，不論其語法功能或詞義如何。

《日本文名辭考證》討論了幾個現代中文已不再使用的日語借詞，例如「支度」今作準備、就緒，「沙汰」今作情況，「安價」今作便宜，「亭主」今作丈夫，以及「由緒」今作起源等。

舉例而言，《日本文名辭考證》之所以可稱為「中源說」的一個代表，

---

[1] 熊鐵基，陳紅星主編：《老子集成》（北京市：宗教文化出版社，2011 年），卷 11，頁 726。

從以下例子可見。在討論片假名的名稱，甚至包括其歷史脈絡時，他判斷，片假名作為書寫系統：

> 使此則日本假名二名，乃吾國六朝時周顒所創。...
>
> 然則假名之名詞，日本果本於南齊時乎，抑本於長安漢代時乎，又或此名詞本原於印度佛經譯出，展轉流傳於中國，至日本乎。是待深考。

今天一般都認為，無論是名稱或書寫系統本身，片假名並不是中國人或印度人發明的，而是日本僧人自身所創造的，是為了方便閱讀印度佛經而將漢字極端簡化，作為記錄印度文發音的工具。

在詞源研究方法上，《日本文名辭考證》依然停留在漢語文獻中尋找相同的兩個漢字字組來證明該詞在漢語中早已存在的事實，卻完全不考慮詞義，也忽視構詞原理，例如，在解釋「馬鹿」這個詞條時，劉先生說：

> 日本謂愚人為巴加二音，其文則馬鹿二字也。... 後漢書崔琦傳，將使玄黃改色，馬鹿異形乎。

《崔琦傳》這裡討論的是馬、鹿外表不同，這是兩個獨立的詞，日語「巴加」一詞只不過借用「馬鹿」兩個漢字來書寫，利用漢字的表音作用而已，分別與「馬」和「鹿」兩個動物毫無關係。這類荒唐的證明比比皆是，可見《日本文名辭考證》由於方法欠缺且目標過於強烈，今日被視為「中源說」的一個典型代表。

明知《日本文名辭考證》有其缺點，但如同對待《新名詞訓纂》一樣，仍對此書保持高度興趣。原因在於，我將它視為民初時期的新名詞詞表，並非特意要深入追究其詞源是否正確。雖然劉氏在詞源研究上確實有所貢獻，對漢語詞彙學也具有一定價值，但本書的研究重點並不在於逐字逐條

地解析每個詞目,而是進行整體性的分析。因此,對於《日本文名辭考證》中對特定語詞的深入探討,本文暫且不作詳論。相反地,我將此書視為一份具有歷史意義的詞彙資料,當中也包括了不少如今已被淘汰的詞語。接下來,將進一步比較《日本文名辭考證》與其他七部早期新名詞著作之間的異同。

《日本文名辭考證》的語言特徵

我們接下來先從詞長分布的結構來開始,《日本文名辭考證》與《論新學語之輸入》雖然內容上有所不同,但在詞長分布上卻是有類似之處。《日本文名辭考證》只討論單字詞、二字詞和三字詞,與其他七篇早期研究文章相比,屬於四種差異性較低的著作之一。其 χ^2 值為 0.32,在顯著水準 $p = 0.05$、自由度為 4 的情況下,遠低於臨界值 9.49。由此可見,《日本文名辭考證》的詞長結構分布正常,無明顯偏差,如下圖所示:

表 1.1:《日本文名辭考證》詞彙與和製漢語之詞長分佈比較

資料	總詞數	單字詞	二字詞	三字詞	四字詞	多字詞
《日本文名辭考證》詞彙	127	4	115	8	0	0
和製漢語	3,224	20	2,411	603	180	10

《日本文名辭考證》所討論的單字詞和三字詞如下:

一字詞　4 個詞: 上、奧、樣、義
三字詞　8 個詞: 法律家、留學生、邪馬臺、似而非、訟訴法、安品子、無邪氣、不同情

在接下來的幾個小節中,我們將進一步探討這些詞彙分別與和製漢語以及現代術語之間的關係。

一、《日本文名辭考證》中的和製漢語詞彙

《日本文名辭考證》一書中，共出現 46 個和製漢語，佔全書收詞的約 36%。這個比例偏低，是八篇著作中第三低的一篇。其中，同時具有現代術語身份的詞有 36 個，佔和製漢語的 78%。這個比例屬於中間水準，在本書八篇早期新名詞研究中與《新名詞訓纂》並列第四。值得注意的是，《日本文名辭考證》所收的部分詞彙，當代學界並不視為和製漢語，更少的是當代術語。這種現象提示我們應該反過來問：為何這些詞在當時曾引起作者的注意。列表中，以底線標示具有現代術語身份的詞。

【ㄅ】表情, 辯護
【ㄆ】披露
【ㄇ】民法
【ㄈ】反動, 反對, 負擔
【ㄉ】動物
【ㄊ】天皇, 條件
【ㄋ】能力
【ㄌ】浪人, 留學生
【ㄍ】公民, 公法, 國權, 觀念, 軌道
【ㄐ】假名, 價值, 寄宿, 接近, 極端, 機關, 競走, 結構, 講義, 警察
【ㄑ】權利, 請願
【ㄒ】宣言, 憲法, 新聞, 相撲, 相續
【ㄓ】主任, 助教, 專制, 政權, 植物
【ㄕ】師範, 社會
【ㄗ】組織, 自由, 資格
【ㄘ】存在

二、僅見於《日本文名辭考證》的和製漢語

在《日本文名辭考證》中，獨有的和製漢語只有 14 個，這些未在本研究的其他作品中被記錄。這 10 個獨特詞彙佔該作品所有和製漢語將近 10.3%，比例很低，在比較八篇早期研究新名詞的作品時，這個比例排名最後。雖然這一數量不算突出，它還是在一定程度上展示了《日本文名辭考證》在記錄新名詞方面的貢獻。

【ㄅ】表情
【ㄈ】反動, 負擔
【ㄊ】天皇
【ㄌ】留學生
【ㄍ】公民
【ㄐ】假名, 寄宿, 接近, 結構
【ㄒ】新聞, 相撲
【ㄓ】主任, 政權

三、《日本文名辭考證》詞彙與現代術語之關聯

針對《日本文名辭考證》的現代術語，無論是否為和製漢語，共有 63 個。現代術語佔全部新名詞的比例為 49%，大致接近整體的中位數，是八部早期新名詞研究著作中第四低的一部。其中，同時具有和製漢語身份的詞共有 25 個，約佔全部現代術語的 40%。這個比例偏低，在八部著作中排倒數第二，顯示本書在詞彙選擇上偏重於一般性詞彙，並未特別集中於和製漢語的術語。每個詞彙右側括號標示其在不同知識領域中出現的次數。

【ㄅ】比較 (2), 表情 (2), 辯護 (2)
【ㄇ】民法 (1), 馬鹿 (1)
【ㄈ】反動 (1), 反對 (5), 法典 (1), 發起 (1), 負擔 (3)
【ㄉ】動物 (2)
【ㄊ】態度 (3), 條件 (5)
【ㄋ】能力 (6)
【ㄌ】靈魂 (1)
【ㄍ】公民 (2), 更正 (2), 觀念 (3), 軌道 (3), 顧問 (4)
【ㄐ】介紹 (2), 假名 (2), 價值 (2), 接近 (6), 極端 (2), 機關 (1), 競走 (1), 結構 (6), 講義 (1), 警察 (1)
【ㄑ】權利 (2), 請願 (2)
【ㄒ】宣言 (1), 憲法 (2), 新聞 (2)
【ㄓ】中斷 (7), 中立 (2), 主任 (2), 主張 (3), 助教 (2), 專利 (1), 專制 (1), 政權 (1), 植物 (5), 正則 (2), 注意 (2)
【ㄕ】上 (6), 生活 (1), 社會 (1)
【ㄖ】日本 (1)
【ㄗ】最後 (1), 組織 (8), 自由 (3), 資格 (1), 贊成 (2)
【ㄘ】存在 (3)
【ㄠ】奧 (1)
【ㄢ】按摩 (1)
【一】一行 (1), 義 (1), 養子 (1)
【ㄨ】威權 (1), 污點 (5)

四、現代術語在《日本文名辭考證》中的比例與分佈

本節的統計，目的主要在比較《日本文名辭考證》中的詞彙分類比例，是否與所有知識領域的分類比例一致，並且此二種比例之間的差異是否具有顯著性。那麼，與本書第二篇的《新釋名》、第三篇的《論新學語之輸入》和第五章的《新名詞訓纂》類似，在分類比例上，《日本文名辭考證》呈現出顯著的差異性，其 χ^2 值高達 9.56，是本書八個早期研究新名詞的早期作品中 χ^2 值第三高的，遠超過臨界值 5.99。這代表，《日本文名辭考證》在收集

詞彙的時候，特別著重於抽象的、一般性的詞彙，而相對來說忽略單一類別的特定詞彙。

表 1.2:《日本文名辭考證》詞彙中被視為和製漢語與現代術語一覽

分組數	全部術語	全部術語比例	名辭考證	名辭考證比例	χ^2
5-17 類別	1,681	0.0032	10	0.1587	7.52
2-4 類別	40,320	0.0772	28	0.4444	1.75
單一類別	480,591	0.9196	25	0.3968	0.30
總數	522,592	1.0000	63	1.0000	9.56

五、《日本文名辭考證》的出版日期與詞數總覽

在以下表格整理了《日本文名辭考證》在北京大學日刊的出版順序、日期和內文所討論語詞的詞數。北京大學日刊所給的版面篇幅空間每一次不同，於是每一次登刊的字數亦有不同，所能討論的詞數也不一樣。最初三次總共討論 49 個詞，佔全部詞數約四成。有 16 次，最多僅能討論三個詞。

表 1.3:《日本文名辭考證》刊登日期與討論詞數一覽

編號	日期	詞數	編號	日期	詞數	編號	日期	詞數
(1)	1919-05-07	22	(10)	1919-05-23	2	(19)	1919-06-11	6
(2)	1919-05-08	16	(11)	1919-05-24	2	(20)	1919-06-12	3
(3)	1919-05-10	11	(12)	1919-05-26	6	(21)	1919-06-13	3
(4)	1919-05-12	2	(13)	1919-05-27	1	(22)	1919-06-14	3
(5)	1919-05-14	8	(14)	1919-05-28	3	(23)	1919-06-16	2
(6)	1919-05-15	11	(15)	1919-06-05	3	(24)	1919-06-17	3
(7)	1919-05-16	3	(16)	1919-06-06	5	(25)	1919-06-18	1
(8)	1919-05-20	4	(17)	1919-06-09	3			
(9)	1919-05-22	2	(18)	1919-06-10	3			

第二章

《日本文名辭考證》原文

第一節　自敘

余於有清光緒乙巳、丙午二年間，留學日本東京法政大學，嘗聽彼邦博士若梅謙[1]、中村進午[2]、小野塚喜平次[3]諸氏講席間，常稱中國古代文明學術不已，且謂彼今所授意在報恩。余又嘗遊其田里，邦耆老猶殷勤道漢學，詢中國典故也。余獨惡見彼之青年學生輩，其狀悻悻，對中國人則概鄙斥之，而對西人則概畏媚之。蓋彼邦人中亦知識度量差異有如是者。迨余歸國，從事新文學於北京，今將十午，目擊吾國今所謂學中新人，大抵猶日京青年學生之狀也。余嘗自云在日本所學問，得自講堂者半，得自新聞者亦半。故余每操觚作論文，布諸報紙，國人批評之，或云識則中矣，文則惜多日本氣，野語有傷文體[4]。蓋謂余文中屢用日本翻譯名辭，今世通稱曰新名辭者是也。余自愧失學無文，得此直靳，固所樂受。但所靳者，非冤[5]吾文，乃實冤中國古代文明學術也。此事殆不可不伸，乃作日文名辭考證。倘能使東京今梅、中村、小野塚諸人博士暨彼邦耆老一覩之乎。吾知彼或將掀起　笑也。戊午十月蕭和自敘[6]。

1　梅謙次郎（Ume Kenjirō, 1860–1910 年），日本著名法學家，具有「日本民法之父」之稱號。
2　中村進午（Shingo Nakamura, 1870–1939 年），東京商科大學名譽教授，因為「七博士意見書」而主張日俄戰爭開戰的學者之一。
3　小野塚喜平次（Onozuka Kiheiji, 1871–1944 年），法學博士，日本首位政治學講座的教授。
4　原註：此語係吾鄉王湘綺。所評吾文者。註釋：王湘綺（1833–1916 年），晚清經學家、文學家。
5　原書見「冤」，今作「冤」。
6　敘今作敘。

【譯文】

　　我在清朝光緒年間的乙巳和丙午兩年（1906年左右），曾經去日本東京的法政大學留學。我聽過那邊的博士，像梅謙次郎、中村進午、小野塚喜平次等人的講座，在講座中他們經常提到中國古代文明和學術，還說現在所授的知識是為了報答中國。我還曾遊歷日本田野，遇見當地的耆老，他們也非常熱心於談論漢學，詢問有關中國的古代典故。但我不喜歡看到那裡的年輕學生，他們對待中國人的態度很冷淡，一概輕視，對西方人則表現出畏懼和奉承。這表明日本人之間在知識和度量上也有很大的差異。返回中國後，我在北京從事新文學，已經十年了，看到我國現在所謂的學術新人，大致和當時在東京的年輕學生一樣。我自己認為，在日本學習期間，我從課堂上得到的知識佔一半，從新聞中獲得的知識也佔一半。因此，我每次寫論文，都會發表在報紙上，國內的人對此有不同的評價，有的說我的見識很中肯，但文風太過帶有日本的氣息，還有的說我的用詞影響了文體[7]。指的是說我的文章中經常使用日本翻譯的新名詞，這些名詞在當今社會被普遍接受。我對自己學識不足、文采不佳感到慚愧，對這些直言不諱的評論感到高興。但他們批評的不是我的文章，實際上是在評價中國古代的文明和學術。這件事情幾乎不可能不去闡明，所以我寫了一篇關於日文新名詞的考證文章。如果能讓東京的梅謙、中村、小野塚等大博士和那邊的耆老看到這篇文章，我知道他們可能會笑起來。戊午十月（1918年10月），蕭和自述。

---

[7]　註譯：這是我的鄉親王湘綺評價我的文章時所說的。

第二節　正文

國權　　楚策或謂楚王曰，是以國權輕於鴻毛。

國務　　今吾國國務院、國務二存，進自日本譯來者，然亦吾國固有之詞。六韜，有國務篇，文王問太公曰，願聞為國之務。又舊唐書渤海靺鞨傳，元和八年，授其主元瑜弟權知國務。又十三年，以知國務大仁秀為銀青光祿大夫。是國務為官名，始於唐代靺鞨也。

寄宿　　日本名旅舍，曰一宿舍，又名暫賃屋室，曰貸席或曰借席。戰國趙策蘇秦說李兌曰，今日臣之來也，暮後郭門，藉席無所。得寄宿人田中云云。

頂戴[8]　日本受人賜物，謝曰頂戴。楚策莊辛對楚王曰，飯封祿之粟，而戴方府之金。

利權　　左傳襄二十年晉欒王鮒謂范宣子曰，欒氏自外子在內，其利多矣。既有利權，又執民柄，將何懼焉。

權利　　論衡程材篇曰，文吏狱徇私為己，勉赴權利。

觀念　　蓮社高賢傳，僧濟曰，吾以一夕觀念，便蒙接引。

教習[9]　劉勰新論閱武術曰，教習之所致也，又曰教習之所成也，又曰教習之功也。

憲法　　晉語中行程子伐秋章曰，賞善罰姦，國之憲法也。淮南子脩務訓曰，烈藏廟堂，著於憲法。

不同情[10]　呂覽原亂篇曰，此事慮不同情也，事慮不同情者，心異也。

師範　　後漢書趙壹傳，壹與皇甫規書曰，君學成師範，縉紳歸慕。今

8　今作「感恩」、「謝禮」等詞。
9　今作「訓練」、「教學」等詞。
10　今作「不同意」、「不支持」等詞。

	日本學校有師範專門。
講義	王荊公集題王逢原講孟子後有云，後七年講義方行。按王逢原時在江寧講學。
動物	馬融傳、廣成頌有曰，挈獫，九藪之動物，環橐，四野之飛征。
植物	同上廣成篇曰，其植物，則玄材包竹云云。
污點	文心雕龍程器篇曰，陳平之污點，絳灌之譖嫉。
中斷	論衡正說篇曰，隱公享國五十年，將盡紀元年以來耶，中斷以備三八之數。
誰何[11]	日本今謂道途，或門前，遇有人詰問來歷者，曰誰何。按舊唐書宦者王守澄倪士良傳云，於是誰何之卒，及御史囊從人持兵入宣政殿院。又同書嚴挺之傳曰，誰何警夜，發鼓通晨。
辯護	劉昭人物志接識篇曰，器能之人，以辨護為度。日本今稱律師曰辯護士，古辯護字通用。
態度	列子說符篇，動作態度，無似竊鈇者。荀子脩身篇，容貌態度，進退趨行，由禮則雅。
馬鹿[12]	日本謂愚人為巴加二音，其文則馬鹿二字也。後漢書崔琦傳，將使玄黃改色，馬鹿異形乎。
迷惑	宋玉九辯曰，中瞀亂分迷惑，又曹植七啓，知頑素之迷惑，呂覽亦屢用此二字。
奧[13]	日本席地坐臥，此吾國古風也。日本每室席隅，必有凹處一段，深約一尺，橫寬約二三尺，此凹處不鋪草蓆，以木飾之。日本名之曰，奧，音呵枯[14]。余讀韓非子說林下曰，衛將軍文子見曾子，曾子不起，而延於坐席，正身於奧，即是日本所謂奧。日

| 11 | 今作「查問」、「詢問」等。 | 13 | 今作「深奧」、「內部」等詞。 |
| 12 | 早期日語借詞，已淘汰，今作「愚蠢」。 | 14 | 原註：和文為オク。 |

	本室中，每於此處懸中堂，書畫、或陳古玩、瓶罄、數事，殆以為室中之主位。魯論曰，與其媚於奧，寧媚於竈。
火事[15]	日本稱火燒屋宇曰，火事。維摩詰所說經云，菩薩以一切火內於腹中。火事如故，而不為害。
專制	漢書蔡義傳，或言霍光置宰相，不選賢，苟用可顓制者。顏注云，顓與專同。又晉書劉惔傳，惔曰，恐桓溫終專制朝廷。又曹植王仲宣誄曰，宰臣專制。
警察	後唐史蕭希甫傳，詔曰，蕭希甫身處班行，職非警察。輒引兇狂之輩，上陳誣訕之詞。
事實	晉書王述傳，述曰，溫[16]欲以虛聲威朝廷，非事實也。又南史裴松之傳曰，世立私碑，有乖事實。又史記莊周列傳曰，皆空語，無事實。
組織	文選劉孝標廣絕交論曰，組織仁義，琢磨道德。
軌道	前漢禮樂志，漢興至今二十餘年，宜定制度，興禮樂，然後諸侯軌道，百姓素樸。
按摩	前漢書藝文志神僊家中，有黃帝岐伯按摩十卷。今日本瞽者，有按摩為業者。
學童	前漢書藝文志，小學家序云，太史試學童，能諷書九千字以上，乃得為史。今日本謂小學生曰學童。
名辭[17]	荀子正名篇曰，彼名辭也者，志義之使也。
注意	史記田敬仲世家，太史公曰，易之為術，幽明遠矣。非通人達才，孰能注意焉。
反動	孟子公孫丑上章曰，而反動其心。

15　早期日語借詞，今作「火災」。
16　原註：桓溫也。
17　現多用「術語」或「詞語」。

亭主[18]　今日本稱家主人，曰亭主。按首楞嚴經，而掌亭之人，都無所去，名為亭主。

宣言　左傳桓二年，宋華父督先宣言曰，司馬則然。

靈魂　楚辭抽思篇曰，何靈魂之信直兮，人之心不與吾心同。

無邪氣[19]　杜甫秋述文中曰，子魏子挺生者也，無矜色，無邪氣，必見用，則風后力牧是已。於文章，則子游子夏是已。無邪氣故也。得正始故也。按今日本謂人趣味可愛者，曰無邪氣。

負擔　左傳莊二十二年，陳敬仲辭卿曰，弛於負擔，君之惠也。

有之[20]　日文日語，每言一事，其句尾，每綴曰，有之アリマヌ候。按史記孟荀列傳中有云，梁惠王曰「會先生來，寡人雖屏人，然私心在彼有之」[21]此有之綴語尾，尋常文法罕用，而日本恰用之。

速成　左襄十一年，宋子罕曰，今君為一臺而不速成，何以為役。又昭九年傳曰，焉用速成。又論語曰，欲速成者也。

馳走[22]　日語謂進食曰馳走。首楞嚴經曰，窮露他方，乞食馳走。日本乃悞解馳走為食。又按墨子明鬼下篇有曰，燕將馳祖，乃燕國祭賽之禮名。或疑馳走，乃馳祖之訛。肅終以日本此語，原於首楞嚴經而悞為是。

沙汰[23]　日語謂選官委命曰沙汰。杜甫上韋左相詩云，沙汰江河濁，調和鼎鼐新。

法典　莊子田子方篇曰，法典無更，偏令無出。

---

[18] 早期日語借詞，中文多用「店主」、「主人」。
[19] 早期日語借詞，現多用「純真」或「天真」。
[20] 已不常用，現多用「確實如此」。
[21] 原註：謂心在馬與謳。註釋：意指內心在馬與謳。此句話形容一個人表面上雖然專心於某事，但實際上內心卻掛念著其他東西，特別是享樂或輕鬆愉快的事情。「馬」和「謳」分別指的是騎馬和歌謠，這裡用來代表享樂或輕鬆愉快的活動。
[22] 早期日語借詞，與「奔走」類似。
[23] 早期日語借詞，今作「裁決」、「選拔」。

第二章 《日本文名辭考證》原文　399

能力　呂論適威篇曰，知其能力之不足也。

被服　日本謂穿著衣帽一切曰被服。呂論士容篇曰，客有見田駢者，被服中法，進退中度。

復雜[24]　呂氏春秋圜道篇曰，精氣一上一下，圜周復雜。按復雜義通。

野心　淮南子精神訓曰，夫牧民者，猶畜禽獸也。不塞其囿垣，使有野心[25]，系絆其足，以禁其動，而欲脩生壽終，豈可得乎。又左傳楚子文曰，狼子野心，是乃狼也，其可畜乎。又淮南子主術訓曰，故有野心者，不可借便勢。

極端　淮南子脩務訓曰，今不稱九天之頂，則言黃泉之藪。是兩末之端議，何可以公論乎。

安品子　日本今婦女名，必曰某子某子，例如一條美子[26]。按唐康駢著劇談錄云，郭鄩見妖將散敗勝業方王氏，鄩究其故曰，先得安品子，王後過鳴珂里，見婦人靚裝倚門悅之，則安品子也。品子善歌，王氏悉以金帛贈之，遂至貧困。按品子蓋妓名，是唐代婦女，有名某子某子之例。又按日本今之娼妓侑酒、彈絃唱曲，皆吾國唐俗。觀唐崔崖《嘲妓詩》曰：「布袍披襖火燒氈，紙補箜篌麻接弦。更著一雙皮屐子，紇梯紇榻出門前。」今日宛然日妓之寫真矣。日本遊廊[27]，各娼妓排坐毡[28]上，各置一火缽於前。

條達[29]　日本今猶男女著木屐，日文名曰下駄，而語音乎曰革達[30]。上條所記，唐人詩曰，更著一雙皮屐子，紇梯紇榻出門前。紇梯紇榻蓋形容木屐聲也。日本俗呼革達，或即紇榻之轉音。又唐張

24　今作「複雜」。
25　原書見「心野」，誤繕，應為「野心」。
25　今作「郵政」等詞。
26　原註：明治后名一條其姓也。
27　原註：即公共娼寮之名稱。
28　「毡」今作「氈」。
29　古代「條」指皮帶或繫物之物，而「達」與「踏」相關。今作「木鞋」等詞。
30　正條詞用「條」，指馬韁繩，在此卻用「革」，作者可能受《詩經·小雅·蓼蕭》：「既見君子，條革忡忡」的影響，以為是同一字。

讀宣室志「圓觀」一則中云，圓觀語與李源偕自荊州上峽行次南泊維舟山下，見婦女數人，儕達錦鐺，負人而汲。此革達或即日本所呼之革達。蓋吾國隋唐時婦女猶著木屐，而日本所傳吾國舊風俗，皆隋唐時代者為多。

吾人　杜詩「入宅」云，吾人淹老病，旅食豈才名。日本新聞論說，作者自稱，每曰吾人，猶言吾輩。蓋新聞紙著論，非一人私言，意在代表輿論也。吾國報紙論說，始但自稱曰記者，而余，則獨採用日本所用之名詞曰吾人，蓋前此皆以為吾人，乃日本語，而記者乃吾國語，殊不知吾人，亦吾國舊名詞也。又吾國新聞論說，著者或自稱曰，我人。蓋以為直譯西文，名詞[31]不知我人二字，亦吾國固有之名詞。詩小雅正月篇曰，哀我人斯。鄭氏箋云，我民人也。茲因吾人附攷[32]證於此。

5　肺病　杜詩「返照」云，衰年肺病惟高枕。

綺麗　此二字，今吾國大抵用作華采之詞，而日本人則以此二字為潔淨清美之義，非指穠麗華采也。及讀杜工部「通泉譯山水作」詩云。一川何綺麗。則知日本之解此，正與吾國唐代人合矣。

注意　杜詩「送鮮于萬州赴巴州」五律云，朝廷偏注意，接近與名藩。史記田完世家，太史公曰，易之為術，幽明遠矣。非通人達才孰能注意焉？

接近　見上一條。

主張　杜牧杜秋傳有詩曰，主張既難測，翻覆亦其宜。

天皇　史記秦始皇帝本紀，羣臣博士議上尊號曰，古有天皇、有地皇、有泰皇，泰皇最貴，上尊號為泰皇。唐書高宗麟德五年，皇帝

31　原註：日本吾人二字，亦係西文譯成，因報紙論說，原始創自西洋也。

32　「攷」今作「考」。

稱天皇，皇后稱天后。今日本稱皇帝猶曰天皇，是仿唐制也。惟皇后則仍稱皇后，不稱天后。

下女[33]　日本稱侍僕女人曰下女，吾國似向無此名稱。然離騷曰，相下女之可詒[34]。注云，侍女也。

天使　今譯東西洋書，每稱天神曰天使。左傳成五年，晉趙嬰夢天使謂已祭余，余福汝。

出頭　日本謂出告於官廳，為出頭。按歐陽修集河東奏草有云，見百姓人户，經臣出頭，怨嗟告訴。

似而非　吾國文用語，有曰似是而非一語，而日本文用此語，則但云似而非。按孟子盡心篇曰，孔子曰惡似而非者。惡莠恐其亂苗也，云云。然則日本文用此語[35]較典矣。

正則[36]　正則二字，吾國用者甚稀。日本則常採用之，如東京正則英語學校是也。吾國人見之，輒以為日本文之名詞。按屈原名平字正則，離騷曰名余曰正則兮，是正則原吾國之名詞矣。

比較　齊語首章，管子對曰，合羣叟比校民之有道者，設象以為民紀。韋昭注云，比方也，校，考合也。按比較，即比校也。

安價[37]　日本謂物價賤曰安，又曰安賣。晉語中行穆子伐狄。鼓人請以城叛，穆子不受曰，不以安賈貳。韋昭注云，賈，市也。安，謂不勞師而得鼓。

機關　潘安仁馬汧督誄曰，罦（音的[38]）以鉄鎖機關。

介紹　介字紹字，吾人皆知為中國文名詞。然介紹二字，聯用則稀。

---

[33] 「下女」，早期日語借詞，現多用「女僕」或「女傭」。
[34] 「詒」今作「貽」。
[35] 原文見「語」字上下顛倒。
[36] 「正則」，早期日語借詞，已淘汰。
[37] 早期日語借詞，現多用「低價」、「便宜」。
[38] 「罦」，是指魚觸網。

	日本稱二個人間之引通者，為介紹人。按王褒四子講德論曰，無介紹之道，安從行乎公卿。
政權	曹元首六代論，有曰宗室竄於閭閻，不聞邦國之政權。日本文每云接近政權，謂與聞國政也。恰與曹文用語相合。
覺悟	吳語申胥曰，王若不得志於齊，而以覺悟王心。而吳國猶世。又八大人覺，經亦有此二字。又唐義山雜纂中，「有智能」一項，其一曰臨事覺悟。
最後	史記封禪書曰最後皆燕人索隱云，最後，猶言其後也。又佛道教經中，亦有此語。
主任	日本稱為主之人曰主任。如某科主任教習是也。按抱朴子彈禰篇有曰，文舉為之主任。
更正	日本於報章各文字發表後，如有錯誤，於後期補行改正者曰更正。按王充論衡談日篇曰，春秋莊公七年，夏四月辛卯夜，恒星不見，夜中星霣[39]如雨。公羊傳曰，不修春秋，曰雨星，不及地尺而復。君子修之，曰星霣如雨。孔子之意，以為地有山林樓臺云，不及地尺，恐失其實更正之曰如雨。
瓜分	抱朴子安貧篇曰，今海內瓜分，英雄力競。
一行	日本每謂同行出門者曰一行。舊五代史晉少帝紀末云，一行乏食，又云契丹母召帝一行，往懷密州。然則一行云者，借唐代之常語。日本最承中國隋唐社會之風，故一行二字，至今獨流傳於日本。余嘗見吾國近人有彙集「辭源」一書者，彼自稱雜俗古今用語無遺。然余翻觀其書，開首「一」字類中，即無一行之

---

[39] 「霣」，通「隕」。

第二章　《日本文名辭考證》原文　403

辭[40]。

結構	此詞中國亦用之，見舊唐書王叔文傳，特不如日本之常用耳。	8
就中[41]	日本文每言某某中之某，則曰就中。按全晉文（書名）清朝嚴可均敘符子曰，就中有云，至人之道也云云。又唐元好問故物譜畫，有李范許郭諸人高品，就中薛稷六鶴最為超絕。是知就中，亦唐人常詞也。	
都合[42]	抱朴子金丹篇曰，都合可用四十萬而得一劑。按日本今謂事恰湊合曰都合。又曰不都合，則不合宜之意也。	
請願	前漢書京房傳曰，房為魏郡太守，房自請願無屬刺史。按漢書，此文亦可以房自請句，願無屬刺史句讀之。而今日本文，則凡有請求於上者，曰請願，其上之書，即名曰請願書，足聯合請願兩字為一詞矣。然義仍不悖。	
相撲	日本有風俗上一大典儀，即相撲是也。羣聚特自養成之力士，開場角力，如鬥牛狀，其儀式至公，且有禮。按吾國古有此風。唐李商隱著義山雜纂中，「不相稱」一項，其一曰瘦人相撲（言不稱也）。又「羞不出」一項，其一曰相撲人面腫。今日本相撲，皆極肥壯之力士，若有皮面受傷者，即當數日不出場，知此完全為吾國唐風矣。	9
公民	今吾國自改建共和民國以來，凡以眾百姓參與國家政事者，稱曰國民，或曰公民。如國民黨公民團之類是也。大抵以此名稱，為移譯自東文者。然觀韓非子五蠹篇有曰，是以公民少而私人眾矣。是知公民，亦吾國古稱也。	

---

[40] 2015 年版的《辭源》包含「一行」一詞，是指：一、一種德行，一種特出的行為；二、一羣；三、一面；四、一經；五、人名。見於何九盈主編：《辭源》（香港：商務印書館，2015 年），頁 3。

[41] 現多用「其中」。

[42] 今作「合適」、「湊巧」等詞。

10	**公法**	吾國法律向無公法私法之分。自譯外國法律名詞，乃有萬國公法之名，此係譯自西文者。萬國公法，在日本文譯作國際公法。又日本法學家，分國內法為公法與私法兩類。如憲法、刑法、等屬於公法，如民法、及商法、等屬於私法。而吾國古代法家韓非子五[43]蠹篇中有曰，州部之吏，操官兵、推公法，而求索姦人。按韓子此語，即以刑法為公法，正與現今日本名詞義合。
	表情	白虎通姓名篇曰，人之所以相拜者，何也？所以表情見意，屈節卑體尊事之者也。按今日本新劇場演劇，模仿歐美戲劇作派，最重表情一項作法。蓋此表情之語義，日本復自西文譯來。凡演劇角色，能以身段手足，表出戲中人之神情者，統曰表情。此二字吾國人驟覩似覺新，然亦吾國文中舊有者也。
11	**生活**	日本文每云人民生活。吾國則以生活二字為俗語，不甚典雅。然究非俗詞也。孟子盡心上篇曰，民非水火不生活。
	自由	荀悅申鑒雜言下篇有曰，縱民之情，使自由之，則降於下者多矣。此自由二字之義，正與日本法律書所云人民居住自由、信教自由、言論自由，諸自由之義合。
12	**法律家**	吾國本有法家者流之名稱。然日本則稱法律學者，為法律家。吾國人近採用此三字，以為日本新名詞也，孰知不然。按漢蔡邕獨斷曰，徹侯，後避武帝諱，改曰通侯。法律家皆謂列侯。此漢代即明明有法律家三字之名詞矣。
	顧問	淮南子氾論訓曰，周公誅賞制斷，無所顧問。日本有樞密顧問官。
	汎論[44]	日本各學校教習，所編各科學講義，其體例，每分汎論（謂汎論大概也或曰總論）與各論（謂分論或其各項細目也）汎論名稱，

---

43 原文見「玉」，誤繕，是「五蠹」。

見吾國淮南子書，有汎論訓一篇。

價值 日本文語，每謂人而卑鄙無節操者，曰無價值。此語意亦出自吾國。漢書曰生平誹程不識[45]不值一錢，即言無值也。又懶真子[46]載宋建中間京西都運，宋喬年以遺逸舉授文耶，李方叔以詩嘲之曰，文林換却山林興，誰道山人索價高。此即無價也。

萬歲 日本今每逢羣聚歡騰時，共呼萬歲，亦吾國古俗也。三國吳志吳範傳中曰權獲關羽時，外稱萬歲，傳言得羽。又吳書，權令趙達算作天子後，當復幾年，達曰高祖建年十二年，陛下倍之。權大喜，左右稱萬歲。又陸賈新語，每奏一篇，高祖左右皆稱萬歲，見漢書。又戰國策齊馮諼矯命，以責賜諸民，因燒其券，民稱萬歲。又呂覽言宋康王射革，堂上下皆呼萬歲。

民法 吾國大清律，近代學外國法律者，始病其民刑不分。於是乃仿日本民法刑法之例，別訂民律刑律。一般人似以民法二字，為日本譯西法之名。殊不知吾國古代，原有民法之名。商書序云「咎單作明居。」孔傳云咎單臣名，主土地之官，作「明居」、「民法」篇亡，然則商湯時，咎單為主土地之官，并非典刑之吏，乃作民法，是適與今日本之民法合名同實矣。惜原文亡失耳。

訟訴法[47] 日本於民法刑法各種法律外，別有民事訟訴法、刑事訴訟法，所規定皆兩造起訟，及法庭審判諸項，過節規矩，即手續法是也。吾國至近年改造司法各制，始蹈襲日本而著此法。不意此訴訟法三字之名詞，乃見吾舊籍中通鑑。後周太祖廣順二年，立訴訟敕，民有訴訟，必先歷縣州，及觀察使。處決不直，乃聽詣臺省。或自不能書牒，倩人書者，必書所倩姓名居處。若

44　今作「概論」、「總論」等詞。
45　程不識是漢武帝時的名將，別稱「不敗將軍」。
46　《懶真子》五卷，宋馬永卿撰。
47　今作「訴訟法」等詞。

無可倩，聽執素紙，所訴必須己事，毋得挾私客訴。按此即純然與今訴訟法合也。鼐讀書至此，深歎吾中國文化久長，方今東西各外國所有事，除最新近發現之學理外，其大部分皆為吾國經歷過來者。第今之淺士，偶覩[48]外國物事，欲自矜異，遂持以嚇我，多見其數典忘祖，少見多怪而已。夫以吾中國數千年文化、道術之高深，至今乃託諸此等淺薄士夫之手，至可痛惜。非余好罵，余不得已也。

14 **社會** 日本譯西文人羣之義曰「社會」。吾國嚴幾道[49]譯西文此名詞，則曰「羣」。例如嚴氏所譯西文「羣學」，日本乃曰社會學[50]。按社會二字，亦吾國舊詞。宋程顥傳曰，「鄉民為社會，顥為主科條，旌別善惡」。

贊成 日本謂同意於某事而樂助成之者為贊成。按舊唐書，玄宗楊后傳曰，玄宗幸蜀，百姓遮留太子於渭河，宦者李靖忠啟太子請留，竇良娣贊成之。

反對 日本謂不同意於某事而抗阻之者，為反對。蓋贊成之對詞也。吾國亦有之。按隋書經籍志上末卷有曰，豫造雜難，擬為讎對，遂有芟角反對互從等，諸翻競之說。此云反對，即反駁其說之意。

15 **由緒**[51] 日本或謂某一事物之原來理路曰由緒。出自首楞嚴經曰，雖未通其各命由緒。

黨魁 日本稱政黨為首之人曰黨魁。按吾國宋史胡安國傳中、唐書李宗閔傳中，皆有此稱。宋史胡安國傳曰，呂頤浩欲排異己，或教之指為朋黨，且曰黨魁在瑣闥[52]。

---

48 「覩」今作「睹」。
49 嚴復（1854–1921 年），字幾道。
50 原註：嚴所譯羣學肄言一書，在日本譯名社會學原理。
51 今作「淵源」、「來歷」等詞。
52 原註：蓋安國時為侍讀也。

資格	日本每稱此語，吾國亦有此語，見於公牘文字中，或疑其無典。按新唐書楊國忠傳有曰，「自是資格紛謬，無復綱序」是資格二字，亦唐代語也。
日子	謂某日為日子，吾國惟俗語稱之。如云某日日子好，或曰好日子。文中則無稱日子二字者。而日本則文中亦嘗稱用之。例如某新聞云，「勃牙利動員之日子為十五日。」按吾國南史劉遜之傳曰，「今漢書無上書年月日子。」是日子二字之稱，六朝時已見諸文字。
小生[53]	吾國近代自稱，謂之謙語。其於文字中，或曰鄙人，曰不肖，曰僕，曰小子，曰鯫生，而獨無有自稱小生者。惟戲劇腳本傳奇詞曲以來，即有小生一項名曰，故皆習於戲語。人自稱小生，即共笑為戲弄。然余在日本，見其書生致書師長之列，上稱先生，自稱小生。及歸國，偶談讀舊唐書，元稹上令狐楚書，自稱小生。又唐代叢書雲溪友議，言魏藝為給事，謂李回曰，侍郎為試官，送百二人，獨小生不蒙一解。始知吾國唐人，無論文言口稱，皆自稱曰小生。後復讀說文徐鉉等上疏中，引李陽冰，自云斯翁之後，直至小生。是知小生之稱，實典雅矣。故余在京師，常以此自稱，人亦有半笑之者、半疑之者，余不為改也。
專利	日本譯西國商法，謂工人發明器物，先歸一己獨賣者曰專利。按國語周厲王說榮夷公章曰，「今王學專利，其可乎？匹夫專利，猶謂之盜。」
新聞	日本稱報紙為新聞紙，吾國則稱報，反以新聞二字不如報字之典。殊不知唐尉遲樞著書一冊，名曰「南楚新聞」，其中皆雜記

---

[53] 僅見於戲劇用語，現較少作為自稱。

		時事之文。日本新聞之名，蓋取於此。
	支度[54]	日本為女兒辦嫁裝，曰支度。舊唐書中有支度使名目，如豐王珙[55]傳，珙為河西等路節度支度採訪使。又舊唐書韋挺傳曰，乃遣韋懷質往挺所，支度軍糧，檢覈渠水。按吾國唐人固言出財辦事，為支度，有此一語也。
17	發起	日本稱創議辦一事者，為發起人。吾國社會，今亦襲用此名詞，而不知所由來。按南齊書周顒傳，顒與何點書勸令菜食，其書末云，聊復寸言，發起耳斯。若自今論之，則當云周顒發起菜食會矣。
	存在	南齊書丘巨源傳曰，巨源上書，請封賞。宜其微賜存在，少沾飲齡。
	浪人	日本稱布衣遊俠，放浪狂蕩之徒，曰浪人。余疑即吾國浪子之類。按唐李肇著國史補曰元結，始在商，於之山稱元子，遊難人猗玗之，山稱猗玗子，或稱浪士。漁者呼為聱叟，酒徒呼為漫叟。及為官呼為漫郎。今日本浪人情狀，恰與此類。所稱浪人，即唐之稱浪士也。
18	假名	日本文字有平假名、片假名之別。假名二字，日音呼為卡納。蓋謂假借漢字為名也。余觀南齊書周顒傳曰，顒長於佛理，著三宗論，立空假名，立不空假名；設不空假名，難空假名，設空假名，難不空假名，假名空難二宗，又立假名空。時有西涼州智林道人遺顒書，言少見長安耆老多云，關中高勝，乃舊有此義，過江東畧[56]是無一云云。[57]使此則日本假名二名，乃吾國六朝時周顒所創，而據智林道人所云顒論，又長安舊存。然則

54　今作「準備」、「安排」。
55　原書見「琪」，誤繕，即「珙」。
56　「畧」今作「略」。

57　原註：末句原書如此，不甚明瞭。大抵道人謂周顒此論，長安耆老，舊有斯義，特過江後，聞者少耳。

	假名之名詞，日本果本於南齊時乎，抑本於長安漢代時乎，又或此名詞本原於印度佛經譯出，展轉流傳於中國，至日本乎。是待深考。總之日本此名詞，必原於吾國而起，則無疑矣。按日本古代創造假名文字，名曰伊呂波歌其人，即空海道人也。[58]
披露	日本謂新婚諸事，發布於眾者，曰披露。按隋書李安傳高祖詔曰，安與弟悊深知順逆，披露丹心。蓋當時安悊之叔，欲謀害高祖，安悊發其謀，故云。又首楞嚴經曰，生滅根元，從此披露。
競走	日本學校體操之一。莊子曰形與影競走也。
中立	國語晉反自稷，桑章里克曰，中立其免乎。又曰吾以對中立。又戰國策，齊楚搆難，宋請中立。此正與今之國際中立之名詞合。
威權	國語晉平公六年，章陽畢對曰，明訓在威權，威權在君，又曰遂威而遠權。
愛力[59]	抱朴子交際篇曰，人之愛力，甚所不堪，而欲好日新，安可得哉。
戀情	唐教坊記，曲名有戀情歡，戀情深等名目。今日本最喜用此戀情等字。
義	日本今稱以木為假脚者曰義足。按唐太真外傳，天寶末，京師童謠曰，義髻拋河裡，黃裙逐水流。因貴妃常以假髻為首飾，今日本義足之稱，稱唐人之義髻也。
足利[60]	日本史云，昔有巨臣權奸鑄石像，號曰足利尊像。按大唐傳載曰，陸羽創煎茶法，鬻茶之家陶其像，置於錫器之間，云宜茶

58　原註：唐以前僧人亦稱道人。
59　今作「愛的力量」等詞。
60　已淘汰。

		足利。日本足利像之稱，或即本此。蓋吾國唐代始興茶道，今日本茶道禮儀風雅，蓋純為唐風，而吾國則自胡鬧以來，此風失之久矣。
20	上	今日本文法，輒有用上字成文之一例，如云「既得勝以上」或云「此在法律上論之。」此等上字用法，余於新聞文章偶用之，人每笑為日本風。不知此文法，亦吾國舊有者。觀戰策魏孫臣謂王曰，魏不以敗之上割（句），可謂善用不勝矣。而秦不以勝之上割（句），可謂不能用勝矣。此文中兩上字用法即開日本文法之例。然吾國文至近代，解此用法者甚稀。
	留學生	吾國今往日本，入學校肄業者，日本名曰留學生。按此名字亦中國史籍所有。舊唐書日本國傳有，貞元二十年，遣使來朝，留學生橘免勢學問僧空海，元和元年，日本使判官高階真人上言，前件學生藝業稍成，願歸本國，便請與臣同歸。從之按此則唐代日本派學生來吾國留學，稱為留學生。在今則吾國派學生至日本留學，復稱為留學生，正相反對。吾人念此三字名詞，舊新因果所關，感慨係之矣。
	樣	日本今稱人曰樣，例如致書函面云，「某某樣」。吾初不知作何解。讀新唐書徐堅傳曰，楊再思每日為鳳閣某人樣。蓋堅時為再思判稱，官贊再思有文學態度也。是日本稱人為某樣，亦吾國唐人語而然。
21	助教	學校各教授外，更有助教名目，吾國近亦用之。然仍襲日本名詞也。按南史到溉傳曰，溉為國子祭酒，請立正[61]言（武帝所撰）助教二人，後賀琛又請加置博士一人。是知學校中助教名目，乃吾六朝時有之。

61　原書見「疋」，以為錯字。

人形　　日本今謂傀儡曰人形，此名詞吾國無稱者。吾國俗稱傀儡，隨地各異其名，如湘楚間，則俗稱曰菩薩。北京則或稱曰切幕子。粵東則俗稱曰工仔。余讀通鑑後漢馬援。見公孫述，述鸞旂旄騎警蹕，就車，磐折而入，禮饗，官屬甚盛，而援謂之修飾邊幅，如偶人形，此言裝飾，若木偶傀儡，徒增玩好耳。日本稱傀儡曰人形，語殆本此。

邪魔[62]　日本謂擾人之事曰邪魔，猶吾國俗云瞎鬧，或搗亂之意。然吾人猝聆日人此邪魔一語，疑若不切。蓋吾國普通用語之觀念，皆以邪魔者，乃邪氣妖鬼之名詞，似不可作擾亂之動詞用也。然吾觀唐譯首楞嚴經中，言魔事擾亂，禪定於三昧中，僉來惱汝，是魔之為物，與人按時，專為擾亂妨害而現。故日人此語，實為切當本義。且用此語，反比瞎鬧或搗亂之詞為典雅。因首楞嚴經末章，有曰外道邪魔，所感業終云云。是邪魔二字，固吾國經典中，有此原語矣。

　　按文語以名詞作動詞用，吾國文中，亦嘗有此例。而日本文則此例甚多。幾於凡名詞綴於日文ヲ（音同吾國之餓）字，下而下以ス（音同吾國之斯）為尾者，皆可作動詞也。即如所錄之邪魔，及所錄之馬鹿，皆名詞而作動詞用之類也。

相續[63]　日本民法中有「相續法」，此名詞吾國罕用。惟唐譯首楞嚴經中云：「三種相續」或云「生死相續」。

各各[64]　首楞嚴經云，「各各自謂，得無上道」。

庖丁[65]　日本俗稱菜刀庖丁，此名不知如何取義。按吾國莊子養生主篇

62　早期日語借詞，今作「妨礙」、「擾亂」。　64　少用，今作「每個」。
63　今作「繼承」。　65　多指「廚刀」。

曰,「庖丁為<u>文惠君解牛</u>」。一節中言刀之句甚多。如曰「臣之刀,十九年矣,所解數千牛矣,而刀刃若新發於硎。」又曰「刀刃者無厚」。余疑<u>日本</u>呼刀為庖丁。或即由<u>莊子</u>書中文,而古來引用為典,展轉岐悮,亦猶首楞嚴經文有乞食馳走之句。而<u>日本</u>至今遂訛稱進食為馳走也。此等訛傳之名辭,吾國亦在所不免。矧<u>日本</u>隔國,傳用<u>漢</u>文,偶有此訛,不足怪也。又按<u>日本</u>之庖丁名詞,但現於廚刀,其他刀類,不適用庖丁之稱。益知庖丁解牛之刀,所悞傳矣。

23　**養子**　以異性男為後者,吾國今俗稱義子。<u>日本</u>此風通行,惟稱曰養子。<u>日本</u>民法中,所謂「養子緣組」之規定是也。余讀吾國<u>蜀志</u>,<u>衛繼</u>傳云:「繼為縣長,張君乞養為子,時法禁以異性為後,故復為衛氏」。可知<u>日本</u>養子之名詞,原出於吾典。

邪馬臺　以上所錄,類皆漢字名辭,不意日本土音(即和音)之名詞,竟有見錄於吾國古籍間者,即邪馬臺<u>日本</u>字書之為「**ヤマト**」之名是也。<u>日本</u>民族自古號稱大和民族,大和漢字,以和音讀之,即為邪馬臺。吾讀後<u>漢</u>書東夷列傳,倭在<u>韓</u>東南海中,衣山島為居。凡百餘國。國皆稱王,世世傳統。其大倭王居邪馬臺國。<u>唐</u>太子<u>賢</u>注云,「案今名邪摩推音之訛反」。余案<u>漢</u>書之曰邪馬臺,<u>唐</u>注之曰邪摩推,實皆今<u>日本</u>所稱大和二字之土音名詞。至今數千年,讀音為**セスト**三音如故嘗攷<u>日本</u>史,其開國之神武天皇,即居大和橿原宮,葬大和畝火山陵,自此以後,至光仁天皇四十,八代君主,大半居大和,故日本自稱曰大和民族,而吾漢史所曰邪馬臺國,亦以此名之。大都地名,為其國名也。又按吾國古代,每稱<u>日本</u>為倭,自<u>漢</u>書即稱「大倭王」。余疑倭字音,與和字音相近。或者吾所稱倭人、倭國,實即彼所自名

之和人和國也。今日本猶自稱日本文為和文，又漢音讀外有和音讀之法，和吳倭。余疑實即一音之訛轉也。[66]

家扶[67] 余在日京偶閱新聞紙，載彼公侯貴族，若山縣公，大隈伯諸家之事，每有家令家扶等家臣之名號。家令則余猶憶吾漢代原有此職官名目，惟家扶不知何解。追讀陳書若江總授尚書令，給鼓吹一部加扶，又周弘正重領國子祭酒，豫州大中正加扶，又正沖累遷開府同三司，領丹陽尹南徐州大中正給扶，又哀憲傳封建安縣伯，除侍中太子詹事，表請解職，後主不許，給扶二人，始知吾國六朝時，貴族大官，皆有賜扶給扶加扶之典。蓋恤耆年大臣賜許扶持侍從之人也。日本貴族家中之有家扶名目，蓋出此典，余自愧敦而忘矣。

條件 朱子註魯論顏淵請問其目曰目，條件也。

織微[68] 余日文及吾國譯歐西科學名詞，有所云織微者，如木質之織微，神經之織微。蓋言細微組織之絲狀者也。管子臣乘馬篇中有曰，「女勤於織微，而織歸於府」。是如此二字，亦吾古書中舊有者。

日本 日本立國之始，據彼國史所紀，最為神糸，帝王時代可紀多神話。無「日本」名號。至彼神武天皇特起，由九州方面進而東北征平全國，一統紀元。元此乃彼國正式立國之始。考其時神武元年，即中國春秋晉驪姬生奚齊之歲，周惠王十七年也，神武時萬民稱曰「神日本磐、余彥天皇」至安寧天皇十一年，立大日本彥耜友尊，為皇太子。然則彼邦「日本」之名原非古有。而為

---

66 原註：吳音則更與吾國，有直接關係，余另有「日本民族攷証一斑」之論著，茲不便冗載。
67 現多用「家庭助理」或「家政服務」。
68 早期日語借詞，今作「組織結構」或「微觀結構」。

吾春秋時彼邦新興開國主神武天皇所起之號也。今按「日本」二字、和音讀之，為「ニッポン」[69]即漢音之「尼緩」，余讀穀梁春秋襄公五年夏，仲孫蔑、衛孫林父會吳於善稻此經文也。而穀梁傳，吳謂善，伊謂稻緩。號從中國，名從主人。晉范甯集解云「善稻」（左傳作道）吳謂之伊緩。余以伊緩之音，與日本尼緩之音恰合。而日本之和音本亦云吳音或者春秋時，魯吳相會，在今之崇明島一帶，滁濱之一島上，此島即名伊緩[70]。嗣因彼邦正當春秋時，神武天皇〔驅〕[71]起始，彼三島之西南，進而東北，以時地勢情形揣測，又安知神武者，非吾漢族中扶餘國主鄭成功等英雄之流亞者乎。當日或索居中國吳魯海邊、善稻地方之人相攜越海，而此三島雄圖，遂共移此「伊緩」，吳音之名加之新開國之上，而仍依吳音（即和音）呼曰「尼緩」，於是「神日本」、「大日本」諸稱，皆起自彼邦，神武以後，後遂奉為全國之國名，曰「日本」矣。余淺薄所見，若此徒因「伊」「尼」兩音，尚有微異，故未敢遽決，姑附本書之末。蓋此事為中日兩國民族歷史上之新〔發〕[72]明，事之真否，關係頗大，非僅一區區文章考據之微而已。尚望兩邦學者，有以見教焉。（完）

---

[69] 原文見「ニンホン」（Ninhon）作為「日本」的讀音，但實際上是「ニホン」或「ニッポン」（Nihon 或 Nippon）。

[70] 原註：善稻既左傳作善道，安知不可以作善島皆一譯音之地名而已。

[71] 印刷不清楚，從上下文判斷，當「驅」一字。

[72] 印刷不清楚，認為是「發」一字。

PART 7

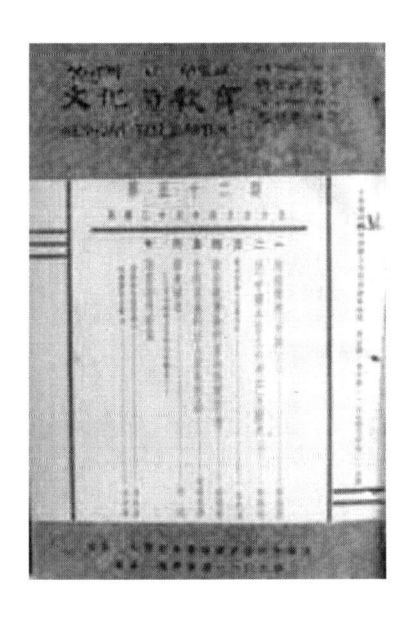

日譯學術名詞沿革

1935

余又蓀 1908-1965
(余錫嘏)

系統梳理日本翻譯學術名詞的過程，
揭示日語造詞與西學傳入的歷史脈絡。

第一章

《日譯學術名詞沿革》導讀

《日譯學術名詞沿革》是余又蓀（1908–1965 年，又名余錫嘏）於 1935 年在《文化與教育旬刊》第 69 期和第 70 期上發表的文章。余又蓀在北京大學學習西方哲學（1927–1931 年），之後在日本跟隨桑木嚴翼教授[1]於東京帝國大學深造。1937 年中日戰爭爆發後，余又蓀返回中國，在四川大學教授西方哲學。戰後，他移居臺灣，在國立臺灣大學教歷史。如同《日譯學術名詞沿革》的序言所述，余又蓀自赴日本以來，對日本哲學家兼翻譯家西周[2]的翻譯作品產生了興趣。他對日本借詞的研究，也受到了井上哲次郎[3]所寫《日本哲學術語之起源》一文的影響。因此，余又蓀的研究重點在於收集日本著名學者西周所翻譯的術語，並解釋這些術語創造背後的意思。余又蓀在研究方法上，採用了一種簡單的詞源學方法。雖然他並非受過語言學訓練，但他比較了不同學者在不同時期對相同概念的各種翻譯，對於說明語源的問題有參考價值。

　　《日譯學術名詞沿革》分為三個部分。第一部分簡略概述西方、中國和日本之間的詞彙傳遞，提供了這些國家術語發展的總覽。第二部分，詳細解釋了 26 個概念（組織成 23 組）。這些概念中有些原本是德語，也提供了英語翻譯。其中最重要的詞條就是「哲學」，佔整個詳細討論的四分之一的份量。第三部分列出了直接歸因於西周先生的 193 個詞語。對於每一個

---

[1] 桑木嚴翼（Kuwaki Gen'yoku, 1874–1946 年），是日本哲學家，文學博士，參加了黎明會，提倡文化主義。他作為東京帝大哲學科的主要人物，並且與京都帝大的西田幾多郎和東北帝大的高橋里美齊名。他專攻康德哲學，對新康德派思想的引入日本做出了貢獻。其《哲學概論》被認為是日本最早的哲學概論。另外，他也是中國邏輯學研究的開拓者。

[2] 西周（Nishi Amane），日本江戶時代後期幕末至明治初期的啟蒙家、教育家、翻譯家。

[3] 井上哲次郎（Inoue Tetsujirō, 1855–1944 年），是東方哲學研究的先驅，保守派與體制派意識形態代表。

術語,他簡要地說明了創造年份,以「創用、創譯」為主,各別介紹其語源。其中,源詞最多的是英語或德語。他另外也標記某些語詞已被淘汰的情形,以「現不同用」為加註。有時也提供新舊兩種翻譯,譬如在「宇觀」詞條底下,說到:Space 宇觀(空間之謂)。第三部分更進一步按類別而細分:(甲)科學術語(34 個詞);(乙)學術術語(44 詞);(丙)邏輯術語(115 詞)。余又蓀指出,西周在哲學上的主要興趣與邏輯學相關,這解釋了清單中邏輯術語佔最多。在全文中,余又蓀將現代日本術語的形成,進而對中國詞彙產生直接影響,歸因於八位有影響力的日本學者。除了西周外,這些學者還包括中江兆民[4]、西村茂樹[5]、加藤弘之[6]、福地源一郎[7]、中島力造[8]、元良勇次郎[9]、和井上哲次郎。另外也提到了井上圓了[10]、佐藤信淵[11]、和外山正一[12]。余又蓀認為中國學術界過度依賴日本人創用的譯名,這是一種可恥的現象。即便他承認明治年間日本學者的中文程度很高,但他認為日本學者所創的學術名詞都有中國古書的典據,而這在當時中國學術界是缺乏的。在他看來,日本學術界不會繼續創造新的和製漢語了,而是使用日本片假名,余氏認為這對日本學術界來說是一種進步。

---

[4] 中江兆民(Nakae Chōmin, 1847–1901 年),日本明治時期的思想家、新聞記者及政治家。由於他將盧梭的思想引進日本,因此被譽為「東洋的盧梭」。

[5] 西村茂樹(Nishimura Shigeki, 1828–1902 年),日本明治時代的啟蒙思想家、教育者、官員和貴族院議員,「明六社」的創始人之一。

[6] 加藤弘之(Katō Hiroyuki, 1836–1916 年),是日本的政治家、政治學家、教育家、哲學家、啟蒙思想家和官僚,是明治時代官界與學界的領袖。

[7] 福地源一郎(Fukuchi Gen'ichirō, 1841–1906 年),是明治時代的政論家、劇作家和小說家。

[8] 中島力造 (Nakashima Rikizō, 1858–1918 年),推動倫理學從功利主義向理想主義轉變,將心理學意思的 personality 和 person 譯為「人格」。

[9] 元良勇次郎(Yūjirō Motora, 1858–1912 年),日本首位心理學家,將當時僅限於外文書籍的心理學知識引入日本,並首次實踐了心理學的具體方法如實驗、調查與觀察法。

[10] 井上圓了 (Inoue Enryō, 1858–1919 年),日本佛教哲學家、教育家。

[11] 佐藤信淵 (Satō Nobuhiro, 1769–1850 年),日本江戶時代後期的經濟學家。

[12] 外山正一(Masakazu Toyama, 1848–1900 年),日本教育家、啟蒙家、詩人。

《日譯學術名詞沿革》的語言特徵

《日譯學術名詞沿革》收錄的詞彙共分為三類：一是 210 個主條詞目，是余又蓀在原文中列出、作為主要討論對象的詞彙；二是在解釋文字中以黑點標示的 67 個詞，是作者想要強調的用語；三是以掛號方式出現於全文中的詞彙、短句或引文，共 69 個。這第三類詞彙中，有 23 個為短句或引文，例如「天下一致而百慮，同歸而殊途」或「形而上者謂之道，形而下者謂之器」等，主要用來輔助解釋詞源。這些內容並不屬於單一詞彙，因此不納入詞集。若遇到同一詞重複出現，或以不同方式標示，皆一律刪除重複內容。經整理後，最後收錄的新名詞總數為 323 個。

就詞長分布而言，《日譯學術名詞沿革》與《新釋名》類似，單字詞至多字詞各類詞長皆有涵蓋。在偏向收錄長詞的程度上，僅次於《新釋名》。在本研究所涵蓋的八篇早期研究作品中，其詞長分布差異性排名第三高，雖然未達顯著水準，也不屬差異最低的四種。其 χ^2 值為 3.45，在顯著水準 p = 0.05、自由度為 4 時，低於臨界值 9.49。因此可見，雖然本書在收詞上稍偏重長詞，但整體詞長結構仍屬正常，無顯著偏差。如下圖所示：

表 1.1:《日譯學術名詞沿革》詞彙與和製漢語之詞長分佈比較

資料	總詞數	單字詞	二字詞	三字詞	四字詞	多字詞
《日譯學術名詞沿革》詞彙	323	27	140	82	58	16
和製漢語	3,224	20	2,411	603	180	10

《日本文名辭考證》除了 23 個單字詞（主、人、博、器、學、客、審、心、念、情、意、智、極、權、氣、決、洪、疇、知、種、範、考、而、觀、辨、類、魂）外，所討論的較長的詞彙如下：

五字詞	6個詞：不齒類之式、人類的品格、換質換位律、斐錄瑣費亞、異質位換率、萬有皆神學
六字詞	8個詞：人道教門之學、奚般氏心理學、思慮之法之學、惟人萬物之靈、治道經濟之學、皆有全無之辯、純粹理性概念、綱紀法律之學
七字詞	2個詞：卓絕極微純靈智、觀念伴生之理法

一、《日譯學術名詞沿革》中的和製漢語詞彙

於《日譯學術名詞沿革》一文中，總共出現的和製漢語有79個，佔全文收詞的比例僅為25%。這個比例相當偏低，在八篇著作中為倒數第二。當中具有現代術語身份的詞有60個，佔所有和製漢語的約76%，這個比例也是偏低的，僅高於《盲人瞎馬之新名詞》。這表示，本文所收的新名詞當中，有不少詞彙既未被視為和製漢語，也不是現代術語。底線表示同時具備現代術語身份的詞。雖然作者在文章中採取的是歷史語言學的分析角度，重視詞源與詞彙演變，但從其選詞內容來看，仍集中於與當代術語密切相關的詞彙。這說明，即使立場偏向考證，討論重點仍未脫離現代語彙系統的框架。

【ㄅ】表象, 被動
【ㄇ】命題, 美學, 美術
【ㄈ】否定, 範疇
【ㄉ】動物學, 定義, 斷言
【ㄊ】天文學
【ㄋ】內包, 能動
【ㄌ】倫理, 倫理學, 理學, 理性, 理財學, 聯想, 論理學
【ㄍ】功利主義, 感受, 感官, 感覺, 格致學, 概念, 歸納, 觀念
【ㄎ】客觀, 肯定
【ㄏ】化學, 會社, 還元
【ㄐ】幾何學, 極端, 絕對, 經濟學, 記憶, 進化論
【ㄑ】全稱, 權利, 確定
【ㄒ】先天, 形而上, 形而上學, 心理學, 想像力, 相對
【ㄓ】主義, 主觀, 哲學, 政治學, 直覺, 直觀, 真理, 知覺
【ㄕ】世界觀, 實驗, 實體, 屬性, 數學, 社會, 社會學, 視察, 試驗, 詩歌, 適者生存
【ㄖ】人格, 人生觀, 認識, 認識論

【ㄗ】自由
【一】優勝劣敗, 意識, 演繹, 言語學
【ㄨ】外延, 物理學
【ㄩ】原理

二、 僅見於《日譯學術名詞沿革》的和製漢語

《日譯學術名詞沿革》中獨有的和製漢語共有 30 個，未見於本研究所包含的其他作品。這些僅在《日譯學術名詞沿革》出現的和製漢語，佔該作品所有和製漢語的 40%，在八部早期研究新名詞作品中排名第三高。儘管其數量不佔優勢，但《日譯學術名詞沿革》對於新名詞的記錄無疑提供了重要的歷史見證。

【ㄅ】表象, 被動
【ㄇ】美學
【ㄈ】否定
【ㄉ】動物學, 斷言
【ㄋ】內包, 能動
【ㄌ】理學, 理性, 聯想
【ㄍ】感受
【ㄎ】肯定
【ㄐ】幾何學, 絕對, 記憶
【ㄑ】全稱, 確定
【ㄒ】形而上, 想像力
【ㄓ】政治學, 真理
【ㄕ】世界觀, 屬性, 數學, 視察, 詩歌, 適者生存
【ㄖ】認識
【一】優勝劣敗, 言語學
【ㄨ】外延
【ㄩ】原理

三、《日譯學術名詞沿革》詞彙與現代術語之關聯

《日譯學術名詞沿革》一書所收錄的現代術語，無論是否為和製漢語，共有 99 個。現代術語佔全部新名詞的比例為 30.6%，比例偏低，是八部早期新名詞研究著作中最低的一部，顯示現代術語在本書中的重要性相對較低。其中，同時具有和製漢語身份的詞共有 56 個，文中皆以底線標記。這些和製漢語約佔所有現代術語的 57%，比例偏高，在八部著作中排名第二，正好呼應書名中所稱的「學術名詞」。每個詞條右方括號標示其在不同知識領域中出現的次數。

【ㄅ】比較 (2), 表象 (3), 被動 (1)
【ㄇ】命題 (3), 美學 (1)
【ㄈ】分類表 (3), 否定 (3), 汎神論 (1), 範疇 (2)
【ㄉ】動物學 (1), 定義 (1), 斷言 (1)
【ㄊ】同一 (2), 同一性 (1), 天文學 (1), 特稱判斷 (1), 通名 (1)
【ㄌ】倫理 (1), 倫理學 (1), 理性 (2), 聯想 (3), 論理學 (1), 類 (5)
【ㄍ】功利 (1), 功利主義 (1), 感受 (2), 感官 (3), 感覺 (5), 概念 (2), 歸納 (2), 觀念 (3), 觀念學 (1), 觀念聯合 (1), 詭論 (2)
【ㄎ】客觀 (2), 肯定 (2)
【ㄏ】化學 (1), 恆等式 (1), 換質位法 (1)
【ㄐ】幾何學 (1), 極 (5), 極端 (2), 絕對 (2), 經濟學 (1), 記憶 (3), 進化論 (4)
【ㄑ】全稱 (1), 器 (2), 權 (1), 權利 (2), 氣 (2), 確定 (4)
【ㄒ】下行 (1), 學 (1), 形上學 (1), 形而上 (1), 形而上學 (1), 心 (9), 心理學 (1), 心靈 (2), 想像力 (2), 想法 (1), 相同 (3), 相對 (4), 選擇 (4)
【ㄓ】主 (2), 主位 (1), 主意 (1), 專名 (1), 直覺 (2), 直觀 (2), 知覺 (2), 知識論 (2), 種 (4)
【ㄔ】疇 (1)
【ㄕ】上行 (1), 世界觀 (2), 實驗 (3), 實體 (5), 屬性 (1), 數學 (2), 社會 (1), 社會學 (2), 視察 (3), 試驗 (6), 適者生存 (2)
【ㄖ】人 (3), 人格 (2), 認識 (1), 認識論 (1)
【ㄗ】自然選擇 (1), 自由 (3)
【ㄘ】雌雄淘汰 (1)
【一】意識 (1), 演繹 (2), 音樂 (2)
【ㄨ】原理 (3), 外延 (1), 妄想 (4)

四、 現代術語在《日譯學術名詞沿革》中的比例與分佈

我們在本節的統計，主要想比較《日譯學術名詞沿革》中的詞彙分類比例，是否與所有知識領域的分類比例一致，並且探討這兩個比例之間的差異性是否顯著。分析結果顯示，《日譯學術名詞沿革》在收集詞彙過程中，相當中立公平，並沒有偏重於某一特定類別分組，有點類似第一篇《新爾雅》和第四篇《盲人瞎馬新名詞》，這裡的《日譯學術名詞沿革》，在分類比例上，沒有呈現出顯著性的差異，其 χ^2 值為 3.53，是本書八個早期研究新名詞的早期作品中 χ^2 值倒數第二低的，低於臨界值 5.99。換句話說，《日譯學術名詞沿革》在收集詞彙的時候，同樣收集多分組類詞彙、中分組類詞彙，以及單一分組類的詞彙。

表 1.2:《日譯學術名詞沿革》詞彙中被視為和製漢語與現代術語一覽

分組數	全部術語	全部術語比例	《名詞沿革》	《名詞沿革》比例	χ^2
5-17 類別	1,681	0.0032	6	0.0606	1.02
2-4 類別	40,320	0.0772	49	0.4949	2.26
單一類別	480,591	0.9196	44	0.4444	0.25
總數	522,592	1.0000	99	1.0000	3.53

五、 以黑點標記的關鍵詞一覽

《日譯學術名詞沿革》一文中，為了強調某一些新名詞或其他概念，用黑點加以加強讀者印象。這些所謂黑點關鍵詞不一定是新名詞，也不一定是二字詞，以下表格是整理全文這些關鍵詞的結果，其中與重點詞彙有重複的詞經刪除後，共有 35 個。

【ㄅ】博, 博言
【ㄈ】法, 斐魯, 範
【ㄉ】導言, 達
【ㄊ】他動
【ㄌ】利學, 論事矩
【ㄍ】功利, 觀
【ㄎ】客
【ㄏ】洪
【ㄐ】經濟學部

【ㄑ】器, 權, 氣
【ㄒ】學, 形而上, 形而下, 懸談, 選擇
【ㄓ】主, 宦
【ㄔ】疇
【ㄕ】審
【ㄖ】人, 人類的品格
【ㄙ】蘇非
【ㄦ】而
【ㄧ】有形, 言
【ㄨ】無形, 無形理學

六、《日譯學術名詞沿革》中余又蓀所判定的詞源

余又蓀在《日譯學術名詞沿革》一文中,特別在第三節(見頁 441)列出西周所造的詞彙;另外,他也清楚記載某些和製漢語是由哪一位日本學者首創。凡詞彙加底線者,代表學界普遍認定其為和製漢語。下列表格僅列出相關資料,不作進一步評論。

西周	哲學 (philosophy)、心理學 (mental philosophy)、美妙學 (aesthetics)、先天 (apriori)、後天 (aposteriori)、主 (subjective)、客 (objective)、形而上學、超理學 (metaphysics)、範疇、分類表 (category)、利學 (utilitarianism)、觀念伴生 (association)、主義、原理、元理 (principle)、致知學 (logic)、權義、權 (rights)
井上哲次郎	心理學 (psychology)、心理哲學 (mental philosophy)、倫理學 (ethics)、美學 (aesthetics)、言語學 (linguistics)、世態學 (sociology)、認識論 (epistemology)、絕對 (absolute)、主觀 (subjective)、客觀 (objective)、超物理學 (metaphysics)、世界觀 (Weltanschauung)、人生觀 (Lebensanschauung)、人格 (personality)、功利主義 (utilitarianism)、觀念聯合 (association)、寫象 (Vorstellung, imagination)、覺官 (senses)、自然選擇、性慾淘汰、適者生存、化醇論 (evolution)
加藤弘之	博言學 (linguistics)、進化論、自然淘汰、優勝劣敗 (evolution)
元良勇次郎	表象 (Vorstellung, imagination)、感官 (senses)
井上圓了	聯想、連想 (association)
福地源一郎	社會 / 會社 (society)、主義 (principle)
外山正一	社會學 (sociology)

第二章

《日譯學術名詞沿革》原文

《文化與教育旬刊》69 號（1935 年）（13 - 19 頁）
70 號（1935 年）（14 - 20 頁）

一

去年我在《國聞週報》發表一文，介紹日本明治初年哲學家西周（1829–1897 年）的思想[1]。對於他所創用的學術譯名，頗感興趣；很久就想把他創用的譯名彙集起來，加以整理說明，供學者們參考。但以怠惰性成，迄未執筆。日前得見井上哲次郎數年前在哲學雜誌上發表的《日本哲學術語之起源》一文，又打動了我彙集譯名的興趣。爰草斯文，以償素願。

我國接受西洋學術，比日本為早。但清末民初我國學術界所用的學術名辭，大都是抄襲日本人創用的譯名。這是一件極可恥的事，明崇禎初年李之藻[2]譯有一部《名理探》[3,4]。這是三百多年前介紹西學入中國的一部古書了。但西洋的科學哲學思想在中國總不發達，所以到現在還較後進的日本為落後。日本明治維新前始接受西洋思想。維新時期的主要思想家西周氏於明治十年始譯《利學》[5]。以譯著的時間來說，日本要遲中國兩百多年。

在清代末年，對於我國學術界有最大功績的嚴復（1854–1921 年），可

---

[1] 原註：原文載有《國聞週報》第十一卷第七期：日本維新先驅者西周之生涯與思想。

[2] 李之藻（1565–1630 年），明朝人，精通天文曆算，與幾位來華耶穌傳教士合作翻譯西洋名典。

[3] 李之藻與葡萄牙耶穌傳教士傅泛際（Francois Furtado, 1587–1653 年）合作翻譯。本書原為葡萄牙科英布拉大學 (Coimbra University) 的邏輯講義 (Cursus Conimbricensis)，其成書在 1592 至 1606 年之間，主要內容為中世紀經派所述亞里斯多德的概念、範疇等學說。

[4] 原註：1631 年出版，係譯亞里斯多德之論理學。註釋：亞里斯多德 (Aristotélēs, 西元前 384-322 年)，古希臘哲學家。

[5] 原註：John Stuart Mill: utilitarianism。

算是介紹西洋近世思想入中國的第一人。他比西周稍後二三十年。嚴氏所譯赫胥黎[6]的《天演論》，出版於光緒二十四年戊戌（1898年），也要較西周的「科學」晚二十幾年。嚴氏以後，像他那樣努力譯書的人很少，也沒有一個比他的供獻[7]更大了。胡適[8]之先生在他著的五十年來中國之文學中說：

> 嚴復自己說他的譯書方法道：「什法師有云，學我者病。來者方多，幸勿以是書為口實也。」[9]這話也不錯。嚴復的英文與古中文的程度都很高，地[10]又很用心，不肯苟且，故雖用一種死文字，還能勉強做到一個達字。他對於譯書的用心與鄭重，真可佩服，真可做我們的模範。他曾舉導言一個名詞作例，他先譯卮[11]言，夏曾佑[12]改為懸談，吳汝綸[13]又不贊成；最後他自己又改為導言。他說：「一名之立，旬月踟躕；我罪我知，是存明哲」。嚴譯的書，所以能成功，大部分是靠着這「一名之立，旬月踟躕」的精神。有了這種精神，無論用古文、白話，都可成功。後人既無他的工力，又無他的精神，用半通不通的古文，譯他一知半解的西書，自然要失敗了。
>
> 　　　　　　　　　　　　　　　胡適文存二集卷二

14　　明治年間的日本思想家，「古中文的程度都很高，他們又很用心，不肯苟且」；他們所譯出來的學術名詞，都有中國古書的典據。所以中國的留日學生們都抄襲來傳入於本國了。

6　赫胥黎 (Thomas Henry Huxley, 1825–1895年)，英國生物學家，推廣達爾文 (Charles Darwin, 1809–1882年) 的進化論。

7　原文見「供獻」，今作「貢獻」。

8　胡適 (1891–1962年)，北京大學校長、中研院院長、華人學術界二十世紀最出名的學者之一。

9　原註：天演論例言。

10　「地」是指「他們」。

11　「卮」，同「巵」。

12　夏曾佑 (1863–1924年)，清末民初學者，於1895年與嚴復等人創辦《國聞報》。

13　吳汝綸 (1840–1903年)，文學家、教育家桐城派後期作家。

明治年間的日本學者中文程度很高，所以他們創用的譯名，都是古漢文。這種文字在我們中國現在也是「一種死文字」了；現在日本的學者都沒有他們先輩那樣漢文造詣的精深，看起古漢文氣味的譯名來，當然更覺得詰屈聱牙。現代日人所用的譯名，大多是明治以後創造出來的，並且都是用的日本的「活文字」。換言之，現代日本學術界新創的辭語，都不再用漢文，而自用其道地的本國文字。這就日本學術界的本身而言，乃是一件進步的事。可憐有些中國的知識分子，或者是不懂日文而又想要抄襲日文書中的用語；他們看着現代日文中的用語，完全是些中國字，但意義在中國文上又講不通，他們不把他當作外國文字看，而痛罵日本人譯名不通了。

明治年間的學術譯名，以其多傳入於吾國；現在將我搜集到的，列舉於後。重要的幾十個譯名，就我所知道的成立經過以及創用者的人名，附誌於各項之下。其餘的種種譯語，僅附註西文原語於下，以資對照。

二

哲學　　Philosophy　關於哲學一語之最先應用，大家都知道是西周氏首創的。我國學術界接觸西洋的「斐錄瑣費亞」，雖早在明崇禎年間，到現在已是三百多年了，比之於日本西周為早，但我國當時未用「哲學」的譯名；是用「愛智學」作譯名。明崇禎四年（1631）李之藻等所譯的《名理探》一書中，對愛智學的解釋是：「譯名則知之嗜；譯義，則言知也」。

但是西周初用「哲學」一語作譯名的時代，大家都是隨意在說，沒有在他的著作裡去仔細考查。日本的學者也是這樣；譬如井上哲次郎說：

> 他（西周）於明治七年（1874）著《百一新論》，以

百教皆哲學為主旨。用「哲學」的術語，此為嚆矢。同年又發表其名著《致知啓蒙》，此為日本最早的論理學書。但那時西周尚未用「論理學」這個譯語。

日本的學者又有人說西周於明治十年 (1877) 在所譯「利學」中，始初用哲學的譯名。這都是錯誤的。據我從西周的著作中查出來，他開始用「哲學」一辭，是在明治六年 (1873) 所發表的一篇長文《生性發蘊》裡面。現在是 1935 年，那末「哲學一語」已用了 62 年了。更詳細一點說來，他在：

（一）文久二年 (1862) 致其友人松岡隣宛書中，已用日文之 'Philosophy' 的譯名，並稱之為「性理學」或「理學」。

（二）明治三年 (1870) 他在一篇短文開門題中，用漢文「斐鹵蘇比」之譯音，他說「東土謂之儒，西洲謂之斐鹵蘇比」。

（三）明治六年一月 (1873) 在《生性發蘊》一文中，用「哲學」之譯名。他說：「哲學原語為英文之 Philosophy，由希臘文來，希臘文的 Philo 是『愛』的意思，Sopher 是『賢者』的意思。兩個字連起來成為 Philosopher，乃是『愛賢』者的意義。此輩愛賢者所治之學稱為 Philosophy。殆即周茂叔所謂『士希賢』之意。後世習用，專指講理學者而言。用理學，理學等辭來譯 Philosophy，可謂直譯。唯其原語涵義甚廣，故今譯為『哲學』，以與東方原來之『儒學』分別。」

（四）明治七年 (1874) 在他著的《百教一致》中，仍用哲學一

語。他在這裡泛論古今東西之學；而以為無論什麼天道、人道以及宗教之學，與乎一切西洋之科學，考其根源，都是以 Philosophy 為基礎。所謂「天下一致而百慮，同歸而殊途[14]。他以為《百一新論》。他譯 Philosophy 為哲學，稱為「百學之學」(Science of Sciences)。」

（五）明治十年 (1877) 在他譯的《利學》中，沿用哲學一辭。他在〈譯利學說〉（利學的序文）中說：[15]「本譯中所稱哲學，即歐洲儒學也。今譯哲學，所以別之東方儒學也。此語原名斐魯蘇非，希臘語斐魯[16]『求』義，蘇非『賢』義，謂求賢德也。猶周茂叔所謂士希賢之義。……[17] 所謂哲學者，其區別若略一定者。其中推『性埋學』(Psychology) 為之本源。而人生之作用，區之為三，一曰智，是『致知之學』(Logic)，所以律之也。二曰意，是『道德之學』(Morality)，所以範之也。三曰情，是『美妙之論』(Aesthetic)，所以悉之也。是以此三學取源乎性理一學，而開流於人事諸學，所以成哲學之全軀也。故曰：哲學者，百學之學也」。

從此以後，西周對哲學二字，不再作解釋；哲學二字就成為 'Philosophy' 的專用譯名了。（參閱《國聞週報》十一卷七期）自西周譯為「哲學」後，西村茂樹氏主張改譯為「聖學」，中江兆民氏又主張譯為「理學」。但世之學者均不從之，仍用哲學一語。哲學一名雖創始於西周，但他未用作書名。明

14　原文見「塗」。
15　原書此處見『』，已改成「」。
16　是指古希臘文的 φιλέω（philéō）表示「愛」、「喜愛」、「追求」。
17　原書見刪節號。

治十六年 (1882) 井上哲次郎著有西洋哲學講義六冊出版，是為以哲學為書名而問世之嚆矢。

心理學 Psychology 現在大家都承認「心理學」是 Psychology 的譯名。但西周最初則以心理學譯 Mental Philosophy；而以「性理學」譯 Psychology。所謂性理學，是從宋儒理性之學來的。明治十一年 (1878) 西周譯美人奚般[18]氏的 Mental Philosophy 一書 (Joseph Haven, *Mental Philosophy, including Intellect, Sensibilities and will*)，題為「奚般氏心理學」。明治十五年 (1883) 井上哲次郎始改譯 'Psychology' 或 'Mental Science' 為心理學；而以為 'Mental Philosophy' 應譯為「心理哲學」。

倫理學 Ethik 倫理學為 Ethik$_D$[19] 的譯語，在今日已為學術界所通用。但在明治初年 (1868)，Ethik 一語尚無一定譯名。或譯為「道義學」，或譯為「禮義學」，或譯為「修身學」，或譯為「道德學」。有的人又簡譯為「德學」。學者各依其所好而下譯語。井上哲次郎氏仿效生理學，物理學，及心理學之例，遂定倫理學為譯名。他說「倫理」這一個成語，出於《禮記》之〈樂記〉。〈樂記〉中有曰：「凡音者生於人心者也，樂者通倫理者也」。

美學 Aesthetik$_D$ 明治初年譯為「美妙學」或「審美學」。美妙學為西周所創用的譯名；審美學為何人所創始，今不可考。只知在明治二十一年至明治二十五年之間 (1888–1892 年)，帝國大學一覽中是用審美學這個譯名。後來井上哲次郎氏[20]，始改譯為「美學」。他以為所謂「審」的意義，並不限於美

---

[18] 奚般 (Joseph Haven, 1816–1874 年)。
[19] 凡是德文語詞，右下角以 D 標記。
[20] 原書見「井上哲次郎，氏始改譯」，已改正。

學才如此；一切的學科都是需要「審」的，其他的學科都不附一個審字在他的名稱上，何以獨於對美學要加上一個審字呢？僅僅稱為「美學」就夠了。所謂美學，德文中有時稱為 Wissenschaft des Schönen$_D$[21]；在法文中有時稱為 Science du beau$_F$[22]；所以譯為美學最為適宜。

言語學   Philologie$_D$, Sprachwissenschaft$_D$ 明治初年此學譯為「博言學」。此為加藤弘之所創用。井上哲次郎以為譯為博言學決不恰當。所謂博言也者，乃是精通各國言語而善於談話的意義。但無論你精通若干種言語，並沒有學的意義。所以他改譯為言語學。他以為這不僅是他一個人的意思，西洋學者也有如此主張的。譬如 Max Müller[23]就著有一部書名為 Science of Language 是討論 Philologie 的。這即是言語學的意義。德語的 Sprachwissenschaft 決不能譯為博言學，譯為言語學最正確。

社會學   Sociology   要說明社會學這個譯語的起源，必須首先解釋社會一語。明治初年福地源一郎氏用社會二字來譯英語的 Society。他那時是作東京《日日新聞》的主筆，他在一篇社論中初用此語。社會一語，見於二程全書卷之二十九所載明道先生行狀[24]中：「鄉民為社會，為立科條，旌別善惡，使有勸有恥。」《近思錄》卷九中亦載有此文。此之所謂社會，是極狹義的。社會這個辭語，雖見於宋儒書中，但其他文獻中並未多見。自從福地氏採用來譯 Society 一語後，遂通

---

21   直譯為「美之科學」。
22   凡是法文語詞，右下角以 F 標記。
23   Max Müller (1823–1900 年)，德國語言學家和東方學家，專長於印度學，是西方學術領域中印度研究與宗教比較等學科的奠基者之一。
24   原註：程伊川作。

17　　　　　行一時。直至現在仍為一般學者所採用。福地氏又往往將社會二字顛倒而用為會社。此語在日本語中亦便利，且極通行；但在中國古書中無此一語。Society 一語雖大家都承認譯為社會了；但是 Sociology 在當時則不譯為社會學。當時東京大學的學者們以為在社會二字之上加一個學字，實在是可笑的事。因此井上哲次郎氏提議譯為世態學，加藤弘之贊成此說，於是東京大學中一時都用世態學這個名稱。但當時擔任社會學講座的教授外山博士則獨用社會學來作他擔任科目的名稱。後來一般人都承認 Sociology 是社會學。現在用慣了，說起社會學來一點不可笑；說起世態學來反覺得可笑了。

認識論　　Erkenntnistheorie$_D$, Erkenntnislehre$_D$　從前一般人都譯為知識論[25]，但井上哲次郎則認為譯作認識論較為正確。他以為所謂「知」，在英、德、法以其他國的文字中有兩種說法。譬如在英語中則有 Know 與 Cognize 之別[26]。法語中亦區別為 Savoir$_F$[27] 及 Connaître$_F$ 兩種。德語中亦有 Wissen$_D$ 及 Erken-

---

[25]　今多作「認識論」，也更符合德語的 'erkennen'（辨認出、認識到、斷定）一詞。

[26]　實際上，know 與 cognize 同源，發展途徑不同而已，know <（古英文）cnāwan（古英文只作為構詞部分，是指「能夠、會」，無單獨作為語詞用）<（印歐語）ĝn-, ĝnē-, ĝnō-。另一發展途徑，同樣從印歐語系的辭幹 ĝn-, ĝnē-, ĝnō- 出發，成（古希臘文）gignóskein，以及（拉丁文）nōscere, cognōscere。但由於前綴 co- 在拉丁文除了「共同、一起」的意思之外，亦有加強語義的功能，所以井上哲次郎的瞭解是正確的，兩者實際用法有所不同。

[27]　原文見 Sovoir，誤繕。

nen$_D$[28] 二語[29]。如果把這兩個意思都用「知」字來表示，是辨[30]別不清楚的。他以為也應當用兩個辭語來分別表示。他用「了知」來譯 Wissen，而以「認識」來譯 Erkennen[31]。因此，Erkenntnistheorie 或 Erkenntnislehre 則應譯為認識論。「了知」是個成語，是古來學者所用過的，並不是新創的譯語[32]。

絕對　　Absolute「絕對」這個譯語，也是井上哲次郎創始的。他譯此語是採用佛經中的用語。例如《法華玄義釋籤》卷之四中有云：「雖雙理無異趣，以此俱絕對」。其後《教行信證》第二中又云：「圓融滿足，極速無礙，絕對不二之教也」。又云：「金剛信心，絕對不二之機也」，但是有時也以絕待來代絕對。絕待與絕對的意義沒有什麼不同處。《金剛經略疏》卷中有云：「真如絕待，至理無言」。又《止觀》第三中有云：「無可待對，獨一法界，故名絕對止觀」。但此語決不可與普通談話中所用之絕對一語相混。與 Absolute[33] 相反對之字為 Relative，此字可譯為相對或相待。相對與相待，亦為佛經中語。《法華玄義釋籤》卷之六中有云：「二諦名同，同異相對」。又佛典以外，《莊子林註》中有「左與右，相對而相反」等語。新譯「仁王經」卷中有云：「諸法相待，所謂色界，眼界眼識界，乃至法界，意界意識界」。又註《維摩經‧弟子品》中有云：「諸法相待生，猶長短比而形也」。

28　原書見 Erkenen 印誤，德文是 Erkennen，指「辨認、瞭解」。

29　井上哲次郎的判斷是正確的。Wissen 是由動詞 wissen「知道」來的名詞，是強調經驗的結果，是一個靜態的概念，反之 Erkennen 是由動詞 erkennen「發覺、發現」來的名詞，由前綴 er-（inchoative prefix，強調逐漸變成、轉換一個狀態，類似於漢語「起來」的作用，如「發覺起來」等等。）和 kennen「認識」所組成，共同代表「發覺起來」的意思。

30　原文見「辯」，以改正。

31　同上註 28。

32　朱熹〈寄題九日山廓然亭〉：「～廓然處，初不從外得。」

33　原文見 Absoluee，誤繕。

先天、後天[34]	Apriori_L[35], Aposteriori_L	先天與後天是西周所創的譯語。但是先天與後天兩辭，乃中國古代哲人所常用的，非西周所新創。宋儒談哲學時，用先天與後天的時候很多。《皇極經世書》六卷[36]有云：「先天之學心也，後天之學迹[37]也。出入有無死生，道也」[38]。又《周子全書》卷之一有云：「謝氏方叔曰，孔子生於周末，晚作十翼，先天後天[39]，互相發明，云云。始有濂溪周[40]先生，獨傳千載不傳之祕。上祖先天之易，著太極一圖」。先天後天的文字，源出於《易・乾卦》的文言。乾卦中有云：「夫大人者，與天地合德，與日月合其明，與四時合其序，與鬼神合其吉凶。先天而天弗違，後天而奉天時。天且弗違，而況[41]於人乎，況於鬼神乎」。西周譯此二語，頗費心機，現在的人只知用此二語而多不知其出處。
主觀、客觀	Subjective, objective[42]	是亦西周氏創用之譯語。井上哲次郎謂西周在主、客二字之下各附以一個觀字，使其具有 Subjective[43] 與 Objective 的意思。實在很巧妙。他認為此二語是西周自己創造的，在儒佛諸書中沒有這兩個辭語。
形而上學	Metaphysik_D[44]	西周於明治六年譯為超理學，有時又譯為無

---

34 今多作「先驗」、「後驗」。
35 凡是拉丁文語詞，右下角以 L 標記。
36 原註：觀物外篇下。
37 原書見「迹」，同「跡」。
38 今日，「先天」是指獨立於個人或別人的經驗而可以確認為正確的知識，能透過思考推論而得知。反之，「後天」是指一定依賴經驗才能知道。與古文獻所引用的「有無生死」無關。
39 此處「先天後天」是指「鬼神道理、人生道理」，與透過對經驗證據的依賴與否來區分知識無關，儘管詞形一致，語義完全不一樣。
40 周敦頤 (1017–1073 年)，北宋性理學者。
41 原書見「况」，為「況」的異體字。
42 原書見 'Subject, object' 恐印誤，前者的英文今譯為「主詞、主體、主題」等詞，而後者今作為「受詞、客體、物體」等詞。
43 同上註 42。
44 原書見 'Metaphyik' 誤繕。

形理學；而稱治此學者為超理學家。但西周以後的哲學家都譯為形而上學。形而上學一語，出於《易・繫辭》：「形而上者謂之道，形而下者謂之器」。所謂形而上者，無形，所謂形而下者，有形。器與宋儒之所謂氣者同，乃一切物質的東西之謂。有些學者往往又將這個而字省去，而僅稱為形上學。井上哲次郎有時不用形而上學這個譯名，而另譯為超物理學。但此譯語並不通用。

世界觀、人生觀 Weltanschauung$_D$, Lebensanschauung$_D$ 這兩個譯語是井上哲次郎創用的。他說，這兩個字中都有 Anschauung$_D$ 一語，此字與英語之 Intuition$_{D/E}$[45]相當；西周氏譯為直覺。但井上哲次郎把德語的 Anschauung 一字，改譯為直觀；因為他以為 Schauung[46] 字恰恰相當於觀字的意義。因此他由這個推演出來，遂想出世界觀與人生觀這兩個譯語。

經濟學 Political Economy 西周於明治六、七年 (1873–1874 年) 著述中即用經濟學來譯 Political Economy，但此譯名並非西周所創，因為在西周以前的英和辭書即用此譯名了。果為何人所創，今不可考。經濟一語，出於《禮樂》篇：「是家傳七世矣，皆曰經濟之道，而位不達」。又杜少陵[47]舟中水上《遣懷》詩中有云：「古來經濟才，何事獨罕有？」經濟一語有經世濟民之意，較 Political Economy 的意義稍廣；原語之意頗近於政治學。但日本在德川時代，佐藤信淵等輩所著的《經濟要

---

[45] 原書見 'Intiuition' 誤繕。另外，今日德文 'Anschauung' 通常譯為 'view, outlook, assumption'，而英文的 'intuition'，德文為 'Intuition, Eingebung, unmittelbare Erkenntnis'，余氏的翻譯恐不正確。

[46] Schauung 當 schauen（看、瞧）轉為名詞少用，也不是哲學術語，反之 Anschauung 為 anschauen（觀看）的名詞，常用，也是哲學術語，因此認為此處有誤。

[47] 是指杜甫（712-770 年），唐代詩人。

錄》中，即已用經濟一語來譯 Political Economy 了。井上哲次郎嫌經濟學的涵義過廣，因此自己另用理財學一語來譯他。他說理財二字是從《關尹子・三極》篇中「可以理財」一句話中想出來的。《易・繫[48]辭》下亦有「理財正辭」一語。東京大學曾用理財學這個譯名，但一般世人仍然是應用經濟學一語。因為理財學三字不通用，後來東京大學也改用經濟學了。現在只有慶應大學[49]中還設有理財學部，而不稱為經濟學部，算是保存了一個舊譯名。

人格 Persönlichkeit_D 在明治初年 (1868) 尚沒有人格這個辭語。對於英語的 Personality 與德語的 Persönlichkeit 都沒有適當的譯語。明治中葉，東京大學教授中島力造博士擔任倫理學功課，對於 Personality 一語，苦於不得一適當譯名。有一次他向井上哲次郎商議；井上氏遂提出用人格二字來譯。中島博士深為贊許，遂於倫理學講義中使用；從此這個名詞遂流行於世，井上氏以為此二字並無深遠的意義，不過是「人的品格」一語之省略語而已。在佛儒典籍中，並找不出人格二字來。但是雖無人格一語，也有人類的品格這種用意；不過在儒家、佛家的典籍中，僅用一個人字來表示這種用意而已。例如《書經》的〈泰誓上〉說：「惟人萬物之靈」；《論語》中也有「君子哉若人，尚德若人」等語；在這種地方所用的人字，就是人格的意義。又宋之尹[50]侍講所謂「學者所以學為人也」中的人字，也是人格的意義。即是說：「修養人格

---

[48] 原書見「繫」，誤繕。
[49] 慶應義塾大學 (Keio University)，日本思想家福澤諭吉創建的私立大學，創立於 1858 年，是江戶時代一所傳播西洋自然科學的學校。
[50] 尹焞 (1071–1142 年)，南宋人，於 1138 年遷祕書少監官至禮部侍郎兼侍講。

而成為一個偉大的人格者,學問之目的也」。又儒家所謂的士、君子,以及其他的美稱,也是指某種的人格者而言。這是就儒家方面說,在佛家的典籍中,亦不乏其例。茲不暇多引例證。近時在舉行傳教式中有云:「國寶何物,寶道心也;有道心人,名為國寶」。此處所謂有道心人一語中的人字,也是人格者的意義。東洋的哲學家往往肯用一個人字來表示人格的意義。但是因為人字的涵義頗廣,用來作為一個哲學上的術語頗不適宜。井上氏忽然創造人格這個術語來補救這種缺陷,所以被當時學術界採用,並且流傳至今仍不失為一完全的術語。

範疇　　Kategorie 　此為西周所用之譯語。所謂範疇,是省略「洪範九疇」而成的一個熟語。《書經》的〈洪範〉中有云:「天乃賜禹洪範九疇,彝倫所敘」。洪是大的意義;範是法的意義;疇是類的意義。所以西周最初在未想出範疇一語時,他曾譯為分類表。又〈蔡傳〉中亦有「意洪範發之於禹,箕子推衍增益,以成篇歟」等語。

功利主義　　Utility, Utilitarianism　　此語在明治初年並無一定譯語。西周曾譯為利學,有的人又譯為利用論,其他的譯名尚多,不勝枚舉。井上哲次郎據管商功利之學而譯為功利主義。功利一語,屢見於《管子》書中。例如〈立政〉篇中有云:「雖有功利,則謂之專制」。此外〈國蓄〉篇等處亦多用功利一語。管商功利之學的功利二字,恰當於 Utility 的原義。所以他譯為功利主義。直至現代,這個譯語仍為學者所通用。

聯想　　Association　　明治初年的學者對 Association 一語的譯法,頗

感覺困難。西周氏在所譯奚般[51]氏心理學中，譯為觀念伴生。井上哲次郎改譯為觀念聯合。後來井上圓了博士又改譯為連想，一般學者都認為適宜。連想與聯想都有人用[52]。因此觀念聯合學派，井上圓了亦簡稱為「聯想學派」。

主義 Principle 現在我們常說絕對主義、理想主義、社會主義等等；主義一語似乎是很平易的。但最初創用主義一語時，卻經過許久的時間和許多人的思慮。譯 Principle 為主義，也是西周決定的；他於明治五、六年 (1872–1873 年) 間的論文中用主義為譯語。但他有時譯為元理[53]或原理。《汲冢周書》中雖有「主義行德」一語，但這是「以義為主而行德」的意思，與現今我們所用的主義一語的意義不同。有人說譯 Principle 為主義，是始於福地源一郎，但確實年代不可考。

表象 Vorstellung_D 此語最初有許許多多的譯法，但大家都認為不滿意。井上哲次郎主張譯為寫象[54]，但沒有好多人採用。後來元良勇次郎[55]博士譯為表象，遂為學術界所通用。

感官 Sense 譯 Sense 為感官，井上哲次郎說當初曾費了很多學者的苦心。他曾主張譯為覺官，但是因為覺官與客觀在日本文中發音近似，很易混淆。日文的覺官發音讀起雖然方便，但聽起來容易與客觀相混；因此遂改譯為感官，雖然日文的感官發音不方便。感官一語遂從此通用。據說感官是元

51　見註 18。
52　「連想」為舊譯，現用「聯想」。
53　英文 'principle' 源自拉丁文 'princeps'，所有格 'principis' (排第一、首位)，因此譯為「元」很恰當，「元」字本指人頭，延伸為首位，其中上橫「一」代表頭，「兀」則代表人身，二者本義類似。
54　「寫」字本指移動、以此置彼，从宀、舄聲 (《王力古漢語字典》，頁 228)，以「移動」表示「抽象化」，旨在從具體事世界轉移至想象世界。
55　元良勇次郎 (Yūjirō Motora, 1858–1912 年)，心理學家。

良勇次郎創用的。西周譯 Sensation 為感覺學；譯 Sensationalism 為感覺學。

進化論[56]   Evolution$_{D/E}$ 這個譯語是加藤弘之博士創始的。井上哲次郎以為《易‧繫辭》下中有「天地絪縕[57]萬物化醇」等語；他採用這化醇二字的意義[58]，主張譯為化醇論。當時雖然也有人採用化醇論者；但畢竟用進化論的人多，因此遂成為確定的譯語。嚴復譯為天演論，日人未採用；我國學術界用天演論的也很少，現在都用進化論了。進化論的學說，是加藤弘之傳入日本學術界的，所以進化論中許多術語都是他譯出來的，如生存競爭 (Struggle for existence)、自然淘汰 (Natural selection)，都是加藤氏首創的譯語。自然淘汰一語，首先由井上哲次郎譯為自然選擇。但是因選擇一語有他動的意思，大家都覺得不滿意，後來加藤博士改譯為淘汰，遂以確定。優勝劣敗等語亦是他所創出的，頗膾炙人口。Sexual selection 一語當時譯為雌雄淘汰，井上氏主張譯為性慾淘汰。適者生存 (Survival of the fittest) 是井上哲次郎首譯的，現尚為一般學術界所採用。

論理學   Logic   西周氏譯為致知學；他著有一本論理學的書叫《致知啓蒙》。明治初年又有人譯 Logic 為論事矩。又有人僅譯為論法。但是這些譯名都未為世所採用。論理學這個名稱，不能夠說是那一個人始用的；是東京大學時代教授們所共

---

56 「進化論」與「演化論」皆指 'Evolution'，但在現代科學語境中，「演化論」較為常用，尤指生物學上的演化理論，而「進化論」傳統上多指達爾文的學說，帶有從低等到高等的進步含義。

57 「絪縕」，是指天地間的元氣。

58 「化」字从亻為正直人形、从匕顛倒人形，本指生死變化之意（《戰國古文字典》，頁 835），生死延伸為一般變化。「醇」字从酉、享聲，本質純淨、不摻雜的酒，意味酒質濃厚。合起來的意思表示不斷演化並趨於完美。

同決定的，後來確定成為這種學科的名稱。

權利　Recht_D　明治初年 (1868) 譯為權理或權利，二語兼用。但是因為當時德國 Rudolf von Jhering[59]的功利主義法理論 (Interessentheorie_D) 流行於日本，權理一語遂絕迹，一般學術界都用權利這個譯語。因為權理一語的意義，很近似於 Vernunftrecht[60]，與功利主義的法理論不相容，大概是此語廢而不用的一個原因。井上哲次郎及其他日本學者，都承認權利一語不是日本人所創譯，這個譯語是從中國傳入的。因為在明治以前，中國學術界即已用權利這個譯語了。有美人丁韙良 (William Martin)[61]者，節譯偉頓[62]所著《國際法綱要》[63] (Henry Wheaton, "Elements of International Law")，成書六冊，於同治三年（1864，日本元治元年，明治前四年）在中國出版，始用權利這個譯名。西周僅譯為權或權義，並未用過權利二字。所以權利二字是創始於丁韙良。權利一語，亦出自中國古典；但古書中所謂之權利，與現用來譯 Recht 的權利二字的意略有不同。例如荀子《勸學》篇中云：「及至其致好之也，目好之五色，耳好之五聲，口好之五味，心利之有天下，是故權利不能傾也」。又《史記‧鄭世家贊》中有云：「語有之，以權利合者，權利盡而來疎」。此之所謂權利，乃權勢財利的意義，與今所謂之權利二字的意義相同。在《萬國公法》中不過假用這兩個字來譯 Recht 的意義而已。

---

[59]　原書見 'ghering'，誤。耶林 (Rudolf von Jhering, 1818–1892 年) 德國著名法學家，締約過失責任理論的創始人。

[60]　作者的意思應該是 Vernunft 可譯為「理」，Recht 可譯為「權」。

[61]　原書見 'Martiw'，誤繕。

[62]　今作「惠頓」(Henry Wheaton, 1785–1848 年)，美國律師、法學家、外交官。

[63]　亦譯《萬國公法》，是指國際法。

三

　　西周、中江兆民、西村茂樹、加藤弘之、福地源一郎、中島力造、元良勇次郎、井上哲次郎等人，都是明治維新前後努力介紹西洋思想入日本的學者。井上哲次郎現尚健在，為日本學術界現在僅存的一個老前輩。其中以西周的供獻[64]最大；他早年精習漢學及佛學，後留學於荷蘭。精通英、法、荷蘭等國語言；兼習政治、經濟、法律、哲學等學。譯著頗多，學術名辭多由氏首創。以一人之精力而涉及如此廣泛之學術領域，固難精深；其所創之譯，亦多不確切。但他所創的許多名辭，仍為當代學者所採用。他的治學精神很可欽佩，他對於學術的功績也很偉大。茲將西周所創的學術名辭，彙誌於左：

甲、科學的名稱

生體學	Biology　明治五年 (1872) 初用，現在通譯為生物學了。
社會學	Sociology　西周初譯為人間學，後始用社會學。
美妙學	Aesthetik$_D$　明治五年西周創用此譯名，著有〈美妙學說〉一文[65]。
性理學	Psychology　現譯為心理學，說明見前[66]。
格致學	Physik$_D$　明治六年 (1873) 用此名[67]。
致知學	Logik$_D$　明治六年 (1873) 西周用此譯名，有時亦稱之為「致知之學」。他對於此學的著作較多，譯名亦多；後面另錄其論理學術語。

---

[64] 見註 7。
[65] 今作「美學」。
[66] 見頁430。
[67] 今作「物理學」。

經濟學	Political economy	他有時又譯為「治道經濟之學」[68]。說明見前[69]。
政事之學	Politics[70]	現譯為政治學。明治六年 (1873) 創用。
數學	Mathematics[71]	明治六年 (1873) 創用。
禮義之學	Ethik$_D$	明治六年 (1873) 創用。現譯為倫理學。
星學、天文學	Astronomy	他明治六年 (1873) 譯為星學,後又改譯為天文學。
物理學	Physics[72]	他譯 Physik$_D$ 為格致學,而譯物理科學為物理學。
化學	Chemistry	明治六年 (1873) 創譯。
神理學	Theology	現譯為神學。
幾何學	Geometry[73]	明治六年 (1873) 創用。
器械動學	Dynamics	器械動學[74]。
人道教門之學	Morality	明治初年 (1868) 創譯,現不通用[75]。
綱紀法律之學	Law	現譯為法律學[76]。
動物學	Zoology	現仍通用。
超理學	Metaphysik$_D$	超理學。超理學家 Metaphysician[77]。
虛體學	Ontology	現不通用[78]。
實理哲學	Positive philosophy	現譯為實證哲學。

68　今作「政治經濟學」。
69　見頁 435。
70　原書見 'Politic',誤。
71　原書見 'Mathematic',誤。
72　原書見 'Physical science',恐有誤,應為 'Physics'。'Physical science' 今乃與生物學相對的概念,是指包含物理學、天文學、化學、地球科學在內的科學總稱。
73　原書見 'geometry'。
74　今作「力學」。
75　今作「倫理學」。
76　今作「法學」。
77　今作「形而上學者」。
78　今作「本體論」。

物質學	Materialism	現譯為唯物論[79]。
通生學、通有學	Communism	現譯為共產主義。
美術	Fine art	明治六年 (1873) 創用。
音樂	Music	同上。
工匠術	Architecture	同上。現不通用[80]。
畫學	Painting	明治六年 (1873) 創用。
彫像術	Sculpture[81]	同上。
彫刻術	Engraving	同上。
萬有皆神學	Pantheism	現譯為汎神論或萬有神論[82]。
詩歌	Poem	詩歌。散文 Prose。

乙、學術名辭

理性	Reason	理性，道理；在康德哲學中他譯為靈智[83]。
元理	Principle	元理或主義[84]。
自然理法	Law of nature, natural law	自然理法[85]。
理法、法	Law	理法或法[86]。
觀念	Idea, Idee_D	觀念[87]。
魂、心	Psyche	魂或心。有時有譯為心靈[88]。

---

79 今作「物質主義」。
80 今作「建築學」。
81 英文 'sculpture' 則是雕塑、藝術品，作者在此應是指 'sculpting' 雕刻。
82 今作「泛神論」，抑或「多神信仰」。
83 嚴復《名學淺說》中將 'the science of reasoning' 譯為「思辨之學」，'reason' 今作「理智」。
84 今作「原理」，抑或「原則」。

85 嚴復將 'general laws of nature' 譯為「天然公例」，今作「自然法則」，作為法學術語亦有「自然法」。
86 今作「法律」。
87 今作「想法」、「主意」、「概念」、（柏拉圖哲學）「理想原型」、（康德哲學）「純粹理性概念」。
88 今作「精神」、「靈魂」。

實體學	Realism 實體學[89]。
名目學	Nominalism 名目學[90]。
性中固有	Innate 性中固有[91]。
獨知	Conscious 獨知[92]。
意識	Consciousness 意識[93]。
感覺	Sensation 感覺[94]。
感覺學	Sensationalism 感覺學[95,96]。
懷疑學	Scepticism[97,98]。
通常良知	Common sense 通常良知[99]。
卓絕極微純靈智	Transcendental pure reason 卓絕極微純靈智[100,101]。
宇觀	Space 宇觀[102]。
宙觀	Time 宙觀[103]。
先天	Apriori 先天或先天的[104]。
後天	Aposteriori 後天或後天的[105]。
範疇	Kategorie$_D$[106] 分類表，範疇。
觀念學	Idealism 觀念學[107]。

---

[89] 今作（文學）「寫實主義」、（哲學）「實在論」、（政治學）「現實主義」。
[90] 今作「唯名論」。
[91] 今作「先天既有的」、「與生俱來的」。
[92] 今作「有意識的」、「自覺的」、「知覺的」。
[93] 今作「知覺」、「意識」、「感覺」、「觀念」、「認知」。
[94] 今作「感受」。
[95] 今作「感覺論」、「感官主義」。
[96] 原註：指洛克的哲學。
[97] 今作「懷疑論」。
[98] 原註：指休謨的哲學。
[99] 今作「常識」。
[100] 原註：康德哲學中用語。
[101] 今作「先驗純粹理性」。
[102] 原註：空間之謂。
[103] 原註：時間之謂。
[104] 今作「演繹的」、「既定的」。
[105] 今作「歸納性的」、「基於經驗的」。
[106] 原書見 'Categorie'，誤繕。
[107] 今作「唯心論」。

自由	Liberty	自由[108]。
選擇學	Electicism[109]	選擇學。
觀念伴生	Association	觀念伴生[110]。
觀念伴生之理法	Law of association	觀念伴生之理法。
彼觀	Objective[111] 彼觀，Subjective[112] 此觀[113]。	
僞學派	Sophist	僞學派[114]。
唯一神	Monotheism	唯一神[115]。
數多神	Polytheism	數多神[116]。
無機性體	Inorganic	無機性體[117]。
有機性體	Organic	有機性體[118]。
被動、能動	Passive 被動。Active[119] 能動。	
智、情、意	Intellect 智[120]，Emotion 情[121]，Will 意[122]。	
心理分解	Analysis of mind	心理分解。
知覺	Perception	知覺[123]。
感覺[124]	Sensation	感覺。
記憶	Memory	記憶。
直覺	Intuition	直覺。

---

[108] 今作（政治）「自治」、（哲學）「意志自由」、（法）「自由權」。
[109] 英文沒有 'Electicism' 此概念，最接近的為 'Eclecticism' 則意思不同（折衷主義）。
[110] 今作「聯想」、「關聯」、「關係」、「聯盟」。
[111] 原書見 'object'（對象、事物），應繕誤。
[112] 原書見 'subject'（主題、主詞），應繕誤。
[113] 原註：Objective view or Subjective view
[114] 今作「辯者」、「辯士」、「詭辯家」。
[115] 今作「一神教」。
[116] 今作「多神論」。
[117] 今作「無機的」。
[118] 今作「有機的」。
[119] 今作「主動」、「積極」、「有效的」等。
[120] Intellect 今作「思維能力」、「理解力」、「智力」。
[121] 'Emotion' 今作「情感」、「情緒」。
[122] 今作「意志」、「自制力」、「決定」、「意願」、「態度」。
[123] 今亦譯「感知」、「察覺」、「觀念」等。
[124] 重複，見註 94。

丙、論理學用語

致知學	Logic, Logik$_D$　致知學[125]。
思慮之法之學	Logic is the science of the laws of thought　致知學乃思慮之法之學也。
單純致知	Pure logic　單純致知[126]。
施用致知	Applied logic　施用致知[127]。
直覺[128]、無媒諦	Intuition　直覺或無媒諦。
有媒諦	Mediate cognition or inference　有媒諦[129]。
實驗、試驗	Experience　實驗或試驗[130,131]。
真理	Truth　真理[132]。
視察	Observation　視察[133]。
比較	Comparison　比較。
誌述	Description[134]　誌述[135]。
定義、命名定義	Definition　定義或命名定義[136]。
理說	Theory　理說[137]。
念	Conception　念[138]。

---

[125] 嚴復《名學淺說》譯為「名學」，今作「邏輯」。
[126] 今可譯「純粹邏輯」。
[127] 今可譯「應用邏輯」。
[128] 重復，見註頁 445。
[129] 嚴復譯為「推知」。
[130] 「驗」，同「驗」。
[131] 今作「經驗」、「經歷」。
[132] 今作「事實」、「真相」、「真實性」、「現實」。
[133] 嚴復譯為「觀察」，今仍作「觀察」、「觀測」。
[134] 原書見 'Discription'，誤繕。
[135] 今作「敘述」、「形容」、「描繪」。
[136] 嚴復譯為「界說」。
[137] 嚴復《名學淺說》中將 'theory' 譯為「說」，今作「理論」、「學說」、「假說」、「臆測」。
[138] 今作「概念」、「觀念」、「構思」、(生理)「懷孕」。

概括力	Power of generalization	概括力[139]。
實量觀	Quantity	實量觀[140]。
形質觀	Quality	形質觀[141]。
概念	Notion	概念[142]。
想念	Idea	想念[143]。
想像力	Imagination	想像力。
妄想	Fancy	妄想[144]。
通名	Common noun	通名[145]。
專名	Proper noun	專名[146]。
考、思慮	Thought	考或思慮[147]。
辨	Judgement	辨[148]。
決、斷言	Conclusion	決或斷言[149]。
辯證之考	Discursive thought	辯證之考[150]。
命題	Proposition	命題[151]。

---

[139] 嚴復將 'the process of generalization' 譯為「推概之法」。

[140] 嚴復於《名學淺說》中將 'quantity' 譯為「指數」，今作「量」、「數量」、「總數」、「量化」。

[141] 今作「特質」、「性質」、「本質」、「質化」。

[142] 今作「觀念」、「想法」、「見解」、「念頭」。

[143] 見註 87。

[144] 今作「幻想」、「奇想」、「錯覺」。

[145] 嚴復譯為「名物字」，今作「普通名詞」。

[146] 今作「專有名詞」。

[147] 今作「思考」、「考慮」、「思想」、「顧慮」。

[148] 今作（法）「判決」、「裁定」、「判斷」、「推斷」、「批評」。

[149] 嚴復《名學淺說》譯為「判」、「委」，今作「結論」、（法）「締結」。

[150] 今可譯「論證思維」。

[151] 嚴復在《名學淺說》提出以下幾種不同 'proposition' 的翻譯：'universal proposition' 譯為「統舉之詞」、'universal affirmative proposition' 譯為「統舉正詞」、'universal negative proposition' 譯為「統舉負詞」、'particular proposition' 譯為「偏及之詞」、'particular negative proposition' 譯為「偏及負詞」、'ordinary proposition' 譯為「常詞」、'disjunctive proposition' 譯為「析取之詞」。

極	Term	極[152]。
主位	Subject	主位[153]。
屬位	Predicate	屬位[154]。
定言[155]	Copula	定言[156]。
肯定	Affirmative	肯定[157]。
否定	Negative	否定[158]。
實體	Substance	實體[159]。
屬性	Attribute	屬性[160]。
彙類	Classification	彙類[161]。
分解法、總合法	Analysis 分解法。Synthesis 總合法[162]。	
上行	Superordinate	上行[163]。
同行	Co-ordinate	同行[164]。
下行	Subordinate	下行[165]。
類	Genus (Pl. genera)	類[166]。

---

[152] 嚴復將'term'譯為「端」，然而將'singular term'譯為「單及之詞」，並將'concrete term'譯為「察名」，今作「術語」、（數）「項」。

[153] 今作「主詞」、「主語」、（哲）「主體」、（文）「主題」。

[154] 今作「謂語」、「述語」、「賓語」、「屬性」。

[155] 英語中的'copula'主要為'to be, to become, to get, to feel, to seem'，中文包含「是、為、當」等詞。嚴復將邏輯學的'copula'譯為「綴系」，今作「繫詞、連結詞」。

[156] 今作「連綴動詞」、「繫詞」。

[157] 今作「斷定的」、「正面的」。

[158] 今亦譯「相反」、「否認」、「負面」。

[159] 今亦譯「物質」、「重點」、「事實」、「本質」。

[160] 今亦譯「表徵」、（言）「限定詞」。

[161] 今作「分類」、「類別」、「種類」。

[162] Analysis 今作「分析」，Synthesis 今作為「綜合」、（化）「合成」、（哲）「演繹推理」、（言）「綜合性」。

[163] 今作「上級的」、（言）「上義詞」、「上位的」。

[164] 今作「整合」、「協調」。

[165] 今作「下級的」、（言）「下義詞」、「下位的」。

[166] 嚴復譯為「類」，今作「種類」、「類別」、（生物學、哲學）「屬」。

種	Species 種[167]。
演繹	Deduction 演繹[168]。
歸納	Induction 歸納[169]。
外延	Extension 外延[170]。
內包	Comprehension 內包[171]。
泛稱	Indefinitive 泛稱[172]。
分稱	Distributive 分稱[173]。
全稱	Universal 全稱[174]。
特稱	Particular 特稱[175]。
演題	Syllogism 演題[176]。
真一	Truism 真一[177]。
自己證明	Self-evident[178] 自己證明[179]。
同一、不同一	Identity 同一。Nonidentity 不同一[180]。
可考、不可考	Consistence 可考。Nonconsistence 不可考[181]。
定說	Assertion 定說[182]。
配偶無二	Exclusion 配偶無二[183]。

---

[167] 嚴復《名學淺說》中譯為「別」，今作「物種」。
[168] 原註：Deductive Method 演繹致知方法。註釋：嚴復《名學淺說》譯為「外籀」。
[169] 原註：Inductive Method 歸納致知方法。註釋：嚴復《名學淺說》譯為「內籀」，形容詞 'inductive' 譯為「因達克的夫」。
[170] 嚴復《名學淺說》譯為「外舉」，今小譯「廣延」。
[171] 今作「理解力」、「包含」、「包括」。
[172] 今作「不定性」、「未定義的」。
[173] 嚴復《名學淺說》中將 'distributed' 譯為「盡物」，今作「分配的」、（哲）「分配律的」、（言）「分配詞的」。
[174] 今亦譯「普遍性的」、「共通性的」、（言）「通用的」。
[175] 今作「特定的」、「特殊的」。
[176] 嚴復《名學淺說》譯為「司洛輯沁」、「連珠」，今作「三段論」。
[177] 今作「自明之理」。
[178] 原書見 'Selfevident'。
[179] 今作「不言自明」。
[180] Identity 今作「同一性」、「相同」、（數）「恆等式」，而 Nonidentity 則譯「非同一性」。
[181] Consistence 今作「連貫性」、「一致性」，Nonconsistence 譯為「非一致性」。
[182] 今作「斷言」。
[183] 今作「除外」、「排斥」。

表題	Affirmative proposition	表題[184]。
裡題	Negative proposition	裡題[185]。
全稱之極	Universal term	全稱之極[186]。
特稱之極	Particular term	特稱之極[187]。
齒類之式	Formula of inclusion	齒類之式[188]。
立類之式	Formula of constitution	立類之式[189]。
不齒類之式	Formula of exclusion	不齒類之式[190]。
前唱	Antecedent	前唱[191]。
後和	Consequence	後和[192]。
對偶法	Contraposition	對偶法[193]。
反對法	Opposition	反對法[194]。
轉換法	Conversion	轉換法[195]。
偶主	Contraponent	偶主。
偶客	Contraposita	偶客[196]。
本來反對	Opposition proper	本來反對。
反言對	Opposition contradictory	反言對[197]。
實反對	Opposition contrary	實反對[198]。
小反對	Opposition subcontrary	小反對[199]。

---

[184] 今作「肯定命題」。
[185] 今作「否定命題」。
[186] 今作「全稱命題」。
[187] 今作「特稱命題」。
[188] 今作「容納原理」。
[189] 今作「成立原則」。
[190] 今作「排除原理」。
[191] 嚴復《名學淺說》譯為「前事」，今作「前件」。
[192] 嚴復《名學淺說》譯為「後承」，今作「後果」、「結果」、「蘊涵」。
[193] 今作「換質換位律」、「異質位換率」、「換質位法」。
[194] 今作「對當關係」、「對立」。
[195] 嚴復譯為「轉頭」，今作「換位法」、「轉換」、「轉變」。
[196] 見註 193。
[197] 今作「矛盾對立」。
[198] 今作「相反關係」。
[199] 今作「小反對命題」。

轉語	Converse	轉語[200]。
換語	Converdent	換語[201]。
單轉法	Conversion simple	單轉法[202]。
不定轉換	Conversion per accident	不定轉換[203]。
對偶轉換	Conversion by contraposition	對偶轉換[204]。
老極、中極、少極	Major, Middle, Minor term	老極、中極、少極[205]。
極端	Extremeties	極端。
差等	Subalternation	差等。
差主	Subalternant	差主[206]。
差客	Subalternate	差客[207]。
兩約	Premises[208]	兩約[209]。
老約、少約	Major, minor promise	老約、少約。
皆有全無之辯	Dictum de omni et nullo[210]	皆有全無之辯。
僞題	Fallacy	僞題[211]。

---

[200] 今作「換位」、「逆命題」。
[201] 該英文語詞並非英義或邏輯學的詞，誤繕。假如是指 'convergent' 的話，今作「收斂」，作者意思不清楚。
[202] 今作「簡單換位」。
[203] 嚴復將 'accident' 譯為「寓德」，其中「寓」意為寄託，「德」可指性質或屬性（如「五德」、「才德」）。嚴復或認為 'accident' 是寄寓於實體內的特性，而非本質。今作「例外換位」(exceptional conversion)。
[204] 今作「對置換位」。
[205] Major 嚴復《名學淺說》譯為「大端」或「大語」，今作「大詞」；Middle 嚴復譯為「中介」、「中端」、「媒語」等詞，今作「中詞」；Minor 嚴復譯為「小端」或「小語」，今作「小詞」。
[206] 今作「特稱命題的」、「次要的」。
[207] 今作「特稱判斷」、「循次序的」、「近互生的」。
[208] 原書見 Promises，即是「承諾」，此處應為邏輯範圍的 Premises，即是「前件」。嚴復在《名學淺說》中將 'premise' 譯為「前提」，然而將 'major premise' 譯為「例」，並將 'minor premise' 譯為「案」。
[209] 今日「兩約」通常是指舊約、新約的簡稱。
[210] 原書見 'Dictum de omni et de mullo'，誤。
[211] 嚴復《名學淺說》譯為「瞀詞」、「發拉屎」，今作「謬論」。

還元	Reduction	還元[212]。
詭論	Sophism	詭論[213]。
確定	Categorical	確定[214]。
約契	Hypothetical	約契[215]。
離攝	Disjunctive	離攝[216]。
通理	Postulate	通理[217]。
莫逆嘉納	Noncontradiction	莫逆嘉納[218]。
散體	Enthymeme	散體[219]。
離合格	Conjunctive and disjunctive	離合格[220]。
雙契體	Hypothetical conjunctive	雙契體[221]。
連環體	Chain argument	連環體[222]。
二重體	Dilemma	二重體[223]。
渾體	Sorites	渾體[224]。
包攝	Subsumption	包攝[225]。

（1935 年 10 月於東京）

---

[212] 今作（數）「約分」、「簡化」、「化約」。
[213] 今作「詭辯」。
[214] 今作「絕對的」、「屬於某一範疇的」。
[215] 嚴復在《名學淺說》將 'hypothetical proposition' 譯為「有待之詞」，而 'hypothesis' 譯為「希卜梯西」，今作「有條件的」、「假設的」、「假言的」。
[216] 今作「析取的」、「無關」。
[217] 今作「假設」。
[218] 今作「無矛盾律」。
[219] 今作「省略式三段論」。
[220] 今作「關聯及無關」。
[221] 今作「假言的」。
[222] 今作「推理鏈命題」。
[223] 今作「兩難論」。
[224] 連鎖悖論 (Sorites paradox) 的簡稱，今作「堆垛」、「連鎖」。
[225] 今亦譯「涵攝」。

PART 8

新名詞溯源

1944

王雲五 1888-1979

辭書名家王雲五親自撰寫，
旨在整理並探究新名詞的來源與用法。

第一章

《新名詞溯源》導讀

《新名詞溯源》是王雲五（1888-1979 年）於 1944 年 10 月在重慶撰寫的文章。該作最早刊載於 1945 年 12 月出版的《旅渝心聲》，後來也用作《王雲五小辭典》與《王雲五新詞典》的前言。王雲五是出版家、學者、政治家與企業家。1921 年加入商務印書館，1930 年代任總經理。戰後赴臺，創立臺灣商務印書館，繼續出版工作。他主持出版了《萬有文庫》、《東方雜誌》與《東方圖書館》，其中《東方圖書館》一度是中國最大私人圖書館之一。戰時期間，他撰寫了 12 本書及多篇文章，包括 1946 年出版的《王雲五小辭典》與《王雲五新詞典》。從《新名詞溯源》結尾可見，該文原作為詞典前言，他寫道：「全書計收名詞三千七百有奇，以我國古籍之豐富，掛漏當然難免。」

由於戰後中國語言學進入快速發展階段，《新名詞溯源》具有特殊意義，可視為未受西方語言學影響的最後一部傳統學術作品。在本文中，王氏僅列出 247 個詞彙，並附上簡要書證，視之為詞源。他承認這些詞與古文意義不盡相同，並說：「其意義或與我國古籍相若，或因轉變而大相懸殊。… 但亦因時代之變遷與國情之殊異，字面雖仍其舊，意義卻多有變更。」

儘管詞義有異，王氏仍將這些詞視為固有漢語。他不認為詞義轉變可否定其本土性。此觀點與《日本文名辭考證》等舊作類似，依據詞形判斷詞源，忽略詞義創新與日語、西方語言的影響。然而，與其他早期研究一樣，本文仍可視為一份詞彙記錄。其價值在於反映當時學界最關注的新名詞，為今日研究提供可貴的歷史材料。

《新名詞溯源》的語言特徵

對於《新名詞溯源》的詞長分布而言，《新名詞溯源》除了兩個三字詞外，僅收二字詞，這個特點與《新名詞訓纂》相似。但這仍符合和製漢語的常態分佈的特性。與其他七篇早期研究文章相比，屬於四種差異性低的著作之一，其 χ^2 值為 0.30，在顯著水準 $p = 0.05$、自由度為 4 的情況下，遠低於臨界值 9.49。由此可見，《新名詞溯源》的詞長結構分佈正常，無明顯偏差，如下圖所示：

表 1.1:《新名詞溯源》詞彙與和製漢語之詞長分佈比較

資料	總詞數	單字詞	二字詞	三字詞	四字詞	多字詞
《新名詞溯源》詞彙	247	0	245	2	0	0
和製漢語	3,224	20	2,411	603	180	10

《新名詞溯源》主要討論了共 247 個新名詞，其中只有兩個詞是三字詞，「木乃伊」和「地動儀」，其他均為二字詞。在接下來的幾個小節中，我們將進一步探討這些詞彙分別與和製漢語以及現代術語之間的關係。

一、《新名詞溯源》中的和製漢語詞彙

《新名詞溯源》一文共出現 104 個和製漢語，佔全文收詞的 42%，比例偏高，是八篇著作中第二高的一篇。其中具有現代術語身份的詞有 79 個，佔所有和製漢語的 76%。這個比例約為全體平均，在八篇著作中排名倒數第三。這表示，《新名詞溯源》因出版時間最晚，最接近當代，所以整體收錄的和製漢語比例相當高；但在收錄的和製漢語中，真正與現代術語對應者比例並不特別高，略低於其他作品。凡屬於和製漢語又同時具有現代術語身份的詞，以下皆以底線標示。

第一章　《新名詞溯源》導讀　457

【ㄅ】保險, 博士, 報道, 比例, 玻璃, 飽和
【ㄇ】名詞, 民主, 民法, 目的, 麵包
【ㄈ】分解
【ㄉ】代表, 地主, 大使, 大陸
【ㄊ】同志, 同情, 天主, 投機, 條約
【ㄋ】內閣, 農業
【ㄌ】律師, 樂觀, 流行, 浪人, 輪船, 陸軍
【ㄍ】公法, 國會, 國粹, 國防, 工事, 灌腸
【ㄎ】苦力, 開幕
【ㄏ】化石, 恆星, 海軍
【ㄐ】交流, 交通, 幾何, 建設, 教授, 機械, 競走, 節約, 簡單, 經濟, 計畫, 講師, 講座, 講義, 階級
【ㄑ】侵略, 權利, 鉛筆
【ㄒ】刑法, 學士, 宣言, 寫真, 憲法, 校長
【ㄓ】中和, 主席, 主義, 支配, 政府, 政治, 注射, 真空
【ㄔ】儲蓄, 植物, 赤道
【ㄕ】上帝, 上訴, 世紀, 實體, 師範, 水準, 生物, 石油, 碩士, 社會
【ㄗ】作家, 卒業, 座談, 自治
【ㄘ】測量
【ㄧ】印刷, 印紙, 幽默, 意匠, 意識, 演繹, 眼鏡, 移民, 藝術, 遺傳
【ㄨ】唯心, 外交, 文法, 衛生

二、 僅見於《新名詞溯源》的和製漢語

僅發現於《新名詞溯源》的和製漢語共有 41 個，這些詞語未出現在本研究其他作品中。這些單次出現的詞語，佔該書全部和製漢語約 40%。在八部早期新名詞研究作品中，此比例排名第二高。這結果顯示，《新名詞溯源》在記錄新名詞方面具有一定分量與參考價值。

【ㄅ】報道, 玻璃, 飽和
【ㄇ】麵包
【ㄈ】分解
【ㄉ】地主, 大使
【ㄊ】天主, 投機
【ㄋ】農業
【ㄌ】樂觀, 流行
【ㄍ】國會, 國防, 工事, 灌腸
【ㄎ】苦力
【ㄐ】交流, 幾何, 機械, 節約, 簡單, 講師, 講座
【ㄑ】侵略, 鉛筆
【ㄒ】學士
【ㄓ】主席, 支配, 注射
【ㄕ】上帝, 世紀, 水準, 生物, 碩士
【ㄗ】作家, 卒業, 座談
【ㄘ】測量
【ㄧ】印刷, 印紙, 幽默, 眼鏡, 移民, 藝術
【ㄨ】唯心

三、《新名詞溯源》詞彙與現代術語之關聯

《新名詞溯源》所收錄的現代術語共 152 個，無論是否為和製漢語。現代術語佔本書全部新名詞的比例為 61.5%，是八篇早期新名詞研究中比例最高的一部，說明現代術語在本書中佔有極高比重。其中，同時具有和製漢語身份的詞共有 68 個，佔全部現代術語的 45%，比例偏低，在八篇著作中排名倒數第三。這表示《新名詞溯源》所選的詞彙，不只限於學術領域，也包含其他用途更廣的詞。以下列表中，每個詞彙右側的括號標示其在不同知識領域中出現的次數。

【ㄅ】保險 (2), 博士 (1), 布景 (1), 比例 (4), 玻璃 (4), 變遷 (2), 飽和 (3)

【ㄆ】平原 (2)

【ㄇ】名詞 (2), 民主 (1), 民法 (1), 目的 (4)

【ㄈ】分解 (10), 反攻 (1), 方程 (1), 紡織 (2), 飛行 (2)

【ㄉ】代表 (3), 地主 (1), 地軸 (2), 大陸 (1), 豆腐 (1), 點心 (1)

【ㄊ】同志 (1), 同情 (1), 土壤 (3), 投機 (3), 條約 (3), 脫帽 (1)

【ㄋ】內景 (1), 內閣 (1), 努力 (3), 牛乳 (3), 農具 (2), 農業 (2)

【ㄌ】來源 (2), 旅行 (1), 旅館 (1), 樂觀 (1), 流行 (2), 煉鋼 (1), 輪船 (1), 陸軍 (1)

【ㄍ】國會 (2), 工程 (2), 灌腸 (1), 高原 (1)

【ㄎ】可能 (1), 開墾 (1)

【ㄏ】化石 (1), 合奏 (1), 恆星 (3), 會戰 (1), 海味 (1), 海軍 (1), 漢字 (1), 火星 (1), 火爐 (2), 緩刑 (2)

【ㄐ】交流 (4), 交通 (2), 傑作 (1), 寄生 (4), 幾何 (1), 建設 (1), 教授 (1), 機械 (2), 甲蟲 (1), 監察 (2), 積分 (4), 競走 (1), 節約 (1), 簡單 (3), 紀律 (1), 經濟 (2), 計畫 (3), 講師 (1), 講座 (2), 講義 (1), 階級 (5)

【ㄑ】侵略 (1), 契約 (5), 權利 (2), 氣球 (2), 求婚 (1), 起草 (1)

【ㄒ】修業 (1), 刑法 (2), 學士 (1), 宣言 (1), 憲法 (2), 星期 (1), 校長 (4), 象牙 (1)

【ㄓ】中和 (5), 中立 (2), 專利 (1), 徵兵 (1), 掌握 (3), 支配 (3), 政治 (1), 植物 (5), 注射 (3), 真空 (3), 紙幣 (1), 著作 (2), 著色 (9)

【ㄔ】儲蓄 (3), 創制 (2), 處方 (3), 赤道 (3)

【ㄕ】上訴 (2), 世紀 (3), 失業 (1), 實體 (5), 市價 (2), 時髦 (1), 水力 (3), 水準 (2), 生物 (3), 疏散 (1), 石油 (6), 石炭 (1), 砂糖 (1), 碩士 (1), 社會 (1), 首飾 (1)

【ㄗ】作家 (1), 字母 (3), 總統 (1), 自治 (3)

【ㄘ】採礦 (2), 測量 (7), 測驗 (2), 磁石 (3)

【ㄙ】損益 (1), 訴訟 (1)

【ㄧ】印刷 (1), 宴會 (1), 影戲 (1), 意識 (1), 游泳 (1), 演繹 (2), 眼鏡 (1), 移民 (4), 藝術 (2), 要塞 (1), 遺傳 (7)

【ㄨ】外交 (1), 文法 (2), 武裝 (1), 溫泉 (3), 衛生 (2)

四、 現代術語在《新名詞溯源》中的比例與分佈

　　針對《新名詞溯源》中的詞彙分類比例，我們如同上述幾章一樣，計算其分組比例是否與所有知識領域的分組比例一致，並檢視兩者間差異是否顯著。統計結果顯示，《新名詞溯源》在詞彙收集上無明顯偏差。與《新爾雅》、《盲人瞎馬新名詞》、《日譯學術名詞沿革》類似，《新名詞溯源》在分組比例上未呈現顯著差異。其 χ^2 值為 3.22，為八部早期研究作品中最低，遠低於臨界值 5.99。這表示《新名詞溯源》所收錄的現代術語，其分組結構與整體術語的內部分布相符。

表 1.2:《新名詞溯源》詞彙中被視為和製漢語與現代術語一覽

分組數	全部術語	全部術語比例	《新名詞溯源》	《新名詞溯源》比例	χ^2
5-17 類別	1,681	0.0032	10	0.0654	1.20
2-4 類別	40,320	0.0772	69	0.4510	1.81
單一類別	480,591	0.9196	74	0.4837	0.21
總數	522,592	1.0000	153	1.0000	3.22

第二章

《新名詞溯源》原文

《王雲五論學文選》第 276－282 頁

民國 33 年 10 月作於重慶

　　近來國內流行的許多新名詞，國人以為傳自日本者，其實多已見諸我國的古籍。日人的文化本由我國東傳，久而久之，我國隨時代之變遷而不甚使用者，日人卻繼續使用，但亦因時代之變遷與國情之殊異，字面雖仍其舊，意義卻多有變更。近數十年間又由日本回流於我國，國人覺此類名詞之生疏，輒視為日本所固有。似此數典而忘祖，殊非尊重國粹之道。試舉顯者之數例。

文部	日之所謂「文部」，實早見於我國《舊唐書·百官志》，蓋即吏部之意，日人特借用為教育部而已。
膺懲	日之所謂「膺懲」，實早見於《詩經·魯頌》之「戎狄是膺，荊舒是懲」，特聯用而成一詞語而已。
浪人	他如日之所謂「浪人」，則見柳宗所撰《李赤傳》；
家督	日之所謂「家督」，見《史記·越世家》；
配當	日之所謂「配當」，見《周禮·地官》疏；
支配	日之所謂「支配」，見《北史·唐邕傳》；
印紙	日之所謂「印紙」，見《舊唐書·食貨志》；
下女	日之所謂「下女」，見《楚辭》；
報道	日之所謂「報道」，見李涉所為詩；
意匠	日之所謂「意匠」，見杜甫所為詩。

　　此外類是者不勝枚舉。其意義或與我國古籍相若，或因轉變而大相懸

殊。

且不僅日本名詞如此，即國內新流行的許多名詞，在未嘗多讀古籍者視之，非認為初期傳教士與譯書者所創用，則視若著作家或政治家之杜撰。其實追溯來源，見於古籍者不在少數，但正如日本名詞一般，其意義有與古籍相若者，有因轉變而大相懸殊者，且古今應用不同，名同而實異者亦比比皆是。試分類各舉數例為證。

（1）在哲學方面，

意識	「意識」見《北齊書·宋遊道傳》，
實體	「實體」見《中庸章句》，
詭辯	「詭辨[1]」見《史記·屈原傳》，
唯心	「唯心」見《楞伽經》，
演繹	「演繹」見《中庸章句》序，
樂觀	「樂觀」見《漢書·貨殖傳》。

（2）宗教方面，

上帝	「上帝」見《書經·舜典》，
天主	「天主」見《史記·封禪書》，
天使	「天使」見《莊子·人間世》，
牧師	「牧師」見《周禮·夏官·司馬》，
神父	「神父」見《後漢書·宋登傳》，
傳教	「傳教」見皇甫冉詩。

（3）社會方面，

社會	「社會」見《世說·德行》，

---

[1] 原書見「辨」，今作「辯」。

階級　　　「階級」見《後漢書·邊讓傳》,
主席　　　「主席」見《史記·絳侯世家》,
代表　　　「代表」見徐伯彥文,
同鄉　　　「同鄉」見《莊子·盜跖》,
同志　　　「同志」見《後漢書·班超傳》。

（4）經濟方面,

經濟　　　「經濟」見《文中子·禮樂》,
專利　　　「專利」見《左傳·哀公十六年》,
紙幣　　　「紙幣」見梅堯臣詩,
儲蓄　　　「儲蓄」見《後漢書·章帝紀》,
失業　　　「失業」見《漢書·禮樂志》,
保息[2]　　「保息」見《周禮·地官·大司徒》。

（5）政治方面,

政治　　　「政治」見《書經·畢命》,
自治　　　「自治」見《老子》,
總統　　　「總統」見《漢書·百官志》,
內閣　　　「內閣」見《北史·邢邵傳》,
國會　　　「國會」見《管子·山至數》,
民主　　　「民主」見孫楚文,
黨部　　　「黨部」見劉克莊詩,
政府　　　「政府」見《宋史·歐陽修傳》,
創制　　　「創制」見《管子·霸道》,
監察　　　「監察」見《後漢書·竇融傳》。

2　今作「保本」、「保利」。

（6）法律方面，

   憲法　　　「憲法」見《國語‧晉語》，
   刑法　　　「刑法」見《左傳‧昭公二十六年》，
   民法　　　「民法」見《書經》傳，
   公法　　　「公法」見《尹文子‧大道書》，
   法官　　　「法官」見《唐書‧百官志》，
   律師　　　「律師」見《唐六典》，
   訴訟　　　「訴訟」見《後漢書‧陳寵傳》，
   權利　　　「權利」見《史記‧鄭世家》，
   契約　　　「契約」見《魏書‧鹿悆傳》，
   上訴　　　「上訴」見《後漢書‧班固傳》，
   緩刑　　　「緩刑」見《周禮‧地官‧大司徒》，
   兩造[3]　　「兩造」見《周禮‧秋官‧大司寇》，
   三讀　　　「三讀」見朱熹詩。

（7）國際方面，

   外交　　　「外交」見《墨子‧修身》，
   條約　　　「條約」見《唐書‧南蠻南詔傳》，
   通商　　　「通商」見《左傳‧閔公二年》，
   移民　　　「移民」見《周禮‧秋官‧士師》，
   侵略　　　「侵略」見《史記‧五帝紀》注，
   中立　　　「中立」見《中庸》，
   大使　　　「大使」見《禮記‧月令》，
   國書　　　「國書」見《文體明辨》。

---

[3] 法律專用詞，亦作「雙方當事人」。

（8）教育方面，

  師範　　　「師範」見《文心雕龍·通變》，

  校長　　　「校長」見《史記·彭越傳》，

  教授　　　「教授」見《史記·仲尼弟子傳》，

  講師　　　「講師」見張協文，

  講座　　　「權利」見朱熹文，

  講義　　　「講義」見《唐會要》，

  博士　　　「博士」見《史記·秦始皇本紀》，

  碩士　　　「碩士」見《五代史·張居翰傳》，

  學士　　　「學士」見《儀禮·喪服》，

  修業[4]　　「修業」見《易·乾卦》，

  卒業　　　「卒業」見《荀子·仲尼》，

  先修　　　「先修」見《書》傳，

  視學[5]　　「視學」見《禮記·學記》，

  測驗　　　「測驗」見《元史·歷志》。

（9）體育方面，

  競走　　　「競走」見《淮南子·主術》，

  角力　　　「角力」見《禮記·月令》，

  打球　　　「打球」見《史記·驃騎傳》，

  田徑　　　「田徑」見錢起詩，

  游泳　　　「游泳」見朱林詩。

（10）交通方面，

  交通　　　「交通」見《史記·灌夫傳》，

---

[4] 現多用「學習」或「進修」。　　[5] 現多用「督學」或「教育檢查」。

旅行　　　　「旅行」見《說文解字》，
旅館　　　　「旅館」見謝靈運詩，
出國　　　　「出國」見《詩經》疏。

（11）軍事方面，

陸軍　　　　「陸軍」見《晉書·宣帝紀》，
海軍　　　　「海軍」見《宋史·洪邁傳》，
國防　　　　「國防」見《後漢書·孔融傳》，
武裝　　　　「武裝」見韓邦靖詩，
戒嚴　　　　「戒嚴」見《魏志·王郎傳》，
徵兵　　　　「徵兵」見《史記·黥布傳》，
會戰　　　　「會戰」見《漢書·項籍傳》，
血戰[6]　　　「血戰」見蘇軾詩，
焦士[7]　　　「焦士」見杜牧賦，
反攻[8]　　　「反攻」見《呂氏春秋·察微》，
工事　　　　「工事」見《周禮·天官·太宰》，
要塞　　　　「要塞」見《禮記·月令》。

（12）禮俗方面，

求婚　　　　「求婚」見《易·屯卦》，
追悼　　　　「追悼」見魏文帝文，
宴會　　　　「宴會」見《後漢書·周景傳》，
座談　　　　「坐[9]談」見《國策·齊策》，
握手　　　　「握手」見《史記·滑稽傳》，

6　多用於歷史或文學語境。　　8　今作「反擊」。
7　今作「烈士」。　　　　　　9　原書見「坐」，以為係「座」。

脱帽[10]　　　「脱帽」見古詩陌上桑，
剪彩　　　　「剪彩」見李白詩，
開幕　　　　「開幕」見徐伯彥。

（13）算學方面，

方程　　　　「方程」見《周禮·地官·保氏》鄭注，
測量　　　　「測量」見《世說·品藻》，
百分　　　　「百分」見杜牧詩，
比例　　　　「比例」見陸遊詩，
幾何　　　　「幾何」見《史記·孔子世家》，
積分　　　　「積分」見《穀梁傳·文六年》。

（14）天曆方面，

陽曆　　　　「陽曆」見《漢書·律曆志》，
星期　　　　「星期」見書言故事，
日曜[11]　　　「日曜」見《詩經·檜風·羔裘》，
月曜[12]　　　「月曜」見韓駒詩，
恆星　　　　「恆星」見《穀梁傳·莊七年》，
火星　　　　「火星」見劉禹錫詩。

（15）理化方面，

真空　　　　「真空」見《行宗記》，
水力　　　　「水力」見《七發》，
中和　　　　「中和」見《禮記·中庸》，
飽和　　　　「飽和」見《梁肅文》，

---

[10] 現多用「摘帽」作為政治用語。
[11] 今作「星期日」。
[12] 今作「星期一」。

分解　　　　「分解」見《後漢書·馬皇后紀》，
交流　　　　「交流」見《周書·天文志》。

（16）生物方面，

生物　　　　「生物」見《禮記·樂記》，
植物　　　　「植物」見《周禮·地官·大司徒》，
化石　　　　「化石」見鄭元祐詩，
甲蟲　　　　「甲蟲」見《大戴禮》，
遺傳　　　　「遺傳」見《史記·倉公傳》，
寄生　　　　「寄生」見《詩經》傳。

（17）醫學方面，

衛生　　　　「衛生」見《莊子·庚桑楚》，
處方　　　　「處方」見《世說·術解》，
注射　　　　「注射」見《世說·夙惠》，
救護　　　　「救護」見《後漢書·班超傳》，
開腦[13]　　「開腦」見《唐書·西域傳》，
灌腸　　　　「灌腸」見《通俗編》。

（18）農業方面，

農業　　　　「農業」見《禮記·月令》，
地主　　　　「地主」見《左傳·哀公十二年》，
土壤　　　　「土壤」見《史記·孔子世家》，
農具　　　　「農具」見李商隱詩，
開墾　　　　「開墾」見《宋史·太祖紀》，

13　今作「腦外科手術」。

農作　　　　　「農作」見《宋史·李防傳》。

（19）工業方面，

　　　工程　　　　「工程」見《元史·韓性傳》，
　　　苦力[14]　　「苦力」見皮日休詩，
　　　紡織　　　　「紡織」見《墨子·辭過》，
　　　機械　　　　「機械」見《莊子·天地》，
　　　採礦　　　　「採礦」見蘇軾文，
　　　煉鋼　　　　「練[15]鋼」見《列子》。

（20）商業方面，

　　　招牌　　　　「招牌」見《莊子》注，
　　　市價　　　　「市價」見《孟子·滕文公》，
　　　開業　　　　「開業」見《史記·秦記》，
　　　損益　　　　「損益」見諸葛亮文，
　　　保險　　　　「保險」見《隋書·劉元進傳》，
　　　投機　　　　「投機」見《唐書·張公謹傳贊》。

（21）藝術方面，

　　　藝術　　　　「藝術」見《後漢書·安帝紀》，
　　　寫真[16]　　「寫真」見《晉書·顧愷之傳》，
　　　布景　　　　「布景」見《宣和畫譜》，
　　　內景　　　　「內景」見《大戴禮·曾子天圓》，
　　　著色　　　　「著色」見劉勳詩，
　　　合奏　　　　「合奏」見張衡文。

14　今作「勞工」。
15　原書見「練」，以為係「煉」。
16　早期日語借詞，現多用「攝影」或「照片」。

（22）語文方面，

  文法   「文法」見《史記·汲黯傳》，

  字母   「字母」見《玉海》，

  漢字   「漢字」見《金史·章帝紀》，

  著作   「著作」見《晉書·孫楚傳》，

  作家   「作家」見《晉書·食貨志》，

  傑作   「杰[17]作」見陸游詩。

（23）歷史方面，

  世紀   「世紀」見《太平御覽·三皇部》，

  五族[18] 「五族」見《周禮·地官·大司寇》，

  苗族   「苗族」見《蜀志·諸葛亮傳》，

  上古   「上古」見《易·繫辭》，

  中古   「中古」見《易·繫辭》，

  考古   「考古」見《宋史·林勳傳》。

（24）地理方面，

  平原   「平原」見《左傳·桓元年》，

  高原   「高原」見王維詩，

  大陸   「大陸」見《書經·禹貢》，

  大洋   「大洋」見耶律楚材詩，

  赤道   「赤道」見《後漢書·律歷志》，

  地軸   「地軸」見庾信文。

  此外尚有流行甚廣之一般名詞而非專屬一類者，舉例言之，如：

---

[17] 原書見「杰」，以為係「傑」。 [18] 歷史語境中指五個民族，較少單獨使用。

主義	「主義」見《史記‧太史公自序》，
紀律	「紀律」見《左傳‧桓公七年》，
計畫	「計畫」見《漢書‧陳平世家》，
建設	「建設」見《禮記‧祭義》，
一般	「一般」見白居易詩，
專門	「專門」見《漢書‧儒林傳》，
同情	「同情」見《漢書‧吳王濞傳》，
努力	「努力」見《左傳‧昭公二十年》，
擁護	「擁護」見《漢書‧陳湯傳》，
掌握	「掌握」見《漢書‧張敞傳》，
飛行	「飛行」見《詩經‧鄭風》箋，
疏散	「疏散」見李白詩，
可能	「可能」見許渾詩，
當然	「當然」見《中庸章句》三十二章注，
時髦	「時髦」見《後漢書‧順帝紀贊》，
幽默	「幽默」見《楚辭‧九章‧懷沙》，
節約	「節約」見《後漢書‧宣秉傳》，
獻金[19]	「獻金」見王筠文，
起草	「起草」見《十八史略‧宋理宗》，
宣言	「宣言」見《左傳‧桓公二年》。

　　在這許多名詞中，有一部分為現代事物的代表，由此可以概見我國古代的發明與發見[20]，由此也可以想見古代中外之交通與人類之殊途而同歸。試分類各舉若干例以明之。

---

[19] 現多用「捐款」或「資助」。　　[20] 「發見」，今作「發現」。

(25) 關於物材方面，

  石炭[21]　　「石炭」見《隋書·王劭傳》，
  石油　　　「石油」見《夢溪筆談》，
  火井[22]　　「火井」見左思賦，
  溫泉　　　「溫泉」見《晉書·紀瞻傳》，
  象牙　　　「象牙」見《後漢書·西南夷傳》，
  磁石　　　「磁石」見《漢書·藝文志》。

(26) 關於科學製作方面，

  地動儀　　「地動儀」見《後漢書·張衡傳》，
  水準　　　「水準」見《元史·曆志》，
  影戲[23]　　「影戲」見《東京夢華錄》，
  印刷　　　「印刷」見《夢溪筆談》，
  玻璃　　　「玻瓈[24]」見《廣韻》注，
  氣球　　　「氣毬[25]」見李畋《見聞錄》，
  炮車[26]　　「礮[27]車」見《魏略》，
  輪船　　　「輪船」見《元史·阿求傳》。

(27) 關於衣飾方面，

  油衣[28]　　「油衣」見《隋書·煬帝紀》，
  面衣[29]　　「面衣」見《西京雜記》，
  首飾　　　「首飾」見《後漢書·輿服志》，
  眼鏡　　　「眼鏡」見《七修類稿》，

21　今作「煤炭」。
22　歷史語境指自燃氣體的泉井。
23　今作「電影」。
24　原書見「瓈」，今作「璃」。
25　原書見「毬」，今作「球」。
27　原書見「礮」，今作「炮」。
27　歷史語境指古代戰車或火炮運輸車。
28　今作「雨衣」。
29　現用「面罩」或「頭巾」。

指環　　　「指環」見《南史·阿羅單國傳》，
　　　耳環　　　「耳環」見《南史·林邑國傳》，
　　　皮鞋　　　「皮鞋」見《南史·武興國傳》，
　　　高底[30]　 「高底」見《揚州畫舫錄》。

（28）關於食物方面，
　　　牛乳[31]　 「牛乳」見《魏書·王琚傳》，
　　　砂糖　　　「沙[32]糖」見《北史·真臘國傳》，
　　　海味[33]　 「海味」見白居易詩，
　　　豆腐　　　「豆腐」見《本草綱目》，
　　　麵包　　　「麵包」見《誠齋雜記》，
　　　點心　　　「點心」見《唐書·鄭修傳》，
　　　中餐　　　「中餐」見釋卿雲詩。

（29）關於器用方面，
　　　馬車　　　「馬車」見《後漢書·輿服志》，
　　　火爐　　　「火爐」見元稹詩，
　　　剃刀　　　「剃刀」見段成式詩，
　　　鉛筆　　　「鉛筆」見任昉文。

（30）關於風俗方面，
　　　搖籃　　　「搖籃」見《戒庵漫筆》，
　　　木乃伊　　「木乃伊」見《輟耕錄》，
　　　鬥牛　　　「鬪[34]牛」見《事物紀原》。

30　古代指高底鞋，現多稱「高跟鞋」。
31　今作「牛奶」。
32　原書見「沙」，今作「砂」。
33　較少單獨使用，常見於「海味珍品」等詞。
34　原書見「鬪」，今作「鬥」。

本書目的在追溯新名詞之來源，各舉其所見之古籍篇名與辭句，並作簡單釋義，其有數義者分別列舉之。至現今流行之意義與古義不同者，於各該條下附述今義，而以（今）字冠之。全書計收名詞三千七百有奇，以我國古籍之豐富，掛漏當然難免。加以著者學識譾陋，藏書又困亂離散佚，參考未能詳悉，舛誤恐亦不少。是正固有賴於鴻博，補充當俟諸戰後。

新名詞索引

本索引收詞的標準如下：一是納入各篇中所列的正條詞目與重點詞彙。二是收錄正文中具有重要性的語詞，包括《新爾雅》所舉例的各種詞語、《盲人瞎馬之新名詞》中標為黑點的詞語與關鍵詞，以及余又蓀整理的和製漢語。這些詞彙未必等同於每一篇涵蓋的全部和製漢語或現代術語，而是涵蓋更廣泛的語詞範圍，以此方便讀者查尋。

　　此外，索引也收錄導論中討論的 48 個重要未定新名詞，標以〈導〉。導論後數頁（頁 lxxix 後）所列出的全部未定新名詞，則以〈未〉標示。

〈導〉　〈導論〉
〈未〉　〈未定新名詞列表〉
《爾》　《新爾雅》
《釋》　《新釋名》
《論》　《論新學語之輸入》

《盲》　《盲人瞎馬之新名詞》
《訓》　《新名詞訓纂》
《考》　《日本文名辭考證》
《沿》　《日譯學術名詞沿革》
《溯》　《新名詞溯源》

【ㄅ】

不依憲法之條規　《爾》, 30
不偏帶　《爾》, 147
不傳熱體　《爾》, 146
不充實　《爾》, 99
不動產　《爾》, 49
不動產銀行　《爾》, 66
不反芻類　《爾》, 186
不可分物　《爾》, 49
不可考　《沿》, 449
不同一　《沿》, 449
不同情　《考》, 395
不完全之方式　《爾》, 100
不定轉換　《沿》, 451
不干涉　《爾》, 39, 63
不干涉審理主義　《爾》, 53
不成文法　《爾》, 89
不換紙幣　《爾》, 65
不整合　〈未〉, lxxix, lxxxi
　　《爾》, 136
不法條件　《爾》, 50
不生產　《爾》, 58
不生產勞力　《爾》, 58
不相容之原則　《爾》, 96
不經濟　《盲》, 242
　　《盲》, 312
不能條件　《爾》, 50
不腐　《爾》, 64
不行犯　《爾》, 52

不要式行為　《爾》, 50
不透明體　〈未〉, lxxix, xc
　　《爾》, 144
不通融物　《爾》, 49
不適當　《論》, 230
不隨意筋　《爾》, 162
不齊整羽狀葉　《爾》, 195
不齒類之式　《沿》, 450
並行力　《爾》, 141
並行力中心　《爾》, 141
伯勞　《爾》, 185
保守主義　《爾》, 91
保息　《溯》, 463
保証　《訓》, 370
保證　《爾》, 35
保護　〈未〉, lxxix, lxxxvi
　　《爾》, 42
　　《訓》, 344
保護國　《爾》, 25, 27
保護貿易主義　《爾》, 63
保釋　《爾》, 54
保障　《盲》, 309
保險　《爾》, 67
　　《溯》, 469
倍數比例法則　《爾》, 156
八放線類　《爾》, 176
兵卒　《爾》, 43
兵團　《訓》, 345
兵額　《訓》, 352

冰　〈未〉, lxxix, xc
　　《爾》, 132
冰何時代　《爾》, 139
冰山　《爾》, 132
冰河　〈未〉, lxxix, lxxxviii
　　《爾》, 132
剝奪　《訓》, 365
包工　《爾》, 62
包攝　《沿》, 452
包莖葉　《爾》, 191
北半球　〈未〉, lxxix, lxxxv
　　《爾》, 122
北半球之冬至　《爾》, 123
北半球之夏至　《爾》, 123
北回歸無風帶　《爾》, 127
北天　《爾》, 112
北天之星座　《爾》, 112
北寒帶　〈未〉, lxxix, lxxxvii
　　《爾》, 124
北方曉　《爾》, 125
北極　《爾》, 122
北極光　〈未〉, lxxix, lxxxvii
　　《爾》, 125
北極圈　〈未〉, lxxix, lxxxv
　　《爾》, 123
北極性磁氣　《爾》, 147
北極洋　《爾》, 129

北溫帶 〈未〉, lxxix, lxxxvii
　《爾》, 124
北緯某度 《爾》, 122
北美合眾國之立憲民主政體 《爾》, 30
半圓 〈未〉, lxxix, lxxxv
　《爾》, 104
半島 《爾》, 132
半意識 〈未〉, lxxix, xc
　《爾》, 75
半球 《爾》, 170
半翅類 《爾》, 179
半透明體 〈未〉, lxxix, xc
　《爾》, 144
博士 《訓》, 356
　《溯》, 465
博物 《訓》, 358
博覽 《訓》, 355
博覽會 《盲》, 319
博言學 《沿》, 424
報効 《盲》, 242
報告 《爾》, 35, 36
　《盲》, 322
報紙 《盲》, 293, 315
報道 《溯》, 461
報酬 《爾》, 61
　《釋》, 216
報酬遞減例 《爾》, 60
壁紙 《訓》, 381
壁蝨 〈未〉, lxxix, xc
　《爾》, 178
字而利亞 《爾》, 27
布景 〈未〉, lxxxiii, lxxxix
　《溯》, 469
彼觀 《沿》, 445
必然 《釋》, 213
必要 《爾》, 45
　《盲》, 265
必需 《盲》, 242
必須 《盲》, 242
悲觀主義 《爾》, 78
扁平細胞 〈未〉, lxxix, xc
　《爾》, 175
扁蟲類 《爾》, 176
抱莖葉 〈未〉, lxxix, xc
　《爾》, 191
敗壞 〈未〉, lxxxii, lxxxvi
　《訓》, 373
斑文 《爾》, 113, 114

斑狀 〈未〉, lxxix, xc
　《爾》, 135
斑紋 〈未〉, lxxix, lxxxviii
　《爾》, 114
暴動 《盲》, 272
本位 《爾》, 65
本位法金 《爾》, 64
本來反對 《沿》, 450
本初子午線 〈未〉, lxxix, lxxxix
　《爾》, 123
本心主義 《爾》, 90
本義 《論》, 230
本質 《盲》, 242
本部 《爾》, 163
本體論 〈未〉, lxxix, xc
　《爾》, 82
杯臺 《訓》, 381
板狀 〈未〉, lxxix, xc
　《爾》, 135
板腮類 《爾》, 183
板面樂器 《爾》, 143
標準 《導》, lxv
　〈未〉, lxxxi, lxxxvi
　《釋》, 214
　《訓》, 371
標準化石 〈未〉, lxxix, xc
　《爾》, 139
步帶 〈未〉, lxxix, lxxxix
　《爾》, 182
比中方線 《爾》, 108
比例 《爾》, 104
　《訓》, 376
　《溯》, 467
比利時國王 《爾》, 26
比國 《爾》, 38
比熱 〈未〉, lxxix, lxxxviii
　《爾》, 146
比論 《爾》, 79
比較 《導》, lxvi
　〈未〉, lxxix, lxxxvii
　《爾》, 84
　《考》, 401
　《沿》, 446
比較心理學 〈未〉, lxxix, xc
　《爾》, 81
比重 《爾》, 141, 155
波動 《爾》, 138, 151

波峰 〈未〉, lxxix, xc
　《爾》, 129
波幅 〈未〉, lxxix, xc
　《爾》, 129
波形葉 《爾》, 193
波浪 〈未〉, lxxix, lxxxvi
　《爾》, 129
波谷 〈未〉, lxxix, xc
　《爾》, 129
波高 〈未〉, lxxix, xc
　《爾》, 129
波黎質 《爾》, 135
版權 《爾》, 58
玻璃 《溯》, 472
玻璃海綿 《爾》, 175
瓣腮類 《爾》, 180
病毒 《盲》, 316
病院 《爾》, 36
白人 《爾》, 163
白堊紀 《爾》, 138
白蟻 《爾》, 178
白質 《爾》, 170
白道 〈未〉, lxxix, lxxxviii
　《爾》, 117
白髮 〈未〉, lxxix, lxxxv
　《爾》, 164
百分 《溯》, 467
百合 《爾》, 190
百學之學 《沿》, 429
筆者 《盲》, 315
筆記 〈未〉, lxxxii, lxxxvi
　《訓》, 355
簿記 《訓》, 351
編輯 〈未〉, lxxxii, lxxxvii
　《訓》, 355
背斜 〈未〉, lxxix, xc
　《爾》, 136
背椎神經 《爾》, 172
背筋 《爾》, 162
胞子蟲類 《爾》, 174, 175
臂臟形葉 《爾》, 194
苞 〈未〉, lxxix, xc
　《爾》, 195
薄明 《爾》, 124
薄膜 〈未〉, lxxix, lxxxvii
蝙蝠 《爾》, 186
表情 《考》, 404
表潮 《爾》, 130
表皮 《爾》, 200

新名詞索引　477

表示《爾》, 48
　《盲》, 280
　《盲》, 250
表象《爾》, 74
　《沿》, 424, 438
表面《爾》, 114
表題《沿》, 450
被動《沿》, 445
被告人《盲》, 282, 292
被服《考》, 399
被治者《爾》, 22
補充解釋《爾》, 46
補助法金《爾》, 65
補正解釋《爾》, 46
補縮解釋《爾》, 46
補習教育〈未〉, lxxix, xc
　《爾》, 72
補色〈未〉, lxxix, xc
　《爾》, 145
補闕《訓》, 344
變動〈未〉, lxxxii, lxxxvi
　《訓》, 367
變容性《爾》, 140
變形生財《爾》, 55
變形蟲類《爾》, 174
變法《訓》, 340
變相《訓》, 367
變通《訓》, 363
變遷〈未〉, lxxxiii, lxxxvii
　《溯》, 461
辨《沿》, 447
辨證學《爾》, 73
辯論〈未〉, lxxxi, lxxxv
　《論》, 229
辯證之考《沿》, 447
辯護《訓》, 343
　《考》, 396
辯護人《盲》, 242, 292
辯護士《盲》, 242
　《盲》, 291
逋脫《訓》, 370
避日《爾》, 178
部分〈未〉, lxxxi, lxxxvi
　《論》, 230
部分同盟《爾》, 89
部族《爾》, 86
部落〈未〉, lxxix, lxxxvi
　《爾》, 87
部落團體《爾》, 24
閉會《爾》, 30

閉會之權《爾》, 38
閉鎖孔《爾》, 160, 161
雹〈未〉, lxxix, xc
　《爾》, 128, 152
鞭毛蟲類〈未〉, lxxix, xc
　《爾》, 174
飽和《溯》, 467
髀臼〈未〉, lxxix, xc
　《爾》, 160, 161
鼻腔之粘膜《爾》, 171

【ㄆ】

偏倚〈未〉, lxxix, lxxxviii
　《爾》, 147
偏循習慣者《盲》, 242
偏曲對當《爾》, 99
偏東方位角《爾》, 124
偏西方位角《爾》, 124
判事《訓》, 342
判定〈未〉, lxxix, lxxxviii
　《爾》, 96
判斷《爾》, 75
判決《爾》, 43
　《訓》, 343
匍匐莖〈未〉, lxxix, lxxxvii
　《爾》, 189
品位《爾》, 56
　《盲》, 321
噴口〈未〉, lxxix, lxxxviii
　《爾》, 137
噴發〈未〉, lxxix, xc
　《爾》, 137
培養人群之理想《爾》, 91
平原《導》, lxv
　〈未〉, lxxix, lxxxvi
　《爾》, 133
　《溯》, 470
平和《訓》, 341
平均《爾》, 114
　《訓》, 364
平均力《爾》, 141
平均直徑〈未〉, lxxix, xc
　《爾》, 114
平均距離〈未〉, lxxix, xc
　《爾》, 115
平方《爾》, 151

平方數〈未〉, lxxix, lxxxv
　《爾》, 107
平時國際公法《爾》, 47
平權《訓》, 373
平民《訓》, 345
平準貿易《爾》, 63
平理《爾》, 105
平理之序《爾》, 105
平理之錯《爾》, 105
平等《爾》, 51, 88
　《訓》, 373
平等主義〈未〉, lxxix, lxxxix
　《爾》, 91
平臥莖《爾》, 189
平行稜體《爾》, 110
平行線〈未〉, lxxix, lxxxv
　《爾》, 103
平行線方形《爾》, 103
平行脈葉《爾》, 192
平行面《爾》, 110
平角〈未〉, lxxix, lxxxv
　《爾》, 102
平邊三角形《爾》, 102
平面《爾》, 101
庖丁《訓》, 378
　《考》, 411
披針形葉《爾》, 194
披露《訓》, 366
　《考》, 409
拋物《訓》, 377
拋物線軌道〈未〉, lxxix, xc
　《爾》, 119
拋物線軌道之彗星《爾》, 119
拍掌《訓》, 363
排水界《爾》, 130
排泄《爾》, 165
排除《爾》, 94
攀緣莖〈未〉, lxxix, lxxxvii
　《爾》, 189
普通《爾》, 140
　《論》, 230
普通名詞《爾》, 97
普通教育《爾》, 72
普通的教育學《爾》, 72
普通銀行《爾》, 66

普遍恆久《爾》, 90
普遍的科學《爾》, 80
普遍統治《爾》, 88
潑列潑水母類《爾》, 176
炮車《溯》, 472
爬蟲類〈未〉, lxxix, xc
　《爾》, 184
片務《盲》, 299
片面《盲》, 299
皮層〈未〉, lxxix, lxxxvii
　《爾》, 163
皮膚〈未〉, lxxix, lxxxviii
　《爾》, 175
皮膜〈未〉, lxxix, lxxxvii
　《爾》, 175
皮質〈未〉, lxxix, lxxxvii
　《爾》, 163
皮鞋《溯》, 473
盆齒類《爾》, 185
破壞主義《爾》, 91
破片岩〈未〉, lxxix, xc
　《爾》, 134
破產《訓》, 352
破面果《爾》, 199
票單《盲》, 290
票子《盲》, 242
票據《盲》, 242
胚〈未〉, lxxix, lxxxviii
　《爾》, 199
胚乳〈未〉, lxxix, lxxxviii
　《爾》, 200
胚座《爾》, 198
胚珠〈未〉, lxxix, lxxxvii
　《爾》, 198
膨漲《爾》, 146
膨脹《訓》, 368
評判《爾》, 54
評判論《爾》, 80
貧齒類〈未〉, lxxix, xc
　《爾》, 186
配偶〈未〉, lxxix, lxxxvii
　《爾》, 87
配偶無二《沿》, 449
配當《溯》, 461

【ㄇ】

免官之權《爾》, 38
免職〈未〉, lxxxii, lxxxvi
　《訓》, 348

募集《爾》, 69
　《盲》, 306
名學《爾》, 96
　《論》, 229
名目學《沿》, 444
名義《盲》, 277
　《訓》, 364
名義庸錢《爾》, 61
名詞《爾》, 96, 100
　《釋》, 209, 210, 212
　《溯》, 462
名譽《訓》, 362
名譽刑《爾》, 52
名辭《考》, 397
名錢《爾》, 65
命令《爾》, 26, 38, 80
　《訓》, 339
命令法《爾》, 45
命其開會之權《爾》, 38
命題《爾》, 96, 100
　《沿》, 447
命題之四種《爾》, 98
命題之對當《爾》, 99
命題之質《爾》, 99
命題之量《爾》, 99
媒介〈未〉, lxxxii, lxxxviii
　《訓》, 366
媒間體《爾》, 142
密度《爾》, 141
懋遷易中《爾》, 64
摩擦〈未〉, lxxix, lxxxvii
　《爾》, 142
摩擦發電機《爾》, 149
明治《盲》, 245
明治維新《盲》, 287
木乃伊《溯》, 473
木星〈未〉, lxxix, lxxxvii
　《爾》, 113, 114, 117
模仿主義《爾》, 92
模型《爾》, 73
母主《爾》, 88
母子共棲《爾》, 86
母法《爾》, 45
母財《訓》, 346
毛〈未〉, lxxix, xc
　《爾》, 188, 195, 200
毛囊〈未〉, lxxix, lxxxvii
　《爾》, 163
毛招鞘《爾》, 163
毛細管《爾》, 163

毛細管網《爾》, 168, 169
民主《爾》, 39
　《訓》, 347
　《溯》, 463
民主立憲政體《爾》, 28
民之權利《爾》, 39
民之義務《爾》, 40
民事《訓》, 341
民事上之裁判《爾》, 42
民事訴訟法《爾》, 53
民人《訓》, 374
民團《訓》, 345
民志《訓》, 371
民政《爾》, 29
　《訓》, 340
民族《爾》, 81
民族心理學〈未〉, lxxix,
　xc
　《爾》, 81
民法《爾》, 48
　《訓》, 340
　《考》, 405
　《溯》, 464
民產《訓》, 352
民選《爾》, 36
泌尿器《爾》, 164, 175
滿潮〈未〉, lxxix, lxxxvi
　《爾》, 130
煤氣〈未〉, lxxxii, lxxxvii
　《訓》, 383
牡蠣《爾》, 180
牧師《溯》, 462
目《爾》, 174
目的《爾》, 94
　《盲》, 275, 324
　《訓》, 366
　《溯》, 474
目論《訓》, 369
盲從《盲》, 324, 325
矛盾對當《爾》, 99
祕密《訓》, 369
米馬斯月《爾》, 116
美〈未〉, lxxix, xc
　《爾》, 38
美利堅《爾》, 26
美國《爾》, 38, 39
美妙之論《沿》, 429
美妙學《沿》, 424, 441
美學《沿》, 424, 430
美感《爾》, 75

新名詞索引

美術《爾》, 42
　《沿》, 443
美術品《釋》, 217
脈〈未〉, lxxix, xc
　《爾》, 192
脈狀《爾》, 192
脈狀岩《爾》, 135
脈翅類《爾》, 179
膜翅類〈未〉, lxxix, xc
　《爾》, 180
苗族《溯》, 470
茅蜩《爾》, 179
莫逆嘉納《沿》, 452
蔓腳類《爾》, 177
螟蛉《爾》, 178
貓《爾》, 186
貿易風〈未〉, lxxix, lxxxvii
　《爾》, 127
賣買《釋》, 217
迷惑《考》, 396
迷走神經《爾》, 170, 171
面〈未〉, lxxix, xc
　《爾》, 101
面之垂面《爾》, 109
面數〈未〉, lxxix, xc
　《爾》, 106
面數之邊《爾》, 106
面積《爾》, 114, 115, 117
面衣《溯》, 472
馬《爾》, 186
馬車《溯》, 473
馬達加斯加《爾》, 27
馬鹿〈未〉, lxxxii, lxxxviii
　《考》, 396
鰻鱺《爾》, 183
鳴蜩《爾》, 179
鳴願《訓》, 346
鳴願權《爾》, 40
麵包《溯》, 473

【ㄈ】

付交《盲》, 242
付與《盲》, 242
佛埃伯月《爾》, 116
佛燄《爾》, 195
佛疴伯斯月《爾》, 117

分〈未〉, lxxix, lxxxv
　《爾》, 104
分內線《爾》, 103
分別法《爾》, 158
分別蒸餾《爾》, 158
分功《爾》, 55
分勞《釋》, 211
分圓形《爾》, 104
分子《爾》, 141, 153
分子式《爾》, 155
分子引力〈未〉, lxxix, xc
　《爾》, 141
分子說〈未〉, lxxix, xc
　《爾》, 22
分子量〈未〉, lxxix, lxxxix
　《爾》, 155
分工〈未〉, lxxix, lxxxviii
　《爾》, 55, 58
分工制限《爾》, 59
分散點《爾》, 145
分數度《爾》, 106
分析《爾》, 85
　《釋》, 210
　《論》, 229
　《訓》, 371
分析法〈未〉, lxxix, xc
　《爾》, 158
分歧〈未〉, lxxix, lxxxvi
　《爾》, 195
分歧柄《爾》, 195
分水脊《爾》, 130
分泌《爾》, 164
分片《爾》, 193
分理《爾》, 105
分生雌蕊《爾》, 199
分稱《沿》, 449
分能《爾》, 153
分葉柄《爾》, 193
分解《爾》, 81
　《溯》, 468
分解力〈未〉, lxxix, xc
　《爾》, 141
分解法《沿》, 448
分解熱〈未〉, lxxix, xc
　《爾》, 157
分配《爾》, 34
分釋《爾》, 75
分類〈未〉, lxxxi, lxxxvi
　《論》, 229

分類法〈未〉, lxxxi, xci
　《釋》, 210
分類表〈未〉, lxxxiii, xci
　《沿》, 424, 444
副器《爾》, 166
副神經〈未〉, lxxix, xc
　《爾》, 170, 171
副署《爾》, 42
副音〈未〉, lxxix, xc
　《爾》, 143
反動《考》, 397
反射《爾》, 124
反對《爾》, 79, 127
　《訓》, 373
　《考》, 406
反對法《沿》, 450
反對貿易風《爾》, 127
反對電氣《爾》, 148
反情《爾》, 74
反應《爾》, 153
反抗《盲》, 297
反攻〈未〉, lxxxiii, lxxxix
　《溯》, 466
反理《爾》, 105
反疏《導》, 8
　《爾》, 99
反省《盲》, 269
反芻類〈未〉, lxxix, xc
　《爾》, 186
反言對《沿》, 450
否定《爾》, 98
　《沿》, 448
否定命題〈未〉, lxxix, xc
　《爾》, 98
否定繫系詞《爾》, 98
夫婦關係《爾》, 87
妨害《訓》, 365
婦學《訓》, 356
富國策《爾》, 57
封建制度〈未〉, lxxix, lxxxviii
　《爾》, 28
封鎖《盲》, 250, 282
府縣《爾》, 43
府縣參事會《爾》, 43
府縣行政《爾》, 43
府縣財務《爾》, 43
廢止《盲》, 309
廢物〈未〉, lxxxi, lxxxvi
　《釋》, 216

復雜《考》, 399
房〈未〉, lxxix, xc
　《爾》, 167
放任主義〈未〉, lxxix, lxxxix
　《爾》, 91
放射《爾》, 147
放射熱〈未〉, lxxix, xc
　《爾》, 145
放散《爾》, 120
放散蟲類《爾》, 174
放散點《爾》, 120
放棄〈未〉, lxxxii, lxxxviii
　《訓》, 364
方位角〈未〉, lxxix, lxxxviii
　《爾》, 124
方式《爾》, 50
　《爾》, 184
方法《爾》, 36, 41
　《釋》, 211
方略《訓》, 349
方程〈未〉, lxxxiii, lxxxviii
　《溯》, 467
方針《訓》, 383
方面《爾》, 71
　《論》, 229
　《訓》, 341
服兵義務《爾》, 40
服制《訓》, 350
服務《訓》, 350
服官權《爾》, 40
服役《訓》, 350
服從《爾》, 28
　《訓》, 371
服從國《爾》, 89
服從國家《爾》, 28
服從婚姻《爾》, 87
汎神論〈未〉, lxxxiii, xci
　《沿》, 443
沸點《爾》, 146
法〈未〉, lxxix, xc
　《爾》, 38, 45
　《沿》, 443
法之淵源《爾》, 46
法之解釋《爾》, 46
法人《爾》, 48
　《釋》, 218
　《盲》, 263, 302

法令〈未〉, lxxxi, lxxxvii
　《釋》, 218
法典〈未〉, lxxxii, lxxxviii
　《考》, 398
法制〈未〉, lxxix, lxxxviii
　《爾》, 89
　《訓》, 350
法制局《爾》, 35
法則《爾》, 121
　《論》, 229
法務《爾》, 42
　《爾》, 43
法國《爾》, 37–39
法學《盲》, 251, 305, 309, 324
法官《訓》, 352
　《溯》, 464
法定《盲》, 323
法定代理《爾》, 50
法定果實《爾》, 49
法庭《訓》, 345
法律《爾》, 21
　《釋》, 212, 217
　《訓》, 339
法律上《爾》, 21
法律上之物《爾》, 48
法律學《沿》, 442
法律家《考》, 404
法律行為《爾》, 50
法律規則《爾》, 23
法治〈未〉, lxxxii, lxxxviii
　《訓》, 340
法治時期《爾》, 88
法科《盲》, 293
法蘭西《爾》, 26
法蘭西之立憲民主政體《爾》, 31
法蘭西政府《爾》, 33
法螺《訓》, 383
法規《盲》, 295, 304, 308
法金《爾》, 64
法院《盲》, 278, 292
泛稱《沿》, 449
泛論《考》, 404
浮肋〈未〉, lxxix, xc
　《爾》, 160
父主《爾》, 88
犯罪〈未〉, lxxix, lxxxv
　《爾》, 52
犯罪搜查《爾》, 54

琺瑯質《爾》, 183
發展《爾》, 76, 79
　《盲》, 251
發展教式《爾》, 73
發明《爾》, 57
　《訓》, 371
發火溫度《爾》, 153
發現〈未〉, lxxix, lxxxvi
　《爾》, 57
發生機《爾》, 158
發表《盲》, 252, 288
　《盲》, 280
發起〈未〉, lxxxii, lxxxv
　《考》, 408
發達《爾》, 23
　《釋》, 211
　《訓》, 361
發電《爾》, 149
發電機《爾》, 149
福若美《爾》, 183
符號《盲》, 242, 266
範圍《導》, lxvi, lxxi
　〈未〉, lxxxi, lxxxvii
　《釋》, 212, 213, 216
　《訓》, 362
範疇《爾》, 84
　《沿》, 424, 437, 444
範語法《爾》, 73
粉質《爾》, 200
紡縋根《爾》, 188
紡織〈未〉, lxxxiii, lxxxvii
　《溯》, 469
翻譯《導》, lxxi
　〈未〉, lxxxi, lxxxv
　《論》, 229
　《訓》, 360
肺動脈〈未〉, lxxix, xc
　《爾》, 167
肺循環之動脈《爾》, 167
肺循環之靜脈《爾》, 168
肺病《考》, 400
肺靜脈〈未〉, lxxix, xc
　《爾》, 168
肺魚類《爾》, 183
腐敗《訓》, 362
腹筋《爾》, 162
腹足類〈未〉, lxxix, xc
　《爾》, 181
腹部〈未〉, lxxix, lxxxvii
　《爾》, 172, 173

新名詞索引　481

腹鰭 〈未〉, lxxix, xc
　《爾》, 183
蜂《爾》, 178
複合國《爾》, 25, 26
複性岩《爾》, 135
複本位《爾》, 65
複細胞生物《爾》, 175
複葉 〈未〉, lxxix, xc
　《爾》, 192
複選法《爾》, 36, 37
複雌蕊 〈未〉, lxxix, xc
　《爾》, 198
複雜《釋》, 211
複雜之方式《爾》, 100
複雜分工《爾》, 59
複音 〈未〉, lxxix, lxxxviii
　《爾》, 143
複體 〈未〉, lxxxi, xci
　《釋》, 211
複鹽 〈未〉, lxxix, xc
　《爾》, 158
負名《爾》, 97
負圓分角《爾》, 104
負擔《考》, 398
負義務《爾》, 47
賦金《盲》, 242
醱酵 〈未〉, lxxix, xc
　《爾》, 158
防疫《盲》, 319
防資本損失之保險料
　《爾》, 62
附加《盲》, 242, 249, 293
附屬《爾》, 73
　《盲》, 283
附性法《爾》, 99
附著植物 〈未〉, lxxix, xc
　《爾》, 188
霧圍氣《爾》, 151
霧圍氣之沉降物《爾》,
　152
非交戰者《爾》, 48
非代替物《爾》, 49
非定道論《爾》, 79
非晶質 〈未〉, lxxix, xc
　《爾》, 135
非消費物《爾》, 49
非現行犯《爾》, 52
非自由財貨《釋》, 215
非金屬《爾》, 158

風 〈未〉, lxxix, xc
　《爾》, 126, 151
風俗《釋》, 217
風化 〈未〉, lxxix, lxxxvi
　《爾》, 154
風向 〈未〉, lxxix, lxxxviii
　《爾》, 151
風向之傾曲《爾》, 126
風潮《訓》, 362
風致《訓》, 376
風雨表《爾》, 125
飛行 〈未〉, lxxxiii, lxxxvii
　《溯》, 471
鮒《爾》, 183

【ㄉ】

丹國《爾》, 38
代《盲》, 242
代價《導》, lxvii
　〈未〉, lxxxii, lxxxviii
　《盲》, 295
　《訓》, 375
代替物《爾》, 49
代理《爾》, 50
代理人 〈未〉, lxxix,
　lxxxvii
　《爾》, 50
代表《爾》, 26, 27
　《論》, 230
　《溯》, 463
代表者《爾》, 29
代謝機能《釋》, 211
代俞《盲》, 242
低地 〈未〉, lxxix, lxxxviii
　《爾》, 133
低氣壓《爾》, 126, 151
低溫度《爾》, 126
低緯度《爾》, 122
倒卵圓形《爾》, 194
倒心臟形葉《爾》, 194
倒植《導》, 7
　《爾》, 99
働《盲》, 313
兌換券《爾》, 66
　《盲》, 290
兌換銀行《爾》, 66
冬至線 〈未〉, lxxix, lxxxv
　《爾》, 123

凋落性《爾》, 197
動 〈未〉, lxxix, lxxxvi
　《爾》, 140
動兵令《盲》, 242
動力《爾》, 75
　《盲》, 121
動員令 〈未〉, lxxxii,
　lxxxix
　《盲》, 289
動植《爾》, 80
動機《爾》, 93
　《釋》, 211
動物《爾》, 173
　《釋》, 211
　《考》, 396
動物圈《爾》, 111
動物地理學 〈未〉, lxxix,
　xc
　《爾》, 173
動物學《沿》, 442
動物岩 〈未〉, lxxix, xc
　《爾》, 134
動物性神經系統《爾》,
　170
動物性神經系統之中樞部
　《爾》, 170
動物性神經系統之末梢部
　《爾》, 170
動物生理學《爾》, 173
動物發生學《爾》, 173
動物社會 〈未〉, lxxxi, xci
動物系統學《爾》, 173
動物解剖學《爾》, 173
動物電氣《爾》, 151
動產《爾》, 49
動產銀行《爾》, 66
動眼神經 〈未〉, lxxix, xc
　《爾》, 170, 171
動群學《爾》, 90
動脈《爾》, 167
動脈管 〈未〉, lxxix,
　lxxxviii
　《爾》, 169
動詞《盲》, 252, 254
　《盲》, 261
單一物《爾》, 49
單位《爾》, 155
單位體《釋》, 212
單性岩《爾》, 135

單性花〈未〉, lxxix, lxxxvii
　《爾》, 196, 199
單本位《爾》, 65
單柱類《爾》, 180
單獨〈未〉, lxxxii, lxxxvi
　《訓》, 365
單獨名詞《爾》, 97
單生《爾》, 188
單眼《爾》, 178
單稱命題《爾》, 98
單純《爾》, 174
單純分工《爾》, 58
單純國《爾》, 25
單純泉《爾》, 131
單純致知《沿》, 446
單莖花序《爾》, 196
單葉《爾》, 192
單薄《爾》, 167
單行犯《爾》, 52
單轉法《沿》, 451
單選法《爾》, 36
單雌蕊《爾》, 198
單面行為《爾》, 50
單體〈未〉, lxxix, xc
　《爾》, 153
　《釋》, 211
地上權《爾》, 51
地中增溫率《爾》, 136
地中等溫線《爾》, 137
地主《爾》, 61
　《溯》, 468
地位〈導〉, lxv
　〈未〉, lxxxi, lxxxvi
　《釋》, 215
　《論》, 230
地動儀《溯》, 472
地史《爾》, 138
地層《爾》, 136
地峽〈未〉, lxxix, lxxxix
　《爾》, 133
地平力《爾》, 125
地平線《爾》, 123
地平面〈未〉, lxxix, lxxxvii
　《爾》, 123
地役權〈未〉, lxxix, xc
　《爾》, 51
地方債《爾》, 69
地方務局《爾》, 32

地方政務局《爾》, 32
地方稅《爾》, 69
地方自治行政《爾》, 43
地殼〈未〉, lxxix, lxxxvii
　《爾》, 132
地熱《爾》, 136
地熱之作用《爾》, 137
地球《爾》, 111, 113, 115
　《釋》, 215
地球磁氣《爾》, 148
地理《爾》, 73
　《訓》, 354
地磁氣《爾》, 124
地表〈未〉, lxxxii, lxxxviii
　《訓》, 367
地質《爾》, 138
　《訓》, 358
地質年代〈未〉, lxxix, xc
　《爾》, 138
地質系統《爾》, 139
地軸〈導〉, lxxii
　〈未〉, lxxix, lxxxv
　《爾》, 121
　《訓》, 360
　《溯》, 470
地震〈未〉, lxxix, lxxxv
　《爾》, 137
堆石《爾》, 132
多出掌狀葉《爾》, 195
多分裂葉《爾》, 193
多原說《爾》, 86
多夫《爾》, 87
多婦《爾》, 87
多孔狀〈未〉, lxxix, xc
　《爾》, 135
多放線類《爾》, 176
多數《爾》, 22
多片萼〈未〉, lxxix, xc
　《爾》, 197
多瓣花冠《爾》, 197
多肉根《爾》, 188
多裂葉片《爾》, 193
多足類〈未〉, lxxix, xc
　《爾》, 178
多邊形〈未〉, lxxix, lxxxv
　《爾》, 102
大使《溯》, 464
大前提《爾》, 100
大創業《爾》, 59

大動脈幹〈未〉, lxxix, xc
　《爾》, 168
大塊狀岩《爾》, 136
大學《訓》, 356
大律師《盲》, 291
大循環〈未〉, lxxix, xc
　《爾》, 169
大旋風《爾》, 152
大會〈未〉, lxxxii, lxxxv
　《訓》, 347
大氣《爾》, 125
大氣之壓力《爾》, 125
大洋《爾》, 129
　《溯》, 470
大洋湖《爾》, 130
大潮〈未〉, lxxix, lxxxviii
　《爾》, 130
大統領《爾》, 35
大線《爾》, 109
大腦《爾》, 170
大腦脚《爾》, 170
大腿筋《爾》, 162
大腿骨《爾》, 160
大臣會《爾》, 33, 34
大藏《訓》, 353
大藏省《爾》, 31, 33–36
大行星〈未〉, lxxix, lxxxvii
　《爾》, 113
大西洋《爾》, 129
大觀主義《爾》, 90
大角〈未〉, lxxix, lxxxv
　《爾》, 160
大詞《爾》, 100
大陸《爾》, 132
　《訓》, 373
　《溯》, 470
妒嫽《爾》, 179
定名〈未〉, lxxxii, xci
　《訓》, 366
定律《爾》, 140
定性法〈未〉, lxxix, xc
　《爾》, 84
定期《爾》, 119
　《釋》, 38
定期風《爾》, 127, 152
定案《釋》, 209
定比例法則《爾》, 156
定流〈未〉, lxxix, xc
　《爾》, 129

新名詞索引　483

定生　《爾》, 187
定產　《訓》, 352
定義　《爾》, 23
　　　《釋》, 210
　　　《盲》, 242
　　　《沿》, 446
　　　《沿》, 448
定言之三段論法　《爾》, 100
定語　《釋》, 212
定說　《沿》, 449
定質　《爾》, 141
定道論　《爾》, 79
定量法　〈未〉, lxxix, xc
　　　《爾》, 84
對人信用　《爾》, 66
對偶法　《沿》, 450
對偶轉換　《沿》, 451
對待　〈未〉, lxxxii, lxxxix
　　　《訓》, 363
對待之名　《爾》, 98
對手人　《盲》, 242
對換　《盲》, 242
對照　《盲》, 282
對物信用　《爾》, 65
對生　〈未〉, lxxix, lxxxvii
　　　《爾》, 188
對生葉　《爾》, 192
對立　《盲》, 268
對立義務　《爾》, 47
對角線　《爾》, 103
對象　《爾》, 83
　　　《論》, 230
導師　《訓》, 359
導火線　《盲》, 259
島　〈未〉, lxxix, xc
　　　《爾》, 132
帝國主義　《爾》, 91
底線　〈未〉, lxxix, lxxxv
　　　《爾》, 102
度制　《爾》, 92
度支　《訓》, 341
彈力　《爾》, 75, 159
彈尾類　《爾》, 178
彫像術　《沿》, 443
彫刻術　《沿》, 443
待時生財　《爾》, 55
待遇　《爾》, 89
得點　《訓》, 368
德　《爾》, 38

德國　《爾》, 37
德國歷史法學派之首祖　《爾》, 23
德意志　《爾》, 38
　　　《盲》, 242
德意志之立憲君主政體　《爾》, 29
德意志帝國　《爾》, 29
德意志政府　《爾》, 33
德意志聯邦　《爾》, 29
德育　《爾》, 72
打消　《盲》, 287
打球　《溯》, 465
抵抗　《爾》, 141
抵擋　《訓》, 367
斗概　《訓》, 381
斷層　〈未〉, lxxix, lxxxvii
　　　《爾》, 136
斷層地震　〈未〉, lxxix, xc
　　　《爾》, 138
斷層面　〈未〉, lxxix, xc
　　　《爾》, 136
斷案　《爾》, 100
斷比例　《爾》, 105
斷絕　〈未〉, lxxxii, lxxxvi
　　　《訓》, 375
斷線　〈未〉, lxxix, xc
　　　《爾》, 108
斷言　《爾》, 322
　　　《沿》, 447
斷送　《訓》, 369
東北常風　《爾》, 126
東北貿易風　《爾》, 151
東南常風　《爾》, 127
東南貿易風　《爾》, 151
東大陸　《爾》, 132
東經某度　《爾》, 123
殿　《盲》, 256
獨佔　《訓》, 371
獨占　《盲》, 247, 282
　　　《盲》, 257
獨知　《沿》, 444
獨立　《盲》, 242
　　　《訓》, 366
獨立主義　《爾》, 92
獨立之名　《爾》, 97
獨立國　《爾》, 25, 26
獨立國家　《爾》, 22
獨立國家之經濟　《爾》, 22
獨裁　《爾》, 30

獨逸　《盲》, 315
當事者　《盲》, 278
當價量　《爾》, 155
當然　《溯》, 471
當直　《訓》, 347
疊變法　〈導〉, 7
　　　《爾》, 99
登記　《爾》, 89
的　《盲》, 266
的丹月　《爾》, 116
督責　《訓》, 376
短期　《爾》, 66
端　〈未〉, lxxix, lxxxv
　　　《爾》, 96
第一中斷線　《爾》, 108
第一合中線　《爾》, 107
第一合名線　《爾》, 108
第一斷線　《爾》, 109
第一義務　《爾》, 47
第三合名線　《爾》, 108
第三斷線　《爾》, 109
第三紀　〈未〉, lxxix, xc
　　　《爾》, 139
第三者　《盲》, 282
第三腦室　《爾》, 170
第二中斷線　《爾》, 108
第二合中線　《爾》, 108
第二合名線　《爾》, 108
第二斷線　《爾》, 109
第二義務　《爾》, 47
第五合名線　《爾》, 108
第五斷線　《爾》, 109
第六合名線　《爾》, 108
第六斷線　《爾》, 109
第四合名線　《爾》, 108
第四斷線　《爾》, 109
第四紀　〈未〉, lxxix, xc
　　　《爾》, 139
第四腦室　《爾》, 170
等偏線　〈未〉, lxxix, xc
　　　《爾》, 124
等圓　《爾》, 104
等壓線　〈未〉, lxxix, xc
　　　《爾》, 126
等欹線　《爾》, 125
等氣壓　《爾》, 151
等氣壓線　《爾》, 151
等溫線　〈未〉, lxxix, xc
　　　《爾》, 126, 152
等褶　《爾》, 136

答以姆斯月《爾》, 117
締《盲》, 242
締條約之權《爾》, 38
締約《訓》, 353
蝶《爾》, 178
袋鼠《爾》, 186
調停〈未〉, lxxxii, lxxxvi
調查《爾》, 33
　　　《訓》, 370
豆娘《爾》, 178
豆腐〈未〉, lxxxiii, lxxxv
　　《溯》, 473
貸借帳《爾》, 66
貸款勤勞之報酬《爾》, 62
道德〈未〉, lxxxii, lxxxvii
　　《訓》, 354
道德主義〈未〉, lxxix, xc
　　《爾》, 77
道德之學《沿》, 429
道德哲學〈未〉, lxxix, xc
　　《爾》, 82
道德的實有主義《爾》, 77
遞信省《爾》, 33, 34
都合《考》, 403
都市《盲》, 316
都督《訓》, 342
釣臺《訓》, 380
鈍形《爾》, 193
鈍角《爾》, 102
鈍角體《爾》, 110
鈍鋸部葉《爾》, 193
電〈未〉, lxxix, lxxxix
　　《爾》, 148
電光《爾》, 148
電光管〈未〉, lxxix, xc
　　《爾》, 150
電報《盲》, 251, 278
電學《盲》, 292
電感〈未〉, lxxxii, lxxxiv
　　《訓》, 357
電氣《爾》, 148
電氣分解物《爾》, 156
電氣性《爾》, 148
電氣感應《爾》, 149
電氣盤《爾》, 149
電池《爾》, 150
電流《爾》, 149
電話《爾》, 151
電車《盲》, 316

電離〈未〉, lxxix, xc
　　《爾》, 156
頂戴《考》, 395
鬥牛《溯》, 473
點〈未〉, lxxix, lxxxv
　　《爾》, 101
點心〈未〉, lxxxiii, lxxxvi
　　《溯》, 473
黨部《溯》, 463
黨魁《考》, 406

【ㄊ】

亭主《考》, 397
他人《盲》, 242
他人之動機《爾》, 94
停會之權《爾》, 38
停止條件《爾》, 50
凸端《爾》, 194
剃刀《溯》, 473
同一〈未〉, lxxxiii, lxxxvii
　　《沿》, 449
同一性〈未〉, lxxxiii, xci
同分異性《爾》, 155
同化《爾》, 76
　　《盲》, 325
同名極〈未〉, lxxix, xc
　　《爾》, 147
同宗線《爾》, 109
同志《訓》, 360
　　《溯》, 463
同情《論》, 230
　　《訓》, 368
　　《溯》, 471
同意〈未〉, lxxxii, lxxxvi
　　《訓》, 371
同文《訓》, 341
同柱類《爾》, 180, 181
同理之比例《爾》, 105
同盟《爾》, 89
同盟同業《爾》, 60
同胞《訓》, 362
同胞關係《爾》, 88
同行《沿》, 448
同質異形〈未〉, lxxix, xc
　　《爾》, 155
同鄉《溯》, 463
同願《訓》, 372
圖書〈未〉, lxxxii, lxxxvi
　　《訓》, 357

團體《爾》, 67, 89
　　《釋》, 215
　　《訓》, 372
土地《導》, lxv
　　〈未〉, lxxix, lxxxv
　　《爾》, 22, 55, 57
　　《釋》, 215, 217
土地之徐陷《爾》, 137
土地之徐隆《爾》, 137
土地團體時代《爾》, 24
土壤〈未〉, lxxxiii, lxxxvii
　　《溯》, 468
土星〈未〉, lxxix, lxxxvii
　　《爾》, 113, 114, 116
土耳其《爾》, 27
土著〈未〉, lxxix, xc
　　《爾》, 24
天下《爾》, 87
天主《溯》, 462
天井《訓》, 381
天使《考》, 401
　　《溯》, 462
天國《盲》, 293
天文《爾》, 73
　　《訓》, 354
天文學《爾》, 73, 111
　　《沿》, 442
天淵《釋》, 216
天演《論》, 230
天演論《沿》, 439
天然《訓》, 373
天然果實《爾》, 49
天王星〈未〉, lxxix,
　　lxxxvii
　　《爾》, 113, 114, 116
天皇《爾》, 30, 35, 113
　　《考》, 400
天職〈未〉, lxxxii, lxxxv
　　《訓》, 362
天蛾類《爾》, 179
天體《爾》, 111
太古代〈未〉, lxxix, xc
　　《爾》, 138
太學《訓》, 356
太平洋《爾》, 129
太線《爾》, 108
太陰〈未〉, lxxix, lxxxv
　　《爾》, 117
太陰表面之狀《爾》, 118

太陽〈未〉, lxxix, lxxxvi
　《爾》, 112
太陽系《爾》, 113, 121
太陽系之八星《爾》, 121
太陽自光之理《爾》, 112
彈壓《訓》, 349
彈性《爾》, 141
態度〈導〉, lxv, lxxi
　〈未〉, lxxxii, lxxxvi
　《訓》, 375
　《考》, 396
托葉〈未〉, lxxix, lxxxvii
　《爾》, 190
投甌《訓》, 346
投機《溯》, 469
投鎗《爾》, 73
挺幹《爾》, 189
探刺《訓》, 377
推事《訓》, 342
推定《爾》, 101
推理《爾》, 96
推理力《爾》, 81
推理式之原則《爾》, 97
推理法《爾》, 83
推知《爾》, 96
推論《爾》, 96
提票《盲》, 290
提議法案之權《爾》, 38
條件《爾》, 50
　《釋》, 212
　《盲》, 242, 259, 295
　《考》, 413
條件付之契約《盲》, 313
條內月《爾》, 116
條理《爾》, 46
條約《爾》, 48, 89
　《訓》, 353
　《溯》, 464
條紋〈未〉, lxxix, xc
　《爾》, 114
橢圓形葉《爾》, 194
橢圓軌道〈未〉, lxxix, xc
　《爾》, 119
橢圓軌道之彗星《爾》, 119
汀線之上升《爾》, 137
汀線之下落《爾》, 137

淘汰〈導〉, lxxi
　〈未〉, lxxix, lxxxv
　《爾》, 92, 94
　《訓》, 357
炭酸泉《爾》, 131
特別《爾》, 29, 80, 81, 153, 176
　《盲》, 322
特別犯《爾》, 52
特別銀行《爾》, 66
特基斯月《爾》, 116
特定《爾》, 43, 44
　《盲》, 298
特定承繼《盲》, 242
特性《爾》, 92, 147
特有《爾》, 95, 199
特殊《爾》, 76
特殊教育《爾》, 72
特法《爾》, 45
特稱《沿》, 449
特稱之極《沿》, 450
特稱判斷〈未〉, lxxxiii, xci
特稱命題〈未〉, lxxix, xc
　《爾》, 98
特約《爾》, 35
特色《爾》, 30, 93
　《訓》, 371
特許《爾》, 36
特許權〈未〉, lxxxi, lxxxix
特質《論》, 229
特長《論》, 229
獺《爾》, 186
田徑《溯》, 465
田鼈《爾》, 179
甶鼠《爾》, 186
町《盲》, 325
町村《爾》, 35, 43
町村會《爾》, 44
町村組合《爾》, 44
町村行政《爾》, 44
痛恨《盲》, 242
禿〈未〉, lxxix, xc
　《爾》, 164
條蟲類〈未〉, lxxix, xc
　《爾》, 176

統一〈導〉, lxvii
　〈未〉, lxxix, lxxxviii
　《爾》, 93, 95
　《釋》, 211
統合《爾》, 76
統帥海陸軍之權《爾》, 39
統治〈未〉, lxxix, lxxxvii
　《爾》, 88
統治機關《爾》, 23, 89
統治權《爾》, 30, 40
統治者〈未〉, lxxix, xc
　《爾》, 88
統計《爾》, 32
統計法〈未〉, lxxix, xc
　《爾》, 84
螣蛇《爾》, 184
聽器《爾》, 165, 166
聽神經《爾》, 171
聽許法《爾》, 45
胎《爾》, 180
脫帽〈未〉, lxxxii, lxxxviii
　《訓》, 362
　《溯》, 466
脫水劑〈未〉, lxxix, xc
　《爾》, 158
脫酸劑《爾》, 154
臀鰭〈未〉, lxxx, xc
　《爾》, 183
苔蘚蟲〈未〉, lxxx, xc
　《爾》, 177
螳螂《爾》, 178
調停《訓》, 364
談話〈未〉, lxxxii, lxxxviii
　《訓》, 376
謄本〈未〉, lxxxii, lxxxviii
　《訓》, 357
蹴鞠《訓》, 382
透光〈未〉, lxxxii, lxxxvi
　《訓》, 375
透明體〈未〉, lxxx, lxxxvii
　《爾》, 144
通俗《論》, 229
通名〈未〉, lxxxiii, lxxxvi
　《沿》, 447
通商《訓》, 339
　《溯》, 464
通常《爾》, 43
通常犯《爾》, 52
通常良知《沿》, 444
通有學《沿》, 443

通有性《爾》, 140
通法《爾》, 45
通理《沿》, 452
通生學《沿》, 443
通融物《爾》, 49
通譯〈未〉, lxxxii, lxxxv
　　《訓》, 360
銅像《訓》, 378
鐵泉《爾》, 131
鐵礦〈未〉, lxxxi, lxxxv
鐵路《盲》, 260
鐵道《爾》, 32
夆達《考》, 399
頭〈未〉, lxxx, xc
　　《爾》, 119, 162
頭筋《爾》, 162
頭花《爾》, 197
頭蓋骨《爾》, 160
頭蓋體《爾》, 160
頭足類〈未〉, lxxx, xc
　　《爾》, 181
頭部〈未〉, lxxx, lxxxvii
　　《爾》, 172
體〈未〉, lxxx, lxxxv
　　《爾》, 83, 101
體刑《爾》, 52
體操《爾》, 73
體數《爾》, 106
體數之邊《爾》, 107
體溫《爾》, 159
體育《爾》, 72
體角《爾》, 110
體質《訓》, 370
鴕鳥《爾》, 185
鵜《爾》, 184

【ㄋ】

內〈未〉, lxxx, xc
　　《爾》, 84
內務《爾》, 42
內務省《爾》, 32–36
內包《沿》, 449
內國債《爾》, 69
內國貿易《爾》, 63
內地湖《爾》, 130
內婚〈未〉, lxxx, lxxxix
　　《爾》, 87

內容《爾》, 76
　　《盲》, 242
　　《訓》, 367
內景〈未〉, lxxxiii, lxxxix
　　《溯》, 469
內果皮〈未〉, lxxx, lxxxvii
　　《爾》, 199
內涵《導》, 7
　　〈未〉, lxxx, xc
　　《爾》, 98
內生〈未〉, lxxx, xc
　　《爾》, 188
內界〈未〉, lxxxi, lxxxviii
　　《釋》, 214
內皮〈未〉, lxxx, lxxxviii
　　《爾》, 199
內籀名學《爾》, 96
內耳《爾》, 166
內臟〈未〉, lxxx, lxxxviii
　　《爾》, 164
內行星〈未〉, lxxx, xc
　　《爾》, 113
內閣《爾》, 35
　　《訓》, 344
　　《溯》, 463
內閣會議《爾》, 34
內面〈未〉, lxxx, lxxxviii
　　《爾》, 133
凝固《爾》, 146
凝固點《爾》, 146
凝聚力〈未〉, lxxx, xc
　　《爾》, 141
努力〈未〉, lxxxiii, lxxxvi
　　《溯》, 471
南半球〈未〉, lxxx, lxxxvi
　　《爾》, 122
南回歸無風帶《爾》, 127
南天《爾》, 112
南天之宮座《爾》, 112
南寒帶〈未〉, lxxx, lxxxvii
　　《爾》, 124
南方曉《爾》, 125
南極《爾》, 122
南極光〈未〉, lxxx, lxxxvii
　　《爾》, 125
南極圈〈未〉, lxxx, lxxxv
　　《爾》, 123
南極性磁氣《爾》, 147
南極洋《爾》, 129

南溫帶〈未〉, lxxx, xc
　　《爾》, 124
南緯某度《爾》, 122
女士《訓》, 362
女子之乳房《爾》, 165
女子生殖器《爾》, 164
女學《訓》, 356
奴隸《爾》, 89
　　《釋》, 217
　　《訓》, 371
尿道《爾》, 164
年動《爾》, 122
年度《爾》, 68
年輪〈未〉, lxxxii, lxxxvii
　　《訓》, 380
年齡《導》, lxvii
　　〈未〉, lxxx, lxxxviii
　　《爾》, 37
　　《訓》, 360
年齡等《導》, lxxii
念《沿》, 446
匿名代理《爾》, 50
挪威《爾》, 26
撚翅類《爾》, 179
擬制《盲》, 242, 303
擬脈翅類《爾》, 178
撓腳類《爾》, 177
泥盆紀〈未〉, lxxx, xc
　　《爾》, 138
濃縮〈未〉, lxxx, xc
　　《爾》, 146
牛《爾》, 186
牛乳〈未〉, lxxxiii, lxxxvi
　　《溯》, 473
男子之乳房《爾》, 165
男子生殖器《爾》, 164
納稅義務〈未〉, lxxx, xc
　　《爾》, 40
紐蟲類《爾》, 177
能力《爾》, 25
　　《訓》, 363
　　《考》, 398
能力心理學《爾》, 81
能動《沿》, 445
腦室《爾》, 170
腦神經《爾》, 170
腦頭骨《爾》, 160
腦髓《爾》, 170
農作《溯》, 468

農具 〈未〉, lxxxiii, lxxxvii
　《溯》, 468
農務局 《爾》, 36
農務省 《爾》, 33
農商務省 《爾》, 34–36
農學 《盲》, 263, 292
農業 《爾》, 58
　《爾》, 42
　《溯》, 468
顳顬 《爾》, 171
鳥足掌狀類葉 《爾》, 195
鳥類 《爾》, 184
黏液囊 〈未〉, lxxx, xc
　《爾》, 162
黏液鞘 〈未〉, lxxx, xc
　《爾》, 162
黏膜 〈未〉, lxxx, lxxxviii
　《爾》, 163
黏著力 〈未〉, lxxx, xc
　《爾》, 141
齧齒類 〈未〉, lxxx, xc
　《爾》, 185, 186

【ㄌ】

來源 〈未〉, lxxxiii, lxxxix
　《溯》, 462, 474
來賓 《訓》, 344
例外 《爾》, 68
　《盲》, 322
例生機 《爾》, 187
倫理 《爾》, 73, 82
　《釋》, 212
　《訓》, 354
倫理上 《爾》, 21
倫理學 《爾》, 72, 80
　《論》, 232
　《沿》, 424, 430, 442
兩中面之線 《爾》, 108
兩主 《爾》, 88
兩刀論法 《爾》, 101
兩性花 〈未〉, lxxx, xc
　《爾》, 199
兩棲類 〈未〉, lxxx, xc
　《爾》, 184
兩等邊三角形 《爾》, 102
兩約 《沿》, 451
兩臂槓杆 《爾》, 142
兩造 《溯》, 464
列車 《訓》, 378

利令智昏 《盲》, 242
利學 《沿》, 424
利己主義 《爾》, 78, 90
利權 《訓》, 371
　《考》, 395
利用 〈未〉, lxxxi, lxxxvi
　《釋》, 216
利用論 《沿》, 437
利益 《釋》, 218
力 〈未〉, lxxx, xc
　《爾》, 140
力點 《爾》, 142
勒亞月 《爾》, 116
勞力 《爾》, 55, 57
　《釋》, 215–217
　《訓》, 372
勞動 《釋》, 217
　《釋》, 217
卵巢 《爾》, 164, 165
卵形葉 《爾》, 194
史頷 《訓》, 352
律 〈未〉, lxxxii, xci
　《盲》, 270, 278, 294
律外 《訓》, 349
律師 《爾》, 58
　《盲》, 242
　《訓》, 343
　《溯》, 464
戀情 《考》, 409
拉丁 《論》, 231
掠奪婚姻 《爾》, 87
旅行 《導》, lxvi, lxxi
　〈未〉, lxxxii, lxxxvi
　《訓》, 375
　《溯》, 466
旅館 《導》, lxvii, lxxi, lxxii
　〈未〉, lxxxii, lxxxviii
　《訓》, 368
　《溯》, 466
林業 《爾》, 58
梨 《爾》, 191
樂天主義 《爾》, 91
樂觀 《溯》, 462
樂音 《爾》, 143
歷史 《爾》, 24, 73
　《盲》, 258
歷史的教育學 《爾》, 73
歷史的觀察 《爾》, 84
流傳祖物 《盲》, 242

流動 〈未〉, lxxxii, lxxxvii
　《訓》, 369
流動資本 〈未〉, lxxx, xc
　《爾》, 58
流域 《爾》, 130
流星 〈未〉, lxxx, lxxxv
　《爾》, 111, 113, 119, 120
流星群 〈未〉, lxxx, xc
　《爾》, 120
流狀岩 《爾》, 135
流血 《訓》, 372
流行 《爾》, 91
　《溯》, 462, 474
流質 〈未〉, lxxx, lxxxvii
　《爾》, 141
浪人 《考》, 408
　《溯》, 461
淋巴液 《爾》, 169
淋巴管 《爾》, 169
淚器 《爾》, 166
烈士 《訓》, 356
煉鋼 〈未〉, lxxxiii, lxxxix
　《溯》, 469
燐光體 《爾》, 144
燐寸 《訓》, 379
狸 《爾》, 186
狼 《爾》, 186
獵虎 《爾》, 186
理事 《訓》, 343
理分中末線 《爾》, 106
理化 《訓》, 355
理學 《沿》, 428
理性 《爾》, 77
　《沿》, 443
理想 《爾》, 83, 84
理想四屬性 《爾》, 90
理想淘汰 《爾》, 92
理法 《沿》, 443
理狀 《釋》, 211
理由 《爾》, 76
　《訓》, 377
理說 《沿》, 446
理論 《爾》, 78, 83
　《論》, 229
理論的教育學 《爾》, 72
理論科學 《爾》, 80
理財 《訓》, 346
理財學 《爾》, 54
　《沿》, 436

理財學部《沿》, 436
留學《盲》, 242, 279, 284
留學生《考》, 410
留置權〈未〉, lxxx, xc
　《爾》, 51
硫化物〈未〉, lxxx, xc
　《爾》, 154
硫酸《爾》, 155
硫黃泉〈未〉, lxxx, lxxxix
　《爾》, 131
禮制《訓》, 349
禮堂〈未〉, lxxxii, lxxxvi
　《訓》, 345
禮義之學《沿》, 442
稜錐體〈未〉, lxxx, xc
　《爾》, 110
立憲《爾》, 28
立憲主義《爾》, 91
立憲制度《爾》, 29, 30
立憲政體《爾》, 28
立方數《爾》, 107
立方體〈未〉, lxxx, lxxxv
　《爾》, 111
立法〈導〉, lxv, lxxii
　〈未〉, lxxx, lxxxvi
　《爾》, 40, 89
　《訓》, 343
立法府《爾》, 41
立法權《爾》, 36, 41
立約《訓》, 353
立類之式《沿》, 450
粒狀〈未〉, lxxx, lxxxix
　《爾》, 134
綠肉《爾》, 200
老大〈未〉, lxxxii, lxxxvi
　《訓》, 373
老招牌《釋》, 218
老極《沿》, 451
老約《沿》, 451
老連底安紀《爾》, 138
聯合〈未〉, lxxxii, lxxxvi
　《訓》, 372
聯合體《爾》, 29
聯想《爾》, 81
　《沿》, 424, 437
聯想學派《沿》, 438
聯想心理學〈未〉, lxxx,
　xc
　《爾》, 81

聯接〈未〉, lxxx, lxxxviii
　《爾》, 161
聯絡〈未〉, lxxxii, lxxxvi
　《訓》, 372
聯邦《爾》, 26
聯邦參議院《爾》, 29
聯邦國《爾》, 26
肋〈未〉, lxxx, xc
　《爾》, 192
肋骨〈未〉, lxxx, lxxxvii
　《爾》, 160
臨時〈未〉, lxxx, lxxxv
　《爾》, 43
臨時收入〈未〉, lxxx, xc
　《爾》, 68
臨時費〈未〉, lxxx, xc
　《爾》, 68
臨界壓力〈未〉, lxxx, xc
　《爾》, 154
臨界溫度〈未〉, lxxx, xc
　《爾》, 154
良貨《爾》, 65
落潮〈未〉, lxxx, lxxxviii
　《爾》, 130
落葉〈未〉, lxxx, lxxxv
　《爾》, 191
蘭類《爾》, 188
螺旋〈未〉, lxxx, lxxxv
　《爾》, 142
螻蛄《爾》, 178
裂片〈未〉, lxxx, xc
　《爾》, 193
裂片葉《爾》, 193
裂間《爾》, 193
裡潮《爾》, 130
裡題《沿》, 450
裸體《爾》, 199
裸鱗莖《爾》, 190
論法《沿》, 439
論理學《爾》, 73, 80, 82,
　96
　《沿》, 439
論理解釋《爾》, 46
論說《訓》, 357
輪〈未〉, lxxx, lxxxix
　《爾》, 192
輪生〈未〉, lxxx, lxxxvii
　《爾》, 188
輪生葉《爾》, 192
輪船《溯》, 472

輪蟲類〈未〉, lxxx, xc
　《爾》, 177
輪軸《爾》, 142
連合國《爾》, 26
連嶺《爾》, 133
連想《沿》, 424, 438
連比例〈未〉, lxxx, lxxxv
　《爾》, 105
連珠〈未〉, lxxx, lxxxvii
　《爾》, 96
連環體《沿》, 452
連絡《爾》, 130, 133, 151
錄事〈未〉, lxxxii, lxxxix
　《訓》, 343
陸上保險《爾》, 67
陸島《爾》, 133
陸沉《訓》, 373
陸軍《訓》, 340
　《溯》, 466
陸軍省《爾》, 32, 34
陸風〈未〉, lxxx, lxxxvii
　《爾》, 127
隸屬《爾》, 35
隸農《釋》, 217
離合格《沿》, 452
離婚《盲》, 308, 311
離婚率〈未〉, lxxx, xc
　《爾》, 93
離心力〈未〉, lxxx, lxxxvii
　《爾》, 121, 142
離攝《沿》, 452
雷鳴《爾》, 148
露〈未〉, lxxx, lxxxvi
　《爾》, 128
露布《訓》, 351
靈智《沿》, 443
靈魂〈未〉, lxxxii, lxxxv
　《考》, 398
靈魂派心理學《爾》, 81
領土《爾》, 48
　《盲》, 300
領土擴張〈未〉, lxxx, xc
　《爾》, 23
領地《盲》, 301
領域權《爾》, 48
類〈未〉, lxxxiii, xci
　《沿》, 448
類節《訓》, 382
駱駝《爾》, 186
鯉《爾》, 183

新名詞索引

鱗狀〈未〉, lxxx, lxxxix
　《爾》, 135
鱗翅類《爾》, 179
鱗莖〈未〉, lxxx, lxxxvii
　《爾》, 190
鷺《爾》, 185
鹿《爾》, 186
龍捲〈未〉, lxxx, xc
　《爾》, 152

【ㄍ】

乾潮《爾》, 130
乾電《爾》, 148
乾餾《爾》, 154
供《爾》, 64
供給《爾》, 64
　《訓》, 348
個人《訓》, 376
個人主義《爾》, 78, 91
個人之創業《爾》, 59
個人意識《釋》, 211, 212
個人權《爾》, 47
個性《爾》, 76
僱主《釋》, 217
光〈未〉, lxxx, xc
　《爾》, 143
光學中止小點《爾》, 144
光度《爾》, 117
光度表〈未〉, lxxx, xc
　《爾》, 144
光強度〈未〉, lxxx, xc
　《爾》, 144
光明心《爾》, 119
光榮《訓》, 375
光源《爾》, 143
光環〈未〉, lxxx, lxxxvii
　《爾》, 114
光線《爾》, 143
　《釋》, 215
光速度《爾》, 144
光體《爾》, 143
光體之像《爾》, 144
光點之像《爾》, 144
公使《盲》, 260, 261
公使領事《爾》, 42
公使領事之授受《爾》, 42
公俸《訓》, 352
公債《爾》, 69
公僕《訓》, 351

公共《訓》, 375
公務員《盲》, 285
公司《爾》, 53
公司之創業《爾》, 59
公名《爾》, 97
公告《盲》, 254
公布〈未〉, lxxx, xc
　《爾》, 42
公布法案之權《爾》, 38
公德《訓》, 371
公收入《爾》, 68
公敵《爾》, 40
　《訓》, 376
公會〈未〉, lxxxii, lxxxv
　《訓》, 347
公權《爾》, 47
公正〈未〉, lxxxii, lxxxviii
　《訓》, 370
公民《爾》, 44
　《考》, 403
公法《爾》, 45
　《考》, 404
　《溯》, 464
公法人《盲》, 242, 304
公理《爾》, 40, 76, 96
公用《爾》, 67
公益《釋》, 218
　《盲》, 242, 305
　《訓》, 376
公益法人《盲》, 242, 306
公眾利用主義《爾》, 78
公經濟《爾》, 68
公財《訓》, 346
公轉《爾》, 122
公轉時《爾》, 119
共同《爾》, 53
　《盲》, 278, 303, 304
共名《論》, 232
共和《爾》, 31
　《訓》, 338
共棲〈未〉, lxxx, xc
　《爾》, 86
共產主義《爾》, 85
　《沿》, 443
共通《爾》, 53
冠狀溝〈未〉, lxxx, xc
　《爾》, 167
功利〈未〉, lxxxiii, xci
功利主義《爾》, 90
　《沿》, 424, 437

功課《訓》, 358
勾留《訓》, 366
勾當《訓》, 366
匭院《訓》, 344
古代《釋》, 217
古典《爾》, 78
古典教育《爾》, 72
古動物學〈未〉, lxxx, xc
　《爾》, 173
古生代《爾》, 138
古籍《溯》, 462
古語《論》, 230
古餘湖《爾》, 130
各個名詞《爾》, 97
各各《考》, 411
各益《盲》, 302
各省大臣《爾》, 31
各省委員會《爾》, 34
告示《訓》, 352
告訴《盲》, 265, 310
固定資本《爾》, 58
固有法《爾》, 45
固體《爾》, 115
國〈未〉, lxxx, xc
　《爾》, 21
國事犯《爾》, 52
國債《爾》, 43
　《訓》, 340
國內交易〈未〉, lxxx, xc
　《爾》, 63
國別《訓》, 352
國務《訓》, 340
　《考》, 395
國務省《爾》, 35, 36
國外交易《爾》, 63
國家《爾》, 21, 22, 25, 87, 88
　《釋》, 218
　《訓》, 350
國家主義〈未〉, lxxx, lxxxix
　《爾》, 78, 91
國家主義教育《爾》, 71
國家之種類《爾》, 25
國家事業《爾》, 43
國家事業之所得者《爾》, 43
國家團體《爾》, 24
國家學《爾》, 80

國家必然之起源《爾》,24
國家援助〈未〉, lxxx, xc
　《爾》,40
國家當然之起源《爾》,24
國家起源說《爾》,24
國性《爾》,95
國性剝奪《爾》,95
國情《溯》,461
國慶《訓》,340
國政評議會《爾》,33
國書《溯》,464
國會《爾》,29
　《溯》,463
國權《爾》,41
　《訓》,347
　《考》,395
國民《爾》,39
　《論》,229
國民事項《爾》,95
國民全體《釋》,218
國民全體之集合體《爾》,22
國民性《爾》,95
國民權《爾》,47
國稅《爾》,69
國籍《爾》,37
　《訓》,351
國粹《爾》,95
　《溯》,461
國粹主義《爾》,92
國貨《訓》,341
國防《爾》,36
　《溯》,466
國際《爾》,89
　《訓》,348
國際事項《爾》,95
國際公法《爾》,47
國際條約《爾》,42
國際法《爾》,47
國際社會《爾》,87
國際私法《爾》,47
國體《爾》,30
　《訓》,350
孤立流星《爾》,120
孤立義務《爾》,47
官廳《訓》,345
官立《爾》,35
官能《爾》,159
官辦《訓》,349
官金《訓》,344

官長《訓》,349
工事《溯》,466
工務省《爾》,33
工匠術《沿》,443
工商《盲》,263
工廠《盲》,276
工業《爾》,57
工程〈未〉, lxxxiii, lxxxvi
　《溯》,469
工藝《爾》,73, 74
　《訓》,354
工部省《爾》,33
干勃黎安紀《爾》,138
干涉《爾》,63
　《訓》,373
干涉主義《爾》,91
幹〈未〉, lxxx, xc
　《爾》,189
幹事《訓》,364
廣告《盲》,266
　《盲》,265
廣義《訓》,374
怪狀《訓》,370
感動性《釋》,211
感受《爾》,74, 148
感官《爾》,74
　《沿》,424, 438
感情《爾》,74
　《訓》,376
感應《爾》,149
感應發電機〈未〉, lxxx, xc
　《爾》,149
感應磁石《爾》,148
感覺《爾》,74
　《論》,231
　《沿》,444, 445
感覺世界《釋》,213
感覺學《沿》,444
感覺論〈未〉, lxxx, xc
　《爾》,79
慣例《盲》,262, 296
慣行犯《爾》,52
改善《盲》,276
改良《訓》,357
改革《盲》,91
攻外群化《爾》,95
攻守同盟《爾》,90
更正〈未〉, lxxxii, lxxxviii
　《考》,402

杆槓《爾》,142
果實〈未〉, lxxx, lxxxvii
　《爾》,49, 199
果皮〈未〉, lxxx, xc
　《爾》,199
根〈未〉, lxxx, xc
　《爾》,188
根據〈未〉, lxxxii, lxxxviii
　《訓》,374
根本〈未〉, lxxxii, lxxxv
　《訓》,373
根本理想《爾》,90
根莖《爾》,189
根足蟲類《爾》,174
格式〈未〉, lxxxii, lxxxv
　《訓》,348
格致《訓》,360
格致學《爾》,140
　《沿》,441, 442
格致家《釋》,215
概念《爾》,74, 96
　《論》,230, 232
　《沿》,447
概括《爾》,73
概括力《沿》,447
構造《爾》,186
構造式〈未〉, lxxx, xc
　《爾》,155
槓杆臂《爾》,142
歸納《爾》,85
　《沿》,449
歸納法《爾》,83
歸納致知方法《沿》,449
歸納論理學《爾》,96
灌腸《溯》,468
瓜分《訓》,365
　《考》,402
皷膜《爾》,166
睪丸《爾》,164
硅角海綿《爾》,175
程〈未〉, lxxx, xc
　《爾》,189
管束《盲》,242
管樂器〈未〉, lxxx, xc
　《爾》,143
管水母《爾》,176
管狀器官《爾》,182
管理《爾》,46
　《盲》,282, 309

新名詞索引

管瓣 〈未〉, lxxxii, lxxxix
　　《訓》, 381
管足 〈未〉, lxxx, xc
　　《爾》, 181
給假 《訓》, 358
給憑 《訓》, 353
綱 〈未〉, lxxx, lxxxvii
　　《爾》, 173
綱狀細胞 《爾》, 175
綱紀法律之學 《沿》, 442
罐詰 《訓》, 379
罫紙 《訓》, 379
耕境 《爾》, 61
股份 《爾》, 60
　　《爾》, 53
股份公司 〈未〉, lxxx, xc
　　《爾》, 59
股份合資公司 《爾》, 60
股東 《爾》, 60
蛄蜢 《爾》, 178
蝸牛 《爾》, 181
蝸蟲 《爾》, 177
規則 《爾》, 70
　　《訓》, 344
規定 《爾》, 48
　　《盲》, 291, 302
規格 〈未〉, lxxxii, lxxxix
　　《訓》, 377
規模 《爾》, 59
規範的科學 《爾》, 80
觀察 《爾》, 84
觀念 《爾》, 74
　　《釋》, 211
　　《論》, 231
　　《訓》, 377
　　《考》, 395
　　《沿》, 443
觀念伴生 《沿》, 424, 438, 445
觀念伴生之理法 《沿》, 445
觀念學 〈未〉, lxxxiii, xci
　　《沿》, 444
觀念聯合 〈未〉, lxxxiii, xci
　　《沿》, 424, 438
觀念聯合學派 《沿》, 438
詭論 〈未〉, lxxxiii, xci
　　《沿》, 452

詭辯 《溯》, 462
詭辯學派 《論》, 229
谷地 《爾》, 133
谷風 〈未〉, lxx, lxxxviii
　　《爾》, 127
貴族 《爾》, 89
購買婚姻 《爾》, 87
軌道 《爾》, 119, 122
　　《訓》, 375
　　《考》, 397
過渡 《訓》, 362
關係 《爾》, 120
關節 〈未〉, lxxx, xc
　　《爾》, 161
隔膜 《爾》, 168, 176
革命 《爾》, 31
　　《訓》, 345
革履 《訓》, 378
革心 《盲》, 242
革新 《盲》, 288
鞏固 〈未〉, lxxx, lxxxvi
　　《爾》, 95
顧問 《導》, lxvii
　　〈未〉, lxxxii, lxxxviii
　　《訓》, 342
　　《考》, 404
館監 《訓》, 348
骨 〈未〉, lxxx, xc
　　《爾》, 159
骨之營養器 《爾》, 161
骨盤部 《爾》, 172, 173
骨膜 《爾》, 161
骨質 〈未〉, lxxx, lxxxvii
　　《爾》, 161
骨骼 〈未〉, lxxx, lxxxviii
　　《爾》, 159
骨髓 〈未〉, lxxx, lxxxvi
　　《爾》, 161
高原 《導》, lxvii
　　〈未〉, lxxx, lxxxviii
　　《爾》, 133
　　《溯》, 470
高地 〈未〉, lxxx, lxxxviii
　　《爾》, 133
高尚 《訓》, 357
高低 《溯》, 473
高氣壓 《爾》, 126, 151
高溫度 《爾》, 126
高等 《訓》, 361
高等脊椎動物 《爾》, 182

高緯度 《爾》, 122
鼓吹 〈未〉, lxxxii, lxxxvii
　　《訓》, 374
龜類 《爾》, 184

【ㄎ】

亢極對當 《爾》, 99
口義 《訓》, 356
口腔 《爾》, 164
口錢 《訓》, 381
口頭審理主義 《爾》, 54
可分物 《爾》, 49
可折 《爾》, 64
可約數 《爾》, 106
可考 《沿》, 449
可能 《導》, lxv, lxxi
　　〈未〉, lxxxi, lxxxvi
　　《釋》, 213
　　《溯》, 471
可能性 《爾》, 70
可覺發汗 《爾》, 163
困難 《訓》, 374
塊根 《爾》, 188
塊狀火山 《爾》, 137
塊莖 《爾》, 190
孔雀 《爾》, 185
客 《沿》, 424
客觀 《爾》, 74
　　《沿》, 424, 434
客觀的經驗的事實 《爾》, 84
客觀的自然主義 《爾》, 77
客體 《爾》, 70, 83
　　《盲》, 275
康德 〈未〉, lxxxi, lxxxix
　　《釋》, 213
快樂主義 《爾》, 78
擴張 《爾》, 23, 28, 46, 95, 141
擴散 《爾》, 156
昆布 《訓》, 382
昆蟲類 〈未〉, lxxx, xc
　　《爾》, 178
會計 《爾》, 68
　　《訓》, 343
會計檢查院 《爾》, 33, 35
會計檢查院長 《爾》, 31
渴蟲類 《爾》, 176

狂熱 〈未〉, lxxxii, lxxxviii
　　《訓》, 370
痾伯隆月 《爾》, 116
礦泉 《爾》, 131
礦物岩 《爾》, 134
科 〈未〉, lxxx, lxxxviii
　　《爾》, 174
科學 《爾》, 80
　　《釋》, 213
　　《論》, 229
空想 《爾》, 75
空氣 《爾》, 125
　　《釋》, 215
　　《訓》, 359
空氣植物 《爾》, 188
空氣溫度 《爾》, 152
空汎 《盲》, 242
空間 《爾》, 120, 140
　　《論》, 230
　　《沿》, 444
考 《沿》, 447
考古 《溯》, 470
考試 〈未〉, lxxxii, lxxxvi
　　《訓》, 351
肯定 《爾》, 97
　　《沿》, 448
肯定命題 〈未〉, lxxx, xc
　　《爾》, 98
肯定綴系詞 《爾》, 98
苦力 《溯》, 469
課長 《盲》, 322
鑛物 《爾》, 131
開墾 〈未〉, lxxxiii, lxxxvii
　　《溯》, 468
開幕 《訓》, 366
　　《溯》, 467
開戰 《爾》, 29
　　《盲》, 259
開業 《溯》, 469
開發 《爾》, 92
開發主義 〈未〉, lxxx, xc
　　《爾》, 77, 92
開腦 《溯》, 468
開車 〈未〉, lxxxii, lxxxix
　　《訓》, 378
開道 《訓》, 363
闊橢圓形葉 《爾》, 194
髖部筋 《爾》, 162
魁蛤 《爾》, 181

【厂】

互爾華尼電源 《爾》, 150
互生葉 《爾》, 192
互相保險 《爾》, 67
互相視之形 《爾》, 106
互雙生葉 《爾》, 192
化合 《爾》, 153
化合物 《爾》, 153
　　《釋》, 211
化學 《爾》, 80, 153
　　《沿》, 442
化學作用 〈未〉, lxxx, lxxxviii
　　《爾》, 131
化學方程式 〈未〉, lxxx, xc
　　《爾》, 155
化學記號 《爾》, 155
化淳 《爾》, 94
化石 《爾》, 134
　　《溯》, 468
化醇 《沿》, 439
化醇論 《沿》, 424, 439
化骨點 《爾》, 159
匯票 《爾》, 66
合一論群學 《爾》, 85
合中中方線 《爾》, 109
合同 〈未〉, lxxxii, lxxxvi
　　《訓》, 374
合名會社 《爾》, 53
合名線 《爾》, 107
合圓線 《爾》, 104
合奏 〈未〉, lxxxiii, lxxxv
　　《溯》, 469
合意 《訓》, 375
合意婚姻 《爾》, 87
合成 《爾》, 60, 87, 141
　　《盲》, 252, 304
合成力 《爾》, 141
合成法 〈未〉, lxxx, xc
　　《爾》, 158
合格 〈未〉, lxxxii, lxxxviii
　　《訓》, 374
合比中方線 《爾》, 109
合片萼 〈未〉, lxxxii, xc
　　《爾》, 197
合理 《爾》, 105
合理法 《爾》, 83
合理起原 《爾》, 85

合生雌蕊 《爾》, 199
合眾國 《爾》, 26
合群 《訓》, 374
合花瓣冠 《爾》, 197
合資公司 〈未〉, lxxx, lxxxix
　　《爾》, 59
合資會社 《爾》, 53
合金 《爾》, 158
合體名詞 《爾》, 97
合黨 《訓》, 351
含義 《釋》, 209
呼吸器 〈未〉, lxxx, lxxxix
　　《爾》, 164, 175
和戰團體時代 《爾》, 24
和約 《訓》, 353
回歸線 《爾》, 123
婚姻 〈未〉, lxxx, lxxxvi
　　《爾》, 86
婚姻形式 《爾》, 87
寒帶 《爾》, 124
寒暑表 《爾》, 126
寒極 〈未〉, lxxx, xc
　　《爾》, 126
寒蟬 《爾》, 179
廻繞行星 《爾》, 115
彗星 〈未〉, lxxx, lxxxvi
　　《爾》, 111, 113, 119, 120
彗星之性質 《爾》, 119
彗星與地球衝突 《爾》, 119
彙類 《沿》, 448
後和 《沿》, 450
後天 《沿》, 424, 434, 444
後天社交性 《爾》, 94
後生根 《爾》, 188
後立 《導》, 8
　　《爾》, 101
後腦 《爾》, 170
後腮類 《爾》, 181
後見人 《爾》, 51
徽章 〈未〉, lxxxii, lxxxix
　　《訓》, 347
恆星 《爾》, 111, 121
　　《溯》, 467
恆星蝕 《爾》, 118
恆等式 〈未〉, lxxxiii, xci

新名詞索引　493

恒星 〈未〉, lxxx, lxxxviii
　《爾》, 111
懷疑學 《沿》, 444
懷疑論 《爾》, 79
戶主權 《爾》, 51
戶口蕃息例 《爾》, 60
換票所 《爾》, 66
換語 《沿》, 451
換質位法 〈未〉, lxxxiii, xci
會員 《盲》, 305
會戰 〈未〉, lxxxiii, lxxxviii
　《溯》, 466
會期 〈未〉, lxxxii, lxxxviii
　《訓》, 346
會社 《爾》, 25, 53
　《訓》, 347
　《沿》, 424, 432
會議 《爾》, 26, 34
　《盲》, 258
核 〈未〉, lxxx, xc
　《爾》, 199
核果 〈未〉, lxxx, lxxxvii
　《爾》, 199
橫溝 〈未〉, lxxx, lxxxix
　《爾》, 167
橫線之垂線 《爾》, 102
歡迎 《訓》, 376
歡送 《訓》, 376
汗腺 《爾》, 163
河口 〈未〉, lxxx, lxxxvi
　《爾》, 130
河心線 《爾》, 130
河段 〈未〉, lxxx, lxxxix
　《爾》, 130
河源 〈未〉, lxxx, lxxxviii
　《爾》, 130
河系 〈未〉, lxxx, lxxxix
　《爾》, 130
洪積世 〈未〉, lxxx, xc
　《爾》, 139
洪範九疇 《沿》, 437
活動 《爾》, 80, 92
　《盲》, 305
活動力 《爾》, 94
活躍 《盲》, 286
海 〈未〉, lxxx, xc
　《爾》, 129
海上保險 〈未〉, lxxx, xc
　《爾》, 67

海冰 〈未〉, lxxx, lxxxix
　《爾》, 132
海味 〈未〉, lxxxiii, lxxxix
　《溯》, 473
海嘯 〈未〉, lxxx, lxxxviii
　《爾》, 129, 138
海岸線 《爾》, 133
海峽 《爾》, 129
海扇 《爾》, 180
海水等溫線 《爾》, 129
海流 〈未〉, lxxx, lxxxviii
　《爾》, 129
海灣 〈未〉, lxxx, lxxxviii
　《爾》, 129
海牛類 〈未〉, lxxx, xc
　《爾》, 185, 187
海王星 〈未〉, lxxx, lxxxix
　《爾》, 113, 115, 116
海百合類 〈未〉, lxxx, xc
　《爾》, 182
海盤車類 《爾》, 182
海綿動物 〈未〉, lxxx, xc
　《爾》, 174, 175
海綿質 〈未〉, lxxx, xc
　《爾》, 161
海膽類 《爾》, 182
海豚 《爾》, 187
海軍 《訓》, 340
　《溯》, 466
海軍及殖民省 《爾》, 33
海軍省 《爾》, 32, 34–36
海風 〈未〉, lxxx, lxxxvii
　《爾》, 127
海龜類 《爾》, 184
混合物 〈未〉, lxxx, lxxxviii
　《爾》, 153
混成 〈未〉, lxxxii, lxxxix
　《訓》, 375
渾一體 《釋》, 210, 212
渾體 《沿》, 452
湖 〈未〉, lxxx, xc
　《爾》, 129
湟伏 《訓》, 361
滑稽 《訓》, 363
滑車 《爾》, 142
滑車神經 〈未〉, lxxx, xc
　《爾》, 170, 171
漢字 〈未〉, lxxxiii, lxxxv
　《溯》, 470

漢學 《盲》, 288, 313
漢文 《論》, 230
火事 《考》, 397
火井 《溯》, 472
火山 〈未〉, lxxx, lxxxv
　《爾》, 137
火山地震 〈未〉, lxxx, xc
　《爾》, 138
火山岩 〈未〉, lxxx, xc
　《爾》, 134
火山脈 〈未〉, lxxx, xc
　《爾》, 137
火成岩 《爾》, 134
火星 《導》, lxv
　〈未〉, lxxx, lxxxvi
　《爾》, 113, 114, 117
　《溯》, 467
火災保險 〈未〉, lxxx, xc
　《爾》, 67
火爐 〈未〉, lxxxiii, lxxxvi
　《溯》, 473
火球 〈未〉, lxxx, lxxxvii
　《爾》, 120
火車 《盲》, 251
灰白質 《爾》, 170
環蟲類 《爾》, 177
畫學 《沿》, 443
皇帝 《爾》, 29
皇張 《訓》, 369
紅燄 《爾》, 113
緩刑 〈未〉, lxxxiii, lxxxix
　《溯》, 464
花 〈未〉, lxxx, xc
　《爾》, 197
花冠 《爾》, 197
花序 《爾》, 195
花托 〈未〉, lxxx, lxxxvi
　《爾》, 196
花柄 《爾》, 195
花瓣 〈未〉, lxxx, lxxxvi
　《爾》, 197
花蓋 《爾》, 198
花粉 《爾》, 198
花糸 《爾》, 198
花莖 〈未〉, lxxx, lxxxvii
　《爾》, 196
花莚 《訓》, 380
花軸 《爾》, 196
花鬚 《爾》, 197, 198

荒天 〈未〉, lxxxii, lxxxix
　　《訓》, 370
虎《爾》, 186
虹霓《爾》, 153
蝗《爾》, 178
蝴蛾類《爾》, 179
衝突《爾》, 142
貨幣 〈未〉, lxxx, lxxxviii
　　《爾》, 56
貨幣交換《爾》, 63
貨幣付法《爾》, 62
貨幣政策《爾》, 57
貨物 〈未〉, lxxxi, lxxxvi
　　《釋》, 216–218
迴光《爾》, 144
還元《爾》, 154
　　《沿》, 451
還元劑《爾》, 154
還原〈導〉, lxv, lxxii
　　〈未〉, lxxxi, lxxxvi
　　《釋》, 211
魂《沿》, 443
鶴《爾》, 185
麾下《訓》, 352
黃道 〈未〉, lxxx, lxxxv
　　《爾》, 122
黃道之十二宮《爾》, 112
黃道光 〈未〉, lxxx, xc
　　《爾》, 120
黑人《爾》, 163

【ㄐ】

交付《盲》, 242
交出《盲》, 242
交叉 〈未〉, lxxxii, lxxxviii
　　《訓》, 364
交叉音《爾》, 143
交感神經叢 〈未〉, lxxx, xc
　　《爾》, 173
交感神經系之中樞部
　　《爾》, 172
交感神經系統 〈未〉, lxxx, xc
　　《爾》, 170
交感神經系統之末稍部
　　《爾》, 172

交換《爾》, 146, 157
　　《釋》, 215
　　《訓》, 371
交換紙幣《爾》, 65
交易《爾》, 55, 63
交流《溯》, 468
交涉《爾》, 36
　　《訓》, 339
交線 〈未〉, lxxx, lxxxv
　　《爾》, 117
交與《盲》, 242
交與湖《爾》, 130
交通《爾》, 42
　　《釋》, 218
　　《論》, 231
　　《訓》, 339
　　《溯》, 465
交通權《爾》, 48
介形類《爾》, 177
介紹〈導〉, lxvii
　　〈未〉, lxxxii, lxxxviii
　　《訓》, 366
　　《考》, 401
介詞〈導〉, 8
　　《爾》, 100
假借《釋》, 212
假名《考》, 408
假定《盲》, 305
　　《盲》, 303
假相《釋》, 213
假肋 〈未〉, lxxx, xc
　　《爾》, 160
假言之三段論法《爾》,
　　101
假設《爾》, 101
假說《爾》, 76
假髮 〈未〉, lxxxii, lxxxix
　　《訓》, 383
健兒《訓》, 365
健康《爾》, 82
　　《盲》, 315, 317, 318
傑作 〈未〉, lxxxiii, lxxxvii
　　《溯》, 470
價值《爾》, 55
　　《釋》, 215
　　《訓》, 376
　　《考》, 405
價格《爾》, 63
價格蓄積《爾》, 64
具爪花瓣《爾》, 197

具體《論》, 229
具體名詞《爾》, 97
具體的《盲》, 269
剪彩《溯》, 467
劇場《訓》, 368
劇烈《爾》, 163
劍尾類 〈未〉, lxxx, xc
　　《爾》, 177
加入《爾》, 69, 140
加水分解 〈未〉, lxxx, xc
　　《爾》, 158
加速度《爾》, 92, 140
即時交易《爾》, 63
卷鬚 〈未〉, lxxx, lxxxvii
　　《爾》, 190
君主立憲政體《爾》, 29
君位合一國《爾》, 26
君權《訓》, 347
唧筒 〈未〉, lxxxii, lxxxviii
　　《訓》, 381
基 〈未〉, lxxx, lxxxvi
　　《爾》, 157
基礎《爾》, 72, 78
　　《盲》, 242
　　《訓》, 383
基礎系統《爾》, 139
基達尼亞《爾》, 116
奇之偶數《爾》, 106
奇之奇數《爾》, 106
奇數《爾》, 106
奇蹄類《爾》, 186
奇鰭類《爾》, 183
姦淫罪《盲》, 242, 308
姦非罪《盲》, 307
家主《爾》, 88
家宅自由《爾》, 40
家扶《考》, 413
家族 〈未〉, lxxx, lxxxvi
　　《爾》, 86
家族團體《爾》, 24
家督《訓》, 368
　　《溯》, 461
家督相續《爾》, 51
寄宿《考》, 395
寄生 〈未〉, lxxxiii, lxxxvi
　　《溯》, 468
寄生植物 〈未〉, lxxx,
　　lxxxvii
　　《爾》, 188

寄生火山 〈未〉, lxxx, xc
　《爾》, 137
將棋 《爾》, 73
尖端 《爾》, 148, 165
　《爾》, 149
就中 《考》, 403
局外中立 《爾》, 48
居留 《盲》, 261
岬 〈未〉, lxxx, lxxxix
　《爾》, 132
幾何 《爾》, 73
　《溯》, 467
幾何學 《沿》, 442
幾何學上中心點 《爾》, 144
建築炮臺 《爾》, 43
建設 《訓》, 349
　《溯》, 471
徑線 〈未〉, lxxx, lxxxvii
　《爾》, 110
急速 《盲》, 242
急進主義 《爾》, 91
戒嚴 《溯》, 466
戟形葉 《爾》, 194
技能 〈導〉, lxv
　〈未〉, lxxxi, lxxxvi
　《釋》, 214
　《訓》, 375
技藝 《盲》, 242, 305
技術 《爾》, 73, 74
拒中之原則 《爾》, 97
拒性 《爾》, 140
拘束 《盲》, 242
掘足類 〈未〉, lxxx, xc
　《爾》, 181
接觸 《爾》, 148
接近 《考》, 400
擊劍 《爾》, 73
救濟權 《爾》, 47
救護 《溯》, 468
教化 《爾》, 71
教化價值主義 《爾》, 77
教化時期 《爾》, 88
教師 《爾》, 71
教授 《爾》, 71
　《溯》, 465
教授學的唯物主義 《爾》, 77
教材 《爾》, 71
教權 《爾》, 71

教義學 《爾》, 73
教習 《訓》, 355
　《考》, 395
教育 《爾》, 70
　《爾》, 42
　《訓》, 339
教育之主體 《爾》, 71
教育之可能性 《爾》, 70
教育之客體 《爾》, 70
教育之方法 《爾》, 71
教育之界限 《爾》, 70
教育之目的 《爾》, 70
教育學 《爾》, 70
教育家 《爾》, 76
教育目的之個人方面 《爾》, 70
教育目的之社會方面 《爾》, 70
教養 《盲》, 307
既遂犯 《爾》, 52
架空 〈未〉, lxxxi, lxxxviii
　《釋》, 213
桀量 《訓》, 381
棘皮動物 〈未〉, lxxx, xc
　《爾》, 174, 182
極 〈未〉, lxxx, lxxxv
　《爾》, 122
　《沿》, 447
極之直徑 《爾》, 115
極光 《爾》, 125, 149
極容易 《釋》, 216
極端 《考》, 399
　《沿》, 451
極艱難 《釋》, 216
極近時代 《釋》, 217
極限 《爾》, 153
極點 《爾》, 130, 132
機制體 《釋》, 211
機器 《訓》, 357
機械 《爾》, 58
　《溯》, 469
機械作用 〈未〉, lxxx, xc
　《爾》, 131
機能 《爾》, 164, 173
　《釋》, 211
機關 《爾》, 21
　《訓》, 362
　《考》, 401
檢事 《訓》, 342
檢事總長 《爾》, 36

檢定 《爾》, 44
檢察官 《盲》, 264, 265
檢查 《爾》, 32
櫛水母類 《爾》, 176
江鷗 《爾》, 178
決 《沿》, 447
決算 《爾》, 33
決裂 《訓》, 365
減殺 《訓》, 369
減退之進化 《爾》, 92
激情 《爾》, 74
焦土 《溯》, 466
爵賞之權 《爾》, 39
甲殼類 〈未〉, lxxx, xc
　《爾》, 177
甲狀腺 《爾》, 165
甲蟲 〈未〉, lxxxiii, lxxxix
　《溯》, 468
界 〈未〉, lxxx, lxxxv
　《爾》, 101
界說 《釋》, 209
疥癬蟲類 《爾》, 178
皆有全無之辯 《沿》, 451
監察 〈未〉, lxxxiii, lxxxvi
　《溯》, 463
監督 〈未〉, lxxxii, lxxxvi
　《訓》, 342
監護 〈未〉, lxxx, lxxxviii
　《爾》, 76
監財權 《爾》, 36
礁石 《訓》, 383
祭祀 《盲》, 242, 305
禁慾主義 〈未〉, lxxx, xc
　《爾》, 78
禁止 《盲》, 242
禁止法 《爾》, 45
禁治產者 《爾》, 48
禁錮 《訓》, 352
積分 〈未〉, lxxxiii, lxxxvi
　《溯》, 467
積極 《爾》, 71
　《盲》, 273, 275
積極名詞 《爾》, 97
積極的 〈未〉, lxxxii, lxxxix
　《盲》, 268
積極群化 《爾》, 95
積極近接 《爾》, 94
積疊式 《爾》, 100

積雲〈未〉, lxxx, lxxxviii
　《爾》, 128
究竟《訓》, 375
究竟的示命《爾》, 90
競爭《訓》, 363
競賣《訓》, 369
競走《考》, 409
　《溯》, 465
筋《爾》, 162
筋腹《爾》, 162
筋膜〈未〉, lxxx, lxxxvii
　《爾》, 162
筋間韌帶《爾》, 162
箭形葉《爾》, 194
節候風《爾》, 127
節理〈未〉, lxxx, xc
　《爾》, 135
節甲類《爾》, 177
節約《溯》, 471
節線〈未〉, lxxx, xc
　《爾》, 117
節足動物《爾》, 174, 177
簡單《爾》, 156
　《溯》, 474
精確〈未〉, lxxxi, lxxxvii
　《論》, 231
精神《爾》, 23
　《訓》, 364
精神作用《爾》, 74
精神現象《爾》, 74
精神科學〈未〉, lxxx, xc
　《爾》, 80
精製〈未〉, lxxx, lxxxvi
　《爾》, 58
紀律〈未〉, lxxxiii, lxxxviii
　《溯》, 471
結婚〈未〉, lxxxii, lxxxv
　《訓》, 370
結晶《爾》, 154
結晶分類法《爾》, 158
結晶岩〈未〉, lxxx, xc
　《爾》, 134
結晶水〈未〉, lxxx, lxxxvii
　《爾》, 154
結果〈未〉, lxxxii, lxxxvi
　《訓》, 374
結構《考》, 403
結組織〈未〉, lxxx, xc
　《爾》, 163
絕對《沿》, 424, 433

絕對同盟《爾》, 90
絕對名詞《爾》, 97
絕對的《釋》, 215
絕對統治《爾》, 88
絕待《沿》, 433
經世濟民《沿》, 435
經圓《爾》, 123
經常歲入《爾》, 68
經常費〈未〉, lxxx, xc
　《爾》, 68
經度〈未〉, lxxx, lxxxv
　《爾》, 123
經濟《爾》, 22, 68
　《盲》, 312
　《訓》, 339
　《溯》, 463
經濟制度《爾》, 67
經濟困難《盲》, 242
經濟學《爾》, 54
　《沿》, 435, 441
經濟政策《爾》, 57
經理《爾》, 51
　《盲》, 242
　《盲》, 251
經費《爾》, 44
　《訓》, 347
經驗《爾》, 75, 79–81, 84
經驗之物界《釋》, 213
經驗法〈未〉, lxxx, xc
　《爾》, 83
經驗的心理學《爾》, 81
經驗的科學《爾》, 80
緊張《爾》, 162, 168
繼受《盲》, 242
繼受法《爾》, 45
繼承〈未〉, lxxxii, lxxxviii
　《盲》, 297
聚合果〈未〉, lxxx, xc
　《爾》, 199
聚繖花《爾》, 196
肩胛筋《爾》, 162
肩胛骨〈未〉, lxxx, lxxxvii
　《爾》, 160
胛臟《爾》, 165
脊柱〈未〉, lxxx, lxxxvii
　《爾》, 160
脊椎動物《爾》, 174
脊髓〈未〉, lxxx, lxxxvi
　《爾》, 170
脊髓神經《爾》, 172

腱〈未〉, lxxx, xc
　《爾》, 162
腱弓〈未〉, lxxx, xc
　《爾》, 162
膠質海綿《爾》, 175
舉手《訓》, 363
舊劑《訓》, 377
舊心理學《爾》, 82
莖〈未〉, lxxx, xc
　《爾》, 188, 189
蒟蒻〈未〉, lxxxii, lxxxix
　《訓》, 380
薦骨神經《爾》, 172
覺官《沿》, 424, 438
覺悟《考》, 402
角〈未〉, lxxx, lxxxv
　《爾》, 160
角力《溯》, 465
角線方形《爾》, 103
角質海綿《爾》, 175
解剖《盲》, 299
解散之權《爾》, 38
解決《訓》, 343
解說〈未〉, lxxxi, lxxxvi
　《釋》, 210
解說的心理學《爾》, 81
解除條件《爾》, 50
計學《爾》, 54
計工《爾》, 62
計畫《爾》, 33, 59
　《訓》, 368
　《溯》, 471
記憶《沿》, 445
記憶力《爾》, 81
記號《爾》, 155
　《盲》, 302
記述法《爾》, 84
記述的科學《爾》, 80
記述群學《爾》, 85
講和《爾》, 38
講和之權《爾》, 38
講堂《訓》, 356
講師《溯》, 465
講座《溯》, 465
講武《訓》, 350
講演《盲》, 299
講義《訓》, 356
　《考》, 396
　《溯》, 465

新名詞索引

警察 《爾》, 42
　　　《訓》, 353
　　　《考》, 397
警視總監 《爾》, 35
距離 《爾》, 103
軍人 〈導〉, lxv
　　〈未〉, lxxxi, lxxxvi
　　《訓》, 374
軍務 《爾》, 42
軍務省 《爾》, 33, 35, 36
軍團 《訓》, 345
軍官 〈未〉, lxxxii, lxxxix
　　《訓》, 352
軍政 《訓》, 340
軍機 《訓》, 351
軍籍 《訓》, 351
軍隊 《爾》, 43
軍需 《訓》, 351
近世 《論》, 229
近代 《爾》, 32
　　《盲》, 308
近地點 〈未〉, lxxx, xc
　　　《爾》, 117
近日點 〈未〉, lxxx, lxxxvii
　　　《爾》, 113–115, 122
進化 《爾》, 88, 92
進化論 《爾》, 79
　　　《沿》, 424, 439
進步 《爾》, 71, 78, 79, 81, 88, 91
　　《論》, 230
　　《訓》, 354
進步主義 〈未〉, lxxx, lxxxix
　　　　《爾》, 91
郡 《爾》, 43
郡參事會 《爾》, 44
郡會 《爾》, 44
郡組合 《爾》, 44
郡行政 《爾》, 44
釀出 《訓》, 370
金屬 《爾》, 157
金星 〈未〉, lxxx, lxxxvi
　　《爾》, 113, 114
金牌 《盲》, 319
金裂葉 《爾》, 193
金額 《爾》, 35
　　《盲》, 310
鋸齒葉 《爾》, 193

鑑定 〈未〉, lxxx, lxxxviii
　　《爾》, 54
間接 《爾》, 45, 58, 94, 115
間接交易 《爾》, 63
間接推理 《爾》, 100
間接的倫理的實有主義 《爾》, 77
間接稅 《爾》, 69
間歇溫泉 《爾》, 131
降服 《爾》, 48
階級 《爾》, 89
　　《訓》, 346
　　《溯》, 463
階級主義 《爾》, 91
集化學 《釋》, 211
集合 《爾》, 134, 135, 143, 159
　　《訓》, 372
集合物 《爾》, 49
集合體 〈未〉, lxxxi, lxxxix
　　　《釋》, 211
集合點 《爾》, 141
集會自由 〈未〉, lxxx, lxxxviii
　　　　《爾》, 39
雉類 《爾》, 185
靜 〈未〉, lxxx, xc
　　《爾》, 140
靜群學 《爾》, 85
靜脈 《爾》, 168
靜脈管 〈未〉, lxxx, xc
　　　《爾》, 169
鞠躬 《訓》, 362
鞠育 《爾》, 86
頸動脈線 《爾》, 165
頸動脈腺 《爾》, 165
頸椎神經 〈未〉, lxxx, xc
　　　　《爾》, 172
頸淋巴管 《爾》, 169
頸狀岩 《爾》, 135
頸筋 《爾》, 162
頸部 《爾》, 172
颶風 〈未〉, lxxx, lxxxvi
　　《爾》, 127, 152
駕籠 《訓》, 383
鯨魚 《爾》, 187
鳩類 《爾》, 185
鵓鴿 《爾》, 185
鷙 《爾》, 185

【く】

七出掌狀葉 《爾》, 195
七成 《爾》, 73
七曜 《訓》, 362
七自由藝術 《爾》, 73
乾潮 〈未〉, lxxx, lxxxviii
乾餾 〈未〉, lxxx, xc
侵入 〈未〉, lxxxi, lxxxviii
　　《論》, 230
侵犯 《爾》, 34
　　《盲》, 246
侵略 《溯》, 464
傾斜 〈未〉, lxxx, lxxxviii
　　《爾》, 136, 147
全員 《爾》, 59
全國 《爾》, 32, 36
　　《盲》, 288, 316
全國之支出事務 《爾》, 43
全數 〈未〉, lxxx, lxxxv
　　《爾》, 107
全權 《爾》, 60
全稱 《爾》, 99
　　《沿》, 449
全稱之極 《沿》, 450
全稱命題 《爾》, 98
全身循環之動脈 《爾》, 167, 168
全身循環之靜脈 《爾》, 168
全邊葉 《爾》, 193
全面果 《爾》, 199
全體 《爾》, 123
　　《訓》, 376
全體同盟 《爾》, 90
其鰭 《爾》, 183
切圓 《爾》, 104
切手 《盲》, 291
切目 《訓》, 367
切線 《爾》, 104
前唱 《沿》, 450
前尻類 《爾》, 177
前後縱溝 《爾》, 167
前立 《爾》, 101
前腦 《爾》, 170
前腿類 《爾》, 181
前膊筋 《爾》, 162
前途 〈未〉, lxxxii, lxxxix
　　《訓》, 372
前額 《爾》, 171

勤勞《爾》, 58
　　《釋》, 214
勸工《訓》, 346
勸業《訓》, 341
區別《導》, lxv
　　〈未〉, lxxxi, lxxxvi
　　《論》, 232
　　《訓》, 369
區及各部行政《爾》, 44
區域〈未〉, lxxxii, lxxxviii
　　《訓》, 349
區會《爾》, 44
千鳥《爾》, 185
取扱《盲》, 251
取舉《盲》, 242
取次《訓》, 372
取消《盲》, 252
　　《訓》, 367
取立《盲》, 301
取立金《盲》, 242
取締《盲》, 250
　　《訓》, 367
器〈未〉, lxxxiii, xci
器官《爾》, 159
器械動學《沿》, 442
奇數〈未〉, lxxx, lxxxvi
奇蹄《爾》, 186
奇蹄類〈未〉, lxxx, xc
奇鰭〈未〉, lxxx, xc
契約《導》, lxv, lxxi
　　〈未〉, lxxxi, lxxxv
　　《爾》, 28, 50
　　《訓》, 353
　　《溯》, 464
契約國家《爾》, 28
契約庸錢《爾》, 61
屈折率〈未〉, lxxx, xc
　　《爾》, 145
屈折線《爾》, 145
屈折角《爾》, 145
強制《爾》, 45
　　《盲》, 281
強制力〈未〉, lxxx, xc
　　《爾》, 25
強制執行〈未〉, lxxxii, lxxxviii
　　《盲》, 281
強制庸錢《爾》, 61
強制組織《爾》, 25
強厚《爾》, 167

強度《爾》, 147
強行法《爾》, 45
強迫〈未〉, lxxxii, lxxxvi
　　《訓》, 374
強迫教育《爾》, 72
情《沿》, 445
情操《爾》, 72
曲線《爾》, 101
曲面〈未〉, lxxx, lxxxv
　　《爾》, 101
期成原因《爾》, 76
期票〈未〉, lxxx, lxxxix
　　《爾》, 66
權〈未〉, lxxxiii, lxxxv
　　《沿》, 424
權利《爾》, 21, 46, 76
　　《釋》, 212
　　《盲》, 276
　　《訓》, 339
　　《考》, 395
　　《沿》, 440
　　《溯》, 464
權制《訓》, 349
權力《盲》, 276
權勢財利《沿》, 440
權理《沿》, 440
權義《沿》, 424, 440
權限《爾》, 26
欠損《釋》, 211
欺尼斯《爾》, 27
　　《爾》, 27
毬場《訓》, 368
氣〈未〉, lxxxiii, xci
氣壓《爾》, 125, 151
氣壓強度《爾》, 151
氣孔〈未〉, lxxx, lxxxvii
　　《爾》, 200
氣根《爾》, 188
氣流《爾》, 126, 127
氣球〈未〉, lxxxiii, lxxxvii
　　《溯》, 472
氣管縱隔淋巴幹《爾》, 169
氣質《爾》, 75, 141
氣體《爾》, 154
氣體反應定律《爾》, 156
氣體方程式《爾》, 156
求〈未〉, lxxx, lxxxv
　　《爾》, 63

求婚〈未〉, lxxxiii, lxxxvii
　　《溯》, 466
汽車《盲》, 316
泉〈未〉, lxxx, xc
　　《爾》, 131
清潔《盲》, 242
清道《訓》, 352
潛水器〈未〉, lxxxi, xci
　　《釋》, 215
牽牛《爾》, 189
犬《爾》, 186
球果《爾》, 199
球狀〈未〉, lxxx, lxxxviii
　　《爾》, 135
球莖《爾》, 190
球體《爾》, 110
球體軸線《爾》, 110
確定《爾》, 35, 45
　　《沿》, 452
窮究《論》, 229
簽字〈未〉, lxxxii, lxxxviii
　　《訓》, 351
綺麗《考》, 400
缺凹《爾》, 193
缺點《盲》, 308
罄折形《爾》, 103
群〈未〉, lxxx, lxxxvi
　　《爾》, 83
　　《釋》, 212
群則《爾》, 93
群化《爾》, 95
群學《爾》, 83
群學之問題《爾》, 83
群學之對象《爾》, 83
群學研究法《爾》, 83
群性《爾》, 94
群棲〈未〉, lxxx, xc
　　《爾》, 86
群理《爾》, 93
群理論《爾》, 93
群行為《爾》, 93
腔腸動物〈未〉, lxxx, xc
　　《爾》, 174, 176
蚯蚓〈未〉, lxxx, lxxxviii
　　《爾》, 177
蛆《爾》, 178
蜻蛉《爾》, 178
蜻蜓《爾》, 178
親和力《爾》, 158

親子《爾》,88
　　《盲》,297
親子共樓《爾》,86
親子關係〈未〉,lxxx, xc
　　《爾》,88
親屬〈未〉,lxxxii, lxxxvi
　　《盲》,296
親族《盲》,242
親權〈未〉,lxxx, lxxxix
　　《爾》,51
親等〈未〉,lxxxii, lxxxix
　　《訓》,367
請假〈未〉,lxxxii, lxxxviii
　　《訓》,358
請求《盲》,287
請願《訓》,346
　　《考》,403
起源《爾》,24, 167, 168
　　《爾》,85
　　《釋》,216
起草〈未〉,lxxx, lxxxviii
　　《爾》,41
　　《溯》,471
起訴《盲》,278
起訴權《爾》,40
趨勢《盲》,310
軀幹筋《爾》,162
軀幹韌帶《爾》,161
軀幹骨《爾》,160
輕氣《訓》,359
輕金屬〈未〉,lxxx, xc
　　《爾》,158
酋長《爾》,24
酋長政治《爾》,28
鉛筆《溯》,473
鑱《盲》,281
雀《爾》,185
青年《爾》,70
　　《盲》,248, 324
青蟲《爾》,178
鞘〈未〉,lxxx, xc
　　《爾》,190
鞘翅類《爾》,179
鰭腳類〈未〉,lxxx, xc
　　《爾》,185, 187
齊整羽狀葉《爾》,195

【ㄒ】

下大靜脈幹《爾》,169

下女《考》,401
　　《溯》,461
下弦〈未〉,lxxx, lxxxviii
　　《爾》,118
下等脊椎動物《爾》,182
下肢筋《爾》,162
下肢韌帶《爾》,161
下肢骨〈未〉,lxxx, xc
　　《爾》,160
下腿筋《爾》,162
下腿骨《爾》,160
下行〈未〉,lxxxiii, lxxxvii
　　《沿》,448
下行大動脈幹《爾》,168
下行星《爾》,113
下進葉《爾》,191
下降氣流〈未〉,lxxx, xc
　　《爾》,126
下院《爾》,36
下頸神經節〈未〉,lxxx, xc
　　《爾》,172
下顎《爾》,171
休戰《爾》,48
休火山〈未〉,lxxx, xc
　　《爾》,137
信仰自由〈未〉,lxxx, lxxxix
　　《爾》,39
信用《爾》,65
　　《釋》,218
　　《訓》,374
信風〈未〉,lxxx, lxxxix
　　《爾》,127
修業〈未〉,lxxxiii, lxxxvii
　　《溯》,465
修正案《爾》,33
修辭學《爾》,73
先修《溯》,465
先取特權《爾》,51
先天《論》,232
　　《沿》,424, 434, 444
先天社交性《爾》,94
刑事《爾》,43
　　《盲》,278
刑事上之裁判《爾》,42
刑事訴訟法《爾》,54
刑政時期《爾》,88

刑法《爾》,52
　　《訓》,339
　　《溯》,464
勳位《訓》,351
匈《爾》,26
協力《釋》,211
協合《釋》,211
協同〈未〉,lxxx, lxxxviii
　　《爾》,94
協同生活《釋》,210
協贊《爾》,28
向內要性《爾》,95
向外要性《爾》,95
向心力《爾》,143
向斜〈未〉,lxxx, lxxxix
　　《爾》,136
向退積疊式《爾》,100
向進積疊式《爾》,100
吸力〈未〉,lxxx, lxxxvii
　　《爾》,121
吸根〈未〉,lxxx, xc
　　《爾》,188
吸蟲類〈未〉,lxxx, xc
　　《爾》,176
嗅器〈未〉,lxxx, xc
　　《爾》,165, 166
嗅球《爾》,171
嗅神經《爾》,170, 171
夏至線〈未〉,lxxx, lxxxv
　　《爾》,123
學〈未〉,lxxxiii, xci
學問《釋》,209
　　《盲》,242
學堂《訓》,356
學士《溯》,465
學校《訓》,345
學校生活《爾》,73
學校衛生學《爾》,82
學派《釋》,213
學理解釋《爾》,46
學生〈未〉,lxxxii, lxxxvii
　　《訓》,359
學科《盲》,312
學童《考》,397
學等《訓》,361
學範圍《釋》,213
學術《釋》,209
　　《論》,229
　　《盲》,242, 305
學語《論》,230, 232

學說《爾》, 46
　　《訓》, 355
學齡《爾》, 72
宣告〈未〉, lxxxii, lxxxviii
　　《訓》, 341
宣布〈未〉, lxxxii, lxxxvii
　　《訓》, 341
宣戰《爾》, 29, 38
宣戰之權《爾》, 38
宣戰媾和《爾》, 42
宣洩湖《爾》, 131
宣言《考》, 398
　　《溯》, 471
寫真《訓》, 377
　　《溯》, 469
寫象《沿》, 424, 438
小使《訓》, 366
小前提《爾》, 100
小創業《爾》, 59
小反對《沿》, 450
小學《訓》, 356
小循環〈未〉, lxxx, xc
　　《爾》, 169
小柄《爾》, 196
小潮〈未〉, lxxx, lxxxix
　　《爾》, 130
小王《盲》, 242
小生《考》, 407
小穗狀花《爾》, 196
小腦《爾》, 170
小葉〈未〉, lxxx, lxxxviii
　　《爾》, 193
小蛾類《爾》, 179
小行星〈未〉, lxxx, lxxxvii
　　《爾》, 114
小角〈未〉, lxxx, lxxxv
　　《爾》, 160
小詞《爾》, 100
小說《訓》, 357
小隊〈未〉, lxxxii, lxxxviii
　　《訓》, 348
小鳥類《爾》, 185
巡士《訓》, 353
巡官〈未〉, lxxxii, lxxxix
　　《訓》, 353
巡查《爾》, 23
巡警《訓》, 353
希伯利翁月《爾》, 116
希羅尼安紀《爾》, 138
希臘語《論》, 231

幸福《爾》, 71
　　《訓》, 377
幸福主義《爾》, 78
弦《爾》, 118
弦樂器〈未〉, lxxx, xc
　　《爾》, 143
形〈未〉, lxxx, xc
　　《爾》, 101
形上之學《論》, 230
形上學〈未〉, lxxxiii, xci
　　《沿》, 435
形內切形《爾》, 103
形外切圓《爾》, 104
形外切形《爾》, 103
形式《爾》, 76
形式上《爾》, 41
形式主義《爾》, 78
形而上學《釋》, 210, 213
　　《沿》, 424, 434
形而下學《論》, 230
形質〈未〉, lxxxi, lxxxvi
形質觀《沿》, 447
形體《爾》, 23
循心運動《爾》, 142
循環作用〈未〉, lxxx, xc
　　《爾》, 131
循環氣流《爾》, 126
循環系〈未〉, lxxx, xc
　　《爾》, 175
心〈未〉, lxxxiii, xci
　　《沿》, 443
心囊《爾》, 167
心囊液〈未〉, lxxx, xc
　　《爾》, 167
心基《爾》, 166
心尖〈未〉, lxxx, xc
　　《爾》, 166
心得《訓》, 355
心意三分法《爾》, 75
心理分解《沿》, 445
心理哲學《沿》, 424, 430
心理學《爾》, 80
　　《論》, 232
　　《沿》, 424, 430, 441
心的科學《爾》, 80
心皮〈未〉, lxxx, lxxxvii
　　《爾》, 198
心算〈未〉, lxxxii, lxxxviii
　　《訓》, 360

心臟〈未〉, lxxx, lxxxviii
　　《爾》, 166
心臟之前面《爾》, 166
心臟之右緣《爾》, 167
心臟之左緣《爾》, 166
心臟之後面《爾》, 166
心臟形葉《爾》, 194
心臟靜脈《爾》, 169
心靈〈未〉, lxxxiii, xci
　　《沿》, 443
性中固有《沿》, 444
性慾婚姻《爾》, 87
性慾淘汰《沿》, 424, 439
性理學《沿》, 428, 441
　　《沿》, 429
性能《爾》, 148
性質《爾》, 23, 49, 57
　　《釋》, 211–218
　　《論》, 229
　　《訓》, 363
想像《爾》, 75
想像力《爾》, 81
　　《沿》, 447
想念《論》, 232
　　《沿》, 447
想法〈未〉, lxxxiii, xci
憲法《爾》, 47
　　《訓》, 340
　　《考》, 395
　　《溯》, 464
憲章《爾》, 45
扱《盲》, 242
效力〈未〉, lxxxii, lxxxviii
　　《訓》, 365
效果《爾》, 84, 86
效用〈未〉, lxxxi, lxxxviii
斜方形〈未〉, lxxx, lxxxv
　　《爾》, 102
斜線之倚度《爾》, 109
斜面〈未〉, lxxx, lxxxvii
　　《爾》, 142
新名《論》, 230
　　《訓》, 366
新名詞《論》, 232
　　《盲》, 246
新字新語《論》, 230
新學《訓》, 357
新心理學《爾》, 82
新民《訓》, 345
新法《訓》, 340

新名詞索引　501

新生代　〈未〉, lxxx, xc
　　　《爾》, 139
新聞　《考》, 407
新語　《論》, 229, 232
新軍　《訓》, 350
新體　《訓》, 377
旋反　〈導〉, 7
　　　《爾》, 99
旋毛蟲　《爾》, 177
旋花　《爾》, 189
星　〈未〉, lxxx, xc
　　　《爾》, 111
星學　《沿》, 442
星宿　《爾》, 112
星座　〈未〉, lxxx, lxxxvii
　　　《爾》, 112
星期　〈未〉, lxxxiii, lxxxviii
　　　《溯》, 467
星蟲　〈未〉, lxxx, xc
　　　《爾》, 177
星辰　《爾》, 111
曉霧　《爾》, 153
校友　《盲》, 321
校長　《訓》, 361
　　　《溯》, 465
梟　《爾》, 185
楔　〈未〉, lxxx, xc
　　　《爾》, 142
消化　《爾》, 159
消極　《爾》, 71
　　　《盲》, 268
消極名詞　《爾》, 97
消極的　《盲》, 268
消極群化　《爾》, 95
消極近接　《爾》, 94
消滅　〈未〉, lxxxii, lxxxvi
　　　《訓》, 375
消費　《爾》, 56
消費物　《爾》, 49
消費者　《爾》, 58
消食器　《爾》, 164, 175
犀　《爾》, 186
狹義　《訓》, 375
獻金　《溯》, 471
玄名　《爾》, 97
現代　《爾》, 245
現示教式　《爾》, 73
現行　《盲》, 291
現行犯　《爾》, 52
現譯為神學　《沿》, 442

現象　《爾》, 74
　　　《釋》, 213
　　　《論》, 229, 231
　　　《訓》, 372
現金　《爾》, 65, 66
瑕疵　《木》, lxxxii, lxxxvii
　　　《訓》, 369
相似之形　《爾》, 106
相似圓錐　《爾》, 111
相似面數　《爾》, 107
相似體　《爾》, 110
相似體數　《爾》, 107
相同　〈未〉, lxxxiii, lxxxvi
相場　《盲》, 320
相對　《爾》, 84, 115
　　　《釋》, 218
　　　《沿》, 433
相對同盟　《爾》, 89
相對名詞　《爾》, 98
相對的　〈未〉, lxxxi, lxxxviii
相對統治　《爾》, 88
相待　《沿》, 433
相手方　《盲》, 277, 298
相撲　《考》, 403
相當　〈未〉, lxxxii, lxxxvi
　　　《訓》, 376
相種之幾何　《爾》, 105
相等相似體　《爾》, 110
相續　《爾》, 51
　　　《盲》, 242
　　　《考》, 411
瞎眼盲從　《盲》, 242
系統　《爾》, 76
系統的流量　《爾》, 120
細胞　《爾》, 159, 200
細胞液　〈未〉, lxxx, lxxxvii
　　　《爾》, 200
細胞膜　《爾》, 200
線　〈未〉, lxxx, lxxxv
　　　《爾》, 101
線形葉　《爾》, 194
續苴壯性　《爾》, 197
纖氬枝　《爾》, 189
纖毛蟲類　〈未〉, lxxx, xc
　　　《爾》, 175
纖維　《爾》, 159
纖維木管束　《爾》, 200
纖維樣腱鞘　《爾》, 162
纖蟲類　《爾》, 174

習慣　〈導〉, lxv
　　　〈未〉, lxxxi, lxxxvi
　　　《爾》, 46
　　　《釋》, 217
　　　《訓》, 359
習業　《訓》, 357
胸甲類　《爾》, 177
胸筋　《爾》, 162
胸線　《爾》, 165
胸腔　《爾》, 166
胸腺　《爾》, 165
胸部　〈未〉, lxxx, lxxxviii
　　　《爾》, 172, 173
胸骨　〈未〉, lxxx, lxxxvi
　　　《爾》, 160
胸鰭　〈未〉, lxxx, xc
　　　《爾》, 183
腺　《爾》, 163
蓄電瓶　《爾》, 149
虛無　《訓》, 372
虛精　《爾》, 198
虛體學　《沿》, 442
蜆　《爾》, 181
蜥蜴　《爾》, 184
蜥蜴類　《爾》, 184
蟋蟀　《爾》, 178
血戰　《溯》, 466
血液　《爾》, 159
血液循環　《爾》, 169
血液的成形原質　《爾》, 159
血清　《爾》, 159
血漿　《爾》, 159
血球　《盲》, 253
血管系統　〈未〉, lxxx, xc
　　　《爾》, 166
血管線　《爾》, 164
血管腺　《爾》, 165
血誠　《訓》, 375
行　〈未〉, lxxx, lxxxv
　　　《爾》, 173
行市　《盲》, 242
行政　《爾》, 40, 89
行政權　〈未〉, lxxx, lxxxix
　　　《爾》, 35, 41, 42
行政法　《盲》, 276
行政監督　〈未〉, lxxx, xc
　　　《爾》, 43, 44
行星　〈未〉, lxxx, lxxxvi
　　　《爾》, 111, 113, 121

行燈 〈未〉, lxxxii, lxxxix
　　《訓》, 380
行犯 《爾》, 52
西北風 《爾》, 127
西南風 〈未〉, lxxx, xc
　　《爾》, 127
西大陸 《爾》, 132
西洋 《盲》, 310
西班牙 《爾》, 27
西留黎安紀 《爾》, 138
西經某度 《爾》, 123
西語 《論》, 230
訓令 《爾》, 34
訓育 《爾》, 71
訓育之二方面 《爾》, 71
訓詁 《釋》, 212
訓讀 《訓》, 361
許可 〈未〉, lxxxii, lxxxviii
　　《訓》, 364
象 《爾》, 186
象牙 〈未〉, lxxxiii, lxxxvii
　　《溯》, 472
選擇 〈未〉, lxxxiii, lxxxvi
選擇學 《沿》, 445
選舉 《爾》, 31
　　《訓》, 339
選舉法 《爾》, 36
邪馬臺 《考》, 412
邪魔 《考》, 411
鄉佐 《訓》, 349
鄉土科 《爾》, 73
銷 《盲》, 242
限制 〈未〉, lxxxii, lxxxvi
　　《訓》, 372
陷落地震 〈未〉, lxxx, xc
　　《爾》, 138
雄花 〈未〉, lxxx, lxxxvi
　　《爾》, 196
雄蕊 《爾》, 198
雪 〈未〉, lxxx, xc
　　《爾》, 128, 152
雪線 《爾》, 128
需要 《爾》, 63
　　《論》, 229
霰 〈未〉, lxxx, xc
　　《爾》, 128, 152
顯晶質 〈未〉, lxxx, xc
　　《爾》, 135
香腸 《盲》, 242
鮮新世 〈未〉, lxxx, xc

【ㄓ】

中世 《釋》, 217
中古 《溯》, 470
中和 《爾》, 157
　　《溯》, 467
中央 《訓》, 341
中央政府 《爾》, 26
中央行政 《爾》, 42
中學 《訓》, 356
中心統合說 《爾》, 73
中心運動 〈未〉, lxxx, xc
　　《爾》, 121
中性 《爾》, 157
中性反應 《爾》, 157
中性花 〈未〉, lxxx, xc
　　《爾》, 199
中新世 〈未〉, lxxx, xc
　　《爾》, 139
中斷 〈未〉, lxxxii, lxxxvii
　　《考》, 396
中果皮 〈未〉, lxxx, lxxxvii
　　《爾》, 199
中極 《沿》, 451
中生代 《爾》, 138
中矩形 《爾》, 107
中立 〈導〉, lxv, lxxi, lxxii
　　〈未〉, lxxxii, lxxxv
　　《訓》, 366
　　《考》, 409
　　《溯》, 464
中線 〈未〉, lxxx, lxxxv
　　《爾》, 107
中耳 《爾》, 166
中肋 〈未〉, lxxx, lxxxvii
　　《爾》, 192
中腦 《爾》, 170
中行星 《爾》, 113
中詞 〈未〉, lxxx, xc
　　《爾》, 100
中速度 《爾》, 140
中間 〈未〉, lxxxii, lxxxv
　　《訓》, 366
中頸神經節 〈未〉, lxxx, xc
　　《爾》, 172
中餐 《溯》, 473
主 〈未〉, lxxxiii, lxxxv
　　《沿》, 424
主他主義 《爾》, 90

主任 《爾》, 31, 34
　　《爾》, 43
　　《考》, 402
主位 〈未〉, lxxxiii, lxxxviii
　　《沿》, 448
主席 《溯》, 463
主張 〈導〉, lxvi
　　〈未〉, lxxxii, lxxxvii
　　《訓》, 364
　　《考》, 400
主意 〈未〉, lxxxiii, lxxxvi
主成條件 《爾》, 86
主我主義 《爾》, 90
主權 《爾》, 28–30
　　《盲》, 300
主法 《爾》, 45
主物 《爾》, 49
主眼 《盲》, 242
主義 《爾》, 77
　　《訓》, 363
　　《沿》, 424, 438, 443
　　《溯》, 471
主要 《爾》, 68, 144
主要素 《爾》, 93
主觀 《爾》, 74
　　《沿》, 424, 434
主觀之運用 《爾》, 84
主觀的合理的事實 《爾》, 84
主觀的自然主義 《爾》, 77
主詞 《爾》, 98
主質權 《爾》, 47
主題 《爾》, 98
主體 《爾》, 21
　　《訓》, 350
仲立 《訓》, 367
佔有 《訓》, 367
佔領 《釋》, 215
侏羅紀 《爾》, 138
值不驟變 《爾》, 64
債券 《訓》, 346
債務 《爾》, 51, 59
債務人 《盲》, 299
債權 《爾》, 46
債權人 〈未〉, lxxxii, lxxxix
　　《盲》, 282, 299
准禁治產者 《爾》, 48
制度 《釋》, 218
　　《訓》, 339

新名詞索引

制裁 《爾》, 71
　《盲》, 265
制限 《爾》, 22, 59
制限鑄造 《爾》, 65
助成條件 《爾》, 86
助教 《訓》, 358
　《考》, 410
助法 《爾》, 45
助要素 《爾》, 93
助質權 《爾》, 47
卓絕極微純靈智 《沿》, 444
占有權 《爾》, 51
召集 〈未〉, lxxxii, lxxxviii
　《訓》, 347
召集議會之權 《爾》, 38
周圍 〈未〉, lxxx, lxxxvi
　《爾》, 114
周旋 〈未〉, lxxxii, lxxxvi
　《訓》, 377
哲學 《爾》, 73, 82
　《釋》, 209, 213
　《沿》, 424, 427
哲理 《訓》, 356
啄木類 《爾》, 185
執行 《爾》, 32
　《盲》, 302
宙 〈未〉, lxxxi, xci
　《論》, 230
宙觀 《沿》, 444
專利 〈導〉, lxvi
　〈未〉, lxxxi, lxxxvii
　《訓》, 372
　《考》, 407
　《溯》, 463
專利權 〈未〉, lxxxi, lxxxix
專制 《爾》, 30, 37
　《訓》, 347
　《考》, 397
專制主義 〈未〉, lxxx, xc
　《爾》, 91
專制政體 《爾》, 28
專名 〈導〉, lxvii
　〈未〉, lxxx, lxxxviii
　《爾》, 97
　《沿》, 447
專指親近之義 《盲》, 243
專業 《盲》, 251

專用 〈未〉, lxxx, lxxxvi
　《爾》, 77
專賣 《爾》, 36
專賣權 《爾》, 58
專門 《溯》, 471
專門教育 〈未〉, lxxx, xci
　《爾》, 72
帚星 《爾》, 119
徵兵 〈導〉, lxxi, lxxii
　〈未〉, lxxxii, lxxxvii
　《訓》, 351
　《溯》, 466
徵取 《盲》, 243, 301
徵取金 《盲》, 243, 301
徵收費 《爾》, 68
徵文 《訓》, 375
徵發 《盲》, 243
徵課 《盲》, 243, 301
志士 《訓》, 357
戰時國際公法 《爾》, 48
戰書 《盲》, 243
折光 〈未〉, lxxx, lxxxvii
　《爾》, 145
折兌 《訓》, 372
折分 《爾》, 55, 60
折分論之目的 《爾》, 61
招待 《訓》, 372
招牌 《溯》, 469
指名代理 《爾》, 50
指環 《溯》, 473
振子 〈未〉, lxxx, lxxxviii
　《爾》, 142
掌握 〈未〉, lxxxiii, lxxxvi
　《溯》, 471
掌狀脈 《爾》, 192
掌紋脈葉 《爾》, 192
掌脈狀複葉 《爾》, 194
支付 《盲》, 243
支出 《爾》, 34
支店 《訓》, 371
支度 《考》, 408
支拂 《盲》, 315
支柱 〈未〉, lxxxii, lxxxvi
　《訓》, 381
支條 《爾》, 66
支那 《盲》, 248
　《訓》, 377
支配 《爾》, 71
　《溯》, 461
支點 《爾》, 142

政 《爾》, 21
政事之學 《沿》, 442
政客 《盲》, 255, 276
政府 《爾》, 31
　《訓》, 344
　《溯》, 463
政權 《考》, 402
政治 《爾》, 89
　《訓》, 340
　《溯》, 463
政治學 《沿》, 435, 442
政治費 《爾》, 68
政法 《盲》, 265
政界 《盲》, 312
政策 《爾》, 89
政綱 《訓》, 352
政要 《訓》, 351
政體 《爾》, 21, 28
　《訓》, 350
整合 《爾》, 136
智 《沿》, 445
智慧 〈未〉, lxxxi, lxxxvii
　《釋》, 213
智育 《爾》, 72
智能權 《爾》, 47
柱 〈未〉, lxxx, lxxxv
　《爾》, 198
柱狀 〈未〉, lxxx, lxxxviii
　《爾》, 135
柱頭 〈未〉, lxxx, lxxxvii
　《爾》, 198
株式合資會社 《爾》, 53
株式會社 《爾》, 53
植物 《訓》, 384
　《考》, 396
　《溯》, 468
植物學 《爾》, 187
植物岩 〈未〉, lxxx, xci
　《爾》, 134
植物性神經系統 〈未〉, lxxx, xci
　《爾》, 170
植物生理學 《爾》, 187
植物體形學 《爾》, 187
植蟲類 《爾》, 179
正二十面體 〈未〉, lxxx, xci
　《爾》, 111
正八面體 〈未〉, lxxx,

lxxxv
《爾》, 111
正六面體〈未〉, lxxx, lxxxv
《爾》, 111
正則〈未〉, lxxxii, lxxxviii
《考》, 401
正十二面體〈未〉, lxxx, xci
《爾》, 111
正名〈未〉, lxxx, lxxxvi
《爾》, 97
正味《訓》, 369
正四面體〈未〉, lxxx, xci
《爾》, 111
正常價《爾》, 64
正式《爾》, 72
《訓》, 364
正方有等之線《爾》, 107
正方無等之線《爾》, 107
正確《爾》, 84
正義務《爾》, 47
正鹽〈未〉, lxxx, xci
《爾》, 157
殖民《訓》, 348
殖民保護國《爾》, 27
殖民地《爾》, 30
殖民省《爾》, 32
治外法權《爾》, 48
治爾威哀氏導水管《爾》, 170
治者《爾》, 22
治道經濟之學《沿》, 442
沼鳥類《爾》, 185
注入主義《爾》, 91
注射《溯》, 468
注意〈導〉, lxv, lxxi
〈未〉, lxxxii, lxxxvi
《訓》, 354
《考》, 397, 400
注文《盲》, 261
準備〈未〉, lxxxii, lxxxviii
《訓》, 377
漲潮〈未〉, lxxx, xci
《爾》, 129
照會《訓》, 349
爪〈未〉, lxxx, xci
《爾》, 197

狀態〈未〉, lxxxii, lxxxviii
《訓》, 373
痣點《爾》, 163
直動〈未〉, lxxx, xci
《爾》, 138
直徑《爾》, 113–117
直接《爾》, 33, 45, 46, 58, 71, 115
《釋》, 218
直接交易《爾》, 63
直接審理主義《爾》, 54
直接推理〈未〉, lxxx, lxxxix
《爾》, 100
直接稅《爾》, 69
直線《爾》, 101
直線形《爾》, 102
直線角〈未〉, lxxx, xci
《爾》, 102
直翅類《爾》, 178
直落《爾》, 140
直覺《論》, 231
《沿》, 435, 445, 446
直覺法〈未〉, lxxx, xci
《爾》, 83
直觀《論》, 231
《沿》, 435
直觀教授《爾》, 72
直角《爾》, 102
直角形《爾》, 102
直角形之矩線《爾》, 103
直角方形《爾》, 102
直角錐體《爾》, 110
真一《沿》, 449
真正鱗《爾》, 190
真理《爾》, 79, 80
《沿》, 446
真皮〈未〉, lxxx, lxxxvii
《爾》, 163
真直翅類《爾》, 178
真相《釋》, 213
《訓》, 377
真空《訓》, 360
《溯》, 467
真肋〈未〉, lxxx, xci
《爾》, 160
真莖《爾》, 189
真蟲波布《爾》, 184
知事《訓》, 342

知覺《爾》, 84
《論》, 231
《沿》, 445
知覺力《爾》, 81
知識《爾》, 84
《釋》, 214
《論》, 229, 232
知識主義《爾》, 77
知識論〈未〉, lxxxiii, xci
《沿》, 432
秩序《爾》, 25
《訓》, 344
秩序主義《爾》, 91
種〈未〉, lxxxiii, lxxxv
《沿》, 448
種子〈未〉, lxxx, xci
《爾》, 199
種族《訓》, 362
種殼〈未〉, lxxx, xci
《爾》, 199
種皮〈未〉, lxxx, lxxxvii
《爾》, 199
種變《爾》, 174
種類《爾》, 25, 27, 42, 49
《盲》, 302, 304
窒素《訓》, 359
章程〈未〉, lxxxii, lxxxvi
《訓》, 351
紙幣〈未〉, lxxxiii, lxxxviii
《溯》, 463
終器〈未〉, lxxx, xci
《爾》, 173
綴系詞《爾》, 98
織微《考》, 413
職務〈未〉, lxxxii, lxxxviii
《訓》, 350
職業《訓》, 341
職業的教育《爾》, 71
職權《爾》, 32
《盲》, 287
肢骨《爾》, 160
脂肪塊《爾》, 163
脂肪腺〈未〉, lxxx, xci
《爾》, 163
脹力《爾》, 146
致知之學《沿》, 441
《沿》, 429
致知學《沿》, 424, 439, 441, 446

新名詞索引

著作 〈未〉, lxxxiii, lxxxv
　《溯》, 470
著色 〈未〉, lxxxiii, lxxxix
　《溯》, 469
蒸氣 《爾》, 131
蒸氣之密度 《爾》, 146
蒸氣壓力 《爾》, 154
蒸汽發電機 《爾》, 149
蒸發 《爾》, 146
蒸餾 《爾》, 154
　《訓》, 358
蚱蟬 《爾》, 179
蜘蛛類 《爾》, 178
蝨斯 《爾》, 178
製造 〈未〉, lxxxii, lxxxvi
　《訓》, 355
製造品 《釋》, 217
製造軍艦 《爾》, 43
褶曲 〈未〉, lxxx, lxxxix
　《爾》, 136
誌述 《沿》, 446
諸分 《爾》, 106
證券 《爾》, 66
證據 〈未〉, lxxxii, lxxxvii
　《訓》, 374
證明 《爾》, 76
證書 《盲》, 290
豬 《爾》, 186
貯蓄 《爾》, 188
質權 《爾》, 51
質量 《爾》, 141
轉換法 《沿》, 450
轉理 《爾》, 105
轉語 《沿》, 450
追悼 《訓》, 368
　《溯》, 466
追溯 《溯》, 462, 474
週期律 〈未〉, lxxx, xci
　《爾》, 159
週期的彗星 《爾》, 119
重力 〈未〉, lxxx, lxxxv
　《爾》, 141
重婚 《盲》, 308
重心 〈未〉, lxxx, lxxxv
　《爾》, 141
重要 《盲》, 243
重量 《爾》, 125
重金屬 《爾》, 158
重點 《爾》, 142

針 〈未〉, lxxx, xci
　《爾》, 190
障子 《訓》, 380
障害 《盲》, 325
雉 《爾》, 185
震源 《爾》, 137
震衝 《爾》, 138

【彳】

乘圓分角 《爾》, 104
乘數 〈未〉, lxxx, lxxxv
　《爾》, 106
乘馬 《爾》, 73
傳導 《爾》, 143, 146
傳教 《溯》, 462
傳熱體 《爾》, 146
傳票 《盲》, 290
傳統 《爾》, 139
傳習 《訓》, 354
儲蓄 《訓》, 347
　《溯》, 463
充分 《爾》, 199
充填性 《爾》, 140
充實 《導》, 7
　〈未〉, lxxx, lxxxvi
　《爾》, 99
出品 《訓》, 378
出國 《溯》, 466
出張 《訓》, 348
出版 《爾》, 42
　《盲》, 301
出版自由 〈未〉, lxxx, xci
　《爾》, 39
出納大臣 《爾》, 31
出頭 《考》, 401
初步 《爾》, 73
初生期變體 《爾》, 178
初生根 〈未〉, lxxx, xci
　《爾》, 188
刹那 《訓》, 377
創制 〈未〉, lxxxiii, lxxxvi
　《溯》, 463
創業 〈未〉, lxxx, lxxxvii
　《爾》, 59
創造 〈未〉, lxxxi, lxxxvi
　《論》, 230
垂直 《爾》, 153
垂面 〈未〉, lxxx, lxxxv
　《爾》, 109

場合 《盲》, 283
察名 《爾》, 97
寵愛 《盲》, 275
崇拜 《盲》, 320
川敷 《訓》, 368
川流 《爾》, 129
差主 《沿》, 451
差客 《沿》, 451
差押 《盲》, 281
差等 《沿》, 451
差較對當 《爾》, 99
常事犯 《爾》, 52
常溫層 〈未〉, lxxx, xci
　《爾》, 136
常盤木 《爾》, 191
常素 《盲》, 300
常葉 《爾》, 191
徹凹形 《爾》, 193
恥骨 《爾》, 161
成分 《爾》, 84
成婚率 《爾》, 93
成層火山 〈未〉, lxxx, xci
　《爾》, 137
成年 《爾》, 37, 48
成效 《訓》, 378
成文法 《爾》, 45, 89
成為 《盲》, 279
成物付法 《爾》, 62
成立 《爾》, 22, 24
　《訓》, 366
成蟲 《爾》, 178
成長 〈未〉, lxxxi, lxxxvii
　《釋》, 211
承攬 《盲》, 243
承繼 《盲》, 243
承認 《盲》, 302
承諾 《盲》, 258
承讓 《盲》, 243
抽想 《盲》, 243
抽象 《爾》, 79
　《論》, 229
抽象名詞 《爾》, 97
抽象的 〈未〉, lxxxii, lxxxix
　《盲》, 269
敕任 《爾》, 36
查封 《盲》, 243
椿象 《爾》, 179
沉澱 《爾》, 132, 154

沖積世〈未〉, lxxx, xci
　《爾》, 139
潮汐〈未〉, lxxx, lxxxvii
　《爾》, 129
潮流《訓》, 377
潮解〈未〉, lxxx, xci
　《爾》, 154
熾灼體《爾》, 144
產業《爾》, 37
產業自由《爾》, 39
疇〈未〉, lxxxiii, xci
程序《盲》, 243
程度《爾》, 27
　《釋》, 212, 217
　《訓》, 355
穿山甲《爾》, 186
純正哲學《爾》, 82
純正計學《爾》, 56
純雜《爾》, 27
纏繞莖《爾》, 189
腔《爾》, 164
腸淋巴管《爾》, 169
腸肝《爾》, 164
腸骨《爾》, 161
臣民《爾》, 39
臣民增加《爾》, 23
船主《釋》, 214
處《盲》, 243
處刑《爾》, 54
處方〈未〉, lxxxiii, lxxxviii
　《溯》, 468
蟬類《爾》, 179
衝動彈力《爾》, 75
衝突《爾》, 89, 119, 127, 133
　《釋》, 209
　《訓》, 363
觸脣《爾》, 180
觸器〈未〉, lxxx, xci
　《爾》, 165, 166
觸手〈未〉, lxxx, xci
　《爾》, 176
觸角《爾》, 177
赤十字同盟《爾》, 90
赤卒《爾》, 178
赤道《爾》, 122
　《溯》, 470
赤道之直徑《爾》, 115
赤道無風帶〈未〉, lxxx, xci
　《爾》, 127
赤道變風帶《爾》, 127
超國民事項《爾》, 95
超物理學《沿》, 424, 435
超理學《沿》, 424, 434, 442
超理學家《沿》, 435, 442
超絕《釋》, 212
超絕起原《爾》, 85
重婚罪《盲》, 308
長斜方形〈未〉, lxxx, lxxxv
　《爾》, 102
長橢圓形葉《爾》, 194
長脚蟲《爾》, 178
長鼻類〈未〉, lxxx, xci
　《爾》, 185, 186
雛形《訓》, 359
馳走《考》, 398
鶉《爾》, 185
齒牙葉《爾》, 193
齒類之式《沿》, 450

【尸】

上〈未〉, lxxxii, lxxxv
　《考》, 410
上下兩院《爾》, 36
上佐《訓》, 349
上動生《爾》, 187
上古《溯》, 470
上大靜脈幹《爾》, 169
上帝《溯》, 462
上弦〈未〉, lxxx, lxxxviii
　《爾》, 118
上林《訓》, 378
上簇《訓》, 382
上肢筋《爾》, 162
上肢韌帶《爾》, 161
上肢骨〈未〉, lxxx, xci
　《爾》, 160
上膊筋《爾》, 162
上行〈未〉, lxxxiii, lxxxvii
　《沿》, 448
上行大動脈幹《爾》, 168
上行星《爾》, 113
上訴《訓》, 343
　《溯》, 464
上音《爾》, 143
上頸椎神經《爾》, 172
上顎《爾》, 171
上騰氣流《爾》, 126
世態學《沿》, 424, 432
世界《爾》, 73
　《釋》, 213
　《論》, 229, 230
世界主義〈未〉, lxxx, xci
　《爾》, 78
世界觀《沿》, 424, 435
世紀《爾》, 31
　《溯》, 470
事《盲》, 243
事件《爾》, 33, 34
事務〈未〉, lxxxii, lxxxvi
　《訓》, 342
事實《訓》, 373
　《考》, 397
事物《釋》, 213, 214, 218
　《論》, 229
事理充足《爾》, 90
事項《爾》, 33
伸縮〈未〉, lxxxii, lxxxvi
　《訓》, 368
勢力《訓》, 366
勢力論《爾》, 79
十一省《爾》, 33
十二指腸蟲《爾》, 177
十二紀《爾》, 138
商事會社《爾》, 53
商人〈未〉, lxxx, lxxxv
　《爾》, 53
商務局《爾》, 32
商務省《爾》, 33
商品《釋》, 217
商工《爾》, 42
商店《釋》, 218
商業《爾》, 58
商業同盟《爾》, 90
商業政策《爾》, 57
商標《爾》, 58
　《訓》, 348
商法《爾》, 53
商行為《爾》, 53
善相感《論》, 230
士《盲》, 243
失業〈未〉, lxxxiii, lxxxvii
　《溯》, 463
奢侈之欲望《爾》, 56

新名詞索引

始新世〈未〉, lxxx, xci
　《爾》, 139
守宮《爾》, 184
守舊《訓》, 356
守護器《爾》, 166
室〈未〉, lxxx, lxxxix
　《爾》, 167
實利主義《爾》, 78
實反對《沿》, 450
實在〈未〉, lxxxi, lxxxvi
　《釋》, 213
　《盲》, 243
實地的教育學《爾》, 72
實施《盲》, 270
實業《盲》, 270
實業教育〈未〉, lxxx, xci
　《爾》, 71
實物付法《爾》, 62
實現《爾》, 91, 92
實現的示命《爾》, 90
實理《訓》, 360
實理主義《爾》, 90
實理哲學《沿》, 442
實理群學《爾》, 85
實科教育《爾》, 71
實證哲學《沿》, 442
實質《爾》, 76
實質上《爾》, 41
實踐《爾》, 76
　《論》, 229
實速度《爾》, 140
實量觀《沿》, 447
實金《爾》, 64
實錢《爾》, 65
實際《爾》, 78
　《論》, 229
實際合一國《爾》, 26
實際庸錢《爾》, 62
實驗《爾》, 76, 84
　《沿》, 446
實驗式〈未〉, lxxx, xci
　《爾》, 155
實驗心理學〈未〉, lxxx, xci
實驗論《爾》, 79
實體《沿》, 448
　《溯》, 462
實體學《沿》, 443
審判《盲》, 263

審查《爾》, 31, 36
審決《訓》, 343
審美學《爾》, 82
審美的教育《爾》, 72
射落線《爾》, 145
射落角《爾》, 145
少極《沿》, 451
少監《訓》, 348
少約《沿》, 451
少線《爾》, 109
尚武《訓》, 350
屬〈未〉, lxxx, lxxxvi
　《爾》, 174
屬位《沿》, 448
屬國《爾》, 27
　《爾》, 27
屬性《沿》, 448
屬理《爾》, 105
山嶽《爾》, 133
山彙《爾》, 133
山椒魚《爾》, 184
山系〈未〉, lxxx, lxxxviii
　《爾》, 133
山脈《導》, lxxi, lxxii
　〈未〉, lxxx, lxxxvii
　《爾》, 133
　《訓》, 358
山雀《爾》, 185
山風〈未〉, lxxx, lxxxv
　《爾》, 127
市《爾》, 43
　《爾》, 44
市價〈未〉, lxxxiii, lxxxvi
　《溯》, 469
市參事會《爾》, 44
市場《爾》, 64
市府《爾》, 87
市會《爾》, 44
市長《爾》, 44
師範《考》, 395
　《溯》, 465
師長《訓》, 361
庶務《訓》, 342
手工〈未〉, lxxxii, lxxxvi
　《訓》, 358
手形《盲》, 289
手段《訓》, 365
手燭《訓》, 383
手筋《爾》, 162
手練《爾》, 77

手續《爾》, 41
　《盲》, 262
　《訓》, 376
攝護腺竇《爾》, 164
收入〈未〉, lxxxii, lxxxviii
　《訓》, 348
收縮性〈未〉, lxxxi, xci
　《釋》, 211
數〈未〉, lxxx, lxxxv
　《爾》, 106
數多神《沿》, 445
數學《爾》, 71, 73, 80, 140
　《沿》, 442
數根《爾》, 106
數量《爾》, 49, 105, 155
施用致知《沿》, 446
施行《訓》, 377
昇華〈未〉, lxxx, lxxxvi
　《爾》, 154
時《盲》, 243
時事《盲》, 269
時代《爾》, 85, 87, 88, 139
　《論》, 229
　《訓》, 362
時刻付法《爾》, 62
時務《訓》, 350
時勢變遷《釋》, 215
時期《爾》, 72, 88
時期風《爾》, 127
時機〈未〉, lxxxii, lxxxviii
　《訓》, 375
時計《訓》, 379
時評《訓》, 371
時間《爾》, 120, 122, 124, 131, 140
　《論》, 230
　《沿》, 444
時髦〈未〉, lxxxiii, lxxxix
　《溯》, 471
書信秘密權《爾》, 40
書名〈未〉, lxxxii, lxxxvii
　《訓》, 358
書局《訓》, 345
書記〈未〉, lxxxii, lxxxv
　《訓》, 343
朔〈未〉, lxxx, xci
　《爾》, 118
楯形葉《爾》, 191
樞密院《爾》, 32, 35
樞密院長《爾》, 32

樞密顧問官《爾》, 31
水分《爾》, 154
水力 〈未〉, lxxxiii, lxxxv
　　《溯》, 467
水平《爾》, 125
　　《訓》, 358
水平動《爾》, 138
水平面《爾》, 136
水成岩《爾》, 134
水星 〈未〉, lxxx, lxxxvi
　　《爾》, 113
水母 〈未〉, lxxx, lxxxvii
　　《爾》, 176
水準《溯》, 472
水管 〈未〉, lxxx, lxxxviii
　　《爾》, 180
水管系 〈未〉, lxxx, xci
　　《爾》, 182
水蒸氣《爾》, 128
水蛭 〈未〉, lxxx, xci
　　《爾》, 177
水豹《爾》, 187
水鳥類《爾》, 184
水鴨鳥《爾》, 184
水黽《爾》, 179
沙噪類《爾》, 182
沙汰《考》, 398
沙蟲《爾》, 177
深裂片 〈未〉, lxxx, xci
　　《爾》, 193
深裂葉 〈未〉, lxxx, xci
　　《爾》, 193
深造岩《爾》, 134
滲透 〈未〉, lxxxii, lxxxvii
　　《訓》, 358
滲透壓力 〈未〉, lxxx, xci
　　《爾》, 156
濕氣 〈未〉, lxxx, lxxxv
　　《爾》, 152
濕電《爾》, 148
燒酎《訓》, 379
燒點《爾》, 145
燒點距離《爾》, 145
獅《爾》, 186
珊瑚礁 〈未〉, lxxx, xci
　　《爾》, 133
珊瑚蟲類《爾》, 176
生利《訓》, 370
生前行為《爾》, 50
生命保險《爾》, 67

生存 〈未〉, lxxxii, lxxxviii
　　《訓》, 375
生存之資用《爾》, 86
生存競爭《沿》, 439
生成熱 〈未〉, lxxx, xci
　　《爾》, 157
生殖《釋》, 211
　　《訓》, 369
生殖器《爾》, 164, 175
生活 〈未〉, lxxxi, lxxxv
　　《釋》, 211, 212
　　《訓》, 372
　　《考》, 404
生活體 〈未〉, lxxxi, xci
生熱 〈未〉, lxxxii, lxxxvii
　　《訓》, 370
生物《溯》, 468
生物學《爾》, 82
　　《沿》, 441
生理《爾》, 81
生理學《爾》, 82, 159
　　《沿》, 430
生理的心理學《爾》, 82
生產《爾》, 58
生產勞力《爾》, 58
生計 〈未〉, lxxxi, lxxxvii
　　《釋》, 217
生計學《釋》, 214
生財《爾》, 55
生長點 〈未〉, lxxx, lxxxvii
　　《爾》, 200
生體學《沿》, 441
疏散 〈未〉, lxxxiii, lxxxix
　　《溯》, 471
瘦果 〈未〉, lxxx, lxxxvii
　　《爾》, 199
省令《爾》, 34
矢的《盲》, 243
石決明《爾》, 181
石油《訓》, 378
　　《溯》, 472
石灰泉《爾》, 131
石灰海綿《爾》, 175
石炭 〈未〉, lxxxiii, lxxxvi
　　《溯》, 472
石炭紀《爾》, 138
石理《爾》, 134
石鱉《爾》, 181
石龜《爾》, 184

砂糖 〈未〉, lxxxiii, lxxxv
　　《溯》, 473
碩士《溯》, 465
示範教式《爾》, 73
社交性 〈未〉, lxxx, xci
　　《爾》, 94
社員《爾》, 53, 60
社團《盲》, 304
社團法人《盲》, 243
社會《爾》, 83
　　《釋》, 209–212
　　《考》, 406
　　《沿》, 424, 431
　　《溯》, 462
社會主義《爾》, 85, 90
社會主義教育 〈未〉, lxxx, xci
　　《爾》, 71
社會之規定《爾》, 93
社會學《爾》, 83
　　《沿》, 424, 431, 432, 441
社會學問題《爾》, 83
社會實在論《爾》, 93
社會心理學 〈未〉, lxxx, xci
　　《爾》, 81
社會意識 〈未〉, lxxxi, xci
社會現象論《爾》, 85
社會行為 〈未〉, lxxx, xci
　　《爾》, 93
社會運命論《爾》, 90
神政國《爾》, 88
神政國家《爾》, 27
神父《溯》, 462
神理學《沿》, 442
神經《爾》, 75
神經特殊勢力論《爾》, 80
神經系 〈未〉, lxxx, xci
　　《爾》, 175
神經系統《爾》, 170
神話《爾》, 73
稅金《爾》, 69
紗年《爾》, 178
紹介《訓》, 366
聖經《盲》, 267
聲 〈未〉, lxxx, xci
　　《爾》, 143
聲名《釋》, 218

新名詞索引

聲明《爾》, 73
聲浪《爾》, 143
聲色《釋》, 214
舌下神經《爾》, 170, 171
舌咽神經〈未〉, lxxx, xci
　　　　《爾》, 170, 171
舌骨《爾》, 160
舌骨體〈未〉, lxxx, xci
　　　《爾》, 160
蛇類〈未〉, lxxx, xci
　　《爾》, 184
蝕侵《爾》, 132
蝨蠅類《爾》, 179
視器《爾》, 165, 166
視學《溯》, 465
視察《沿》, 446
視神經《爾》, 170, 171
視神經床《爾》, 170
設備《盲》, 318
設想〈未〉, lxxx, lxxxvi
　　《爾》, 83
設想理論《爾》, 83
試驗《釋》, 215
　　《訓》, 360
詩歌《爾》, 73
　　《沿》, 443
說明《爾》, 140
　　《盲》, 307
說明書《盲》, 304
誰和《考》, 396
識域《爾》, 75
賞格《訓》, 352
身分《爾》, 46, 51
　　《盲》, 276, 277
身品《爾》, 37
身體自由《爾》, 40
輸入《爾》, 164
　　《論》, 229
　　《訓》, 348
輸入超過《爾》, 63
輸出《爾》, 63, 169
　　《訓》, 349
輸出超過《爾》, 63
輸卵管《爾》, 164
輸尿管《爾》, 164
輸精管《爾》, 164
適者生存《沿》, 424, 439
釋放〈未〉, lxxxii, lxxxvi
　　《訓》, 353

閃電〈未〉, lxxx, lxxxv
　　《爾》, 148
雙出掌狀葉《爾》, 195
雙務《盲》, 299
雙契體《沿》, 452
雙方審訊土義《爾》, 53
雙生抱莖葉《爾》, 192
雙立君主國《爾》, 26
雙翅類《爾》, 179
雙親《爾》, 86
雙面行為《爾》, 50
霜〈未〉, lxxx, xci
　《爾》, 128, 152
食用品〈未〉, lxxxi, lxxxix
　　　《釋》, 217
食管《爾》, 164
食蟲類《爾》, 185, 186
食道《爾》, 175, 176
首要光線《爾》, 144
首飾〈未〉, lxxxiii, lxxxvi
　　《溯》, 472
鯊魚類《爾》, 183
鼠兔《爾》, 186
鼠松《爾》, 186

【ㄖ】

乳哺類《爾》, 185
乳嘴蜂窠《爾》, 166
乳腺《爾》, 166
人〈未〉, lxxxiii, xci
人力〈未〉, lxxxi, lxxxvii
　　《釋》, 215 217
人口率《爾》, 93
人形《訓》, 383
　　《考》, 410
人意起原《爾》, 85
人格《爾》, 22, 23, 76, 92
　　《釋》, 210–212
　　《訓》, 360
　　《沿》, 424, 436
人格變換《爾》, 76
人權《爾》, 28
　　《盲》, 264
人民《爾》, 39, 88
人為群《爾》, 86
人生觀《爾》, 90
　　　《沿》, 424, 435
人種心理學《爾》, 81
人稱《盲》, 323

人群《爾》, 87
　　《釋》, 212, 217
人群之動因《爾》, 93
人群之理想《爾》, 90
人群之進化《爾》, 92
人群成立《爾》, 94
人群成立之基礎《爾》, 94
人群成立之要性《爾》, 95
人群要素《爾》, 93
人證《盲》, 263
人身《釋》, 217, 218
人身權《爾》, 46
人道《訓》, 355
人道主義《爾》, 77, 91
人道之發達《爾》, 92
人道教門之學《沿》, 442
人間學《沿》, 441
人頭《訓》, 350
人類《爾》, 22
　　《釋》, 211, 214, 217
人類保險《爾》, 67
人類學《爾》, 82
人類發生條件《爾》, 86
仁〈未〉, lxxx, xci
　《爾》, 199
任官之權《爾》, 38
任意〈未〉, lxxxi, lxxxvi
　　《釋》, 215
入金《訓》, 344
冗員《訓》, 353
容受湖《爾》, 131
容積《爾》, 114, 115
忍冬《爾》, 189
日〈未〉, lxxx, lxxxv
　《爾》, 38, 111, 112
日之斑點《爾》, 112
日之運動《爾》, 112
日動《爾》, 121
日報《盲》, 279, 325
日子《考》, 407
日文《釋》, 209
日暈〈未〉, lxxx, xci
　　《爾》, 153
日曜《溯》, 467
日本《導》, lxvi
　　〈未〉, lxxx, lxxxvii
　　《爾》, 37, 38
　　《論》, 230, 232
　　《盲》, 308
　　《考》, 413

日本之立憲君主政體
　《爾》, 30
日本政府《爾》, 34
日旬《爾》, 121
日蝕〈未〉, lxxx, lxxxv
　《爾》, 118
日記〈未〉, lxxxii, lxxxv
　《訓》, 355
溶液《爾》, 156
溶解《爾》, 131, 134, 157
溶解度《爾》, 156
熔劑〈未〉, lxxx, xci
　《爾》, 158
熔岩《爾》, 137
熔融〈未〉, lxxx, lxxxviii
　《爾》, 146
熔融點《爾》, 146
熱〈未〉, lxxx, xci
　《爾》, 145
熱之傳導《爾》, 146
熱之對流《爾》, 146
熱之放射《爾》, 146
熱帶《爾》, 124
熱度《爾》, 145
熱心《訓》, 370
熱性〈未〉, lxxx, lxxxix
　《爾》, 145
熱電氣《爾》, 149
燃燒《爾》, 153
燃燒體《爾》, 144
瑞典《爾》, 26
瑞士《盲》, 243
瑞西《盲》, 315
肉果皮《爾》, 199
肉欲《訓》, 372
肉池《訓》, 379
肉穗花《爾》, 196
肉質《爾》, 200
肉食類〈未〉, lxxx, xci
　《爾》, 185, 186
若〈未〉, lxxxii, xci
　《盲》, 286
蕊黃花〈未〉, lxxx, xci
　《爾》, 196
蠑螺《爾》, 181
蠕形動物〈未〉, lxxx, xci
　《爾》, 174, 176
認識《爾》, 84, 98
認識論《爾》, 79
　《沿》, 424, 432

讓受《釋》, 216, 217
讓渡《盲》, 295
讓與《盲》, 243
軟骨《爾》, 161
軟體動物《爾》, 174, 180
銳形《爾》, 194
銳角〈未〉, lxxx, lxxxv
　《爾》, 102
銳角體《爾》, 110
韌帶《爾》, 161

【ㄗ】

作家《溯》, 470
作用《爾》, 23
　《釋》, 212
　《論》, 231
　《訓》, 374
再加之比例《爾》, 105
卒業《溯》, 465
咨呈《訓》, 351
在勤《訓》, 346
坐骨《爾》, 161
增進之進化《爾》, 92
姿勢《訓》, 372
子午線《爾》, 123
子安《爾》, 181
子宮《爾》, 164
子房〈未〉, lxxx, lxxxvi
　《爾》, 198
子法《爾》, 45
字母〈未〉, lxxxiii, lxxxvi
　《溯》, 470
字源《釋》, 212
字義《盲》, 243
字面《溯》, 461
宗教《爾》, 27, 46, 73
　《爾》, 42
　《盲》, 243, 305
宗教的人道主義《爾》, 78
宗旨《盲》, 276
　《訓》, 354
左室〈未〉, lxxx, lxxxviii
　《爾》, 167
左心《爾》, 167
左房〈未〉, lxxx, lxxxvii
　《爾》, 167
左旋〈未〉, lxxx, lxxxv
　《爾》, 116
左總淋巴管《爾》, 169

左肺動脈〈未〉, lxxx, xci
　《爾》, 168
座談《溯》, 466
擇言之三段論法《爾》,
　101
族制國《爾》, 88
族制國家《爾》, 27
族制群《爾》, 87
族長《爾》, 24
早落性〈未〉, lxxx, xci
　《爾》, 197
最大原子量《爾》, 155
最後〈未〉, lxxxii, lxxxv
　《考》, 402
棕櫚《爾》, 189
祖國《盲》, 269, 321
租《爾》, 55, 60
租稅〈未〉, lxxx, lxxxv
　《爾》, 68
　《爾》, 43
組合《爾》, 89
組成《爾》, 80
組織《爾》, 22, 25
　《釋》, 212, 218
　《訓》, 364
　《考》, 397
綜括《論》, 229
總合〈未〉, lxxx, lxxxviii
　《爾》, 85
總合法《沿》, 448
總名《爾》, 97
總會《訓》, 347
總狀花《爾》, 196
總理《爾》, 91
總理大臣《爾》, 31
總監〈未〉, lxxxii, lxxxviii
　《訓》, 348
總統〈導〉, lxv
　〈未〉, lxxxii, lxxxvi
　《訓》, 340
　《溯》, 463
總苞〈未〉, lxxx, lxxxvii
　《爾》, 195
總葉柄《爾》, 193
罪狀《訓》, 347
自併《盲》, 243
自動《釋》, 211
自同之原則《爾》, 96
自在主義《爾》, 90
自始固有者《盲》, 243

新名詞索引

自己證明《沿》, 449
自我的動機《爾》, 94
自我直覺《爾》, 84
自概念上論《論》, 230
自治《爾》, 43
　　《訓》, 340
　　《溯》, 463
自治團體《釋》, 218
自然《爾》, 57
　　《釋》, 213, 218
　　《論》, 230
　　《訓》, 377
自然主義《爾》, 77
自然之欲望《爾》, 56
自然人《爾》, 48
自然力《爾》, 57
自然哲學〈未〉, lxxx, lxxxix
　　《爾》, 82
自然法之一致《爾》, 96
自然淘汰《爾》, 92
　　《沿》, 424, 439
自然物《爾》, 57
自然理法《沿》, 443
自然界《爾》, 71
自然科學《爾》, 80
自然移動率《爾》, 93
自然群發生條件《爾》, 86
自然起原《爾》, 85
自然選擇〈未〉, lxxxiii, xci
　　《沿》, 424, 439
自由《爾》, 46, 54, 76, 77
　　《釋》, 218
　　《訓》, 361
　　《考》, 404
　　《沿》, 444
自由主義《爾》, 91
自由之開展《爾》, 92
自由判斷主義《爾》, 53
自由貿易主義《爾》, 63
自由鑄造《爾》, 65
自衛群化《爾》, 95
自覺《爾》, 84
　　《論》, 229
自轉《爾》, 121
自轉之速力《爾》, 118
蚤類〈未〉, lxxx, xci
　　《爾》, 179

責任《爾》, 47, 59
　　《盲》, 293
資本《爾》, 55, 57, 58
　　《釋》, 215, 216
資本之使用料《爾》, 62
資格《爾》, 37
　　《釋》, 211
　　《訓》, 352
　　《考》, 407
資物《釋》, 219
資產〈未〉, lxxxi, lxxxviii
　　《釋》, 219
資用《爾》, 93
贈與《盲》, 243
贊同《訓》, 374
贊成〈未〉, lxxxii, lxxxvii
　　《訓》, 363
　　《考》, 406
走向〈未〉, lxxx, lxxxix
　　《爾》, 136
走鳥類《爾》, 185
足利《考》, 409
足筋《爾》, 162
足骨《爾》, 160
造譯《論》, 230
雜婚《爾》, 87

【ㄘ】

側線〈未〉, lxxx, lxxxix
　　《爾》, 183
催青《訓》, 382
刺〈未〉, lxxx, xci
　　《爾》, 190
刺激《爾》, 74
　　《釋》, 211
參政權《爾》, 40
參照《爾》, 72
參考《訓》, 360
參謀《訓》, 342
參議〈未〉, lxxxii, lxxxv
　　《訓》, 339
參議院《爾》, 29
參贊主義《爾》, 92
叢生葉〈未〉, lxxx, xci
　　《爾》, 192
存在《訓》, 364
　　《考》, 408
層狀岩《爾》, 135

層雲〈未〉, lxxx, lxxxviii
　　《爾》, 128
層面〈未〉, lxxx, xci
　　《爾》, 136
從物《爾》, 49
從而如何如何《盲》, 314
慈善《盲》, 243, 305
採取〈未〉, lxxxi, lxxxviii
　　《爾》, 58
採掘〈未〉, lxxxi, lxxxviii
採礦〈未〉, lxxxiii, lxxxix
　　《溯》, 469
材料《訓》, 378
村字《訓》, 344
次官《爾》, 32
次序《盲》, 243
此觀《沿》, 445
測候《訓》, 352
測斜器〈未〉, lxxxi, xci
　　《爾》, 136
測深〈未〉, lxxxii, lxxxix
　　《訓》, 358
測量《溯》, 467
測驗〈未〉, lxxxiii, lxxxv
　　《溯》, 465
磁極〈未〉, lxxxi, lxxxix
　　《爾》, 147
磁氣《爾》, 147
磁石《導》, lxv, lxxii
　　〈未〉, lxxxi, lxxxv
　　《爾》, 147
　　《溯》, 472
磁石之偏倚《爾》, 124
磁石之傾斜《爾》, 124
磁石之北極《爾》, 125
磁石之南極《爾》, 125
磁石之赤道《爾》, 125
磁石吸引力《爾》, 147
磁石性《爾》, 147
磁石指向力《爾》, 147
磁石暴《爾》, 125
磁軸〈木〉, lxxxi, xci
　　《爾》, 147
粗製〈未〉, lxxxi, lxxxviii
　　《爾》, 58
脞《爾》, 164
草案《訓》, 351
蔥《爾》, 190
蠶蛾類《爾》, 179

裁判《爾》, 40, 41
　　《爾》, 43
　　《盲》, 256
裁判官《爾》, 53
　　《盲》, 280
裁判所《爾》, 42
裁可《爾》, 41
　　《訓》, 349
裁可法案之權《爾》, 38
詞《爾》, 96
財《爾》, 54
財務《爾》, 42
財務省《爾》, 33
財團《盲》, 304
財團法人《盲》, 243
財政《爾》, 68
財政學《爾》, 57
財產〈未〉, lxxxii, lxxxvii
　　《訓》, 352
財產刑《爾》, 52
財產權《爾》, 46
財產相續《爾》, 51
財貨〈未〉, lxxxi, lxxxviii
　　《釋》, 214, 216
　　《釋》, 214
辭典《盲》, 284
辭職〈未〉, lxxxii, lxxxvi
　　《訓》, 348
酢酸《訓》, 359
雌花〈未〉, lxxxi, lxxxvii
　　《爾》, 196
雌蕊《爾》, 197, 198
雌雄淘汰〈未〉, lxxxi, xci
　　《爾》, 92
　　《沿》, 439

【ㄙ】

三不等三角形《爾》, 102
三出掌狀葉《爾》, 195
三分裂葉《爾》, 193
三加之比例《爾》, 105
三叉神經《爾》, 170, 171
三權《爾》, 40
三權並立《爾》, 40, 41
三權鼎力《爾》, 89
三段論法《爾》, 96, 100
三疊紀《爾》, 138
三裂葉片《爾》, 193

三角洲〈未〉, lxxxi, xci
　　《爾》, 133
三讀《溯》, 464
三邊各銳角形《爾》, 102
三邊形《爾》, 102
三邊直角形《爾》, 102
三邊鈍角形《爾》, 102
似而非《考》, 401
似葉莖《爾》, 189
司法《爾》, 40, 89
　　《訓》, 343
司法卿《爾》, 33
司法權《爾》, 41, 42
司法省《爾》, 33–36
司法行政〈未〉, lxxxi, xci
　　《爾》, 41
四代《爾》, 138
四出掌狀葉《爾》, 195
四海主義《爾》, 91
四界十二系《爾》, 139
四疊體《爾》, 170
四肢筋《爾》, 162
四肢骨《爾》, 160
四邊形〈未〉, lxxxi, lxxxv
　　《爾》, 102
思想《爾》, 23, 75, 79, 82
　　《論》, 229
　　《訓》, 354
思想之三大原則《爾》, 97
思慮《沿》, 447
思慮之法之學《沿》, 446
思索《論》, 230
思辨《論》, 229
思辨的心理學《爾》, 81
所有權《爾》, 51
所犯《盲》, 243
所犯之罪《盲》, 243
所謂詞《爾》, 98
損害賠償〈未〉, lxxxii, xci
　　《盲》, 302
損益〈未〉, lxxxiii, lxxxviii
　　《溯》, 469
散名《爾》, 97
散文《沿》, 443
散體《沿》, 452
松明《訓》, 380
歲入〈未〉, lxxxii, lxxxviii
　　《爾》, 68
歲出〈未〉, lxxxii, lxxxviii
　　《爾》, 68

歲計預算《爾》, 69
死後行為《爾》, 50
瑟狀羽狀葉《爾》, 195
私人《爾》, 48, 49, 59
　　《釋》, 218
私收入《爾》, 68
私有《爾》, 54
私權《爾》, 47
私法《爾》, 45
私法人《盲》, 243, 304
私生子《盲》, 311
私用《爾》, 67
私立《盲》, 290
私辦《訓》, 349
穗狀花〈未〉, lxxxi, lxxxvii
　　《爾》, 196
算術《爾》, 73
　　《訓》, 361
索取《盲》, 243, 301
繖形花《爾》, 197
繖房花〈未〉, lxxxi, xci
　　《爾》, 196
色〈未〉, lxxxi, xci
　　《爾》, 145
色帶〈未〉, lxxxi, lxxxvii
　　《爾》, 145
色素《爾》, 163
訟訴法《考》, 405
訴訟〈導〉, lxv
　　〈未〉, lxxxii, lxxxv
　　《訓》, 343
　　《溯》, 464
訴訟法《盲》, 278
賜見《盲》, 243
速力《爾》, 120
速度《爾》, 140
速成《訓》, 377
　　《考》, 398
酸〈未〉, lxxxi, lxxxviii
　　《爾》, 157
酸之強弱《爾》, 157
酸化《爾》, 153
酸化劑〈未〉, lxxxi, xci
　　《爾》, 154
酸化物《爾》, 154
酸性反應〈未〉, lxxxi, xci
　　《爾》, 157
酸性泉《爾》, 131

新名詞索引

酸性鹽 〈未〉, lxxxi, xci
　《爾》, 157
鎖港 《訓》, 375
鎖骨 《爾》, 160
鎖骨下淋巴幹 《爾》, 169
隨意條件 《爾》, 51
隨意筋 《爾》, 162
隨時海流 《爾》, 129
髓質 〈未〉, lxxxi, xci
　《爾》, 163
鬆性 《爾》, 140

【ㄚ】

阿利埃爾月 《爾》, 116
阿非利加公額自由國之君
　主 《爾》, 26

【さ】

俄維斯 《爾》, 26
堊筆 《訓》, 379
惡感 《訓》, 376
惡貨 《爾》, 65
萼 〈未〉, lxxxi, xci
　《爾》, 197
萼片 〈未〉, lxxxi, lxxxvii
　《爾》, 197
蛾 《爾》, 178
鱷魚類 《爾》, 184

【ㄞ】

哀利坕派 《論》, 229
哀啼每吞書 《盲》, 257
埃爾姆斯光 《爾》, 148
愛他主義 《爾》, 78
愛力 《考》, 409
愛國 《訓》, 341
愛國心 《爾》, 24
愛情 《爾》, 74
　《訓》, 376
矮林 〈未〉, lxxxii, xci
　《訓》, 379

【ㄠ】

凹形 《爾》, 193

凹面鏡之軸 《爾》, 144
澳 《爾》, 26
奧 〈未〉, lxxxii, xci
　《考》, 396
澳大利亞 《爾》, 132

【又】

偶主 《沿》, 450
偶之偶數 《爾》, 106
偶力 《爾》, 141
偶客 《沿》, 450
偶性 《爾》, 76
偶數 〈未〉, lxxxi, lxxxvi
　《爾》, 106
偶然 《爾》, 22, 76
　《盲》, 295
偶然所得 《爾》, 61
偶然條件 《爾》, 51
偶生 《爾》, 187
偶生根 《爾》, 188
偶素 《盲》, 300
偶蹄類 《爾》, 186
偶鰭 〈未〉, lxxxi, xci
　《爾》, 183
歐羅巴 《爾》, 132, 139
鷗 《爾》, 184

【ㄢ】

安價 《考》, 401
安品子 《考》, 399
安寧 《爾》, 71
　《訓》, 346
按摩 〈未〉, lxxxii, lxxxv
　《考》, 397
暗殺 《訓》, 365
暗潮 《訓》, 375
暗熱線 《爾》, 146
暗示 《爾》, 76
暗記 〈未〉, lxxxi, lxxxvi
　《爾》, 75
暗體 《爾》, 144

【ㄣ】

恩赦之權 《爾》, 39

【ㄦ】

二價原素 《爾》, 155
二元論 《爾》, 79
二元論群學 《爾》, 85
二分 〈未〉, lxxxi, lxxxviii
　《爾》, 123
二分裂葉 《爾》, 193
二疊紀 〈未〉, lxxxi, xci
　《爾》, 138
二至線 《爾》, 123
二萬四千年 《爾》, 119
二裂葉片 《爾》, 193
二重體 《沿》, 452
二面之倚度 《爾》, 110
兒童心理學 〈未〉, lxxxi,
　lxxxix
　《爾》, 81
耳冀 《爾》, 166
耳彤葉 《爾》, 194
耳環 《溯》, 473
鮞狀 〈未〉, lxxxi, xci
　《爾》, 135

【一】

一價原素 《爾》, 155
一億四千萬 《爾》, 119
一元論 《爾》, 79
一原說 《爾》, 86
一定 〈未〉, lxxxi, xci
　《爾》, 22
　《盲》, 243
一定資格 《爾》, 37
一年 《爾》, 122
一廉 《訓》, 382
一日 〈未〉, lxxxi, lxxxv
　《爾》, 122
一時硬水 《爾》, 155
一月 《爾》, 116
一毛 《訓》, 367
一瓦分子 《爾》, 155
　穴類 《爾》, 185
一臂槓杆 《爾》, 142
一致一元論 《爾》, 79
一般 《溯》, 471
一般承繼 《盲》, 243
一般羽片 《爾》, 195
一行 〈未〉, lxxxii, lxxxv
　《考》, 402

么匿梯《釋》, 212
亞伯達斯月《爾》, 116
亞圓形葉《爾》, 194
亞爾格利《爾》, 157
亞爾格利性反應《爾》, 157
亞細亞《爾》, 132
亞美利加《爾》, 132, 139
亞里士多德〈未〉, lxxxi, xci
　　《釋》, 213
亞非利加《爾》, 132
亞馬爾格姆《爾》, 158
亦我亦他的動機《爾》, 94
伊大利《爾》, 27
依他主義《爾》, 90
優勝劣敗《沿》, 424, 439
優待《訓》, 363
印刷《溯》, 472
印刷局《爾》, 36
印度《論》, 229
印度事務省《爾》, 32
印度洋《爾》, 129
印紙《溯》, 461
印象《爾》, 75
厭世〈未〉, lxxxii, lxxxviii
　　《訓》, 371
厭世主義《爾》, 78, 91
又《盲》, 284
又覺發汗《爾》, 163
右室〈未〉, lxxxi, lxxxviii
　　《爾》, 167
右心《爾》, 167
右房〈未〉, lxxxi, lxxxvii
　　《爾》, 167
右總淋巴管《爾》, 169
右肺動脈《爾》, 168
咽頭《爾》, 164
因土而異租《爾》, 61
因明學《論》, 229
因時他之異《爾》, 62
因時因國而異租《爾》, 61
因果相互之關係《釋》, 211
因而《盲》, 243
因職業之殊《爾》, 62
壓制《爾》, 75
壓力《訓》, 363

壓覺〈未〉, lxxxi, xci
　　《爾》, 75
夜蛾《爾》, 179
嬴《爾》, 55, 61
宴會〈未〉, lxxxiii, lxxxvii
　　《溯》, 466
岩石〈未〉, lxxxi, lxxxviii
　　《爾》, 134
幼稚《訓》, 373
幼蟲《訓》, 358
幽默《溯》, 471
延腦《爾》, 170
延髓《爾》, 171
引力《爾》, 141
引揚《盲》, 260
引渡《盲》, 253
影戲〈未〉, lxxxiii, lxxxix
　　《溯》, 472
影響《爾》, 75–77, 79, 137
　　《釋》, 211, 217
　　《論》, 230
　　《訓》, 365
意《沿》, 445
意匠《訓》, 355
　　《溯》, 461
意味《論》, 230
意志《爾》, 74
意思表示《盲》, 280
意義《爾》, 21, 46
　　《爾》, 44
　　《釋》, 212
　　《論》, 232
意翁《爾》, 156
意見《爾》, 74
　　《訓》, 362
意識《爾》, 74
　　《釋》, 211
　　《沿》, 444
　　《溯》, 462
意識之統一性《爾》, 74
意識之關係性《爾》, 74
意識淘汰《爾》, 92
意譯《盲》, 257
應分之欲望《爾》, 56
應用《爾》, 72
應用計學《爾》, 56
搖籃《溯》, 473
易中《爾》, 55
易地生財《爾》, 55
易挾《爾》, 64

有之《考》, 398
有價物《爾》, 54
有償行為《爾》, 50
有利關係《釋》, 216, 218
有劍類《爾》, 180
有吻類《爾》, 179
有媒諦《沿》, 446
有孔蟲類〈未〉, lxxxi, xci
　　《爾》, 174
有尾類〈未〉, lxxxi, xci
　　《爾》, 184
有形之欲望《爾》, 56
有形之資本《爾》, 58
有形體統治機關《爾》, 23
有性協同生活《爾》, 86
有性關係《爾》, 86
有意犯《爾》, 52
有意識《釋》, 210, 211
有托葉《爾》, 191
有期公債《爾》, 69
有板類《爾》, 181
有機性體《沿》, 445
有機感覺《爾》, 75
有機物《爾》, 23, 158
有機的〈未〉, lxxxi, xci
有機體《爾》, 22, 23, 75
有權的解釋《爾》, 46
有比例之幾何《爾》, 105
有比例線《爾》, 107
有比例面《爾》, 107
有法四邊形《爾》, 103
有爪類〈未〉, lxxxi, xci
　　《爾》, 178
有用《爾》, 54
有皮鱗莖《爾》, 190
有益之用《爾》, 56, 67
有等之幾何《爾》, 107
有等數之數《爾》, 106
有節葉《爾》, 191
有精神統治機關《爾》, 23
有統帥海陸軍之權《爾》, 39
有肺類〈未〉, lxxxi, xci
　　《爾》, 181
有苞花序《爾》, 197
有葉柄《爾》, 191
有袋類〈未〉, lxxxi, xci
　　《爾》, 185, 186
有蹄類〈未〉, lxxxi, xci
　　《爾》, 185, 186

新名詞索引　515

有錐類《爾》, 180
有限〈未〉, lxxxi, lxxxv
　　《爾》, 54
　　《訓》, 365
有限權《爾》, 38
有限權代理《爾》, 50
有限花序〈未〉, lxxxi, lxxxvii
　　《爾》, 196
椰子《爾》, 189
業務《爾》, 66, 72
樣《盲》, 254
　　《考》, 410
櫻桃《爾》, 191
歙角《爾》, 124
油衣《溯》, 472
油質《爾》, 200
洋島《爾》, 133
洋服《盲》, 257
液化《爾》, 146
液體《爾》, 150
游水類《爾》, 185, 187
游泳〈未〉, lxxxiii, lxxxviii
　　《溯》, 465
演繹《爾》, 85
　　《沿》, 449
　　《溯》, 462
演繹法《爾》, 83
演繹科學《爾》, 80
演繹致知方法《沿》, 449
演繹論理學《爾》, 96
演說《訓》, 362
演題《沿》, 449
燕《爾》, 185
營利《盲》, 243
營利保險〈未〉, lxxxi, xci
　　《爾》, 67
營利法人《盲》, 243, 304
營業《盲》, 243
　　《訓》, 341
營造《訓》, 352
營養《爾》, 159, 163, 175, 200
猶斯搭禍氏管《爾》, 166
由緒《考》, 406
異名極《爾》, 147
異性《爾》, 155
異時交易《爾》, 63
異柱類《爾》, 180
異物《爾》, 90

異節類《爾》, 179
異質同形《爾》, 155
異足類〈未〉, lxxxi, xci
　　《爾》, 181
盈虛《爾》, 118
眼球《爾》, 166
眼鏡《溯》, 472
研究《論》, 230
　　《訓》, 353
硬固質《爾》, 161
硬水〈未〉, lxxxi, lxxxviii
　　《爾》, 154
硬水母《爾》, 176
硬骨魚類〈未〉, lxxxi, xci
　　《爾》, 183
硬鱗魚類《爾》, 183
移住率《爾》, 93
移住自由《爾》, 39
移動率〈未〉, lxxxi, xci
　　《爾》, 93
移民《溯》, 464
羊《爾》, 186
義〈未〉, lxxxii, lxxxv
　　《考》, 409
義務《爾》, 21, 47, 76
　　《盲》, 277
翼手類《爾》, 185, 186
翼足《爾》, 181
腰椎神經〈未〉, lxxxi, xci
　　《爾》, 172
腰淋巴幹《爾》, 169
腰線〈未〉, lxxxi, lxxxv
　　《爾》, 102
膺懲《溯》, 461
英吉利《爾》, 26
英吉利之立憲君主政體
　　《爾》, 29
英吉利政府《爾》, 31
英國《爾》, 37
英塞剌達斯月《爾》, 116
英文《釋》, 209
英語〈未〉, lxxxi, lxxxvi
　　《釋》, 212
英雄〈未〉, lxxxii, lxxxvii
　　《訓》, 374
葉〈未〉, lxxxi, lxxxvi
　　《爾》, 188, 190
葉序〈未〉, lxxxi, xci
　　《爾》, 195
葉柄《爾》, 190

葉片〈未〉, lxxxi, lxxxviii
　　《爾》, 190
葉腳類《爾》, 177
葉舌〈未〉, lxxxi, xci
　　《爾》, 191
葯《爾》, 198
葯之裂開《爾》, 198
藝人《訓》, 359
藝術《溯》, 469
蟻量《訓》, 380
蠅類〈未〉, lxxxi, xci
　　《爾》, 179
要件《爾》, 75, 93
要塞〈未〉, lxxxiii, lxxxviii
　　《溯》, 466
要式行為《爾》, 50
要求〈未〉, lxxxii, lxxxviii
　　《訓》, 365
要素《爾》, 55, 57, 59
　　《盲》, 300
要點《爾》, 73
言語〈未〉, lxxxi, lxxxv
　　《論》, 229
言語學《沿》, 424, 431
言論自由〈未〉, lxxxi, lxxxviii
　　《爾》, 39
誘導之白然力《爾》, 57
譯語《論》, 231
議員《爾》, 29, 32, 37
　　《盲》, 264
議員者《爾》, 37
議會《爾》, 36
議決《爾》, 41
　　《訓》, 343
議長《爾》, 32
議院《爾》, 38
　　《盲》, 252
遊星蝕《爾》, 118
遺傳《爾》, 92
　　《溯》, 468
郵便電信同盟《爾》, 90
郵傳《訓》, 341
郵務省《爾》, 35, 36
郵務總督《爾》, 36
郵政《爾》, 32
醫學《盲》, 318, 320
醫官《訓》, 353
醫生〈未〉, lxxxi, lxxxvii
　　《釋》, 214

醫術《爾》, 73, 74
野心《訓》, 363
　　《考》, 399
野蠻《爾》, 87
野蠻人《爾》, 85
野見《訓》, 347
野豬《爾》, 186
銀河〈未〉, lxxxi, lxxxv
　　《爾》, 112
銀行《爾》, 36
　　《爾》, 43
　　《釋》, 214
銀行政策《爾》, 57
陰唇《爾》, 164
陰囊《爾》, 164
陰影〈未〉, lxxxi, lxxxv
　　《爾》, 144
陰意翁《爾》, 157
陰曆〈未〉, lxxxii, lxxxv
　　《訓》, 345
陰核《爾》, 164
陰極《爾》, 150
陰極光〈未〉, lxxxi, xci
　　《爾》, 150
陰極放射線《爾》, 150
陰莖《爾》, 164
陰電〈未〉, lxxxi, lxxxvii
　　《爾》, 148
陰電氣性《爾》, 150
陽意翁《爾》, 156
陽曆〈未〉, lxxxii, lxxxv
　　《訓》, 345
陽極光《爾》, 150
陽曆《溯》, 467
陽電《爾》, 148
陽電氣性《爾》, 150
隱五節類《爾》, 179
隱四翅類《爾》, 179
隱微晶質《爾》, 135
隱語〈未〉, lxxxii, lxxxvi
　　《訓》, 370
霙〈未〉, lxxxi, xci
　　《爾》, 128
音樂〈未〉, lxxxiii, lxxxvii
　　《爾》, 73
　　《沿》, 443
音程《爾》, 143
音色《爾》, 143
音響反射《爾》, 143
音響屈折《爾》, 143

音響速度《爾》, 143
顏面神經《爾》, 170, 171
顏面頭蓋《爾》, 160
養分《爾》, 188, 189
養子〈未〉, lxxxii, lxxxv
　　《考》, 412
養老保險《爾》, 67
驗電器〈未〉, lxxxi, xci
　　《爾》, 149
驛騎《論》, 230
鷹《爾》, 184
鴨《爾》, 185
鴨嘴獸《爾》, 185
鶯《爾》, 185
鷹《爾》, 185
鷹梟類《爾》, 185
鹽〈未〉, lxxxi, xci
　　《爾》, 157
鹽化物《爾》, 154
鹽基〈未〉, lxxxi, lxxxviii
　　《爾》, 157
鹽基之強弱《爾》, 157
鹽基性酸化物《爾》, 157
鹽基性鹽〈未〉, lxxxi, xci
　　《爾》, 157
鹽泉〈未〉, lxxxi, xci
　　《爾》, 131
鼴鼠《爾》, 186

【ㄨ】

丸船《訓》, 383
五出掌狀葉《爾》, 195
五分裂葉《爾》, 193
五大洋《爾》, 129
五大陸《爾》, 132
五官器《爾》, 164, 165
五族《溯》, 470
五明《爾》, 73
五朱《訓》, 382
五洲《爾》, 132
五節類《爾》, 179
五統《爾》, 139
五裂葉片《爾》, 193
亡種同化性《盲》, 243
倭兒弗《釋》, 213
偉人《訓》, 374
偽學派《沿》, 445
偽題《沿》, 451

吻合〈未〉, lxxxi, lxxxvii
　　《爾》, 167
吾人《考》, 400
味器《爾》, 165, 166
味淋〈未〉, lxxxii, lxxxix
　　《訓》, 382
唯一《爾》, 24, 79
　　《盲》, 263
唯一神《沿》, 445
唯名論〈未〉, lxxxi, xci
　　《爾》, 79
唯心《溯》, 462
唯心論《爾》, 79
唯心論群學《爾》, 85
唯物論《爾》, 79
　　《沿》, 443
唯物論群學《爾》, 85
唯理論《爾》, 79
唯靈論〈未〉, lxxxi, xci
　　《爾》, 79
問答教式《爾》, 73
問題《爾》, 83
　　《訓》, 360
外〈未〉, lxxxi, xci
　　《爾》, 84
外交《爾》, 89
　　《訓》, 341
　　《溯》, 464
外務《爾》, 42
　　《爾》, 42
外務卿《爾》, 33
外務省《爾》, 32–34
外國債《爾》, 69
外國居留臣民《爾》, 42
外國法《爾》, 46
外國語《論》, 230, 232
外國貿易《爾》, 63
外婚〈未〉, lxxxi, xci
　　《爾》, 87
外延《導》, 7
　　《沿》, 449
外旋神經〈未〉, lxxxi, xci
　　《爾》, 170, 171
外果皮〈未〉, lxxxi, lxxxvii
　　《爾》, 199
外生《爾》, 188
外界〈未〉, lxxxi, lxxxviii
　　《釋》, 215–217
外界之效果《爾》, 86

新名詞索引　517

外皮　〈未〉, lxxxi, lxxxviii
　　　《爾》, 199
外籀名學　《爾》, 96
外耳　《爾》, 166
外聽道　《爾》, 166
外腎　《爾》, 165
外行星　〈未〉, lxxxi,
　　　lxxxvii
　　　《爾》, 113
外郛　《爾》, 98
外面　〈未〉, lxxxi, lxxxv
　　　《爾》, 133
妄想　〈未〉, lxxxiii, lxxxv
　　　《沿》, 447
妄覺　〈未〉, lxxxi, xci
　　　《爾》, 75
委任　〈未〉, lxxxii, lxxxvi
　　　《訓》, 339
委員會　《爾》, 32
威權　〈未〉, lxxxii, lxxxvi
　　　《考》, 409
完全　《導》, lxvi
　　　〈未〉, lxxxi, lxxxvii
　　　《釋》, 218
　　　《訓》, 364
完全滅國　《爾》, 95
尾　〈未〉, lxxxi, xci
　　　《爾》, 119, 162
尾閭骨神經　《爾》, 172
尾閭骨線　《爾》, 165
尾閭骨腺　《爾》, 165
尾鰭　〈未〉, lxxxi, lxxxvi
　　　《爾》, 183
微凸形　《爾》, 193
微塵　《訓》, 360
微晶質　〈未〉, lxxxi, xci
　　　《爾》, 135
微生物　《爾》, 159
微蟲　《訓》, 359
握手　《溯》, 466
文化　《爾》, 56, 85
文學　《爾》, 72, 73
　　　《論》, 229
文學家　《盲》, 292
文學界　《論》, 230
文官　〈未〉, lxxxii, lxxxvi
　　　《訓》, 342
文憑　〈未〉, lxxxii, lxxxvi
　　　《盲》, 256, 257, 321
文明　《訓》, 338

文法　《爾》, 73
　　　《論》, 229, 232
　　　《溯》, 470
文法學　《爾》, 73
文牘　《訓》, 343
文物制度　《爾》, 23
文理解釋　《爾》, 46
文科　《盲》, 288
文蛤　《爾》, 181
文部　《溯》, 461
文部省　《爾》, 33, 34
晚霞　〈未〉, lxxxi, xci
　　　《爾》, 153
望　〈未〉, lxxxi, xci
　　　《爾》, 118
未成年人者　《爾》, 48
未遂犯　《爾》, 52
武力　《釋》, 214
武裝　〈未〉, lxxxiii, lxxxviii
　　　《溯》, 466
污點　〈未〉, lxxxii, lxxxix
　　　《考》, 396
溫勃利埃爾月　《爾》, 116
溫室　《盲》, 316
溫帶　《爾》, 124
溫度　《爾》, 126
溫泉　《導》, lxvi, lxxii
　　　〈未〉, lxxxi, lxxxvi
　　　《爾》, 131
　　　《溯》, 472
烏蠋　《爾》, 178
無主　《爾》, 88
無償行為　《爾》, 50
無名骨　〈未〉, lxxxi,
　　　lxxxvii
　　　《爾》, 160, 161
無媒諦　《沿》, 446
無尾類　《爾》, 184
無形之欲望　《爾》, 56
無形之資本　《爾》, 58
無意犯　《爾》, 52
無意識　《爾》, 78
　　　《釋》, 211
無我無他的動機　《爾》, 94
無托葉　《爾》, 191
無期公債　《爾》, 69
無柄　《爾》, 198
無柄葉　《爾》, 191
無某某之必要　《盲》, 288
無機性體　《沿》, 445

無機物　《爾》, 158
無權的解釋　《爾》, 46
無比例十三線　《爾》, 109
無比例線　《爾》, 107
無比例面　《爾》, 107
無水酸　《爾》, 157
無法四邊形　《爾》, 103
無益　《盲》, 243
無益之用　《爾》, 56, 67
無盡性　《爾》, 140
無等之幾何　《爾》, 107
無等數之數　《爾》, 106
無節葉　《爾》, 191
無線電信　〈未〉, lxxxi,
　　　lxxxix
　　　《爾》, 150
無翅類　〈未〉, lxxxi, xci
　　　《爾》, 179
無苞花序　《爾》, 197
無葉體　《爾》, 195
無謂　《盲》, 243
無資產　《釋》, 219
無邪氣　《考》, 398
無限之時間　《論》, 230
無限之空間　《論》, 230
無限公司　〈未〉, lxxxi,
　　　lxxxix
　　　《爾》, 59
無限性　《釋》, 216
無限權　《爾》, 38
無限權代理　《爾》, 50
無限花序　〈未〉, lxxxi, xci
　　　《爾》, 196
無限責任　〈未〉, lxxxi, xci
　　　《爾》, 59
物值通量　《爾》, 64
物價　《爾》, 63
物品保險　《爾》, 67
物圈之星座　《爾》, 112
物權　《爾》, 46
物物交換　《爾》, 63
物理　《爾》, 50, 80, 82
　　　《訓》, 354
物理學　《爾》, 80
　　　《釋》, 212
　　　《沿》, 430, 442
物理科學　《沿》, 442
物競　《訓》, 378
物質　《爾》, 140
物質不滅例　《爾》, 156

物質學《沿》, 442
物質派心理學《爾》, 81
物體〈未〉, lxxxi, lxxxv
　　《釋》, 211, 217
物體熱《爾》, 145
猥褻罪《盲》, 243, 308
瓦斯《爾》, 112
瓦斯體《爾》, 125
瓦羅爾氏橋《爾》, 170
穩健〈未〉, lxxxii, lxxxviii
　　《訓》, 365
維持〈未〉, lxxxii, lxxxviii
　　《訓》, 365
維新《訓》, 338
網脈葉《爾》, 192
網膜《爾》, 171
緯圈〈未〉, lxxxi, lxxxviii
　　《爾》, 122
緯度〈未〉, lxxxi, lxxxv
　　《爾》, 122
胃《爾》, 164
膃肭獸《爾》, 187
萬國公法《沿》, 440
萬國子午線《爾》, 123
萬有〈未〉, lxxxi, lxxxvi
　　《爾》, 140
萬有皆神學《沿》, 443
萬有神論《沿》, 443
萬歲《考》, 405
無菁根《爾》, 188
蚊類《爾》, 179
蛙鰍《爾》, 184
蜈蚣〈未〉, lxxxi, lxxxviii
　　《爾》, 178
衛星《爾》, 115, 121
衛生《爾》, 32
　　《爾》, 42
　　《盲》, 315, 317
　　《訓》, 354
　　《溯》, 468
衛生學《爾》, 82
霧〈未〉, lxxxi, xci
　　《爾》, 128, 152
頑固《訓》, 356

【ㄩ】

元因《訓》, 374
元形質《爾》, 200
元本《爾》, 49

元理《沿》, 424, 438, 443
元素《爾》, 112, 120
元結《訓》, 382
元首《爾》, 37
元首之傳授法《爾》, 39
元首之特權《爾》, 38
元首之選舉法《爾》, 39
原人《爾》, 85
原則《爾》, 53
原告《爾》, 53
　　《盲》, 278
原因《爾》, 140
　　《釋》, 213
原始之自然力《爾》, 57
原子《爾》, 140, 153
原子價〈未〉, lxxxi, xci
　　《爾》, 155
原子容《爾》, 155
原子熱〈未〉, lxxxi, xci
　　《爾》, 156
原子量《爾》, 155
原料《爾》, 55, 153
原權《爾》, 47
原為己物《盲》, 243
原理《爾》, 57, 70, 76
　　《盲》, 296
　　《沿》, 424, 438
原生動物〈未〉, lxxxi, xci
　　《爾》, 174
原素《爾》, 153
　　《盲》, 300
原語《論》, 231
原質《爾》, 93
　　《釋》, 211, 216
圓〈未〉, lxxxi, xci
　　《爾》, 103
圓內切形《爾》, 104
圓分《爾》, 104
圓分角《爾》, 104
圓口類〈未〉, lxxxi, xci
　　《爾》, 183
圓外切形《爾》, 104
圓形葉《爾》, 194
圓徑《爾》, 104
圓心〈未〉, lxxxi, lxxxv
　　《爾》, 104
圓柱底《爾》, 111
圓柱軸線《爾》, 111
圓柱體〈未〉, lxxxi, xci
　　《爾》, 110

圓蟲類《爾》, 177
圓錐底《爾》, 110
圓錐根〈未〉, lxxxi, xci
　　《爾》, 188
圓錐花〈未〉, lxxxi, xci
　　《爾》, 197
圓錐軸線《爾》, 110
圓錐體〈未〉, lxxxi, lxxxv
　　《爾》, 110
宇〈未〉, lxxxi, xci
　　《論》, 230
宇宙《釋》, 212, 214
宇宙引力《爾》, 141
宇宙論《爾》, 79
宇觀《沿》, 444
庸《爾》, 55, 60
慾海交涉《盲》, 243
擁護《溯》, 471
月〈未〉, lxxxi, xci
　　《爾》, 111, 113, 115
月暈〈未〉, lxxxi, xci
　　《爾》, 153
月曜《溯》, 467
月蝕〈未〉, lxxxi, lxxxvi
　　《爾》, 118
欲望《導》, lxvii
　　〈未〉, lxxxi, lxxxviii
　　《爾》, 56
　　《釋》, 214, 215
永久硬水〈未〉, lxxxi, xci
　　《爾》, 154
永小作權《爾》, 51
永續性〈未〉, lxxxi, xci
　　《爾》, 197
泳水《爾》, 73
猿猴類《爾》, 185, 187
用〈未〉, lxxxi, xci
　　《爾》, 83
用語《盲》, 297
用財《爾》, 56, 67
約契《沿》, 452
約從《爾》, 28
約從國家《爾》, 28
約束國《爾》, 89
約束國家《爾》, 28
緣邊〈未〉, lxxxi, xci
　　《爾》, 197
羽狀脈〈未〉, lxxxi, xci
　　《爾》, 192
羽狀葉《爾》, 195

新名詞索引

羽脈狀複葉 《爾》, 194
蛹 〈未〉, lxxxi, xci
　《爾》, 178
語源 《論》, 231
輿論 〈未〉, lxxxii, lxxxviii
　《訓》, 346
運動 《爾》, 26, 76, 79
　《訓》, 361
運動器 〈未〉, lxxxi, xci
　《爾》, 166, 175
運搬 〈未〉, lxxxi, lxxxviii
　《爾》, 132
運送保險 《爾》, 67
運送業 《爾》, 58
遠地點 〈未〉, lxxxi, xci
　《爾》, 117

遠心力 《爾》, 121
遠日點 〈未〉, lxxxi, xci
　《爾》, 113–115, 122
隕星 《爾》, 120
隕石 〈未〉, lxxxi, lxxxvi
　《爾》, 120
隕礦 《爾》, 120
隕鐵 〈未〉, lxxxi, lxxxix
　《爾》, 120
雨 〈未〉, lxxxi, xci
　《爾》, 128, 152
雨虎 《爾》, 181
雨雲 〈未〉, lxxxi, lxxxv
　《爾》, 128
雲 〈未〉, lxxxi, xci
　《爾》, 128, 152

雲卷 《爾》, 128
雲雀 《爾》, 185
預備 〈未〉, lxxxii, lxxxvi
　《訓》, 378
預算 《訓》, 376
預算案 《爾》, 31
願望 〈未〉, lxxxi, lxxxvi
　《爾》, 75
餘利分配法 《爾》, 62
餘方形 《爾》, 103
餘裕 《訓》, 376
魚類 〈未〉, lxxxi, lxxxv
　《爾》, 183
鳶 《爾》, 185

人名索引

本索引列出書中提到的歷史人物與學者,註解中出現者以斜體頁碼標示。

【ㄅ】
伯倫知理 (J. K. Bluntschli), 23
巴・埃烏斯塔基奧 (B. Eustachi), 166

【ㄆ】
彭文祖, x, 3, 235, 330

【ㄇ】
密爾 (J. S. Mill), 232
摩爾 (T. Moore), xxiv
梅謙次郎, 264, *393*, *394*
馬克斯・繆勒 (M. Müller), 431

【ㄈ】
傅泛際 (F. Furtado), 425
弗・西爾維烏斯 (F. Sylvius), 170
浮田和民, 264
福地源一, 418, 424, 431, 438, 441
馮紫珊, 203

【ㄉ】
丁韙良 (W. Martin), *440*
大隈重信, 245, 287
達爾文 (C. Darwin), 426

【ㄌ】
劉鼒和, 387
李之藻, 425

【ㄍ】
郭實獵 (K. F. Gützlaff), xix

【ㄎ】
康德 (I. Kant), 213
科・瓦羅利奧 (C. Varolio), 170

【ㄏ】
惠頓 (H. Wheaton), 440
橫田秀雄諸, 264
胡適, 426
赫胥黎 (T. H. Huxley), 426

【ㄐ】
井上哲次郎, *417*, *424*, *425*, *427*, *430–441*
井上圓了, 418
加藤弘之, 418, 424, 431, 432, 439, 441
建部遯吾, 210

【ㄒ】
休謨 (D. Hume), lxvii
夏曾佑, 426
奚般 (J. Haven), 430
小野塚喜平次, *393*, *394*
西周, *417*, 418, *424*, *425*, *427–430*, *434*, *435*, *437–441*
西村茂樹, 418, 429, 441

【ㄓ】
中島力造, 418, 436, 441
中村進午, *393*, *394*
中江兆民, 418, 429, 441
周敦頤, 434

【ㄔ】

【ㄕ】
長澤規矩也, 329

【ㄙ】
叔本華 (A. Schopenhauer), 231

【ㄗ】
佐藤信淵, 418

【ㄙ】
松木龜次郎, 287

【一】
亞里斯多德, 425
嚴復, xxiv, 3, *56*, 223, *230*, *232*, 268, 310, 311, 323, *406*, *443*, 446–452
尹焞, 436
耶林 (R. von Jhering), *440*
葉瀾, 8

【ㄨ】
吳汝綸, 426
外山正一, 418
威爾遜 (T. W. Wilson), 27
汪榮寶, 4
沃爾夫 (C. Freiherr von Wolff), 213
王湘綺, *393*, *394*
王雲五, 455

【ㄩ】
余又蓀, 417
元良勇次郎, 418, 424, 438, 439, 441

史地傳記類　PC1136　讀歷史170

新名詞研究八種（1903-1944年）

編　　著 / 柯斯安（Christian Schmidt）
責任編輯 / 鄭伊庭
圖文排版 / 柯斯安
完　　稿 / 楊家齊
封面設計 / 王嵩賀

發 行 人 / 宋政坤
法律顧問 / 毛國樑　律師
出版發行 / 秀威資訊科技股份有限公司
　　　　　114台北市內湖區瑞光路76巷65號1樓
　　　　　電話：+886-2-2796-3638　傳真：+886-2-2796-1377
　　　　　http://www.showwe.com.tw
劃撥帳號 / 19563868　戶名：秀威資訊科技股份有限公司
　　　　　讀者服務信箱：service@showwe.com.tw
展售門市 / 國家書店（松江門市）
　　　　　104台北市中山區松江路209號1樓
　　　　　電話：+886-2-2518-0207　傳真：+886-2-2518-0778
網路訂購 / 秀威網路書店：https://store.showwe.tw
　　　　　國家網路書店：https://www.govbooks.com.tw

2025年5月　BOD一版
定價：950元
版權所有　翻印必究
本書如有缺頁、破損或裝訂錯誤，請寄回更換

Copyright©2025 by Showwe Information Co., Ltd.
Printed in Taiwan
All Rights Reserved

讀者回函卡

國家圖書館出版品預行編目

新名詞研究八種(1903-1944年)/柯斯安編著. -- 一版. -- 臺北市 : 秀威資訊科技股份有限公司, 2025.05

面 ; 公分. -- (史地傳記類)(讀歷史 ; 170)

BOD版

ISBN 978-626-7511-51-0(平裝)

1.CST: 漢語語法 2.CST: 名詞

802.63 　　　　　　　　　　　113019680